L'INSOUMISE

JENNIFER DONNELLY

L'INSOUMISE

Traduit de l'américain
par Rebecca Satz

belfond
12, avenue d'Italie
75013 Paris

Titre original :
THE TEA ROSE
publié par Thomas Dunne Books, an imprint of St. Martin's Press, New York.

Si vous souhaitez recevoir notre catalogue
et être tenu au courant de nos publications,
vous pouvez consulter notre site internet,
www.belfond.fr
ou envoyer vos nom et adresse,
en citant ce livre,
aux Éditions Belfond,
12, avenue d'Italie, 75013 Paris.
Et, pour le Canada,
à Vivendi Universal Publishing Services,
1050, bd René-Lévesque-Est,
Bureau 100,
Montréal, Québec, H2L 2L6.

ISBN 2-7144-3916-0

Pour Douglas, mon héros à moi.

« Loin dans leurs racines, toutes les fleurs conservent la lumière. »

Theodore ROETHKE

PROLOGUE

Polly Nichols, prostituée de Whitechapel, trouvait au gin des vertus inégalables.

Le gin guérissait ses maux, absorbait sa faim, chassait le froid de ses os. Il soulageait ses dents gâtées et les cuisantes douleurs de son bas-ventre. Grâce à cette panacée qui la calmait, l'apaisait, elle se sentait plus heureuse qu'un prince.

Titubant dans l'obscurité de la ruelle, elle porta le goulot à ses lèvres. L'alcool lui brûla le gosier. Elle toussa, laissa échapper la bouteille, et jura en l'entendant se fracasser.

Au loin, la cloche de Christ Church sonna deux coups, étouffés par l'épais brouillard qui montait. Elle plongea la main dans sa poche pour tâter ses pièces. Deux heures plus tôt, il lui avait manqué les quatre pence que coûtait le lit à l'asile de nuit de Thrawl Street, et le tenancier l'avait jetée dehors. Pourtant, cet argent, avait-elle crié, elle l'avait déjà gagné et bu trois fois dans la journée !

— Eh ben les v'là, maintenant, je les ai, fumier ! marmonna-t-elle.

Elle avait trouvé l'argent et le gin dans les poches d'un ivrogne qui remontait d'un pas chancelant Whitechapel Road. Il avait fallu se donner un peu de mal pour le convaincre. À quarante-deux ans, elle n'avait plus le visage d'un ange. Il lui manquait les deux dents de devant et son nez était écrasé, mais sa poitrine ferme et avantageuse avait décidé le client. Elle avait exigé une gorgée de gin avant de commencer, pour masquer l'odeur d'oignon et de bière. Tout en buvant, elle avait déboutonné son corsage et, tandis qu'il jouait des mains, elle avait empoché la bouteille. L'homme était si soûl qu'il avait beaucoup tâtonné ; elle avait poussé un soupir de soulagement quand il avait fini par se détacher d'elle pour repartir en chancelant.

Pas à dire, rien de tel que le gin, pensa-t-elle au souvenir de cette aubaine. Ah ! sentir le bon poids de la bouteille dans la main, le goulot contre les lèvres, le liquide fort et chaud qui descendait dans la gorge. Non, pour sûr, rien de tel. Et une bouteille presque pleine ! Mais il n'y en avait plus. Elle buvait depuis le matin, et savait quel mal la guettait quand elle était privée d'alcool trop longtemps. Les vomissements, les tremblements, et, pis que tout, les bêtes noires grouillantes qui la narguaient depuis les fentes des murs de l'asile de nuit.

Elle rajusta ses vêtements, puis continua son chemin et sortit de la ruelle dans Bucks Row, chantonnant d'une voix éraillée.

Au coin de Brady Street, elle s'arrêta. Elle voyait trouble et entendait un bourdonnement dans ses oreilles, pareil à celui d'un insecte.

— Ça y est, v'là que ça me prend, faut qu'je boive !

Elle regarda ses mains : elles tremblaient. Remontant son col, elle reprit sa route, hâtant le pas pour retrouver du gin, tête baissée. Elle ne vit l'homme arrêté à quelques mètres qu'au moment où elle se cogna à lui.

— Bon Dieu ! s'exclama-t-elle. D'où c'est que vous sortez ?

L'homme la considéra.

— Tu viens ?

— Non, je ne peux pas. Je ne suis pas dans mon assiette. Bonne nuit.

Elle voulut s'éloigner, mais il la retint par le bras. Sur le point de se défendre, elle remarqua le shilling qu'il levait entre le pouce et l'index.

— Ah bon, comme ça, je veux bien.

Ce shilling, plus les quatre pence qu'elle venait de gagner, lui permettraient de se payer du gin et un lit pour la nuit, ainsi que pour le lendemain et le surlendemain. Elle avait beau ne pas se sentir bien, cela ne se refusait pas.

Sans un mot, elle rebroussa donc chemin avec son nouveau client, dépassant les maisons délabrées et les hauts entrepôts de brique. L'homme marchait vite, et elle devait presque courir pour le suivre. Elle avait remarqué qu'il était bien vêtu. Sans doute avait-il une belle montre. Quand il serait occupé, elle se ferait un devoir de lui fouiller les poches. Il s'arrêta net au bout de Bucks Row devant l'entrée d'une écurie.

— Non, pas ici, protesta-t-elle. À la ferronnerie... un peu plus loin.

— Si, ici, ça fera l'affaire.

Il la poussa entre les deux plaques de tôle, retenues par une chaîne et un cadenas, qui servaient de portail à l'écurie. Son visage blême ressortait étrangement dans l'obscurité. En rencontrant son regard noir et froid, Polly eut la nausée. Faudrait pas que je soye malade, pensa-t-elle, j'y tiens à mon shilling. Elle respira pour se calmer et, ce faisant, perçut l'odeur qui se dégageait de lui : huile de macassar, sueur et... quoi donc ? Le thé ! Il sentait le thé, ce diable d'homme.

— Bon, allez, on y va, déclara-t-elle en levant sa jupe.

Les yeux de son client brillèrent d'un éclat sombre.

— Petite vicieuse, salope !

— Non, on ne dit pas de cochonneries ce soir, mon bijou. J'ai pas le temps. Tu as besoin d'aide ?

Elle fit un geste, mais il la repoussa d'un coup sur la main.

— Ah ! Tu croyais m'échapper !

— Eh ! Attends un peu, ne me...

Elle ne put achever sa phrase. Il l'avait saisie à la gorge et plaquée contre la tôle.

— Lâche-moi ! hurla-t-elle en se débattant. Lâche !

Il serra plus fort.

— Tu nous as abandonnés, siffla-t-il, les yeux étincelant de haine. Laissés à bouffer aux rats !

— Pitié ! Ne me faites pas de mal. J'ai laissé personne aux rats, je le jure...

— Menteuse !

Polly n'eut pas le temps de crier quand le couteau plongea dans son ventre, tourna dans la plaie. Lorsqu'il ressortit, elle poussa à peine un soupir. Sans comprendre, yeux ronds et bouche ouverte, elle fixait la lame. Puis elle porta lentement les doigts à sa blessure, les vit devenir écarlates.

Elle releva les yeux vers l'homme, un hurlement de terreur monta dans sa poitrine en découvrant son regard dément. C'est alors que le couteau lui lacéra la gorge, et qu'elle tomba dans une obscurité plus profonde que l'eau de la Tamise ou que le brouillard épais et suffocant de cette nuit londonienne.

PREMIÈRE PARTIE

1

Le parfum enivrant des feuilles de thé indien, noir et fermenté, imprégnait tout. Il s'échappait de l'entrepôt Oliver, bâtiment de six étages dressé sur la rive nord de la Tamise, et flottait jusqu'au bas du Vieil Escalier du quai de Wapping qui menait de la grand-rue pavée jusqu'au bord du fleuve. La senteur du thé couvrait toutes les odeurs des docks : les effluves de l'eau et de la vase, ainsi que le chaud mélange de cannelle, de poivre et de clou de girofle des hangars à épices.

Assise sur les marches de pierre, Fiona Finnegan ferma les yeux et huma l'air. De l'Assam, se dit-elle. L'odeur était trop intense pour un Darjeeling, trop corsée pour un Dooars.

M. Minton, contremaître chez Burton, affirmait qu'elle avait un bon nez pour le thé. Il s'amusait à la mettre à l'épreuve en lui faisant sentir des poignées de feuilles, et elle parvenait toujours à reconnaître leur provenance.

Un bon nez, possible ; en tout cas, des mains bien dressées, songea-t-elle en rouvrant les yeux pour inspecter ses doigts calleux et noirs jusque sous les ongles. La poussière de thé s'insinuait partout, dans les cheveux, les oreilles, sous le col. Presque aussi pénible que la fatigue de travailler toujours debout, estima-t-elle en frottant la saleté avec le bas de sa robe. Elle avait trouvé la matinée bien longue, depuis qu'elle avait quitté la cuisine de sa mère, à six heures trente, pour longer les rues sombres de Whitechapel.

Elle était arrivée à la fabrique à sept heures moins le quart. M. Minton l'avait aussitôt mise à sortir les boîtes d'une demi-livre pour les autres emballeuses qui venaient à sept heures. La veille, les mélangeuses des étages supérieurs avaient préparé deux tonnes d'Earl Grey qui devaient être empaquetées avant midi. Elles étaient cinquante-cinq ouvrières et n'avaient eu que cinq heures pour remplir huit mille boîtes. Deux minutes par boîte. Et M. Minton jugeait l'opération encore trop longue. Il passait derrière elles, minutant le travail, les houspillant, les humiliant afin de les faire aller plus vite. Tout cela pour gagner quelques secondes. Le samedi, on ne travaillait que la matinée, mais elle semblait interminable. M. Minton était dur ; pourtant Fiona savait qu'il ne faisait qu'obéir aux ordres de M. Burton, le patron, qui, pour rattraper un peu l'après-midi chômé, leur interdisait les pauses ce jour-là. Cinq heures à rester sur ses jambes, torturée par une sourde douleur qui remontait jusque dans le dos, et rien pour relever l'ennui du travail répétitif : coller l'étiquette, peser le thé, remplir la boîte métallique, la sceller, la mettre en caisse et recommencer. Parfois, Fiona pensait devenir folle ; elle se croyait condamnée à vie, et doutait que les grands projets auxquels elle sacrifiait tout puissent aboutir un jour.

Elle retira les épingles qui tenaient son lourd chignon et laissa sa chevelure tomber sur ses épaules. Ensuite, elle défit les lacets de ses bottines, qu'elle ôta, se débarrassa de ses bas et étendit les jambes. Après les longues heures de travail, le crochet par l'escalier du quai ne s'imposait pas. Sa mère lui reprochait toujours cette fantaisie : « Si tu avais du plomb dans la cervelle, petite, tu rentrerais droit à la maison pour te reposer au lieu d'aller traînailler. »

Mais qui pouvait résister à la beauté de la Tamise ? Le fleuve scintillait, argenté sous le soleil du mois d'août. Des vaguelettes impatientes venaient frapper les dernières marches de pierre, éclaboussant ses pieds. La marée montait, comme désireuse de toucher ses orteils, de tourbillonner autour de ses chevilles et de l'attirer pour l'emporter. Ah, si seulement elle avait pu partir au fil de l'eau...

En regardant le ballet des embarcations, Fiona sentait s'envoler la lassitude et naître une joie intense. Ce spectacle la régénérait. On disait que la Cité, le centre du commerce et du gouvernement, à l'ouest de Wapping, était le cœur de Londres ; si c'était vrai, alors la Tamise y amenait son sang.

Devant elle, passaient le monde entier et ses merveilles. Elle regardait circuler les navires, les cales pleines de produits venus des coins les plus reculés de l'Empire. La navigation, cet après-midi, engorgeait le cours d'eau. Des barques transportaient les hommes, les menant des bateaux ancrés au milieu du fleuve jusqu'aux quais. Un énorme vapeur chassait les petits esquifs devant lui. Un vieux chalutier, rentrant de la pêche à la morue en mer du Nord, remontait le courant vers Billingsgate. Les péniches avançaient bord contre bord, avec leur cargaison de noix de cajou, de café ou de mélasse. De la laine, du vin, du whisky. Des ballots de tabac. Des caisses et des caisses de thé.

Et partout apparaissaient les négociants. Ils s'entretenaient avec les capitaines au bout des jetées, déambulaient sur les quais entre les tonneaux, les cageots et les palettes chargées de marchandises. Ces hommes impérieux arrivaient de la Cité pour vérifier les livraisons dès l'instant où accostaient les navires. Ils descendaient de voiture, portant canne, haut-de-forme et redingote, et tiraient leur montre en or de leur gousset avec des mains si fines et si blanches que Fiona parvenait mal à croire que c'étaient des mains d'homme. Leurs clercs couraient derrière eux, chargés de registres, fouinant partout et consignant leurs observations.

Ces grands marchands, Fiona les voyait alchimistes : ils prenaient les matières premières et les transformaient en or. Elle rêvait de faire comme eux, et peu importait que les filles ne soient pas destinées au commerce – surtout les filles de docker, comme sa mère le lui rappelait sans cesse : les filles de docker cherchaient un mari et s'occupaient de leur ménage. Mais son père, lui, ne lui reprochait rien. « Garde tes rêves, ma fille, disait-il. Le jour où tu ne rêveras plus tu pourras aller tout droit chez le croque-mort. »

Sous le charme de son fleuve, Fiona ne remarqua pas le jeune homme qui, arrivé en haut des marches, s'arrêtait pour la contempler avec un sourire, désireux de savourer un moment l'image de cette mince jeune fille se découpant sur un fond de pierres moussues et de rivage noir.

— *Hoo-eee*, appela-t-il doucement.

Fiona se tourna, et son visage, s'illuminant à sa vue, s'adoucit. Les commères du voisinage prédisaient souvent que son expression volontaire l'empêcherait de trouver un mari. À fort visage, fort caractère, grommelaient-elles ; cela faisait peur aux garçons. Mais ce garçon-là semblait s'en moquer. La détermination de Fiona ne le rebutait pas davantage que les boucles noires cascadant jusqu'au milieu de son dos ou l'intensité de ses yeux bleus.

— Tu es en avance, Joe !

— Oui, dit-il en descendant s'asseoir auprès d'elle. Moi et le paternel, on a fini d'acheter les légumes tôt à Spitalfields. Le grossiste a un rhume, il n'a pas marchandé. J'ai deux heures de liberté. Tiens, reprit-il en lui tendant une fleur. J'ai trouvé ça en venant.

— Une rose ! Merci !

Les roses coûtaient cher, il ne pouvait pas souvent se permettre de lui en offrir une. Elle se caressa la joue avec les pétales rouges, puis la mit derrière son oreille.

— Alors, où en sont nos comptes pour cette semaine ? demanda-t-elle.

— Nous en sommes à douze livres, un shilling et six pence.

— Tiens, ajoutes-y ça, commanda-t-elle en tirant une pièce de sa poche. Ça nous fera douze livres et deux shillings.

— Tu peux ? Ce n'est pas trop ? J'espère que tu ne te prives pas de casse-croûte pour augmenter nos économies.

— Pas du tout.

— Je parle sérieusement, Fi : je serais très en colère si tu...

— Je t'ai dit que non ! (Elle changea vite de sujet.) Bientôt, nous en serons à quinze livres, puis à vingt, et à vingt-cinq. Nous allons y arriver !

— Mais bien sûr. À cette allure, dans un an, nous aurons nos vingt-cinq livres – de quoi payer trois mois de loyer et le stock.

— Encore un an... Comme c'est long !

— Mais non, ça passera très vite, affirma Joe en lui pressant la main. Nous vivons le plus dur maintenant. Six mois après l'ouverture de notre première boutique, nous aurons si bien réussi que nous en ouvrirons une deuxième, et puis une autre, et une autre.

— On sera riches !

— Peut-être pas tout de suite, la tempéra-t-il avec un rire. Mais un jour, oui, je te le promets.

Fiona serra ses genoux contre elle, le visage animé. Un an, ce n'était pas si long, en fin de compte. Surtout quand on songeait qu'ils en rêvaient depuis des années, depuis leur enfance. Deux ans plus tôt, ils avaient commencé à mettre de l'argent de côté dans une boîte de cacao que Joe rangeait sous son lit. Tout ce qu'ils gagnaient allait dedans : leurs salaires, les pièces reçues à Noël et aux anniversaires, celles gagnées pour de petites courses et jusqu'à celles trouvées par terre. Peu à peu, la somme s'était arrondie, et à présent, ils possédaient douze livres et deux shillings – une vraie fortune !

La boutique qu'ils avaient imaginée ensemble était presque devenue réalité pour eux. En fermant les yeux, Fiona sentait même l'odeur de la caisse de thé derrière le comptoir. Ce dernier serait en chêne, doux sous la main, et une clochette de cuivre tinterait quand les clients ouvriraient la porte. La boutique belle et propre, avec une jolie vitrine qui attirerait les gens. « Tout est dans la présentation, Fi, disait toujours Joe. C'est ça qui fait entrer le chaland. »

La boutique marcherait, elle en était sûre. Joe, fils d'un marchand des quatre-saisons, savait tout du commerce. Il était pour ainsi dire né dans une charrette de primeurs, et jusqu'à l'âge de un an son panier avait été installé entre les navets et les pommes de terre. Avant de savoir dire son nom, il criait déjà : « Il est beau mon persil, il est beau ! » Avec son expérience et le courage qu'ils avaient l'un et l'autre, ils ne pouvaient pas échouer.

Ce sera notre boutique, notre boutique à tous les deux, songea Fiona en regardant Joe, abîmé dans la contemplation du fleuve. Ses yeux s'attardèrent sur ses traits, s'enchantant du moindre détail : la forme du visage plein de caractère, le poil blond qui poussait dru sur ses joues, la petite cicatrice au-dessus de l'œil. Elle en connaissait toutes les lignes, tous les angles. Ils s'aimaient depuis toujours, et elle n'imaginait pas qu'il pût en être autrement. Ils avaient grandi dans la même rue pauvre, à quelques maisons d'écart. Dès leur plus jeune âge, ils avaient joué ensemble, couru dans Whitechapel, s'étaient mutuellement consolés, encouragés.

Ils avaient partagé leurs piécettes, et aussi leurs rêves. Bientôt, ils partageraient leur vie. Ils allaient se marier, mais pas tout de suite : elle n'avait que dix-sept ans, et son père la trouvait trop jeune. Mais dans un an, elle en aurait dix-huit et Joe vingt, et avec leurs économies ils réussiraient forcément.

Elle se leva et sauta des marches sur la dalle, vibrant d'enthousiasme et d'énergie. Elle courut sur la berge jusqu'au rivage, ramassa une poignée de cailloux et les lança les uns après les autres, aussi vite et aussi fort que possible. Quand elle eut fini ses ricochets, elle se tourna vers Joe qui l'observait depuis les marches.

— Un jour, on sera grands comme ça ! s'écria-t-elle en écartant les bras le plus loin possible. Plus grands que White ou Sainsbury's. Même plus grands que Harrods !

Elle resta ainsi un instant, semblant bien petite et bien fragile devant les entrepôts et les docks de l'autre rive. Ce n'était rien qu'une toute jeune fille, le bas de ses jupes traînant dans la vase. Mais en la regardant bien, comme Joe le faisait, on sentait la force phénoménale qui se dégageait d'elle, une ambition qui se traduisait dans chacune de ses expressions, chacun de ses gestes, dans la façon dont ses mains rudes de travailleuse formaient des poings, prêtes au combat.

— On sera tellement grands que tous les négociants du fleuve se bousculeront pour faire commerce avec nous. On aura dix magasins dans Londres... non, vingt... et partout dans le pays. À Brighton, à Bristol, à Birmingham... (Elle s'interrompit, soudain intimidée par le regard de Joe.) Pourquoi tu me regardes comme ça ?

— Parce que t'es une drôle de fille.

— Pas du tout !

— Si, je n'en ai jamais vu d'aussi courageuse. Tu as plus de nerfs que bien des gars. Peut-être que t'es pas une fille du tout... que t'es un docker en robe !

— Possible, rétorqua-t-elle en riant. Viens donc vérifier par toi-même !

Joe se leva, et, espiègle, Fiona s'enfuit le long du rivage. Un bruit de course sur le gravier lui apprit qu'il la poursuivait. Elle poussa un grand éclat de rire quand il la saisit par le bras.

— En tout cas, tu cours bien comme une fille ! (L'attirant contre lui, il feignit d'examiner son visage.) Et peut-être que t'es assez jolie pour en être une...

— Comment ça, « peut-être » ?

— Je pourrais me tromper... Il faut que je voie ça...

Ses doigts caressèrent les joues de Fiona. Tendrement, il lui fit lever la tête et l'embrassa sur la bouche, glissant la langue entre ses lèvres. Elle ferma les yeux et s'abandonna au plaisir du baiser. Elle n'aurait pas dû, elle le savait, pas avant le mariage. Le père Deegan lui ferait dire une série de *Je vous salue Marie* à confesse, et si son père l'apprenait, elle ne donnerait pas cher de sa peau. Mais c'était tellement bon, sous ce chaud soleil, de sentir les lèvres de Joe, la douce odeur de sa peau. Cessant de réfléchir, elle se dressa sur la pointe des pieds et lui entoura le cou, lui rendant son baiser.

Des cris et des sifflets interrompirent leur étreinte. Une barge venait de quitter l'embranchement de Wapping qui conduisait aux docks de Londres, tout proches. Au passage, l'équipage n'avait rien perdu du spectacle.

Rouge comme une tomate, Fiona attira Joe entre les pilotis du quai où ils restèrent cachés jusqu'à la disparition de l'embarcation. Des cloches sonnèrent deux heures. Il était tard ; elle aurait dû rentrer depuis longtemps pour aider sa mère à préparer le repas. Et Joe devait aller tenir sa charrette au marché. Après un dernier baiser, ils remontèrent sur les marches où elle enfila ses bas et remit ses bottines, se prenant les pieds dans le bas de sa robe.

En repartant, elle jeta un regard d'adieu au fleuve. Elle ne pourrait pas revenir avant le samedi suivant. Ce serait long. Mais peu importait : un jour, elle quitterait la fabrique. Le long des berges, de l'écume dansait sur la crête des vagues. Elle eut l'impression que l'eau de la Tamise sautait de joie devant leur bonheur.

Car ils étaient heureux, songea-t-elle avec un sourire. Ils s'aimaient, tous les deux ; ils avaient douze livres et deux shillings, et les mêmes rêves. Elle pouvait bien supporter Burton et les tristes rues de Whitechapel encore un an. Ensuite, le monde leur appartiendrait.

— Paddy ? Paddy, quelle heure est-il ? demanda Kate Finnegan à son mari.

— Mmm ? répondit-il, la tête cachée par son journal.

— Je te demande l'heure ! s'impatienta-t-elle en tournant sa pâte à crêpe.

— Mais je viens de te la donner !

Avec un soupir, il rouvrit sa montre en argent cabossée.

— Deux heures, pile.

Avec un froncement de sourcils, Kate mit de petites saucisses à cuire, puis, les laissant grésiller, s'assit à la table de la cuisine, face à son mari. Pour attirer son attention, elle dut frapper le bois du plat de la main.

— Paddy ! Paddy !

Il leva les yeux de son journal, posant sur sa femme son regard bleu.

— Oui ?

— Va les chercher ! On ne peut pas les laisser retarder ton dîner à courir comme ça n'importe où ! Moi, je ne sais pas quand verser la pâte sur mes saucisses.

— Ils vont arriver, commence quand tu voudras. Si c'est froid pour eux, ils n'auront qu'à s'en prendre à eux-mêmes.

— Mais aussi, c'est que je n'aime pas les savoir dehors, avec cet assassin qui rôde...

— Tu ne penses quand même pas que le tueur de Whitechapel va les attaquer en plein jour ? Et un costaud comme notre Charlie ne craint rien. Moi, je plains l'assassin qui s'aviserait de s'en prendre à lui : notre fils le mettrait à genoux en deux secondes. Pareil pour Fiona. Tu te souviens de Sid Malone, ce grand vaurien qui l'a coincée dans un passage ? Elle lui a cassé le nez. Pan ! et il fait deux fois sa taille.

— Oui, mais...

— Attends, il y a un article sur Ben Tillet, le syndicaliste qui va venir aider les dockers à monter une section. Écoute ça...

Kate lui jeta un regard lourd de reproche. Elle aurait crié au feu qu'il ne lui aurait pas prêté plus d'attention. Et puis, elle ne voulait rien savoir : les syndicats l'inquiétaient, les grèves la terrorisaient. Avec un mari, quatre enfants et un pensionnaire à nourrir, elle arrivait à peine à joindre les deux bouts. En cas de grève, ils mourraient de faim. Et comme si cela ne suffisait pas, il y avait un assassin en liberté.

Whitechapel était un quartier dur où se mêlaient les cockneys et les émigrants irlandais, polonais, russes, chinois ; un quartier de pauvres où, même si on était travailleur, on buvait beaucoup. La criminalité y était forte, mais pour les vols, surtout, pas les meurtres : si un homme mourait dans la rue, c'était à l'occasion d'une bagarre. Ici, on n'éventrait pas les femmes !

Pendant que Paddy reprenait sa lecture, Kate se redressa pour aller piquer les saucisses qui baignaient dans un bon jus bien riche. Elle versa la pâte dessus, les couvrant d'une couche épaisse qui gonfla en faisant des bulles. Parfait ! La pâte était légère et dorerait à merveille. Un petit verre de bière, c'était ça le secret. Elle enfourna le poêlon dans la cuisinière, puis s'occupa des pommes de terre. Elle les écrasait pour faire de la purée quand la porte d'entrée claqua et les pas légers et rapides de sa fille se firent entendre dans le couloir.

— Bonjour, m'man, p'pa ! lança gaiement Fiona, avant de déposer son salaire, moins les six pence, dans la vieille boîte à thé qui trônait sur la cheminée.

— Bonjour, ma fille, répondit Kate en levant le nez.

Paddy lança une vague salutation de derrière son journal.

Fiona attrapa un tablier qui pendait au crochet derrière la porte. Tout en attachant les cordons dans son dos, elle alla jeter un coup d'œil au bébé, Eileen, endormie dans son panier près du feu ; puis elle se pencha pour embrasser son frère Seamus qui jouait sur le tapis aux petits soldats avec des pinces à linge.

— Allez, un bisou, Seamie.

Le petit rouquin de quatre ans, très coquin, appuya les lèvres sur la joue de sa sœur et fit entendre un « prout ! » retentissant.

— Seamie ! C'est dégoûtant ! Qui t'a appris ça ?

— Charlie !

— Ça ne m'étonne pas... Que veux-tu que je fasse, maman ?

— Coupe le pain, et mets la table. Ah, il faut aussi s'occuper du thé et servir sa bière à ton père.

Fiona se mit au travail.

— Quelles nouvelles, papa ?

Paddy baissa son journal.

— On parle du syndicat. Il y a de plus en plus de monde qui s'inscrit. Les gars de Wapping y seront bientôt tous. Moi je te le dis, il y aura une grève avant la fin de l'année. Les syndicats vont sauver la classe ouvrière.

— Et comment vont-ils s'y prendre ? En nous obtenant un penny de plus à l'heure, pour qu'on meure de faim un peu plus lentement au lieu de crever tout de suite ?

— Fiona, ne commence pas... avertit Kate.

— En voilà une attitude ! rugit son père. C'est ton Joe Bristow qui te met ces idées dans la tête ? Les marchands des quatre-saisons sont de terribles antisyndicalistes. Ils sont trop indépendants. Ils se fichent bien de la classe ouvrière.

— Je n'ai pas besoin de Joe pour avoir des idées ! Je pense très bien sans lui, merci. Et je ne suis pas contre les syndicats, c'est juste que je préfère me débrouiller toute seule. Si on attend que les propriétaires des docks et des usines se laissent convaincre par une bande de mauvaises têtes, on peut attendre longtemps.

— Tu devrais prendre ta carte, payer ta cotisation, donner une partie de ton salaire pour le bien de tous. Autrement, tu fais le jeu des exploiteurs.

— Sûrement pas ! Je me lève tous les jours à l'aube sauf le dimanche, comme toi. Moi aussi, je pense que les ouvriers devraient avoir une vie digne de ce nom, bien sûr ! Mais je n'ai pas envie de rester assise sur mon derrière jusqu'à ce que ton Ben Tillet nous apporte la solution sur un plateau.

— Fiona, ne parle pas comme ça ! protesta Kate en vérifiant la cuisson dans le four.

— Papa, est-ce que tu crois vraiment que William Burton va laisser ses ouvriers se syndiquer ? Tu travailles également pour lui, tu le connais : il n'y a pas plus près de ses sous. Ses profits, il veut se les garder, pas les partager.

— Mais, ma petite fille, il faut bien commencer quelque part ! On organise des réunions, on discute, on persuade les ouvriers de Burton de soutenir le syndicat : les gars dans les docks, les filles dans les ateliers, et le patron n'aura plus qu'à s'incliner. Il faut savoir avancer à petits pas. Regarde les ouvrières de l'usine d'allumettes Bryant & May. Elles se sont mises en grève, et elles ont gagné après trois petites semaines d'arrêt. Et rien que des filles ! L'union fait la force, Fiona. C'est les syndicats qui sauveront les dockers et toute la classe ouvrière.

— Je me fiche de sauver le monde. Je préfère commencer par moi.

Paddy abattit son poing sur la table, faisant sursauter sa femme et sa fille.

— Suffit ! Je ne veux pas entendre ce genre de traîtrise chez moi !

Il redéplia son journal à grands gestes furieux.

Fiona bouillonnait, mais elle parvint à se contenir.

— Quand vas-tu apprendre à tenir ta langue ? souffla Kate.

La jeune fille haussa les épaules avec une feinte indifférence, et se mit à disposer les couteaux et les fourchettes sur la table. Kate soupira. Paddy prétendait qu'il encourageait ses enfants à penser par eux-mêmes, mais comme beaucoup de pères, au fond, il préférait les voir penser comme lui.

Le regard de Kate passa de son mari à sa fille. Dieu, qu'ils se ressemblaient ! Mêmes cheveux noirs, mêmes yeux bleus, même menton obstiné. De vrais Irlandais, jusque dans leurs grandes idées. Des rêveurs. Lui, à espérer vainement que les propriétaires entendent raison, et elle, partie dans ses idées de petit commerce. Fiona ne se rendait pas compte de la difficulté et on ne pouvait rien lui dire. Combien de filles de docker parvenaient à ouvrir des boutiques ? Et combien, ensuite, les maintenaient à flot ? Si Fiona échouait, elle aurait le cœur brisé, et regretterait toute sa vie ce rêve qu'elle n'aurait jamais dû nourrir...

Kate confiait souvent ses inquiétudes à son mari, mais Paddy était fier du caractère passionné de son aînée. Et pourtant, avoir du tempérament n'apportait jamais rien de bon aux filles ; à quoi cela servait-il quand, à la maison comme au travail, on se faisait sans cesse remettre au pas ? Enfin... le dîner était prêt.

— Où est ton frère, Fiona ?

— À l'usine à gaz, il récupère des morceaux de houille pour ses clientes.

— Ce garçon vendrait ses cornes au diable, commenta Paddy.

— Fiona, mets la sauce sur la table, ordonna Kate.

Un grand bruit à la porte indiqua que Charlie rentrait, tirant sa brouette derrière lui.

Seamie leva la tête.

— Le tueur de Whitechapel, au secours ! s'écria-t-il avec délice.

Kate fronça les sourcils. Elle n'appréciait pas ce nouveau jeu macabre de ses fils.

— Oui, mon petit garçon, lança une voix caverneuse depuis le couloir. C'est moi, l'assassin, le prince de la nuit qui vient prendre les enfants désobéissants !

Un rire diabolique suivit, et Seamie, hurlant de terreur et de plaisir, courut partout dans la pièce pour trouver une cachette.

— Ici, poussin, murmura Fiona en se précipitant vers le fauteuil à bascule près de la cheminée.

Elle s'assit et étala ses jupes. Seamie se faufila dessous à quatre pattes et disparut, exception faite de ses pieds qui dépassaient. Charlie pénétra dans la cuisine à grands pas, aperçut les chaussures de l'enfant, et se retint tout juste de rire.

— Bonjour, mam'selle, vous n'auriez pas vu un garnement ?

— Ne fais pas peur à ton frère, protesta Kate.

— Il adore ça... murmura Charlie. Petiiiiit ! Petiiiiit !

Il fit mine de chercher partout, dans les placards, sous l'évier, tout en continuant d'appeler.

— C'est à vous ces pieds-là, mademoiselle ? Ils sont bien menus pour une grosse fille comme vous ! Attendez que je regarde... Ah ah !

Il attrapa les chevilles de son petit frère et le tira à lui, puis, ignorant ses hurlements, le chatouilla jusqu'à lui faire perdre haleine.

Quand il arrêta, Seamie resta allongé par terre, haletant, le regard éperdu d'admiration. Charlie était son héros. Il le suivait partout, voulait s'habiller comme lui, et obligeait sa mère à lui attacher un mouchoir au cou pour imiter la bande d'étoffe rouge que portaient tous les gars du quartier des docks. Ils se ressemblaient beaucoup, ayant hérité de Kate leurs cheveux roux, leurs yeux verts et leurs taches de rousseur.

Charlie accrocha sa veste et sortit de sa poche une poignée de pièces qu'il déposa dans la boîte à thé.

— Y a un peu plus que d'habitude, m'man. On a eu des bonus cette semaine.

— Merci, mon fils, ce ne sera pas de trop. Je mets de côté pour payer une veste à ton père. La sienne n'est même plus bonne à repriser.

S'asseyant à table, Charlie prit une tranche de pain et l'engloutit. Paddy, qui levait les yeux de son journal, le vit mâcher et lui donna une tape sur la tête.

— Attends ta mère et ta sœur pour commencer ! Et ôte ta casquette, à table.

— Fiona, occupe-toi de Seamie, commanda Kate. Et où est Roddy ? Il dort encore ? D'habitude, l'odeur du repas le fait sortir de son trou. Charlie, va l'appeler.

Charlie quitta la table pour aller se poster au pied de l'escalier.

— Hé, oncle Roddy ! C'est prêt !

N'obtenant pas de réponse, il monta.

Fiona lava les mains de Seamie, puis l'installa sur sa chaise. Elle lui attacha une serviette autour du cou et lui tendit une croûte de pain pour le faire taire. Ensuite elle alla prendre six assiettes dans le placard et les apporta à la cuisinière. Sur trois d'entre elles, Kate disposa les côtelettes de mouton qui attendaient au coin du feu, de la purée et de la sauce aux oignons. Elle retira ensuite le poêlon du four et répartit son contenu, ainsi que la fin de la purée et de la sauce, entre les trois dernières assiettes.

Ni Kate ni Fiona n'auraient eu l'idée de contester cette répartition du repas. Les hommes rapportaient le plus gros des revenus familiaux et avaient besoin de viande pour conserver leurs forces. Les femmes et les enfants n'avaient droit qu'au bacon et aux saucisses – et encore, seulement le week-end, si ce qu'il restait des salaires de la semaine le permettait. Personne ne prenait en compte les heures passées par Kate au-dessus de la lessiveuse et de l'essoreuse, à soulever des tonnes de vêtements mouillés, ni le travail de Fiona à la fabrique de thé ; et même si on y avait pensé, cela n'aurait rien changé. C'étaient les salaires de Paddy et de Charlie qui payaient le loyer, les vêtements et l'essentiel de la nourriture. Si le père ou le fils tombait malade et manquait le travail, la famille entière en souffrirait. Et il en allait de même dans les autres foyers ouvriers de l'Est londonien : les hommes mangeaient de la viande, et les femmes se débrouillaient avec l'argent restant.

Charlie redescendit l'escalier.

— Il est pas là, m'man, déclara-t-il à Kate en reprenant place à table. Le lit est même pas défait.

— Bizarre, commenta Paddy.

— Et son dîner qui refroidit ! s'inquiéta Kate. Fiona, passe-moi son assiette que je la lui mette au chaud. Où a-t-il pu passer ? Il n'est pas rentré ce matin, Paddy ?

— Je ne sais pas. En général, il n'arrive qu'après mon départ.

— J'espère qu'il n'est rien arrivé...

— On serait venu nous l'annoncer. La relève aura peut-être manqué et il aura dû assurer le service suivant.

Roddy O'Meara, le pensionnaire des Finnegan, faisait presque partie de la famille ; les enfants le considéraient comme leur oncle. Il avait grandi à Dublin avec Paddy et le jeune frère de celui-ci, Michael, et avait émigré avec eux, d'abord à Liverpool, puis à Londres. Il était resté à Whitechapel avec Paddy tandis que Michael poursuivait sa route jusqu'à New York. Roddy connaissait les enfants Finnegan depuis leur naissance ; il les avait fait sauter sur ses genoux, les avait protégés contre les chiens méchants, leur avait raconté des histoires de fantôme le soir au coin du feu. Il était bien plus proche d'eux que Michael, qu'ils n'avaient jamais rencontré, et ils l'adoraient.

Après avoir pressé le thé, Kate s'assit, puis Paddy dit la prière et ils commencèrent à manger. Elle considéra la tablée avec fierté. Charlie engouffrait la nourriture. Il n'était pas grand, mais costaud pour ses quinze ans, avec des épaules larges, et un caractère aussi dur et bagarreur que celui des bull-terriers qu'élevaient certains voisins.

— Il reste des patates, m'man ?

— Sur la cuisinière.

S'étant levé, il empilait de la purée dans son assiette quand la porte d'entrée s'ouvrit.

— C'est toi, Roddy ? cria Kate. Charlie, sors l'assiette de ton oncle...

Elle s'interrompit en voyant Roddy paraître dans l'encadrement de la porte. Fiona, Paddy et même Seamie interrompirent leur repas pour le regarder.

— Bon Dieu ! s'exclama Paddy, qu'est-ce qui t'est arrivé ?

Roddy ne répondit rien. Il était blanc comme un linge. Il tenait son casque de policeman dans une main ; sa veste d'uniforme était ouverte, et tachée par une trace sombre.

— Roddy... mais parle, bon sang !

— Encore un meurtre, finit-il par répondre. Dans Bucks Row. Une femme nommée Polly Nichols.

— Bon Dieu ! s'exclama Paddy.

Kate poussa un cri, tandis que Fiona et Charlie fixaient Roddy, les yeux écarquillés.

— Il y avait du sang partout ! Un passant l'a trouvée en allant à son travail, juste avant l'aube. Je l'ai vu courir dans la rue en beuglant, je l'ai arrêté, et il m'a conduit là-bas. Égorgée, lacérée, une vraie boucherie. J'ai envoyé l'homme au poste pour chercher des renforts, et le temps qu'ils arrivent, j'avais presque une émeute sur les bras. Les gens étaient furieux. Un nouveau meurtre, et la police ne fait rien, qu'ils disent...

— On ne parle que du tueur dans le journal, remarqua Paddy. Il font des tas de discours sur l'East End alors que personne ne parlait de nous avant. Il faut un fou pour que les bourgeois s'intéressent à Whitechapel. Et encore, c'est parce qu'ils voudraient entourer le quartier d'une palissade pour empêcher le tueur d'aller poignarder les gens de la haute.

— Ça m'étonnerait qu'il bouge, répliqua Roddy. Il s'en prend toujours aux mêmes victimes : des prostituées portées sur la boisson. Il ne sortira pas de Whitechapel, il connaît le quartier comme sa poche et se volatilise à chaque fois. Personne n'a rien vu, rien entendu... Je n'oublierai jamais cette femme.

— Allez, Roddy, l'encouragea Kate, mange quelque chose.

— Je ne peux rien avaler.

— C'est horrible, intervint Fiona. Bucks Row, ce n'est pas très loin d'ici. Ça donne la chair de poule.

— T'as rien à craindre, répliqua Charlie en ricanant, il se fait que les putains.

— Suffit, Charlie, gronda Kate.

— Je suis lessivé, avoua Roddy. Je dormirais bien pendant une semaine, mais je dois témoigner à l'enquête, ce soir.

— Monte te reposer, conseilla Paddy.

— Oui, c'est ce que je vais faire. Garde-moi mon dîner, Kate.

— Bien sûr.

— Pauvre oncle Roddy, remarqua Fiona quand il eut quitté la pièce, il a l'air sonné.

— Je comprends ça ! lança Paddy. À sa place, j'aurais tourné de l'œil.

Pourvu qu'on attrape ce tueur, songea Kate. Dire qu'il se balade dans le quartier, qu'il va au pub comme tout le monde. Peut-être qu'il travaille dans les docks, qu'il vit à deux rues d'ici. Peut-être bien qu'il passe devant chez nous la nuit. Malgré la chaleur de la cuisinière, elle frissonna. « On marche sur ta tombe », avait coutume de dire sa mère dans ces cas-là.

— J'me demande si le tueur... commença Charlie.

— Ah non ! coupa-t-elle. Finis ton dîner.

— Qu'est-ce qui t'arrive ? s'enquit Paddy. Tu es toute pâle.

— Rien... Je voudrais qu'il se fasse prendre, ce monstre, c'est tout.

— Ne t'en fais pas, tant que je suis là pour vous protéger, il ne vous arrivera rien, assura son mari en lui prenant la main.

Kate se força à sourire. C'était vrai, ils ne craignaient rien. Ils avaient une bonne maison avec de bons verrous, et Paddy et Roddy pour veiller sur eux. Personne ne viendrait les assassiner dans leur lit. Mais tout de même, Fiona avait raison : ça vous donnait la chair de poule.

— Achetez mes reinettes ! Reinettes, reinettes ! Quatre pour un penny !

— Des coques, des moules !

— Mes harengs, ils sont frais mes harengs !

Tous les samedis soir, Fiona allait au marché, où l'on entendait les boniments éclater bien avant de voir les étals et les charrettes. Mais au milieu de cette musique, une nouvelle note discordante faisait presser le pas aux acheteurs et leur donnait envie de retourner au coin du feu en verrouillant bien la porte derrière eux.

— Encore un meurtre ! braillait un petit vendeur de journaux. Achetez le *Clarion* ! Des dessins de la victime, du sang, des tripes !

Quand elle tourna dans Brick Lane avec sa mère, Fiona sentit une grande joie s'emparer d'elle. Le marché, tout illuminé, formait une masse vivante, vibrante à laquelle elle avait hâte de se mêler. Elle tira sur le bras de Kate.

— Attends, Fi, je ne peux pas aller plus vite !

Les cris des cockneys, à l'accent des faubourgs rude et haché, continuaient de s'élever. Les marchands hélaient les passants, vantaient leurs prix, provocateurs.

— Comment ça, il est pas frais mon poisson ? Tu t'es pas regardée, vieille truite !

Fiona s'arrêta devant le poissonnier, admirant les plateaux de bigorneaux, les bourriches d'huîtres.

Ensuite venait l'étal du boucher, décoré de guirlandes de papier crépon rouge et blanc, avec ses planches garnies de belles rangées de côtes de porc, de saucisses dodues, de têtes de cochon.

Puis il y avait les charrettes de primeurs, avec leurs pyramides de fruits – pommes, poires, prunes, oranges, citrons. Et devant, les corbeilles de choux-fleurs, de brocolis, de choux verts, de navets, d'oignons, de pommes de terre.

La lumière vacillante des becs de gaz et des lampes à pétrole illuminait la scène, complétée par des bouts de bougie plantés un peu partout, même dans les navets. Et les senteurs ! Fiona s'arrêta, fermant les yeux pour bien les apprécier. Les coques au vinaigre, les diverses épices, les beignets aux pommes saupoudrés de sucre à la cannelle, les saucisses frites, les pommes de terre en robe des champs, les biscuits au gingembre... Elle mourait de faim !

Elle rouvrit les yeux et, en regardant sa mère s'enfoncer dans la foule pour s'approcher du boucher, il lui sembla que toute la population de l'East End s'était donné rendez-vous. Les juifs allaient à la synagogue ; les marins s'arrêtaient pour engloutir des anguilles en gelée et de la soupe de pois cassés ; les travailleurs, fraîchement rasés, se pressaient aux portes des pubs.

C'étaient les femmes qui achetaient, se poussaient, marchandaient, certaines accompagnées de leurs maris qui portaient les paniers en tirant sur leur pipe. D'autres traînaient à leur suite leur marmaille, qui réclamait des friandises à grands cris. Quel que soit le pays d'origine de leurs parents, tous ces enfants voulaient ce que leurs mères excédées ne pouvaient leur offrir : les bonbons, les sucettes multicolores, les biscuits craquants. Et, alors qu'elles n'avaient pas assez d'argent pour les repas de la semaine, elles réussissaient à acheter une brioche au sucre qu'elles partageaient, afin de leur permettre de goûter au moins une douceur.

Fiona rejoignit sa mère, mais, la voyant en grande conversation avec le boucher, elle la laissa pour chercher Joe. Elle le trouva à cinq charrettes de là, en train de vanter sa marchandise. Malgré la fraîcheur de la soirée, il avait le col ouvert, les manches retroussées, les joues hautes en couleur. Depuis un an, M. Bristow laissait son fils crier le boniment ; il avait du talent.

En le regardant travailler, Fiona se rengorgeait. Joe ferrait le client, attrapait le regard, convainquait comme personne. C'était un véritable acteur : il coupait une orange en deux et aspergeait le pavé de son jus d'un geste large qui attirait l'attention à plusieurs mètres. Il formait vivement un cornet avec du papier journal, y enfournait « Non pas deux, mais trois, mais quatre belles oranges bien juteuses, pour deux pence seulement ! », le refermait en un tournemain et tendait le tout avec enjouement.

Ses beaux yeux bleu ciel et son sourire ne gâtaient rien, songea Fiona, ni la masse de boucles blond foncé attachées à la nuque, qui s'échappait de sous sa casquette. Rougissante, elle se reprocha ses pensées, interdites par les sœurs, sans parvenir à quitter des yeux la peau que révélait la chemise entrouverte, sous le carré de tissu rouge noué au cou. Elle voulait y passer les doigts, y poser les lèvres. Elle adorait sa chaleur, son odeur – y percevant la senteur de la verdure que Joe manipulait, celle de son cheval, et celle de l'air de l'East End où se mêlaient des relents de suie et de vase.

Un soir, derrière la brasserie, Joe avait glissé la main sous son corsage. Il l'avait embrassée sur la bouche, la gorge, dans le cou, avant de défaire ses boutons. Elle avait cru fondre sous la chaleur de ses doigts, mais elle l'avait repoussé, non par pudeur ou par modestie, mais parce qu'elle avait eu peur d'en vouloir davantage.

Elle ignorait où le désir pouvait la mener. Personne ne parlait de ce sujet tabou. Le peu qu'elle savait, elle l'avait entendu crier par les voyous dans la rue, ou retiré des conversations des grandes sœurs et des mères qu'elle espionnait avec ses amies. Certaines parlaient des hommes avec des airs de martyre ; d'autres pouffaient, laissant entendre qu'elles ne s'en lassaient pas.

Joe l'aperçut et lui sourit. Elle rougit encore, certaine qu'il avait lu dans son esprit.

— Viens, Fi, allons aux légumes, lança sa mère en traversant pour se diriger vers la charrette des Bristow.

Fiona la suivit. Kate Finnegan et Rose Bristow, petite femme replète et souriante, se connaissaient bien. Elles avaient grandi dans le même quartier sordide de Whitechapel et s'étaient suivies jusqu'à Montague Street. Même maintenant qu'elles étaient mères de famille, elles continuaient de se faire des messes basses en gloussant comme des gamines.

Pendant qu'elles échangeaient en frémissant des commentaires sur le tueur de Whitechapel, Joe s'approcha de Fiona, tout en s'essuyant le front avec la manche.

— Y a du monde ce soir ! On sera bientôt à court de pommes. J'avais bien dit au paternel d'en acheter plus...

— ... mais il n'a rien voulu savoir, acheva Fiona à sa place.

C'était le refrain familier. Joe poussait son père à s'agrandir, et M. Bristow résistait. Fiona savait combien ce manque de confiance en ses conseils blessait Joe.

— Pense à la boîte de cacao, déclara-t-elle pour lui redonner courage.

— Et avec tout ce monde, il y aura des pièces à rajouter. On ne sait plus où donner de la tête. (Il jeta un coup d'œil à son père et à son jeune frère Jimmy, entourés de clients.) Je ferais bien d'retourner les aider. On se voit demain après dîner ?

— Oh, je ne sais pas, ça dépendra de mes soupirants, s'ils me laissent le temps !

— Si tu n'en veux pas, moi je le prends, gazouilla une voix fluette.

Réprimant un soupir, Fiona se tourna vers celle qui les interrompait. Millie était une fille gâtée et vaniteuse, blonde et bien faite, vive et jolie. Une vraie petite peste. Son père, Tommy Peterson, était l'un des plus grands grossistes de fruits et légumes de l'East End et de Covent Garden. Il avait réussi par son propre mérite, partant d'une simple charrette de primeurs, et avait construit sa fortune à force de travail et de bonnes aubaines. C'était un homme d'affaires avisé, qui, bien que très occupé, allait beaucoup sur les marchés pour observer ses clients et leurs acheteurs.

Tommy aussi était né à Whitechapel. Millie avait grandi près de chez Fiona et de chez Joe, avait joué avec eux et les autres enfants du quartier. Mais dès que la fortune avait commencé à lui sourire, Peterson avait déménagé à Pimlico, un quartier en pleine ascension. Quelques mois plus tard, sa femme, enceinte de leur second enfant, était morte en couches avec le bébé. Anéanti, Tommy avait reporté toute son affection sur Millie. Il tenait à elle comme à la prunelle de ses yeux et la couvrait de cadeaux pour compenser la perte de sa mère. Tout ce que Millie voulait, elle l'obtenait. Et depuis sa plus tendre enfance, Millie avait jeté son dévolu sur Joe. Loin de se décourager devant l'indifférence qu'il lui montrait, elle persistait, résolue à gagner son cœur.

S'il n'avait tenu qu'à Fiona, elle l'aurait remise à sa place ; mais les Bristow achetaient presque tous leurs produits au père de Millie qui leur accordait de bons prix. Pas question de compromettre cette entente. Elle devait absolument contrôler ses paroles. Ou du moins, essayer.

— Bonjour, Joe, déclara Millie avec un sourire séduisant, bonjour, Fiona, ajouta-t-elle sèchement. Tu vis toujours à Montague Street ?

— Non, répondit Fiona sans rire. Nous avons déménagé dans le West End, une très jolie petite demeure. Le palais de Buckingham, tu connais ? Papa trouve le trajet un peu long pour aller aux docks tous les matins, mais le quartier est beaucoup plus agréable.

— Tu te moques de moi ? s'indigna Millie.

— Mais pas du t...

— Et alors, Millie, coupa Joe en lançant un regard alarmé à Fiona, quel bon vent t'amène ?

— Je fais un petit tour avec papa...

Tu penses, songea Fiona avec agacement. Dans cette tenue !

Tous les regards se tournaient vers Millie, et Joe ne faisait pas exception à la règle. Elle portait une jupe vert tendre magnifique, et une veste assortie, coupée court pour souligner sa taille fine et sa poitrine ronde. Personne ne mettait d'aussi beaux vêtements à Whitechapel, et encore moins un soir de marché. Ses boucles dorées étaient relevées en chignon sous un chapeau du même vert. Des perles ornaient ses oreilles, un jabot de dentelle parait sa gorge et des gants de chevreau ivoire protégeaient ses mains délicates.

En la contemplant, Fiona se trouva mal fagotée, avec sa vieille jupe de laine, son corsage de coton blanc, et son châle en tricot gris jeté sur ses épaules. Elle ravala sa honte, refusant de se laisser humilier par une Millie Peterson.

— Ton père se fait de nouveaux clients en venant ici ? demanda Joe à Millie.

— Quelques-uns, mais ce n'est pas cela qu'il recherche vraiment. Il repère les jeunes talents. Il est toujours à l'affût de collaborateurs doués. Je suis sûre que tu lui plairais, ajouta-t-elle en lui posant la main sur le bras

Fiona vit rouge. Au diable la diplomatie ! Millie Peterson dépassait les bornes.

— Tu te sens mal, Millie ?

— Non, pourquoi ? jeta celle-ci avec un regard de dédain.

— Parce qu'on dirait que tu as peur de tomber par terre, à te voir t'accrocher à Joe comme ça. On va te trouver un cageot pour t'asseoir.

— Inutile, je te remercie ! rétorqua Millie en lâchant le bras de Joe.

— Ce serait bête que tu t'évanouisses. Ta veste doit être un peu étroite.

— Petite peste ! s'écria Millie en rougissant.

— Mieux vaut ça qu'être une garce !

— Bon, vous n'allez pas vous battre en plein marché, plaisanta Joe.

— Sûrement pas, riposta Millie, d'ailleurs je m'en vais, puisque c'est ainsi qu'on m'accueille.

— Millie, Fiona ne pense pas ce qu'elle dit.

— Oh, que si ! jeta Fiona.

— Ce n'est pas grave, gémit Millie d'un ton de victime en lançant un regard éploré à Joe. Je dois rejoindre papa. Je repasserai plus tard, et j'espère que tu seras en meilleure compagnie. Au revoir.

— Au revoir, Millie. Bien le bonjour à ton père.

Dès que Millie fut hors de vue, Joe se tourna vers Fiona.

— Tu es trop soupe au lait ! Tu vas faire des scènes comme ça quand on aura notre commerce ?

Ses reproches firent mouche. Il avait raison, songea Fiona. Et elle avait eu tort.

— Joe ! On a besoin de toi ! cria M. Bristow.

— J'arrive, papa ! Faut que j'te laisse, Fi. Sois pas jalouse, y a pas de quoi.

— Je ne suis pas jalouse ! protesta-t-elle en tapant du pied, mais Joe se rapprochait déjà de sa charrette.

Elle avait pourtant des raisons de se tracasser un peu ! Millie avait beaucoup plus à lui apporter : elle possédait de beaux vêtements, des bijoux, et elle était ravissante. Sans parler de son père bien placé et de son argent. Elle pourrait faire avoir une boutique à Joe rien qu'en claquant des doigts. Dix boutiques, même, s'il voulait. Et s'il se laissait tenter, surtout maintenant qu'il était en colère contre elle ? Mais elle réagirait ! Elle prétendrait préférer Jimmy Shea, le fils du tavernier. Les larmes qui s'accumulaient dans les yeux de Fiona allaient s'échapper quand sa mère la rejoignit.

— C'est Millie Peterson, que je viens de voir passer ? demanda Kate avec un coup d'œil à sa fille.

— Oui, répondit Fiona d'un air sombre.

— Elle en fait des manières, cette petite ! Elle a mauvais genre.

— Tu trouves ? dit Fiona, recouvrant un peu de sa bonne humeur.

— Ça oui ! Allez, viens, on se dépêche, je n'ai plus qu'une course et on rentre...

La voix de sa mère s'éloigna tandis qu'elle se hâtait vers un étal. Par-dessus le brouhaha, Fiona entendit Joe reprendre ses appels vigoureux. Elle se tourna vers lui.

Il lui sourit, et, malgré la nuit, Fiona eut l'impression que le soleil se levait.

— Qu'il est beau, mon chou ! cria-t-il, qu'il est beau ! Il est à trois pence, mon chou, mais ce soir, c'est gratuit ! Gratuit pour la plus belle fille du marché ! La voilà, ajouta-t-il en lançant le chou à Fiona.

Elle l'attrapa.

— Ah, mesdames ! continua Joe à tue-tête, elle m'a volé mon chou et mon cœur, mais elle ne veut pas de moi ! Qui veut m'épouser ?

Au milieu des rires, les Bristow emballaient et vendaient à tour de bras.

La plus jolie fille du marché ! Fiona rayonnait de bonheur. Comme elle avait été bête de craindre Millie. Joe était bien à elle, à elle seule. Elle lui fit adieu de la main et courut rejoindre sa mère, de nouveau pleine d'assurance et de joie de vivre. Son inquiétude avait été brève.

Mais l'optimisme de Fiona n'aurait peut-être pas duré si elle était restée quelques secondes de plus près de la charrette des Bristow. Juste au moment où elle retrouvait sa mère, Millie reparut, son père à la traîne. Elle le tirait par la manche en lui montrant du doigt Joe, comme s'il s'agissait d'un objet dans une vitrine. Mais Tommy Peterson n'avait pas besoin qu'on attirât son attention sur Joe : son regard acéré l'avait tout de suite remarqué, et il apprécia la rapidité avec laquelle il écoulait la marchandise. Pour la première fois de la soirée, Tommy sourit. Sa fille avait tout à fait raison : ce garçon avait de l'avenir.

2

— On nous paie cinq malheureux pence de l'heure pour nous tuer à la tâche, les gars ! s'indigna Paddy Finnegan en tapant son verre sur le bar. Pas d'heures supplémentaires, et maintenant ces salauds nous retiennent notre bonus !

— Burton n'a pas le droit ! renchérit Shane Patterson, un autre docker. Curran avait promis que si on déchargeait pour cinq heures, on aurait la prime. On a fini à quatre heures, et il nous la refuse !

— Il n'a pas le droit ! s'exclama Matt Williams qui travaillait avec eux.

— Il ne va pas se gêner, commenta Paddy, se rappelant avec quelle sérénité le contremaître avait accueilli les protestations des débardeurs.

La porte du pub s'ouvrit et tous les yeux se tournèrent dans sa direction. *La Taverne du Lion* était un lieu dangereux, ce soir, car Ben Tillet, le leader syndical, devait venir faire un discours, et tous ceux qui seraient vus ici risquaient d'être licenciés. Mais l'arrivant n'était que Davey O'Neill, un débardeur qui travaillait aussi pour l'entrepôt Oliver. Paddy fut surpris de le voir : Davey ne voulait rien avoir à faire avec le syndicat. Malgré son jeune âge, il avait trois enfants qu'il avait bien du mal à nourrir, et l'idée de perdre son emploi le terrorisait.

— Ici, Davey, mon gars ! cria Paddy en lui faisant signe.

Petit et fluet, avec des cheveux clairs et un regard inquiet, Davey salua les buveurs à la ronde.

— Une pinte pour moi, Maggie, et une pour mon camarade, lança Paddy à la serveuse.

En la hélant, il donna du coude dans le verre de son voisin. Il s'excusa pour la bière bousculée et offrit à l'homme de lui repayer un verre, mais celui-ci refusa en lui assurant qu'il n'y avait pas de mal.

Les chopes arrivèrent, pleines de bière épaisse et brune avec un bon faux col.

— Alors ? s'enquit Paddy. Qu'est-ce qui t'amène ? Je croyais que tu ne voulais pas te syndiquer.

— Je ne vais pas forcément m'inscrire, mais après le bonus que Curran nous a retiré, je veux bien entendre ce qu'il a à dire, ce bonhomme. Seulement si je perds mon travail, je suis fichu. Lizzie, ma plus jeune, elle a la poitrine faible, et je n'ai déjà pas de quoi payer les remèdes...

— Je sais bien... On est tous dans le même pétrin, va, déclara Paddy.

— Pour sûr, intervint Matt. Vous avez entendu les menaces de Curran tout à l'heure ?

— On l'a entendu, mais c'est du vent, répondit Paddy. Burton cherche à se développer. Un camarade qui travaille à la criée du thé a entendu qu'il désirait acheter une plantation aux Indes, rien que ça. Il paraît qu'il demande des prêts aux banques et qu'il veut introduire la Compagnie Burton en Bourse pour se financer. Si quelqu'un risque gros, c'est lui, pas nous. Il doit mourir de trouille qu'on se syndique et qu'on lui arrache un penny de plus à l'heure. C'est pour ça qu'il menace de nous fiche dehors. Mais si on signait tous – les gars des docks, les camarades de Wapping ? Il ne pourrait pas se débarrasser de tout le monde. Comment il nous remplacerait ? Si l'ensemble des dockers se syndiquait, personne n'accepterait de travailler chez lui. Alors on doit tous s'inscrire.

— Je ne sais pas, bougonna Davey. On va voir.

— Bon, d'accord, admit Paddy en regardant ses trois compagnons tour à tour. On écoute ce qu'il a à dire. C'est un docker, il sait ce qui se passe ici. Si ça ne nous plaît pas, on laisse tomber. Mais si ça nous intéresse, on signe tous les quatre.

Ils approuvèrent, puis Shane s'éloigna du bar, annonçant qu'il allait chercher une table ; Matt et Davey le suivirent. Paddy se commanda une autre bière tout en regardant autour de lui. Tillet devait être en retard car personne dans le bar ne lui ressemblait ; mais il n'en était pas sûr, n'ayant vu du syndicaliste que des esquisses dans le journal.

— Tu as bien convaincu tes amis, remarqua le buveur, dont il avait bousculé la bière peu auparavant.

Paddy se tourna vers lui. C'était un homme jeune et fluet, bien rasé, sérieux, vêtu comme tous les dockers de la taverne.

— Tu es un bon meneur, ajouta l'inconnu.

Paddy se mit à rire.

— Oh, des meneurs, il n'y en a pas par ici. C'est un peu le problème, d'ailleurs : à Wapping, les gars ne savent pas s'organiser.

— Pourtant, tu parles bien. Tu dois vraiment croire au syndicat.

— C'est notre seule chance de nous en sortir, d'avoir un salaire correct, des conditions de travail acceptables. Regarde ce pauvre bougre, là-bas ; il a passé sa vie à décharger des bateaux. Un jour, une caisse lui tombe sur la tête, ça lui détraque le cerveau. Le contremaître le fiche dehors comme s'il était de l'ordure. On travaille dix, douze heures par jour et par tous les temps. On ne traiterait pas une bête comme on nous traite.

— Et les autres, ils auraient le courage de se battre ?

Paddy se hérissa.

— Du courage, pour sûr qu'ils en ont, mon gars ! Les patrons les ont fichus par terre, alors ils ont du mal à se relever, mais vu ce qu'ils endurent, du courage... ça, ils n'en manquent pas.

— Et toi ?

— En voilà des questions ! Évidemment que oui !

Soudain méfiant, Paddy le dévisagea. Les propriétaires des docks payaient grassement des informateurs pour espionner les syndicats.

— Comment t'appelles-tu, camarade ?

— Tillet. Benjamin Tillet, répondit l'homme en tendant la main. Et toi ?

Paddy ouvrit de grands yeux.

— Tonnerre de Dieu ! Pas Ben Tillet, quand même !

— Si.

— Alors, j'ai prêché un convaincu !

— C'est mon sujet favori. Ça m'a plu de t'écouter, camarade : tu as de bons arguments. Mais tu ne m'as pas encore dit ton nom.

— Finnegan. Paddy Finnegan.

— Alors écoute-moi, Paddy. Je dois commencer la réunion, mais tu as tout à fait raison : les dockers d'ici manquent d'organisation. Nous avons besoin de leaders, d'hommes qui entraînent les autres, qui les encouragent à persévérer si les actions sont dures. Qu'en penses-tu ?

— Qui ? Moi ?

— Oui, toi.

— Je ne sais pas... Je n'ai jamais mené personne.

— Mais si. (Tillet vida sa chope et la posa sur le bar.) Tout à l'heure, tu as bien su convaincre tes camarades. Tu leur as demandé de réfléchir. Je voudrais que tu en fasses autant pour moi. Réfléchis, d'accord ?

— D'accord...

— Bien, on se retrouve après la réunion, conclut Tillet en s'éloignant.

Ça alors ! se dit Paddy. Il était flatté que Tillet lui propose de mener les hommes. Mais il fallait se montrer à la hauteur. En était-il capable ? Et en avait-il envie ?

— Camarades, travailleurs des docks...

Tillet prenait la parole. Il fit un beau discours, commençant par le bonus qu'avait supprimé Curran, puis passant aux salaires de misère des entrepôts de thé, et aux terribles conditions de travail de Tilbury Docks. Partout, enchaîna-t-il, les ouvriers se faisaient exploiter, on les condamnait à un état de pauvreté inacceptable, et les responsables, c'étaient les propriétaires. Tous faisaient silence pour l'écouter, impressionnés par ses propos enflammés.

Tandis que Tillet dénonçait les exploiteurs, Paddy tournait la proposition dans sa tête. Que faire ? Il contempla les visages des dockers qui l'entouraient, durs comme des enclumes, marqués par la vie. Habituellement, c'était la bière qui effaçait les soucis ; les pintes emportaient les hurlements du contremaître, les pleurs des enfants au ventre vide, la conscience que jamais il n'y aurait assez de quoi que ce soit, quoi qu'on fasse – pas assez de charbon pour le poêle, ni de viande sur la table. Mais ce soir, ce n'était plus l'alcool qui les réconfortait, c'était l'espoir. Tillet leur laissait entrevoir la possibilité de s'en sortir.

Paddy songea à sa famille. On lui offrait la chance de se battre en première ligne. Pour obtenir un peu plus d'argent, bien sûr, mais aussi pour une autre victoire beaucoup plus importante : pour le changement, pour se faire entendre. Les travailleurs n'avaient jamais eu voix au chapitre. S'il refusait la proposition de Tillet, il ne pourrait plus jamais se regarder en face, sachant qu'il n'avait pas tout fait pour sauver ses enfants de la misère.

Les hommes ponctuaient le discours de cris d'approbation ; l'enthousiasme montait. Paddy regarda Tillet qui haranguait son auditoire, lui communiquant sa passion. Il n'hésita plus : sa réponse était prête.

Fiona s'éveilla en sursaut au son d'une chanson. Cela venait de l'arrière de la maison. Elle ouvrit les yeux. Il faisait noir. Charlie et Seamie dormaient ; elle l'entendait à leur respiration. Pourquoi papa chante-t-il en pleine nuit ? se demanda-t-elle, l'esprit embrumé de sommeil.

Elle s'assit, tâtonnant pour trouver la lampe et la boîte d'allumettes. La lumière n'éclaira que faiblement la petite pièce qui servait de salle commune le jour et de chambre pour elle et ses deux frères la nuit. Poussant le rideau de fortune – un vieux drap tendu sur un fil de fer – qui la séparait de ses frères, elle se rendit dans la cuisine.

Elle entendit claquer la porte des toilettes dans la cour et l'envolée du dernier couplet :

Jack leva bien haut ses pistolets.
Je me battrai, et jamais ne me rendrai, cria le valeureux Irlandais !

— Papa ! appela-t-elle doucement en passant la tête dans la cour. Chut ! Tu vas réveiller tout le monde. Rentre !

— J'arrive, ma petite chérie !

— Chut !

Elle posa la lampe sur la table et attisa les braises dans le foyer.

Paddy arriva dans la cuisine avec un sourire penaud.

— Je crois que j'ai un peu trop bu, Fi.

— Je vois ça. Viens, assieds-toi. Je vais te faire du thé. Tu veux un toast ? Il faut te mettre quelque chose dans le ventre.

— Bonne idée.

Il s'assit près du foyer, étendit les jambes et ferma les yeux.

Fiona prit le pain dans le placard, en coupa une tranche et la piqua avec une fourchette.

— Tiens, papa, dit-elle en la lui mettant dans la main. Ne la laisse pas brûler.

Quand le thé fut prêt, elle tira une chaise pour s'asseoir près de son père, se chauffant les pieds sur la barre de fonte tandis qu'il grillait son pain sur les flammes.

Elle le contempla avec affection. Si elle n'avait pas eu peur qu'il réveillât sa mère et Roddy, elle ne l'aurait pas fait taire. Elle adorait quand il chantait. C'était toujours lui qui lui fredonnait les berceuses dans son enfance, et lorsqu'il revenait du travail ou du pub, on l'entendait à plusieurs rues de là. Les soirs où il restait réparer ses chaussures, ou tailler un jouet pour Seamie, il chantonnait dans la cuisine. Bien souvent, elle s'était endormie, blottie sous la couverture, en écoutant sa voix.

— Alors, ma fille, lança-t-il la bouche pleine. Tu veux que je t'annonce une bonne nouvelle ?

— Oui, quelle nouvelle ?

— Ce n'est pas avec un vieux docker tout décati que tu prends le thé.

— Ah non ?

— Non, c'est avec le secrétaire de la section du Syndicat général du travail, branche des ouvriers du thé de Wapping.

— Tu plaisantes ?
— Pas du tout.
— Depuis quand ?
— Ce soir. Au pub. C'est Ben Tillet qui m'a nommé.
— Bravo ! Je suis très fière ! Attends que maman apprenne ça, ajouta Fiona avec un rire. Elle va se trouver mal. Le père Deegan dit que les syndicalistes ne sont qu'une bande de socialistes sans foi ni loi. Il va bientôt te pousser des cornes et une queue fourchue.
— C'est sûr, Deegan ne va pas apprécier. William Burton vient de lui donner cent livres pour réparer le toit de l'église.
— Tu devras faire quoi ?
— Faire adhérer le plus de monde possible. Organiser des réunions, récupérer les cotisations. Et puis, j'irai à des rencontres avec Tillet et les autres secrétaires de section. (Il s'interrompit pour boire une gorgée de thé.) Je pourrai peut-être même convaincre ma fille de prendre sa carte !
— Ne recommence pas, papa, répliqua Fiona avec un soupir. Tu sais que c'est déjà dur de mettre de l'argent de côté pour ma boutique. Il ne me reste pas un sou pour la cotisation.
— Tu pourrais commencer par aller aux réunions. Tu n'aurais pas besoin de donner d'argent...
— Papa, je ne veux pas travailler à la fabrique toute ma vie. Tu te rappelles, quand on était petits, avec Charlie ? Tu nous disais qu'il fallait avoir des rêves. Toi, ton rêve, c'est le syndicat ; mais moi, c'est mon commerce. Ça compte plus que tout. Alors, on fait chacun comme on l'entend, d'accord ?
Paddy regarda longuement sa fille, puis posa la main sur la sienne.
— D'accord, tête de mule. Il reste du thé ?
— Oui.
Soulagée que la discussion soit close, elle lui remplit sa tasse.
— Nous avons reçu une lettre d'oncle Michael, annonça-t-elle, se rappelant soudain la missive avec joie. Tante Molly attend un enfant. Il paraît que leur épicerie marche très fort. Tu veux la lire ?
— Demain, Fi. Je n'ai pas les yeux en face des trous.
— New York, comme ce doit être bien ! Tu crois que je devrais lui écrire pour lui demander des conseils pour ma boutique ?
— Sûrement, ça le flatterait. Il te répondra en douze pages. C'est un bavard, Michael.
— Je vais essayer d'économiser quelques pence pour acheter du papier et un timbre...
La chaleur du feu l'assoupissait. Et le lendemain, il lui fallait se lever afin d'assister à la messe. Son père ferait la grasse matinée. Il

ne cachait pas son opinion sur les curés, alors elle y allait seulement avec sa mère et Charlie, Seamie et Eileen étant trop petits. Paddy ne mettait jamais les pieds à l'église, même pour les baptêmes. Roddy devait le remplacer. Fiona se demanda comment sa mère s'était débrouillée pour le traîner à leur propre mariage.

— Papa ? lança-t-elle paresseusement en s'enroulant une mèche autour du doigt.

— Mmm ?

— Pourquoi tu ne viens jamais à l'église avec nous ?

Paddy regarda le charbon de bois rougeoyant.

— Ah... Je pourrais te dire que je n'aime pas me faire commander par une tripotée de vieux singes en robe, mais ce n'est pas si simple. Je ne vous ai jamais raconté ça, à toi et à ton frère...

Fiona lui jeta un coup d'œil surpris, soudain un peu inquiète.

— Tu sais que ton oncle Michael et moi, on vivait à Dublin quand on était mioches, et que c'est la sœur de notre mère, tante Evie, qui nous a élevés, hein ?

Elle approuva de la tête. Ses grands-parents étaient morts lorsque son père était enfant. Il en parlait très peu, et elle avait toujours cru que c'était parce qu'il ne s'en souvenait pas.

— Eh bien, avant d'aller à Dublin, Michael et moi, on vivait avec nos parents dans une petite ferme à Skiberreen. Sur la côte, dans le comté de Cork.

Fiona écoutait avec un profond intérêt.

— Mes parents se sont mariés en 1850, un an après la dernière famine de la pomme de terre. Tu connais tout cela, ma fille ; c'était très dur. Ils ont dû attendre longtemps pour les noces parce que personne n'avait à manger, alors on ne pouvait pas fonder de famille. Ils ont perdu beaucoup de parents, tous les deux. Mon père disait que ce qui lui avait permis de tenir, c'était l'espoir d'épouser ma mère. Il l'adorait.

» Je suis né, et puis Michael est arrivé. Quand j'ai eu six ans, ma mère a attendu un autre enfant. Une grossesse difficile. J'avais beau être petit, je m'en souviens bien. Un jour, les douleurs sont venues, et papa est parti chercher la sage-femme. À son retour, maman lui a dit de courir appeler le curé. Papa ne voulait pas la quitter, mais elle lui a crié de se dépêcher.

» Il a vite trouvé le père McMahon. C'était un homme sec, long comme un jour sans pain. La sage-femme nous a chassés de la chambre, avec Michael, et on est restés dans la cuisine. Mon père est entré dans la chambre avec le curé, mais la sage-femme lui a ordonné de sortir aussi. Alors il s'est installé avec nous, devant le feu, sans bouger, le regard perdu dans les flammes.

Comme toi, papa, pensa Fiona, le cœur serré de le voir si grave, les épaules voûtées, ses grandes mains carrées nouées sur les genoux.

— J'étais assis le plus près de la chambre, et j'entendais tout. La sage-femme, Mme Reilly, a expliqué au curé que maman perdait déjà beaucoup de sang, qu'elle était faible, et qu'il fallait choisir entre lui sauver la vie ou sauver celle de l'enfant.

» — Sauvez l'enfant, a déclaré le curé.

» — Mais, mon père, elle en a deux autres à élever, et un mari ; qui va s'en occuper ?

» — Vous m'avez entendu, madame Reilly. Le bébé n'est pas baptisé. Cela damnerait son âme immortelle. N'hésitez pas, ce serait un péché.

» Elle a sauvé l'enfant. Je ne sais trop comment. Quelques minutes plus tard, je sens une odeur de bougie et j'entends une prière en latin. Mon père également, et il court dans la chambre. Il bouscule le curé et prend ma mère dans ses bras en pleurant. C'est ainsi qu'elle a poussé son dernier soupir. (La voix de Paddy tremblait.) Le bébé a été baptisé, on l'a appelé Sean Joseph, comme mon père. C'est le curé qui a choisi le prénom. Une heure plus tard, il était mort, lui aussi.

» Mon père a veillé ma mère longtemps, jusqu'à l'aube. Quand il l'a lâchée, il a mis sa veste et m'a dit qu'il me confiait mon frère. Il était si calme qu'il m'a fait peur. J'aurais préféré qu'il crie, qu'il pleure. Il avait les yeux comme morts. Il n'y avait plus de lumière en lui, plus d'espoir.

Paddy s'interrompit, puis reprit :

— Il a raconté à la voisine, qui était passée, qu'il allait s'occuper des bêtes, et il n'est jamais rentré. On l'a cherché partout. Les bêtes avaient été nourries, mais il n'était pas dans l'étable. On l'a retrouvé au petit matin, au pied de la falaise où il se promenait avec maman avant leur mariage. Il s'était rompu le cou, et les vagues le faisaient rouler sur les galets.

Le regard désespéré, Paddy prit sa tasse et but un peu de thé. Ce doit être froid, songea Fiona. Je devrais lui en rajouter du chaud. Mais elle ne bougea pas.

— Le curé a fait venir ma tante de Dublin, et en l'attendant nous sommes allés chez les voisins. On a enterré ma mère et le bébé le jour de son arrivée. Je m'en souviens comme si c'était hier. J'ai tout regardé sans broncher : la veillée, la messe, la descente du cercueil dans la fosse avec la petite boîte du bébé à côté. Je n'ai pas pleuré, parce que je pensais que mes parents me regardaient et qu'il fallait que je sois courageux pour leur faire plaisir ! Tu te rends compte ?

» Le lendemain, c'est mon père qu'on a enterré, sous une touffe d'orties, près de la falaise. Et là, j'ai pleuré, oui, sans pouvoir m'arrêter. Je ne comprenais pas pourquoi on ne le mettait pas à côté de ma mère et du bébé. Personne ne m'a expliqué que le curé interdisait qu'on laisse entrer un suicidé dans le cimetière. Moi, je pensais à mon papa, tout seul, qui aurait si froid sans ma mère...

Les yeux de Paddy débordèrent. Il baissa la tête en sanglotant.

— Papa !

Retenant ses propres larmes, Fiona s'agenouilla près de lui et posa la tête sur son épaule.

— Ne pleure pas, papa, murmura-t-elle. Ne pleure pas...

— Ce salaud de curé n'avait pas le droit de faire ça, sanglota-t-il. Leur amour était beau, plus sacré que leur sale Église !

Jamais Fiona n'avait vu pleurer son père, mais elle se rappelait ses yeux humides à la naissance de Seamie et d'Eileen, et lors de deux précédentes fausses couches de sa mère. Maintenant, elle comprenait pourquoi il n'allait jamais au pub quand sa femme accouchait, comme les autres pères.

Paddy releva la tête.

— Pardon, déclara-t-il en s'essuyant les yeux. C'est la bière.

— Ce n'est pas grave, papa, répondit-elle, soulagée qu'il ne pleure plus.

Paddy s'éclaircit la voix et reprit :

— Je te raconte tout ça parce que je me suis souvent dit que mes parents seraient encore en vie sans ce curé. Voilà pourquoi je ne vais pas à l'église. (Fiona hocha la tête.) Bien sûr, ta maman n'est pas d'accord. Alors garde ça pour toi. L'église, ça compte beaucoup pour elle.

— Oui, papa.

Elle avait bien l'intention de tenir sa langue. Sa mère était très dévote : elle ne manquait jamais la messe et récitait son rosaire matin et soir. Pour elle, les curés étaient au-dessus de tout reproche parce qu'ils portaient la parole de Dieu. Fiona, jusqu'à ce jour, n'avait jamais songé à les remettre en cause, comme elle ne doutait pas de l'existence du ciel, du soleil et de Dieu.

— Mais papa... commença-t-elle d'un ton hésitant, prise d'une pensée effrayante.

— Oui ?

— Même si tu n'aimes pas les curés et les églises, tu crois en Dieu, au moins ?

Paddy réfléchit un instant.

— Tu sais en quoi je crois, ma fille ? Je crois que deux livres de viande font un fort bon ragoût. (Il se mit à rire en voyant son air interloqué.) Je crois aussi que c'est l'heure de retourner au lit, ma petite chérie. Autrement, tu vas t'endormir à la messe demain, et ta mère va nous étrangler. File donc, je m'occuperai de ranger tout ça.

Fiona n'avait pas envie de se coucher. Elle aurait préféré rester pour demander à son père ce qu'il avait bien pu vouloir dire par ses deux livres de viande, mais il rinçait déjà la théière et semblait si fatigué qu'elle n'insista pas. Elle l'embrassa et alla se coucher.

3

L'épais brouillard qui s'enroulait autour des becs de gaz de la grand-rue étouffait la lumière. Davey O'Neill suivit avec inquiétude Thomas Curran sur les quais de l'entrepôt Oliver. Il était dangereux de se promener dans les docks par une telle obscurité ; au moindre faux pas, on pouvait tomber à l'eau et disparaître dans le fleuve. Mais le jeu en valait la chandelle. Le contremaître lui proposait un travail d'appoint ; sans doute le débarquement de marchandises volées. Il aurait préféré ne pas s'y risquer, seulement Lizzie était malade et il avait besoin d'argent.

Malgré la lanterne de Curran, on n'y voyait goutte. Le brouillard enveloppait la Tamise, et Davey se demanda comment un navire pourrait trouver l'entrepôt et accoster dans cette purée de pois. Il attendait que Curran lui dise ce qu'il y avait à faire... mais le contremaître se taisait. Il se contenta d'allumer une cigarette et de s'adosser à la porte d'accès à l'entrepôt. Davey songea que s'il voulait partir, il faudrait que Curran se pousse pour le laisser passer... Cette constatation le mit mal à l'aise.

— On attend d'autres gars pour décharger, monsieur Curran ?

Curran fit non de la tête.

— Je prends un grappin, une corde ?

— Non.

— Qu'est-ce que je dois faire, alors ?

— Répondre à quelques questions, monsieur O'Neill, lança une voix derrière lui.

Davey fit volte-face, mais ne distingua personne. Ce n'était pourtant pas le brouillard qui avait parlé... Il guetta un bruit de pas, mais n'entendit rien hormis les tourbillons de l'eau autour des piliers.

Effrayé, il se tourna vers Curran.

— Mais qu'est-ce qui se passe ? Je...

— Davey, je te présente ton employeur, coupa Curran en désignant le quai à la droite du débardeur.

Davey pivota au moment où émergeait des ténèbres un homme de taille moyenne mais robuste, aux cheveux noirs peignés en arrière, au front maussade et aux yeux inquiétants. Il devait avoir la quarantaine et était vêtu en bourgeois, mais il y avait en lui une violence mal contenue de voyou qui lui donnait un air brutal.

Ôtant sa casquette, Davey la serra dans ses mains pour contenir ses tremblements.

— B... bonjour, monsieur Burton.

— Écoutez-vous les conseils de M. Curran, monsieur O'Neill ?

Le regard affolé, Davey alla de Burton à Curran.

— Je ne comprends pas, monsieur...

— Ou bien est-ce à Ben Tillet que vous obéissez ?

Davey eut un coup au cœur.

— Ne me renvoyez pas, m'sieur, je ne suis allé qu'à une seule réunion. Je n'irai plus, plus jamais ! Je vous jure. J'ai besoin de mon emploi.

Burton le considéra, impassible.

— Et que vous a-t-il engagé à faire ? La grève ? Que cherche-t-il, ce syndicat ? (Il cracha le mot, comme du venin.) À me ruiner ? À laisser moisir mon thé dans les cales ?

— Non, m'sieur.

— Et moi, je pense que si ! Tillet veut ma mort !

— Ce n'est pas ça, m'sieur.

— Quoi d'autre ?

En nage, Davey murmura une réponse.

— Plus fort, je n'entends pas, gronda Burton en s'approchant tellement que Davey perçut sa colère dans toute son intensité.

— Ils veulent gagner plus, m'sieur, et travailler moins.

Au cours des années qui suivirent – des années terribles de solitude, de remords, de malheur – Davey devait souvent se demander comment l'homme avait pu agir si vite. Comment il avait pu sortir de sa poche son couteau et s'en servir avec une telle dextérité. Sur le coup, il ne sentit qu'une brûlure sur le côté de la tête et une humidité dans le cou.

Puis il vit la chose sur le quai... C'était son oreille !

La douleur et la terreur le firent tomber à genoux. Il plaqua la main sur sa blessure, et le sang coula entre ses doigts. Cette sensation lui confirma ce que son esprit se refusait à croire : il n'y avait plus rien, là, plus rien !

Burton ramassa le morceau de chair pâle et le jeta à l'eau. Persuadé qu'il ne reverrait jamais sa femme et ses enfants, Davey éclata en sanglots. Mais ses larmes s'étranglèrent quand la pointe froide et acérée du couteau se posa sous l'oreille qui lui restait. Il leva un regard épouvanté vers Burton.

— Non, gémit-il. Pitié...

— Dois-je laisser la canaille me dire comment mener mes affaires ?

Davey voulut faire non de la tête, mais le couteau l'arrêta.

— Dois-je me laisser voler par des brigands ?

— Non... Pitié, ne me faites pas de mal !

— Sachez, mon jeune ami, que j'ai travaillé très dur pour fonder la Compagnie Burton, et que j'écraserai tous ceux qui se mettront sur mon chemin. Compris ?

— Oui...

— Qui d'autre assistait à ce meeting ? Je veux les noms, tous !

Davey avala sa salive. Il garda la bouche close.

Curran intervint.

— Parle, mon gars, ne sois pas bête ! Tu n'as rien à faire d'eux. Ils ne sont pas à ta place.

Davey ferma les yeux. Non, pas ça. Il voulait vivre, mais il ne pouvait pas dénoncer ses camarades. S'il parlait, Burton leur ferait subir le même sort qu'à lui. Serrant les dents, il attendit le mouvement de la lame, la douleur, mais rien ne vint. Il rouvrit les yeux. Burton s'était éloigné. Il avait rangé son couteau, et fit un signe de tête à Curran quand il constata que Davey le regardait. Affolé, Davey eut un mouvement de recul, certain que c'était son arrêt de mort, mais le contremaître se contenta de lui tendre une enveloppe.

— Ouvrez ! ordonna Burton.

Il obéit. À l'intérieur se trouvait un billet de dix livres sterling.

— Cela vous permettra de payer le médecin pour Elizabeth.

— Co... comment ?

— J'ai mes informations. Vous êtes marié à une belle fille qui se nomme Sarah. Vous avez un fils, Tom, âgé de quatre ans ; une fille, Mary, de trois ans, et Elizabeth vient d'avoir un an. Une jolie famille. Il faut en prendre soin. Un bon père ne laisse pas arriver malheur à ses enfants...

Davey eut un sursaut. Après la douleur, la colère, la peur, c'était maintenant la haine qui dominait. Burton s'en doutait certainement, mais s'en moquait, certain de le tenir. S'il ne parlait pas, ses enfants paieraient. Se sacrifier lui, oui, il le pouvait ; mais les sacrifier eux, non, et ce salaud le savait.

— Shane Patterson, murmura-t-il. Matt Williams... Robbie Lawrence... John Poole...

Quand il eut achevé la liste, Burton demanda encore :

— Qui est le chef ?
Davey hésita.
— Personne... Ils ne l'ont pas encore nommé... Ils n'ont pas...
— Qui est le chef, O'Neill ?
— Patrick Finnegan.
— Très bien. Continuez d'assister aux réunions et rendez-en compte à M. Curran. Si vous vous acquittez bien de votre tâche, vous recevrez un gage de mon appréciation dans votre paie chaque semaine. Sinon, ou si vous avez l'imprudence de parler à quiconque de ce qui s'est dit ici ce soir, votre femme aura de bonnes raisons de le regretter. Bonsoir, O'Neill. Allez vous soigner, vous avez perdu beaucoup de sang. Si on vous demande ce qui est arrivé à votre oreille, racontez qu'un voleur vous a attaqué. Furieux de constater que vous ne possédiez rien, il vous l'a coupée et s'est sauvé dans le brouillard.
Davey se releva. Pressant son mouchoir sur sa blessure, il se sauva aussitôt, entendant juste un dernier échange entre Burton et Curran.
— Le meneur... Finnegan, qui est-ce ?
— Une grande gueule, mais bon travailleur.
— On en fera un exemple.
— C'est-à-dire, monsieur ?
— On va s'occuper de lui. Sheehan lui réglera son compte.
Paddy... mon Dieu... c'est ma faute, pensa Davey en titubant. Il était devenu un traître, un Judas. Dans sa poitrine, ce n'était plus un cœur qui cognait, mais une chose noire, difforme et répugnante.

4

Les mains tremblantes, Fiona transvasait dans la boîte en fer les feuilles de thé qu'elle venait de peser. Il ne fallait surtout pas arrêter, sinon elle se ferait renvoyer. Car si ce n'était pas pour se débarrasser des mauvaises ouvrières, pour quelle raison William Burton aurait-il visité ses ateliers ? Sûrement pas pour leur annoncer une augmentation ! Elle l'entendit passer de son pas lent et lourd derrière elle. Elle sentit peser son regard sur ses mains tandis qu'elle scellait la boîte et l'estampillait. Il atteignit le bout de la table, fit demi-tour, et remonta la rangée par l'autre côté. Après quelques pas, il s'arrêta. Fiona en fut désolée. Elle se doutait qu'il s'était arrêté derrière Amy Caldwell. Pourvu qu'il la laisse tranquille...

Amy avait quinze ans, et elle était simple d'esprit. Toutes les filles l'aidaient pour compenser sa lenteur.

Fiona continua de peser, priant qu'Amy ne commette pas de maladresse. Mais soudain retentit le claquement redouté d'un plateau de balance renversé. Fiona leva vite les yeux ; Amy avait répandu tout son thé sur la table, et au lieu de le ramasser elle restait comme une bûche, les yeux remplis de larmes.

— Allez, ma chérie, arrange ça, souffla Fiona. C'est bien, vas-y...

Amy récupéra le thé et Burton continua son tour d'inspection. Fiona était furieuse. S'il ne l'avait pas terrorisée, l'accident ne se serait pas produit.

William Burton était un des plus riches négociants de thé d'Angleterre. Parti de rien, il concurrençait maintenant les plus grands noms du marché : Twining, Brooke, Fortnum & Mason, Tetley. Fiona, comme tout le monde, connaissait son histoire. Il était né et avait grandi à Camden Town, fils unique d'une couturière sans le sou à présent disparue, dont le mari, un marin, avait péri en mer. Il avait quitté l'école pour travailler dans un commerce de thé à l'âge de huit ans, et à dix-huit, à force de travail, il avait racheté la boutique. Ainsi avait commencé la Compagnie Burton. Il était célibataire et n'avait pas de famille.

Fiona admirait l'audace et la détermination qui l'avaient mené au succès, mais elle méprisait l'homme. Quand on avait, comme lui, connu la pauvreté et qu'on en était sorti, comment pouvait-on ne ressentir aucune compassion envers ceux qui restaient dans la misère ?

Burton acheva son inspection, puis appela Minton pour s'entretenir avec lui en compagnie d'un troisième homme. Risquant un coup d'œil, Fiona vit Burton désigner plusieurs filles et Minton hocher la tête, tandis que l'autre homme, un bourgeois corpulent, regardait sa montre. Minton s'adressa ensuite à elles d'un ton impérieux et suffisant.

— Mesdemoiselles, votre attention s'il vous plaît. M. Burton vient de m'informer que les projets de développement récemment entrepris par la compagnie l'obligeaient à adopter des mesures de restriction économique...

Cinquante-cinq visages inquiets se tournèrent vers le contremaître. Les filles ne comprenaient pas un traître mot de ce galimatias, mais se doutaient que cela ne présageait rien de bon.

— Et donc, nous devons rendre leur liberté à certaines d'entre vous, conclut-il, déclenchant un murmure collectif. Si vous entendez votre nom, quittez votre place et rendez-vous au bureau pour recevoir votre solde. Violet Simms, Gemma Smith, Patsy Gordon, Amy Caldwell...

La liste comportait quinze noms. Minton qui, Fiona dut le lui reconnaître, avait l'air gêné, s'arrêta. Puis, après une pause, il ajouta :

— Fiona Finnegan...

Oh non ! Qu'allait-elle dire à sa mère ? Sa famille avait besoin de l'argent qu'elle ramenait à la maison.

— ... paiera une amende de six pence pour avoir parlé. Si j'entends le moindre bavardage, le plus petit bruit, les coupables en auront également une. Reprenez le travail.

Fiona le fixa sans bouger, folle de soulagement, et furieuse d'avoir eu une amende parce qu'elle s'était efforcée de soutenir Amy. Autour d'elle montaient les sanglots étouffés des quinze filles qui rassemblaient leurs affaires. Une colère énorme, une rage formidable l'envahit, qu'elle essaya d'étouffer.

Elle reprit sa mesure à thé, mais elle ne pouvait s'empêcher de jeter des coups d'œil à ses camarades qui, très pâles et tremblantes, attendaient leur tour l'une derrière l'autre à la porte du bureau de

Minton. Vi Simms était le seul soutien de sa mère malade. Gemma avait huit jeunes frères et sœurs, et son père buvait sa paie. Quant à Amy... elle était orpheline et vivait dans une pièce minuscule avec sa sœur. Comment trouverait-elle un autre travail ? Aurait-elle de quoi manger la semaine prochaine ? Ce fut la vision de la jeune simple d'esprit hébétée, avec son vieux bonnet et son châle mité sur les épaules, qui fit éclater Fiona. Elle jeta sa mesure à thé sur la table. Si Burton voulait lui donner une amende pour avoir parlé, elle en aurait pour son argent !

Elle dépassa ses camarades et entra dans le bureau. Pour un homme qu'on disait intelligent, William Burton était bien bête. Il les avait étudiées, et n'avait pas remarqué combien l'organisation du travail les ralentissait. Il n'y connaissait rien. Il renvoyait des filles pour gagner de l'argent alors que, s'il utilisait mieux leur temps, il pourrait les garder sans rien perdre. Elle avait déjà essayé d'en parler à M. Minton, mais il ne voulait rien entendre. C'était le moment de retenter sa chance.

— Que se passe-t-il ? aboya Minton qui comptait des pièces.

Burton et son compagnon levèrent les yeux du registre qu'ils examinaient.

L'élan de colère de Fiona laissa place à la crainte. Elle n'allait réussir qu'à perdre son emploi elle aussi.

— Je vous demande pardon, monsieur Minton, déclara-t-elle d'une voix tremblante, mais en renvoyant ces filles vous faites une fausse économie.

Minton la considéra, bouche bée, et mit un instant pour retrouver sa voix.

— Je vous demande pardon, monsieur Burton ! s'écria-t-il, se levant pour la chasser.

— Une seconde, intervint Burton en refermant le registre. Je voudrais bien savoir ce qui pousse une de mes ouvrières à croire qu'elle connaît mon métier mieux que moi.

— Je connais l'emballage, monsieur, j'y travaille tous les jours.

Fiona fit un effort sur elle-même pour rencontrer le regard froid de Burton, puis celui de l'autre homme, d'une couleur turquoise étonnante dans ce visage dur et intéressé.

— Si vous gardiez les filles et que vous changiez la façon de travailler, nous pourrions emballer le thé plus vite.

— J'écoute.

— Eh bien... Chaque ouvrière fait tout d'un bout à l'autre. Si on met en caisse, il faut monter la caisse ; si c'est une boîte, on colle l'étiquette. Ensuite on remplit de thé, on scelle, on estampille le prix. L'embêtant, c'est que nous devons quitter notre poste pour chercher les fournitures, cela prend du temps. Parfois, du thé se mêle aux poils du pinceau, ça gâche. Ce qu'il faudrait, ce serait prendre vingt, vingt-cinq filles et les mettre toutes à monter les caisses. Ensuite, quinze autres à peser le thé et à remplir les boîtes. Encore dix à sceller et à estampiller, et les dix dernières à apporter les fournitures jusqu'aux tables en fonction des besoins. Chaque ouvrière irait plus vite et ça reviendrait moins cher. On ne pourrait pas essayer, monsieur ?

Burton la regarda un moment en silence ; ensuite, ses yeux se perdirent dans le vide, comme s'il réfléchissait à ce qu'elle venait d'expliquer.

Fiona y vit un bon signe. Il n'avait pas dit non, et il ne l'avait pas renvoyée. En tout cas, pas encore. Les camarades l'avaient entendue, et elle sentait dans son dos leurs regards pleins d'espoir. Son idée était bonne, elle le savait. Pourvu qu'il entende raison !

— L'idée n'est pas mauvaise, finit-il par admettre.

Le cœur de Fiona fit un bond.

— Monsieur Minton, continua-t-il, quand vous aurez terminé de régler les soldes, mettez ce système en place avec les ouvrières restantes.

— Mais, monsieur, bégaya Fiona, je pensais que vous les garderiez !

— Et pourquoi donc ? Tu viens de me montrer comment faire faire à quarante filles le travail d'une centaine. Pourquoi devrais-je en payer cinquante-cinq ? (Il sourit à son compagnon.) Une productivité accrue pour un moindre coût. La banque devrait apprécier, Randolph.

Le gros homme ricana.

— Sûrement, approuva-t-il en ouvrant un nouveau registre.

Quelle gifle ! Tournant les talons, Fiona sortit du bureau de Minton, brûlant d'humiliation et se traitant d'imbécile. Au lieu de rendre leur travail à ses amies, elle avait souligné leur inutilité. Elle avait servi sur un plateau à Burton le moyen de faire travailler moins de monde ; quand il aurait fini ici, il irait mettre ses idées en pratique dans ses autres fabriques de Bethnal Green et de Limehouse, et renverrait des filles là-bas aussi. Quand, mais quand, apprendrait-elle à tenir sa langue ?

En dépassant ses camarades, les joues en feu, elle sentit qu'on lui prenait la main. C'était Amy.

— Merci, Fi. Merci d'avoir essayé de nous sauver. Tu es tellement courageuse ! J'aimerais être comme toi.

— Oh non, tu sais, je suis très bête au contraire, ce n'est pas du courage, répondit Fiona, au bord des larmes.

Amy l'embrassa, Violet aussi. Puis Gem lui conseilla de vite retourner travailler, si elle ne voulait pas se retrouver avec elles pour toucher son solde.

Le soleil bas éclairait sans pudeur les ruelles insalubres de Whitechapel où Joe se promenait avec Fiona. Les rayons cruels éclairaient les maisons et les boutiques délabrées, les toits crevés, les murs de brique crasseux, les ordures qui jonchaient la chaussée.

Joe aurait voulu pouvoir la courtiser dans un lieu élégant, une taverne avec du velours rouge aux murs, mais il ne pouvait lui offrir qu'une promenade dans Commercial Street pour regarder les vitrines, et peut-être un penny de frites ou de petits gâteaux.

Il l'observait, la sachant d'humeur maussade à cause de ce qui venait d'arriver à la fabrique et qu'elle lui avait raconté en chemin.

Il passa le bras autour de sa taille et l'attira contre lui.

— Qu'il crève, ce Burton ! murmura-t-il à son oreille. Nous avons douze livres et six shillings.

— Et six shillings ? s'exclama-t-elle.

— Oui. J'ai ajouté quatre shillings. Nous avons bien vendu, cette semaine.

— Et cela s'arrange, avec ton père ?

Joe n'avait pas envie d'aborder le sujet, mais elle fit si bien qu'il finit par avouer qu'ils s'étaient disputés ce jour-là.

— Encore ? Et pourquoi, cette fois ?

— À cause de la seconde charrette. Il n'en veut pas. Il se trouve bien comme il est. Et pourtant, samedi dernier, tu as vu, on a vendu tant et plus. On a même été à court. À court ! Tu te rends compte ? Alors que les gens se bousculaient pour acheter ! Ça fait deux mois que je tanne papa pour qu'il en prenne une de fruits et l'autre de légumes, et il veut rien entendre. Le risque lui fait peur.

— Ne pense plus à ton père, Joe. Dans un an, ce sera fini. On sera nos propres maîtres, et on va devenir riches. En attendant, il faut tenir, il n'y a rien d'autre à faire.

— T'as raison...

Mais pourrait-il vraiment supporter la situation encore longtemps ? Il ne l'avait pas dit à Fiona qui avait suffisamment de soucis, mais ils en étaient presque venus aux mains, avec son père.

Il ne lui rapporta pas non plus qu'aussitôt après la dispute, alors que son père était parti fâché boire une bière et qu'il était seul à la charrette, Tommy Peterson était venu le trouver. Il l'avait complimenté sur son étal et ses ventes, et lui avait proposé de passer à son bureau de Spitalfields pour discuter. Joe s'attendait qu'il lui offre de meilleurs prix s'il prenait une seconde charrette et effectuait des commandes plus importantes. Comment lui révéler que son père s'y refusait obstinément ? Il aurait l'air d'un imbécile.

Joe et Fiona continuèrent de marcher en silence. L'air fraîchissait ; l'été tirait à sa fin. Avec le retour des pluies et du froid, leurs promenades seraient écourtées. Joe se demandait par quel moyen il pourrait trouver de l'argent pour ouvrir leur boutique et se marier plus vite quand Fiona proposa brusquement :

— Si on prenait un raccourci ?

— Pardon ?

Elle lui jeta un sourire espiègle.

— Par là, dit-elle en désignant un étroit passage entre un pub et un marchand de charbon. On rentrera plus vite !

Il eut un sourire en coin et se laissa entraîner. Quand ils furent dans l'allée, elle le poussa contre un mur en riant et l'embrassa. Cela ne lui ressemblait pas d'être aussi effrontée. D'habitude, c'était lui qui embrassait le premier, mais cela ne lui déplut pas. Pas du tout, au contraire.

— Alors, t'en veux à ma vertu ? lança-t-il.

— Tu peux t'en aller, répondit-elle en l'embrassant encore. T'es libre. Tu n'as qu'à dire non et je te laisse partir.

— Je ne sais pas... Après tout...

Ce disant, il la prit dans ses bras et lui écrasa les lèvres dans un long baiser. Elle avait posé les mains sur son torse, et leur chaleur lui parvenait à travers sa chemise. Doucement, il caressa les seins ronds, attendant qu'elle l'arrête, mais elle n'en fit rien. Les battements du cœur qu'il percevait sous sa paume le bouleversèrent. Fiona était son âme sœur, faisait partie de lui. À tout moment, il la sentait avec lui, en lui. Elle était sa vie, la femme de ses rêves.

Affamé de son corps, il tira le corsage et la camisole de sa jupe, et glissa la main sous le tissu. Fiona laissa échapper un soupir, intense, impatient, qui le galvanisa. Il la voulait, avait besoin d'elle, là, tout de suite. Son désir était tellement fort qu'il se contrôlait avec peine. Elle était si douce, sentait si bon, cela le rendait fou. Mais il la respecterait. Il ne voulait pas bâcler la première fois en la déflorant comme un voleur dans un passage sordide.

— Oh, mon Dieu ! s'écria-t-elle en s'arrachant soudain à lui. J'ai oublié l'heure ! Il est neuf heures ! Ma mère va me tuer ! Elle va me croire assassinée ! Viens, Joe, vite !

Ils rajustèrent leurs vêtements en toute hâte dans le noir. Pourquoi fallait-il toujours qu'ils se contentent de si peu ? se demanda-t-il.

Ils coururent tout le long du chemin et arrivèrent à Montague Street.

— Tu vois, remarqua-t-il en lui donnant un rapide baiser devant la porte, t'es rentrée presque à l'heure.

— J'espère que papa n'est pas là ! À demain !

Elle se tourna avant d'ouvrir. Il continuait de la regarder, attendant qu'elle entrât pour partir.

— Douze livres et six shillings, dit-elle.

— Oui, répondit-il avec un sourire. Douze livres et six shillings.

5

Kate Finnegan considéra l'énorme pile de linge sale à ses pieds. Des draps, des nappes, des serviettes, des chemises, des déshabillés froufroutants, des camisoles, des jupons – il lui faudrait empiler mieux qu'un débardeur pour tout faire tenir dans son panier. Le chemin du retour serait long, avec un tel chargement sur l'épaule.

— Lillie, tu diras à ta maîtresse que ça lui coûtera deux fois le prix pour la quantité ! cria-t-elle depuis la buanderie de Mme Branston.

Lillie, la servante, une Irlandaise rousse et trop vite montée en graine, passa la tête par la porte.

— Je lui dirai, madame Finnegan, mais vous aurez de la chance si vous l'obtenez. Vous la connaissez, elle est très regardante. Vous prendrez une tasse de thé avant de partir ?

— J'aimerais bien, mais je ne veux pas te causer d'ennuis.

— Y a rien à craindre ! Elle est partie faire ses emplettes dans Oxford Street. Elle ne reviendra pas avant un bon moment.

— Alors, mets la bouilloire, ma petite.

Quand elle eut fini de remplir son panier, Kate rejoignit la servante dans la cuisine, et la discussion roula sur leurs familles et sur le tueur qui empêchait les femmes de sortir la nuit tombée.

— Vous devriez entendre Mme Branston ! Elle traite les pauvres assassinées de créatures de Satan. Comme si elles méritaient ça, même si c'est des filles des rues ! C'est facile de juger, quand on a une maison bien chaude et l'argent qui vous sort par le nez. (Lillie s'interrompit pour boire une gorgée.) Bah, moi, ce qui me fait le plus peur, c'est pas l'assassin, mais ce qui se passe dans les docks.

— Je sais bien.

— Ils ont raison, mais s'ils font grève, quand pourra-t-on se marier, moi et Matt ? Pas avant un an, au moins.

— Ne t'inquiète pas, répliqua Kate en lui tapotant la main. Ton Matt vaut la peine d'attendre, c'est un bon garçon.

Mais elle avait beau se montrer rassurante, la perspective de la grève la remplissait d'angoisse. D'après Paddy, c'était une certitude, il ne restait qu'à en fixer la date. La semaine précédente, elle avait pris un crayon pour calculer combien de temps ils tiendraient en cas d'arrêt de travail. Quelques jours. Une semaine tout au plus.

Paddy touchait vingt-six shillings pour soixante heures passées à décharger les cargaisons, plus ou moins selon les semaines. Venaient s'y ajouter les quelques shillings gagnés en surveillance de nuit, ou au déchiquetage du thé. Là-dessus, il gardait des pièces pour sa bière, son tabac, ses journaux, la cotisation du syndicat.

Elle, elle prenait du linge à laver, mais il fallait soustraire à ce que cette activité lui rapportait le prix du savon et de la boule de bleu. Elle louait la chambre à Roddy et lui préparait ses repas, ce qui lui rapportait cinq shillings la semaine. Il y avait la paie de Charlie, aussi, de onze shillings, et les sept de Fiona, moins ce qu'ils mettaient tous les deux de côté. En tout, cela faisait deux livres et dix shillings.

Le loyer était cher, dix-huit shillings, mais la maison était chaude et propre, et Kate considérait que ce qu'on épargnait à s'entasser dans des taudis, on le perdait en docteur et en journées de travail manquées.

Tous les frais déduits – de charbon et d'huile pour la lampe – il restait une livre et neuf shillings, ce qui n'aurait déjà pas suffi pour préparer de bons repas. Malgré cela, elle ne gardait que vingt shillings pour la nourriture, car il fallait encore trouver le shilling pour la caisse de prévoyance des enterrements, et celui de la cagnotte aux habits. C'était une boîte où Kate déposait sa pièce chaque semaine pour le jour où des godillots ou une veste seraient à remplacer. Depuis deux mois, elle avait également commencé à économiser deux shillings par semaine en cas de grève, même s'il fallait se priver. Ils ne disposaient plus que de cinq shillings pour tout le reste, du docteur au cirage en passant par les allumettes, les aiguilles, le fil, et la pommade pour les mains. Arrivé le samedi, il n'y avait plus un sou.

Pourtant, ils avaient mis du temps pour arriver à cet équilibre. Paddy s'était fait sa place dans les docks et n'allait plus, comme au début de leur mariage, attendre sur les quais tous les matins à l'aube que le contremaître vienne embaucher les plus forts pour la journée. Ils étaient pauvres, mais ils avaient du travail. Kate n'était pas obligée de mettre ses affaires en gage pour nourrir sa famille. Ses enfants étaient propres, convenablement vêtus.

Le constant besoin de compter l'épuisait, mais ils échappaient au pire : la vraie pauvreté. La misère implacable qui jetait les meubles dans la rue quand vous ne pouviez pas payer votre loyer, qui vous entassait dans des chambres pleines de vermine, qui chassait le mari parce qu'il ne supportait plus de voir les mioches en loques et mourant de faim. Quand on tombait dans cet abîme, on n'en sortait plus, et Kate avait une peur panique de la grève qui pouvait les y jeter.

Les deux femmes bavardèrent encore un moment, puis Kate vida sa tasse et remercia sa jeune amie, disant qu'il était temps de retourner travailler. Lillie la raccompagna à la porte de service qui donnait dans une étroite allée.

— Au revoir, madame Finnegan.

— Au revoir, Lillie. Referme bien à clé, conseilla Kate, la tête cachée par l'énorme panier de linge qu'elle portait sur l'épaule.

6

L'automne est là, songea Fiona en resserrant son châle sur ses épaules. Les feuilles tombaient, les jours raccourcissaient, on entendait le cri du charbonnier qui passait avec son attelage. C'était un dimanche de septembre gris et humide. LE TUEUR DE WHITECHAPEL COURT TOUJOURS ! clamaient les gros titres.

Assise sur le pas de sa porte, Seamie jouant à son côté, Fiona lisait le journal de son père. Elle se demanda comment les gens osaient encore sortir. À Whitechapel, on ne comprenait pas de quelle façon le coupable pouvait échapper à la police. C'étaient des incapables. Tout le monde critiquait les forces de l'ordre, du Parlement à la presse. Oncle Roddy en souffrait beaucoup. Il ne se remettait pas de la découverte de Polly Nichols et en faisait des cauchemars.

L'assassin était un monstre. La presse le considérait comme le symbole de tous les maux de la société : la violence, l'anarchie de la classe ouvrière, la débauche de la bourgeoisie. Pour les riches, il était issu des couches laborieuses, un être sans principes, une brute ; pour les pauvres, c'était un homme des classes aisées, un gentleman qui prenait un plaisir vicieux à traquer les femmes publiques ; pour les catholiques, c'était un protestant ; pour les protestants, un catholique ; les émigrés de l'East End voyaient en lui un ivrogne d'Anglais ; les Anglais de souche, un immonde étranger.

Fiona, quant à elle, ne se représentait aucunement le tueur. Elle se moquait d'où il venait. Elle ne souhaitait qu'une chose : qu'on l'attrape, pour pouvoir de nouveau sortir le soir avec Joe sans que sa mère la croie morte après cinq minutes de retard.

— Où est Charlie ? demanda Seamie en se mettant devant elle.

— Au travail, à la brasserie.

— Il rentre quand ? Il m'a promis des réglisses.

— Bientôt, mon chou.

Elle mentait un peu, parce qu'elle savait Charlie au *Swan*, un pub du bord de la Tamise, où il participait à des combats de boxe. Mais Seamie était trop petit pour tenir sa langue. Charlie se battait pour de l'argent, Fiona l'avait appris par Joe, qui le tenait d'un ami ayant parié sur lui et remporté plusieurs fois sa mise. Cela expliquait les yeux au beurre noir que Charlie prétendait avoir gagnés en se bagarrant avec les jeunes du quartier.

Comme il ne lui parlait pas de ses combats, elle ne pouvait pas lui demander ce qu'il comptait faire de ses gains, mais elle s'en doutait. Il voulait rejoindre leur oncle Michael en Amérique. Elle avait remarqué son intérêt, le jour où leur mère avait lu à voix haute la lettre de leur oncle décrivant sa boutique à New York. Plus tard, elle l'avait même surpris en train de la relire à la table de la cuisine.

— J'vais y aller, Fi, avait-il dit sans même lever les yeux.

— Tu ne peux pas faire ça, tu ferais pleurer maman. Et puis, tu n'as pas l'argent du passage.

Il n'avait pas relevé.

— J'parie qu'oncle Michael a besoin d'un coup d'main, surtout maintenant que tante Molly est en cloque. Pourquoi pas son neveu ? Pas question que j'reste à m'esquinter à la brasserie pour une bouchée d'pain toute ma vie.

— Tu pourras travailler pour Joe et moi dans notre boutique... Tu peux rire ! J'y arriverai !

— Je veux aller en Amérique.

Fiona n'y avait plus pensé jusqu'à ce qu'elle apprenne qu'il se battait. Il s'entêtait. Il désirait vraiment partir faire fortune sur le Nouveau Continent. Elle tâcherait de se réjouir pour lui, mais il lui manquerait, même si c'était une graine de voyou. Quand on embarquait pour l'Amérique, on ne revenait pas. Il ne lui resterait de son frère que des souvenirs et les quelques lettres qu'il enverrait.

Elle le comprenait : lui non plus ne se résignait pas à un avenir de misère. Bien sûr, la pauvreté n'était pas un crime. Le père Deegan le répétait assez, tout en prêchant l'humilité ; d'après lui, il fallait accepter son sort parce que Dieu l'avait voulu.

Mais pourquoi courberait-elle l'échine ? Elle n'avait rien demandé ! Son sort, elle le cédait de grand cœur, s'il y avait des volontaires ; avec Joe, elle lui échapperait.

En pensant à Joe, un sourire lui vint aux lèvres. Une vague de chaleur l'envahissait dès qu'elle se rappelait leur échappée dans le passage. C'est-à-dire presque à chaque instant. Elle avait envisagé de se confesser, mais, sur le chemin de l'église, avait décidé que cela ne regardait pas le curé. Ce n'était pas un péché, elle en était sûre. Pas avec Joe.

Seamie s'appuyait à elle en bâillant. C'était l'heure de sa sieste. Elle le fit rentrer et le coucha dans la salle, et il s'endormit avant même d'avoir touché l'oreiller. Charlie était sorti, oncle Roddy aussi ; Eileen, elle, dormait en haut, dans la chambre de leurs parents qui venaient de monter pour leur sieste dominicale. Une sieste dont il ne fallait pas les déranger, tout le monde le savait.

Elle avait donc quelques heures devant elle, pour boire du thé en lisant, se promener dans Commercial Street en regardant les vitrines, ou aller voir des amies. Elle hésitait encore quand on frappa à la porte.

— Bonjour, mam'selle, vous voulez des navets, des patates, des choux de Bruxelles ?

— Chut, grand bêta ! tu vas réveiller tout le monde, murmura Fiona, ravie de voir Joe. Tu as déjà fini ? Les ventes ont été mauvaises, ce matin ?

— Euh... Non, on a replié tôt et j'ai eu envie de t'emmener en balade. On va sur les berges ?

Son sourire paraissait un peu forcé, et puis il ne finissait jamais avant l'heure. Il n'aimait pas beaucoup non plus se promener le dimanche, épuisé par sa semaine de travail. Que se passait-il ?

— Allez, viens, insista-t-il en lui prenant le bras.

Il marchait vite, en silence. Fiona ne doutait plus que quelque chose le tracassait. S'était-il encore disputé avec son père ? Malgré son impatience, elle se garda de poser des questions, sachant qu'il ne parlerait pas avant de l'avoir décidé.

Les quais étaient calmes quand ils arrivèrent au Vieil Escalier de Wapping, les eaux basses du fleuve aussi. Il ne restait que quelques barges et des bachots sur l'eau. Sur les façades des entrepôts, les contrevents des baies de marchandises étaient fermés, les poulies silencieuses. La Tamise, et Londres en général, respectait le jour du Seigneur.

Ils s'assirent au milieu des marches. Toujours silencieux, Joe posa les coudes sur ses genoux. Fiona le regarda, puis se tourna vers le fleuve, attendant qu'il prenne la parole. Elle huma l'air. Cela sentait le thé, toujours le thé. En caisse, ou en vrac dans l'entrepôt Oliver, formant des pyramides à même le sol. Elle imaginait la poussière noire qui s'infiltrait dans le plancher, dans le pourtour des trappes. Une odeur douce, fruitée... Du Darjeeling.

Au bout de une ou deux minutes, Joe lança :

— Il paraît que Charlie se fait une belle réputation au *Swan*.

Mais elle savait qu'il ne l'avait pas emmenée là pour lui parler de Charlie.

— Il ne faudrait pas que notre mère l'apprenne ! Elle irait le chercher par l'oreille.

— Fiona... interrompit-il en lui saisissant la main.

— Oui ?

— Je suis venu te voir parce que je voulais te dire que peut-être... qu'il y avait une chance pour... pour qu'on m'offre un travail...

Il s'arrêta, frottant la semelle contre une marche.

— J'y arrive pas ! s'exclama-t-il. Ça va pas te plaire, mais il n'y a pas de raison. Voilà : Tommy Peterson m'a proposé un emploi, et j'ai accepté.

— Quoi ? s'exclama-t-elle, abasourdie.

— La paie est bonne, Fi. Je gagnerai bien plus qu'avec mon père.

— Tu t'es fait embaucher par Tommy Peterson, le père de Millie ?

— Oui, mais...

— Tu ne veux donc plus qu'on achète la boutique ? s'écria-t-elle en retirant sa main des siennes.

— Mais pas du tout ! Tommy a juste apprécié ma façon de m'y prendre. Ça sera comme avant, de la vente, sauf que je vendrai aux commerçants, pas aux particuliers.

Fiona ne répondit rien.

— Tu sais, je vais apprendre beaucoup sur le marché de gros. Comment on traite à la source, avec les fermiers dans le Jersey, le Kent, en France même.

— Mais où ça ? Près de chez nous ? À Spitalfields ?

— Non, c'est ça l'embêtant, Tommy ne veut pas me laisser à Spitalfields, il a besoin de moi à Covent Garden.

— Alors tu vas quitter Montague Street... lança-t-elle d'un ton désespéré.

— J'ai pas l'choix. Le travail commence à quatre heures du matin. Pour arriver à temps, il faudrait que je parte de Whitechapel deux heures avant. Il y a aussi du travail de nuit, je dormirai quand j'pourrai.

— Où tu vas loger ?

— J'aurai une chambre dans le bâtiment des halles, au-dessus des bureaux de Peterson.

— Ah, c'est ça ! Une chambre avec un bon lit, et sa fille dedans !

— Pas du tout. Je la partagerai avec son neveu, un gars de mon âge, et elle est gratuite.

Fiona contempla l'eau sans répondre.

— C'est bien, pour nous, ce travail, Fi. Pourquoi tu le prends si mal ?

Pourquoi ? Parce que, songea-t-elle, toute ma vie tu as été près de moi, parce que mon cœur tressaute dès que je te vois, parce que ton sourire et ta voix effacent la laideur qui m'entoure, et parce que seul notre rêve me donne de l'espoir.

— C'est une surprise, répondit-elle en ravalant ses larmes et sa révolte. Tu vas partir, et on ne se verra plus le samedi après le travail et... et...

— Fiona, regarde-moi...

Il essuya une larme qui s'était échappée, mais elle détourna la tête.

— Ça fait deux jours que j'réfléchis, pas pour moi seulement, mais pour nous deux. Je peux pas rester : je me dispute sans arrêt avec mon père. Je peux même pas démarrer tout seul ici, ça lui ferait de la concurrence au marché. Ça serait ôter le pain de la bouche à ma famille. Chez Peterson, je vais mettre deux fois plus d'argent de côté pour notre boutique. Et j'apprendrai des choses très utiles pour notre commerce. (Il lui serra fort les mains.) Tu comprends ?

Oui... Il avait raison. Même si c'était dur. Tout ce qui leur permettrait d'ouvrir la boutique plus vite remportait son accord. N'empêche, cela la rendait très malheureuse. On pouvait considérer l'idée comme raisonnable, mais la séparation lui brisait le cœur.

— Quand pars-tu ?

— Demain.

— Joe !

— Ne sois pas triste. Ça ne durera pas longtemps, je viendrai te voir dès que je pourrai. Je t'apporterai un cadeau.

— Je n'ai besoin que de toi. Promets-moi de ne pas tomber amoureux de Millie. Je suis sûre qu'elle trouvera plein de bonnes excuses pour aller te faire les yeux doux à Covent Garden.

— Tu es bête.

Elle sauta au bas des marches et alla sur la berge. Tout en ramassant des pierres pour faire des ricochets, elle s'efforça de se reprendre. Elle s'était montrée très égoïste, alors que, au contraire, il aurait fallu soutenir Joe. À Covent Garden, le travail serait nouveau, intéressant, mais très éprouvant aussi. On disait que Tommy Peterson menait dur ses employés.

Joe la rejoignit pour lancer des cailloux dans l'eau à côté d'elle. En se baissant pour en reprendre, il aperçut un éclat bleu dans un trou de vase. Il y enfonça les doigts, et trouva un objet qu'il ne parvint à extraire qu'avec difficulté.

— Regarde, Fi, déclara-t-il en rinçant sa trouvaille.

Elle se pencha, et découvrit un morceau de verre roulé très lisse, arrondi aux deux bouts, avec une face plate et l'autre bombée. En son milieu, une cannelure se divisait et remontait sur les côtés. Le tout ne mesurait pas plus de deux ou trois centimètres, mais la couleur en était d'un bel indigo.

— Comme c'est joli ! s'émerveilla Fiona.

— C'est sans doute le fond d'une fiole de pharmacie, jugea-t-il en tournant l'objet entre ses doigts.

Il prit la main de Fiona, plaça le verre roulé dans sa paume et lui referma les doigts dessus.

— Tiens. Un bijou du fleuve pour toi. Je peux pas faire mieux pour l'instant, mais un jour, j'me rattraperai, j'te l'promets.

Fiona rouvrit la main pour examiner son trésor. Elle emporterait partout ce souvenir de lui, après son départ ; quand elle s'attristerait, elle le toucherait dans sa poche.

— Fiona ?

— Oui... murmura-t-elle, fascinée par le morceau de verre.

— Je t'aime.

Elle releva la tête, stupéfaite. Jamais encore il n'avait prononcé ces mots. Ils se comprenaient mais ne formulaient pas leurs sentiments, avec la rudesse pudique des gens des faubourgs. Il l'aimait, elle l'avait toujours su, n'en avait jamais douté un seul instant, et pourtant, d'entendre ces mots de sa bouche...

— Je t'aime, répéta-t-il presque avec brutalité. Tu prendras soin de toi ? Plus de raccourcis en rentrant de l'entrepôt, plus de passages déserts. Reste dans Cannon Street, passe par le boulevard. Et ne viens plus sur les berges, sauf pour retrouver ton père. Ne sors plus la nuit tombée tant qu'on n'aura pas attrapé ce salaud.

Une peine intolérable s'empara d'elle. Les larmes lui brûlaient de nouveau les yeux. Il allait seulement traverser Londres, mais le West End, c'était aussi loin que la Chine. Elle ne pourrait pas lui rendre visite : elle n'avait pas d'argent pour prendre l'omnibus. L'avenir s'étendait devant elle, lugubre ; les jours traîneraient, mornes et sans vie, parce qu'elle ne l'apercevrait pas le matin en train de tirer sa charrette, ou le soir sur le pas de sa porte.

— Joe...

— Oui ?

Elle saisit son visage entre ses mains et l'embrassa.

— Moi aussi, je t'aime.

— J'espère bien ! Un beau gars comme moi ! plaisanta-t-il, mal à l'aise.

Soudain, elle paniqua à l'idée de le perdre. Elle avait l'impression qu'on le lui enlevait. Elle l'embrassa de nouveau avec une fougue désespérée, s'agrippant au tissu de sa chemise. Un besoin de lui impérieux l'envahissait. Elle aurait voulu l'attacher à elle, le garder pour toujours ; le marquer de son sceau. De dangereuses pensées... qui pouvaient mener loin, mais elle s'en moquait. S'il devait partir, elle ferait en sorte qu'il emporte un peu d'elle, et qu'il lui laisse un peu de lui.

Il n'y avait que quelques pas à franchir pour se réfugier dans l'ombre des piliers du quai de déchargement. Sous l'avancée, il faisait noir et on n'entendait plus un bruit, sauf le clapotement de l'eau sur le bois. Personne ne pouvait les voir, aucun équipage ne les dérangerait avec des cris et des sifflets.

Elle l'attira contre elle et l'embrassa sur la bouche, dans le cou, sur la gorge. Quand il glissa une main de sa taille à ses seins, elle pressa la sienne dessus pour qu'il la caressât plus fort. Ses effarouchements étaient bien loin. Avant, elle avait désiré ses baisers tout en gardant un fond de crainte. À présent, son corps n'obéissait plus à rien. Elle était comme possédée. Les battements de son cœur et la chaleur qui montait dans son ventre et courait dans ses veines faisaient taire la voix de la sagesse. Elle avait beau l'embrasser, le toucher, sentir ses mains sur elle, rien n'assouvissait son désir ; au contraire, cela ne servait qu'à l'exaspérer.

Elle repoussa la veste de Joe, défit son corsage puis sa camisole, les doigts s'agaçant sur les rubans. Joe connaissait tout d'elle, ses humeurs, ses expressions, ses gestes, mais il ne l'avait jamais vue ainsi, les cheveux déployés sur les épaules, d'un noir de jais sur l'ivoire de sa peau.

— Que tu es belle...

Doucement, avec une tendresse infinie, il prit ses seins dans ses mains et les embrassa l'un après l'autre, avant de poser les lèvres à l'emplacement de son cœur. Mais ensuite il se baissa, ramassa les vêtements qu'elle avait laissé tomber et les lui tendit.

— Pourquoi ? demanda-t-elle, blessée. Tu ne veux pas de moi ?

— Bien sûr que si ! riposta-t-il avec un rire dur. J'ai failli ne pas pouvoir m'arrêter.

— Et alors ?

— Et si tu te retrouvais grosse après mon départ à Covent Garden ? Ton père nous tuerait.

Elle se mordit les lèvres. Elle avait tellement envie de lui qu'elle en aurait couru le risque.

— Tu sais bien que je t'épouserais tout de suite, mais comment veux-tu qu'on ait un enfant maintenant ? On n'a pas un sou. Il faut nous en tenir à notre projet : les économies, puis la boutique, et après seulement le mariage. Quand nous aurons des enfants, nous devons avoir de quoi les élever.

— C'est vrai…

Elle remit sa camisole, son corsage. Ensuite, elle tressa ses cheveux, tâchant de montrer bonne figure. Joe avait raison, mais son corps ne se laissait pas convaincre. Sa passion insatisfaite la torturait.

— Viens, dit Joe en lui tendant la main.

Il l'attira à lui, et ils restèrent un long moment l'un contre l'autre avant de quitter l'abri des piliers et de remonter le Vieil Escalier. Une fois en haut, Joe s'arrêta pour jeter un dernier regard aux péniches, aux entrepôts de thé, au fleuve. Il ne reverrait sans doute plus tout cela avant quelque temps.

Sur le chemin du retour, de Wapping à Montague Street, il fit rire Fiona. Ils s'amusèrent si bien qu'elle en oublia presque son départ le lendemain, et n'y repensa qu'en arrivant au coin de sa rue. Quand elle rentrerait de la fabrique, il ne serait plus là.

Devinant sa tristesse, il lui saisit la main.

— Souviens-toi de ce que je t'ai dit : ça ne durera pas longtemps. Je serai de retour très vite.

Elle hocha la tête.

— Prends soin de toi, ajouta-t-il en l'embrassant.

— Toi aussi, murmura-t-elle.

Et elle le regarda redescendre la rue, s'éloigner en la laissant seule.

Roddy O'Meara vomissait tripes et boyaux, appuyé au mur de brique dans l'arrière-cour du 29 Hanbury Street.

— Ça va mieux ? demanda George Phillips, le médecin légiste, quand il revint prendre sa place à côté de lui.

Roddy fit signe que oui, resserra la sangle de son casque de policeman, et ramassa la lanterne qu'il avait abandonnée près du cadavre.

— C'est bien, déclara le Dr Phillips en s'accroupissant près du corps. Levez un peu la lumière par ici.

Roddy monta la lanterne pour éclairer la tête de la femme. Le médecin prenait des notes dans un calepin, échangeant questions et commentaires avec l'inspecteur Chandler et ses hommes, tandis que Roddy contemplait le corps. Cette femme, encore chaude et vivante quelques heures plus tôt, n'était plus qu'une carcasse vide. Elle était couchée sur le dos, membres écartés, ventre béant. Le tueur avait posé ses intestins près d'elle. Il lui avait lacéré les cuisses et l'entrejambe. Une entaille lui traversait la gorge tel un collier de grenats.

— Je ne veux pas voir la presse ici ! aboya Chandler. Davidson, positionnez une douzaine d'hommes devant le bâtiment. Interdiction d'entrer sauf pour la police.

Malgré le renforcement des patrouilles, ce nouvel assassinat était arrivé neuf jours seulement après celui de Polly Nichols.

Le meurtrier poursuivait les femmes d'une haine incompréhensible, et Roddy était témoin de son œuvre maléfique pour la seconde fois. Mais, à présent, il était décidé à ne plus laisser ces images le poursuivre la nuit, et à reporter le fruit de sa colère sur son travail. Il fallait retrouver l'assassin – ce n'était qu'une question de temps – et le pendre. Pendant que le Dr Phillips examinait le corps, des dizaines de policiers passaient le quartier au crible, cherchant des indices, tambourinant aux portes, réveillant les locataires pour savoir s'ils avaient entendu ou vu quelque chose.

— Éclairez par ici, ordonna le médecin en passant du cou de la femme à l'abdomen.

Roddy suivit son mouvement avec la lanterne. Il eut un haut-le-cœur en percevant l'odeur douceâtre et cuivrée du sang et des viscères.

— La gorge a été tranchée de gauche à droite. Elle n'est morte que depuis une demi-heure : il n'y a pas encore de rigidité, annonça Phillips à l'inspecteur tout en notant ses observations. La mutilation abdominale est pire que la dernière fois, comme si...

Au-dessus d'eux grinça une fenêtre qu'on ouvrait avec difficulté. Le Dr Phillips leva la tête ; Roddy et les autres suivirent son exemple. Des têtes dépassaient de presque toutes les fenêtres donnant sur la petite cour.

— Rentrez chez vous ! cria le médecin. Ce n'est pas un spectacle pour les honnêtes gens !

Quelques têtes se retirèrent, mais la plupart restèrent.

— Vous avez entendu ? hurla Chandler. Rentrez, ou je verbalise pour obstruction à la police !

— Vous pouvez pas faire ça ! J'ai payé deux pence ma place à cette fenêtre histoire de jeter un petit coup d'œil !

— Sacré bon Dieu ! jura Phillips. Finissons-en et couvrons-la.

Avant de terminer rapidement son examen, il envoya Roddy rejoindre les autres sergents de ville devant le bâtiment. Ceux-ci faisaient face à une foule menaçante.

Une femme portant un paletot d'homme sur sa chemise de nuit lança à Roddy un regard où se mêlaient peur et fureur.

— C'est lui, hein ? C'est le tueur de Whitechapel qui a encore frappé ? Pourquoi vous ne faites rien pour l'attraper ?

La réserve étant de rigueur, Roddy ne répondit pas. Il dirigea les yeux vers la maison d'en face, le visage impassible.

— Vous ne faites rien ! répéta la femme d'une voix perçante. C'est parce qu'elles n'avaient pas le sou, hein ? Tout le monde se fiche des pauvres. Vous verrez, quand il ira s'en prendre aux bourgeoises des beaux quartiers ! Là, vous l'arrêterez !

— Tu penses ! cria un homme. Ces incapables attraperaient pas la chaude-pisse dans un lupanar !

La foule continua de lancer des quolibets, enflant à vue d'œil, et de plus en plus agressive. Mais l'inspecteur Chandler, venu voir ce qui provoquait la rumeur, rassura ses hommes en leur disant que l'ambulance ne tarderait pas à arriver.

— Quand on aura emporté le corps, la populace se dispersera.

— Combien il devra en tuer avant que vous fassiez quelque chose ?

Jetant un regard mauvais à la foule, Chandler tourna les talons pour aller retrouver Phillips, mais une voix familière reprit alors le cri devenu général :

— Oui, inspecteur, combien en faudra-t-il ?

Chandler fit la grimace.

— Répondez ! Le public a le droit de savoir !

Comme Roddy cherchait des yeux qui interpellait aussi vivement l'inspecteur, d'un ton presque réjoui, un personnage fluet aux vêtements fripés se détacha des curieux pour s'approcher de Chandler.

— Je n'ai rien pour vous, Devlin, gronda ce dernier.

— Elle a été égorgée ?

— Pas de déclaration à la presse.

— Tailladée ?

— J'ai dit : Aucun commentaire !

Chandler, furieux, réitéra ses ordres de ne laisser passer personne, puis s'en fut rejoindre Phillips.

Sans se laisser impressionner, le reporter contempla la rangée de policiers.

— Et vous, messieurs, qu'en dites-vous ? C'est notre vieille connaissance qui remet ça ? Et la police n'était pas là, pour changer ! Il paraît que ça vient d'arriver. Si vous aviez été plus rapides, elle s'en serait peut-être tirée. Ah ! La lenteur légendaire des forces de l'ordre...

La provocation porta ses fruits : un jeune agent, vexé par ses critiques, mordit à l'hameçon.

— Ça n'aurait rien changé ! Elle est morte sur le coup de sa blessure à la gorge !

— À quelle heure ? Qui l'a trouvée ?

Un coup de coude rappela vite le blanc-bec à l'ordre, et Devlin, carnet en main, dut partir tenter sa chance ailleurs.

Roddy soupira. Il n'en pouvait plus de monter la garde. Il aurait préféré mener l'enquête dans la rue, aller frapper chez les gens. Seule l'action aurait pu effacer les visions qui le poursuivaient : le corps lacéré, les jambes écartées, la petite fleur rouge épinglée au corsage. Parviendrait-il à dormir après son service ? Il ferma les yeux ; les images étaient là, derrière ses paupières, et la voix irritante de Devlin continuait de le harceler : « Combien faudra-t-il qu'il en tue ? Combien ? »

7

De l'eau chaude au robinet ! Une évacuation sans débordements d'égouts ! Incroyable ! Magique ! Joe plongea son rasoir dans la cuvette d'eau savonneuse, s'émerveillant encore du miracle de cette salle de bains moderne. Un lavabo, une baignoire. Des toilettes avec une chasse d'eau, et à l'intérieur, s'il vous plaît ! Se regardant dans le miroir, il gonfla la joue et passa la lame sur le poil blond.

Lorsque Peterson lui avait proposé une chambre au-dessus de ses bureaux, il s'était attendu à un galetas sans hygiène. Quelle erreur ! La pièce, située tout en haut d'un immeuble en brique de trois étages, avait servi de resserre, puis de dortoir aux fermiers de passage dans les halles. Sachant que son neveu Harry venait de Brighton pour travailler chez lui, Peterson l'avait ensuite fait rénover. L'ameublement était rudimentaire, mais l'espace propre et clair. Il y avait un poêle en fonte et un tapis tressé, deux lits corrects poussés chacun contre un mur, et deux fauteuils de cuir bleu à haut dossier récupérés dans le grenier de Peterson. Harry et Joe disposaient l'un comme l'autre d'une étroite penderie destinée à leurs effets personnels, d'un cageot en guise de table de nuit, et d'une lampe à huile.

Le logement était bon, le salaire également ; mais Joe gagnait davantage qu'une chambre et de l'argent : on le considérait. Peterson avait beau être débordé, il prenait le temps d'écouter les avis de ses employés, du plus humble manutentionnaire au chef acheteur. Quand Joe avait remarqué que les écosseuses de petits pois perdaient du temps à quitter leur tabouret pour aller se réapprovisionner, on avait embauché le commis qu'il suggérait. La production avait augmenté, et son idée lui avait valu une claque dans le dos et un tonitruant « Bravo, mon garçon ! ». Puis il avait noté que les maîtres queux des grands restaurants – une clientèle difficile – aimaient fouiner de grossiste en grossiste pour choisir ici les pommes, là les brocolis ; il avait demandé qu'on tienne du thé à leur disposition. Peterson avait tout de suite accepté ; et les cuisiniers, appréciant une boisson chaude à quatre heures du matin, restaient plus longtemps chez lui et achetaient davantage.

C'étaient les encouragements de son patron qui rendaient Joe le plus heureux. Son père, lui, ne l'avait pas estimé. Il se sentait enfin reconnu.

Dès qu'il avait eu un moment libre, il avait écrit à Fiona pour lui raconter sa nouvelle vie. Il avait rempli quatre pages sur son compagnon de chambre, son travail, et l'incroyable effervescence de Covent Garden. Sur la cinquième, il lui expliqua qu'il avait droit à un week-end entier de congé par mois, et que le samedi suivant, donc, il pourrait l'emmener voir les magasins dans Regent Street et Bond Street. Quand ils auraient leur boutique et seraient riches, ils achèteraient une belle maison avec une grande salle de bains. Pour finir, il lui dit qu'il espérait lui manquer, car, de son côté, il pensait beaucoup à elle.

Et en effet : il s'ennuyait de sa famille, mais surtout de Fiona. Il aurait aimé lui parler à voix haute de ses nouvelles expériences, entendre sa voix, voir son regard animé. Tous les soirs en s'endormant, il évoquait son visage, son sourire ; et le souvenir, plus vif que tous les autres, de l'après-midi où elle avait voulu se donner à lui, sous les quais. Il avait sans doute bien agi, mais il se traitait un peu de bêta. Quel homme digne de ce nom repousserait une belle fille à moitié nue ? La prochaine fois, il ne refuserait pas. À Covent Garden, grâce à Harry, il avait appris beaucoup, et pas seulement à négocier les fruits et les légumes.

Le battement de la pluie sur le carreau interrompit ses pensées. Voilà qui coupait court à son projet de convaincre Harry, en train de somnoler près du poêle, de descendre boire une bière. Tant pis, ils seraient aussi bien là, à lire le journal. Le travail les épuisait, surtout le samedi, jour de liquidation du stock hebdomadaire. Ils avaient la voix cassée, le dos en compote, et avaient dormi jusqu'à midi, n'ayant entendu ni les cloches du dimanche, ni les vendeurs de journaux, ni le marchand de muffins ambulant sous leurs fenêtres.

Joe s'essuya le visage. Il mourait de faim. Il songeait à braver la pluie pour chercher un repas lorsque de grands coups retentirent à la porte de la rue. Il enfila sa chemise, remonta ses bretelles, et sortit de la salle de bains. Dans son fauteuil, Harry clignait les yeux, étonné.

— Qui ça peut bien être ? demanda Joe.

— Pas la moindre idée. Vas-y, toi, puisque tu es debout.

Joe ouvrit la porte du palier et dégringola les marches.

— Harry ! Ouvre ! Je suis trempée ! criait une voix de femme.

Il se dépêcha de faire entrer la visiteuse. C'était Millie Peterson.

— Bonjour, Joe ! s'exclama-t-elle en lui tendant un gros panier d'osier. Tu m'aides ? Il y en a un autre. Harris va te le donner.

Elle le dépassa, tout sourire, et monta. Avec le concours du cocher, Joe descendit de la voiture le second panier. Puis il remercia l'homme et monta la lourde charge.

— Ma petite Millie ! entendit-il Harry s'exclamer.

— Je voulais te faire la surprise, j'ai apporté un pique-nique. Je me disais que nous pourrions aller au parc, mais il nous faudra rester ici.

Joe les rejoignit, posa les paniers de Millie et referma la porte.

— Je suis bien content de te voir, déclara Harry en soulevant sa cousine dans ses bras et en la faisant tourner dans les airs. On s'ennuie à mourir ici. Tu seras notre rayon de soleil !

— Merci, camarade, ironisa Joe.

— Pardon, tu es un gars formidable, mais ma cousine est bien plus jolie que toi.

Millie, en effet, égayait la pièce. Retirant sa cape dégoulinante, elle apparut dans un joli ensemble caramel paré de dentelles au col et aux poignets. La chaude couleur servait à merveille ses yeux noisette et ses cheveux blonds. Deux topazes ornaient ses oreilles, assorties à un délicat bracelet. Des peignes d'écaille retenaient un chignon recherché. Elle était ravissante.

Craignant de déranger les deux cousins, Joe voulut partir.

— Où vas-tu ? demanda Millie en le voyant prendre sa veste.

— Faire un tour.

— Par un temps pareil ? Tu vas attraper du mal. Reste avec nous. J'ai pensé que tu serais là... et apporté largement de quoi. Harry, dis-lui de rester.

Harry insista, et Joe n'osa pas refuser. D'ailleurs, Millie déballait un festin qui lui mettait l'eau à la bouche.

— Si ça ne vous dérange pas...

— Pas du tout ! Tiens, prends cette nappe et étale-la devant le poêle. Harry, tu veux bien ranimer le feu ?

Orchestré par Millie, le repas fut vite servi. Harry rajouta du charbon et attisa les braises, laissant le foyer ouvert pour profiter des flammes. Joe étala la nappe blanche sur le tapis et ouvrit les bouteilles de soda au gingembre. Millie disposa les vivres, distribua serviettes et couverts, puis remplit les assiettes.

— Y a de quoi nourrir une armée, s'émerveilla Joe.

— C'est la faute de ma tante Martha, la mère de Harry : elle m'a recommandé de bien soigner son garçon, et elle m'a même envoyé la liste de ses mets favoris.

— Elle ne t'a sûrement pas demandé de me les faire ingurgiter tous à la fois !

Il y avait un énorme pâté de porc en croûte, des œufs durs enrobés de saucisse, des tourtes à la viande toutes rondes, du poulet rôti, du gigot d'agneau, des harengs, du pain complet, du stilton et du cheddar, du pain d'épice, et des petits gâteaux au citron. Joe et Harry, affamés, firent honneur au repas.

— C'est délicieux, Millie, merci, dit Joe.

— Un régal, approuva Harry, la bouche pleine. Ça nous change des gargotes des halles.

Tandis qu'ils faisaient bombance, Millie les amusa en contant des histoires de son enfance et de celle de Harry. La mère de celui-ci avait été l'unique sœur de la sienne, et il n'était que de six mois son aîné. Très proches autrefois, ils avaient malheureusement presque cessé de se voir quand la famille de Harry avait emménagé à Brighton.

Joe comparait les deux têtes blondes, les visages rieurs. Il y avait une nette ressemblance, hormis la carrure, car Harry était un solide gaillard amateur de sport, de chevaux et de jolies filles. Il détestait le négoce et rêvait de devenir explorateur, de partir pour les Indes ou l'Afrique, n'attendant que décembre et ses vingt ans pour mettre son projet à exécution.

Dès que Joe terminait son assiette, Millie la remplissait tout en bavardant avec une insouciance contagieuse. À mesure que l'après-midi s'écoulait, un plaisant engourdissement s'empara de lui. Le parfum de Millie flottait dans l'air. Une senteur de lilas. Elle avait les joues rosies par les flammes, et des reflets dansaient dans ses cheveux blonds. Il ferma les yeux, songeant à quel point Fiona apprécierait tout ce luxe. Il lui écrirait pour lui raconter le pique-nique. Mais non, songea-t-il, mieux valait rester prudent. Même si Millie était venue rendre visite à son cousin, Fiona ne comprendrait pas qu'il ait passé tout l'après-midi avec elle. Millie était bien gentille, mais il ne parlerait pas d'elle.

— Eh bien, on pique un roupillon ? lança Harry en riant, imité par Millie.

Joe rouvrit les yeux.

— Non, j'me repose les yeux, expliqua-t-il en s'étirant.

— Quelle heure est-il, Harry ? s'enquit Millie.

— Juste cinq heures.

— Alors il faut que je parte. J'ai dit à Harris de venir me chercher à cinq heures. Il doit m'attendre en bas.

— Non, reste, protesta Harry en lui attrapant la main. Désolé, mais on te garde.

— Harry, voyons, lâche-moi, laisse-moi ranger ! répliqua Millie en gloussant.

— Seulement si tu promets de revenir !

— D'accord, à condition que Joe me le demande aussi.

— Mais bien sûr, Millie, répondit ce dernier en rougissant. On s'est bien amusés.

C'était vrai : en sa compagnie, il n'avait pas senti le temps passer. Elle lui sourit et acheva de remplir son panier avec leur aide.

— Je vous le laisse, décréta-t-elle, vous n'aurez qu'à le mettre au frais sur le palier.

— Merci ! Nous voilà pourvus pour plusieurs jours, se réjouit Harry.

— Je vous laisse l'autre panier aussi. J'y ai mis des couvertures en laine. Il commence à faire froid, mais papa ne redoute les engelures que pour ses pommes et ses oranges.

Ils descendirent pour la raccompagner à la voiture. Harris les salua, et Harry ouvrit la portière pour sa cousine.

— Au revoir, petite Millie. Dommage que tu t'en ailles si tôt.

— Je reviendrai un jour où le temps sera meilleur. Nous sortirons prendre le thé ou nous promener au parc.

Elle se haussa sur la pointe des pieds pour poser un baiser sur la joue de Harry, et se tourna vers Joe pour faire de même. Il sentit de nouveau son parfum alors qu'elle le frôlait de ses lèvres et lui pressait le bras. Puis Harry la fit monter, frappa le côté de la voiture, et l'équipage démarra.

Harry et Joe retournèrent dans leur chambre. Maintenant que Millie était partie, elle leur sembla grise et morne.

— Quel entrain, commenta Harry.

— Oui, elle est très joyeuse. Ça paraît tout vide sans elle.

— C'est une fille épatante. Celui qui l'épousera aura bien de la chance. Belle, un père riche, et une jolie poitrine, ce qui ne gâte rien.

— J'avais pas remarqué... marmonna Joe en rajoutant du charbon dans le poêle.

— Je n'en doute pas ! railla Harry. Ah !... Dommage que ce soit ma cousine, ajouta-t-il en se jetant dans son fauteuil. Pour elle, je resterais, au lieu de fuir la terrifiante Caroline Thornton.

— Qui est-ce ?

— La fiancée que me réserve ma mère à Brighton. Bigleuse, plate comme une limande, mais riche à millions. Et très amoureuse de moi.

— Quel portrait !

— Jure de ne pas le répéter à mon oncle : avant la fin de l'année je serai loin de Londres, de Brighton, et de Mlle Caroline Thornton. Je ne connais rien de plus ennuyeux que de vendre des pommes et des oranges.

— Je l'ai déjà juré, mais il comprendrait peut-être.

— Impossible ! Tommy me tuerait avant que je n'embarque. Il souhaite que je remplace le fils qu'il n'a pas eu... celui qu'il a perdu... mais moi, je ne peux pas.

— Vis ta vie. Il s'en remettra.

Harry branla lentement du chef, puis se tourna vers Joe avec un sourire.

— Sans doute. Oui, je pense même qu'il connaît déjà quelqu'un qui ferait merveille à ma place...

8

Rien à Londres n'égalait la splendeur du grand hall de l'alimentation du magasin Harrods le samedi matin. Le spectacle était d'une variété, d'une animation étourdissante. Dans cette cathédrale de nourriture, les élégantes choisissaient des gâteaux et des petits biscuits tandis que des multitudes de gouvernantes empilaient leurs paquets dans les bras des malheureux porteurs qui les suivaient. Au milieu de ce tumulte, les vendeuses emballaient les achats à la vitesse de l'éclair, et les garçons en tablier couraient en tous sens pour réapprovisionner les comptoirs.

Au bras de Joe, Fiona se promenait dans les allées, émerveillée. Elle le fit arrêter devant une magnifique mosaïque de poissons disposés sur un lit de glace. Plus loin, au bout de crochets, pendaient des lièvres, des faisans, des canards, des perdreaux. À gauche venait la boucherie ; ici, pas de bas morceaux ! Après le comptoir des épices, ils passèrent devant des bouteilles de vins de Porto et de Madère, puis Joe montra avec fierté à Fiona les belles pommes Bramley rouges et les Bosc jaunes, fournies par Peterson de Covent Garden.

Leur dernière halte fut devant un énorme gâteau de mariage qui enchanta la jeune fille, avec ses cascades de roses en sucre imitées de main de maître.

— À ton avis, peut-on se faire livrer par Harrods quand on vit à Whitechapel ? plaisanta-t-elle.

— Tu parles ! Ils ne savent même pas que c'est à Londres !

Ils sortirent du grand magasin avec un éclat de rire, imaginant les voitures vert foncé conduites par leur cocher en gants blancs ; ils les voyaient cahoter dans les ruelles défoncées du quartier des docks, traînant à leur suite des ribambelles de gamins et de chiens galeux.

— Où allons-nous maintenant ? s'enquit Fiona.

— Nous traversons Hyde Park pour gagner Regent Street où une surprise t'attend. Tu vas voir !

La journée n'avait en fait été qu'une succession de surprises depuis l'arrivée de Joe à sa porte tôt le matin. Et que de joie ! Elle l'avait attendu avec une impatience folle depuis la réception de sa lettre.

À force de suppliques, Fiona avait fini par convaincre M. Minton de lui accorder la matinée, sans salaire bien entendu, et elle n'avait plus eu qu'à se réjouir. Mais très vite elle s'était souvenue qu'elle ne possédait que deux jupes et de simples chemises de coton blanc. Kate, remarquant sa soudaine morosité, en devina la cause et, passée maîtresse dans l'art de faire beaucoup avec presque rien, trouva la solution. Elle entraîna Fiona dans sa chambre, et après avoir fouillé dans la malle, en sortit la veste à rayures marine et crème de son mariage. Elle était devenue trop étroite pour une mère de quatre enfants, mais allait à Fiona à ravir. Comme parure, elle avait emprunté à son amie Bridget une petite broche émaillée en forme de pâquerette. La fiancée d'oncle Roddy, qui s'appelait Grace, lui avait aussi prêté un joli sac à main brodé.

Son père et Roddy avaient contribué à sa toilette en ajoutant un chapeau de velours marine à larges bords ainsi que deux roses rouges de modiste. Elle avait découvert ce cadeau sur son assiette en rentrant de la fabrique le vendredi soir et avait jeté un regard éberlué à sa famille. Son père était dissimulé derrière son journal, comme à son habitude, Roddy se servait de la bière ; quant à Charlie et à Seamie, ils étaient assis à table et ne disaient rien.

— De la part de ton père et de ton oncle, avait expliqué sa mère sans quitter ses fourneaux.

Le velours était usé sur le côté et un peu de garniture manquait, mais les roses cacheraient le ruban perdu. Sa mère l'avait choisi, sans aucun doute. Fiona voulut remercier son père et Roddy de leur générosité, mais elle avait la gorge trop serrée pour parler.

— Ça ne te plaît pas, petite ? avait demandé Roddy avec inquiétude.

— Oh si ! s'exclama-t-elle en retrouvant sa voix. C'est très beau. Merci beaucoup ! Merci, papa ! Vous n'auriez pas dû, ajouta-t-elle en les embrassant.

— C'est juste un petit quelque chose pour que tu sois encore plus heureuse demain, bougonna son père. Ton jeune homme a intérêt à prendre soin de toi.

Elle parvenait encore à retenir ses larmes, mais quand Charlie lui tendit une paire de gants de chevreau bleu marine ses yeux débordèrent.

— Faut pas pleurnicher ! protesta-t-il, gêné. C'est rien du tout. Y sont pas neufs. Je voulais pas que t'aies l'air d'une mendiante, quand même.

Plus tard, elle fit une grande toilette et Kate l'aida à se laver les cheveux. Puis, tandis que sa mère cousait les roses sur le chapeau, elle repassa sa jupe et sa chemise, ainsi que sa nouvelle veste. Malgré ses craintes, elle parvint à s'endormir et se leva tôt. Elle se débarbouilla, se peigna, et se fit un chignon, toujours assistée de sa mère. Ensuite, elle essaya plusieurs fois le chapeau, puis se décida à l'épingler, suivant les conseils de Kate qui craignait qu'elle ne gâche sa coiffure.

Lorsqu'elle fut prête, Kate s'émut en fixant la broche à son revers.

— Regarde-la, Paddy, comme elle est grande maintenant ! Et aussi belle qu'un bouton de rose.

— C'est vrai, approuva son père qui finissait de s'habiller pour partir au travail. Une bien belle jeune fille. Sa maman tout craché.

Fiona n'eut pas longtemps à attendre, et courut ouvrir dès que Joe frappa à la porte. À sa vue, il ouvrit de grands yeux et ne put s'empêcher de l'embrasser.

— T'es belle ! murmura-t-il. Encore plus qu'avant !

Il lui avait tellement manqué, pendant ces semaines ! Lui aussi avait changé : ses cheveux avaient poussé et il avait perdu du poids. Bien qu'ayant hâte de se retrouver seule avec lui, elle l'entraîna vers la cuisine pour lui offrir du thé et le faire bavarder un peu avec ses parents.

Quand son père s'embarqua dans de grands discours sur le syndicat, Fiona décida qu'il était temps de partir. Ils devaient prendre l'omnibus dans Commercial Street, mais auparavant Joe fit un petit détour par un certain passage au bout de Montague Street, où il s'engagea avec Fiona pour pouvoir l'embrasser de nouveau.

— Bon sang, ce que tu m'as manqué ! dit-il en s'interrompant pour la contempler.

Avant qu'elle ne puisse répondre, il la reprit dans ses bras pour un long baiser passionné. Finalement, il lui saisit la main, masquant son émotion sous une plaisanterie.

— Allez viens. Arrête de m'embêter, toi, on n'a pas que ça à faire !

Ils montèrent dans un omnibus à impériale, tiré par un équipage de plusieurs chevaux. Joe paya le receveur, puis ils grimpèrent à l'étage, en plein air. C'était une belle journée d'octobre, pas trop froide, et ils eurent une superbe vue de Londres du haut de leur perchoir.

Fiona, qui n'avait jamais pris d'omnibus, était folle de joie.

— Tu es sûr que ce n'est pas trop cher ? souffla-t-elle.

Joe la fit taire, et lui désigna les endroits intéressants tandis qu'ils s'éloignaient de la Tamise et se dirigeaient vers l'ouest. Quand ils traversèrent la Cité et ses rues bordées d'immeubles de commerce, il lui montra le plus grand et le plus beau de tous.

— C'est l'immeuble de Burton. La rénovation a coûté les yeux de la tête, à ce qu'il paraît. Je ne vois pas comment ton père et son syndicat vont arriver à lui soutirer un sou.

En finissant le trajet à pied par Brompton Road pour aller chez Harrods, Fiona lui parla de leur boîte de cacao.

— J'ai de l'argent à y mettre, annonça-t-elle.

— Tu vas avoir une belle surprise !

— Pourquoi cela ?

— Tu verras...

— Dis-moi !

— Pas question. Faut bien que j'aie une raison pour t'attirer dans ma chambre.

— Tu veux me faire rencontrer ton ami Harry ? demanda Fiona avec une feinte innocence.

— Il est sorti jusqu'à ce soir.

— Ah bon ? Quel dommage...

— Je te crois !

Après avoir quitté Harrods, ils s'arrêtèrent à Hyde Park pour admirer les cavalières et les cavaliers. Au bout de Knightsbridge, ils firent une halte devant Buckingham Palace, parce que Fiona rêvait de voir où vivait la reine, puis ils remontèrent Piccadilly jusqu'à Bond Street.

Ils flânèrent devant les vitrines de Garrard, bijoutier de la famille royale ; Mappin & Webb, orfèvres ; et Liberty, où toute la haute société se fournissait. Ils passèrent devant des magasins de tissus où s'empilaient les rouleaux de soie, de damas, de velours. Chez les chausseurs, Fiona s'étonna de la variété des couleurs, car elle ne connaissait que le noir et le brun pour les bottines. Il y avait aussi des vitrines pleines de dentelles, de passementerie, de fleurs artificielles pour les chapeaux, de mouchoirs fins, de gants de dentelle et de sacs en perles ; des savons, des parfums, des livres, des fleurs de serre, des gâteaux somptueux, des biscuits et de jolies bonbonnières.

N'ayant que un shilling, Fiona hésita beaucoup avant de choisir ce qu'elle allait rapporter à sa famille. Joe lui conseilla une boîte de caramels en métal décoré. Cela ferait plaisir à tous, sauf à Eileen, mais elle était trop petite pour être déçue.

Leur promenade leur donnait des idées. Devant une épicerie fine, ils notèrent la façon dont les pommes étaient empilées, chacune enveloppée dans un papier de soie bleu. Ils étudièrent les réclames peintes sur les murs d'immeubles et les omnibus, et débattirent pour savoir s'il valait mieux présenter les bonbons dans une boîte blanche entourée d'un ruban de satin rose, ou dans une boîte bleue avec un ruban crème.

Mais Fiona n'était pas au bout de ses joies. Au moment où elle pensait avoir tout vu, Joe l'entraîna chez Fortnum & Mason. Un portier en uniforme leur tint la porte.

— Tu ne peux pas entrer là-dedans ! murmura-t-elle.

— Si, viens.

— Mais c'est trop chic.

Le portier fit entendre une toux discrète, et Joe la poussa à l'intérieur.

— Avance, tu bloques l'entrée.

— Ce n'est pas croyable...

Elle leva la tête vers les hauts plafonds voûtés, puis admira les petites vitrines et le carrelage à motifs.

— On va prendre le thé... C'est ça, ma surprise.

Il l'emmena au salon de thé, et on les plaça à une table basse où ils s'assirent dans des fauteuils moelleux. Fascinée, Fiona en oublia de s'inquiéter de la dépense. Cet endroit était une révélation. Jamais elle n'avait imaginé qu'un tel luxe puisse exister. La décoration jouait sur les harmonies de roses et de verts, les nappes et les serviettes étaient d'une blancheur éclatante, et des bouquets de roses agrémentaient les tables. La clientèle était élégante, et un pianiste jouait des morceaux qui se mêlaient en bruit de fond au murmure des conversations et aux rires assourdis. Mais le plus beau de tout, c'était de vivre cette aventure avec Joe. Cette journée passait comme un rêve, et Fiona aurait voulu rester dans ce paradis pour toujours, sans jamais retourner à Whitechapel et être séparée de lui. Mais il ne fallait pas songer à cela : ils n'étaient pas encore au bout de la journée et elle le reverrait le lendemain, puisqu'il rentrait ce soir avec elle pour passer la nuit dans sa famille.

Il était près de quatre heures quand ils repartirent, rassasiés, ayant dégusté de délicieux sandwichs au pain de mie, des scones et des gâteaux. La nuit tombait et il commençait à faire froid. Ils reprirent l'omnibus pour Covent Garden, et deux rues après l'arrêt, ils arrivèrent chez Joe, qui se dépêcha d'allumer les lampes et le poêle. Pendant que la pièce se réchauffait, Fiona admira ce qui l'entourait.

Sur son conseil, elle alla visiter la magnifique salle de bains, puis il la fit asseoir devant le poêle, la porte ouverte sur un feu flamboyant. Comme elle regardait autour d'elle, elle s'étonna de voir sur le manteau de la cheminée un joli sac en soie au milieu de tous les objets masculins.

— À qui est-ce ? Pas à Harry quand même ? plaisanta-t-elle.

— Quoi ? répliqua Joe en suivant son regard... Ah, non... heu... ça doit être à Millie.

— À Millie ! Mais qu'est-ce que son sac fabrique donc ici ?

— Elle a dû passer voir Harry.

— Elle vient souvent ?

— Je ne sais pas ! Dimanche dernier... Une ou deux fois pendant la semaine...

Fiona vit rouge. Millie Peterson avait passé du temps avec Joe, la petite garce ! Alors qu'elle-même en était privée depuis quinze jours !

— Tu sais, avoua-t-il, je m'ennuie, tout seul. C'est agréable de se changer les idées avec Harry et Millie. Rassure-toi, ce n'est pas à moi qu'elle rend visite, mais à son cousin.

— Pourquoi ne m'en as-tu pas parlé ?

— Parce que j'avais peur que tu le prennes mal. Mais regarde, c'est pas avec Millie que je suis sorti aujourd'hui, et c'est pas avec elle que je parle maintenant !

— Je sais bien...

Fiona fit son possible pour taire sa jalousie ; il ne fallait pas gâcher cette merveilleuse journée. Mais même si elle n'en parlait pas, elle voyait clair dans le jeu de Millie. Ce sac, c'était un signe.

Ils gardèrent le silence un moment, les yeux rivés aux flammes, Fiona dans le fauteuil et Joe assis par terre à ses pieds. Puis, pour lui montrer qu'elle ne lui en voulait pas, elle lui passa les doigts dans les cheveux et joua avec ses boucles, et il s'appuya contre sa jambe en fermant les yeux.

— Tu as aimé notre promenade ?

— C'est la plus belle journée de toute ma vie ! Je n'ai jamais vu autant de choses magnifiques. J'ai hâte de tout raconter à maman.

— Et attends le plus beau ! s'écria-t-il en se redressant d'un bond.

Il alla soulever son matelas et sortit de sa cachette la boîte de cacao.

— Fais voir ! J'ai apporté un shilling pour ajouter au reste. Combien avons-nous, maintenant ?

Joe se rassit près d'elle, et lui versa le contenu de la tirelire sur la jupe pour la faire compter. L'empressement qu'elle y mit le fit sourire.

— On dirait un écureuil devant une cache de noisettes !

— Chut ! Douze livres, douze shillings, quatre pence... douze shillings et huit pence... Treize livres ! s'écria-t-elle avec stupeur.

— Continue, c'est pas fini !

Elle additionna les dernières pièces.

— Pas croyable ! Il y a presque quatorze livres ! Mais d'où as-tu tiré tout ça ? Nous n'avions que douze livres et six shillings quand tu es parti !

— Peterson me paie seize shillings par semaine, comme son neveu. Et quand on livre aux hôtels ou aux restaurants, on récolte un pourboire. Ma piaule est gratuite. Je ne dépense que pour les repas, le journal et une pinte de bière de temps en temps. Tout le reste va pour nos économies.

— C'est bien plus que je n'imaginais... Nous allons pouvoir prendre la boutique plus vite ! Tu avais dit un an, mais à cette allure...

Les mots se précipitaient, et son rêve l'emportait si loin qu'elle ne vit pas Joe sortir de sa poche un papier de soie plié, et se rendit à peine compte qu'il lui prenait la main gauche et lui passait une bague à l'annulaire.

— La dernière surprise, déclara-t-il doucement.

— C'est pour moi ? souffla-t-elle en regardant son doigt avec stupéfaction.

— C'est pas pour ta mère !

— Joe !

Elle lui jeta les bras autour du cou et l'embrassa.

— Qu'elle est belle ! Il n'y a pas plus joli.

— C'est un saphir. Comme tes yeux. Tu te souviens du morceau de verre qu'on a trouvé dans la Tamise ? Je t'avais bien dit que je t'offrirais mieux ! D'accord, elle est d'occasion ; mais attends un peu : bientôt je t'en paierai une toute neuve, grosse comme un shilling.

— C'est celle-la qui me plaît.

La pierre était minuscule, à peine visible, et l'anneau d'or extrêmement étroit, mais pour Fiona c'était un joyau magnifique.

Joe était devenu muet. Il lui saisit la main pour admirer le bijou, puis se racla la gorge.

— T'as raison, tu sais ; maintenant que je gagne davantage, nos économies vont vite monter, et on pourra ouvrir notre boutique plus tôt que prévu. Alors... (Il la regarda droit dans les yeux.) Je voudrais qu'on soit fiancés... que ce soit, comme qui dirait, officiel.

Un sourire fendit le visage de Fiona.

— Des fiançailles ? Ça signifie qu'on l'annonce à papa ? Tu es sûr ?

— Oui... Seulement si tu veux bien, pauvre bête.

— Alors, il va falloir que je dise à mes autres galants d'aller se rhabiller ?

— Les pauvres, ils ne vont pas s'en remettre !

— Et dire que tu n'en as pas soufflé mot de toute la journée...

Joe avait l'air très fier de lui.

— Il faut que je réfléchisse, le taquina-t-elle pour qu'il ne se croie pas trop maître de la situation. Pourquoi veux-tu qu'on se fiance ?

— Comment ça, pourquoi ?

— Eh bien oui, pourquoi... ?

— Parce que j'ai pitié d'une pauvre fille.

— Mais non...

— C'est donc parce que ton paternel me glisse la pièce pour que je me dévoue.

— Mais non, répéta-t-elle en riant. C'est parce que tu m'aimes ! Dis-le.

— Qui t'a fait croire ça ?

— Toi ! Sur les berges. Je l'ai bien entendu : tu m'aimes.

— J'ai jamais dit ça.

— Si, tu n'as qu'à le répéter, et je répondrai oui.

Joe se dressa sur les genoux, l'attira dans ses bras et l'embrassa.

Fiona se détacha de lui.

— Allez, insista-t-elle.

Il l'embrassa de nouveau, puis encore et encore, afin d'étouffer ses protestations, de la faire céder. C'était merveilleux d'être ainsi avec lui, seuls, dans une chambre bien chaude. Elle avait envie de le toucher, de se serrer contre lui, de ne plus quitter ses bras. Maintenant, personne ne risquait de les voir. Se sentant libre, elle l'embrassa passionnément. Elle le serra aux épaules, pressa avec fièvre les mains sur sa poitrine pour lui imprimer sa marque. Tandis qu'il lui caressait les seins, ses doigts montèrent jusqu'au col de sa veste pour en défaire les boutons. Quand il la lui ôta, elle lui lança un long regard.

— Si j'ôte ma camisole, tu vas me la faire remettre, comme sur les berges ?

— Jamais de la vie.

Elle dénoua les rubans et Joe fit descendre le vêtement le long de ses bras, le laissant pendre à la taille.

— Maintenant, à toi, commanda-t-elle en croisant les bras.

En un éclair, Joe eut enlevé sa veste et sa chemise. Le détaillant, Fiona sentit le désir s'emparer de son corps. Qu'il était beau ! De la ligne de son menton à ses épaules carrées, jusqu'aux renflements des muscles de son ventre.

— Qu'est-ce que tu regardes ? demanda-t-il, gêné.

— Toi.

Elle passa la paume sur son torse, découvrant le poil plus sombre que ses cheveux, et sous les bras, et plus bas, sous le nombril. Une chaleur de brasier l'envahit. Elle lui embrassa la base de la gorge, la ligne qui partageait sa poitrine, puis appuya l'oreille contre son cœur pour en écouter le battement. Quand elle y posa les lèvres, il poussa un soupir, et elle sentit ses mains se crisper sur sa taille.

Il l'attira à lui, exigeant des baisers, lui dévorant la bouche, la gorge. Après avoir écarté les longues boucles brunes, il s'empara de ses seins et, les yeux mi-clos, elle pria pour que, cette fois, il ne s'arrête pas. Elle voulait qu'il s'allonge sur elle, qu'il l'embrasse, qu'il la prenne. Lorsqu'il releva la tête, elle souffrit de ce bref éloignement.

— Fi, j'ai envie de toi... de te faire l'amour...

Elle inclina la tête en guise d'assentiment, ivre de bonheur, cherchant de nouveau ses lèvres.

— N'aie pas peur, je sais comment ne pas courir de risques...

Il la souleva dans ses bras et la porta jusqu'au lit. Lorsqu'elle fut couchée, il lui tourna le dos pour défaire sa ceinture, ôter son pantalon puis ses sous-vêtements.

Dégrisée, elle se laissa déshabiller. La flamme de son désir s'était éteinte, elle avait peur. L'acte qu'ils s'apprêtaient à commettre allait bien plus loin que leurs caresses et leurs baisers, et elle ne savait trop ce qu'il attendait d'elle.

Quand elle fut nue, Joe s'étendit à son côté et la prit dans ses bras. Il ne disait rien. Redoutait-il aussi ce qui allait suivre ?

Elle sentit les baisers pleuvoir dans son cou, les caresses de Joe sur tout son corps.

Il lui répéta qu'ils pouvaient arrêter si elle le désirait, mais elle refusa.

La douleur qu'éprouva Fiona fut vive, mais brève. Joe la rassura, la couvrant encore de baisers, et elle n'eut plus mal. Elle était heureuse qu'ils soient si proches, qu'il la possède. Puis il poussa un gémissement sourd et s'arracha à elle, retombant à son côté, essoufflé.

— Je t'aime, déclara-t-il, le regard noyé de tendresse. Je t'ai toujours aimée, et je t'aimerai toute ma vie.

— Moi aussi, je t'aime. Pour toujours...

Voilà, maintenant elle savait. Elle comprenait pourquoi on attachait tant d'importance à cet accomplissement. Elle se sentait si bien, comme engourdie, mais si heureuse !

Joe écarta les cheveux qui lui chatouillaient le visage.

— Dors un peu. Mais on n'a pas beaucoup de temps : j'ai dit à ton père que je te ramènerais pour huit heures, et il commence à se faire tard.

— Oui... murmura-t-elle, se renfonçant dans l'oreiller.

Elle l'entendit qui s'affairait, reprenant ses vêtements par terre, s'asseyant sur le lit pour enfiler ses chaussettes, se relevant, allant et venant pour mettre de l'ordre dans la pièce. Mais soudain, il s'arrêta et ne bougea plus pendant une seconde, avant de courir à une fenêtre de la rue.

— Bon Dieu ! s'écria-t-il en regardant dehors. Fi ! Vite, lève-toi ! C'est Harry !

Elle se redressa lentement, ensommeillée, tandis que lui parvenaient des rires et deux voix, celles d'un homme et d'une femme.

— Je croyais qu'il devait rentrer tard.

— Eh bien, le voilà ! Vite ! Prends tes affaires et habille-toi dans la salle de bains, ordonna Joe en lui entassant ses vêtements dans les bras. Il ne se rendra compte de rien, il croira que tu étais aux toilettes.

Fiona courut nue jusqu'à la salle de bains. À la porte, elle s'arrêta.

— Joe ! Ma camisole, je ne la vois pas !

Il souleva les draps du lit qu'il refaisait en grande hâte, mais ne trouva rien. Rien non plus sous le matelas. Enfin, la découvrant par terre près du fauteuil, il la roula en boule, et la lança à Fiona au moment où la porte de la rue s'ouvrait en bas. Elle l'attrapa, pendant qu'il retraversait la pièce en courant pour finir de couvrir le lit. Quand Harry et Millie entrèrent, la porte de la salle de bains était close, et Joe assis devant le feu avec son journal.

— Tiens, tu es là ! s'exclama Harry.

— Bonjour, Joe, pépia Millie. Qu'il fait froid ! Je boirais bien une tasse de thé, et vous ?

— Bonne idée, dit Harry.

Millie s'empara de la bouilloire comme si elle était chez elle, tandis que Joe déclinait l'offre, prétextant qu'il avait bu assez de thé pour un mois.

Il entreprit de leur raconter sa journée, et de ce fait ils n'entendirent pas s'ouvrir la porte de la salle de bains. Fiona apparut sur le seuil. Elle s'était rhabillée, et observait Millie qui papillonnait autour de Joe. Ses soupçons furent confirmés : Millie n'était qu'une voleuse d'homme. Il fallait lui montrer une fois pour toutes qu'elle perdait son temps, mais sans provoquer une scène susceptible de mettre Joe dans l'embarras. Fiona ne tarda pas à trouver comment. Elle défit sa broche et l'enfouit dans la poche de sa jupe.

Justement, Millie interrompait Joe.

— Et qui a eu l'honneur de partager cette belle sortie avec toi ?

— Moi ! lança Fiona.

Harry se leva d'un bond.

— Bon Dieu ! Euh, excusez-moi, je ne savais pas que vous étiez là. Harry Eaton, enchanté de vous rencontrer. Prenez ce fauteuil, je vous en prie. Je vous présente ma cousine, Millie Peterson.

— Enchantée. Je m'appelle Fiona, Fiona Finnegan, et Millie et moi nous connaissons déjà.

— Ah ? Parfait !

Enthousiaste, Harry se tourna vers Millie et se figea : elle avait beau sourire, son regard furieux lançait des éclairs inquiétants.

— Bonjour, siffla-t-elle.

— Asseyez-vous donc, insista Harry, nous préparons du thé, vous en prendrez bien ?

— Merci, mais je ne peux pas. Nous devons partir. Joe et moi, nous rentrons à Whitechapel ce soir, nous sommes attendus.

Joe approuva, se leva de son siège pour prendre sa veste et sa casquette tandis que Fiona et Harry continuaient de converser. Ensuite, ils firent leurs adieux et se dirigèrent vers la porte, mais, alors que Joe l'ouvrait, Fiona poussa un cri.

— Ma broche ! Je l'ai perdue !

— Tu crois qu'elle est tombée dans la rue ? questionna Joe.

— Non, ici, c'est sûr : je l'avais en arrivant.

— Où étiez-vous assise ? s'enquit Harry. Nous allons bien la retrouver.

Millie ne bougeait pas.

— C'était quoi, ce joyau : des rubis ? persifla-t-elle.

— Non, de l'émail.

— Quelle surprise !

Quand Joe eut disparu dans la salle de bains pour se livrer à des recherches et que Harry se fut accroupi afin de regarder sous les meubles, Fiona alla vers le lit de Joe, sachant que Millie la suivait des yeux, souleva l'oreiller et s'écria :

— Ah ! Je l'ai !

Elle revint vers la porte tout en épinglant le bijou à son col avec un sourire.

— On se demande comment elle est arrivée là... remarqua Millie d'un ton acide.

— Oui, bizarre, en effet, approuva Fiona avec un clin d'œil.

Harry, qui se remettait debout en s'époussetant, et Joe, qui sortait de la salle de bains, n'avaient pas suivi la scène.

— Où était-elle ? demanda Joe.

— Oh, là-bas, près de… Mon Dieu, tu as vu l'heure ? s'interrompit Fiona en regardant la pendulette. Dépêchons-nous, Joe. Papa sera furieux.

Lorsqu'ils furent dehors, Joe la félicita.

— Bravo, je suis fier de toi. Tu as été très aimable avec Millie.

Si on veut, songea-t-elle, si on veut…

— Tu vois, tu te faisais des idées : elle a parfaitement compris.

À présent, sans nul doute…

En tournant dans la grand-rue, des claquements de sabots leur parvinrent.

— Courons, voilà l'omnibus, s'écria Joe en attrapant la main de Fiona. Nous pouvons encore arriver pour huit heures, et tu ne te feras pas sonner les cloches par ton père !

— Je n'y échapperai pas, quand il saura que je me suis fiancée à un bon à rien comme toi ! lança-t-elle en galopant avec lui.

— Surtout si tu lui dis ce que nous venons de faire !

Elle rougit jusqu'aux oreilles. Ils arrivèrent à l'arrière de l'omnibus au moment où le cocher claquait les rênes, et Joe eut tout juste le temps d'aider Fiona à monter avant de sauter lui-même dans le véhicule. Riant et à bout de souffle, ils avancèrent pour trouver une place sous le regard réprobateur d'une matrone, et se laissèrent tomber sur une banquette alors que les chevaux obliquaient vers l'est, la Tamise et Whitechapel.

En rentrant chez elle, Millie se précipita à l'étage, suivie par Olive, sa caméristе. Elle pénétra en trombe dans sa chambre, attrapa une fiole de parfum sur la coiffeuse, et l'envoya contre le mur. Le flacon s'y écrasa, projetant partout de l'eau de toilette au lilas.

— Mais, mademoiselle ! s'écria Olive, effrayée.

— Laisse ça, peu importe ! Aide-moi à ôter mes bottines.

Elle s'assit sur le lit, et Olive s'agenouilla devant elle avec un crochet à boutons.

— Je m'en doutais ! Dès mon arrivée ce matin, quand j'ai vu que Joe n'était pas là et qu'ils avaient fait le ménage, j'ai compris qu'elle allait venir. J'avais raison ! Harry m'a invitée à déjeuner, et il a insisté pour que nous nous rendions à Richmond. « Prenons le train, a-t-il proposé, j'ai envie de faire un tour à la campagne. » Tu penses, le traître !

— Vous ne vous êtes pas amusée, mademoiselle ?

— Pas un instant ! Il ne voulait que m'éloigner de la chambre pour que Joe puisse passer la journée avec sa petite catin.

— Vous êtes sûre qu'elle y est allée, mademoiselle ?

— Je l'ai vue ! J'ai fait semblant d'oublier mon sac, si bien que nous avons dû retourner le chercher. Elle était là, et ils avaient couché ensemble !

— Pas possible !

— Si. Nettoie ce parfum, tu veux ? Et ouvre la fenêtre, je vais suffoquer !

Millie se jeta sur son lit en se lamentant. Elle bouillait de rage.

— Mais pourquoi la préfère-t-il ?

— Il n'a peut-être pas compris qu'il vous plaisait.

— C'est qu'il est aveugle.

— Ou alors...

— Quoi ? s'écria Millie en se redressant.

— Il n'ose pas, mademoiselle, vu que vous êtes la fille de son patron. Il a peur de mettre votre père en colère. Il pense que vous voulez trouver un meilleur parti.

— Tu as raison... Bravo ! C'est sûrement ça !

Rassérénée, Millie s'assit à la coiffeuse. Elle devait passer plus de temps avec Joe. S'il la croyait intouchable, elle lui montrerait qu'il se trompait. Elle savait comment s'y prendre. Les hommes, lui avait confié sa tante, étaient gouvernés par leurs pulsions.

— Je serai donc plus directe, décida-t-elle en se mirant dans la glace. Il comprendra que je peux être à lui. Mais il faudrait une occasion de me retrouver seule avec lui. Papa et Harry ne nous lâchent jamais d'un pas.

— Pourquoi ne pas profiter du carnaval de Guy Fawkes, mademoiselle ?

Mais oui... Tous les automnes, son père organisait une grande fête lors du carnaval pour ses employés et ses clients. Il suffisait de patienter un mois. Il y avait toujours un grand feu de joie, et à boire et manger à profusion. Joe serait invité ; il serait bien obligé de venir. Durant la nuit, profitant de la foule et des feux d'artifice, elle arriverait à s'isoler avec lui dans la maison. Il aurait sans doute bu et serait plus détendu ; elle ferait en sorte de le mettre tout à fait à l'aise...

Le carnaval était attendu avec impatience par les employés de Tommy Peterson. Ce soir-là, il distribuait les primes sans attendre Noël, comme la plupart des firmes londoniennes. C'était aussi le jour des promotions, et Joe devait en recevoir une. Son père le lui avait confié pendant le dîner. Il ne tarissait pas d'éloges sur les capacités de son jeune employé. Sans doute se retrouvait-il en Joe bien plus qu'en Harry, qui, le pauvre, ne parvenait à rien. Peu à peu, son père transférait ses espoirs sur Joe, et si un jour ce dernier la demandait en mariage, Millie était convaincue qu'il serait favorablement accueilli.

— Olive, ma robe de carnaval est bien arrivée ?

— Oui, mademoiselle, elle est dans votre garde-robe. Elle est vraiment jolie.

Millie lui demanda de la sortir et l'inspecta en fronçant les sourcils. C'était une robe à jupe ample en taffetas bleu royal, charmante, mais pas encore assez à son goût. Il lui fallait une tenue beaucoup plus séduisante. Elle n'irait pas chez sa couturière habituelle, mais à Knightsbridge pour se procurer une toilette qui sorte vraiment de l'ordinaire. Cela coûterait cher, mais si son plan réussissait, son père serait si enchanté par les fiançailles de sa fille qu'il ne dirait rien quand la facture arriverait.

9

Postée à la fenêtre de la salle, Fiona entendait les feuilles mortes glisser dans la rue, balayées par un vent violent. Elle ferma les rideaux, et frissonna en pensant à la silhouette sombre qui hantait le quartier, la nuit tombée.

Le tueur de Whitechapel avait envoyé une lettre à la police, se vantant du carnage. Tous les journaux l'avaient publiée. Il aurait aimé écrire avec le sang de ses victimes, avait-il expliqué ; mais, celui qu'il avait conservé s'étant solidifié dans le flacon, il avait été contraint de se rabattre sur de l'encre rouge. *Jack l'Éventreur*, avait-il signé.

Quel monstre ! songea Fiona. Par sa faute, elle n'avait plus le droit de s'asseoir sur le pas de la porte avec ses amies une fois le soir venu, ni de se promener sur les berges. Elle se retrouvait confinée chez elle, ce qu'elle avait en horreur. Elle prit la boîte à cigares où elle avait rangé les feuilles et les deux enveloppes achetées pour écrire à Joe et à son oncle Michael, et retourna dans la cuisine. Toute la famille était réunie autour du poêle, sauf son père qui travaillait ce soir-là.

Curran, le contremaître des débardeurs de l'entrepôt Oliver, lui avait demandé de remplacer le veilleur de nuit qui avait la fièvre. La maison semblait vide sans lui, mais elle l'entendrait rentrer le lendemain matin. Elle adorait quand il arrivait en sifflotant. C'était un son tellement rassurant.

Elle sortit du placard un porte-plume et de l'encre et s'assit à la table. Sa mère reprisait du linge dans le fauteuil à bascule. Charlie avait pris la place de son père, et lisait un livre sur l'Amérique emprunté à un voisin. Il aurait sûrement préféré sortir avec ses amis, mais comme les hommes de la maison étaient tous deux absents, il avait choisi de rester pour tenir compagnie à sa mère qui avait peur de l'Éventreur. Seamie jouait avec ses petits soldats de fortune, et Eileen dormait dans son panier.

Fiona réfléchit à ce qu'elle voulait écrire à Joe. Peu d'événements marquants s'étaient déroulés depuis qu'ils s'étaient vus – hormis la grande nouvelle de leurs fiançailles, qui avait fait le tour de la rue. Elle se souvenait de ce soir-là avec émotion. Sa mère avait été tellement heureuse qu'elle en avait eu les larmes aux yeux. Joe était un garçon travailleur, avait-elle dit, et sa fille l'aimait depuis longtemps. Quelle mère pourrait souhaiter mieux ? Si tous ses enfants réussissaient aussi bien, elle s'estimerait heureuse.

Avec son père, cela avait été une autre affaire. À dix-sept ans, on était trop jeune pour se marier, avait-il grondé une fois Joe reparti. Ce seraient de longues fiançailles, car elle devait attendre d'avoir au moins dix-neuf ans. Sa mère lui avait fait signe de tenir sa langue, et quand il s'était rendu au pub, elle avait rassuré Fiona : son père finirait par s'habituer, mais il avait besoin de temps pour accepter de perdre sa petite fille.

Fiona avait donc pris patience, et dès le lendemain, Paddy avait invité Joe à sortir boire une bière. Il en était revenu de fort joyeuse humeur, et le jour suivant avait abaissé l'âge du mariage à dix-huit ans.

Était-ce ainsi qu'on manœuvrait les hommes ? Sa mère ne procédait jamais autrement avec son père. Elle disait oui à tout et n'en faisait qu'à sa tête.

— À qui écris-tu, Fi ? demanda Charlie.

— À Joe, et ensuite à oncle Michael.

— Tu me laisseras lui ajouter un mot ?

— Mmm... répondit-elle, penchée sur le papier, s'appliquant à ne pas faire de taches.

— Je regrette tellement qu'ils ne vivent pas ici, avoua Kate avec un soupir. Surtout maintenant que Molly attend un enfant. Pensez que vous allez avoir un cousin ou une cousine ! Il est très gentil, le frère de votre père. Un peu tête brûlée, si je me souviens bien, mais il a dû s'assagir avec le mariage...

Elle fut interrompue par un tambourinement à la porte.

— Bon Dieu, qu'est-ce que c'est ? s'exclama Charlie en sautant sur ses pieds.

— Madame Finnegan ! Madame Finnegan ! Ouvrez ! cria une voix d'homme.

— J'y vais, déclara Charlie en courant dans le couloir.

Quelques secondes plus tard, il était de retour dans la cuisine, un sergent de ville à sa suite.

— Sergent Collins, madame, annonça ce dernier, à bout de souffle.

— Que se passe-t-il ? questionna Kate en se levant.

— Il faut venir vite... C'est votre mari...

— Mon Dieu ! Quoi ?

— Il a eu un accident, dans les docks. On l'a emmené à l'hôpital. Allons-y, dépêchez-vous.

Le porte-plume de Fiona lui avait échappé, faisant une grosse tache d'encre sur la page.

— Que lui est-il arrivé ? s'écria-t-elle.

— Il est tombé d'une baie de chargement.

Elle le fixa des yeux, attendant qu'il achève. L'entrepôt Oliver faisait six étages et il y avait des baies à tous les niveaux. S'il n'était tombé que du premier... Mon Dieu, faites que ce soit du premier ! pria-t-elle.

Le policier détourna le regard.

— Du cinquième...

— Non ! hurla Kate en se couvrant le visage avec les mains.

Fiona courut à elle et la soutint alors qu'elle défaillait.

Le sergent de ville s'adressa à Charlie.

— Faut se dépêcher, fiston... Il n'y a pas de temps à perdre...

Charlie sortit de sa paralysie.

— Maman ! Vite ! Prends ton châle. Fi, enroule Eileen dans une couverture. Allez, viens, Seamie...

Tandis qu'il mettait ses godillots au garçonnet, Fiona attacha le châle de sa mère autour de ses épaules ; puis elle prit Eileen, l'emmaillota, éteignit les lampes et étouffa le feu. Le sergent Collins fit sortir Kate tandis que Charlie courait chez les Bristow. Peter Bristow se précipita en bas de la rue pour chercher son cheval dans la remise et le harnacher.

Le tumulte avait attiré plusieurs voisins sur le pas de leur porte. Anne Dolan se précipita.

— Que se passe-t-il ?

— C'est mon père, répondit Fiona. Il a eu un accident... Nous devons aller à l'hôpital.

— Tiens, dit Mme Dolan en plongeant la main dans sa jupe. Voilà de l'argent pour prendre un fiacre.

— Merci, mais M. Bristow nous emmène.

À cet instant, le cliquetis des sabots résonna et M. Bristow apparut dans sa carriole. Sa femme l'avait accompagné pour réconforter Kate.

— Vite, mon chou, lança Rose. Installe-toi à côté de Peter. Dépêche-toi. Je vous rejoindrai dès que j'aurai trouvé quelqu'un pour garder les mioches. Et ne t'en fais pas : Paddy est costaud.

Le sergent Collins aida Kate à monter, puis il s'entassa à l'arrière avec Fiona, Charlie et les deux petits.

— Hue ! cria M. Bristow en claquant les rênes.

La carriole se mit en marche avec un soubresaut, et le cheval avança dans les rues sombres. Fiona essayait de calmer Eileen qui s'était mise à pleurer. Face à elle, Charlie tenait sur ses genoux un Seamie terrorisé. Ne voulant pas formuler ses craintes à haute voix de peur d'affoler sa mère davantage, la jeune fille établit une communication silencieuse avec son frère, exprimant toute son angoisse par le regard. M. Bristow encourageait le cheval tout en adressant des paroles rassurantes à Kate. Enfin, les becs de gaz se rapprochèrent les uns des autres, et on commença à entendre passer des voitures : ils arrivaient dans Whitechapel Road.

Comment son père avait-il pu tomber ? se demandait Fiona. Il connaissait l'entrepôt Oliver comme sa poche. Il n'y avait que les simples d'esprit ou les ivrognes pour passer par une baie. Mais peut-être avait-il eu la chance d'atterrir sur une pile de sacs ou de cordages qui avait amorti sa chute. Peut-être le sergent de ville se trompait-il, et l'accident était-il moins grave qu'il ne le croyait. Elle pria fébrilement Jésus, la Vierge Marie, saint Joseph et saint François, les suppliant de venir en aide à son père.

Quand la carriole arriva devant l'hôpital, Charlie sauta avant qu'elle s'arrête. Le sergent Collins saisit Seamie sous les bras pour le mettre à terre, puis Fiona descendit, portant toujours Eileen. Kate courut en haut des marches jusqu'à l'entrée, tandis que M. Bristow criait qu'il la rejoindrait dès qu'il aurait attaché sa voiture. À l'intérieur, les deux infirmières du bureau d'accueil demandèrent à Kate qui elle venait voir.

— Je cherche Paddy Finnegan, mon mari. Il a eu un accident...

Sa voix s'étrangla.

— Finnegan... répéta l'infirmière en consultant sa liste. Le docker ?

— C'est ça, répondit Charlie.

— Premier étage. En haut de cet escalier. Le couloir de gauche. Il a déjà quelqu'un auprès de lui, un policier. Il paraît qu'il loge chez vous.

Avec un bref hochement de tête, Kate fit un pas vers l'escalier.

— Une minute ! protesta l'autre infirmière d'un ton sévère. Vous ne pouvez pas monter avec tous ces enfants !

— Laissez-les, voyons, intervint la première vivement. Allez-y, madame, dépêchez-vous.

Kate se précipita vers l'escalier et Fiona, après avoir confié Eileen au sergent Collins, l'imita, touchée par cette preuve de compassion.

Elles arrivèrent ensemble aux portes de la salle commune des hommes. Là, une vision terrible les attendait.

Paddy était au début de la rangée, dans la longue pièce où s'alignaient les lits. Il délirait, roulant la tête de droite à gauche. Sa respiration était laborieuse et son visage livide couvert de sueur. Comme elles s'avançaient vers lui, un accès de douleur le prit, tellement violent qu'il se tordit avec d'horribles plaintes. Fiona remarqua que la peau de ses bras était arrachée, laissant la chair à vif, et qu'il n'y avait que du vide à l'emplacement de sa jambe droite.

Assis près du lit, dans son uniforme bleu, Roddy le veillait. Il releva la tête en les entendant. Il avait le visage inondé de larmes.

— Kate... dit-il.

Elle s'avança.

— Paddy ? murmura-t-elle. Paddy, tu m'entends ?

Il ouvrit les yeux et la regarda, mais sans la reconnaître. Une nouvelle vague de douleur le submergea, cette fois si atroce qu'il en hurla.

Ne pouvant supporter ses cris, Fiona se plaqua les mains sur les oreilles.

— Au secours, mon père a mal, gémit-elle. Faites quelque chose !

Terrorisée, Eileen se mit à hurler dans les bras du sergent Collins, et Seamie cacha sa tête dans les jambes de Charlie. Quelques secondes plus tard, deux infirmières et un médecin accoururent. Pendant que les infirmières tenaient Paddy, le médecin lui injecta une dose de morphine dans le bras. Au bout de quelques secondes qui durèrent une éternité, il se calma.

— Madame Finnegan ? demanda le médecin, un homme de haute taille aux cheveux grisonnants.

— C'est moi...

— Je suis désolé, mais... votre mari n'en a plus pour très longtemps. Il a eu les jambes fracassées par sa chute. Nous avons dû amputer la droite dès son arrivée pour éviter qu'il ne perde tout son sang, cependant sa hanche droite est en fort mauvais état, ainsi que ses côtes. Il y a aussi une hémorragie interne, ce qui veut dire qu'il saigne à l'intérieur de son corps. Nous faisons de notre mieux pour lui éviter de souffrir... mais il a presque atteint ses limites... je suis vraiment désolé.

Kate plongea le visage dans ses mains en sanglotant. S'approchant du lit, Fiona caressa les doigts de son père. Elle avait peur de s'évanouir, n'arrivait pas à comprendre. À peine quelques heures auparavant, elle lui avait dit au revoir alors qu'il partait au travail, et maintenant elle le retrouvait dans un lit d'hôpital, le corps brisé.

C'est impossible, pensa-t-elle en regardant la main de son père, si grande entre les siennes. Impossible...

— Fi...

— Papa, oui, je suis là !

— De l'eau.

Elle se saisit de la cruche qui était placée sur la table de chevet d'un autre patient.

— Maman, maman ! appela-t-elle tandis qu'elle lui versait à boire.

Puis elle soutint la tête de son père tout en lui pressant le verre contre les lèvres.

Kate s'était avancée.

— Paddy ? dit-elle, essayant de sourire entre ses larmes. Mon Dieu... Paddy...

— Kate... répondit-il avec une immense difficulté. Aide-moi à m'asseoir.

Le regard vitreux et égaré avait repris de l'acuité. Il reconnaissait sa famille.

Doucement, avec mille précautions, Kate et Fiona l'aidèrent à se redresser et le calèrent avec un oreiller. Sa respiration était de plus en plus difficile ; il ferma les yeux quelques secondes, le temps que s'atténue la brûlure qui lui dévastait la poitrine. Enfin, rassemblant ses dernières forces, il appela sa famille autour de lui.

Il fit signe qu'on lui donne Eileen, lui embrassa le front, la main, puis la remit à Kate. Seamie, rassuré par la voix de son père, se jeta contre le lit. Fiona le rattrapa, lui recommandant d'une voix tremblante de faire attention.

— Pourquoi ?

— Parce que papa a très mal.

— Où ça ?

— À la jambe.

Seamie hocha la tête pour montrer qu'il comprenait, puis, tout doucement, tapota le lit.

— T'as bobo, papa ?

— Oui, Seamie, murmura Paddy en l'attirant à lui.

Il le serra sur son cœur et l'embrassa.

Ensuite vint le tour de Charlie. Paddy lui dit qu'il était le chef de famille, à présent, et qu'il devait veiller sur sa mère, son frère et ses sœurs.

— Mais non, papa, tu vas guérir...

Paddy le fit taire, puis lui demanda d'aller chercher sa montre dans la poche de son gilet posé sur une chaise au pied du lit. Quand

Charlie eut obéi, Paddy lui rappela qu'elle avait appartenu à son grand-père, et que, maintenant, elle lui revenait.

— T'es un bon gars. Prends soin d'eux.

Charlie fit oui de la tête, avant de s'écarter du lit, secoué de sanglots.

Paddy se tourna alors vers Fiona, agenouillée à son côté, et lui saisit la main. Elle ne pouvait retenir ses larmes.

— Fi...

Elle rencontra le regard bleu de son père.

— Promets-moi, ma fille, déclara-t-il d'une voix chargée d'émotion, que tu vas essayer de réaliser ton rêve, même si c'est dur. Tu y arriveras. Ouvre ta boutique avec Joe, et n'écoute pas ceux qui essaieront de te décourager... Promets-le-moi.

— Je te le promets, papa.

— C'est bien. Je veillerai sur toi de là-haut. Je t'aime.

— Moi aussi, papa.

Paddy fit alors approcher Roddy et lui attrapa également la main. Les deux hommes échangèrent un long regard en silence. Ils n'avaient pas besoin de paroles pour se comprendre. Puis le mourant le laissa aller, et Roddy s'éloigna, toujours sans un mot. Paddy s'étouffait de nouveau. Il essaya de reprendre son souffle, les yeux rivés à Kate qui sanglotait, tête baissée, incapable de le regarder.

Dès qu'il se sentit capable de prononcer encore quelques mots, il lui toucha le visage.

— Ne pleure pas, chérie, murmura-t-il. Tu te souviens de la première fois où je t'ai vue ? Tu étais toute jeune, et tellement belle. Tu courais dans la neige, en retard pour la messe. Et moi, je revenais de la gargote où j'avais acheté un sandwich. Je l'ai fourré dans ma poche, et je t'ai suivie. À cause de moi, toute l'église a empesté le bacon ce dimanche-là. Je n'avais jamais rencontré de fille aussi belle que toi.

— Et depuis, répliqua Kate à travers ses larmes, tu n'as pas cessé de le regretter. Je t'ai empêché de bourlinguer. Tu n'as pas pu aller en Amérique. Tu es resté à Londres à cause de moi.

— Tu as volé mon cœur, c'est vrai, mais je ne l'ai jamais regretté. Mon seul bonheur, c'est toi qui me l'as donné.

Kate fondit de nouveau en larmes.

Du sang s'échappa de la bouche de Paddy et coula le long de son menton. Fiona l'essuya avec un coin de drap.

— Chut, Kate, reprit-il d'un filet de voix à peine audible. Écoute, il y a deux billets de une livre cachés dans la doublure de ma vieille valise. Les gars d'Oliver feront une quête ; ne refuse pas par fierté :

accepte, tu en auras besoin. (Kate hocha la tête, incapable de parler.) Et il faudra écrire à Michael pour lui dire... (La douleur l'interrompit.)... lui dire ce qui est arrivé. Il t'enverra de l'argent. Et je ne veux pas qu'on m'enterre avec mon alliance. Elle est dans la soucoupe, sur la cheminée. Tu la mettras en gage.

— Jamais !

— Si, ça ne signifie rien, un anneau...

Kate promit de lui obéir, et il se laissa retomber sur les oreillers. Elle plongea la main dans sa poche pour en sortir un mouchoir et s'essuyer les yeux. Quand elle releva la tête, la poitrine de son mari ne se soulevait plus. Il avait le visage paisible. Il était parti.

— Paddy ! Non ! Non ! hurla-t-elle en se jetant sur son corps Ne nous quitte pas ! Je t'en prie, ne nous abandonne pas !

Pour Fiona, cet instant fut le pire qu'elle eût jamais connu.

10

— Fiona, ma chérie, mange, supplia Rose Bristow. Un peu de ragoût ? Un sandwich ?

Assise à la table de la cuisine, Fiona répondit avec un faible sourire :

— Je n'ai pas faim.

— Mon p'tit, il faut se forcer un peu. Tu flottes dans tes vêtements. Allez, juste une bouchée. Joe va me gronder quand il te verra, si tu es maigre comme un coucou.

La jeune fille céda, saisissant un bol de ragoût pour lui faire plaisir. La cuisine débordait de plats de toutes sortes, les voisins ayant apporté de quoi nourrir la famille et leurs visiteurs pendant les deux jours de la veillée mortuaire et celui de l'enterrement. Sous le regard vigilant de Rose, elle prit une bouchée qu'elle mâcha laborieusement et avala.

— C'est bien mon p'tit. Termine-moi ça, moi je vais dans la salle tenir compagnie à ta mère. Je t'assure que Joe sera bientôt là. Je lui ai envoyé une lettre dès le lendemain de l'accident. Ne t'en fais pas.

Rose quitta la cuisine pour rejoindre les membres du cortège funèbre qui étaient revenus avec Kate, après le cimetière. Dès qu'elle fut seule, Fiona reposa sa fourchette et enfouit son visage dans ses mains. Des images de l'enterrement l'obsédaient – la longue procession, la descente du cercueil, et sa mère qui avait failli s'évanouir quand le curé avait lancé la première poignée de terre dans la fosse. Son père avait passé sa dernière nuit sous leur toit. Il était parti pour de bon, était enseveli dans la terre froide.

Vidée, elle n'arrivait plus à verser une larme. Elle avait pleuré à l'hôpital, puis à la veillée, si fort et si longtemps que ses yeux gonflés ne s'ouvraient plus. Son violent désespoir s'était mué en une douleur sourde, lourde, qui s'était emparée de tout son être. Elle se sentait de plomb et ne savait plus rien, sauf que son père était parti à jamais. Et elle ne connaissait aucun moyen de calmer cette souffrance. Quand, accaparée par Seamie et Eileen, elle oubliait l'espace d'une ou deux secondes, la mémoire lui revenait ensuite avec une force accrue. C'était comme le saignement d'une blessure qui se rouvre. Des souvenirs de son père se présentaient sans cesse devant ses yeux : son fauteuil, sa tabatière, son grappin. Comment cet objet pouvait-il continuer à exister alors que son propriétaire n'était plus là ? Elle l'attrapa sur le manteau de la cheminée et referma la main sur le manche poli par l'usage.

Qu'allaient-ils devenir ? Sa mère... Depuis deux jours, elle semblait avoir à peine conscience de leur existence. Elle avait même refusé de nourrir Eileen. Mme Farrell, la voisine qui venait d'accoucher, avait dû lui donner le sein. Kate s'était retranchée dans son lit, sanglotant, appelant son mari, rendue folle par le chagrin. Le soir du deuxième jour, elle était descendue, livide, les yeux cernés, ses longs cheveux auburn semblables à de l'étoupe, et elle avait pris sa place auprès du cercueil. Là, elle avait joint sa voix aux plaintes et aux hurlements des pleureuses. On agissait ainsi en Irlande lors des veillées mortuaires, afin de faire entendre aux défunts la douleur des vivants. C'était un spectacle terrifiant que celui de ces âmes au paroxysme de l'affliction, qui lançaient vers le ciel des cris lugubres.

Ensuite, Kate avait laissé Rose la laver, la coiffer, et avait demandé qu'on lui apportât Eileen. Elle s'était enquise auprès de Roddy des dispositions arrêtées pour l'enterrement, puis elle était retournée se coucher et était enfin parvenue à s'endormir.

Charlie faisait de son mieux pour soutenir sa famille dans l'épreuve qu'elle traversait. Il avait aidé à porter le cercueil, et même si Fiona ne l'avait pas vu verser de larmes, elle l'avait surpris seul dans la cuisine, fixant les flammes, la montre de leur père serrée dans son poing.

Seamie, comme tous les enfants de quatre ans, pleurait par moments, mais s'amusait aussi avec ses jouets. Fiona se désolait pour lui et pour Eileen qui ne connaîtraient de leur père ni ses contes irlandais, ni les promenades en sa compagnie le long de la Tamise. Elle se jura de faire de son mieux pour leur transmettre ce qu'il lui avait légué, mais se sentait bien incapable d'y parvenir.

Une main douce se posa sur son épaule, interrompant ses pensées.

— Fiona, tu peux mettre la bouilloire ? demanda Rose. Ben Tillet et les gars du syndicat sont venus présenter leurs respects. Il faudrait leur faire du thé.

— Bien, dit-elle en se levant.

Rose repartie, Fiona prépara le thé, préférant encore cela à l'inaction. En apportant la théière dans la salle, elle se rendit compte que la maison était encore pleine. Le nombre des visites, pendant ces trois jours, prouvait à quel point les gens avaient estimé son père. Elle s'obligea à accepter les paroles de réconfort de ses voisins et amis tout en guettant l'arrivée de Joe. Elle avait tant besoin de lui... Avait-il reçu la lettre de sa mère ? Elle serait bien partie le chercher, mais elle n'avait pas assez d'argent pour l'omnibus, et se faisait par ailleurs trop de souci pour s'éloigner de sa mère. M. Bristow non plus ne pouvait se libérer afin d'aller l'avertir. Il avait déjà sacrifié une journée entière de travail pour eux, et craignait, s'il s'absentait davantage, qu'un autre marchand ne prît son emplacement au marché.

Pendant que, cachant sa lassitude, Fiona écoutait la vieille Mme MacCallum évoquer la gentillesse de Paddy, une conversation à sa droite attira son attention. Deux dockers du quartier, Dolan et Farrell, parlaient de son père.

— Quinze ans dans les docks et pas un faux pas, constatait Dolan. Pas un doigt de parti, pas un os de brisé. Et voilà qu'il se casse la figure par une baie. Je ne comprends pas comment il a fait son compte.

— La police dit qu'il y avait de la graisse sur le plancher. Il paraît que ça viendrait d'un treuil.

— Tu parles ! On fait pourtant gaffe à la graisse, nous autres. C'est comme les alliances : personne ne porte la sienne, vu qu'il n'existe pas de meilleur moyen de perdre un doigt. La graisse, dès qu'il en tombe par terre, on l'essuie et on couvre avec du sable. Ils ne sont pas plus idiots qu'ailleurs à l'entrepôt Oliver.

C'était vrai... On ne laissait jamais de graisse sur le sol, pas plus qu'on n'entassait les caisses de noix de muscade sur celles de thé, pour éviter que l'odeur n'imprègne les feuilles. Roddy avait parlé de l'enquête à Fiona. On avait trouvé le volet de la baie ouvert et de la graisse de machine sur le plancher, juste au bord. Le contremaître, Thomas Curran, supposait qu'un de ses hommes avait mal fermé le volet. Il y avait eu du vent, ce soir-là, et son père avait dû l'entendre claquer. On pensait qu'il était monté pour le fermer correctement ; comme il faisait très noir et qu'il n'avait qu'une lanterne, il n'avait pas remarqué la graisse. Curran disait avoir demandé à un de ses hommes, Davey O'Neill, de graisser les treuils dans la journée. Peut-être avait-il oublié de nettoyer derrière lui... C'était une tragédie, avait affirmé Curran. Les ouvriers feraient une collecte, et le propriétaire lui-même, M. Burton, octroierait certainement une indemnité à la famille. Le coroner, satisfait de cette explication, avait rendu un verdict de mort accidentelle.

Fiona savait tout cela, mais le choc l'avait empêchée d'y réfléchir. Elle commençait tout juste à se poser quelques questions...

— Excusez-moi, madame MacCallum, je vous laisse, déclara-t-elle brusquement.

Ayant besoin de solitude, elle abandonna la voisine pour retourner se réfugier dans la cuisine.

Elle s'assit dans le fauteuil de son père et essaya de reconstituer les événements. Et si la graisse avait été placée là à seule fin de faire tomber son père ? Pourquoi n'envisageait-on pas cette hypothèse ?

Elle en parlerait à oncle Roddy, et il demanderait l'ouverture d'une nouvelle enquête. Mais pourquoi aurait-on voulu tuer son père ? Et un de ses camarades de travail en aurait-il été capable ? Non, elle devenait folle ! À coup sûr, elle se raccrochait à n'importe quoi pour tenter d'expliquer l'inacceptable...

Le plus urgent n'était pas là. Qu'allaient-ils devenir sans son père ? Elle essaya de contenir son angoisse, mais l'émotion la submergea. Ses sanglots étaient tellement forts qu'elle n'entendit pas Joe entrer dans la cuisine.

— Fi ? murmura-t-il doucement en s'agenouillant devant elle.

Elle releva la tête.

— Oh, Joe...

Sa figure était si tragique qu'il en eut les larmes aux yeux. Il prit Fiona dans ses bras et la serra tout contre lui pendant qu'elle pleurait de nouveau. Il la berça doucement, lui caressa les cheveux, attendant qu'elle s'apaise.

Quand elle n'eut plus la force de verser la moindre larme, il lui essuya le visage.

— Ma pauvre chérie...

— Pourquoi, Joe ? Pourquoi a-t-il fallu que cela arrive à mon père ?

— Je ne sais pas...

— Il me manque tellement !

— À moi aussi. C'était un sacré bonhomme.

Il resta près d'elle, lui tenant la main en silence. Entre eux, il n'y avait pas de place pour les propos convenus, et rien ne pouvait consoler d'une telle souffrance : elle devait sortir, comme une fièvre, et on finissait par guérir. Il ne lui demanderait pas de refouler ses larmes, ne lui assurerait pas que c'était la volonté de Dieu et que son père était plus heureux au ciel. Sornettes que tout cela. Quand on avait aussi mal, il fallait éprouver la douleur jusqu'au fond.

Fiona remarqua ses traits tirés.

— Peterson te fait trimer ?

— Je te crois. On décharge les arrivages de légumes nuit et jour. Je serais venu plus vite, si j'avais pu. J'ai reçu la lettre de maman hier matin, mais pas question de partir. Tommy m'aurait mis à la porte. Il se fiche bien des enterrements. J'ai pas pu fermer l'œil, depuis que j'ai appris. Je suis désolé... J'aurais tellement voulu être près de toi !

Fiona hocha la tête ; elle comprenait. Et puis il était là, maintenant.

— Quand dois-tu retourner là-bas ?

— Ce soir. Pas tout de suite, mais plus tard. J'ai laissé Harry terminer seul, mais il y a une autre livraison tôt demain matin.

Elle avait tant espéré qu'il pourrait rester... Quelle déception ! Si seulement il n'était pas parti travailler à l'autre bout de Londres. Elle avait besoin de son soutien, de le voir, de lui parler, mais il repartait déjà.

Comme s'il lisait dans ses pensées, il lui mit un shilling dans la main.

— Tiens, pour t'acheter du papier et des timbres. Tu m'écriras tous les soirs. Si tu te décourages, ça sera comme de se parler. D'accord ?

— Oui, d'accord.

— J'ai le temps de faire une promenade, ajouta-t-il en se redressant. Sortons, c'est pas bon pour toi d'être enfermée ici. Allons sur les berges regarder les bateaux. Il nous reste une heure avant la nuit.

Fiona se redressa et prit son châle derrière la porte. Il avait raison, cela lui ferait du bien de s'aérer. Tout en se préparant, elle eut l'impression qu'elle allait rejoindre son père. Il serait dans le paysage qu'il avait tant aimé : l'eau grise et les nuages, les mouettes, les navires. Il ne se trouvait pas dans cette maison endeuillée ; il était là-bas, au bord de la Tamise. Et tandis que Joe lui attrapait la main pour l'entraîner, cette certitude lui procura un semblant de réconfort.

11

Kate vérifia l'adresse sur son papier : 65 Stewart Street. C'était bien le numéro marqué sur la porte. Pourquoi ne lui ouvrait-on pas ? Elle frappa de nouveau.

— Une seconde ! cria une voix à l'intérieur. Je suis pas sourde !

La porte s'ouvrit brutalement sur une grosse femme hirsute que, de toute évidence, elle avait réveillée.

— Mme Colman ?

— Ouais !

— Je m'appelle Mme Finnegan, et je viens pour la chambre.

— Ah... Entrez, alors.

Elle l'introduisit dans un couloir sombre qui empestait le chou.

— C'est en haut, au dernier. La porte est ouverte. C'est une bonne chambre, vous verrez.

Elle avait les dents noires et empestait le whisky.

— Merci, dit Kate en prenant l'escalier.

La rampe tremblait sous sa main, les marches grinçaient. Elle aperçut, par une porte entrebâillée au premier, une jeune femme, qui rongeait un croûton tout en donnant le sein à son enfant. Dans une autre pièce, un homme ronflait, allongé sur une étroite couchette.

Elle continua jusqu'au second. Une des trois portes était grande ouverte. La pièce était plongée dans l'obscurité. Elle sentit un craquement sous son pied. Sans doute un morceau de plâtre tombé du plafond, songea-t-elle. Quand elle ouvrit les volets, elle poussa un cri.

La pièce grouillait de cafards affolés par la lumière. Ils se faufilaient sous le papier mural en lambeaux, se précipitaient dans la cheminée et s'enfouissaient dans le matelas souillé.

Kate redescendit l'escalier en courant.

— Eh bien ? Ça vous plaît ? lança la logeuse en la rattrapant au moment où elle mettait la main sur la porte.

— C'est plein de vermine !

— C'est rien, ça, les p'tites bêtes vous mangeront pas. Allez, je vous fais un prix, et vous pourrez vous servir de la cuisine. Et puis, vous pourrez vous faire des à-côtés en cas de besoin : il y a M. Daniels, au second, qui paie bien, à ce qui paraît.

Kate arracha presque la porte de ses gonds tant elle avait hâte de s'enfuir. Elle avait la nausée. Si Paddy avait entendu ce qu'on osait lui proposer ! Il lui aurait cloué le bec, à cette harpie !

Paddy... En pensant à lui, ses yeux s'emplirent de larmes. Elle s'empressa de sortir son mouchoir pour se les tamponner. Elle ne pouvait s'offrir le luxe de pleurer maintenant. Il lui fallait trouver une chambre, car elle n'avait plus un sou et était désormais dans l'incapacité de payer le loyer à Montague Street.

La perte du salaire de Paddy aurait suffi à les mettre dans l'embarras, mais il y avait aussi la note de l'hôpital, le coût du cercueil, du corbillard, de la concession au cimetière et de la croix pour marquer la tombe. Elle avait récupéré les deux billets de une livre dont Paddy lui avait parlé, et les gars de chez Oliver avaient fait passer la casquette et récolté trois livres ; à cela s'ajoutaient la livre du syndicat et l'argent de la caisse de prévoyance pour les enterrements. Fiona et Charlie rapportaient tout ce qu'ils gagnaient, et elle-même avait recommencé à prendre du linge à laver, mais ce n'était pas encore assez.

Au bout de quinze jours, espérant que la Compagnie Burton lui accorderait dix ou vingt livres de compensation, Kate avait pris son courage à deux mains et s'était rendue aux bureaux de la société. On l'avait fait attendre trois heures avant qu'un jeune employé ne lui demande de revenir le lendemain pour un entretien avec le responsable. Elle avait donc refait le trajet. Elle avait dû patienter de nouveau, puis un secrétaire lui avait donné des papiers à remplir. Elle aurait voulu les ramener chez elle pour les lire avec Roddy, mais l'homme affirma que c'était impossible, et qu'elle devait signer avant de partir. Elle s'exécuta donc, et il lui annonça qu'il faudrait un mois pour connaître la décision.

— Un mois ! Mais j'ai besoin de l'argent tout de suite.

Le secrétaire, un homme d'aspect sévère portant des favoris, lui répliqua qu'en signant elle avait consenti à respecter la procédure de la Compagnie Burton pour les indemnisations. Si elle contestait, sa demande serait annulée. Elle n'avait pas le choix : il fallait attendre.

Cet épisode l'avait épuisée. Elle n'avait plus de forces. Dès qu'elle ouvrait les yeux le matin, le malheur la submergeait. Assommée de chagrin, uniquement poussée par la nécessité, elle se levait, nourrissait les enfants et commençait sa lessive. Elle n'avait pas le loisir, comme les bourgeoises, de se vêtir de noir et de languir dans des boudoirs aux rideaux tirés. Dans la classe ouvrière, même quand on n'en pouvait plus de douleur, si on ne tenait pas bon, les enfants avaient le ventre vide.

Comment allaient-ils s'en sortir ? En déménageant, elle vendrait des meubles, ce qui rapporterait quelques shillings. S'il le fallait, elle mettrait au clou l'alliance de Paddy, mais seulement en cas d'absolue nécessité. Elle pouvait aussi céder sa lessiveuse et son essoreuse : il n'y aurait pas la place pour faire la lessive, s'ils vivaient dans une seule pièce. Sans ses outils de blanchisseuse, elle perdrait une source de revenus. Car même si elle tentait d'aller laver chez les gens, qui garderait Seamie et Eileen ?

Je ne m'en sortirai jamais, pensa-t-elle. Je viens de passer deux jours chez Burton et je n'ai rien obtenu. Toute la journée d'hier, j'ai cherché une chambre en vain. Tout est trop cher, trop petit ou trop insalubre. Les larmes affluèrent, des larmes de désespoir que cette fois elle ne put contenir.

— Allez, Bristow, viens, on sort avec les copains, on va s'amuser, lança Harry en ajustant sa cravate devant la glace.

— Non, merci, je suis crevé, répondit Joe en étouffant un bâillement.

— Mon œil ! Tu n'es jamais ramollo, toi. Mais je sais ce que tu as.

— Ah oui ?

— C'est ta jolie petite. Elle ne serait pas contente. Il faut lui dire que ce n'est pas un morceau de savon, que t'as là : ça ne s'use pas quand ça se mouille.

Joe se mit à rire. C'était le rituel du samedi soir avec Harry. Quel que soit son état de fatigue, il trouvait la force d'aller courir les filles... et se moquait de lui parce qu'il ne le suivait pas.

Joe avait de bonnes raisons de ne pas céder : il y avait Fiona, surtout, mais aussi sa crainte d'attraper la chaude-pisse avec les prostituées de Haymarket. Il avait trop entendu Harry se plaindre certains matins : le traitement, selon lui, faisait encore plus souffrir que le mal et coûtait cher... sans réussir pour autant à l'arrêter.

— Tant pis, j'y vais. Ne m'attends pas. Et n'abuse pas de la veuve Poignet...

— C'est ça, merci ! Allez, du balai, de l'air.

Après ces adieux, Harry descendit en sifflotant.

Joe bâilla à s'en décrocher la mâchoire. Il aurait dû se coucher, mais était trop épuisé pour quitter son fauteuil. La porte du poêle était ouverte et le feu lui chauffait les pieds. Il avait le ventre plein, il avait chaud... et était dévoré de culpabilité.

Harry et lui avaient commencé le travail à quatre heures du matin. Les fermiers livraient sans cesse, écoulant au plus vite les dernières récoltes. Ils n'avaient pas eu une pleine journée de congé depuis des lustres. Et ce n'était pas le moment d'en réclamer : Peterson faisait beaucoup allusion à une certaine promotion... Martin Wilson, l'acheteur qui négociait le prix des arrivages, quittait son poste. Joe n'aurait jamais espéré prendre sa place, se sachant trop inexpérimenté pour mériter un tel avancement, mais il lui semblait que Peterson pensait à lui. Il le complimentait beaucoup et, aujourd'hui, lui avait fait remplir les fonctions de Martin pendant quelques heures, prétextant que ce dernier avait du travail à l'intérieur. Joe avait bien vu que Tommy et Martin l'observaient, et, à la fin de son remplacement, Tommy avait passé la feuille en revue avec lui. Il avait désigné deux transactions où Joe avait trop donné, et quatre autres qu'il avait emportées à un prix très avantageux.

— Du bon boulot, avait estimé Tommy.

Joe rayonnait. L'approbation de son patron comptait beaucoup.

Harry et lui n'avaient terminé qu'à dix-neuf heures, et rencontrant par hasard Tommy et Millie au moment de partir, ils avaient été conviés à souper. Joe aurait donné n'importe quoi pour y échapper. Il avait prévu de courir à Whitechapel pour voir Fiona. Cela faisait deux semaines qu'il n'était pas retourné là-bas, et il s'inquiétait beaucoup pour elle. Seulement voilà, il ne pouvait pas refuser l'invitation.

Tommy leur avait demandé d'aller se changer et de les rejoindre au restaurant italien *Chez Sardini*, à deux rues de là. Joe avait été pris de panique. Il n'était jamais allé au restaurant de sa vie, et n'avait que ses vêtements de travail. Quand il avait confié son embarras à Harry, celui-ci lui avait offert une veste devenue trop petite, et prêté une chemise et une cravate. Son pantalon le plus présentable avait dû faire l'affaire.

Éclairée par des bougies enfoncées dans des goulots de bouteille, la salle de restaurant était sombre, ce qui évita à Joe la honte d'exhiber son pantalon. Tommy passa la commande, et Joe se tira de l'épreuve de la soupe et des entrées sans difficulté. Mais quand vint le tour des spaghettis, il fut bien en peine de continuer, ne sachant comment s'y prendre. Tous rirent de sa maladresse, et Millie lui montra la manière de tourner sa fourchette. Elle saupoudra du parmesan dans son assiette, et essuya la tomate dont il s'était aspergé le menton. Elle était très enjouée et raconta ses projets pour le carnaval. Puis, le repas terminé, ils retournèrent ensemble aux halles de Covent Garden, où Tommy et Millie quittèrent les deux jeunes gens.

Joe s'était tant amusé qu'il s'accablait de reproches. Il aurait dû passer la soirée à Whitechapel avec Fiona, qui était tellement pâle, maigre et malheureuse. Il se traitait de tous les noms d'oiseaux. Elle avait besoin de lui, et lui, comment s'occupait-il ? Il allait au restaurant se remplir la panse. Le souvenir de ses pleurs après l'enterrement lui brisait le cœur. Mais que faire ? L'espace de une ou deux journées, il avait songé à quitter son emploi pour retourner à Montague Street et rester près d'elle. Cependant, à quoi cela les aurait-il avancés ? Il se serait retrouvé derrière la charrette de son père, à peiner pour quelques sous, alors que chez Peterson il pouvait mettre une fortune de côté. Et avec l'emploi d'acheteur, si on le lui donnait, il gagnerait encore davantage. N'était-il pas plus important pour eux qu'il tienne bon ? Avec ou sans lui, Fiona serait malheureuse. Sa présence la réconforterait sans doute, mais elle n'éviterait pas le deuil.

Il se leva de son fauteuil, étouffa le charbon et alla se laver. Il devait dormir. En se séchant le visage, il regarda par la fenêtre de la salle de bains. Le ciel de Londres était dégagé. Des myriades d'étoiles étincelaient dans la nuit. Il en remarqua une plus brillante que les autres. Fiona la regardait-elle aussi de sa fenêtre en pensant à lui ? Il déclara à l'étoile qu'il aimait sa fiancée, et lui recommanda de veiller sur elle.

Jusqu'à ce qu'il s'assoupisse, il ne cessa de songer à Fiona. Très bientôt, ils auraient assez d'économies pour ouvrir leur boutique, et il quitterait Peterson pour passer le reste de ses jours auprès d'elle. Après le mariage, cette période terrible de séparation serait vite oubliée. Vite, très vite.

12

Fiona inspectait la rangée de harengs saurs dans la charrette du poissonnier. Elle était venue seule au marché, ne voulant pas que sa mère, qui souffrait d'une toux terrible, sortît dans l'humidité de ce mois d'octobre. Le boniment des marchands et les jolis étalages ne lui procuraient plus aucun plaisir, tant la nécessité de nourrir quatre personnes avec six pence seulement la préoccupait.

— Combien font-ils, vos harengs ?

— Les gros, deux pence chaque. Je fais les petits à trois pence pour deux.

— Mettez-m'en deux petits.

Elle plaça les poissons dans son panier au-dessus des pommes de terre qu'elle avait achetées aux Bristow, et des poires que Rose lui avait glissées sans la faire payer.

Le geste partait d'un bon sentiment et, même si Fiona souffrait d'être traitée en indigente, elle n'avait pas refusé. C'était pour Seamie qu'elle mettait sa fierté dans sa poche, parce qu'il adorait les poires.

Elle avait un peu bavardé avec l'amie de sa mère, parlant de Joe et de sa promotion tant attendue. Elles recevaient toutes deux des lettres chaque semaine, mais ne l'avaient pas vu depuis près d'un mois. Il manquait énormément à Fiona qui ne pouvait même pas lui écrire, car elle n'arrivait pas à mettre le moindre sou de côté pour le papier et les timbres.

La toux persistante de sa mère était certainement due à l'humidité de leur nouveau logement, une simple pièce dans Adams Court. La fenêtre donnait sur l'unique pompe à eau de la ruelle, qui gouttait jour et nuit, rendant les pavés glissants et les murs froids et suintants.

Adams Court était une impasse courte et étroite débouchant sur Varden Street. Les maisons de brique basses étaient séparées par une allée d'à peine deux mètres de large. Ils vivaient tous les cinq dans la pièce du devant au rez-de-chaussée du numéro 12. Sa mère l'avait emmenée la visiter avant de se décider à la prendre. Il n'y avait pas d'évier. Pas de placards non plus, si bien qu'il fallait accrocher les vêtements à des clous. Ils ne disposaient en tout et pour tout que de quatre mètres sur cinq, et il avait fallu vendre l'ensemble des meubles. Fiona avait jugé l'endroit épouvantable mais, en voyant l'expression angoissée de sa mère, elle avait feint de croire qu'une fois habitués à l'exiguïté ils s'y trouveraient très bien. Ils n'avaient pas le choix.

Leurs voisins avaient tout tenté pour les garder à Montague Street, leur offrant de les prendre dans des maisons déjà pleines à craquer. La mère de Fiona s'était refusée à abuser de cette générosité. Roddy aussi avait voulu les aider. Par la porte entrebâillée de la salle à manger, Fiona avait surpris une étrange demande en mariage.

— Je sais que tu n'es pas amoureuse de moi, Kate, avait-il dit. Je ne te demande rien. Je sais que tu n'oublieras jamais Paddy. Mais... ce serait le moyen de m'occuper de toi et des enfants. Je resterais dans ma chambre, et toi dans la tienne si tu le souhaitais. Rien ne changerait.

Fiona avait entendu les sanglots de sa mère et les excuses de Roddy, navré.

— Quel idiot je fais... Quel balourd !

— Non, Roddy, tu es un brave homme. C'est l'émotion. Il n'y a pas beaucoup d'hommes qui se sacrifieraient comme toi. Mais ce ne serait pas bien. Tu dois fonder ta propre famille avec Grace. Vous vous aimez, ça crève les yeux, alors épouse-la. Nous nous débrouillerons, va.

Mais comment ? se demanda Fiona avec inquiétude. Une voix intérieure lui soufflait sans cesse qu'ils n'avaient pas de quoi vivre. Son salaire et celui de Charlie couvraient à peine le loyer et une maigre nourriture. Et le reste, où le puiseraient-ils ? Que feraient-ils quand il faudrait acheter des vêtements au bébé, ou remplacer des chaussures ? L'angoisse la paralysait. Elle avait prié pour trouver la force de supporter ses épreuves, avait demandé secours au Seigneur. Mais rien n'avait changé. Dieu devait être occupé ailleurs.

Quand elle perdait trop espoir, elle glissait la main dans sa poche pour toucher le morceau de verre bleu que Joe lui avait offert. Elle le serrait fort, évoquant le visage de son fiancé, pensant à leur boutique, à leurs rêves, à la vie qu'ils mèneraient un jour. Vite, très vite. La somme montait dans leur tirelire. Chaque fois qu'il écrivait, il lui donnait un nouveau chiffre, et dans la dernière lettre, il annonçait que, si tout allait bien, ils se marieraient bientôt. Cela l'avait rendue si heureuse ! Mais la joie n'avait pas duré ; comment aurait-elle pu se marier alors que sa famille dépendait tant de son salaire ? La compensation de la Compagnie Burton n'était pas encore arrivée. S'ils touchaient une vingtaine de livres, ils auraient les moyens de louer un meilleur logement et de vivre de façon moins précaire. Mais avant, il lui était impossible de partir.

En passant devant l'étal du boucher, elle regretta de ne pouvoir acheter le bon morceau de bœuf qui aurait redonné des forces à sa mère. Elle l'aurait préparé en sauce avec des pommes de terre, mais elle n'avait pas le premier sou pour se le procurer et aucun moyen de le faire cuire. Sans poêle à charbon, ils devaient s'arranger d'un petit foyer pourvu d'une étroite grille qui n'acceptait qu'une casserole à la fois. Trop souvent, en guise de repas chaud, ils devaient se contenter d'une tasse de thé.

Fiona termina son marché par l'achat d'un pain et d'un morceau de margarine, puis elle prit le chemin du retour. Les longues bandes de brouillard qui s'enroulaient en haut des réverbères formaient des halos de lumière fantomatique. Cette brume orange avançait comme un être vivant, se faufilant entre les étals, étouffant les bruits, masquant les contours.

Elle frissonna. L'épaisse vapeur glacée lui donnait l'impression de marcher dans un linceul mouillé. Son panier pesait lourd, elle avait faim, et mal aux jambes d'être restée debout toute la journée. Minton, ne lui pardonnant sans doute pas d'avoir indiqué une meilleure façon d'organiser le travail, la surchargeait de corvées. Le soir, il l'obligeait à nettoyer les mesures à thé et les tables, et à passer le coup de balai. Elle était épuisée. Dans sa hâte de rentrer, elle céda à l'envie de prendre un raccourci.

Quittant la grand-rue, elle s'enfonça dans le brouillard épais de Barrow Street, une ruelle immonde de garnis délabrés aux portes arrachées et aux fenêtres béantes. Les becs de gaz étant cassés, on n'y voyait goutte, et au bout de vingt mètres elle regrettait déjà amèrement d'avoir emprunté ce chemin. Cela lui remettait en mémoire le désagréable soir où Sid Malone l'avait coincée contre un mur. Et s'il l'avait vue au marché et suivie ? Et, pis encore, il y avait Jack l'Éventreur, qui, à la fin septembre, avait tué deux nouvelles malheureuses au cours d'une même nuit. Elizabeth Stride dans Berner Street, et Catherine Eddowes dans Mitre Square. Ce n'était pas très loin, et le tueur courait toujours. Personne ne l'entendrait crier s'il l'attaquait... Ne sois pas bête ! se sermonna-t-elle. Tu gagnes dix minutes en passant par ici.

Afin de se distraire de ses craintes, elle pensa à ses nouveaux voisins. Dans la maison de droite habitait Frances Sawyer, qui, d'après Charlie, faisait le trottoir. Dans celle de gauche, M. Hanson, un vieux cochon qui lorgnait les femmes à travers les planches disjointes des toilettes. Leur maison elle-même ne renfermait que de braves gens. Un maçon dans la pièce de derrière au premier, une veuve et ses deux petits garçons devant ; et en bas, à l'arrière, Jim et Lucy Brady, un couple sympathique qui attendait son premier enfant.

Malgré la gentillesse des colocataires, la promiscuité leur pesait. Mais sans argent, comment déménager ? Elle était allée demander du travail pour le week-end dans des commerces des environs, sans succès jusqu'à présent, mais on avait gardé son nom. Sa mère avait pris de l'ouvrage à la pièce à domicile, assemblant des fleurs artificielles pour les décors de Noël. Charlie aussi faisait un effort supplémentaire. Parfois, quand Fiona désespérait, sachant qu'elle ne pourrait se procurer que du pain et de la margarine pour le dîner, il paraissait avec quelques shillings – les gains de ses combats – et ils achetaient des tourtes à la viande ou des cornets de frites avec du poisson.

Elle avait presque atteint le milieu de la rue quand elle entendit un pas derrière elle. Ce n'est rien, se dit-elle, c'est une fille comme moi qui revient du marché – mais les pas étaient beaucoup trop lourds. Ah, qu'importe, il est encore loin – mais le brouillard n'étouffait-il pas le bruit ? Elle se hâta. Derrière elle, le rythme accéléra aussi. On la suivait bien. Elle se mit à courir.

Si elle ne distinguait pas le bout de la rue, elle y était presque et là-bas, il y aurait du monde. Elle galopait à toutes jambes, mais son poursuivant gagnait du terrain. Soudain, elle comprit qu'elle n'arriverait pas à lui échapper. Elle fit volte-face.

— Qui est là ? cria-t-elle.

— Chut... répondit une voix d'homme. N'aie pas peur, je ne te ferai pas de mal. C'est moi : O'Neill, Davey O'Neill, il faut que je te parle.

— Je ne vous connais pas ! N'approchez pas !

Elle tenta de repartir, mais il la saisit par le bras. Elle laissa tomber son panier avec un cri.

— Chut ! répéta-t-il en lui plaquant la main sur la bouche.

Elle rencontra son regard. Il avait l'air d'un fou. C'était l'Éventreur ! Il allait la tuer ! Un gémissement d'effroi lui échappa. Elle ferma les yeux, ne voulant pas voir le couteau.

— Je te lâche si tu promets de ne pas te sauver.

Elle fit oui de la tête, et quand il la libéra, elle rouvrit les yeux.

— Je ne voulais pas te faire peur ! Je comptais te parler au marché, mais je n'ai pas osé. Les murs ont des oreilles.

Il fallait rester calme, ne pas montrer sa terreur. Elle ne comprenait rien à ses paroles, mais c'était dangereux de contrarier les fous.

— Tu ne me reconnais pas ? Davey, Davey O'Neill...

Et tout à coup, elle se souvint de lui, ou du moins de son nom. On l'avait mentionné à l'enquête : c'était l'homme qui avait laissé tomber la graisse sur laquelle avait glissé son père.

— Oui... mais...

— On dit que Paddy est mort par ma faute, mais c'est pas vrai ! J'ai bien graissé les treuils, comme Curran me l'a demandé, mais j'ai rien laissé tomber. J'ai tout nettoyé, j'ai fait attention, comme toujours. Quand je suis parti, y avait plus une goutte de graisse nulle part, j'le jure !

— Mais dans ce cas, comment ?...

— Je voulais te le dire. Il y en a qui ne me parlent plus. Toi, t'es la gamine de Paddy, il fallait que tu le saches. (Il jeta autour de lui un regard d'animal traqué.) Je dois m'en aller !

— Attendez ! s'écria Fiona en le retenant par la manche. Je ne comprends pas. Si vous n'avez pas laissé tomber la graisse, comment est-elle arrivée là ?

O'Neill se dégagea.

— Je ne peux rien dire d'autre. Au revoir !

— Non, attendez !

Il tournait déjà les talons, mais il se ravisa.

— Tu travailles à la fabrique de thé, hein ?

— Oui...

— Méfie-toi des syndicats. Ne te mêle pas de ça, tu entends ? Maintenant que ton père est mort, la section de Wapping est fichue, mais Tillet essaie de la remettre sur pied. On parle de faire adhérer les ouvrières du thé. N'y va pas !

— Mais je m'en fiche du syndicat, vous me parliez de la mort de mon père !

— Je t'assure, c'est très important !

— Mais pourquoi ?

Sans répondre, il disparut dans le brouillard. Fiona ne parvenait pas à bouger, encore paralysée par la peur. Il fallait qu'elle se remette, ou sa mère lui demanderait ce qui n'allait pas, alors qu'elle ne voulait rien lui raconter. Que penser des révélations de O'Neill ? Il était bizarre. On ne suivait pas les gens comme ça. Sans doute était-ce la honte qui lui dérangeait l'esprit.

Oui, mais s'il disait vrai, comment son père avait-il glissé ? Après l'enterrement, Farrell et Dolan aussi s'étaient posé des questions, éveillant ses propres doutes. Elle avait préféré penser qu'elle cherchait juste par ce biais à se distraire de son chagrin, mais maintenant elle n'en était plus si sûre.

D'après l'enquête, il y avait bien de la graisse sur le plancher, et oncle Roddy garantissait que les policiers avaient fait du bon travail... O'Neill avait dit, aussi, que les autres dockers ne lui parlaient plus. Voilà sûrement ce qui expliquait sa démarche : on lui reprochait l'accident, et il se sentait mis à l'écart, avait peur de ne plus trouver de travail. Alors, il s'adressait à elle, espérant qu'elle arrangerait ses affaires en déclarant que ce n'était pas sa faute. Quel égoïste ! Pensait-il à elle, dont le père était mort, dont la famille ne subsistait qu'avec la plus grande difficulté ? Non, il ne se préoccupait que de rentrer dans les bonnes grâces de ses compagnons de travail. Eh bien, il pouvait toujours attendre ! Quelle idée de l'effrayer ainsi, de la mettre en garde contre les syndicats, comme si elle avait de quoi payer la cotisation !

Elle ne devait pas rester là ; une mauvaise rencontre, cela suffisait pour une soirée. Vibrant de colère, elle aurait aimé raconter l'incident à quelqu'un, mais à qui ? Charlie lui en voudrait trop d'avoir pris un raccourci et elle n'avait aucune envie d'entendre ses reproches. Non, mieux valait tout oublier.

Elle ramassa son panier dont, par chance, rien ne s'était échappé. En sortant de la ruelle, l'attitude de O'Neill l'indignait toujours. Si jamais il avait le malheur de recroiser son chemin, elle ne se gênerait pas pour lui dire ce qu'elle pensait de lui.

13

Fouillant la vase comme des oiseaux de rivage, une nuée de gamins en guenilles s'était répandue sur la berge au bas du Vieil Escalier de Wapping. Fiona les regardait suivre la marée descendante, emplissant leurs poches de petits morceaux de cuivre, de vieilles bouteilles, de boulets de charbon qu'ils revendraient au marchand de chiffons.

Elle était assise avec Joe sur leur marche, dans le décor odorant et familier des entrepôts ; pourtant, tout semblait bien étrange aujourd'hui. Joe avait changé. Il portait une veste neuve en tweed vert que Harry lui avait donnée, ainsi qu'une chemise toute blanche et un pantalon neuf qu'il avait acheté pour un voyage en Cornouailles avec Tommy Peterson. Ainsi vêtu, il n'avait plus rien du jeune marchand des quatre-saisons un peu canaille qu'elle connaissait. C'était un jeune homme sûr de lui, promis à un bel avenir.

Fiona, pour sa part, avait mis sa jupe bleu marine habituelle et un corsage blanc. La journée d'automne étant venteuse, le châle gris dont elle s'enveloppait lui permettait, sous prétexte de se tenir chaud, de cacher une reprise grossière à la manche. La différence entre ses hardes et l'élégance de Joe la gênait. Pour la première fois de son existence, elle avait honte de son apparence auprès de lui.

Joe semblait enchanté de son nouveau travail et n'avait que le nom de Tommy à la bouche. Ses yeux brillaient de plaisir à l'évocation du poste de chef acheteur. Il racontait aussi le voyage en Cornouailles, ne tarissait pas sur l'hôtel où il avait dormi, et se délectait de termes de vente en gros que Fiona ne connaissait pas. Mais, même si elle se sentait un peu mise à l'écart, elle désirait se réjouir pour lui.

— Nous avons dix-sept livres et six pence, annonça-t-il.

— C'est bête, je n'ai rien à ajouter. Peut-être la semaine prochaine.

— Ne t'en fais pas. J'en mets assez pour deux.

Mais était-ce cela qu'elle voulait ? Cette boutique, ils devaient la financer tous les deux. Elle souhaitait sacrifier autant que lui dans l'aventure. Ne le comprenait-il pas ?

Il lui prit la main et la frotta entre les siennes.

— Ben dis donc, elle est toute rêche. Je vais t'acheter de la pommade.

— J'en ai, merci ! répliqua-t-elle en plongeant les deux mains dans les poches de sa jupe.

Ce n'était pas vrai, bien sûr, elle n'avait plus de pommade. Mais elle n'avait pas envie qu'il lui en donne. Cela la vexait, comme s'il l'avait critiquée. Tous les ouvriers avaient les mains abîmées. Les emballeuses de thé n'avaient pas la peau douce des dames de la bonne société. Les mains de Millie devaient être toutes blanches, songea-t-elle.

— Ça ne va pas, Fi ?

Elle se reprocha d'être aussi maussade, alors qu'il s'ingéniait à lui venir en aide. Il avait apporté un énorme panier de fruits et de légumes, tournant ce don en plaisanterie même si, tous le savaient, il s'agissait d'une nécessité. Il y avait également eu des bonbons pour sa mère, et un soldat en bois peint qui avait ravi Seamie. À elle, il avait offert six roses rouges. Il était si généreux... Pourquoi sortait-elle ses piquants ?

— Si, ça va, dit-elle en s'obligeant à sourire.

— Je dois t'ennuyer, à te parler autant de mon travail...

Il la prit dans ses bras. Les craintes de Fiona s'envolèrent. Elle eut l'impression d'être remontée dans le temps, quand il n'y avait qu'eux deux et qu'elle pouvait se consacrer à leur amour, sans avoir à se préoccuper de Peterson, de sa mère, du logis exigu, et du cruel manque d'argent.

— Je voudrais tant qu'on puisse se voir plus souvent, Fi ! C'est terrible de ne pas être avec toi.

— Eh bien, au moins, maintenant, tu es là ! répondit-elle d'un ton presque enjoué. Et puis, tu seras là pour le carnaval. Ce n'est pas loin... seulement la semaine prochaine.

Elle se réjouissait tant de ces vacances qu'elle reprenait vie rien que d'en parler.

— Nous retournerons assister au feu de joie de Montague Street, expliqua-t-elle. Pour moi, le carnaval, ça ne peut se passer que là ! Tu seras libre tout le week-end, ou une journée seulement ?

Il détourna la tête.

— Eh bien, quoi ? Joe ?
— Je ne vais pas pouvoir venir.
— Mais pourquoi ? s'écria-t-elle. Peterson ne te fait quand même pas travailler le soir du carnaval !
— Non, mais il organise une grande fête, et je dois y assister.
— Tu ne peux pas expliquer que tu préfères rentrer chez toi ?
— Impossible : il fait venir tous ses employés, et c'est ce soir-là qu'il distribue les primes et annonce les promotions. Ne pas y aller, ce serait comme une déclaration de guerre. N'aie pas l'air fâchée, Fi, je n'y peux vraiment rien.

Mais comment ne se serait-elle pas désolée ? Ce soir-là, les enfants fabriquaient les grandes effigies de Guy Fawkes, et les voisins se rassemblaient autour des feux de joie tandis qu'éclataient les pétards. Les amoureux se tenaient par la main, et elle aurait tant voulu faire de même avec Joe. Seule cette perspective lui avait permis d'endurer la séparation.

— Millie sera là ?
— Sûrement, la réception se passe chez eux.

Il y eut un silence.

— Elle te plaît ?
— Mais pas du tout ! Bon sang, ne recommence pas !
— Désolée, j'ai mal compris... Ce n'est pas elle, mais Tommy que tu courtises, hein ? vu tout le temps que tu passes avec lui !
— Fiona ! explosa-t-il, que veux-tu que je fasse ? Que je quitte mon travail ? (Il enchaîna sans lui laisser le temps de répondre.) J'y ai pensé, parce que j'aimerais être près de toi, mais ce ne serait pas bien pour nous. Avec la promotion, je gagnerai plus. On ouvrira la boutique, et là je pourrai prendre soin de toi.
— Je ne te demande pas de prendre soin de moi, rétorqua-t-elle, je te demande simplement de venir de temps en temps ! (Sa voix tremblait, mais elle ne pleurerait pas.) Ce n'est pas facile, avec ce qui est arrivé à mon père. Si seulement on pouvait... se voir un peu plus souvent...
— Fi, tu sais très bien que je viendrais si c'était possible. Montre encore un peu de patience, je t'en prie. Je me sens très coupable, mais je ne peux pas être à deux endroits à la fois.

La riposte de Fiona s'étouffa dans sa gorge. S'il se sentait coupable, c'était qu'il préférait rester là-bas... Quelle humiliation ! Elle en eut la nausée. Elle l'imaginait en compagnie de Harry et Millie, se promenant avec eux en riant dans les rues bien éclairées du West End, libre et joyeux, parlant de Tommy, plaisantant, s'arrêtant pour prendre le thé. Pourquoi aurait-il eu envie de revenir dans les rues miséreuses de Whitechapel ? Ses inquiétudes devaient lui sembler pesantes, à côté de la gaieté de Millie. Elle n'était pas de taille à se mesurer à la fille de Peterson, elle et ses haillons, ses mains crevassées. Joe ne voulait pas d'un tel fardeau ; il ne le disait pas, mais cela se devinait. Elle était bien trop fière pour accepter cette situation. Retenant ses larmes à grand-peine, elle se redressa.

— Où vas-tu ?

— Je rentre.

— Tu m'en veux ?

— Non, pas du tout.

Elle s'efforçait de garder son calme, songeant à Millie qui ne devait jamais se mettre en colère.

— Tu as raison, il faut que tu ailles à la fête de Peterson. Mais j'en ai assez ; j'ai envie de rentrer, c'est tout.

Il se leva pour l'accompagner.

— J'aime autant rentrer seule, merci.

— Mais c'est idiot. C'est loin, je vais avec toi.

— Je te dis que non ! hurla-t-elle. Laisse-moi tranquille ! Retourne à Covent Garden, puisque ça te plaît tant ! Je n'ai pas envie de m'entendre dire que mes mains sont rêches ou qu'il faut que je patiente pendant que tu passes le carnaval avec Millie Peterson !

— Mais je ne passe pas le carnaval avec elle ! Je vais à la fête de son père. Tu n'es jamais contente ! Tu veux me voir plus souvent, et maintenant que je suis là tu t'en vas. Qu'est-ce qui te prend ?

— Rien, rien du tout ! J'ai perdu mon père, j'ai perdu ma maison, à présent je perds mon homme. Tout va très bien !

— Tu ne me perds pas. Je ne sais pas ce que tu veux...

— Je veux retrouver mon Joe !

Sur quoi, elle monta les marches en courant et disparut en haut de l'escalier. Elle fila dans la grand-rue de Wapping, dépassant quais et entrepôts vers Gravel Lane et Whitechapel.

C'était à n'y plus rien comprendre. Si Joe comptait vraiment ouvrir la boutique avec elle, pourquoi tenait-il tant à sa promotion ? N'avaient-ils pas déjà dix-sept livres et six pence ? Il leur manquait à peine huit livres pour parvenir aux vingt-cinq nécessaires. Joe n'avait aucun besoin de devenir chef acheteur ; il lui suffisait de travailler encore quelques mois, et il pourrait partir de chez Peterson. Pourquoi ne se contentait-il pas de cela ?

Elle était à bout de souffle, mais courait toujours malgré son épuisement. Elle fuyait une voix qui refusait de se taire, et lui soufflait que Joe agissait ainsi parce qu'il ne voulait plus de la boutique, qu'il ne voulait plus d'elle.

Entouré d'un groupe de parieurs qui l'inspectaient avec des yeux de connaisseurs, Charlie Finnegan enleva sa chemise et la jeta sur une chaise. Il tendit les bras en arrière, étirant ses épaules, ouvrant son torse. Les spectateurs ne perdaient rien des muscles qui roulaient sous sa peau, de l'épaisseur des bras, des mains puissantes. Un murmure d'approbation se propagea. Sa cote montait, les paris changeaient de camp, l'argent circulait de main en main.

Impassible, Charlie regarda autour de lui. Il était content. C'était son premier combat au *Taj Mahal*, un vieux music-hall reconverti en ring. Le propriétaire, Denny Quinn, avait entièrement évidé l'intérieur, se débarrassant de la scène et des sièges, pour ne laisser de l'ancienne salle de spectacles que les beaux chandeliers et les appliques à gaz, ainsi qu'une tapisserie chamarrée. Il avait obtenu un immense espace lumineux pour accueillir les combats de chiens, de rats et de coqs, de même qu'une sorte de boxe des rues qui se pratiquait à poings nus.

Charlie se félicitait que tant de monde s'intéresse à ce match. Il y avait en majorité des ouvriers, mais aussi du beau monde. Il repéra Bowler Sheehan, dit « Chapeau melon » parce qu'il en portait toujours un. C'était un des truands les plus notoires de l'Est londonien. Il n'existait pas une maison de passe, une salle de jeux, un ring, qui n'avait eu affaire à lui. Les propriétaires d'entrepôts le payaient pour protéger leurs biens. Les patrons de pubs lui donnaient un tribut pour s'assurer qu'on ne casserait pas leurs carreaux, et ceux qui refusaient ces extorsions finissaient souvent le ventre en l'air dans la Tamise.

La présence de Sheehan prouvait que beaucoup d'argent allait être mis en jeu ce soir ; il ne gaspillait pas son temps pour des boxeurs à la petite semaine. Charlie se réjouissait de susciter autant d'intérêt, car même si ce soir il se battait sans commission il avait gros à gagner : Quinn repérait les jeunes espoirs en organisant des combats d'essai avant de les engager, et Charlie avait la ferme intention de se faire remarquer.

La cloche sonna. Au milieu des cris et des sifflets, il avança avec son adversaire jusqu'au milieu de la salle. Ils tendirent les mains vers l'arbitre, qui les tourna, paume en l'air, afin de s'assurer qu'ils ne cachaient pas d'armes, puis les renvoya chacun d'un côté du ring qu'encerclaient les spectateurs.

Charlie observa son opposant. Il le connaissait bien. C'était Sid Malone, qui travaillait avec lui à la brasserie. Sid vivait de l'autre côté du fleuve, à Lambeth. Ce n'était pas un Londonien de naissance. Billy Hewson, leur contremaître, disait qu'il était venu de la campagne après le décès de sa mère. Il n'avait plus de famille et pas d'amis non plus. C'était un dur, une brute qui provoquait sans cesse la bagarre. Charlie n'avait jamais eu à se plaindre de lui, jusqu'au jour où Sid s'était intéressé à Fiona : il lui avait demandé de l'accompagner au pub, et quand elle avait refusé il avait voulu la coincer dans un passage. Elle lui avait cassé le nez d'un coup de poing bien placé, davantage servie par la chance que par sa force, mais la réputation de Malone ne s'en était jamais relevée. Soucieux de retrouver son honneur, il s'était fixé pour objectif de pulvériser le frère de celle qui l'avait humilié. Sid avait environ l'âge de Charlie, la même taille et le même poids, et était rouquin comme lui, mais là s'arrêtait la ressemblance. Il n'avait pas autant de puissance, et Charlie, connaissant son style, se sentait très capable de le battre. Seulement, la force d'un boxeur est toujours décuplée par la colère, et Sid avait des comptes à régler avec lui.

Sur le ring, certains combattants alimentaient leur agressivité en s'inventant des rancœurs, ou en se laissant échauffer par les cris et les insultes du public. Charlie, lui, n'avait pas besoin de ces artifices. Il lui suffisait d'ouvrir les vannes de la rage qui bouillonnait sans cesse en lui. Bon boxeur, il était devenu encore plus redoutable depuis la mort de son père. La fureur était son plus sûr entraîneur.

La boxe le purifiait. C'était le parfait exutoire à sa violence, à sa culpabilité, à son désespoir. Quand il se battait, il oubliait l'inquiétude de sa sœur, le visage ravagé de sa mère. Il ne songeait plus à son triste petit frère qui le poursuivait de son regard éploré parce qu'il ne passait pas assez de temps avec lui. Même son envie d'aller faire fortune à New York le quittait. Il se perdait dans le combat, ne pensant plus qu'aux esquives, au choc sourd des phalanges sur le menton de l'adversaire, à l'odeur de fumée et de sueur, et à la sensation franche et simple de la douleur.

L'arbitre se plaça au centre du ring et leva le bras. La tension était à son comble. Charlie en eut la chair de poule. La foule se resserra : les cris montèrent, les incitant à en découdre. La cloche sonna le début du combat. Sid se déplaçait avec des gestes saccadés de marionnette. Il se précipita sur Charlie, fou de rage, lançant des coups mal placés. Charlie recula, sur la défensive, parant les attaques sans difficulté. Garde haute, il pouvait l'étudier tout en conservant ses forces. C'était lui qui déciderait quand et comment river son clou à son adversaire.

— Allez, grand lâche, vas-y, siffla Sid, bats-toi.

Les spectateurs n'appréciaient pas la retenue de Charlie. Ils voulaient du sang. Il se fit huer, mais il s'en moquait. Il aurait pu toucher Sid des dizaines de fois, lui faire éclater une lèvre, lui pocher un œil, mais il attendait, décidé à mener un combat magistral. Il prenait son temps, attisant le désir de la foule, comme un bon amant accroît le plaisir en prolongeant l'attente.

Mais soudain, passant par-dessus sa garde, Sid l'atteignit sous l'œil gauche. Son poing nu s'écrasa sous l'orbite, fendant la chair, et la tête de Charlie fut projetée en arrière. Du sang s'échappa de la blessure, tirant un cri de satisfaction aux spectateurs. Charlie secoua la tête, projetant des gouttelettes. À tout prendre, il préférait une blessure sous l'œil, qui évitait que le sang ne l'aveugle. Sid se pavanait, imaginant la partie gagnée. Charlie examina la position de ses poings. Il laissait trop d'espace entre eux : il se fatiguait.

Sid continua, parvenant à placer encore quelques coups sans conséquence que Charlie prit le risque de lui laisser porter. Il se servit de ce délai pour repérer les automatismes de son adversaire. Essoufflé, il répéta les mêmes enchaînements pour s'économiser. Son poing gauche s'abaissait dès qu'il attaquait du droit. Charlie, lui, se protégeait le visage ; ce n'était pas le moment d'encaisser un second coup. Le schéma suivi par Sid était net : trois directs du droit, poing gauche baissé. Repos, puis droite, gauche, droite. L'heure de Charlie arrivait. Sid recommença une nouvelle série de directs du droit. Son poing gauche s'abaissa, et Charlie en profita pour lui envoyer un swing à la tempe, aussi puissant qu'un coup de bélier.

Sid tomba comme une masse. Il était K.-O. L'arbitre compta jusqu'à dix, puis leva le bras de Charlie, le proclamant vainqueur. La foule poussa des hourras. On n'avait jamais vu cela. Les spectateurs, qui quelques minutes plus tôt lui lançaient des lazzis, s'enthousiasmaient maintenant pour son sens de la tactique.

On porta Sid sur une table où l'on essaya de le ranimer. Charlie, pendant ce temps, recrachait le sang qui lui avait coulé dans la bouche. Ses admirateurs lui apportèrent une chaise, une pinte de bière brune, des serviettes et de l'eau. Un bonhomme trapu en gilet et en manches de chemise arriva, une serviette de cuir noir au bout du bras, annonçant qu'il était le Dr Wallace, médecin attitré de Denny Quinn, et qu'il allait lui soigner l'œil. Il lava la blessure à l'eau et au savon, puis la tamponna au whisky. Charlie grimaça. Quand le médecin sortit du fil et une aiguille, il protesta.

— C'est essentiel, expliqua Wallace. Si je ne te recouds pas tout de suite, la plaie ne cicatrisera jamais. Au premier combat, elle se rouvrira.

Charlie se laissa donc faire, en se crispant lorsque l'aiguille s'enfonçait dans la chair.

— Bouge pas, mon gars, on va te refaire une beauté pour ces dames.

Le médecin lui fit cinq points de suture en tout, sans arrêter un instant de commenter le match.

— C'est un beau coup que tu lui as envoyé. Un joli combat, et j'en vois beaucoup. Voilà, c'est fait, la reprise est payée par la maison. Et on t'apporte une belle assiette de côtes de porc de la part de M. Quinn. Allez, ajouta-t-il en se tournant vers Sid, toujours allongé sur la table. Je vais essayer de réveiller la Belle au bois dormant.

Charlie le remercia et vida sa chope. Une autre prit aussitôt sa place. L'assiette arriva, débordante, et il se jeta sur son contenu. Il n'avait eu que du pain et de la margarine à se mettre dans le ventre depuis des jours. Quelqu'un lui rapporta sa chemise, il la passa sans la boutonner car il avait trop chaud. Des parieurs qui avaient misé sur lui vinrent le féliciter.

— La cote a changé deux fois de camp pendant le match, déclara l'un d'eux, mais moi, je t'ai fait confiance, et je m'en suis mis plein les poches ! Tu as l'étoffe d'un champion, mon gars !

Tout réjoui, il donna deux shillings à Charlie sur ses gains. Celui-ci empocha l'argent avec un grand sourire. Il avait réussi à se distinguer, comme il l'avait espéré. Il se laissa retomber contre son dossier, les yeux clos. L'excitation du match s'était dissipée, et à présent il était fatigué. On étouffait, ici. Comme tous les établissements de la même espèce, le *Taj Mahal* empestait : odeurs acides de bière imprégnée dans le plancher, sueur, fumée, graillon, et... parfum. Tiens, pourquoi du parfum ? Intrigué, Charlie rouvrit les paupières.

Une jolie blonde se tenait devant lui. Elle portait un corset rose, un jupon blanc froufroutant, et quasiment rien d'autre. Ses longs cheveux étaient noués sur la nuque en un chignon lâche qui laissait échapper des mèches folles. Elle avait des taches de rousseur et des yeux d'un brun chaleureux qu'éclairait un gentil sourire. Charlie fut fasciné par ses bras nus et son décolleté. Il n'avait jamais vu de femme aussi jolie en tenue aussi légère.

— C'est M. Quinn qui m'envoie, je m'appelle Lucy.

Charlie avait perdu la voix.

— Tu ne veux pas de moi ? demanda-t-elle avec inquiétude.

— Si ! Si, bien sûr ! Assieds-toi. Je m'excuse, je suis un peu claqué. La boxe, ça vous vide.

Mais, en disant cela, Charlie sentait l'énergie revenir.

— Je n'ai pas assisté au match. Den ne veut pas voir les filles en bas avant la fin. Il dit que ça perturbe trop les parieurs. Mais il paraît que t'as cassé la baraque !

Charlie se sentait très intimidé, pourtant il fallait bien faire la conversation pour qu'elle reste. Tout le monde les voyait ensemble !

Il fit donc un gros effort et parvint à parler du match, de Sid Malone et de la façon dont celui-ci s'était fait casser le nez. L'histoire fit rire Lucy qui, loin de partir comme il le redoutait, se rapprocha de lui.

Lorsqu'une main toucha son épaule, il leva la tête. C'était Quinn, un homme énergique portant une veste aux couleurs criardes. Charlie voulut se redresser, mais Quinn lui ordonna de demeurer assis.

— Bravo mon garçon, joli combat. De l'imprévu, c'est bien. La cote a monté. Ça me plaît. Je t'embauche. On va laisser le temps à ton œil de guérir, et puis on remet ça. Ça te va ?

— Oui, m'sieur. Merci, m'sieur.

— Pour l'argent, c'est ce que je t'ai déjà dit, continua Quinn, surveillant sa salle tout en parlant. Un forfait au début, plus une part des gains de la soirée. Écoute-moi, Charlie, tu es un bon boxeur, et les organisateurs de combats vont se bousculer pour t'avoir. Moi, j'exige l'exclusivité, tu ne le regretteras pas.

Il sortit de sa poche un rouleau de billets, et en tira un de cinq livres qu'il tendit à Charlie. Coupant court à ses remerciements, il continua.

— Si tu n'es pas trop cassé, la jolie Lucy est à ta disposition, avec les compliments de la maison. Elle peut te donner un bon bain chaud, hein ma cocotte ? Et si tu es gentil, elle pourra te faire une ou deux autres petites faveurs, sûrement.

Avant que Charlie, rouge comme une tomate, ne puisse prononcer un mot, Quinn repartit dans la salle au pas de charge. Il avait repéré une de ses filles seule au bar.

— Trouve un client et monte ! Où tu te crois ? À un thé de la paroisse ?

Lucy posa le bras sur les épaules de Charlie, l'attirant contre lui. Son cœur se mit à tambouriner.

— Y doit tenir à toi, le patron. C'est pas souvent qu'il se fend d'un billet de cinq.

Charlie n'en revenait pas d'avoir autant de chance. Il ne s'était fixé comme objectif que de se faire embaucher par Quinn, et maintenant il avait cinq livres, deux shillings, et un avenir assuré. Et puis il y avait Lucy. Ils allaient monter, et il pourrait lui enlever son corset pour tout voir. Il pourrait l'embrasser, ôter ses jupons et s'allonger près d'elle et... et faire ce qu'il voulait.

N'empêche qu'il ne se sentait pas très fier. Malgré les fanfaronnades qu'on se lançait entre gars à Montague Street, les vantardises sur les filles qu'on avait eues pour quatre pence, il n'avait jamais été plus loin qu'embrasser une amie de sa sœur et passer la main sur ses petits seins. Il vida sa bière. Il en était à sa troisième. Encore quatre, et il parviendrait peut-être à rassembler assez de courage pour se lever.

— Allez, viens, murmura Lucy en lui prenant la main.

Elle le conduisit à l'étage, dans un étroit couloir bordé de portes. S'arrêtant devant l'une d'entre elles, elle l'attira dans ses bras. Elle l'embrassa, lui passa les doigts dans les cheveux, puis les laissa courir le long de son dos en se collant à lui.

— Ton bain, tu le veux maintenant, ou plus tard ? souffla-t-elle en glissant une main entre eux, là où leurs corps se soudaient.

— Hein ? Quel bain ? coassa-t-il.

Il essayait de penser à tout sauf à ce qu'elle lui faisait, à Denny Quinn, à son billet de cinq livres, parce que, autrement, il risquait fort de ne pas tenir jusqu'au lit. À son grand soulagement, elle s'interrompit, pêchant sa clé dans son décolleté. Avec un rire, elle ouvrit la porte et le tira dans la chambre. Alors, dans le lit douillet de Lucy, dans ses bras tendres couverts de taches de rousseur, Charlie découvrit une façon toute neuve d'oublier ses peines.

14

Devant la tranche de pain et la tasse de thé de son petit déjeuner, Fiona, illuminée de bonheur, relisait pour la cinquième fois la lettre de Joe.

Ma chère Fiona,

Je t'envoie deux shillings. Viens à Covent Garden dimanche matin. Prends l'omnibus numéro 4 qui passe par Commercial Street, là où on l'a pris l'autre jour. Descends à l'arrêt de Russel Square, je t'attendrai. J'ai seulement la matinée parce que je dois partir dans le Jersey avec Tommy à treize heures, mais si tu arrives à neuf heures, on aura un peu de temps ensemble. Pardon pour la soirée du carnaval. Je sais que ce n'est pas drôle pour toi. Tu me manques et j'espère que tout va bien.
Je t'embrasse,

Joe

Le message était arrivé la veille dans l'après-midi, à l'intérieur d'un petit paquet qui contenait les pièces, chacune enveloppée dans du papier pour éviter que leur bruit ne soit trop tentant.

Fiona était folle de joie. Depuis leur terrible dispute, il s'était écoulé quatre jours durant lesquels elle s'était imaginé le pire : il ne l'aimait plus, ne voulait plus de leur boutique, s'était amouraché de Millie. Elle s'était torturée, empêchée de dormir. Pourquoi avait-elle agi ainsi alors qu'ils n'avaient que quelques heures à passer ensemble ? Il n'avait eu que le tort de lui parler de son travail, et elle s'était laissé emporter par la jalousie. Elle aurait aimé courir le retrouver, mais n'avait d'argent ni pour l'omnibus ni pour une lettre. Maintenant, l'espoir renaissait. Elle allait le voir. Ils pourraient se parler, tout arranger. Elle avait tant besoin de lui, de son amour !

Il avait raison. Sa vie n'était pas drôle. Horrible, même. Tous les jours surgissait un nouveau problème. La vague de froid les forçait à consommer davantage de charbon, et la fabrique qui donnait du travail à sa mère avait fait faillite. Kate avait cherché partout, mais impossible de retrouver un emploi. Pis que tout, Eileen avait attrapé la même toux qu'elle. Deux nuits plus tôt, la fillette avait eu des quintes si terribles qu'elles avaient dû l'emmener en courant chez le médecin de peur qu'elle ne s'étouffât. Celui-ci n'avait pu se prononcer sur la maladie, et avait recommandé de bien la surveiller pour voir si le remède agissait. Au retour, Kate s'était effondrée et avait éclaté en sanglots, ce qui avait plus effrayé Fiona que la toux de sa petite sœur.

— C'est ma faute. Eileen a attrapé la consomption. Le docteur n'a pas voulu le dire, mais j'en suis sûre.

— Mais non, maman ! avait protesté Fiona bien fort, comme pour se convaincre elle-même. Nous en saurons davantage dans une semaine. Le docteur connaît son métier mieux que nous !

Sa mère avait séché ses larmes, mais n'avait pas eu l'air bien rassurée. Elle dormait mal, perdait du poids, comme eux tous d'ailleurs tant leurs repas étaient insuffisants. Ils n'avaient pu se permettre d'acheter que du pain et du thé pendant quatre jours jusqu'à ce que Charlie revienne avec un billet de cinq livres et une blessure à l'œil. L'argent providentiel avait vite été englouti par la note du médecin et les médicaments pour Eileen, trois semaines de loyer en retard, et l'achat de provisions au marché. Mais à présent, enfin, tout allait mieux puisque Joe avait écrit et qu'elle le verrait ce matin. Elle se sentait capable de tout supporter tant qu'elle pouvait se raccrocher à son amour et à leurs rêves.

Elle était en train de passer son châle, tâchant de se rappeler combien de temps on mettait pour se rendre à Covent Garden, quand un visage de gamin apparut à la fenêtre.

— C'est ici, la famille Finnegan ? cria-t-il en frappant au carreau.

— Oui. Qu'est-ce que tu veux ?

— C'est M. Jackson, du *Bull*, qui m'envoie. Il vous fait dire qu'il a besoin de Fiona Finnegan pour un emploi. Il faut qu'elle vienne immédiatement si elle veut la place.

— Comment... immédiatement ?

— C'est ce qu'il a dit.

Le garçon ne quittait pas des yeux la miche de pain posée sur la table. Fiona en coupa une tranche, y étala une fine couche de margarine et la lui tendit. Il l'engloutit, et repartit en quête de messages à porter pour un penny.

— Au revoir, maman, dit-elle en se penchant sur le lit pour embrasser sa mère avant de partir.

Celle-ci ne dormait plus, mais restait prostrée, les yeux clos.

— Au revoir, ma chérie.

Fiona soupira. Autrefois, sa mère l'aurait harcelée de questions sur ce nouveau travail, surtout parce qu'il s'agissait d'un pub. Aujourd'hui, elle était trop épuisée pour s'en préoccuper. Elle n'avait pas eu un mot non plus pour l'œil de Charlie, et ne remarquait pas que Seamie se mettait à dire des gros mots. Il faut vite que nous partions d'ici, pensa Fiona. La vie à Adams Court était trop dure, trop désespérante. Cela les transformait, les dégradait.

Elle referma la porte derrière elle et s'en fut, pleine d'espoir, voir ce que lui voulait le patron du *Bull*. En se dépêchant, elle pouvait y faire un saut, parler à M. Jackson, et encore arriver à Covent Garden pour neuf heures. Quand elle lui avait demandé du travail deux semaines plus tôt, il n'avait rien eu à lui offrir. Un employé devait avoir quitté sa place. Cela tombait très mal, songea-t-elle. Mais que faire ? Joe comprendrait, si elle avait un peu de retard. En travaillant pendant le week-end, elle gagnerait quelques shillings de plus qui serviraient à acheter un peu de viande ou des médicaments pour sa mère. C'était peut-être son jour de chance... Elle avait bien mérité un coup de pouce du destin.

Elle frappa à la porte du pub et on lui ouvrit aussitôt. Le patron, homme corpulent et rougeaud arborant une énorme moustache en croc, la fit entrer.

— Tu as fait vite.

— Oui, monsieur. Je ne voulais pas vous faire attendre.

— C'est bien. Alors, le travail ne sera pas trop dur pour toi ? Il faut mettre de l'huile de coude, pour astiquer un pub.

— Ça ne me fait pas peur, monsieur. Je nettoierai comme il faut, vous verrez.

— Trois soirées par semaine, plus le samedi après-midi et le dimanche matin. Je donne deux pence et demi de l'heure, plus un repas et une pinte de ce que tu voudras quand tu auras terminé.

— Oui, monsieur.

Ralph Jackson la considéra pensivement, la jaugeant comme on examine un cheval de labour, puis il hocha la tête.

— Bon, je te prends. La brosse et le seau sont derrière la porte. Tu astiqueras le bar, aussi, mais d'abord il faudra que tu le débarrasses des verres sales.

— Mais... tout de suite ?

— Bien sûr, tout de suite. Ici, on travaille le dimanche matin, je t'ai dit.

— Mais c'est que... Je devais... Je ne pensais pas qu'il fallait commencer aujourd'hui.

— Écoute, ma jolie, ma femme de ménage a pondu son marmot plus tôt que prévu et j'ai besoin de quelqu'un immédiatement. Je me fiche bien de qui passe le balai. Si tu ne veux pas travailler pour moi, je prends la suivante sur ma liste.

— Non, monsieur, je reste ! se dépêcha-t-elle de lancer avec un sourire forcé. Je vous remercie de vous être souvenu de moi, je m'y mets aussitôt.

Dès qu'elle eut tourné le dos, des larmes jaillirent et ruisselèrent sur ses joues. Elle avait tant besoin de voir Joe, de faire la paix avec lui ! Maintenant, tout espoir l'abandonnait. Pourquoi avait-il fallu que ce travail lui soit proposé ce matin ? Elle n'avait aucun moyen de prévenir Joe. Il allait l'attendre à l'arrêt de bus, et elle ne viendrait pas.

Mais que faire d'autre ? Elle cherchait un travail complémentaire depuis des semaines. Si elle refusait celui-là, qui sait quand elle en trouverait un autre ! Elle avait besoin de Joe, mais sa famille dépendait encore plus de l'argent qu'elle rapportait. Elle allait lui écrire pour lui expliquer. Elle utiliserait l'argent qu'il avait envoyé pour acheter du papier, une enveloppe et un timbre. Elle pourrait s'excuser pour leur dispute, lui dire qu'elle l'aimait et n'attendait que le moment de le revoir. Sans doute comprendrait-il.

Elle remplit son seau, soulagée d'être seule dans le pub et que M. Jackson ait à faire dans son bureau. Retroussant ses manches, elle noua sa jupe à la taille, et se mit à quatre pattes. Elle sortit la brosse du seau et entreprit de frotter, ses larmes se mêlant à l'eau savonneuse sur le plancher taché de bière.

15

— Un verre de punch, monsieur ?

— Non, merci, dit Joe qui avait déjà l'impression que sa tête flottait comme un ballon. Donnez-moi plutôt une citronnade, s'il vous plaît.

Il avait décidé de ne plus boire ce soir-là ; peu habitué aux alcools forts, il avait atteint sa limite avec deux verres, et il voulait garder l'esprit clair. Tommy ne l'avait presque pas quitté de la soirée, le présentant à ses invités de marque : les chefs acheteurs de Fortnum et de Harrods, de grands cuisiniers et des maîtres d'hôtel de restaurants prestigieux. Il fallait parvenir à retenir leurs noms.

La fête était réussie, bruyante et bon enfant, à l'inverse de ce qu'il avait redouté. Tout le monde s'amusait beaucoup. Comment faire autrement avec un buffet somptueux, de la musique, des fleurs, et le jardin illuminé de torches et de bougies ? C'était un spectacle féerique qu'il aurait aimé partager avec Fiona. Fiona... En pensant à elle, il avait le cœur triste.

Pourquoi la vie était-elle si difficile ? Il avait pris l'emploi chez Peterson poussé par le désir d'ouvrir leur boutique plus tôt, de vivre plus vite avec elle. Et maintenant, rien n'allait plus entre eux.

Il lui avait envoyé de l'argent pour lui permettre de le rejoindre à Covent Garden, mais elle n'était pas venue – sans même une explication. Si elle avait eu un contretemps, elle aurait au moins pu lui écrire. Elle devait encore être fâchée. Peut-être ne désirait-elle plus le voir. Peut-être avait-elle trouvé quelqu'un d'autre ?

La dernière fois, le jour de leur dispute, elle avait été si préoccupée qu'il n'avait pas réussi à se faire comprendre. Comme un imbécile, il avait laissé échapper qu'elle le faisait culpabiliser. Jamais il n'aurait dû lui reprocher cela. Elle avait trop de fierté pour ne pas avoir été blessée. Mais pourtant... c'était la vérité.

Il avait été absent à la mort de son père. Il ne s'était pas occupé d'elle. Il aurait aimé la sauver, mais comment ? Elle ne pouvait pas abandonner sa famille, et lui ne pouvait pas porter tout ce monde sur ses épaules. Sinon ils n'auraient jamais leur boutique.

Était-ce très égoïste de ne pas vouloir sombrer sous cette charge ? Il ne se sentait pas encore assez adulte pour endosser les responsabilités de chef de famille. Et pourtant, il s'inquiétait tellement pour elle ! Il avait apporté de la nourriture chez elle, avait même glissé quatre shillings dans leur tirelire sans que personne ne le voie. Ce n'était pas suffisant, mais que faire de plus ?

Il était jeune ; il avait l'avenir devant lui ; son patron l'appréciait, le respectait, même. Il refusait tous ces soucis. Il avait envie, juste un peu, de jouir de sa liberté de jeune homme, d'apprendre un métier, d'exceller dans sa profession. Il aimait les louanges, surtout quand elles venaient de Tommy, et en tirait une grande fierté. Mais même ce bonheur le rendait coupable. Sacré nom, c'était vraiment trop lourd ! Il ne se résolvait pas à un tel sacrifice.

Le serviteur lui apporta sa citronnade, et Joe sortit sur le balcon avec son verre pour prendre l'air. La nuit de novembre était fraîche et sans nuages. De là où il se trouvait, il voyait le feu de joie qui flambait au fond du grand jardin de Tommy. Un rire de jeune fille attira son attention. Il connaissait ce rire : c'était celui de Millie. Elle, au moins, n'avait pas de malheurs et n'en aurait jamais. Elle avait toujours le sourire aux lèvres. Il la chercha des yeux, et la repéra vite au milieu des groupes d'invités assemblés autour du feu. Sa robe ne passait pas inaperçue. Il ne s'y connaissait pas en toilettes, mais se doutait que celle-ci avait dû coûter une fortune. Elle était d'un bleu nuit soyeux, très décolletée, et soulignait sa silhouette avec art. Mais le plus extraordinaire, c'étaient les milliers de petites perles iridescentes cousues au tissu, qui illuminaient la jupe d'un magnifique feu d'artifice. Millie et sa robe faisaient sensation.

Elle parlait avec son père et un des vendeurs des halles de Spitalfieds. Ce dernier avait sans doute lancé une plaisanterie, car Millie et Tommy riaient aux éclats. En les regardant, Joe éprouva une jalousie soudaine. Mais qui, du père ou de la fille, éveillait ce sentiment ? Tommy avait posé la main sur le dos du garçon, et ce geste déplaisait souverainement à Joe. Est-il plus doué que moi ? se demanda-t-il. En observant Millie à côté de son père, il songea que celui qui l'épouserait hériterait de l'entreprise familiale. Officiellement, c'était Harry qui devait reprendre l'affaire, mais Joe savait qu'il n'en serait rien. Son compagnon de chambre avait déjà acheté son billet pour les Indes et partirait le mois suivant. Si le vendeur de Spitalfields gagnait le cœur de Millie et l'épousait, il deviendrait le fils de Peterson. Et alors ? pensa-t-il tandis que son patron se détachait du groupe pour regagner la maison. Quelle importance ? Il ne comptait rester que le temps de gagner son indépendance.

Il se tourna pour prendre un canapé à l'huître fumée sur le plateau d'un serviteur.

— Ah ! Bristow, te voilà ! Je te cherchais !

C'était Tommy, qui vint s'appuyer près de lui à la balustrade.

— Ce n'est pas pour me vanter, mais la fête est vraiment réussie !

Il observait les invités tandis qu'un domestique empressé lui versait un scotch.

— Un double aussi pour mon jeune ami, commanda Peterson.

Joe se laissa servir sans protester, et se promit d'en jeter une partie dans les buissons quand son patron ne regarderait pas. Il avala une gorgée et fit la grimace. C'était fort.

— J'ai de bonnes nouvelles, reprit Peterson. Juste avant de quitter le bureau ce soir, j'ai reçu une demande de Buckingham Palace. Tu te rends compte ? Je n'ose pas y croire ! Si la reine utilise nos produits, nous pourrons apposer la couronne sur les étiquettes. Jamais je n'aurais imaginé obtenir le sceau royal !

— C'est sensationnel ! On pourrait envoyer nos meilleurs produits, joliment disposés dans des paniers avec la voiture qui vient d'être repeinte. Billy Nevins présente bien en uniforme. Ce serait mieux de nous en charger nous-mêmes plutôt que de les obliger à se déplacer.

— Bonne idée, dit Peterson en faisant signe au serviteur. Tu en prendras bien un autre.

Joe, qui avait à peine bu la moitié de son verre, le vida d'un trait et saisit celui qu'on lui tendait.

— On devrait leur faire un prix, poursuivit-il. Un prix très bas... Tant pis si nous vendons à perte. Les nouveaux clients que ça amènerait nous rembourseraient largement...

Il s'interrompit, voyant que Tommy fronçait les sourcils. Peut-être était-il allé trop loin.

— Je sais pas si c'est une bonne idée...

— Mais bien sûr que si ! Je me demande pourquoi mes employés expérimentés n'ont pas ce genre d'inspiration. Sans doute que seul un jeune peut suggérer qu'on perde de l'argent pour en gagner plus ensuite. Nous en reparlerons lundi matin. Je te cherchais pour te donner ceci... (Il tira de sa poche de veste une enveloppe qu'il lui tendit.) Je veux être le premier à te féliciter pour tes nouvelles fonctions de chef acheteur.

Joe n'en revenait pas. Il avait un peu espéré, mais n'y avait pas vraiment cru. Son visage s'éclaira d'un large sourire.

— Merci, monsieur... C'est un grand honneur.

— C'est bien, mon garçon. Tu le mérites. (Tommy leva son verre.) À un brillant avenir chez Peterson ! Tu es doué, tu ne perds jamais de vue les intérêts de l'entreprise, ça me plaît.

Ils trinquèrent, et Joe fut forcé de boire. Pris de sentimentalisme, Tommy lui entoura les épaules et se lança dans le récit de ses débuts. Joe hochait la tête comme s'il était fasciné alors qu'il écoutait à peine.

Il avait une chance incroyable. En deux mois, il était devenu le chef acheteur du plus grand grossiste de fruits et légumes londonien. Il se sentait des ailes. Il était chef et n'avait que dix-neuf ans ! Il aurait une belle augmentation, et avait déjà dans la poche ce qui devait être une généreuse prime. Il reprit une gorgée de whisky ; cela passait tout seul, maintenant. Quelle chance extraordinaire ! Tout allait pour le mieux !

— Voyons, papa, tu n'es pas en train d'assommer Joe avec tes vieilles histoires, j'espère ?

Millie venait de les rejoindre. Peterson passa son bras libre autour de la taille de sa fille.

— Je ne l'ennuie pas du tout, protesta-t-il, très éméché. Hein, mon gars ?

— Pas du tout, monsieur, s'indigna Joe d'une voix tout aussi pâteuse.

Millie les regarda en riant, ce qui fit se poser des questions à Joe. Ils devaient avoir l'air un peu ivres. Lui, en tout cas, ne se sentait pas très bien.

— Moi, je ne veux pas entendre parler de vos affaires, affirma-t-elle d'un ton mutin. Regardez, les employés portent le mannequin de Guy Fawkes au feu : tu ne trouves pas qu'il te ressemble, papa ?

Elle riait encore. Quelle belle humeur, songea Joe. Des yeux brillants, une poitrine ronde qui semblait vouloir éclater de sa robe. Une bien jolie et bien joyeuse demoiselle.

— Je vais aller y mettre bon ordre ! lança Tommy d'un ton badin. Et toi, jeune homme, Millie a raison : amuse-toi, c'est la fête, plus un mot de nos affaires. Ouste, ajouta-t-il en faisant de grands gestes pour les chasser. Millie, occupe-toi de Joe. Donne-lui à manger, donne-lui à boire.

— Oui, papa.

Dès que Tommy se fut engagé dans l'escalier qui descendait du balcon au jardin, elle se tourna vers Joe.

— J'espère qu'il ne va pas se casser la figure. Il a un peu trop bu, je crois. Viens, je vais te faire visiter la maison, poursuivit-elle en lui prenant le bras.

Il se laissa guider, estimant cela plus simple. Tommy n'était pas le seul à avoir trop bu, et il désirait sauver les apparences. Heureusement, Millie semblait ne pas se rendre compte qu'il avait du mal à tenir sur ses jambes. Il ne voulait surtout pas qu'elle aille répéter à son père qu'il s'était mal comporté.

Les gens qu'ils croisaient souriaient en les voyant. Joe leur souriait en retour, heureux qu'on le considère d'un si bon œil. Ils doivent savoir que je suis le nouvel acheteur, songea-t-il, euphorique. Harry leur fit signe de loin. Tout le monde était charmant. La maison était charmante. Millie était charmante. Il se prit le pied dans le tapis et faillit tomber, ce qui amusa beaucoup Millie. Il se trouvait maladroit, ce soir. Elle lui mit un verre de whisky dans les mains. Il en avala une gorgée par politesse.

Millie le mena dans le boudoir, puis dans le bureau de son père, avec son immense table de travail en acajou, ses tapis épais et ses lourdes tentures. Ensuite, elle le traîna dans les cuisines avec leur armée de cuisinières et de gens de maison. Après quoi, elle le fit monter à l'étage. À mi-chemin, il eut peur pour la suite : la tête lui tournait beaucoup.

Millie s'en aperçut, et, à son grand soulagement, ne se fâcha pas.

— Mon pauvre, ne t'en fais pas. Je vais te trouver un endroit où te reposer jusqu'à ce que cela passe.

Ils parcoururent un couloir, mais elle n'ouvrait plus les portes pour lui montrer les pièces. L'état de Joe empirait. Il titubait comme un marin à la descente du bateau. Millie le conduisit à la chambre du fond et l'y fit entrer. Il y avait un lit, moelleux et très tentant. Il s'y affala, imaginant que Millie allait le laisser cuver son whisky seul. Mais non, elle s'assit à côté de lui et entreprit de lui ôter sa veste. Il eut beau protester, elle le fit taire, lui assurant qu'il serait bien plus à l'aise ainsi. Elle lui desserra aussi la cravate, puis le fit s'allonger, lui conseillant de sa jolie voix douce de ne pas bouger et de fermer les yeux.

Il obéit, s'appliquant à respirer lentement et profondément. Peu à peu, son tournis s'atténua. Il se sentait toujours très ivre, avait presque l'impression que son esprit s'était détaché de son corps, mais au moins, les vertiges avaient cessé. Il prit vaguement conscience de la présence de Millie dans la chambre ; il entendait le froufrou de sa jupe. Il rouvrit les yeux. Tout était noir. Elle avait sans doute éteint la lampe. À sa gauche s'empilaient des oreillers brodés garnis de dentelle. Ils sentaient bon le lilas. Millie aussi sentait toujours le lilas. Il referma les yeux. Cela devait être sa chambre, songea-t-il, mal à l'aise. Il n'avait rien à faire là. Mais c'était tellement plus facile de rester allongé que de se lever...

— Millie ?

— Oui ?

— Il vaut mieux que je redescende. Ton père ne serait pas content.

— Comment veux-tu qu'il l'apprenne ? demanda-t-elle presque contre son oreille. Je ne lui dirai rien.

Joe perçut un frôlement sur ses lèvres. Il écarquilla les yeux, la vit de très près. Elle l'avait embrassé. Elle redressa la tête en lui souriant, et il s'aperçut qu'elle avait enlevé sa robe. Elle n'était plus qu'en camisole et en chemise. Tandis qu'il la regardait, elle défit ses boutons, révélant peu à peu son corps. Il ne parvenait pas à s'arracher à ce spectacle. Elle avait des seins magnifiques, voluptueux, avec de petits mamelons roses, tout tendus dans la fraîcheur de la nuit. Il poussa une sorte de grognement, saisi par un désir violent. Elle fit tomber sa camisole de ses épaules, lui emprisonna la main pour la presser contre sa chair, puis se pencha et l'embrassa.

Non, songea-t-il, non, il ne faut pas. Il la repoussa et tenta de se redresser sur ses jambes vacillantes. Elle sourit, avec les yeux brillants du chat qui relâche la souris avant le coup de grâce.

— Je suis à toi, Joe, murmura-t-elle. Je te veux, et je sais que tu as envie de moi. Je le vois dans tes yeux depuis longtemps. Tu peux me prendre, je suis à toi...

Il fallait partir ! Immédiatement ! Mais il avait trop envie d'elle. Son besoin de la posséder était tel qu'il en étouffait presque. N'était-il pas plus simple de céder ? Oui, tout était plus simple, ici, dans cette maison où la vie était si belle. Ailleurs, on luttait trop. Chez Peterson, il y avait des serviteurs qui vous apportaient des mets délicieux et du whisky. Et puis, il y avait le grand lit de Millie où tout, aussi, était tellement doux ; il y avait ses lèvres tendres et ses seins si désirables. Quelle importance, après tout ? Rien ne l'empêchait de la prendre, puisqu'elle l'y autorisait.

Millie se leva et acheva de défaire sa camisole qui tomba au sol. Complètement nue, elle se coucha sur lui et l'embrassa de nouveau. Ne se maîtrisant plus, il la renversa et la fit sienne avec une fièvre animale. Il avait tout : cette fille, sa promotion ; Peterson lui appartenait. Il jouit très vite, lui mordant l'épaule.

Quand ce fut fini, il s'abattit comme une masse, le souffle lourd. L'alcool lui embrumait l'esprit au point qu'il ne savait plus où il était. Si, il était avec Fiona, bien sûr, dans leur grande maison, dans leur grand lit. Ils avaient acheté leur boutique, des dizaines de boutiques, même. Ils étaient riches et tout se passait bien. Il se sentit apaisé, heureux, le visage enfoui dans le cou si doux de sa Fiona.

Mais non, quelque chose clochait. Il avait le cœur au bord des lèvres. L'odeur était revenue... ce parfum entêtant de lilas. Il releva la tête et posa son regard brouillé sur la femme allongée sous lui. Ce n'était pas Fiona ! Mon Dieu, qu'ai-je fait ? Il se dégagea d'un mouvement brusque et recula, s'éloignant du lit, saisi de nausée. Retenant son pantalon d'une main, il déverrouilla la porte de la chambre et se sauva.

16

— Prends-en donc une, elles sont bonnes, bien salées, conseilla Charlie en tendant son cornet de frites à sa sœur.

— Non, merci.

Cela n'allait pas. Même si elle ne se confiait pas à lui, il voyait bien qu'elle était triste. Il avait espéré que cette promenade au bord de la Tamise lui changerait les idées, mais rien de ce qu'elle aimait ne l'égayait – ni une chanson de marin portée par le vent ni les incursions des mouettes attirées par les frites.

Il suivit le regard de Fiona. Deux péniches traversaient le fleuve. Que c'était moche, ici. Il ne voyait vraiment pas ce qu'elle trouvait à cette fichue flotte. Il termina le cornet tout en cherchant des yeux Seamie. Leur petit frère poursuivait les mouettes devant l'entrepôt Oliver.

— Eh, toi ! T'approche pas trop de l'eau !

Ne lui prêtant aucune attention, Seamie se trempa les godillots en riant. Nom de Dieu, tout le monde se fichait de ce qu'il disait, même un gamin de quatre ans !

Ce n'était pas facile de remplir les fonctions de chef de famille. Il trimait toute la journée à la brasserie, et combattait comme un tigre le soir au *Taj Mahal*. Et même ainsi, cela ne suffisait pas à tout payer. Il ne voyait presque jamais sa mère, dont la pâleur, cet après-midi, l'avait inquiété. Sa sœur semblait sans cesse au bord des larmes, et son frère pleurnichait pour un rien. Même le bébé était malade.

Comment son père s'était-il débrouillé pour les nourrir, les habiller ? Comment était-il arrivé à leur donner le sentiment de ne manquer de rien avec son salaire de docker ? Il lui avait promis de le remplacer et il faisait de son mieux ; mais il avait beau se démener, il ne s'en sortait pas. Si seulement il avait pu mettre quelques livres de côté pour leur trouver un meilleur logement. L'autre jour, Denny Quinn lui avait proposé un moyen de se faire quelques shillings. Un client lui devait une grosse somme. Il voulait que Charlie et Sid Malone s'occupent de récupérer son dû. Charlie avait refusé. Il n'avait aucune envie d'aller frapper en pleine nuit à la porte d'un inconnu, et de lui coller une dérouillée pour une dette de jeu. Mais depuis, la toux de sa mère s'était aggravée et Eileen était tombée malade. Maintenant, il regrettait...

Un soupir de Fiona le tira de ses réflexions. En la faisant bavarder, peut-être finirait-il par découvrir ce qui la peinait tant.

— Ça marche, au *Bull* ?

— Oui.

— C'est du boulot, sûrement.

— Oui, du boulot.

Le silence retomba.

— J'ai vu oncle Roddy, hier.

— Ah ?

— Il y a encore eu des meurtres. Celui de Dorset Street, la femme qui s'appelait Kelly, il paraît que c'était le pire. Un massacre.

— Ah bon ?

— Oui, et ils ne savent toujours pas qui a fait le coup.

Il n'arriverait à rien par cette méthode. Ce n'était pas assez direct. Bigre, lui qui détestait la sensiblerie, il allait falloir donner dans l'émotion, comme une fillette...

— Bon, ben qu'est-ce qui t'arrive ?

Elle évita son regard.

— Rien.

— Allez, crache le morceau. Papa vous a confiés à moi, tu te rappelles ? C'est moi le chef de famille à présent.

D'abord, cela la fit rire, ce qui le vexa ; puis, pis que tout, elle éclata en sanglots. Il lui fourra un mouchoir dans la main et lui passa un bras maladroit autour des épaules, priant pour que les gars du quartier ne le surprennent pas.

— C'est fini, entre moi et Joe... hoqueta-t-elle.

— Il t'a laissée tomber ?

— Non, mais ça ne va pas tarder, j'en suis sûre.

Elle lui raconta tout.

— Ça fait deux semaines, et j'ai envie de le voir, mais je n'arrive pas à mettre un sou de côté. On n'a déjà pas de quoi manger... Si je comptais pour lui, il viendrait !

Ses sanglots redoublèrent.

— Ouf, c'est tout ? Mais il t'aime, Joe. Va le voir, ça s'arrangera.

— Je te dis que je n'ai pas de quoi !

— Je vais t'en donner, moi, de l'argent. Je fais des extras... Je ne peux pas te dire quoi, mais...

— Oh, je suis au courant.

Il eut l'air très surpris.

— Je sais bien où tu as pris ce coup, ajouta-t-elle en montrant sa cicatrice sous l'œil.

— À la brasserie, d'un tonneau que je soulevais.

— Et ça ? demanda-t-elle en tirant sur son col pour révéler un suçon. C'est aussi un tonneau qui t'a fait ça ?

— Suffit, grogna-t-il en repoussant sa main. Bon, je boxe, mais je ne veux pas que maman le sache. J'ai un match samedi. Si je gagne, tu auras de quoi te payer l'omnibus.

Elle se jeta dans ses bras.

— Merci, Charlie ! Merci !

— Ça va, ça va, grommela-t-il en se dégageant vite.

— Où est passé Seamie ? demanda-t-elle, soudain inquiète.

— Rattrapons-le, le bougre de gamin, et je t'invite à boire une bière au *Black Dog*.

— Et comment vas-tu payer ?

— Faut savoir se débrouiller ! La serveuse m'a à la bonne.

— C'est elle le vampire qui te mord le cou ?

— Non, c'est une autre.

— Charlie, fais attention...

Il leva les yeux au ciel.

— Je sais me tenir, t'inquiète pas... Je leur donne pas mon adresse !

— Tournez-vous, mademoiselle, commanda Ada Parker, la couturière de Millie, les lèvres serrées sur ses épingles.

Millie obéit, et Ada continua de marquer l'ourlet de la jupe de satin bleu ciel. Quand elle eut terminé, elle considéra son travail, sourcils froncés.

— C'est drôle, pourtant je connais vos mensurations par cœur. On dirait qu'il y a trop d'ampleur à la taille.

Elle dégrafa la ceinture, aida Millie à ôter la jupe, puis prit son mètre ruban qu'elle lui passa sur les hanches.

— Voilà, j'avais raison : vous avez maigri ! Êtes-vous malade ?

— Mais non, je n'ai pas beaucoup d'appétit, ces temps-ci, rien de bien grave.

— Attention, vous allez perdre vos belles formes, et ensuite vous ne trouverez plus de prétendant.

Millie sourit.

— Je crois que j'en ai trouvé un, justement... Il va bientôt faire sa demande.

— Bravo, mademoiselle ! Toutes mes félicitations ! Mais promettez-moi de ne plus perdre de poids, ou vous ne le garderez pas !

Millie se passa la main sur le ventre.

— Oh, je pense qu'il restera. À ce propos, vous me ferez voir votre taffetas avant que je parte. Un ivoire, peut-être, ou un crème. Le blanc pur ne me va pas.

17

Fiona finit de saucer son assiette, et avala son pain avec une rasade de mauvaise bière. Après quoi, elle lava son couvert, attrapa son châle, et souhaita une bonne soirée au patron du pub. Il faisait froid dehors, mais son souper lui avait rempli le ventre et diffusait en elle la chaleur qui ne vient que d'un bon repas. On était samedi, juste après six heures, et elle rentrait chez elle l'espoir au cœur. Si Charlie gagnait ce soir, demain, après sa matinée de travail au pub, elle prendrait l'omnibus afin de rejoindre Joe à Covent Garden. Elle regrettait que son bonheur eût pour prix le risque d'un mauvais coup pour Charlie, mais un jour elle lui revaudrait cela. Dès que Joe et elle auraient leur boutique, elle mettrait de l'argent de côté et lui offrirait le passage pour New York.

Elle n'avait fait que quelques pas quand elle s'entendit appeler. Se tournant, elle vit Joe. Quel bonheur ! Il était venu ! Il ne lui en voulait pas, il l'aimait encore ! Elle courut à lui, rayonnante. Mais, en approchant, elle ralentit le pas et son sourire s'effaça. Il avait un problème. Ses joues étaient creuses et mal rasées, son regard fuyant.

— Joe ?

Il posa enfin les yeux sur elle, et son expression lui fit une peur terrible.

— Viens, Fi. Allons sur les berges, déclara-t-il d'une voix si triste, si morne, qu'elle la reconnut à peine.

Il prit la direction de la Tamise.

— Que se passe-t-il ? demanda-t-elle en lui attrapant le bras. Tu ne travailles pas, aujourd'hui ?

— Viens, on parlera là-bas, répondit-il en évitant de nouveau son regard.

S'il ne voulait rien dire avant, elle n'avait d'autre choix que de le suivre.

Quand ils furent au Vieil Escalier, ils s'assirent sur leur marche du milieu. Joe lui prit la main et la pressa à lui broyer les doigts. Il voulut parler, mais ne trouvant pas ses mots, il baissa la tête et fondit en larmes. Que se passait-il ? Quelqu'un était-il mort ?

— Mon pauvre Joe... Il est arrivé quelque chose à ta mère ou à ton père ?

— Non... Fiona... J'ai fait une chose horrible...

— Ça ne peut pas être aussi grave. Et quoi que ce soit, je t'aiderai. On arrangera ça. Tu n'as tué personne, au moins ? demanda-t-elle par plaisanterie.

— J'ai mis Millie Peterson enceinte, et maintenant je dois l'épouser.

Pendant les instants qui suivirent, tout bruit cessa. Elle n'entendit plus rien, ni sa voix, ni les bruits des bateaux sur le fleuve, ni ceux du pub voisin. Elle avait les tympans comme brûlés par ce qu'il venait d'annoncer. Elle resta figée, très droite, les bras autour des genoux, enveloppée de silence. Joe venait de dire quelque chose, quelque chose de terrible, et la seule façon de le supporter, c'était de n'y pas songer. Il parlait encore, mais elle ne pouvait l'écouter parce que sinon elle devrait entendre que lui et Millie avaient...

Un gémissement sourd lui échappa, un cri de douleur animal. Il répéta son nom, la serra dans ses bras. Il avait couché avec Millie Peterson ! Ce qu'ils avaient fait par amour, il l'avait aussi fait avec cette fille ! Les images que son esprit refusait d'accepter quelques secondes plus tôt l'assaillaient à présent, torturantes : les lèvres de Joe, ses mains... sur Millie. Elle le repoussa et courut à l'eau pour vomir.

Elle voulut se redresser mais, comme un vase qui se fracasse, son cœur se brisa en mille morceaux. Elle se couvrit le visage avec les mains et s'affaissa sur les genoux.

Joe bondit des marches pour la relever.

— Je suis désolé, Fi, désolé ! Pardonne-moi, je t'en prie, balbutia-t-il.

Elle se débattit, à coups de pied, de poing, s'arracha à lui, prise d'une fureur noire.

— Ah ! s'écria-t-elle, tu me disais que j'étais trop jalouse ! Depuis combien de temps cela dure-t-il ?

— Ce n'est arrivé qu'une seule fois. J'étais soûl.

— Qu'est-ce que ça change ? répliqua-t-elle dans un sanglot. Tu l'as embrassée comme moi ?

— Non, ce n'était pas pareil, je t'assure.

Elle avait envie de le gifler, de le frapper, de lui faire ressentir une infime parcelle de la douleur, de l'humiliation qu'il lui infligeait.

— Pourquoi, pourquoi ? gémit-elle, ses beaux yeux bleus rougis par les larmes.

— Je ne sais pas, Fi, je t'assure !

Il lui conta toute l'histoire dans un torrent de justifications. La fête, ses inquiétudes pour elle qui ne le quittaient pas... La joie de la promotion... Et puis il avait eu un malaise, et Millie avait prétendu le secourir. Ensuite, quand il avait réalisé, il n'y avait plus eu que de l'horreur, et une irrépressible nausée...

— Je croyais t'avoir perdue, Fi. Je t'ai attendue à l'arrêt de l'omnibus. J'ai cru que tu ne voudrais plus jamais me voir.

— Je n'ai pas pu... M. Jackson m'a envoyé chercher pour m'embaucher, et il a fallu que je commence tout de suite. Je pensais t'écrire, mais il a fallu acheter des médicaments pour Eileen. Pardon... Si seulement j'étais venue... (Les sanglots la secouaient si fort qu'elle dut s'interrompre.) Mais... tu l'aimes ?...

— Non ! Non ! Bien sûr que non ! C'est toi que j'aime, Fi. J'ai commis une bêtise, une énorme bêtise ! Je donnerais tout pour pouvoir l'effacer. Je t'aime ! Je veux faire ma vie avec toi, je veux que tout redevienne comme avant. Je n'y arriverai jamais. C'est impossible... Bon Dieu !

Il s'effondra, en pleurs.

Mais il faudra bien, songea-t-elle. Il va y avoir un enfant, ton enfant, Joe. Elle le regarda, prise d'une pitié immense. Elle refusait ce sentiment, elle désirait le haïr, parce qu'alors il serait plus facile de le quitter. Mais elle n'y parvenait pas. Sa main se tendit vers lui. Sentant qu'elle lui caressait le dos, il se tourna vers elle et la reprit dans ses bras, enfouissant le visage dans son cou. Elle chancelait, tremblait de la tête aux pieds.

— Sais-tu ce que tu as fait ? murmura-t-elle. Sais-tu ce que tu viens de tuer ? Nos rêves. Notre vie, nos souvenirs, nos espoirs. Tout ce que nous étions, tout ce que nous voulions. Notre amour...

— Non, Fi ! protesta Joe en lui saisissant les mains. Ne dis pas ça. Je t'en prie, ne dis pas que tu ne m'aimes plus. Je n'ai pas le droit de te le demander, je le sais, mais je t'en supplie : ne cesse pas de m'aimer !

Elle regarda cet homme qui représentait tout pour elle depuis si longtemps, cet homme dont elle avait besoin plus que de tout au monde.

— Oui, Joe, je t'aime. Je t'aime, et tu vas épouser Millie Peterson.

Tandis que le jour baissait sur Londres, Joe et Fiona restèrent au bord de l'eau, agrippés l'un à l'autre, incapables de se lâcher. Fiona était consciente que ce serait la dernière fois : quand ils prendraient le chemin du retour, tout serait fini. Elle ne sentirait plus la chaleur de ses bras, son odeur. Elle ne viendrait plus jamais avec lui au Vieil Escalier, ne l'entendrait plus l'appeler, ni ne verrait son regard bleu pétiller de joie. Ils n'auraient pas de boutique, pas de vie commune, pas d'enfants. Ses rêves étaient morts. Son meilleur ami la quittait sans crier gare ; c'était la vie qui l'abandonnait.

Cela faisait trop mal. Sans Joe, à quoi bon continuer ? Rien n'avait plus d'importance. Elle sut soudain ce qu'il fallait faire : elle lui dirait de s'en aller, et quand elle serait seule, elle entrerait dans la Tamise et se laisserait engloutir. La fin arriverait vite. En décembre, l'eau était très froide. Il fallait que cesse cette douleur insoutenable.

— Quand... te maries-tu ?

— La semaine prochaine.

Mon Dieu, si vite.

— Je vais te demander une chose, déclara-t-elle.

— Tout ce que tu voudras.

— J'ai besoin de notre argent. De ma part de nos économies.

— Prends tout. Je t'apporterai la boîte.

— Tu la donneras à ma mère... si je ne suis pas là.

Elle le regarda une dernière fois, puis tourna le visage vers le fleuve.

— Pars, maintenant, s'il te plaît.

— Non, ne me renvoie pas. Laisse-moi te tenir encore un peu dans mes bras.

— Non, je t'en prie, je t'en supplie, pars.

Alors il se leva, le visage baigné de larmes, ne parvenant pas à la quitter des yeux. Puis il monta les marches, et elle se retrouva seule. Sa conscience lui soufflait que le suicide était un péché, mais elle n'en avait cure. Elle pensa à son grand-père paternel qui avait sauté de la falaise à la mort de sa femme. On disait que le temps guérissait tous les maux ; sans doute pour ceux qui n'avaient jamais aimé. Le temps n'aurait pas apaisé la douleur de son grand-père, et n'apaiserait pas la sienne.

Elle avança jusqu'au bord, et lança un dernier regard au fleuve qu'elle aimait tant, aux entrepôts, aux péniches, aux étoiles qui émaillaient le ciel d'encre de Londres. Elle avait de l'eau jusqu'aux chevilles quand des cris éclatèrent en haut de l'escalier.

— Ah ! Te voilà, espèce de petite peste !

Elle tourna la tête et vit Charlie qui dévalait les marches.

— Où t'étais passée ? Je te cherche depuis sept heures, et il est neuf heures ! T'es devenue folle ou quoi ? Maman a cru que tu t'étais fait assassiner. J'ai raté mon combat au *Taj* à cause de toi. Quinn va me tuer !

Il s'interrompit, remarquant son teint livide, ses yeux gonflés. La fureur laissa place à l'inquiétude.

— Qu'est-ce qui t'est arrivé ? C'est pas un gars qui t'a embêtée ? C'est pas Sid Malone ?...

— Oh Charlie ! s'écria-t-elle en se jetant dans ses bras. J'ai perdu mon Joe !

18

Joe attendait près de l'autel, très beau dans son costume gris. Tourné vers l'entrée de l'église, il guettait l'arrivée de la mariée, Harry Eaton à son côté.

— Ça va, vieux ? murmura celui-ci, inquiet de le voir si pâle.

Il hocha la tête, vivant un horrible cauchemar. Il était pris au piège, coincé comme un rat. Son père lui avait inculqué le sens des responsabilités. Il allait passer le reste de ses jours à payer sa faute. Et tout cela à cause d'une minute d'égarement. Quel prix exorbitant pour une seule fois ! Dire que Harry trouvait ses filles de joie trop chères !

— Allez, souffla Harry, ce n'est pas une condamnation à mort. Rien ne t'empêchera de t'amuser en douce.

Ah, songea-t-il, si la vie était aussi simple ! Avec sa nouvelle situation chez Peterson et la rente que ce dernier allait leur verser, il pourrait en effet s'offrir toutes les femmes qu'il voulait... toutes, sauf la seule qu'il aimait.

Son regard se porta sur les rangées d'invités qui lui faisaient face. Il y avait là ses parents, son frère Jimmy, ses sœurs, Ellen et Cathy, tous vêtus de neuf par lui. Son père ne desserrait pas les dents, sa mère essuyait furtivement des larmes. Il y avait ses collègues, des clients importants, les amis et la famille de Millie. Peu de monde, selon les critères de Tommy, qui trouvait sans doute modeste la cérémonie d'une centaine d'invités ; la précipitation n'avait pas permis de faire mieux.

En apprenant la nouvelle, Tommy s'était emporté, mais sa colère avait été de courte durée. Millie jugeait qu'il avait joué les pères outragés pour sauver les apparences, mais qu'au fond il était enchanté de son futur gendre.

La grossesse n'était pas restée secrète longtemps et n'avait provoqué aucun scandale. On était ravi pour ce beau couple, et pour Tommy qui mariait sa fille à son protégé. Bientôt naîtrait un héritier qui aurait le commerce dans le sang. Tout le monde applaudissait cette alliance.

L'orgue se mit à jouer. Les invités se levèrent pour se tourner vers l'entrée. Une petite fille chargée de fleurs ouvrait le cortège, suivie par la demoiselle d'honneur, puis par la mariée accompagnée de son père. Joe observa l'approche de Millie avec angoisse : il avait l'impression de voir avancer le bourreau. Elle portait une robe de taffetas ivoire à manches gigot avec une longue traîne et un grand voile, et tenait dans les bras un énorme bouquet de lys blancs. On aurait dit un fantôme.

Il n'eut quasiment pas conscience de ses gestes pendant la cérémonie. Il prononça son consentement, échangea les alliances, embrassa sa femme sur la joue, et sortit de l'église avec elle pour recevoir les félicitations des invités. De temps en temps, il parvenait à forcer un sourire. Le cauchemar continuait. N'allait-il pas se réveiller, en sueur, entortillé dans les draps, soulagé que ce ne soit qu'un rêve ?

Mais non. Il monta en voiture avec Millie pour se rendre à la réception au *Claridge,* dut danser avec elle, porter des toasts, souper, sourire à des gens qu'il ne connaissait pas. Il n'eut que quelques minutes de répit avec Harry, qui lui annonça son départ la semaine suivante. Il tâcha de se réjouir pour son ami, mais il lui manquerait. Et puis il l'enviait, surtout.

Finalement, ce fut l'heure du départ pour les mariés. Au milieu des plaisanteries et des rires truculents, Joe et Millie furent conduits à la magnifique suite que Tommy leur avait réservée. Ils devaient y passer la nuit avant d'embarquer le lendemain matin pour deux mois de lune de miel à Paris. Millie aurait voulu partir trois mois, mais Tommy avait besoin de Joe, et ce dernier avait approuvé avec empressement. Comment allait-il endurer deux mois en tête à tête avec Millie alors que deux heures en sa compagnie lui semblaient insoutenables ?

Une fois la porte de la suite refermée, Millie alla se changer. Joe se débarrassa de sa veste, desserra sa cravate et se versa un verre de whisky. Il sortit sur le balcon et contempla les toits de Londres. Vers l'est, vers Fiona.

Ayant passé un négligé vaporeux, Millie le rejoignit.

— Viens au lit, murmura-t-elle en lui prenant la taille.

Il se crispa.

— Je suis très bien ici.

— Que se passe-t-il ? demanda-t-elle, cherchant son regard.

— Rien. Je suis fatigué.

— Je saurai bien te réveiller, moi, affirma-t-elle en se serrant contre lui.

Joe ferma les yeux de peur qu'elle n'y lise son dégoût.

— J'ai besoin de respirer un peu, Millie. Va t'allonger, tu dois être fatiguée. Je te rejoins.

Le premier soir d'une vie de mensonges... Comment allait-il tenir ? Qu'inventerait-il pour se justifier ? Il ne pouvait pas lui dire que tout en elle le révulsait, que sa voix, son sourire lui étaient odieux. Qu'il ne l'aimait pas et ne l'aimerait jamais... Pourtant, c'était lui qui l'avait engrossée. Elle serait bientôt la mère de son enfant ; il ne devait pas la faire souffrir. Ah, s'il avait pu tout effacer – sortir de sa chambre de jeune fille avant qu'il ne soit trop tard...

C'était Fiona qui aurait dû être ici avec lui. Il lui appartenait de toute son âme, et ce mariage n'y changeait rien. Même s'il ne devait jamais revoir ce visage qu'il aimait tant, ils étaient liés pour toujours. Qu'allait-elle devenir ? Avec le temps, elle l'oublierait et trouverait un autre amour. Ce serait cet homme qui la verrait sourire, qui partagerait ses jours et la prendrait dans ses bras la nuit venue. Cette idée le rendait malade.

Il n'y tenait plus ; il avait besoin de sortir pour mettre de la distance entre lui et Millie. L'hôtel avait un bar. Il allait se soûler ce soir, comme tous les autres soirs de cette redoutable lune de miel. Bientôt, le ventre de Millie serait trop gros pour qu'elle eût envie de lui. Puis, quand le bébé viendrait, il inventerait d'autres excuses. Il voyagerait pour Tommy, travaillerait vingt-quatre heures sur vingt-quatre. Il ne parviendrait plus jamais à la toucher. Il rentra dans le salon et referma la porte-fenêtre. Dans le noir, il chercha sa veste, resserra sa cravate et prit les clés de la suite.

— Joe ? lança Millie depuis la chambre, d'une voix ensommeillée.

Pour toute réponse, elle entendit le claquement de la porte.

La respiration d'Eileen était rauque, embarrassée. Kate guettait les débuts de la quinte de toux, mais rien ne venait. Le pauvre petit être allait peut-être enfin dormir une nuit complète. Il était dix heures du soir ; si Eileen restait calme encore une demi-heure, elle irait se coucher. Assise dans le fauteuil à bascule, elle veilla donc son enfant en buvant du thé. Les derniers mois l'avaient ravagée. Elle se minait d'inquiétude pour Eileen, mais aussi pour Fiona qui pleurait sans cesse, et était brûlante de fièvre depuis que Charlie l'avait ramenée l'autre soir. Elle n'avait presque rien mangé de la semaine. À peine si elle avalait les bouillons que Kate lui préparait.

Sa fièvre l'inquiétait, mais surtout son inertie : Fiona ne se battait pas contre son mal. Sa mère ne la reconnaissait plus, elle toujours si énergique, si joyeuse. Son regard mort était désespérant. Kate, qui s'était tant inquiétée de sa force de caractère, ne rêvait que de l'entendre parler de sa boutique, de la voir retrouver ne fût-ce qu'un dixième de son ancien enthousiasme.

Elle avait souvent soigné ses enfants, mais cette maladie-là la prenait de court. Pourquoi cette fièvre quand Fiona ne toussait pas, n'avait aucune douleur ni aux poumons ni au ventre ? Même si ses bas avaient été mouillés, la fièvre ne venait pas d'un coup de froid mais du chagrin.

En apprenant ce qui était arrivé, elle aurait volontiers tordu le cou à Joe Bristow, mais la colère avait vite cédé la place à la tristesse. Pour sa fille, surtout, mais aussi pour Joe. Rose leur avait rendu visite. Elle avait apporté près de vingt livres de la part de son fils. L'argent qui aurait dû financer le rêve de Fiona et qui, maintenant, servirait à régler le médecin, les remèdes, la nourriture, un nouveau logement. La jeune fille avait insisté pour donner cet argent à sa famille. Malgré les tentatives de Kate pour la convaincre de le garder, il n'y avait rien eu à faire.

Rose avait éclaté en sanglots en voyant l'état de Fiona. Son fils ne pouvait pas épouser Millie alors que son âme sœur était là.

— Cet âne, ce bougre d'imbécile, il a fichu sa vie en l'air ! Tu as plus de chance que lui, Fiona : toi, au moins, tu es libre de retrouver l'amour. Tu en aimeras un autre, je t'assure, mais pas lui.

Kate s'appuya au dossier en fermant les yeux. Elle aurait tout donné pour prendre le chagrin de son enfant. Fiona adorait Joe, c'était avec lui qu'elle avait voulu faire sa vie. Peut-être ne se remettait-on jamais d'une pareille perte. Et si la plaie se refermait, la cicatrice devait rester douloureuse. Elle-même ne pensait pas parvenir à surmonter la mort de Paddy. Comment pouvait-on se consoler de la perte d'un homme qu'on aimait autant ? On se traînait tant bien que mal dans un monde de grisaille puisqu'il le fallait, mais c'était tout.

À travers le mur mitoyen lui parvint le murmure d'une chanson. Frances est de retour, songea-t-elle. On entendait tout entre les deux maisons, les bruits de vaisselle, et, pire, celui des clients. Cela la soulagea de savoir sa voisine chez elle. Il était impossible de compter sur Charlie, et Lucy, la locataire de la pièce du fond, venait d'entrer à l'hôpital pour accoucher. Depuis que Fiona était malade,

Kate préférait demander à quelqu'un de veiller sur Seamie et elle quand il devenait urgent de courir porter Eileen chez le médecin.

Elle bâilla. Quelle fatigue ! Il faudrait que je me couche... Mais elle ferma les yeux et s'endormit presque aussitôt dans son fauteuil. Au bout de quelques heures, elle fut dérangée par une sorte de cri, mais sombra de nouveau, persuadée d'avoir rêvé. Deux minutes plus tard, elle s'éveillait en sursaut. La petite s'étouffait ; sa respiration était sifflante, son visage écarlate. Kate la prit dans ses bras pour l'aider à respirer, tâchant de ne pas céder à la panique. Mieux valait aller chez le médecin tout de suite avant qu'elle ne peine trop à retrouver son souffle. Vite, elle recoucha Eileen dans son panier et attrapa son châle.

— Que se passe-t-il, maman ? demanda Fiona dans un demi-sommeil.

— C'est Eileen, je cours chez le docteur.

— Je vais le chercher, dit Fiona en se levant sur des jambes vacillantes.

— Non, retourne au lit. Tout de suite ! Je vais demander à Frances de vous tenir compagnie.

Kate souleva le panier du bébé et courut dehors frapper à la porte de sa voisine. Pas de réponse. Affolée, elle colla le nez à la petite fenêtre crasseuse, essuyant la vitre avec sa manche pour mieux voir. À la lueur des charbons, elle aperçut Frances allongée sur le lit, et un homme en bras de chemise penché sur elle. Un client ; il terminait son affaire, sans doute. Kate avait trop peur pour son bébé pour ressentir la moindre gêne. Elle appela en frappant au carreau. Frances ne bougea pas, mais l'homme se redressa. Bien, il l'avait entendue !

Lentement, comme en transe, l'homme se dirigea vers la porte, et le soulagement de Kate se mua en horreur en remarquant qu'il tenait un couteau. La lame était noire et luisante. Il en avait partout, sur les mains, sur la chemise, et même un filet sur la joue.

— C'est du sang, murmura-t-elle. Mon Dieu !

Elle poussa un grand cri et voulut s'enfuir, mais se prit le talon dans l'ourlet de sa jupe et trébucha. La porte s'ouvrit brutalement et l'homme se jeta sur elle. Elle tenta de se protéger, mais peine perdue. Au moment où le couteau s'enfonçait entre ses côtes, elle rencontra son regard, un regard inhumain, un regard de fou, et comprit qui l'attaquait. Jack l'Éventreur !

19

Le regard fixe, Fiona contemplait les simples croix de bois plantées dans un sol saupoudré de neige. La plus à gauche, celle de son père, était déjà ternie par les intempéries. À côté, celles de sa mère et d'Eileen commençaient à peine à se délaver, tandis qu'au bout à droite, la croix neuve, plantée en terre seulement trois jours auparavant, était encore toute blanche. La croix de son frère Charlie.

La nouvelle lui avait été apportée par Roddy : la police fluviale avait repêché dans la Tamise le corps d'un jeune homme d'environ seize ans, et il était allé l'identifier à la morgue – tâche presque impossible, après une immersion aussi prolongée. Il n'y avait plus de visage, mais quelques mèches de cheveux roux restaient. La fouille des vêtements avait confirmé l'identité : dans l'une des poches, la police avait trouvé une vieille montre en argent avec cette inscription *Sean Joseph Finnegan, Cork 1850.* C'était la montre de leur grand-père, que Charlie portait toujours sur lui. Elle avait tout de suite compris, quand Roddy la lui avait placée dans les mains.

Elle ferma les yeux, en proie au plus profond désespoir. Elle aurait voulu être avec eux, sous la terre. Un chagrin noir, suffocant, la terrassait. Le vide que laissait sa famille et Joe... toujours Joe... était insupportable. Elle avait tenté de mettre fin à ses jours le soir où il lui avait annoncé son mariage, et après l'horrible mort de sa mère elle avait de nouveau souhaité mourir. Encore aujourd'hui, même si elle restait pour Seamie, elle avait souvent envie d'en finir. Comment vivre quand la souffrance ne se relâchait jamais ?

Elle tâchait de ne conserver de sa mère que le souvenir d'un visage souriant, et en était incapable. Trop d'images lui revenaient, d'elle allongée dans la rue, luttant avec la mort alors que le sang s'écoulait de sa blessure. En entendant son cri, Fiona était sortie en courant de leur chambre. Elle était tombée à genoux à son côté, avait pressé les mains sur la plaie pour essayer d'arrêter l'hémorragie, et hurlé à l'aide. Des voisins étaient sortis, avaient fait de leur mieux, mais l'assassin lui avait transpercé le cœur. Au moins, la fin avait été rapide. Sa mère lui avait caressé la joue de ses doigts ensanglantés, puis était retombée, sans vie, ses beaux yeux devenus ternes et vides.

Ah ! si elle pouvait ne pas se rappeler cette nuit-là ! Mais la scène se répétait sans cesse. Elle revoyait le corps de sa mère, entendait les hurlements du bébé, et ceux de Seamie qui se débattait pour échapper aux bras d'un policier.

Et Charlie… ce souvenir aussi la hantait : il était arrivé en courant dans l'impasse, criant, poussant les gens qui s'attroupaient. Il avait regardé sa mère sans comprendre, et, quand Fiona l'avait appelé, il avait tourné vers elle des yeux vitreux qui ne la reconnaissaient pas. Il avait pris leur mère dans ses bras et l'avait tenue contre lui, gémissant, hurlant de douleur. Les policiers qui avaient cherché à la lui reprendre avaient dû se battre pour lui arracher le corps ; il avait fallu trois hommes pour le dominer. Quand on l'avait relâché, il s'était jeté sur la voiture du coroner, s'y était accroché au moment où elle démarrait et avait couru pour la suivre, sourd aux suppliques de Fiona. Personne ne l'avait plus revu. Roddy l'avait cherché pendant des jours, des semaines. Ensuite, on avait découvert le corps. Il n'avait pas d'argent sur lui et le crâne était enfoncé. Roddy supposait que, en état de choc, Charlie s'était égaré dans une rue dangereuse, et fait détrousser par des voleurs qui l'avaient assommé puis jeté dans le fleuve. Dans son malheur, Fiona remerciait le ciel que les voleurs eussent oublié la montre, lui laissant ainsi un souvenir de son frère.

Jusqu'à l'identification du cadavre, Fiona avait voulu espérer qu'il reparaîtrait. Il lui manquait tant, avec ses allures de jeune coq, son sourire espiègle, ses plaisanteries insouciantes. Elle aurait eu tant besoin de sa force pour supporter ces épreuves. La pauvre petite Eileen n'avait survécu que cinq jours à leur mère, emportée par sa maladie de poitrine. Maintenant, Fiona restait seule avec Seamie.

Sans l'oncle Roddy, ils n'auraient pas eu beaucoup de chance de s'en sortir. Il les avait recueillis chez lui juste après le meurtre, prétendant qu'il était le cousin de leur mère afin d'éviter qu'on ne les place à l'hospice. Il les avait choyés, nourris. Les jours où elle n'arrivait pas à sortir de son lit, il lui attrapait la main et lui disait : « Prends la vie comme elle vient, petite, pas à pas. » Et c'était ainsi qu'elle tenait, ne sachant pas d'une minute à l'autre si elle parviendrait à survivre.

Pendant ses dix-sept premières années, Fiona avait été heureuse. Malgré les difficultés, elle avait connu des plaisirs, les soirées au coin du feu avec sa famille, les promenades avec Joe et leurs projets. Mais maintenant, rien de tout cela n'existait plus. Elle errait dans des limbes de douleur, retenue à l'existence par ses devoirs envers son petit frère mais incapable de retrouver goût à la vie. Elle n'avait plus d'objectif, plus de volonté. Son père lui avait recommandé de garder ses rêves, mais ce conseil n'avait plus aucun sens pour elle.

Un vent glacé soufflait dans le cimetière, agitant les branches dépouillées. Noël était passé sans qu'elle s'en aperçoive. On était déjà à la mi-janvier 1889, et Jack l'Éventreur, d'après les journaux, s'était suicidé. À la fin du mois de décembre, on avait tiré du fleuve un cadavre, celui d'un jeune avocat londonien nommé Montague Druitt. On disait que chez lui la démence était une tare familiale, et qu'il avait eu un comportement étrange. Il avait laissé une lettre d'adieu, déclarant qu'il pensait préférable de se donner la mort. Sa logeuse avait appris à la police qu'il sortait la nuit, ne rentrant souvent qu'à l'aube. Pour les gazettes, c'était le remords du double meurtre d'Adams Court qui l'avait conduit à se jeter à l'eau. Sa mort n'apportait pas le moindre réconfort à Fiona, qui regrettait amèrement qu'il ne se fût pas suicidé avant de tuer sa mère.

Il recommençait à neiger. Fiona se releva, et, pensant à ceux qui reposaient sous cette terre dure et froide, sentit les larmes lui revenir aux yeux. Pourquoi tout cela ? Pourquoi avait-il fallu qu'elle perde sa famille, Joe, tout ce qui constituait sa vie ? Elle avait beau chercher, elle ne trouvait pas de raison. Sortant du cimetière, elle retourna à l'appartement de Roddy, silhouette sombre et triste sous le lourd ciel d'hiver.

20

Au cours des premiers mois de l'année 1889, Seamie Finnegan, qui venait d'avoir cinq ans, poussa comme une asperge, en perdant ses rondeurs de bébé. Avec l'étonnante capacité d'adaptation des très jeunes enfants, et grâce à la présence aimante de Fiona, il parvint à surmonter la disparition de sa mère, de son frère bien-aimé et de sa petite sœur. C'était un enfant intelligent, sensible et joyeux, qui adorait son aînée et devinait toutes ses humeurs. Quand il la sentait glisser dans le gouffre du silence où elle tombait parfois, il faisait le pitre pour lui ramener le sourire aux lèvres ; si cela ne suffisait pas, il grimpait sur ses genoux et la câlinait pour la réconforter.

Fiona lui rendait bien son amour. Elle n'avait plus que lui au monde et le protégeait farouchement, n'acceptant de le confier qu'à Roddy ou à Grace. Le gentil visage taché de son et la douce voix enfantine de Seamie étaient son seul réconfort.

Elle l'observait tout en lui préparant son souper. Il était assis à la table, fourchette à la main, attendant son repas avec impatience. Du pain, des pommes de terre à l'eau et un petit hareng saur. Ce n'était pas suffisant pour un enfant en pleine croissance, mais la bourse de Roddy ne pouvait leur offrir davantage. Comme le mois de mars était encore très froid, il avait acheté un pull à Seamie, et à elle un châle pour les dix-huit ans qu'elle avait eus la semaine précédente.

Fiona lui était très reconnaissante de tout ce qu'il faisait pour eux, mais elle s'en voulait d'entraver sa vie : sans elle et Seamie, il aurait déjà épousé Grace. Depuis novembre qu'elle vivait sous son toit, elle avait repris un peu de poids et ses traits étaient moins creusés. Elle arrivait maintenant à s'occuper des courses, à nettoyer l'appartement et à faire la lessive, mais cela ne compensait pas la gêne occasionnée. Il était temps qu'elle retourne travailler, qu'elle cherche une chambre pour elle et Seamie. Roddy ne pouvait pas les entretenir éternellement.

Mais comment faire ? Elle n'avait pas un sou. Le peu qui était resté des vingt livres de la tirelire avait été englouti par les enterrements. Le propriétaire, pour se rembourser les loyers impayés, avait vendu le contenu de leur logis, leurs derniers meubles, les assiettes, les vêtements de sa mère, et même les gants bleu marine que lui avait offerts Charlie. Fiona n'avait pu garder qu'un seul souvenir, dans la débâcle : une boîte à cigares contenant les alliances de ses parents, quelques photos et des papiers importants. Quant au travail, elle n'en avait plus. Une camarade de chez Burton lui avait appris que sa place était prise, et M. Jackson l'avait remplacée au pub. Il fallait chercher autre chose, mais cela prendrait peut-être plusieurs semaines, et quand elle aurait trouvé, il lui faudrait bien un mois avant d'avoir de quoi louer.

Elle avait espéré recevoir de l'aide de son oncle Michael, sa mère lui ayant écrit à New York après la mort de son père. Mais aucune réponse n'était parvenue. Peut-être n'avait-il pas reçu la lettre ; le courrier se perdait souvent, surtout sur une si grande distance. Elle tenterait de nouveau sa chance.

On l'appelait du rez-de-chaussée. Elle alla passer la tête dans l'escalier. C'était Mme Norman, la logeuse, qui agitait une enveloppe.

— Tiens, ma fille, une lettre vient d'arriver pour toi !

Fiona descendit la chercher et, à la grande déception de la pipelette, remonta la lire dans l'appartement. C'était un courrier de la Compagnie Burton, adressé à sa mère. L'adresse avait été barrée deux fois, indiquant d'abord Montague Street, puis Adams Court. Sur un beau papier à en-tête, on annonçait avec un immense regret à Mme Patrick Finnegan que sa demande d'indemnisation était rejetée, la mort de son mari ayant été causée par la négligence d'un compagnon de travail et n'engageant donc pas la responsabilité de la Compagnie Burton. On lui conseillait de prendre contact avec M. J. Dawson, responsable du personnel, pour plus ample information.

Fiona replia la lettre et la replaça dans l'enveloppe. Elle n'avait plus pensé à la démarche de sa mère. Combien avait-elle demandé ? Dix livres ? Vingt ? Pour une société de cette envergure, ce n'était rien. Il lui sembla bien injuste que William Burton refuse de donner un peu d'argent à la famille d'un homme qui avait trouvé la mort sur son lieu de travail. Mais ce sursaut de révolte s'étouffa vite. Quelle que soit l'injustice, elle n'y pouvait rien, constata-t-elle, et, résignée, elle rangea la lettre dans la boîte à cigares avant de s'asseoir à la table du dîner.

Son petit frère frottait son pain dans l'assiette pour récupérer les dernières miettes de poisson. Moi et Seamie, songea-t-elle, nous n'en serions pas là sans William Burton et sa saleté de fabrique ! Mon père serait toujours avec nous, à Montague Street. Je me demande de quoi Burton va souper ce soir. D'un rôti ? D'une belle côtelette ? Sûrement pas d'un vieux morceau de hareng !

Telles des braises ranimées par le soufflet, l'indignation de Fiona se raviva fortement. Une indemnité aurait tout changé quand ils avaient dû déménager à Adams Court, quand ils n'avaient plus eu de quoi manger à leur faim, s'habiller et se chauffer ! Elle n'avait même pas eu les quelques pennies nécessaires pour écrire à Joe ! Maintenant encore, cet argent serait providentiel. Quelques livres lui permettraient de quitter l'appartement de Roddy, de prendre un nouveau départ. Cette crapule de Burton ! Pour la première fois depuis longtemps, la rage montait en elle, et ce sentiment lui fit un bien extraordinaire. C'était tellement meilleur que le chagrin. Elle retrouvait un peu de sa force, de sa vieille détermination.

— Tu as fini ? lança-t-elle à Seamie en se levant soudain. Viens, je t'emmène voir tata Grace un moment.

Étonné, Seamie s'enfourna un dernier morceau de pain dans la bouche et se laissa passer son manteau. Fiona le conduisit chez Grace qui accepta de le garder une ou deux heures, puis elle partit pour la Cité. Elle ne connaissait pas le chemin, mais demanderait autant de fois qu'il le faudrait comment aller à Mincing Lane. Il était déjà tard, près de cinq heures et demie ; Burton serait peut-être déjà parti, mais c'était un risque à courir.

Cet argent, il me le doit ! pensait-elle en avançant d'un bon pas. Si William Burton estime que la vie de papa ne vaut même pas dix livres, je vais lui dire ce que je pense de lui !

Après trois quarts d'heure de marche et quelques détours, Fiona arriva au numéro 20, Mincing Lane, siège de la Compagnie Burton. Les bureaux occupaient un magnifique immeuble en pierre de taille entouré d'une grille. Juste après l'entrée se trouvait la loge vitrée du gardien.

— C'est fermé, mademoiselle ! Vous n'avez pas vu la pancarte ? On ouvre de neuf heures à dix-huit heures.

— Je dois parler à M. Burton, monsieur, c'est urgent.

— Vous avez rendez-vous ?

— Non, mais...

— Votre nom ?

— Fiona Finnegan.

— Et vous lui voulez quoi, au patron ?

— C'est pour une demande d'indemnité déposée par ma mère. Regardez, ajouta-t-elle en tirant l'enveloppe de sa poche, j'ai une lettre qui dit « ... demande nulle et non avenue », là, vous voyez ? Mais c'est injuste, monsieur. Mon père a été tué dans l'entrepôt de M. Burton. Ce doit être une erreur.

— Écoute, ma petite, le patron n'est pas visible, il est très occupé. Sois mignonne, reviens demain.

Elle eut envie d'insister, mais comprit qu'elle perdrait son temps : il ne la laisserait pas entrer. Déçue, elle redescendit les marches du perron ; mais arrivée à la grille, elle jeta un dernier regard derrière elle, et constata que le gardien quittait sa loge pour disparaître dans un couloir.

Il fallait absolument qu'elle parle à M. Burton en personne, pas à un assistant qui l'éconduirait. Cet argent, elle en avait besoin ! Sur un coup de tête, elle retourna sur ses pas, longea la loge le plus silencieusement possible et fila dans l'escalier comme une flèche. Le palier du premier étage était très sombre. Elle poussa la porte vitrée qui menait vers les bureaux et se retrouva dans un couloir plus sombre encore. Ses pas résonnèrent sur le parquet ciré. Des portes aux carreaux dépolis se succédaient de part et d'autre. Elles se ressemblaient toutes. Burton ne doit pas travailler à cet étage, songea-t-elle, ce n'est pas assez luxueux.

Elle monta au deuxième. Le décor était plus prometteur. Sur le côté gauche, il y avait quatre portes closes, en bois massif, ornées de plaques de cuivre portant des noms ; à droite, seulement une double porte, dont l'un des battants était grand ouvert. Elle pénétra sur la pointe des pieds dans une vaste pièce occupée par un énorme bureau. Derrière, du sol au plafond, s'alignaient des rangées de meubles de classement en bois. Dans l'un d'entre eux, à la place de trois tiroirs se trouvait une sorte de panneau qui était béant ; et, derrière ce trompe-l'œil, se cachait un coffre-fort, également ouvert. La lampe de cuivre à abat-jour vert posée sur le bureau dispensait une lumière chiche, mais qui suffisait à éclairer les piles de billets entassées sur le plateau. Fiona en eut un coup au cœur. Elle n'avait jamais vu autant d'argent de sa vie. S'il possédait une telle fortune, Burton n'allait pas lui refuser dix livres...

Une porte entrebâillée, à la droite de Fiona, donnait sur une pièce éclairée et quelqu'un s'y tenait... Elle avança d'un pas hésitant, soudain effrayée par la situation. Si on la surprenait, on croirait qu'elle venait voler de l'argent et on la ferait arrêter. Un nouveau coup d'œil aux liasses la décida à faire demi-tour ; mais des rires l'arrêtèrent net. Deux voix masculines échangeaient des propos. Un nom attira son attention : celui de Davey O'Neill. Elle s'approcha pour mieux entendre.

— O'Neill ? Il vous obéit au doigt et à l'œil. Je vous assure qu'avec lui nous sommes au courant de tout.

— C'est bien, Bowler. Ce garçon nous est très utile. Tenez, voici encore cinq livres pour lui. Il a lâché d'autres détails sur Tillet ?

Bowler... C'était Bowler Sheehan ! Le sang de Fiona se glaça dans ses veines. Elle en oublia son intérêt pour Davey O'Neill et même pour les dix livres sterling qu'elle voulait réclamer. Elle ne songeait plus qu'à s'enfuir. Sheehan était un homme dangereux, très dangereux. Jamais elle n'aurait dû entrer dans le bureau de Burton. Si elle se faisait attraper, il y aurait gros à payer. Elle recula avec lenteur, pas à pas. Doucement, pas de bruit, se recommanda-t-elle, gardant les yeux rivés sur la porte de communication. Pendant ce temps, la conversation continuait.

— Tillet va essayer de rassembler ses troupes, mais il n'a plus beaucoup de fidèles.

— Il n'abandonnera jamais. Il va la monter, sa section. Ah, si je pouvais me débarrasser de Tillet comme de Finnegan !

Fiona s'immobilisa.

— Ça, on l'a bien eu le salaud, approuva Sheehan avec un ricanement. Du beau boulot. Je n'ai eu qu'à tartiner un peu de graisse, à décrocher le volet en le faisant claquer, et à me planquer derrière une caisse pour regarder notre gentil syndicaliste se casser la figure. Et c'est O'Neill qui a porté le chapeau ! ajouta-t-il avec un éclat de rire.

Fiona se mordit les lèvres, suffoquée. Elle ne parvenait pas à y croire. Son père avait été supprimé simplement parce que Burton ne voulait pas de syndicat ! Bowler Sheehan l'avait tué, et cet assassin était là, à quelques mètres d'elle, à s'en amuser ! Dans son complet désarroi, elle eut un brusque mouvement de recul et se cogna avec un grand bruit au bureau. Elle perdit l'équilibre, et se rattrapa comme elle put. Sa main tomba sur les piles de billets.

Dans l'autre pièce, les voix se turent.

— Fred ? C'est vous ?

La porte s'ouvrit sur William Burton. Il ouvrit de grands yeux en voyant Fiona, la main posée sur son argent.

— Qui êtes-vous ? Qui vous a laissée entrer ?

Fiona ne répondit rien. Ses doigts se crispèrent sur les billets. En un instant, sa peur disparut et elle fut galvanisée par un éclair de fureur. Elle jeta une poignée de billets à la tête de Burton, puis souleva la lampe et l'envoya exploser à ses pieds, dans une gerbe d'huile et d'éclats de verre.

— Ordure ! Assassin ! hurla-t-elle. Vous l'avez tué, vous avez tué mon père !

Elle continua de lui lancer à la tête tout ce qui lui tombait sous la main tandis qu'il tentait d'avancer vers elle ; le casier à lettres l'atteignit en pleine poitrine ; suivirent l'encrier, et encore des billets, de pleines brassées de billets.

— Sheehan ! cria-t-il.

À ce nom, Fiona fut de nouveau prise de panique. Elle tourna les talons et s'enfuit en claquant la porte derrière elle. Elle fila dans le couloir, descendit quatre à quatre l'escalier, plongeant dans sa poche une main encore pleine de billets et relevant sa jupe de l'autre. Elle était presque au premier quand Burton vociféra dans la cage d'escalier :

— Fred ! Arrêtez-la ! Arrêtez cette fille !

Elle continua à toute allure, mais son poursuivant gagnait du terrain. C'était Sheehan, elle en était sûre. Elle dévala les dernières marches, ses forces décuplées par la terreur. Où était le gardien ? S'il avait entendu Burton, il allait se jeter sur elle.

La loge était vide. Fiona franchit la porte d'entrée, et courut en bas du perron, Sheehan sur les talons. Le gardien se tenait devant le portail ouvert, penché sur la serrure. Le bruit de course le fit se redresser, une burette dans les mains.

— Mais qu'est-ce... ?

Les poumons en feu, Fiona le bouscula dans un effort désespéré, et sortit avant qu'il ne réalise ce qui arrivait. En passant le portail, elle agrippa la grille et la tira derrière elle. Le pêne s'engagea dans la serrure et se bloqua. Ce fut ce qui la sauva.

Tandis qu'elle fonçait dans Mincing Lane, elle entendit Sheehan traiter le gardien d'imbécile et le harceler pour qu'il ouvre. Elle risqua un coup d'œil derrière elle et, une fraction de seconde, rencontra le regard enragé de William Burton. S'ils la rattrapaient, elle ne donnait pas cher de sa peau.

Comme elle déboulait dans Tower Street, un omnibus quitta son arrêt. Elle le rattrapa et sauta à bord. S'effondrant sur un siège, à bout de souffle, elle regarda par la fenêtre. Sans doute étaient-ils derrière elle. Ils l'avaient peut-être vue monter. Et s'ils prenaient un cab pour la suivre ? La peur lui commandait de descendre. C'était trop dangereux. L'omnibus avançait au pas dans Tower Hill vers l'est. Elle sauta à terre dès qu'il s'arrêta pour prendre des passagers, traversa la rue et courut se cacher sous le porche d'un pub. De sa cachette, elle surveilla les véhicules qui passaient. À cette heure – près de dix-neuf heures –, il n'y avait presque plus de circulation. À peine trois minutes plus tard arriva une voiture privée, noire et élégante, qui fila vers l'est. Fiona se renfonça dans l'ombre, mais vit un des passagers sortir la tête pour crier un ordre au cocher, et elle reconnut Sheehan. La voiture accéléra et tourna dans East Smithfield Street, suivant le trajet de l'omnibus. Elle ferma les yeux et se laissa aller contre le mur, tremblant de tous ses membres.

— Ça va pas, ma p'tite dame ?

Elle sursauta, et découvrit devant elle le visage d'un vieux monsieur qui sortait du pub.

— Vous êtes toute pâlichonne ! Feriez mieux d'aller boire un p'tit remontant. La salle des dames est de l'autre côté, après le bar, par cette porte.

Après tout, pourquoi pas ? Elle pourrait s'asseoir un moment, le temps que ses jambes la portent de nouveau ; cela lui laisserait un répit pour réfléchir.

Elle traversa le bar bondé et enfumé, et se retrouva dans une pièce miteuse éclairée au gaz, avec des miroirs aux murs. Il n'y avait que quelques tables vides entourées de tabourets tapissés de velours. Le patron entra derrière elle et prit sa commande. À peine eut-elle le temps de s'asseoir et de remettre de l'ordre dans ses cheveux qu'il revenait poser son demi devant elle. Elle mit la main dans sa poche pour y chercher des pièces, mais sentit du papier sous ses doigts. Qu'est-ce que cela peut bien être ? se demanda-t-elle en y jetant un coup d'œil. Son cœur eut un violent sursaut quand elle s'aperçut que c'étaient des billets. Vite, elle trouva son demi-shilling, et le tendit au patron qui lui rendit la monnaie avant de repartir.

Elle regarda de nouveau dans sa poche. Comment ces billets étaient-ils arrivés là ? Elle se revit dans le bureau de Burton. Lorsqu'il avait appelé Sheehan, elle devait tenir une poignée de billets dans la main et l'avait fourrée dans sa poche en s'enfuyant. Elle sortit tout ce qu'il y avait. C'étaient des billets de vingt livres. Elle les compta, puis les replia et les rangea dans sa poche : elle détenait cinq cents livres sterling appartenant à William Burton.

Elle porta son verre à ses lèvres et le vida d'un trait. S'apercevant dans le miroir, elle se regarda dans les yeux. « S'ils te trouvent, tu es morte », lui dit son reflet.

Fiona arriva chez Grace juste après huit heures, hors d'haleine.

— Désolée d'avoir tardé, Grace. Je suis allée à la Compagnie Burton pour recevoir les indemnités dues pour la mort de mon père. On m'a beaucoup fait attendre. J'ai couru pour rentrer.

— Ils travaillent tard, dis-moi !

— C'est vrai, Burton est très exigeant avec ses employés. Allez, viens, Seamie.

Elle lui mit son manteau puis, la gorge serrée, se tourna vers Grace pour la remercier. Dieu seul savait quand elle la reverrait. Pourtant, elle n'avait plus qu'elle et Roddy au monde.

— Merci pour tout, Grace.

— Je t'en prie, voyons, ce n'est rien.

— Si, ça compte beaucoup. Je n'oublierai jamais, tu sais, ajouta-t-elle en la serrant fort dans ses bras.

En tournant dans White Lion Street, la rue de Roddy, elle s'assura que personne ne traînait devant la maison avant d'y pénétrer. Elle grimpa l'escalier en courant, et poussa son petit frère dans l'appartement. Ensuite, elle ferma à clé et bloqua la porte en coinçant une chaise sous la poignée. Elle rassembla vite ses vêtements, consciente de n'avoir que très peu de temps : Sheehan la cherchait, et Burton savait qui elle était puisqu'elle avait donné son nom au gardien. Peut-être mettraient-ils un ou deux jours à la trouver, mais elle ne voulait prendre aucun risque. Il fallait qu'elle parte de Whitechapel avec Seamie dès ce soir.

Elle ne savait pas où aller, mais avait décidé de monter dans un train, n'importe lequel, pour s'éloigner de Londres.

Comme elle ne possédait pas de valise, elle dut prendre sous l'évier un vieux sac à farine dans lequel elle entassa toutes leurs possessions. Puis elle attrapa la boîte à cigares de son père et en vida le contenu sur la table. Les extraits de naissance... elle devait les emporter. La boucle de cheveux roux de Charlie enfant, elle la garderait aussi. La photographie de mariage de ses parents... Elle contempla le jeune femme si jolie, si pleine de vie et d'espoir. Heureusement, elle n'avait jamais su que le beau garçon à son côté avait fini assassiné. Au moins, cette douleur-là lui avait été épargnée.

Tremblant de tous ses membres, Fiona dut fermer les yeux et s'appuyer à la table pour retrouver ses esprits. Elle parvenait à réfléchir, à agir, mais l'état de choc ne s'était pas dissipé. Comment accepter ce qu'elle venait d'apprendre ? Son père avait été tué parce que William Burton ne voulait pas donner six pence de l'heure au lieu de cinq à ses ouvriers. La colère s'empara de nouveau d'elle. Non ! Je ne vais pas me sauver ! Je vais rester et le dénoncer à la police !

Mais on lui rirait au nez. Personne ne croirait à ses accusations. On n'inquiétait pas un homme comme Burton sur la foi des déclarations d'une fille comme elle. Et si on l'interrogeait, il n'avouerait jamais. Il dirait qu'elle avait pénétré chez lui, qu'elle avait saccagé son bureau et lui avait volé de l'argent. Il l'avait prise sur le fait et avait des témoins. Alors, c'est elle qui irait en prison, tandis que Seamie resterait seul avec Roddy et Grace. Burton avait fait tuer son père, et elle ne pouvait rien contre lui. Non seulement elle n'obtiendrait pas justice, mais si elle ne se sauvait pas, elle serait à son tour victime d'un faux accident. Des larmes de désespoir roulèrent sur ses joues et tombèrent sur la photographie de ses parents.

— Fi... Qu'est-ce que t'as ?

— Rien, Seamie, mon chéri, dit-elle en s'essuyant les yeux.

— On s'en va ?

— Oui, on part en voyage, toi et moi.

— Ah bon ? Où ça ?

— Eh bien... C'est une surprise. On va prendre le train, et tu verras : on s'amusera bien.

Pendant que, ravi, l'enfant jouait à la locomotive, elle continua de trier le contenu de la boîte. Les alliances de ses parents... elle les prendrait également. Le canif de son père... oui, aussi. Des quittances de loyer... Cela, elle pouvait le jeter au feu. Tout au fond de la boîte, elle tomba sur les lettres de son oncle Michael.

Elle prit une des enveloppes désignant comme expéditeur « M. Finnegan, 164, Huitième Avenue, New York City, New York, États-Unis ».

Elle l'avait oublié, mais, en fait, elle n'avait pas que Grace et Roddy au monde. À New York, elle avait un oncle. Michael pouvait les accueillir, s'occuper d'eux le temps qu'elle trouve du travail, et en échange elle l'aiderait dans sa boutique.

— New York... murmura-t-elle.

C'était un endroit irréel, si lointain. De l'autre côté de l'océan Atlantique. Là-bas, ils ne risqueraient plus rien.

Sa décision fut vite prise : ils allaient partir en train pour Southampton, puis en bateau pour l'Amérique. L'argent de Burton servirait à payer le billet. Se dépêchant, elle attrapa un autre sac à farine et découpa un carré dans la toile, puis elle défit sa chemise, cousit une poche à l'intérieur de sa camisole, sortit de sa jupe les billets et les y glissa tous, sauf un. Ils prendraient dans Commercial Road un fiacre qui les emmènerait à la gare, mais avant elle voulait passer chez le prêteur sur gages pour trouver un sac de voyage. Ils ne pouvaient pas partir pour New York avec un sac à farine en guise de bagage.

Pour finir, elle saisit un bout de papier et un crayon pour écrire un mot à Roddy. Elle aurait voulu lui expliquer ce qui s'était passé, mais elle ne tenait pas à prendre de risques. Sheehan viendrait sûrement ici, et même s'il hésitait à s'attaquer à un agent de police, il entrerait peut-être en son absence ; sa lettre ne devait pas le mettre sur la piste. Aussi écrivit-elle :

Cher oncle Roddy,

J'ai obtenu de l'argent de la Compagnie Burton. C'est plus que je n'imaginais, et je pars avec Seamie pour commencer une nouvelle vie. Ne te fais pas de souci pour moi, tout va bien. Je te demande pardon de te quitter aussi brusquement, mais c'est moins dur ainsi. Il y a eu trop d'adieux pour moi ces derniers temps. Je préfère agir vite avant de perdre courage. Merci d'avoir pris soin de nous. Sans toi, je ne sais pas ce que nous serions devenus. Tu as été comme un père pour nous, et tu vas beaucoup nous manquer. Je t'écrirai dès que possible.
Gros baisers,

Fiona et Seamie

Elle plaça la lettre sur la table. C'était terrible de devoir s'enfuir comme une voleuse, mais elle n'avait pas le choix. Roddy ne pourrait les défendre si Sheehan la trouvait. Après avoir jeté un dernier coup d'œil autour d'elle, elle attrapa son frère par la main, souleva le sac et quitta l'appartement. Elle verrouilla derrière eux et poussa la clé sous la porte.

Elle venait de poser le pied sur la première marche quand la porte de la rue s'ouvrit. Des pas lourds se firent entendre, accompagnés de voix d'hommes. Ils étaient trois. Seamie lui tira la jupe.

— Fi...

— Chut... souffla-t-elle en lui posant la main sur la bouche.

Les hommes parlaient à voix basse. Mais l'un d'eux dut s'approcher de l'escalier, car ses paroles lui parvinrent assez distinctement :

— Le cogne habite là, elle doit y être.

C'était Sheehan.

Elle avait poussé la clé trop loin sous la porte pour réussir à la récupérer. Saisie de panique, elle frappa doucement chez les voisins.

— Madame Ferri, chuchota-t-elle, vous êtes là ?

Pas de réponse. Soit il n'y avait personne, soit elle n'était pas audible de l'autre côté de la porte.

Des bribes de discussion s'élevaient jusqu'à elle :

— ... au deuxième... s'occuper d'elle... mais pas ici à cause du bruit...

Un grincement de marche l'avertit qu'ils montaient. Ils arriveraient au premier en quelques secondes. Reprenant la main de Seamie, elle grimpa vite au troisième, en espérant que le bruit des hommes couvrirait le leur. Du palier, elle entendit les pas s'arrêter devant la porte de Roddy, puis des grattements métalliques.

— Dépêche ! dit la voix de Sheehan. Tu ne sais plus crocheter les serrures ?

Lorsque la porte céda et que les hommes pénétrèrent dans l'appartement, Fiona monta avec Seamie au dernier étage. S'ils accédaient au toit, ils pourraient peut-être passer à l'immeuble voisin ou se cacher derrière les cheminées jusqu'à ce que les hommes repartent. Sur le palier du quatrième s'empilaient des détritus, des vieux cageots, des seaux, des sacs en toile de jute. Un matelas moisi et déchiré était dressé contre le mur. Fiona essaya la porte du toit, mais elle était fermée à clé. Elle tourna le bouton frénétiquement dans tous les sens, en vain. Si Sheehan grimpait jusque-là, ils étaient perdus.

Elle chercha le canif de son père dans son sac et l'ouvrit d'une main tremblante. Près du vieux matelas, son petit frère la regardait faire, très effrayé. Elle se posa un doigt sur les lèvres, et il répéta docilement le geste. Au-dessous d'eux, le silence régnait. Les hommes de main étaient toujours dans l'appartement. Fiona se pencha, essayant de capter le moindre son, mais soudain Seamie poussa un cri.

À quelques centimètres de sa jambe, un énorme rat sorti d'un trou du matelas lui reniflait le mollet, les babines retroussées. Fiona se précipita pour le chasser avec son couteau, et le rat voulut la mordre. Un coup de pied dans le matelas le fit battre en retraite. Aussitôt, Fiona enfonça un chiffon dans le trou. Des bruits de voix éclatèrent.

— Peut-être que O'Meara n'a pas encore lu ça, Sheehan, mais il va falloir l'interroger. Il ne nous dira pas de lui-même où elle est allée.

— Je touche pas aux cognes, répliqua Sheehan. C'est comme les frelons : on en tue un, et il y a tout l'essaim qui rapplique.

Suivit une réponse indistincte, puis Sheehan donna l'ordre à l'un de ses hommes de monter voir sur le toit.

Vite, se cacher ! Mais où ? Il n'y avait que le matelas. Fiona jeta son sac dans l'espace qui le séparait du mur, puis attrapa Seamie. L'enfant refusa de bouger. Les bruits de pas résonnaient déjà sur les marches.

— Je t'en prie, le rat est parti, chuchota-t-elle. Allez, Seamie, viens !

Il se tourna avec anxiété vers l'escalier, et se laissa faire. Elle le poussa dans la cachette, puis se casa tant bien que mal à côté de lui, dos au mur, genoux appuyés au matelas.

— Chut... souffla-t-elle.

La puanteur était immonde. Il devait y avoir des dizaines de rats dans ce matelas. Lorsqu'un renflement du tissu lui toucha la jambe, elle dut se mordre les lèvres pour ne pas hurler.

— Alors ? cria Sheehan du deuxième. Tu vois quelqu'un ?

— Non ! répondit l'homme qui venait d'arriver à leur étage.

Il essaya la porte du toit.

— C'est fermé ! Tu parles d'un dépotoir, ici !

— Fouille, Reg, on ne sait jamais !

Reg se mit à déplacer des objets en jurant. Il approchait. De terreur, Fiona parvenait à peine à respirer. Des gouttes de sueur perlaient sur sa peau. Sa main se serra sur son couteau ; elle défendrait Seamie jusqu'au bout. Faites, faites, qu'il ne nous voie pas, pria-t-elle. Qu'il s'en aille !

Quelque chose passa sur son pied et ses ongles s'enfoncèrent dans sa paume. Mais quand elle sentit un frottement sur son mollet, elle ne se domina plus : elle plongea son couteau dans le rat qui s'attaquait à elle, déclenchant des couinements horribles. Une cavalcade de petites pattes se fit entendre.

Reg cria en tapant des pieds.

— Ah, les salauds ! Nom de nom ! Regardez-moi ça !

— Reg ? appela-t-on d'en bas, avant de monter en hâte.

— Des saletés de rats ! Ils veulent me bouffer, ma parole !

Reg n'attendit pas l'arrivée de ses complices pour redescendre. Il se sauva dans l'escalier et les rejoignit entre les étages. La mésaventure semblait beaucoup amuser l'un d'entre eux.

— C'est pas drôle, Stan ! Il y en a un qui m'a grimpé après le pantalon ! Gros comme un chat !

— La ferme, vous deux ! Elle n'était pas là-haut ?

— Y a personne, t'as qu'à aller voir, si ça te chante.

— Elle ne peut pas être bien loin, tempêta Sheehan. Reg, prends par Whitechapel Road ; Stan, par Commercial Street ; moi, je m'occupe de Stepney. On se retrouve au *Blind Beggar.* Cette sale petite voleuse ! Elle va le regretter !

Fiona guetta les bruits jusqu'à ce que claque la porte de la rue. Elle s'autorisa enfin à sortir de derrière le matelas en tapant des pieds pour éloigner les rats. Seamie pleurait et tremblait comme une feuille. Elle le serra dans ses bras.

— Tu as été très courageux, chéri.

— C'était qui ?

— Des vilains messieurs qui voulaient nous voler notre argent.

— Mais on va quand même prendre le train ?

— Bien sûr ! On y va tout de suite, même.

— Ils vont nous courir après ?

— Non, je te le promets.

Elle reprit le sac à farine, attrapa la main de son petit frère, et s'aventura dans l'escalier.

Parfois, Bowler Sheehan se demandait si William Burton n'était pas bon à enfermer. En le voyant marcher de long en large dans le bureau, hurlant de fureur, il se dit qu'il était vraiment fou. Les veines du cou saillantes, ses yeux noirs lançant des éclairs, il lui criait des insultes, lui reprochant d'avoir laissé échapper la fille.

— Elle est dangereuse ! Je suis en pleine négociation avec la banque Albion pour introduire la Compagnie en Bourse. J'ai déjà du mal avec les menaces de grève des dockers ! Si on m'accuse de meurtre, ça va me causer beaucoup de tort. Elle en sait trop !

— Peu importe, elle ne peut rien contre vous, elle n'a pas de preuves, raisonna Sheehan en se curant les ongles de la pointe de son canif. Et puis c'est elle qui a volé de l'argent, et vous avez des témoins.

Mais Burton n'en démordait pas. Sheehan referma son couteau, pensant que les gens comme son patron se compliquaient bien la vie avec leurs actions et leurs dividendes. C'était tellement plus simple de prendre ce dont on avait besoin. Il en avait plus qu'assez de ce cirque. Il avait envie d'un bon repas, d'un whisky, et ne voulait plus subir ces vociférations.

— C'est grand, Londres, je peux pas frapper à toutes les portes.

Arrêtant net son va-et-vient, Burton posa sur lui son regard noir et impénétrable. Et Sheehan, homme sans scrupule qui avait tué bien des gens à mains nues, en eut un frisson dans le dos.

— Trouvez-moi cette fille tout de suite et liquidez-la !

— J'ai fait ce que j'ai pu.

Le poing de Burton s'abattit sur le bureau.

— Ce n'est pas assez !

Sheehan hocha la tête et sortit. Arrivé dehors, il informa Reg et Stan à regret qu'il irait seul chez Quinn tandis qu'eux feraient le guet dans White Lion Street. Ils protestèrent, mais Sheehan les fit taire. D'abord Burton, et maintenant ces deux incapables ! Si Burton ne payait pas si bien, il ne travaillerait plus pour lui depuis longtemps. Ce salaud lui donnait trop de fil à retordre.

21

Le cauchemar se répétait. L'homme en noir la rattrapait. Elle courait dans un passage, droit sur un mur de brique. Elle était acculée. Une main se posa sur son épaule.

— Nous arrivons à Southampton dans une demi-heure, mademoiselle.

Fiona se réveilla en sursaut. C'était le contrôleur qui la secouait.

— Je vous ai fait peur, pardon, mais le train va arriver.

— Merci, bégaya-t-elle.

Elle essaya de retrouver son calme, son rêve avait été si réel ! Seamie dormait encore. Il s'était assoupi dès leur montée dans le train, à sept heures du matin, et elle l'avait imité une fois leurs billets présentés au contrôleur, car elle était épuisée par ses épreuves. Depuis la veille au soir, ils n'avaient pas eu un instant de répit. D'abord, ils s'étaient arrêtés chez le prêteur sur gages où elle avait repéré un sac de voyage en grosse toile. En tirant de sa poche son billet de vingt livres, elle avait fait tomber sur le comptoir le morceau de verre roulé que lui avait donné Joe. Le prêteur sur gages l'avait examiné, et voulu savoir si elle envisageait de le vendre. Fiona se demanda pourquoi elle le gardait : elle ne reverrait plus Joe, et ce souvenir de lui ne pouvait que lui faire du mal.

— Combien m'en donnez-vous ?

— Une livre et six shillings.

La somme la sidéra. Elle ne répondit rien, hésitant toujours à s'en séparer. Cette attitude fit croire à l'homme qu'elle trouvait le prix trop bas.

— Bon, deux livres si vous voulez, et le sac de voyage en prime, c'est mon dernier mot.

Elle n'en revenait pas. Il devait être tombé sur la tête ! Vite, elle accepta avant qu'il ne change d'avis.

— Vous en avez d'autres dans ce genre ? s'enquit-il, le morceau de verre en main.

— Non, mais j'ai ça, répondit-elle en ôtant de son doigt la bague de fiançailles de Joe.

— Ça ne vaut pas grand-chose. Je vous en donne trois shillings.

— D'accord.

Ravie de repartir avec deux livres, trois shillings et un sac de voyage, elle rempaqueta leurs affaires et s'engagea avec Seamie dans Commercial Road. À chaque pas, elle craignait d'entendre la voix de Sheehan, de sentir sa grosse main sur son bras. Elle ne fut soulagée que lorsqu'elle trouva un cab pour les conduire à la gare de Waterloo. Là, elle apprit que le dernier train était parti depuis vingt minutes. Déçue, elle acheta deux billets pour le train du lendemain matin, puis se procura du thé chaud et d'épais sandwichs au bacon qu'elle partagea avec Seamie. Ils passèrent la nuit cachés dans les toilettes des femmes.

Maintenant, ils arrivaient à destination, et elle se demandait comment parvenir jusqu'au bateau pour New York. Sans doute le plus simple moyen était-il de prendre un fiacre. Cela coûterait de l'argent, mais leur éviterait de se perdre. Seamie se réveilla quelques minutes avant l'entrée du train en gare, laissant juste le temps à Fiona de lui remettre ses chaussures et de lui enfiler sa veste.

En descendant le quai, elle aperçut un grand panneau avec une réclame pour les thés Burton. Elle en eut un frisson. Jusqu'où le pouvoir de William Burton s'étendait-il ? Il fallait embarquer au plus vite.

Elle fit une pause aux toilettes, désirant débarbouiller son petit frère et se rafraîchir, et en profita pour sortir de sa camisole un nouveau billet de vingt livres qu'elle mit dans sa poche. Après, elle suivit les pancartes conduisant aux fiacres. Lorsqu'ils repassèrent devant le quai, elle s'arrêta pour s'assurer que Sheehan n'était pas dans les parages. Il n'y avait personne, hormis un voyageur qui progressait avec la plus grande difficulté, encombré par d'innombrables bagages. Ses valises étaient si volumineuses qu'elles l'empêchaient de voir une pile de journaux posée au beau milieu du quai et sur laquelle il avançait.

— Attention ! cria Fiona.

Trop tard. Il s'y prit les pieds, trébucha, et s'étala de tout son long, ses bagages lui échappant des mains. Fiona vola à son secours.

— Vous ne vous êtes pas fait trop mal ? demanda-t-elle en l'aidant à se relever.

— Je... Je ne pense pas, répondit-il avant de s'examiner. Rien n'a l'air cassé. Ah, ces porteurs ! Jamais là quand on a besoin d'eux.

Il lui sourit, et repoussa la mèche qui lui tombait sur le front.

— Je me présente : Nicholas Soames, déclara-t-il, tout en lui tendant la main. Mille mercis, mademoiselle.

Fiona allait la lui serrer quand elle remarqua du sang sur ses doigts.

— Mais vous êtes blessé !

— Mon Dieu... Je n'aime pas beaucoup la vue du sang. Je crois que je... que je vais me trouver mal...

Elle le soutint jusqu'à un banc et l'y fit asseoir.

— Veuillez me pardonner...

— Prenez le temps de vous rétablir. Je rassemble vos affaires.

— Je vous remercie infiniment, marmonna-t-il.

Fiona étudia la situation. Un carton à chapeau avait roulé assez loin. Elle envoya Seamie le chercher. Une valise était tombée sans s'ouvrir, mais les deux autres laissaient échapper des vêtements. Le grand carton à dessins s'était dénoué, et deux toiles en étaient tombées – des peintures colorées, d'aspect enfantin. Elle allait perdre du temps à tout ranger, et elle n'avait pas grande envie de se mêler de ce qui ne la regardait pas. Elle avait surtout hâte de monter dans un bateau... Mais elle ne pouvait pas abandonner ce pauvre garçon qui avait tant besoin d'aide. Elle se mit donc à l'ouvrage.

— Les peintures n'ont rien ? questionna-t-il. Elles ne sont pas endommagées, au moins ?

— Je ne pense pas.

— Tant mieux ! C'est mon fonds de commerce... Je vais les vendre.

— Pardon ? demanda-t-elle en s'escrimant sur le couvercle d'une valise.

— Je vais les vendre, à New York.

Quelle idée, jamais il ne vendra ça ! songea-t-elle. On dirait les dessins de Seamie.

Son petit frère rapportait le carton à chapeau.

— Merci, cher ami, dit Nicholas Soames en lui faisant de la place sur le banc.

Fiona rapporta ses valises près de lui l'une après l'autre.

— Vous vous sentez mieux ? s'enquit-elle avec sollicitude.

— Parfaitement, parfaitement. J'imagine qu'un porteur va finir par apparaître. Ils doivent avoir un travail de tous les diables, les jours de départ du bateau de New York.

— Vous ne savez pas où il faut aller pour embarquer, par hasard ?

— Pas au juste, mais c'est là que je me rends – aux guichets de la White Star. Vous aussi ? Voudriez-vous partager un cab avec moi ?

— Oui, merci, répondit-elle, soulagée de ne pas avoir à se diriger seule.

— Bien, dans ce cas, allons-y.

Ils repartirent donc ensemble, Nicholas ne portant plus que ses trois valises, Fiona avec le carton à dessins et son sac de voyage, et Seamie fermant la marche, le carton à chapeau entre les bras.

Dans le fiacre, Fiona, Nicholas et Seamie firent plus ample connaissance, et la jeune fille eut le loisir de mieux étudier son étrange compagnon.

C'était un garçon long et filiforme qui ne devait pas être beaucoup plus âgé qu'elle... vingt ans tout au plus. Il avait des cheveux blonds et raides qu'il repoussait sans cesse de son front. Son visage fin était délicat, son nez droit et bien fait. Mais, avec son sourire charmant, ses yeux constituaient son trait le plus remarquable : d'un bleu turquoise magnifique, ils étaient frangés de longs cils que bien des femmes devaient lui envier. À sa façon de parler, à ses vêtements et ses bagages, on devinait qu'il s'agissait d'un jeune homme de bonne famille.

— Vous voyagez en première ? demanda-t-il.

Fiona fit non de la tête, consciente qu'il posait la question par pure politesse, leurs vêtements pauvres et leur vieux sac de voyage ne pouvant indiquer que des troisièmes classes.

— Moi, si, et doublement, continua-t-il. J'ai été obligé de réserver une cabine pour deux fort coûteuse. Je m'y suis pris trop tard, et il ne restait plus que cela.

Cette explication inquiéta beaucoup Fiona. Que voulait-il dire par « réserver » ? Fallait-il prendre les billets très à l'avance ? Elle n'avait pas du tout songé à cette difficulté. Pour elle, on montait en bateau comme on prenait le train.

— Est-ce que... Est-ce qu'il faut réserver son billet pour avoir une place ?

— Ah ! Je pense bien. Il n'est pas du tout aisé de se rendre en Amérique. Les passagers sont nombreux, et il faut tous les placer. Mais vous devez le savoir, sinon vous n'embarqueriez pas aujourd'hui.

Le visage soucieux de Fiona lui révéla une partie de la vérité.

— Enfin, qui sait... Peut-être restera-t-il de la place. Il peut y avoir des désistements. Allez vous renseigner dès que nous arriverons, je surveillerai mon jeune ami Seamie pendant que vous irez au guichet.

— Cela ne vous ennuierait pas ?

— C'est bien le moins.

Le trajet ne fut pas long. Nicholas régla le cocher, et Fiona lui remboursa la moitié du prix. Dans le hall d'embarquement de la White Star, il régnait une confusion infernale. Des centaines de voyageurs se rassemblaient, portant des valises, traînant des malles et des porte-manteaux.

Premières classes ! clamait un homme en uniforme. Premières classes à l'embarquement, par ici, s'il vous plaît !

Nicholas poussa Fiona dans la file d'attente, puis s'assit pour attendre avec Seamie.

— Et pour vous ? aboya l'employé quand vint son tour.

— Euh... deux, pour New York.

— Je n'entends rien ! Plus fort ma petite dame !

— Deux billets de troisième classe, déclara-t-elle en rassemblant son courage. Pour aujourd'hui, c'est possible ?

— C'est complet depuis deux semaines ! Le bateau de la semaine prochaine est plein aussi. On réserve pour dans quinze jours, sur le *Republic.*

Le désespoir gagna Fiona. Quinze jours, c'était bien trop long. Cela reviendrait beaucoup trop cher de se loger à Southampton tout ce temps. Et puis, elle souhaitait s'enfuir au plus vite. Elle ne se souvenait que trop du regard terrifiant de William Burton. S'il avait deviné ses projets ? S'il l'avait fait suivre ?

— Alors, dans quinze jours, troisième classe, c'est bien ça ?

— Je ne peux pas attendre si longtemps. Vous n'avez vraiment rien pour aujourd'hui ?

— Je viens de vous le dire ! Si vous ne voulez pas de billet, laissez passer les autres, vous faites attendre tout le monde.

C'était terrible. Elle ne connaissait pas la ville, ignorait où trouver un logement à un prix raisonnable et propre. Elle avait beaucoup d'argent, certes, mais devait modérer ses dépenses ; seul ce pécule lui permettrait de s'échapper – d'abord en lui payant les billets pour New York, puis en lui donnant le temps nécessaire pour s'y installer.

Abattue, désespérée, elle rejoignit Nicholas, et reprit son sac et la main de Seamie. Elle se sentait perdue.

— Alors ? demanda Nicholas avec intérêt.

— Il ne reste rien avant quinze jours.

— Quel manque de chance ! Je suis navré. Vous savez où loger à Southampton, en attendant ?

— Oui, bien sûr, affirma-t-elle, soucieuse de ne pas l'importuner davantage. Merci d'avoir veillé sur Seamie, monsieur, et bonne chance à New York.

— Bonne chance à vous aussi, mademoiselle.

Nicholas Soames les regarda s'éloigner, tracassé par l'expression de la jeune fille. Elle n'était pas uniquement contrariée : elle avait peur. Elle semblait presque affolée. Il fallait l'aider. Le petit garçon avait l'air épuisé. Peut-être pourrait-il... Non, cela n'irait jamais ; le voyage était long, et ils ne se connaissaient pas. Et s'ils se conduisaient mal ?

Oh ! Et puis, au diable la prudence ! Il ne résistait jamais à l'envie de secourir les âmes en détresse. S'il le regrettait, tant pis pour lui. Il s'en voudrait infiniment plus de n'avoir rien tenté. Ils paraissaient seuls au monde, et c'était bien dur quand on perdait tout. Il en savait quelque chose.

— Mademoiselle ! cria-t-il. Mademoiselle Finnegan !

Elle était trop loin.

Sapristi ! songea-t-il en empoignant ses bagages pour la rattraper.

— Mademoiselle ! cria-t-il de nouveau en gagnant du terrain.

Elle se retourna.

— Que se passe-t-il, monsieur ? Vous avez un autre malaise ?

— Non, non, répondit-il en posant ses bagages. Écoutez, ne vous méprenez pas, je suis conscient que ce que je vais vous proposer pourrait prêter à confusion, et loin de moi l'idée de profiter d'une situation...

Elle le considérait, perplexe, attendant qu'il poursuive.

— ... mais comme je vous l'ai expliqué, je dispose d'une cabine double, et donc d'une place vacante. Si vous embarquiez en prétendant être ma femme, si nous montions à bord en nous faisant passer pour une famille, vous pourriez voyager avec moi. Il y aura deux couchettes, et nous pourrons sans aucun doute obtenir un lit pliant pour l'enfant. Je vous assure, vous n'avez rien à craindre de moi.

Un soulagement extrême se peignit sur les traits de Fiona. Elle n'hésita pas.

— Ah, monsieur ! Je vous remercie ! Nous n'aurions pas pu tenir deux semaines ici ! Nous nous ferons petits comme des souris. Nous ne vous dérangerons pas du tout. Nous paierons le passage, bien sûr. Combien voulez-vous ?

Elle glissa la main dans son corsage et en tira une liasse de billets de vingt livres. Mon Dieu ! songea-t-il. Tant d'argent pour une personne d'allure si misérable, c'est une voleuse !

— Je veux vous donner plus de la moitié, puisque nous sommes deux.

Elle avait l'air si ouverte, si pleine de gratitude, si soulagée, qu'il s'en voulut de ses soupçons. C'était une fille de l'East End, peu instruite, mais honnête. Peut-être s'agissait-il là simplement de ses économies.

— Rangez votre argent pour l'instant, commanda-t-il. Nous réglerons cela plus tard. Maintenant, voilà comment nous procéderons : je vais aller chercher ma carte d'embarquement. On ne m'en donnera qu'une, mais je dirai qu'il y a une erreur, et que j'ai réservé pour moi, ma femme et notre enfant, que c'est pour cette raison bien sûr que j'ai choisi une cabine double. On me croira.

Il s'interrompit, fronçant les sourcils.

— Quoi ? demanda Fiona avec angoisse.

— Il nous faudrait des alliances. Si on soupçonne une fraude, le moindre détail aura de l'importance. Pour l'instant, mettez vos gants.

— Je n'ai pas de gants, avoua-t-elle, mais j'ai mieux... (Elle fouilla dans son sac de voyage et en tira ses deux minces alliances en or.) Elles étaient à mes parents.

— Parfait ! s'exclama-t-il en glissant la plus large à son annulaire, personne ne pourra mettre notre parole en doute, à présent. Souvenez-vous bien que vous vous appelez Mme Nicholas Soames et que je suis le père de Seamie.

Il s'en fut retirer les cartes d'embarquement, et revint au bout de quelques minutes, jubilant.

— Je les ai, clama-t-il. Il vaut mieux que ce soit moi qui les garde toutes. C'est ce que ferait le chef de famille, certainement ?

— Oui, sans doute.

— Elle est bonne, celle-là ! s'exclama-t-il avec un air de gamin ravi de sa farce. Nous les avons bien eus ! Il paraît que les premières sont très gâtées sur cette ligne. On assure que les cabines sont confortables et la nourriture excellente.

— Les repas sont-ils très chers, monsieur ?

— Vu les circonstances, il vaut mieux que vous m'appeliez Nicholas. Non, ce n'est pas hors de prix, d'ailleurs tout est inclus dans le billet. Vous ne le saviez pas ?

— Mais c'est merveilleux ! s'exclama-t-elle, tout illuminée.

— Nous allons bien nous amuser ! Il y a de la musique, des bals tous les soirs, des jeux, des parties de cartes. Nous trouverons aussi une société très agréable.

Le sourire de Fiona s'effaça.

— Monsieur... enfin, Nicholas, je crois finalement préférable que nous n'embarquions pas avec vous...

— Mais pourquoi diable ?

— Je ne peux pas me montrer dans cette tenue en première classe. Je n'ai rien d'autre, avoua-t-elle en désignant ses vêtements.

— Vraiment ?

Il n'en revenait pas ; jamais il n'aurait imaginé possible d'avoir si peu. Il considéra Fiona et Seamie d'un air préoccupé. Elle avait raison, il leur fallait absolument une garde-robe plus fournie.

— Nous devrions avoir le temps de passer dans un magasin avant le départ, dit-il.

— Vous êtes sûr ?

— Du moment que nous nous dépêchons. L'embarquement en première classe prendra encore une heure, ensuite il y aura une heure pour les secondes, et une autre pour les troisièmes. C'est suffisant.

Tandis qu'ils couraient faire monter leurs bagages à bord, Nicolas donna libre cours à sa surprise.

— Mais vous ne possédez que cette veste ? Comment supportez-vous le froid ? Vous avez besoin d'un vrai manteau, et Seamie aussi, ainsi que de gants bien chauds et d'écharpes. Nous ne sommes encore qu'en mars. Il fera frisquet sur le pont.

Confiant leurs affaires aux porteurs, il énuméra la liste de ce qu'ils devaient acheter en comptant sur ses doigts :

— Deux ou trois jupes et quelques chemisiers. Un manteau, une robe ou deux pour le soir, et au moins deux chapeaux.

Il quêta l'approbation de Fiona, qui hocha la tête. Son expression confiante le toucha. Il lui tendit le bras.

— C'est bien, venez, madame Nicholas Soames, nous n'avons pas de temps à perdre !

Se tenant au bastingage, Fiona prenait l'air sur le pont des premières classes. Le vent était glacial, mais elle sentait à peine le froid. Elle s'étonnait encore de voir ses mains couvertes de beaux gants en cuir, et sa jupe neuve, et ses bottines.

En deux heures dans un grand magasin, Nicholas l'avait métamorphosée. De gamine des docks indigente, elle était devenue une vraie jeune bourgeoise. Elle possédait désormais un manteau, de bonnes bottines, trois jupes de lainage, quatre chemisiers, deux robes, deux chapeaux et une ceinture de cuir. Sans parler des vêtements de nuit, de la lingerie fine, des bas, des épingles à cheveux en écaille, et d'un second sac de voyage destiné à contenir l'ensemble.

Nicholas avait tout choisi, au grand soulagement de Fiona qui n'avait pas la moindre idée de ce qu'il convenait de porter en voyage. Leurs achats effectués, il décida de la tenue qu'elle devait mettre pour embarquer, puis lui suggéra de se changer dans une cabine d'essayage. Elle en ressortit vêtue de sa jupe couleur café, d'un chemisier à rayures crème et beige, et de ses bottines tabac. Un long manteau bleu marine et un chapeau à large bord parachevaient l'ensemble. Elle ne se reconnut pas dans la glace, découvrant une svelte et élégante jeune femme.

Deux jours plus tôt, elle n'avait même pas eu de quoi louer une chambre à Whitechapel, et maintenant, elle était à bord d'un bateau en partance pour New York, voyageant en première classe dans un luxe inouï. Elle venait de prendre le thé avec des petits biscuits dans sa cabine et le souper serait à huit heures, suivi d'un concert. La veille, elle n'avait su comment nourrir son petit frère ; aujourd'hui, vêtu de sa veste de flanelle neuve et de sa culotte courte, Seamie ferait un festin de roi. C'était ahurissant... un rêve incroyable.

Une transformation s'opérait en elle. Elle avait laissé la dépouille de son ancienne vie en Angleterre et se tenait au seuil d'une nouvelle existence. Nicholas l'avait fait changer d'aspect, mais la révolution n'était pas que d'apparence : le chagrin, les épreuves avaient profondément modifié son caractère et son état d'esprit, elle s'en rendait compte, sans bien le comprendre.

Le jeune fille exubérante qui courait sur les berges de la Tamise avec son amoureux avait disparu. Une jeune femme sérieuse, endurcie par la douleur et les désillusions, l'avait remplacée. Autrefois, elle avait eu des rêves ; à présent, elle n'avait plus que des cauchemars.

Tandis qu'elle regardait la mer, les paroles de William Burton la hantaient : « Ah, si je pouvais me débarrasser de Tillet comme de Finnegan ! » Puis suivaient la réponse atroce de Bowler Sheehan et son rire infâme : « Du beau boulot. Je n'ai eu qu'à tartiner un peu de graisse... et à me planquer derrière une caisse pour regarder notre gentil syndicaliste se casser la figure. »

Fiona se retenait de hurler pour couvrir ces voix qui la poursuivaient. Jusqu'à la fin de ses jours, elles l'obséderaient. Les malheurs qui avaient détruit les siens n'avaient été causés que par William Burton, et la justice ne serait jamais rendue, car personne ne pourrait jamais rien prouver. Mais elle s'emploierait à se venger. À New York, elle ferait fortune. Les pauvres s'enrichissaient, en Amérique. On disait que les rues y étaient pavées d'or ! Elle découvrirait comment on devenait millionnaire, et, pour capital, elle avait sa liasse de billets de vingt livres cachée bien au fond de son sac de voyage.

— Ah, tu te crois tranquille, Burton, murmura-t-elle aux eaux noires de l'océan, mais un jour tu entendras parler de moi !

À l'horizon, la terre disparut. L'Angleterre s'était évanouie, sa patrie, le sol où reposait sa famille, les rues dans lesquelles elle s'était promenée avec Joe. Il n'y avait plus que de l'eau, à perte de vue. Elle se sentit si seule qu'elle fut prise de peur et ferma les yeux.

— Vous avez l'air bien désemparée, mon enfant.

Elle se tourna vivement pour voir qui parlait, et se trouva face à un homme bienveillant, portant la soutane.

— La prière est souveraine, continua-t-il. C'est le remède de l'âme. Nous confions nos soucis au Tout-Puissant, et il nous soulage.

Le Tout-Puissant ne l'avait pas beaucoup aidée jusqu'à présent, songea-t-elle avec amertume.

— Prions ensemble, si vous le souhaitez, poursuivit le prêtre.

— Non, mon père, je vous remercie.

— Mais... mais vous ne doutez pas de la miséricorde du Seigneur, certainement... Vous croyez en son infinie bonté, vous croyez ?...

En quoi croyait-elle vraiment ? Naguère, elle avait cru à l'amour, au bonheur familial ; elle avait cru que ses rêves se réaliseraient, que ses prières seraient exaucées. À présent, elle ne croyait plus qu'au pouvoir des billets qui lui avaient sauvé la vie. Elle savait ne devoir son salut ni à Joe, ni à Dieu, ni à ses pauvres parents, ni aux syndicats, ni aux cierges ou aux rosaires.

Elle se rappela soudain son père, et une conversation qu'ils avaient eue un soir au coin du feu. Cela lui semblait si loin... À l'époque, elle s'était interrogée sur le sens de sa phrase, et après sa mort, elle y avait souvent songé. Pour la première fois, sa signification lui semblait parfaitement claire.

— Ce que je crois, mon père, c'est que deux livres de viande font un fort bon ragoût.

DEUXIÈME PARTIE

22

New York, mars 1889

— Allez, on se bouge ! On avance, balourd ! cria le cocher du fiacre.

Devant lui, un transport de briques avançait trop lentement à son goût. Il dépassa le gêneur, imprimant un coup sec à ses rênes. La voiture fut déportée jusqu'au trottoir : Fiona et Seamie sautèrent sur la banquette comme des dés dans une timbale.

Ils n'étaient qu'à deux rues du port, et déjà elle constatait que la ville de New York était bien telle qu'on la lui avait décrite à bord du *Britannic :* infernale de bruit et d'agitation. Les gens marchaient vite et sans regarder où ils allaient, aussi imprudents que les cochers. Un homme en chapeau melon se hâtait tout en lisant son journal ; un autre mangeait un sandwich, accroché à la portière d'un tramway ; une femme en jupe droite et veste cintrée avançait d'une démarche rapide, tête haute, les plumes de son chapeau vibrant à chaque pas.

En remontant la Dixième Avenue, ils dépassèrent d'immenses dépôts de marchandises et des manufactures qui suscitaient une activité frénétique. Des attelages tiraient d'énormes rouleaux de papier vers les imprimeries, des balles de coton et de laine vers les filatures. Des injonctions aux dures intonations américaines éclataient. Des jets de vapeur s'échappaient des blanchisseries ; des odeurs de café grillé, de biscuiterie flottaient, mélangées à celles moins plaisantes des fabriques de savon et des abattoirs.

New York ne ressemblait guère à Londres : c'était une ville jeune, en plein essor, lieu de la vitesse et de la modernité. Fiona revoyait Nick au débarquement, bloquant la sortie des premières classes sur la passerelle tant il était fasciné par le spectacle.

— New York ! s'était-il exclamé. Regarde, Fi ! La métropole du commerce et de l'industrie, la cité de l'avenir. Admire ces immeubles ! Cette architecture ! Ces lignes qui se dressent vers le ciel ! Rencontre de tous les idéaux artistiques, temples de l'ambition, hymnes à la puissance et au progrès !

Elle sourit à ce souvenir. C'était bien de Nick, de s'émerveiller en prononçant des discours, alors que les autres ne songeaient qu'à descendre du bateau.

Dressé sur la banquette, Seamie se tourna vers elle.

— Tu crois qu'ils vont nous aimer, tante Molly et oncle Michael ?

— Mais bien sûr, mon chou.

Malgré son apparente confiance, elle s'inquiétait un peu car ils arrivaient sans s'être annoncés. Et si on les accueillait mal ? Elle étouffa ses craintes. Ils avaient beaucoup de chance d'avoir de la famille en Amérique, contrairement à ce pauvre Nick qui n'y connaissait personne.

Nick, avait-elle appris au cours de la traversée, avait dû quitter Londres à la suite d'un grave conflit familial. Son père, propriétaire d'une banque, exigeait que son fils prenne sa suite. Nick, lui, avait d'autres ambitions. Il se passionnait pour l'art et les œuvres d'un groupe de peintres d'avant-garde qui vivait à Paris. Il avait été marchand de tableaux en France, et avait le projet d'ouvrir une galerie à New York. Il serait le représentant exclusif de ses protégés, les impressionnistes, comme ils se nommaient. Il avait fait admirer à Fiona les quelques toiles qu'il apportait. Au début, elle les avait trouvées déroutantes, mais plus il lui parlait des idées de ses amis, plus elle appréciait leurs œuvres.

Pendant toute la traversée, il avait gardé un petit tableau posé sur la table de chevet qui séparait leurs couchettes : une nature morte représentant des roses blanches, des pommes, du pain et du vin, signée H. Besson. Fiona s'y était beaucoup attachée car, par sa sensibilité, elle lui faisait penser à Joe qui lui manquait cruellement. Elle s'était étonnée qu'une œuvre si simple puisse autant l'émouvoir. C'était, avait expliqué Nick, parce que l'artiste l'avait peinte avec le cœur.

Elle avait quitté Nick une demi-heure plus tôt, et ils devaient se retrouver le jeudi suivant à son hôtel. Le rendez-vous n'était que dans une semaine, et pourtant il semblait très éloigné. Elle s'ennuyait déjà du jeune homme, de son enthousiasme, son optimisme, son esprit d'aventure, sa drôlerie et son idéalisme. Elle se souvenait du premier repas dans le bateau. En se rendant à la salle à manger, elle avait été prise de panique. Comment fallait-il agir, comment fallait-il parler ? Jamais elle ne parviendrait à passer pour sa femme, une dame de qualité.

— C'est tout simple, avait-il décrété. Pour se fondre dans la haute société, on doit se montrer désagréable avec les domestiques, mépriser toute idée nouvelle, et parler de ses chiens sans discontinuer.

Elle aurait préféré des conseils un peu plus pratiques. Ce souper-là avait été désastreux. L'abondance des verres en cristal, des couverts et des assiettes lui avait fait commettre beaucoup d'erreurs. Avant qu'elle ne détermine quelle cuillère était destinée à la soupe, Seamie buvait déjà son bouillon au bol en s'exclamant : « Il a un drôle de goût, le thé ! » De façon générale, son frère s'était montré très grognon, ne comprenant pas pourquoi il devait appeler sa sœur « maman » et un parfait inconnu « papa ».

Nick avait interrogé Fiona sur sa famille, et le temps qu'elle cherche sa réponse, Seamie avait lâché :

— Notre maman est morte : elle a été tuée avec un couteau par un vilain monsieur qui s'appelle Jack. Notre papa est mort aussi. Il est tombé dans les docks. Charlie et Eileen sont morts également. Des bandits nous ont poursuivis pour nous voler notre argent. On a dû se cacher derrière un matelas plein de rats. J'ai eu très peur. C'est méchant, les rats.

À la fin de cette tirade, Nick, stupéfait, avait demandé à Fiona s'il disait vrai. Elle avait confirmé, et lui avait raconté toute l'histoire, omettant seulement le rôle de William Burton. Elle ne voulait pas que Seamie sache, et puis c'était trop horrible ; elle n'arrivait pas à en parler. Quand elle eut terminé, elle releva la tête, s'attendant à voir du mépris sur le visage raffiné de Nick, mais il avait les larmes aux yeux.

Pendant les trois semaines ou presque de voyage, elle était devenue très proche de ce jeune homme charmant, farfelu, et généreux à l'extrême. Sans doute était-ce parce qu'ils quittaient tous deux leur pays et étaient, chacun à sa façon, seuls au monde. Elle n'aurait jamais cru possible que, issus de milieux si différents, ils s'entendent si bien ; le fossé social aurait dû être trop profond. Mais ils avaient essuyé des tempêtes côte à côte dans leur cabine, Seamie blotti dans son petit lit d'appoint. Ils s'étaient parlé de leurs projets. Elle avait fait la lecture à Nick durant les crises de fatigue qui le prenaient par moments, et il l'avait réconfortée bien des fois quand elle se réveillait en sursaut, en proie à ses horribles cauchemars.

Et puis un jour, elle avait découvert un secret. Un matin que Nick était parti faire sa promenade quotidienne sur le pont, elle avait remarqué sa montre, restée ouverte sur la table de chevet. Une montre en or, magnifiquement ouvragée, ayant sans doute une grande valeur. Décidant qu'il valait mieux la ranger, elle l'avait prise, et une petite photographie en était tombée. C'était celle d'un beau jeune homme brun qui souriait avec amour au photographe. Elle avait tout de suite senti que le photographe était Nick et qu'il aimait cet homme.

Comment interpréter les faits autrement ? On ne gardait pas la photo d'un simple camarade dans sa montre. Cela expliquerait aussi pourquoi Nick ne mentionnait jamais de jeune fille, même quand elle lui parlait de Joe, et pourquoi il n'avait jamais trahi le moindre intérêt pour les passagères. Elle avait eu quelques craintes, en s'installant dans la cabine : s'il l'avait importunée, elle n'aurait pu se plaindre au capitaine, puisqu'ils jouaient au couple marié. Or il n'avait pas eu le moindre geste déplacé.

Elle avait contemplé quelques secondes le visage du beau jeune homme, se demandant qui il était, s'il rejoindrait Nick en Amérique, et si un tel amour était vraiment possible. Elle ne savait rien de ces choses, mais elle avait étouffé sa curiosité, ne voulant pas se montrer indiscrète, et avait refermé la montre.

Secouée par un brusque arrêt à l'intersection de la Huitième Avenue et de la Quatorzième Rue, Fiona revint à la réalité. Les usines avaient laissé place à de jolies maisons et à des boutiques. Après avoir repris une allure de croisière, le fiacre s'arrêta à quatre rues de là, devant une maison de brique de trois étages, entre la Dix-Huitième et la Dix-Neuvième Rue.

Un peu tremblante, Fiona descendit de voiture, aida Seamie à mettre pied à terre et récupéra leurs bagages. Elle paya la course et le cab repartit dans un nuage de poussière. Tenant les deux sacs de voyage d'une main et Seamie de l'autre, elle considéra le numéro 164. Elle ne s'était pas attendue à ce qu'elle découvrit.

L'inscription *Épicerie Finnegan* se trouvait bien en devanture, mais la boutique était fermée. La porte était cadenassée, et la vitrine sale. Dans le coin en bas à droite, une affichette était collée :

Mise aux enchères par la First Merchant Bank :
164, Huitième Avenue ;
Immeuble de trois étages, devanture de sept mètres cinquante sur trente mètres de terrain.
Destination : commerce et habitation.
Date de la vente : samedi 14 avril 1889.
Pour tout renseignement, contacter :
Agence Joseh Brennan, 21 Water Street, New York.

Déconcertée, Fiona posa ses bagages et colla le visage à la vitre, mettant la main en visière pour mieux voir à l'intérieur. Un tablier blanc était roulé en boule sur le comptoir, l'horloge était arrêtée ; il y avait une caisse enregistreuse, des lampes à gaz, des étagères encore garnies de marchandises. Que s'était-il passé ? Où étaient son oncle et sa tante ?

— On va voir oncle Michael, Fiona ?

— Une minute, Seamie.

Elle recula d'un pas et leva les yeux vers le premier étage. On n'y remarquait aucun signe de vie. Elle essaya la porte de la rue, mais celle-ci était fermée à clé. Elle s'approcha du 166. La boutique était vide aussi. Les mannequins et les rouleaux de tissus lui apprirent qu'elle avait abrité un atelier de couture. Au 162, il n'y avait personne non plus, mais le pas de la porte était encombré de seaux de peinture vides et de vieux pinceaux. Que faire ? La panique la gagnant, elle avisa un garçon qui passait.

— Excusez-moi, déclara-t-elle, connaissez-vous Michael Finnegan ? Savez-vous où je peux le trouver ?

— Au bar, chez *Whelan*, sûrement. C'est à une rue d'ici, vers le nord, répondit-il en amorçant un geste pour repartir.

— Attendez ! Il ne vit plus ici ?

— Il revient peut-être dormir, mais c'est chez *Whelan* qu'il passe tout son temps.

Il accompagna l'information d'une mimique, parodiant un ivrogne qui lève le coude. C'était impossible ! Son oncle était un homme travailleur. Elle avait ses lettres pour le prouver, sa photo.

— Pouvez-vous me dire pourquoi la boutique est fermée ?

— Il ne paie plus ses factures. C'est la mort de sa femme qui lui a tapé sur le système.

Accusant le coup, Fiona resta plantée au milieu du trottoir, incapable de croire à cette nouvelle tragédie, tandis que le garçon s'éloignait. Il devait se tromper. Elle allait rencontrer son oncle, s'apercevoir qu'il s'agissait d'un malentendu, et ils en riraient ensemble.

— Viens, Seamie, lança-t-elle en saisissant de nouveau leurs sacs.

— Où on va ? gémit l'enfant. Je suis fatigué, j'ai soif.

Elle s'efforça d'adopter un ton insouciant.

— Nous allons chercher oncle Michael. Il n'est pas ici. Il sera très content de nous voir, et nous, nous pourrons déjeuner. D'accord ?

— Bon, d'accord, dit-il en lui reprenant la main.

Le bar n'était pas de ces tavernes respectables où les ouvriers vont boire un verre bien mérité. C'était un bouge pouilleux, un repaire de pochards qui se traînaient là pour commander un whisky ou un gin dès qu'ils avaient réuni quatre cents. Fiona prit son courage à deux mains, poussa la porte et entra. La salle, au moins, était calme. Trois clients jouaient au billard, et deux autres étaient affalés au comptoir.

— On sert les dames au fond, déclara le patron qui essuyait un verre avec un torchon sale.

— Je ne viens pas boire. Je cherche mon oncle, Michael Finnegan.

— Hé ! Michael ! Y a quelqu'un pour toi !

— Rien à foutre ! maugréa un homme tout au bout du bar sans se donner la peine de se retourner.

— Reste ici, ordonna Fiona à son petit frère en le laissant près de la porte.

Elle avait trop souvent eu affaire à des ivrognes belliqueux pour ignorer qu'il fallait pouvoir battre en retraite très vite. Elle s'approcha de l'homme aux cheveux noirs trop longs et à la veste trouée aux coudes.

— Pardon, vous êtes bien Michael Finnegan ?

— Qu'est-ce que vous lui voulez ? aboya-t-il en lui faisant face.

En voyant son visage, elle eut le souffle coupé. C'était le portrait de son père : même forme, mêmes yeux bleu vif. Michael avait quelques années de moins, il ne possédait pas les larges épaules ni la peau burinée que donnait le travail dans les docks, mais l'air de famille était frappant.

Réalisant qu'il s'adressait à une femme, Michael présenta aussitôt ses excuses.

— Pardon, ma jolie, j'croyais que c'était un de ces vautours qui me tarabustent pour avoir de l'argent. Je ne voulais pas...

Sa phrase mourut dans sa gorge. La main droite agrippée à son verre, il la contemplait avec la même intensité qu'elle mettait à le regarder.

— On se connaît ? demanda-t-il.

— Je suis votre nièce, Fiona.

Il y eut un temps de silence.

— Ma nièce ?... La fille de Paddy ?

— Oui, et voilà mon frère Seamus, ajouta-t-elle en le désignant de loin.

— Ça alors ! s'exclama Michael avec un grand sourire. Attends que j'te regarde... Doux Jésus, t'es le portrait de mon frère ! Ma nièce !

Il descendit lourdement de son tabouret et la prit dans ses bras, la suffoquant presque dans les vapeurs de whisky.

— Tim ! hurla-t-il en la relâchant, un verre pour ma nièce, Finona !

— Fiona...

— Allez, pose-toi là, commanda-t-il en tirant un tabouret de bar. Raconte-moi comment t'es arrivée ici ! Tim ! Un whisky pour la demoiselle !

— Je préfère une eau gazeuse.

— Et un verre aussi pour le p'tiot ! s'écria Michael en faisant de grands gestes à Seamie pour qu'il les rejoigne. Viens là, mon garçon, viens t'asseoir près de tonton Michael.

Il tira un tabouret pour Seamie qui, hésitant, se laissa hisser sur le siège.

— Alors, vous nous faites une petite visite ?

— Nous venons d'émigrer, expliqua-t-elle en se juchant sur son tabouret.

— Et Paddy, et Kate, ils sont là également ?

Elle attendit d'avoir tendu son verre d'eau à Seamie et d'avoir pris le sien pour lui révéler la situation. Malgré son regret de causer encore de la peine à un homme qui venait sans doute de perdre sa femme, elle lui dit tout : l'accident de son père, le meurtre de sa mère, la mort de Charlie, du bébé, ajoutant qu'elle et Seamie ne s'en étaient sortis que grâce à Roddy O'Meara.

— Quoi... Tous morts ?... Mon frère... Les années avaient beau passer, j'étais sûr que je le reverrais un jour...

Il lança à Fiona un regard égaré.

— Il... il n'a pas trop souffert ?

— L'accident a été terrible... mais il n'a pas survécu longtemps.

Il hocha la tête et se commanda un autre whisky qu'il avala comme de l'eau.

— Oncle Michael, nous sommes d'abord allés chez vous. Que s'est-il passé ? Qu'est-il arrivé à Molly et au bébé ? Et la boutique ?

— Une autre tournée, Timothy. Un double !

Encore... Et il était déjà très soûl. Elle l'observa tandis qu'il attendait sa nouvelle dose en pianotant sur le bar. Il en avait vraiment besoin. Le garçon dans la rue n'avait pas menti : il était imbibé d'alcool. Il avala son verre comme le précédent. Son regard devenait de plus en plus trouble.

— Oncle Michael, qu'est-il arrivé à tante Molly ?...

— Morte. Du choléra.

— Mon Dieu...

— Elle était faible après la naissance du bébé... Autrement, elle aurait peut-être... tenu le coup.

— Et le bébé ?

— Il avait deux semaines quand il y a eu l'épidémie... C'est une fille.

— Elle a survécu ? Où est-elle ? s'exclama Fiona, imaginant le pauvre bébé seul dans un appartement vide et sombre.

— Chez... une amie... Elle l'a prise après l'enterrement.

Il leva le bras pour héler le patron.

Non, songea Fiona. C'est trop, il a déjà du mal à s'exprimer.

— Où habite cette amie ? Où est le bébé ?

— Là-bas... dans la maison...

Il bafouillait. Il fallait vite le faire parler avant qu'il ne devienne complètement incohérent.

— Et la boutique, oncle Michael ? Elle va être mise en vente. On ne peut pas empêcher ça ? Combien d'argent dois-tu ?

— Je ne veux plus en entendre parler ! cria-t-il en abattant le poing sur le comptoir.

Apeuré, Seamie glissa de son siège et se cacha derrière Fiona.

— J'y mettrai plus les pieds ! Que cette saleté de banque la prenne ! Elle était à moi et à Molly. Elle l'avait faite toute belle, ça marchait tellement bien !

D'une main tremblante, il s'empara du verre que le patron venait de poser devant lui. Ses yeux s'emplirent de larmes.

— Ma Molly ! gémit-il. Le bon Dieu aurait dû m'emporter aussi. Je ne peux pas continuer sans elle... Je peux plus...

— Mais la boutique, Michael, combien dois-tu ?

— Trois cents dollars. À la banque. Et cent de plus au moins aux fournisseurs... J'en ai pas le premier sou... J'ai plus rien.

Il tira de sa poche quelques dollars, et des pièces roulèrent sur le plancher crasseux.

— Saleté de machins...

Fiona posa les coudes sur le bar et se prit la tête dans les mains. Ce n'était pas du tout ce qu'elle avait imaginé. Pas du tout. Elle avait cru être accueillie à bras ouverts. Sa tante leur aurait proposé des sandwichs, du thé, et il y aurait eu un beau bébé à embrasser. Où était-elle tombée ? Au bout de quelques minutes, elle se leva. Il fallait qu'elle sorte de ce bar. Elle avait eu tort de venir à New York. Finalement, elle n'y avait aucune famille pour l'aider. Elle était seule.

Michael lui jeta un regard effrayé.

— Non, supplia-t-il en s'accrochant à sa main. Ne pars pas ! Ne pars pas !

— Nous sommes fatigués, répondit-elle en se libérant. Seamie a faim. Nous devons trouver un endroit où passer la nuit.

— Chez moi... Tu peux dormir chez moi... Je t'en prie, ne me laisse pas. Je suis tout seul, gémit-il, rendu maintenant larmoyant par l'alcool. C'est pas très propre, mais je vais nettoyer.

Fiona soupira. Comment pourrait-il nettoyer l'appartement ? Il n'arrivait même pas à ramasser ses pièces par terre.

— Reste... Je t'en prie... insista-t-il en lui reprenant la main.

Se laissant apitoyer malgré elle, elle le regarda. Le désespoir qu'elle vit dans ses yeux était tellement effroyable que son refus s'étrangla dans sa gorge. Et puis la nuit tomberait bientôt, et elle ne savait pas où aller.

— Bien... Je reste... En tout cas pour ce soir.

Michael fouilla dans sa poche, et en sortit deux clés qu'il lui donna.

— Va devant. J'te suis. J'te suis... Nettoyer... Prop' comme un sou neuf... Tim ! Un autre !

De retour au numéro 164 de la Huitième Avenue, Fiona introduisit la clé dans la serrure et fit entrer Seamie dans la maison. Ils montèrent au premier, puis pénétrèrent dans l'appartement de leur oncle. Une odeur nauséabonde de lait tourné et de pourriture les assaillit. Il faisait très noir. Fiona demanda à Seamie de l'attendre, longea un étroit couloir, suivant le mur du bout des doigts, et arriva dans la cuisine. Un rideau de dentelle ornait la fenêtre ; elle tira sur le store qui s'ouvrit avec un claquement. Un trottinement de souris se fit entendre, et Fiona tapa des pieds pour faire fuir les retardataires. Le soleil lui révéla soudain un désordre innommable.

De la vaisselle sale s'empilait non seulement dans l'évier, mais partout ailleurs, sur la table, par terre. Des cafards couraient sur les miettes oubliées par les souris. Dans les verres qui traînaient stagnaient des restes de bière et du café croupi. Le sol poissait sous les pieds, et l'odeur était insoutenable. N'y tenant plus, Fiona ouvrit la fenêtre pour aérer.

— Fi ? appela Seamie du couloir.

— Reste où tu es, Seamie, ordonna-t-elle en gagnant la salle à manger.

Elle ouvrit les fenêtres, éclairant une scène similaire. Des bouteilles de whisky vides et des vêtements sales traînaient dans tous les coins. Du courrier s'empilait par terre. Fiona ramassa une enveloppe encore close. Elle émanait de la First Merchant Bank et était adressée à Michael Finnegan avec un tampon URGENT. Elle trouva aussi un bout de papier plié. C'était un mot du boucher exigeant le règlement immédiat des impayés. Une enveloppe cachetée et fortement timbrée attira son attention. C'était la lettre que sa mère avait envoyée pour annoncer le décès de son père.

Quel désastre ! Sa tante était morte, son oncle était devenu ivrogne, et elle avait une cousine qu'elle ne savait où chercher dans cette ville épouvantable. La boutique était fermée et ne pourrait lui offrir du travail. La maison allait être vendue aux enchères. Où iraient-ils ? Que feraient-ils ?

Elle continua sa visite, ne rencontrant que saleté et désordre : la salle de bains était répugnante ; la chambre de Michael, comme partout, remplie de bouteilles vides. Les draps, entortillés sur le lit, pendaient jusqu'à terre. Sur un des oreillers, elle avisa une photo encadrée et la prit. C'était une jolie femme aux yeux rieurs.

— Fi ! appela Seamie. Viens me chercher ! J'ai peur !

— Me voilà ! répondit-elle en accourant.

— Je veux rentrer à la maison !

Il tremblait de fatigue et de peur. Pour lui, il fallait être forte.

— Chut, mon chou, tout va s'arranger, tu vas voir. Nous allons sortir chercher à manger, et puis je vais nettoyer, et on sera très bien.

— C'est tante Molly ? s'enquit-il en désignant la photographie qu'elle tenait à la main.

— Oui, mon chéri.

— Elle est morte, hein ? Oncle Michael a dit qu'elle était morte.

— Oui, c'est vrai.

— Encore ! J'en ai assez ! Comme maman, comme papa, comme Charlie et Eileen ! Tout le monde est mort ! Papa Nick aussi.

— Mais non, répliqua Fiona doucement en s'agenouillant devant lui. Nick n'est pas mort. Il est dans un hôtel, tu le sais bien. Nous devons le revoir la semaine prochaine.

— Non, c'est pas vrai. Il est mort ! cria Seamie en donnant un coup de pied dans un sac de voyage. Et toi aussi, tu vas mourir ! Je vais rester tout seul !

En voyant les yeux de Seamie noyés de larmes, Fiona eut le cœur brisé. Il était encore si petit ! Il avait perdu sa famille, sa maison, ses amis, tout. Elle le prit dans ses bras.

— Nick n'est pas mort, je t'assure, et je ne mourrai pas non plus. Pas avant très, très longtemps. Je suis là, et je vais m'occuper de toi et te protéger, d'accord ?

— Promis ? insista-t-il en reniflant contre son épaule.

— Oui, promis.

Il s'essuya les yeux avec le dos de la main, la regarda, et continua sa triste litanie.

— Papy O'Rourke est mort, et mamie O'Rourke aussi, et Moggs, le chat, et le petit chien de Bridgit Byrne qui ne mangeait plus, et le bébé de Mme Flynn, et...

Fiona poussa un soupir. Elle tira de sa poche son mouchoir et le fit se moucher. Elle aurait tant voulu que sa mère soit là. Sa mère aurait calmé les inquiétudes de Seamie. Elle avait toujours su consoler ses enfants. Fiona se sentait incapable de la remplacer ; elle ne savait même pas où acheter à dîner, ni où dormir dans ce taudis. Elle avait peur de l'avenir, de ne pas trouver d'endroit où habiter, de ne pas réussir à gagner leur vie. Et, par-dessus tout, elle se demandait ce qui lui avait pris d'émigrer. Elle aurait dû prendre le risque de rester en Angleterre. Ils auraient pu se rendre à Leeds, à Liverpool, ou monter dans le Nord jusqu'en Écosse. Aller dans le Devon, en Cornouailles. Ils auraient été mieux n'importe où, dans le village de mineurs le plus misérable, le hameau le plus reculé... n'importe où, plutôt qu'ici.

23

Nicholas tressaillit lorsque le médecin posa le stéthoscope sur sa poitrine nue.

— Dites ! Vous le conservez dans une glacière ?

Le médecin, un Allemand sérieux à l'embonpoint de bourgeois, ne sourit pas à la plaisanterie.

— Respirez, commanda-t-il. Inspirez, soufflez.

Nick s'exécuta de mauvaise grâce. Il n'avait aucune envie de se trouver là, dans le cabinet du Dr Werner Eckhardt, mais il n'avait pas le choix. Pendant la traversée, son état de fatigue s'était aggravé. Fiona avait souvent voulu faire venir le médecin de bord, mais il l'en avait empêchée. C'était impossible : on lui aurait interdit l'entrée en Amérique.

En arrivant à son hôtel, la veille, il avait écrit à Eckhardt, spécialiste très réputé, pour demander un rendez-vous, et, par retour, avait reçu un message annonçant qu'un désistement permettait de le recevoir dès le lendemain.

Tandis qu'il continuait de respirer profondément, le médecin passa de sa poitrine à son dos, très attentif. Enfin il se redressa, ôtant le stéthoscope de ses oreilles.

— Votre cœur est atteint, il y a des lésions. J'entends un sifflement dans le sang.

Voilà bien la franchise allemande, songea Nick. Pas de circonlocutions polies pour adoucir le choc. Mais il avait beau faire, il n'arrivait plus à tourner la situation en dérision pour se protéger. Mon Dieu, pensa-t-il, mon cœur ! C'est mon cœur !

— Votre maladie est en phase évolutive, monsieur. Il s'agit d'un mal très sensible à l'état général du patient. Si vous voulez ralentir sa progression, il faut vous ménager davantage. Reposez-vous. Alimentez-vous convenablement. Ne vous surmenez surtout pas.

Nick hocha la tête, trop horrifié pour répondre. D'abord son cœur, et ensuite ? Ses poumons ? Son cerveau ? Il voyait le mal envahir son crâne telle une horde barbare, saccager ses capacités et le réduire à l'état d'idiot. Jamais il n'accepterait d'en arriver là. Il se pendrait avant.

Ah, si Fiona était là ! Elle qui était tellement tendre, fidèle, bonne, elle lui prendrait la main, le rassurerait comme elle l'avait fait à bord. Mais était-ce bien sûr ? Même l'âme la plus généreuse avait ses limites. Si elle découvrait l'origine de son mal, il la perdrait certainement, sa chère Fi, sa seule amie, comme il avait perdu tous ses proches.

— Vous m'écoutez, monsieur Soames ? Je ne plaisante pas : il est primordial que vous dormiez beaucoup, au moins dix heures par nuit, ainsi que des petits sommes pendant la journée.

— Bon, mais je ne veux pas vivre en invalide ! Je dois monter ma galerie, et je ne pourrai pas le faire en restant au lit. Que pensez-vous des traitements au mercure ?

— Une perte de temps ! Vous ne réussirez qu'à vous noircir les dents.

— Et il n'existe rien d'autre ?

— J'ai mis au point un remontant qui fortifie le système et rend plus résistant.

— Essayons cela, alors.

Pendant que Nick se rhabillait, Eckhardt fit passer un liquide noir et visqueux dans une fiole de verre, y enfonça un bouchon et indiqua à Nick les doses à prendre. Il lui recommanda de revenir dans un mois, puis alla s'occuper du patient suivant. Il doit exagérer la gravité de mon état, comme tous les médecins, songea Nick. Il mit la fiole dans sa poche et, en sortant, demanda à la réceptionniste d'envoyer la note à son hôtel.

À l'extérieur brillait un frais soleil de mars. Nick avait le chic recherché du dandy, avec son costume trois-pièces gris, et son choix original du brun pour sa cravate, ses souliers et son pardessus, à la place du noir habituel. Il descendit Park Avenue mains dans les poches, en quête d'un fiacre. Sa démarche alerte et l'étonnante couleur turquoise de ses yeux attiraient les regards, mais il était trop absorbé par ses pensées pour s'en rendre compte.

Quand il trouva un cab, il se fit conduire à Gramercy Park. En chemin, la voiture passa devant une galerie d'art de la Quarantième Rue. Elle avait l'air très prospère, avec sa marquise bordée d'or et les urnes de bronze qui flanquaient une porte aux cuivres étincelants. Nick n'en fut que plus déterminé : il ouvrirait sa galerie, et lui aussi aurait du succès. Il ne se laisserait pas vaincre par la maladie.

Il résisterait, prouverait sa force, à Eckhardt, à lui-même, et surtout à son père qui l'avait maudit et lui avait conseillé de mourir vite pour épargner le scandale à sa famille.

En pensant à cet homme fier, dur, que son extrême richesse avait rendu si puissant, si monstrueux, Nick frissonna. Il tenta de repousser les souvenirs, mais sans succès. La violence de son père, le soir où il avait appris sa maladie, avait été incroyable. Son visage s'était déformé sous la fureur, et il l'avait envoyé cogner contre le mur. Nick s'était effondré, et avait vu les souliers à bout noir aller et venir sous son nez. Tout n'était qu'apparence pour cet homme. Il suffisait de s'habiller et de parler comme un gentleman pour en être un, même si l'on frappait ses chevaux, ses serviteurs, son fils.

Se ressaisissant, Nick sortit sa montre. Il devait rencontrer à onze heures un agent immobilier qui lui ferait visiter des locaux pour sa galerie. Par erreur, il ouvrit l'arrière du boîtier, et une petite photographie tomba sur ses genoux. Il la ramassa, le cœur serré. Il se souvenait si bien du *Chat noir* où il l'avait prise ! Il sentait encore le goût de l'absinthe, l'odeur de cigarette, de parfum, de cuisine à l'ail. Il revoyait ses amis, leur visage, leurs vêtements fripés, leurs mains maculées de peinture. Il appuya la main sur son cœur pour en éprouver les battements. Ainsi, il avait des lésions ? Mais si la perte terrible qu'il avait subie l'automne précédent ne l'avait pas tué, comment ce mal pourrait-il avoir raison de lui ? Contemplant le visage aimant, il fut transporté loin de New York, à Paris. Henri était assis dans le café, portant sa veste lie-de-vin favorite. On n'était plus en mars, mais au mois de mai, c'était le soir de leur rencontre, à Montmartre...

Dans la journée, il avait vendu une œuvre de Toulouse-Lautrec, un portrait haut en couleur de Louise Weber, l'artiste de music-hall connue sous le nom de la Goulue. Au début, l'employeur de Nick, le négociant d'art Paul Durand-Ruel, avait hésité à représenter Toulouse-Lautrec, mais Nick l'avait convaincu de prendre quelques toiles. Il n'avait touché sur cette affaire qu'une petite commission, mais avait remporté une grande victoire pour le nouveau courant artistique.

Car ce n'était pas une mince affaire que de promouvoir la nouvelle génération de peintres. Les précurseurs, Monet, Manet, Renoir, Berthe Morisot, étaient déjà très difficiles à vendre. En 1874, lors des premières expositions, l'accueil avait été cruel. C'était un critique d'art qui, d'après le titre d'une toile de Monet, *Impression, soleil levant*, avait qualifié avec mépris leur style d'« impressionniste » – autant dire de travail bâclé. Qu'attendre d'autre quand on se rebellait contre les idées reçues ? Ces artistes voulaient représenter le réel, et non plus une vision idéalisée du monde. Pour eux, la couturière penchée sur son ouvrage était aussi digne d'intérêt qu'un empereur ou un sujet religieux. Leur technique spontanée suscitait si bien l'émotion... Contrairement au public, Nick les adorait. Leur recherche revendiquait l'honnêteté qui avait tant manqué à son éducation.

Il était allé étudier l'économie à Cambridge parce que son père l'y avait obligé. Mais au lieu de se préparer à gérer la banque familiale, il avait passé le plus clair de son temps à apprendre l'art et avait décidé de partir pour Paris. Il détestait sa vie. Sa famille l'étouffait : les dîners où son père ne parlait que de finance, ses reproches parce que lui-même ne s'y intéressait pas, les bals épouvantables où on lui jetait dans les bras des jeunes filles à marier, car, étant fils unique, on le considérait comme un bon parti. Sa vie n'était que mensonge, alors que dans les toiles de Monet, de Pissarro, de Degas, on voyait le monde tel qu'il était.

Ce soir-là, il dînait d'une délicieuse assiette de moules au *Chat noir* avec Gauguin, Toulouse-Lautrec, Georges Seurat, Paul Signac, Émile Bernard, les frères Van Gogh et une joyeuse compagnie, quand il avait reçu un chou pourri en pleine poitrine. Le coupable, un détracteur furieux qui visait Gauguin, avait refusé de s'excuser et avait même reproché à Nick d'avoir détourné son projectile.

La puanteur étant abominable, Nick s'était levé, annonçant qu'il rentrait se changer. Un des convives, un jeune homme qui semblait beaucoup plaire à la serveuse, proposa de l'emmener chez lui et de lui prêter une chemise.

— Je m'appelle Henri... Henri Besson. J'habite à côté.

— Merci, allons-y vite !

Ils montèrent en courant les cinq étages jusqu'à la minuscule chambre d'Henri, Nick arrachant sa chemise en cours de route. Il se rinça au broc au-dessus d'un petit évier taché de peinture. Henri lui donna du savon et une serviette, et, une fois qu'il eut passé une chemise propre, un verre de vin rouge. Nick était si pressé de se laver qu'il n'avait tout d'abord pas prêté attention à ce qui l'entourait. À sa grande surprise, il découvrit une pièce remplie de toiles ; il y en avait partout, sur les murs, appuyées à la cheminée vide, ou aux rares meubles. C'étaient les toiles les plus lumineuses, les plus vivantes qu'il lui eût jamais été donné d'admirer. Une jeune fille au bal, dont l'ivoire de la peau s'empourprait subtilement ; une lingère, la jupe retroussée sur ses genoux épais ; des travailleurs aux abattoirs des Halles. Puis il remarqua un tableau qui le sidéra. Il représentait deux hommes à la table du petit déjeuner, l'un lisant le journal, l'autre portant sa tasse à ses lèvres tout en regardant par la fenêtre. Ils étaient en costume, ne se regardaient même pas, mais tout dans leur attitude traduisait l'intimité de deux amants. La scène était à la fois innocente et scandaleuse.

— Bon Dieu, Henri !... Vous avez exposé cette toile ?

Henri le rejoignit pour voir ce qu'il regardait et fit non de la tête.

— Si nos amis se font envoyer des choux à la figure parce qu'ils peignent la réalité, qui pourrait accepter la vérité que je peins là ?

Ils ne rejoignirent pas les autres. Ils terminèrent la bouteille de vin et en ouvrirent une seconde, discutant jusqu'à une heure avancée de la nuit de leurs amis peintres, des écrivains Zola, Rimbaud, Oscar Wilde, des compositeurs Mahler et Debussy, et aussi d'eux-mêmes. Et le lendemain matin, alors que les premiers rayons du soleil caressaient le corps endormi d'Henri, Nick, éveillé avant lui, resta à le contempler, presque incapable de respirer tant son nouveau bonheur le suffoquait...

Un agent de police tapa quelques coups brusques sur le cab, le tirant de ses souvenirs avec un sursaut.

— Il y a une carriole renversée devant ! annonça-t-il au cocher. On ne passe plus, prenez par la Cinquième Avenue.

Nick baissa de nouveau les yeux sur la photo qu'il tenait dans le creux de sa main. Il sourit. Cette veste, il la lui avait offerte. Il replaça la photo dans le boîtier. Henri l'avait trouvé trop généreux, mais c'était faux : ce qu'Henri lui donnait, l'amour, la joie, le courage, avait bien plus de valeur que l'argent. C'était Henri qui l'avait convaincu de continuer à tenir tête à son père et de vivre comme il le souhaitait. Cela leur avait d'ailleurs valu quelques disputes, sans compter deux ou trois scènes publiques assez embarrassantes.

— Si tu rentres à Londres, disait Henri, tu seras fichu, tu le sais bien. Tu ne dois rien à ton père, tu n'as pas à lui sacrifier ta vie.

— Parfois, il me semble que si...

— Bon Dieu... Mais pourquoi ?

— Par sens du devoir, sans doute. Je suis son fils unique. Nos ancêtres ont ouvert la banque Albion il y a plus de deux cents ans. Nous la dirigeons de père en fils depuis six générations ; je devrais être le septième du nom à prendre la suite.

— Mais tu détestes les banques, Nicholas ! Tu n'arrives même pas à tenir tes propres comptes. Je dois aller déposer tes commissions pour toi !

— Je le sais bien...

— Tu ne pourrais pas abandonner Paris pour une banque ! Tu ne quitterais pas tout ce que tu as ici ! Ton travail... Et moi... ?

— C'est cela le pire ! Je ne peux pas te quitter.

Nick était tombé amoureux dès le premier soir, et Henri aussi. Ses expériences se résumaient à des étreintes furtives sans amour qui lui avaient semblé sales, honteuses. Il aimait pour la première fois. Quel émerveillement ! Soudain, les tâches les plus banales devenaient magiques. Dès le premier mois, ils avaient emménagé ensemble et une année de bonheur parfait avait suivi. Nick avait reçu deux promotions. Durand-Ruel le louait pour son sens critique, aptitude rare à un si jeune âge. Et tous les soirs, il retrouvait Henri en rentrant.

Mais un nuage noir menaçait à l'horizon : son père. Celui-ci avait été furieux lorsque Nick était parti pour Paris. Il l'avait laissé faire, cependant, pensant que l'intérêt de son fils pour les arts se dissiperait vite. Maintenant, il exigeait son retour. Dans une lettre, il l'avait sommé de revenir, signifiant qu'à vingt et un ans, Nick avait atteint l'âge de prendre ses responsabilités. Il voulait développer la banque, ouvrir des succursales dans toute la Grande-Bretagne et en Europe. Le monde des finances évoluait. C'était le moment d'exploiter les besoins croissants en capitaux, et son fils se devait de le seconder.

Quand Nick avait refusé de lui obéir, il lui avait coupé les vivres. Faute d'autre moyen de pression, il menaçait à présent de le déshériter. Nick risquait de perdre des millions en espèces et en valeurs, une maison à Londres, un domaine dans l'Oxfordshire, des propriétés dans le Devon et en Cornouailles, un siège à la Chambre des lords. Il avait répondu à son père en lui proposant un marché : qu'il lui laisse encore un peu de temps, jusqu'à la fin de l'été, et il retournerait à Londres en septembre pour parlementer. Son père avait accepté. On était en juillet. Nick devait quitter Paris avec Henri pour s'installer à Arles deux jours plus tard, et il comptait mettre à profit ces quelques semaines de répit pour se décider.

Un vent froid pénétrait par la fenêtre du cab. Encore perdu dans ses souvenirs, Nick ne le sentait pas. Henri et lui avaient loué une vieille maison à Arles, s'étaient promenés dans la campagne, avaient passé de bonnes nuits, s'étaient reposés et avaient juré de ne plus jamais revenir dans la saleté et le bruit parisiens. Henri peignait, Nick correspondait avec des artistes, des clients, et lisait. Parfois, ils allaient en ville pour souper, mais Henri aimait cuisiner. Un soir qu'il avait préparé une tarte à l'oignon, Nick, incapable d'avaler une bouchée, lui avait fait part de sa résolution...

Cet après-midi-là, il était allé à la poste pour envoyer une lettre à son père, une lettre qu'il ne pouvait plus rattraper.

— Tu ne manges pas, avait remarqué Henri. Tu n'aimes pas ma tarte ?

Nick ne répondit rien, terriblement oppressé.

— Nicholas, que se passe-t-il ?
— Henri, je... Oh, mon Dieu... gémit-il.
— Qu'y a-t-il ? Tu es malade ?
Il regarda Henri et lui prit la main.
— J'ai... J'ai écrit à mon père aujourd'hui...
Voyant Henri pâlir, il se hâta d'achever.
— Je lui ai dit que je ne rentrerai pas.
Henri s'agenouilla près de sa chaise. Nick l'attira contre lui et le serra dans ses bras.
— Henri, tu pleures ? demanda-t-il. Pourtant, je pensais que cela te rendrait heureux...
— Que tu es bête, je suis très heureux. Heureux pour moi, mais c'est pour toi que je pleure, pour tout ce que tu as perdu. Ton pays, ta famille... C'est cher payé...
— Chut... ne t'inquiète pas. Mon pays est là où je vis avec toi, et ma famille, c'est toi.
Ils avaient beaucoup pleuré ce soir-là, et beaucoup ri aussi. Nick savait qu'il lui faudrait du temps pour accepter les conséquences de sa décision, mais ne regrettait rien. Ils repartirent pour Paris dans le courant du mois d'août. Nick se jeta à corps perdu dans le travail, plus déterminé que jamais à aider ses amis peintres à vendre leurs œuvres pour qu'ils puissent vivre de leur peinture et obtenir une reconnaissance bien méritée. Les toiles d'Henri commençaient à trouver preneur. Deux d'entre elles se vendirent chez Durand-Ruel, trois chez Goupil. Septembre arriva, et Nick n'avait toujours pas reçu de nouvelles de sa famille. Il en déduisit que son père avait mis sa menace à exécution et qu'il ne le contacterait plus jamais. Il en éprouva une grande peine, mais s'en fit une raison. L'amour d'Henri comptait plus que tout.
Le cab s'arrêta brutalement du côté est d'Irving Place, le tirant de sa rêverie. Il descendit, sortit des billets de son portefeuille et régla la course. Beau quartier, songea-t-il en regardant autour de lui. Vieilles fortunes... Il sourit, songeant qu'à New York il ne pouvait y avoir de fortunes très anciennes. Mais que lui importait ? Il se moquait bien qu'il s'agisse de nouveaux riches, du moment qu'on achetait ses toiles.
Et il était certain de la vitalité du marché. Durand-Ruel était venu à New York en 1886 avec trois cents tableaux impressionnistes, et l'engouement avait été immédiat. Ici, le public était riche et assez cultivé pour apprécier ce nouveau courant artistique. L'important était d'avoir suffisamment d'œuvres à proposer, et il en aurait. Avant de partir pour l'Amérique, il avait fait câbler plusieurs milliers de livres à la galerie, presque tout l'argent qui lui restait, et accompagné

l'envoi d'un télégramme donnant des instructions à ses anciens collègues, leur demandant d'expédier les toiles choisies à un entrepôt des douanes de New York. Elles arriveraient d'ici à une semaine, et en les retrouvant il aurait l'impression de revoir de vieilles et chères connaissances. Chaque œuvre contenait une part de la vie de l'artiste, de son âme. Et aussi un peu de son existence à lui, un peu de l'amour qu'il avait éprouvé pour Henri. S'il réussissait dans son entreprise, alors quelque chose de bon serait tout de même ressorti de toutes ses souffrances.

Presque heureux, Nick se mit en marche pour aller chez l'agent immobilier. Eckhardt, pensa-t-il, n'était qu'un rabat-joie. Il n'avait aucune intention de partir pour un monde meilleur : il avait une mission importante à accomplir, et il la mènerait à bien.

24

— Oncle Michael ? appela Fiona du seuil de la chambre. Réveille-toi !

Pas de réponse. Il dormait vautré sur le dos, exhibant des chaussettes pleines de trous.

— Il est mort ? demanda Seamie.

— Ne dis pas ça ! Bien sûr, qu'il n'est pas mort. Les morts, ça ne ronfle pas !

Elle appela de nouveau son oncle, et, n'obtenant pas de réponse, elle le secoua. Il ronflait toujours. Elle lui tapota la joue, puis essaya de l'asseoir en le tirant par le bras, mais il retomba mollement sur le lit.

Au cours de sa première nuit à New York, incapable de dormir, Fiona avait compris qu'il était essentiel que Michael ne perde pas sa boutique. C'était la seule façon pour lui de gagner sa vie, et sa seule chance à elle de s'en sortir. La veille, elle avait couché Seamie pour sa sieste et était descendue faire des courses. Elle avait dû parcourir sept pâtés de maison avant de trouver une épicerie présentable. Le patron, un homme aimable et bavard, connaissait son oncle et savait qu'il avait travaillé dur pour acheter ses murs. « Il gagnait bien sa vie, avait-il ajouté. Ce qui le perd, c'est la bouteille. »

À son retour, Fiona s'était retroussé les manches, avait noué sa jupe, et s'était mise au ménage. Une fois en état, l'appartement redevint très agréable. Il comprenait la chambre de Michael, une deuxième dans laquelle elle avait dormi, et une d'enfants où elle avait installé Seamie. Il y avait une vraie salle de bains avec des toilettes, un lavabo et une baignoire. À cela s'ajoutaient une salle de séjour et une cuisine avec un four tout neuf, un évier à deux bacs et une grande table ronde en chêne. En nettoyant, Fiona découvrit de touchants détails, comme un vase vert portant les mots *Souvenir de Coney Island*, une paire de bougeoirs en pâte de verre, une petite boîte décorée de coquillages, et des images de fleurs encadrées. Dans la salle de séjour, elle remarqua que le divan et les deux fauteuils de velours prune formaient un ensemble, et que le tapis était d'un joli vert. Rien n'était de première qualité, mais on sentait que l'ameublement avait été choisi avec amour.

De toute évidence, son oncle avait bien gagné sa vie, et pourrait recommencer, s'il s'en donnait la peine. Quant à elle, elle ne voulait plus trimer dans une fabrique de thé ou faire le ménage dans les pubs pour une misère ; elle allait travailler avec lui, comme elle l'avait prévu. Elle apprendrait le métier, et ouvrirait plus tard sa propre boutique avec l'argent de Burton. Jusqu'à présent, elle n'avait dépensé que quarante livres sur les cinq cents qu'elle lui avait pris. Elle avait changé cinquante livres dans le bateau, qui lui avaient rapporté deux cent cinquante dollars. Les quatre cent dix livres restantes monteraient à deux mille dollars ou plus. C'était une fortune, mais il fallait dépenser avec prudence, car son avenir et celui de Seamie dépendaient du bon emploi de ce capital. Elle savait d'expérience que le salaire d'une ouvrière couvrait tout juste le prix d'une chambre misérable et de maigres repas. Si elle n'y prenait garde, elle dilapiderait peu à peu son trésor pour boucler son budget, et finirait aussi pauvre qu'à Whitechapel. Or elle avait résolu de ne plus accepter la pauvreté. Elle désirait être riche. Même sans avoir décidé quelle forme prendrait sa revanche sur Burton et Sheehan, elle savait qu'il lui faudrait de l'argent, et beaucoup. Elle réussirait, et son succès passait forcément par son pochard d'oncle.

Dans la salle de bains, elle prit un verre sur le lavabo et le remplit d'eau froide, puis elle retourna dans la chambre et le lui versa sur la tête.

Il poussa un grognement, s'ébroua et se redressa.

— Qui va là ? On veut me noyer ?

— Tu te souviens de moi ? Tu m'as vue chez *Whelan*, hier. Tu nous as invités à dormir ici.

— Ah ! Je croyais l'avoir rêvé.

— Bien sûr que non ! L'appartement s'est-il nettoyé tout seul, d'après toi ? Et la côte de porc sur ton assiette, tu ne l'as pas imaginée non plus !

Michael se pressa les mains sur les oreilles en grimaçant.

— Ouille, j'ai mal au crâne, tu parles trop.

— Eh bien, justement, tu vas m'écouter ! Tu dois arrêter de boire. C'est très triste que Molly soit morte ; je sais que c'est difficile pour toi, mais tu vas perdre ta boutique.

— Elle est déjà perdue. Je dois des centaines de dollars que je ne peux pas payer.

— Moi, je réglerai les factures.

Il se mit à rire.

— Tu n'as pas assez, répliqua-t-il en se levant pour fouiller dans un tiroir.

— Si. J'ai... obtenu une compensation de l'employeur de mon père. Pour son accident. Je te prêterai ce qu'il faut. Tu pourras rembourser ce que tu dois à la banque et à tes créanciers.

— Ah ! s'exclama Michael, trouvant ce qu'il cherchait.

Il ramena un flacon de whisky, l'ouvrit et en prit une goulée.

— Arrête ! Je t'en prie, écoute-moi.

— Non, c'est toi qui vas m'écouter ! s'écria-t-il, l'effrayant par ce soudain éclat de voix. Je ne veux pas de ton argent, je ne veux pas de ton aide. Je veux que tu me fiches la paix !

Il but une nouvelle rasade de whisky et quitta la pièce.

Fiona le suivit, Seamie à la traîne.

— Mais tu ne peux pas te moquer de la boutique, tout de même. Ne te préoccupes-tu pas de ce que tu vas devenir ? Et ton enfant ? Et nous ?

— Si tu crois que je m'inquiète pour toi, ma fille, tu te trompes ! Je ne te connais même pas.

Fiona eut l'impression de recevoir une gifle. Quelle méchanceté ! pensa-t-elle. Si les enfants de Michael s'étaient réfugiés chez nous, mon père ne les aurait pas traités ainsi.

— Tu vas finir par dormir dans la rue, jeta-t-elle, furieuse. Et tout cela parce que tu n'as pas le courage de te secouer. Crois-tu que tu es le seul à souffrir ? J'ai failli devenir folle quand mes parents sont morts, mais j'ai surmonté ma douleur, et Seamie aussi. Il a cinq ans, et il a plus de courage que toi !

Cette fois, elle fit mouche.

— Tu as la tête dure, toi, remarqua Michael en plongeant la main dans sa poche et en lui lançant quelque chose.

Surprise, elle eut un mouvement de recul et l'objet atterrit à ses pieds avec un bruit métallique.

— Prends-la, cette foutue boutique, puisque tu y tiens tellement ! Elle est à toi ! Maintenant, fiche-moi la paix, espèce de crécelle !

Il sortit en claquant la porte. Les yeux de Fiona se remplirent de larmes et elle baissa la tête pour cacher sa tristesse à Seamie. C'est alors qu'elle vit la clé argentée briller sur le plancher sombre. Elle se pencha et la toucha du bout des doigts, puis retira brusquement la main.

Elle devait être folle de même y songer ! Il fallait savoir bien trop de choses pour gérer une boutique. On devait connaître la quantité de marchandises à commander, gérer le stock, tenir le livre de comptes. Elle n'avait jamais fait cela. Joe avait appris... mais Joe n'était pas là. Il était à Londres, avec Millie Peterson. Et elle, elle était à New York, sans travail, vivant dans une maison qui allait être vendue aux enchères si elle n'arrêtait pas de s'apitoyer sur son sort et ne trouvait pas un moyen d'empêcher la catastrophe.

Elle avança de nouveau la main et ramassa la clé. À cet instant résonnèrent des pas dans l'escalier puis des coups timides à la porte, et elle cacha l'objet dans sa poche.

— Michael ? lança la visiteuse en passant la tête à l'intérieur. Oh ! s'exclama-t-elle en voyant Fiona, vous m'avez donné un coup au cœur !

Elle entra, plaquant des mains rouges et mouillées sur sa poitrine. C'était une femme replète de petite taille, au gros chignon châtain, dont le visage ouvert était éclairé par de grands yeux bruns. Elle avait les manches retroussées et des paillettes de savon s'accrochaient encore à ses bras.

— Je m'appelle Mary, Mary Munro, je suis la locataire de Michael. J'habite au-dessus.

— Fiona Finnegan, et voilà mon frère, Seamie. Nous sommes le neveu et la nièce de Michael. Je suis désolée de vous avoir fait peur.

Le regard de Mary s'attarda sur les joues humides de Fiona.

— J'ai entendu une dispute, alors je suis descendue. (Elle s'exprimait avec un doux accent écossais.) Drôle d'accueil, on dirait.

— C'est vrai... Je ne m'attendais pas vraiment à ça.

— Allez, montez un peu, je vais vous faire une tasse de thé.

Elle se mit à bavarder tout en les conduisant au deuxième étage. Fiona apprit qu'elle avait émigré d'Écosse dix ans plus tôt, et était locataire de Michael depuis trois ans avec son fils et son beau-père ; quant à son mari, il avait été tué dans un accident à la gare de marchandises.

Ils furent accueillis à la porte par un grand adolescent de quatorze ans, le fils de Mary.

— Sors le service à thé du dimanche, Ian, et mets la bouilloire sur le feu, commanda-t-elle en faisant asseoir ses invités à la table de la cuisine. Je finis de rincer ma lessive et de l'accrocher, et j'arrive.

La cuisine de Mary fleurait bon le pain, la cannelle, le bacon. L'évier étincelait, le poêle était fraîchement noirci. Le linoléum, bien qu'usé et fendillé par endroits, venait d'être ciré. Des rideaux blancs à dentelle pendaient aux fenêtres. C'était un logement humble, mais immaculé, qui rappela à Fiona la cuisine de sa mère et la réconforta.

— Vous voulez voir votre cousine ? proposa Mary en essorant des couches.

— La petite est là ?

— Oui, dans la salle à manger. C'est une belle gamine. Je la garde depuis l'enterrement.

— Ah ! Je suis bien contente. Michael ne m'a pas dit à qui il l'avait confiée ni comment elle s'appelle.

— Il ne se souvient même plus de son propre nom, ce pauvre Michael. Elle se prénomme Eleanore, comme la mère de Molly. On l'appelle Nell. Allez-y, je n'en ai plus pour longtemps.

En entrant dans la salle, Fiona vit un petit poing dodu émerger d'un panier à linge et entendit un gentil babil. La fillette était adorable. Elle avait les cheveux noirs et les yeux bleus de son père, le joli visage rond de sa mère. Quand Fiona prit sa main dans la sienne et lui murmura des mots doux, elle fut récompensée par un large sourire découvrant des gencives toutes roses. Elle emporta Nell dans la cuisine, très soulagée de la trouver en si bonne santé.

— Ah, vous revoilà, dit Mary en achevant de tendre les couches sur le séchoir de la fenêtre. Dites-moi, Fiona, vous ne seriez pas la petite de Patrick Finnegan, de Londres ?

— Si, c'est moi.

— Je pensais bien, à l'accent. Molly m'a parlé du frère de Michael. Elle espérait que votre frère – Charlie, c'est bien ça ? – les aiderait un jour à la boutique.

— Cela lui aurait fait très plaisir...

— Il ne vous a pas accompagnés ?

— Non, il est mort.

— Mon Dieu ! Quelle tristesse ! s'exclama Mary en reposant la théière qu'elle venait de prendre. Comme vos parents ont dû être tristes.

— Je les ai perdus avant Charlie.

Délaissant la théière pour de bon, Mary s'assit près de Fiona. Celle-ci lui raconta brièvement les événements des derniers mois.

— Et voilà que vous faites tout ce voyage et que vous trouvez votre oncle dans cet état. Quel choc pour vous !

— Oui... Je ne m'attendais pas à tant de méchanceté.

— Oh, mais il n'était pas comme ça, avant : il avait toujours un sourire, il était toujours prêt à vous aider. C'est la faute à la boisson. Jusqu'à la mort de Molly, il ne buvait pas une goutte. C'était un bon garçon, un bon mari qui travaillait dur. Il avait arrangé leur appartement et devait refaire le mien. Si Molly le voyait maintenant, elle en aurait le cœur brisé. Je ne sais plus quoi faire. J'ai tout essayé, la douceur, les menaces. Sans succès. Il va se retrouver à la rue.

Molly était ma meilleure amie et j'aime Nell comme ma fille. Je vais lui dire quoi, plus tard ? Que son père l'a abandonnée ?

Un sanglot s'étrangla dans sa gorge, et elle s'essuya les yeux.

— Je ne supporte pas qu'il dégringole ainsi la pente. À cause du chagrin, je sais bien : il garde tout à l'intérieur. Il boit, il crie, alors qu'il faudrait qu'il pleure.

Mary versa le thé et coupa de généreuses tranches de son pain d'épice. Fiona y goûta et la félicita. Le thé, lui, était abominable. Aussi mauvais que celui qu'elle avait acheté la veille. Le boutiquier l'avait qualifié de « subtil », mais c'était une vraie lavasse. Il s'agissait d'un Congou de troisième choix, un thé de Chine noir sans aucun goût. Stuart l'avait bien prévenue, dans le bateau, que cette boisson était très mauvaise en Amérique. Stuart Bryce était l'homme de confiance d'un importateur de thé et de café que Nick et elle avaient rencontré pendant la traversée et qui allait ouvrir un bureau à New York. Fiona voulait à tout prix se procurer un thé indien correct, car, en bonne Londonienne, elle affrontait mieux la journée avec un thé bien corsé.

— Vous savez que Michael va perdre la boutique, bien sûr, remarqua Mary en sucrant son thé. C'est terrible pour lui, et pour nous aussi : les nouveaux propriétaires ne nous garderont peut-être pas, et je ne sais pas où nous irons. Michael ne nous demande pas cher. Et puis le jardin nous manquera beaucoup – surtout à Alec, mon beau-père. Il est jardinier. Il ne trouve plus souvent de travail, à cause de son âge, et cela lui permet de gagner quelques dollars à droite et à gauche.

— C'est pour cette raison que nous nous disputions, expliqua Fiona, encore très peinée par la brutalité de Michael. J'espérais travailler pour lui. Je veux ouvrir ma propre boutique un jour, et je pensais qu'il m'apprendrait le métier.

— Ah, si seulement j'avais de l'argent, je la rembourserais, moi, cette maudite banque ! Mais il doit une fortune, des centaines de dollars...

— Par malheur, il ne veut rien entendre. J'ai déjà essayé. J'ai un peu d'argent, et j'ai proposé de rembourser, mais rien à faire... (Fiona fit tourner pensivement ce qui restait de thé dans sa tasse.) Il m'a juste donné la clé... et il m'a dit que je pouvais prendre la boutique...

— Il vous a donné la clé ?

— Oui... Enfin, plus exactement, il me l'a jetée à la figure.

— Mais alors ! Avec la clé et l'argent... vous pouvez rouvrir !

Depuis le départ fracassant de son oncle, Fiona pensait précisément la même chose.

— Vous croyez que j'en serais capable ?

Mary lui attrapa les mains.

— Mais pour sûr ! Vous venez de dire que vous vouliez ouvrir une boutique ! Prenez celle de votre oncle !

— Seulement, je n'y connais rien. Et si je n'arrivais pas à me débrouiller ?

— Vous y arriverez, Fiona ! Vous êtes une fille capable, ça se voit. Vous allez apprendre vite. Michael non plus ne savait pas tout, à ses débuts.

C'était de la folie pure, un énorme risque à prendre avec son argent. Mais depuis l'instant où elle avait touché cette clé, elle mourait d'envie d'essayer. Et pourquoi pas ? Pourquoi cela ne marcherait-il pas ? Elle sauverait la boutique, Mary et sa famille pourraient rester chez eux, son oncle ne sombrerait pas dans l'indigence, et elle s'éviterait de retourner à l'usine.

— Il faudrait que j'aille voir un responsable à la banque... objecta-t-elle d'un ton hésitant. Je ne suis jamais entrée dans une banque. Je ne saurais pas quoi dire. Et même si je savais, est-ce qu'on m'écouterait ?

— Je suis sûre que oui ! Une vente aux enchères risque de leur faire perdre de l'argent. Ils préfèrent certainement recevoir les remboursements de l'emprunt. Nous allons tous nous y mettre, hein, Ian ? (Son fils hocha la tête avec vigueur.) Nous vous aiderons à nettoyer la boutique. Je vous garderai Seamie et je vous laverai les rideaux. Nous n'avons pas du tout envie de partir, hein, Ian ? (Ian fit non de la tête.) Tiens, voilà Alec, reprit-elle en entendant s'ouvrir la porte d'entrée. Lui aussi, il va vous prêter main-forte. Allez, Fiona, dites oui ! Tentez l'aventure !

Fiona lui sourit.

— D'accord, je me lance !

Mary bondit de sa chaise et la serra dans ses bras, lui répétant qu'elle ne le regretterait pas, qu'elle réussirait. Un homme d'une soixantaine d'années pénétra dans la cuisine à cet instant. Ses vêtements étaient fatigués, mais propres et reprisés avec soin. Il avait des cheveux gris qui dépassaient de sous une casquette de tweed, une barbe grise et des yeux d'un gris-vert très doux.

— Je m'suis ramené mon poisson, Mary, déclara-t-il avec un accent écossais si prononcé qu'on le comprenait à peine. C'est du bon.

— M'empeste pas ma cuisine quand j'ai du monde, protesta Mary.

Elle fit les présentations, et parla à Alec de la boutique. Il promit aussitôt à Fiona de lui faire de belles jardinières remplies de jacinthes, de jonquilles, de tulipes et de pensées. Ensuite, il annonça qu'il sortait préparer la terre de ses plates-bandes et demanda à son petit-fils de venir lui donner un coup de main.

— J'arrive, papy, répondit Ian en avalant une dernière bouchée de pain d'épice.

— Tu voudrais aller les aider, mon gars ? proposa Mary à Seamie, surprenant un regard d'envie. Ils ont sûrement besoin d'un apprenti. Allez, ouste.

Fiona encouragea son frère d'un sourire, et, enchanté, ce dernier emboîta le pas à Alec et Ian. Cela lui ferait du bien de se dépenser dehors, songea-t-elle. Elle aida Mary à débarrasser et décida de se mettre sans attendre au nettoyage de la boutique.

Tandis que Mary fouillait dans son placard à balais pour prendre du savon, des serpillières et des brosses, elle se pencha à la fenêtre, qui donnait sur le jardin, pour voir comment se débrouillait son petit frère. Il mélangeait de la terre et de l'engrais dans une brouette avec une binette beaucoup trop grande pour lui. Alec l'encourageait, lui montrant comment tenir le manche plus bas.

Une douce brise entrait dans la cuisine. Lundi, ce serait déjà le 1er avril, et l'on sentait un souffle de printemps dans l'air. Tant mieux, se dit Fiona, car avec le beau temps elle dépenserait moins en chauffage. Elle redoutait de se lancer dans l'aventure, mais, si elle avait réussi à surmonter la perte de sa famille et à échapper aux meurtriers qui la poursuivaient, elle arriverait bien à se débrouiller avec une épicerie !

— Nous y voilà, lança Mary en lui reprenant le bébé et en lui tendant un balai à franges, un seau en fer-blanc et un morceau de savon. J'emporte le panier de Nell et je descends avec vous.

Dans la rue, alors que Fiona introduisait la clé dans la serrure de la boutique, Mary s'émerveilla.

— Rends-toi compte, petite, tu n'es à New York que depuis hier, et tu as déjà ta boutique !

La clé tourna, Fiona appuya sur la poignée et la porte s'ouvrit. Une odeur pestilentielle régnait à l'intérieur.

Mary se cacha le nez dans son mouchoir et Fiona jeta un coup d'œil horrifié autour d'elle.

— Dire que j'ai rêvé de ça toute ma vie ! ironisa-t-elle.

25

— Chut, Nell... Tais-toi, ma toute belle...

Les cris du bébé ne se calmaient pas malgré les mots tendres de Mary.

— Fi, tu me donnes des sous pour m'acheter un beignet ?

— Non, Seamie, nous allons déjeuner.

De la cave monta un énorme vacarme.

Fiona jeta son chiffon et abandonna la caisse enregistreuse qu'elle astiquait pour courir voir ce qui se passait.

— Ian ! Vous vous êtes fait mal, tous les deux ? s'enquit-elle d'une voix forte, essayant de couvrir les hurlements de Nell.

Ian était au milieu des marches, un morceau de cageot entre les mains. Au-dessous se tenait son ami Robbie, couvert de pulpe brune.

— Le cageot de pommes pourries qu'on remontait s'est cassé !

Fiona sentit qu'on lui tirait la jupe. C'était encore Seamie.

— Fi, des sous !

Mary cria qu'elle remontait changer Nell qui devait être mouillée pour pleurer autant, et Fiona capitula, donnant une pièce à son frère tout en lui demandant d'aller se laver les mains.

— Ian, tu iras acheter à déjeuner pour tout le monde quand tu auras terminé, ajouta-t-elle. Emmène Seamie, s'il te plaît.

Une fois que la boutique se fut vidée, le calme revint, et Fiona se laissa tomber sur un tabouret derrière le comptoir, dos appuyé au mur. Elle était en nage, épuisée, courbatue. Le bel optimisme qui l'avait animée le vendredi à la table de Mary s'était évanoui. Elle avait été trop ambitieuse. Cela faisait des jours qu'elle travaillait sans arrêt avec l'aide de Mary, de Ian et de Robbie, et elle n'en voyait pas le bout. Dire qu'elle avait trouvé l'appartement de Michael sale ; ce n'était rien, comparé à la boutique !

Une fois qu'elles s'étaient débarrassées de la viande pourrie qui empuantissait tout, elles avaient découvert que les rats étaient entrés dans la caisse de thé, avaient percé des trous dans les tonneaux de légumes en saumure, inondant ainsi le plancher, et s'étaient attaqués aux boîtes de cigares. Des charançons avaient envahi la farine et les flocons d'avoine. Des mouches étaient venues se prendre autour des bocaux de miel et de mélasse ; les fruits et les légumes s'étaient rabougris dans leurs bacs.

Il leur avait fallu deux jours pleins pour vider les marchandises avariées sur le trottoir. La glacière à viande avait dû être jetée. Fiona avait voulu payer Ian, Robbie et Mary, mais cette dernière s'y était catégoriquement opposée. Malgré tout, Fiona était parvenue à glisser un dollar aux garçons pendant qu'elle avait le dos tourné. Alec préparait les jardinières dans le jardin, et Seamie époussetait ce qu'il parvenait à atteindre. Seul Michael ne participait à rien. Même quand elle était retournée chez *Whelan* ce matin-là pour lui demander la clé de la caisse, il avait rechigné. Furieuse, elle avait été obligée de lui donner un dollar en échange de la clé.

Elle avait fusillé du regard son oncle et Tim Whelan, et avait tourné les talons. La main sur la porte, cependant, elle s'était arrêtée et adressée à Michael :

— Elle est très jolie, tu sais.

Et, devant son évidente incompréhension, elle avait complété :

— Ta fille. Nell. Elle a les yeux bleus et les cheveux noirs comme toi, mais c'est le portrait de Molly.

À la mention de sa femme, il s'était décomposé.

— Ah, on l'appelle Nell ?... avait-il murmuré.

Puis il avait commandé un whisky.

— Quel imbécile ! marmonna Fiona en se remettant au travail.

Elle aurait tellement eu besoin de son aide ! Même si le nettoyage était fatigant, elle se sentait parfaitement capable de le mener à bien ; mais c'était autre chose de s'adresser aux banques et aux créanciers. Deux fournisseurs de Michael, le meunier et le poissonnier, lui avaient déjà rendu visite. Ayant vu la boutique ouverte, ils étaient venus réclamer leur argent. Elle les avait réglés, espérant entrer dans leurs bonnes grâces et leur faire rouvrir les comptes, mais ils avaient refusé. Comment trouverait-elle de nouveaux fournisseurs ? Et, si elle en découvrait, comment éviterait-elle de se faire voler ? Elle ne s'était pas encore habituée à la monnaie américaine, ignorait ce que les gens consommaient. De quelle façon déterminerait-elle les quantités à commander ? Une boutique de cette taille écoulait-elle un sac de flocons d'avoine de deux kilos en une semaine, ou bien deux, ou bien dix ? Quelle quantité de lait devait-elle prendre par jour, et combien de saucisses ? Elle n'avait pas assez d'expérience ; elle n'y arriverait jamais. L'aventure s'arrêterait à la visite à la banque. Elle y était passée la veille, le lundi, et avait pris rendez-vous avec le président pour la fin de la semaine. Il se rendrait compte qu'elle n'y connaissait rien et la jetterait dehors.

Pour se tranquilliser, elle chercha dans sa poche le morceau de verre bleu que Joe lui avait donné. Il n'y était plus. Bien sûr : elle l'avait mis en gage... Une immense tristesse l'envahit. Joe lui manquait tellement. Ah ! s'il était là... Il saurait se débrouiller, lui. Rien ne serait aussi dur, s'ils étaient ensemble. Il la réconforterait comme toujours en la taquinant, et en l'embrassant. Cela faisait si mal de penser à lui. Pourquoi ne parvenait-elle pas à l'oublier comme lui l'avait oubliée le soir du carnaval ?

Vivait-il dans une grande maison ? Portait-il de beaux vêtements, et avait-il une voiture et un cocher ? Était-il haut placé chez Peterson ? Était-il heureux ? Elle se torturait à l'idée que Millie pouvait le regarder dans les yeux tous les jours, qu'elle se chauffait à son sourire, le touchait, alors qu'elle-même ne le reverrait jamais.

Ah ! Si elle pouvait ressentir de la colère au lieu de ce désespoir, ce serait tellement plus facile. Elle aurait voulu se dire que cela lui était égal parce qu'elle le détestait. Mais rien n'était plus faux : elle l'aimait encore, malgré tout. Elle ne désirait rien tant que de le voir franchir sa porte. Il la prendrait dans ses bras et lui déclarerait qu'il s'agissait d'un terrible malentendu.

Cela ne risquait guère de se produire ! Avec la plus grande difficulté, elle chassa Joe de ses pensées. Elle n'avait pas le temps de pleurer sur ses malheurs : il fallait repeindre la boutique. Se demandant où acheter le matériel nécessaire, elle se rappela avoir vu des seaux de peinture devant la maison voisine le jour de son arrivée. Les occupants venaient certainement de repeindre. Ils la renseigneraient. Au moment où elle sortait dans la rue, un fiacre s'arrêta devant la porte. La portière s'ouvrit, et un grand jeune homme blond en sauta, portant un gros panier de pique-nique.

— Nicholas !

— Tu me manquais, je n'ai pas pu attendre notre rendez-vous de jeudi.

Fiona était aux anges. Rien que son sourire la revigorait. Elle le trouva magnifique, élégant comme d'habitude, quoiqu'un peu pâle.

— Que tu es beau !

— Toi, tu as l'air d'une chiffonnière ! Que se passe-t-il ?

Il jeta un coup d'œil autour de lui, et, avisant les monceaux d'ordures sur le trottoir, la boutique vide et l'affichette annonçant la vente, il fronça les sourcils.

— Tu as des ennuis ?

— Ma tante est morte, expliqua-t-elle avec un soupir, et mon oncle s'est mis à boire et ne travaille plus depuis des mois. La banque a saisi la boutique et va la vendre aux enchères. Je dois aller voir le président pour lui demander de me laisser reprendre l'emprunt. J'ai déjà dépensé beaucoup d'argent à régler les créanciers, et si on refuse de me faire confiance cet argent aura été jeté par les fenêtres.

— Eh bien...

— Et toi ?

— Épatant ! Je n'arrive pas à trouver où me loger, ni d'endroit qui convienne à la galerie. Tout est soit trop petit, soit trop laid, soit trop cher. Et, il y a une heure, j'ai reçu un télégramme m'annonçant que tous mes tableaux ont été expédiés du Havre par le mauvais bateau et qu'ils sont en route pour Johannesburg ! En Afrique, rends-toi compte ! Dieu sait quand ils arriveront ! Mon hôtel est bruyant, la nourriture exécrable. Et le thé ! Le thé est imbuvable ! De surcroît, je ne comprends pas un mot de ce que baragouinent les gens dans ce maudit pays. Ce n'est pas l'anglais qu'ils parlent... ni l'amabilité qui les étouffe !

— Je déteste New York ! approuva Fiona avec un sourire complice.

— Moi aussi. J'ai cette ville en horreur, renchérit-il, très amusé.

— Mais quand nous sommes descendus du bateau, tu as dit...

— ... des bêtises. Je devais avoir perdu la tête, affirma-t-il en lui passant un bras sur les épaules.

— Oh, Nick, soupira-t-elle en appuyant la tête contre lui, quelle erreur nous avons commise !

— Je te crois.

— Alors, on fait quoi, maintenant ?

— Nous allons siffler mon champagne. Il n'y a rien de tel pour oublier.

Fiona prit le panier, le porta dans la boutique, puis expliqua à Nicholas qu'elle devait passer chez ses voisins pour leur demander où acheter de la peinture. Il l'accompagna. À la porte, ils furent accueillis par des éclats de voix d'un homme à l'accent new-yorkais et d'une femme à l'accent italien. Fiona, qui s'apprêtait à frapper, hésita. Mais on les avait vus : un jeune homme jovial en bretelles et en cravate à motifs cachemire leur ouvrit et les fit entrer.

— Bienvenue ! Je m'appelle Nate. Nate Feldman. Et voici ma femme, Madalena, mais on l'appelle Maddie.

Une très belle jeune femme aux yeux de charbon et à la chevelure épaisse remontée à la va-vite les salua de derrière une planche à dessin. Elle portait un chemisier blanc couvert de peinture et une jupe ardoise.

Fiona se présenta et expliqua l'objet de sa visite, précisant :

— J'arrange la boutique de mon oncle, à côté... et j'ai vu des seaux devant chez vous il y a quelques jours. Mais j'espère que nous ne vous dérangeons pas...

— Vous nous avez entendus crier ? s'enquit Nate en riant. Ne vous inquiétez pas, c'est simplement notre manière à nous de travailler. Nous hurlons, nous tirons nos couteaux, et le survivant a le dernier mot. Je plaisante, bien sûr !

— Nate, voyons, offre-leur un siège ! s'indigna Maddie.

— Désolé ! Veuillez vous asseoir, je vous en prie, dit-il en désignant un canapé couvert de dessins et d'affiches.

Fiona les écarta.

— Excusez-nous pour le désordre, ajouta-t-il. Nous venons de nous installer. Nous ouvrons notre agence de publicité et nous ne sommes pas très au point.

— Cela me plaît beaucoup, déclara Fiona en s'arrêtant devant une affiche.

C'était une réclame pour les biscuits Wheaton, en forme d'animaux. *Des aventures dans toutes les boîtes !* lisait-on en haut. L'illustration représentait des biscuits jaillissant d'une boîte et se transformant en une ribambelle de vrais animaux, zèbres, tigres et girafes, avec des enfants sur leur dos. Fiona se dit que Seamie lui en réclamerait sitôt qu'il verrait cette image.

— Wheaton doit avoir doublé ses ventes, avec une réclame comme celle-ci.

— C'est-à-dire... Elle n'est pas encore sortie, avoua Nate.

— Rien de ce qui est ici, d'ailleurs, compléta Maddie. Nous ne sommes ouverts que depuis une semaine ; nous n'avons pas encore de clientèle.

— Nous partons à la pêche. Nous sommes allés voir des sociétés, et nous leur avons proposé une affiche gratuite. Si notre travail leur rapporte des ventes, on nous paiera pour en dessiner d'autres.

— Ça n'a pas l'air facile de démarrer, commenta Nick.

— Oh, nous avons aussi des contacts. Mais il nous suffira de prouver notre valeur pour arriver. Hein, Mad ?

Maddie sourit, et échangea avec son mari un regard dans lequel Fiona détecta, derrière l'optimisme, une bonne dose d'inquiétude.

— Mais je manque à tous mes devoirs, constata Nate. Je vous offre à boire, à déjeuner ?

— Nate, *caro*, je... je n'ai pas eu le temps de faire les courses, intervint Maddie, le rouge aux joues.

Fiona comprit aussitôt qu'ils n'avaient pas le sou.

— Ce n'est pas grave, s'empressa-t-elle de dire, nous ne pouvons pas rester...

Nick, avec son élégance de gentleman, intervint.

— Il n'est pas question que vous nous serviez quoi que ce soit alors que je suis arrivé chez Fi chargé d'un énorme pique-nique et de deux bouteilles de veuve-clicquot. Vous ne voudriez pas plutôt venir grignoter avec nous ? Cela nous ferait sincèrement plaisir. J'ai apporté beaucoup trop et il ne faudrait pas que cela se perde.

Fiona se joignit à lui pour insister, et Nate et Maddie finirent par accepter. Ils retournèrent donc à la boutique tous ensemble. Là, Nick ouvrit le panier, et en tira du caviar, de la salade de langouste, du poulet en gelée, du saumon fumé, du pain, des fruits et de jolis petits gâteaux. Le panier contenait de surcroît des assiettes en porcelaine, des couverts en argent et des verres en cristal pour quatre, mais il y avait assez de victuailles pour huit. Ils se servirent du comptoir comme d'une table et bavardèrent tout en se restaurant. Fiona et Nick expliquèrent leurs projets, et Nate fit la leçon à Fiona sur l'importance de la publicité. On obtenait d'excellents résultats grâce à ces nouvelles méthodes. Il fallait introduire le nom de son entreprise dans l'esprit du public. Quand Fiona ouvrirait, elle devrait absolument en faire usage. Elle leur promit d'être leur première cliente, et Nick ajouta qu'il serait le deuxième.

Ils avaient presque terminé le repas quand les garçons revinrent, chargés d'un énorme sac de beignets que Fiona se dépêcha de leur soustraire en attendant qu'ils aient mangé une nourriture convenable. Ian fila chercher d'autres assiettes, et Seamie se jeta dans les bras de Nick, bien content, déclara-t-il, qu'il ne soit pas mort. Devant l'air effaré du jeune homme, Fiona lui fit signe de ne pas s'inquiéter de cette lubie. Comme Seamie l'appelait encore « papa », elle dut aussi expliquer à leurs invités ce qu'il en était vraiment.

Mary descendit, ayant donné son biberon à Nell et l'ayant couchée, et fit la connaissance de Nick et de leurs voisins. Pendant que Nick lui tendait un verre de champagne, Alec arriva du jardin, apportant une jardinière qu'il venait de terminer, et admira les progrès réalisés.

— Merci, Alec, répondit Fiona, préoccupée, en lui remplissant une assiette. J'espère que tout ce travail ne finira pas par profiter à un nouveau propriétaire.

Mary tenta de la rassurer et Maddie, regardant autour d'elle, exprima l'opinion qu'un beige très clair serait plus joli que le blanc franc qui couvrait les murs. Elle donna à Fiona l'adresse du marchand de peinture le plus proche ainsi que le nom de la couleur à laquelle elle pensait, et Ian et Robbie proposèrent d'effectuer la course. Maddie expliqua aussi qu'il fallait lessiver les murs avant de les peindre, et retroussa ses manches pour s'atteler à la tâche. Très touchée, Fiona voulut l'en dissuader, mais la jeune femme affirma qu'elle préférait s'en occuper plutôt que de retourner travailler avec son mari. Feignant d'être fâché, Nate se saisit d'un chiffon et s'attaqua à la poignée de la porte pour la faire reluire. Nick, enthousiaste mais peu efficace, prit la serpillière et la poussa devant lui sur le plancher, ne parvenant qu'à le salir davantage.

Tandis qu'un éclat de rire général saluait ses efforts, Fiona sentit le poids de ses responsabilités s'alléger un peu et, pour la première fois depuis son arrivée à New York, éprouva une grande joie. Tout ne s'était sans doute pas passé comme elle l'avait prévu et son oncle ne l'aidait pas, mais elle avait rencontré des gens adorables, surtout Mary qui la soutenait beaucoup. Et, à présent, l'enthousiasme de Nick et de ses nouveaux amis la stimulait : si Maddie et Nate n'hésitaient pas à se lancer dans leur jeune entreprise, si Nick croyait si fort à sa galerie, elle devait tenter sa chance aussi en rouvrant la boutique.

26

« Bonjour, monsieur Ellis, Fiona Finnegan... »

Non, le ton est trop craintif, songea Fiona en faisant les cent pas dans l'antichambre du président de la banque. Le décor était froid, tout de marbre, les murs couverts de fresques représentant des négociants hollandais à leur arrivée en Amérique. Certains déchargeaient un navire, d'autres ouvraient boutique, d'autres encore achetaient Manhattan aux Indiens pour une poignée de verroterie.

— Vous ne voulez vraiment pas vous asseoir, mademoiselle ? L'attente risque de se prolonger un peu.

C'était la secrétaire de M. Ellis, du nom de A. S. Miles, si on en croyait la plaque sur son bureau. Fiona sursauta en entendant sa voix.

— Non, non, merci ! Je préfère rester debout.

Elle avait les mains glacées, se sentait oppressée. Sa tenue, la plus distinguée de sa garde-robe – jupe chocolat et chemisier à rayures –, ne suffisait pas à lui donner confiance en elle. Pourtant, Nick affirmait que les vêtements vous conféraient de l'assurance. Elle portait aussi son manteau bleu marine, et un foulard en soie décoré de roses. Elle avait essayé de reproduire le chignon que Nick avait inventé pour elle un après-midi sur le bateau afin de tromper l'ennui, et le résultat, loin d'être parfait à cause de l'angoisse qui avait rendu ses mains tremblantes, n'était tout de même pas trop laid.

Cette dernière semaine, elle avait investi près de trois cents dollars dans la boutique de son oncle. Il avait fallu acheter une glacière neuve pour la viande, de la peinture, des étagères, et le reste était allé aux créanciers. Elle espérait que ses efforts joueraient en sa faveur et prouveraient son sérieux au président de la First Merchant Bank.

Elle contemplait par la fenêtre l'agitation de Wall Street, quand Mlle Miles l'appela.

— M. Ellis va vous recevoir...

La peur au ventre, elle entra dans le bureau de Franklin Ellis – une pièce lambrissée de bois sombre où étaient accrochés des paysages de l'école de l'Hudson Valley et qu'encombraient de lourds meubles en acajou.

Vêtu d'un costume noir, les cheveux pommadés, le président de la banque se tenait devant un petit secrétaire, lui tournant le dos. Sa façon de lever l'index pour la faire patienter tandis qu'il finissait de lire un document donna à Fiona l'impression d'un homme sévère et impérieux.

Elle avait eu beau étudier attentivement le livre de comptes de son oncle, sa crainte de se ridiculiser ne fit que s'accroître.

— Prenez un siège, mademoiselle, déclara Franklin Ellis en pivotant vers elle. Vous venez me voir, si je ne m'abuse, pour discuter du numéro 164, Huitième Avenue ?

— Oui, monsieur. Je peux vous rembourser dès maintenant les trois cent quatre-vingt-cinq dollars qui vous sont dus par mon oncle, et je voudrais que vous envisagiez la possibilité de m'autoriser à reprendre la gérance de la boutique.

Elle continua ainsi, plaidant sa cause point par point. D'un dossier en cuir emprunté à Maddie, elle tira les reçus des fournisseurs de son oncle prouvant qu'elle avait réglé les dettes, et les présenta à Ellis. Ensuite, elle lui décrivit son projet de lancement publicitaire : une demi-page dans le journal local qui paraîtrait trois dimanches de suite, car les tarifs étaient moins élevés ce jour-là. Elle lui montra l'illustration réalisée par Maddie et Nate, un très joli dessin à l'encre d'une boutique. En plus de l'annonce dans le journal, elle se servirait de cette image pour un prospectus à coupon détachable donnant droit à cent grammes de thé gratuit pour tout achat supérieur à un dollar.

S'enflammant, Fiona en oublia ses frayeurs. Elle ne remarqua pas que les yeux d'Ellis erraient vers sa montre puis s'arrêtaient sur la rondeur de sa poitrine. Elle ne se rendit pas compte qu'il pensait à son dîner en ville, et vit de l'intérêt là où il n'y avait qu'un vague amusement, semblable à celui que suscitent les prouesses d'un chien savant.

Elle s'enhardit donc et parla des améliorations qu'elle avait déjà apportées à la boutique, ainsi que de ses projets de pâtisseries maison, produits de qualité, fleurs coupées. Elle avait même pensé à un service de livraison à domicile gratuit.

— Bref, conclut-elle avec passion, je suis sûre de pouvoir gérer la boutique de mon oncle et d'être en mesure de régler le crédit tous les mois.

— Oui... Quel âge avez-vous, déjà, mademoiselle ?

— Dix-huit ans.

— Et vous n'avez jamais tenu de boutique auparavant ?

— Non... pas exactement... Non, monsieur, c'est la première fois.

— Je reconnais que vous avez fait beaucoup d'efforts pour votre oncle, mademoiselle, mais je regrette : vous êtes trop jeune et trop inexpérimentée pour prendre la responsabilité d'un commerce. Vous comprendrez, j'en suis persuadé, que les intérêts de la banque doivent passer avant tout, et qu'étant donné les circonstances actuelles je considère que la voie la plus sage reste encore la vente par adjudication.

— Pardonnez-moi, mais ce n'est pas vrai : vous allez perdre de l'argent dans cette vente. Moi, je vous propose de rembourser les paiements en retard et de poursuivre les termes de l'emprunt qui vous rapporte six pour cent. Vous préférez certainement gagner de l'argent plutôt que d'en perdre...

— Cet entretien est terminé, mademoiselle, bonne journée, coupa Ellis d'un ton glacial, irrité qu'une gamine lui donnât des leçons.

— Mais, monsieur...

— Adieu, mademoiselle.

Fiona rassembla ses papiers et les rangea dans son dossier, retenant ses larmes. Elle se leva avec dignité et lui tendit la main, puis elle quitta le bureau, espérant que son désespoir ne la trahirait pas avant qu'elle n'eût passé la porte.

Elle avait échoué. Elle avait gâché une semaine entière, et dépensé tant d'argent ! Comment avait-elle pu être assez bête pour espérer que le banquier lui donnerait raison ? Et maintenant, il fallait rentrer pour annoncer la mauvaise nouvelle... Mary l'attendait, elle comptait sur elle. Ils comptaient tous sur elle. Et ce qui suivrait, elle le redoutait plus que tout : elle devrait partir à la recherche d'un logement, d'un travail ; et verrait son oncle se faire jeter à la rue.

Une fois la porte passée, elle s'arrêta pour achever de fermer son dossier, sans remarquer l'homme élégant assis dans un fauteuil en cuir à l'entrée du bureau, le pied posé sur un genou. D'une quarantaine d'années, grand, très bel homme, il l'observait avec intérêt et sympathie. Il écrasa son cigare et se dressa pour lui parler.

— Ellis a rejeté votre demande ?

Fiona, refoulant ses larmes avec peine, inclina légèrement la tête.

— Il est frileux comme une vieille dame. Asseyez-vous.

— Pardon ?

— Asseyez-vous. J'ai entendu vos arguments. Vous avez de bonnes idées. Vous ciblez la différencialisation.

— La quoi ?

— La différencialisation. Un mot que j'ai inventé, vous aimez ? Cela veut dire qu'on se distingue de la concurrence en offrant des produits qui ne se trouvent pas ailleurs. Je vais voir ce que je peux faire.

Il s'engouffra dans le bureau d'Ellis en claquant la porte derrière lui. Interloquée, Fiona resta plantée là sans bouger jusqu'à ce que Mlle Miles lui suggère de suivre le conseil de l'inconnu et de s'asseoir.

— Qui est-ce ? demanda Fiona.

— William McClane, répondit la secrétaire avec le plus profond respect. Vous ne le connaissez pas ? C'est le McClane des mines d'argent et de l'entreprise de travaux publics. Un des hommes les plus fortunés de New York, tout le monde sait cela. Il s'est enrichi à la Bourse. Maintenant, il projette de construire le premier chemin de fer souterrain de New York. Il paraît aussi qu'il va se lancer dans l'électricité et le téléphone.

Fiona, n'ayant qu'une vague idée de ce qu'était le téléphone et pas la moindre de ce que signifiait « électricité », hocha la tête d'un air entendu.

— C'est lui le propriétaire de la First Merchant Bank, et, confia Mlle Miles en se penchant vers Fiona, il est veuf. Sa femme est morte il y a deux ans. Toutes les dames de la bonne société sont après lui.

La porte du bureau se rouvrit, mettant fin à leur conversation, et M. McClane sortit.

— Vous avez votre boutique, annonça-t-il brièvement à Fiona. Voyez avec Ellis pour les formalités, et dépensez un peu plus pour la publicité. Prenez une page entière, si vous le pouvez, et faites-la passer le samedi au lieu du dimanche, même si cela revient plus cher : c'est le samedi que les ouvriers de votre quartier touchent leur paie. Il faut que votre nom soit frais dans leur esprit avant que tout leur argent ne se soit envolé.

Là-dessus, il leva son chapeau pour la saluer ainsi que Mlle Miles et partit, laissant la jeune fille stupéfaite.

— Merci... murmura-t-elle, fixant la porte par laquelle il venait de disparaître.

27

Dans le quartier bourgeois de Pimlico, les maisons d'Albermale Street, toutes semblables, étaient entretenues à la perfection. Les persiennes et les portes étaient laquées de noir, les boîtes aux lettres de cuivre étincelaient de mille feux, les gazons étaient impeccables, les arbres bien taillés, et les urnes de terre cuite joliment fleuries. Devant les entrées se dressaient des becs de gaz noir, qui, à neuf heures, par cette pluvieuse soirée d'avril, étaient déjà allumés.

Cet alignement cossu et conformiste, s'il manquait d'originalité, trahissait la recherche de la respectabilité. Les habitants, des parvenus qui accédaient à la classe moyenne, aspiraient en effet à égaler en distinction les fortunes bien établies de Belgravia et de Knightsbridge. Tout était à sa place, rien ne dépassait, ne choquait. Il n'y avait pas de détritus, de mendiants ou de chiens errants. Le quartier était calme comme un cimetière, et Joe Bristow le détestait.

Il ne rêvait que de l'animation colorée de Montague Street. Les cris de ses frères et sœurs lui manquaient, les plaisanteries de ses camarades, les parties de football sur les pavés inégaux. Et, plus que tout, il regrettait ses visites au numéro 8, et la jeune fille aux cheveux noirs qu'il trouvait assise sur le pas de sa porte, jouant avec son petit frère au lieu de repriser. Il aurait tant voulu pouvoir encore prononcer son nom, et la voir s'illuminer en levant la tête vers lui !

Sa voiture, une calèche noire tirée par un beau cheval rouan, cadeau de mariage de son beau-père, pénétra dans l'allée et s'arrêta sous le portique accoté à la maison. Il ne pressa pas le pas en approchant de la porte ; son cœur ne se réjouit pas à la perspective de revoir sa femme. Son seul désir était de n'arriver qu'une fois Millie endormie et leurs domestiques couchés, car il ne s'accoutumait pas à leur présence chez lui. Mais la gouvernante qui l'attendait dans l'entrée, affolée, mit fin à cet espoir.

— Monsieur, monsieur ! Dieu merci, vous voilà enfin !

— Que se passe-t-il, madame Parrish ? Que faites-vous ici ? Où est Mathison ?

— Parti chercher la clé de secours de votre bureau, monsieur !

Un fracas de verre brisé les interrompit.

— C'est madame, monsieur, elle s'est enfermée dans votre bureau et ne veut pas en sortir ! Elle est devenue folle, elle casse tout ! Vite ! Il va arriver malheur au bébé !

Joe courut au premier. Millie ne se portait pas très bien depuis leur retour de lune de miel et passait une grossesse difficile. Elle avait eu des saignements le mois précédent et avait failli perdre l'enfant. Le médecin lui interdisait de se lever.

Tout en cherchant dans sa poche sa propre clé, il entendit des sanglots de l'autre côté de la porte et un grand bruit, comme l'écroulement d'une pile de livres. Il ouvrit sur un véritable champ de bataille : des papiers éparpillés sur tout le parquet, une bibliothèque renversée, les vitres de son secrétaire brisées. Et au milieu de ce saccage se tenait Millie, en larmes, les cheveux défaits, la chemise de nuit gonflée par son gros ventre. Elle serrait dans sa main des documents qu'il reconnut : les rapports du détective privé qu'il avait engagé pour retrouver Fiona.

— Retourne au lit, Millie. Tu sais que tu ne dois pas te lever.

— Je ne pouvais pas dormir, expliqua-t-elle en sanglotant, alors je suis montée pour voir si tu étais rentré. Et j'ai découvert ça sur ton bureau ! Tu la recherches ! Elle a quitté Londres, et tu veux la rejoindre !

Joe ne répondit rien. Millie n'avait certainement pas aperçu les papiers sur le bureau, car il avait pris la précaution de les enfermer à l'intérieur du secrétaire. Mais à quoi bon discuter ? Il redoutait trop ses colères pour les provoquer.

— Viens, Millie, le médecin a recommandé...

— Réponds-moi ! hurla-t-elle en lui lançant les papiers à la tête.

— Tout à l'heure ! Calme-toi d'abord, ou tu vas mettre l'enfant en danger.

— Tu couches avec elle, c'est ça ? C'est évident, parce que tu ne me touches pas ! Pas une seule fois en cinq mois ! Tu prétends que ton travail te fait rentrer si tard, mais je sais bien que non ! C'est cette sale petite putain ! Je ne veux plus que tu la voies !

Elle se jeta sur lui et le martela de coups de poing. Joe lui attrapa les poignets afin de la maîtriser.

— Arrête !

Elle se tordit, se démena pour s'arracher à lui tout en l'insultant. Puis, d'un coup, elle s'immobilisa. Elle lui jeta un regard éperdu, porta les mains à son ventre, et se mit à gémir en se cassant en deux. Joe l'entoura de son bras pour l'aider à se redresser, mais elle en était incapable. Elle cria, lui enfonçant les ongles dans le bras.

— Respire, ça va aller... Voilà. Ce n'est qu'une contraction. Le médecin a dit que cela pouvait se produire.

Mais ce n'était pas une simple contraction. Quand elle fit un pas, il vit des gouttes écarlates s'imprégner dans le tapis entre ses pieds.

— Millie, écoute-moi, déclara-t-il, tâchant de cacher son inquiétude. Je vais appeler le médecin. Il viendra te voir, et tout ira bien. Je te raccompagne au lit.

Elle fit de son mieux pour avancer, mais la douleur la reprit, et elle se courba de nouveau. C'est alors qu'elle remarqua les taches de sang sur ses pantoufles blanches.

— Non ! s'écria-t-elle. Au secours, non !...

Elle se mit à hurler de terreur, et Joe dut la soulever pour la porter jusqu'à sa chambre. Il trouva Mme Parrish dans le couloir, une bougie à la main.

— Allez chercher le Dr Lyons ! Vite ! ordonna-t-il.

Joe se tenait la tête entre les mains, assis sur le banc de bois devant la chambre de Millie, à l'hôpital. La jeune femme avait pleuré et hurlé toute la nuit ; les cris ne s'étaient arrêtés que quelques instants auparavant, à l'arrivée de l'aube.

Le Dr Lyons était à son chevet, ainsi que deux infirmières et son père. Millie n'avait pas voulu de Joe dans la chambre, et il la comprenait. Il s'accablait de reproches. Il aurait dû rentrer plus tôt la veille, lui apporter des fleurs, dîner en sa compagnie. C'était ce qu'aurait fait tout bon mari. Il n'aurait pas dû se disputer avec elle. Et il n'aurait jamais dû partir à la recherche de Fiona.

Au retour de leur lune de miel, ils se disputaient déjà sans cesse. Pour éviter sa femme, Joe partait travailler à l'aube presque tous les matins et revenait la nuit tombée. Le palais de Buckingham ayant accordé le sceau royal, les affaires de Peterson avaient presque doublé de volume. Tommy, enchanté, ne tarissait pas d'éloges sur son beau-fils, alors que Millie ne décolérait pas. Mais le travail, s'il occupait Joe, ne lui apportait pas le bonheur.

Après son retour de France, sa mère lui avait écrit plusieurs fois. Elle lui demandait de venir, car, disait-elle, elle avait à lui parler. Mais il ne tenait pas à cette visite : il ne pourrait pas cacher à sa famille combien il était malheureux, et il ne supporterait pas de retrouver les endroits où il s'était promené avec Fiona, où ils avaient rêvé, échafaudé leurs projets, où il l'avait embrassée. Sa mère l'avait poursuivi, mais sans jamais réussir à le joindre, ni chez lui ni à son bureau.

Joe ne pensait qu'à revoir Fiona. Il rêvait de lire dans ses yeux qu'il était toujours le seul, qu'elle l'aimait encore. Il voulait l'entendre prononcer son nom ; mais il n'avait aucun droit sur elle, il le savait, et il lui avait promis de ne pas chercher à la contacter. Longtemps, il avait tenu bon – jusqu'à un certain soir de mars où il avait cédé à la tentation. Il était retourné à Whitechapel. Il souffrait tant à ce souvenir... Si seulement il avait su ce qui était arrivé, ce qu'elle avait enduré ! Le choc avait été terrible quand il avait appris, ce jour-là...

— Joe, mon gars, tu es encore là ? Il est quatre heures ! lui avait lancé Tommy Peterson. Je croyais t'avoir dit de rentrer tôt aujourd'hui. Il faut que tu passes plus de temps avec ta femme.

— Je voulais finir ces comptes...

— Cela peut attendre. Rentre chez toi et sois heureux. C'est un ordre.

Joe se força à sourire, remercia Tommy, affirma qu'il s'en allait. Dès que son beau-père eut disparu, son sourire s'effaça. Il n'avait aucune envie de retourner chez lui. Mais la veille, il était arrivé tard, et avait trouvé Millie à table devant des plats froids qu'elle n'avait pas touchés. Il lui avait promis de rentrer dîner et avait oublié. Elle s'était emparée d'une assiette de saumon et la lui avait lancée à la tête. Dieu seul savait ce qui se passerait s'il lui faisait encore faux bond...

Rassemblant ses papiers, il fit venir sa voiture. Pendant le trajet, il pensa à la longue soirée qui l'attendait et, accablé, il pressa les mains sur ses yeux. Il était en prison. Il ne supportait plus Albermale Street, cette maison, Millie. Il en aurait hurlé. Il aurait voulu s'enfuir, disparaître dans les rues de Londres. Il rouvrit les yeux, défit sa cravate, déboutonna son col. On étouffait dans cette voiture. Il fallait qu'il marche, qu'il respire. Il fallait qu'il voie Fiona !

Sans se laisser le temps de changer d'avis, il cria au cocher d'arrêter.

— Je descends, rapportez mes affaires à la maison, et dites à madame que je serai en retard.

— Bien, monsieur.

Hélant un fiacre, il demanda à être conduit à Whitechapel, à la fabrique de thé Burton. Avec un peu de chance, il arriverait pour la sortie des ouvrières. Fiona serait en colère, sans doute, mais peut-être... peut-être accepterait-elle de lui parler.

Il atteignit la fabrique juste avant six heures. Nerveux, il attendit. Au coup de sifflet, les portes s'ouvrirent, et les ouvrières commencèrent à les franchir. Il chercha la jeune fille parmi elles, en vain. Il resta après le départ de la dernière, espérant encore un peu, s'efforçant de croire qu'elle tardait à rassembler ses affaires et qu'elle allait venir. Mais le contremaître apparut à son tour et cadenassa les portes derrière lui.

Quelque peu inquiet, Joe décida d'aller voir chez Jackson. Peut-être Fiona avait-elle quitté Burton pour travailler au pub à plein temps ? Mais elle n'y était pas non plus, et ni le barman ni la fille qui nettoyait les tables ne la connaissaient.

Cette fois, Joe s'inquiéta pour de bon. Il savait que Fiona avait été malade le jour de son mariage. Une fièvre, lui avait dit sa mère. Et si elle ne s'était pas remise ? Si elle était trop faible pour travailler ? Pris de panique, il courut jusqu'à Adams Court. Mme Finnegan lui en voulait certainement, et Charlie aurait envie de lui botter le train ; ils chercheraient peut-être même à l'empêcher de la rencontrer, mais il s'en moquait. Ils lui apprendraient au moins comment elle allait. Elle a notre argent, nos économies, songea-t-il, cela a dû suffire à tirer sa famille du besoin. Mais, mon Dieu, mon Dieu, faites qu'elle ne soit pas malade !

Comme il déboulait dans l'étroite impasse et se préparait à frapper au numéro 12, la porte s'ouvrit sur une jeune femme qui tenait un bébé dans les bras et lui demanda ce qu'il désirait.

— Je viens voir les Finnegan.

Elle le regarda comme si elle avait affaire à un fou.

— Comment ça, les Finnegan ?

— Oui, je veux voir Fiona !

— Qui êtes-vous ?

— Joe Bristow. Je suis... un ami de Fiona.

— Je... je ne sais pas comment vous dire... Ils ne vivent plus ici.

— Où sont-ils allés ? s'écria Joe, saisi de terreur. Il ne leur est rien arrivé ? Comment va Fiona ?

— Venez, vous feriez mieux d'entrer.

— Non, parlez, racontez-moi tout de suite !

— Je vous assure, entrez, ce sera mieux, insista-t-elle en le tirant par la manche.

Elle lui fit prendre un petit couloir, lui ouvrit la porte de la pièce du fond, et lui offrit l'unique chaise tandis qu'elle-même s'asseyait sur le lit, le bébé sur les genoux.

— Je m'appelle Lucy Brady. J'étais la voisine de Kate avant... avant... Je n'arrive pas à croire que vous ne sachiez rien. Tous les journaux en ont parlé.

— Je vous en prie, dites-moi ce qui s'est passé !

— Il y a eu un meurtre, c'était Jack l'Éventreur. Il a tué la voisine au numéro 10, Frances Sawyer. C'était très tard, et la police pense que Kate l'a vu. Elle allait partir chez le docteur, car le bébé était malade. L'Éventreur... l'a tuée aussi. Mon Dieu, c'est affreux d'être obligée de vous apprendre ça !

Joe fut pris d'un tremblement incontrôlable. Jamais il n'avait éprouvé pareille épouvante.

— Et... et Fiona ?...

— C'est elle qui a trouvé sa mère. La pauvre petite, jamais je n'oublierai !

— Et maintenant, où est-elle ?

— Elle est allée vivre chez leur ami, l'agent de police, avec son plus jeune frère.

— Et Charlie, et le bébé ?

— Morts tous les deux. Le bébé immédiatement après sa mère. Le garçon ensuite. Il revenait d'un combat de boxe. En découvrant sa mère, il est parti à toutes jambes. On a repêché son corps dans la Tamise.

Joe plongea le visage dans ses mains.

— Mon Dieu, murmura-t-il, que lui ai-je fait ? Je l'ai laissée seule, seule dans tout ce malheur...

— Vous ne vous sentez pas bien ?

Joe ne l'entendait pas. Il se leva, dans un état second.

— Il faut que je la retrouve...

Ayant prononcé ces mots, il fit un pas vers la porte ; tout s'obscurcit autour de lui, ses jambes se dérobèrent, et il s'écroula.

— Vous avez de la visite, monsieur O'Meara. Un jeune gars, il vous attend en haut.

Depuis les marches où il était assis, juste au-dessus du palier de Roddy, Joe entendit la logeuse puis des pas lourds dans l'escalier. Le policier apparut, en uniforme, portant un panier à provisions. Il avait vieilli. La perte de Paddy et des autres membres de la famille avait dû lui causer une peine immense, car les Finnegan et lui étaient plus que des amis, songea Joe. Le jeune homme était ravagé par le chagrin et la culpabilité ; ses remords ne le quittaient plus. Il n'avait ni dormi ni mangé depuis sa rencontre avec Lucy Brady, la veille. Tout était sa faute. Tout.

— Bonjour, Roddy.

— Ah, bonjour ! répondit-il, paraissant mécontent de sa visite. Tu as une mine de déterré, mon garçon. Ta femme ne te nourrit pas ?

Ouvrant sa porte, il le fit entrer et lui proposa de s'asseoir, mais Joe préféra demeurer debout.

— Roddy... Il faut que je voie Fiona. Est-ce qu'elle est là ?

— Non.
— Où est-elle, alors ?
— Je ne sais pas !
— Roddy, je t'en prie !
— Bon sang, je te répète que je ne sais pas !
— Mais ce n'est pas possible ! Tu l'as soignée, tu t'es occupé d'elle !
Roddy le fusilla du regard.
— Ça oui, je me suis occupé d'elle ! Contrairement à certaines personnes que je ne nommerai pas !
— Écoute... commença Joe en baissant le nez, je suis convaincu d'être un salaud. Ne te fatigue pas à me le dire. Je veux juste savoir si elle va bien.
— Mon gars, je te dis la vérité : j'ignore où elle est.
Joe allait insister, mais dans la voix du policier perçait une réelle inquiétude.
— Que se passe-t-il ? J'aimerais comprendre !
— Moi aussi, répliqua Roddy en s'installant à la table. Je ne suis pas ravi de ta venue, je l'avoue. Allez, assieds-toi donc, tu attends l'omnibus ? (Joe obéit tandis que Roddy continuait.) Fiona, en effet, a un peu vécu ici avec Seamie.
— J'ai rencontré Lucy Brady hier, elle m'a raconté.
— J'ai soigné Fiona après le meurtre de sa mère, mais, juste quand elle commençait à se rétablir, elle a filé un beau jour, en ne laissant qu'un mot sur la table, comme ça ! Elle écrivait que Burton avait donné de l'argent pour Paddy, et qu'elle préférait partir vite, pour nous éviter des adieux pénibles. Elle ne précisait pas où elle allait.
— Mais pourquoi ? Ça ne lui ressemble pas.
— J'ai cru qu'elle s'était enfuie avec toi et qu'elle ne tenait pas à ce que je le sache. J'aurais essayé de l'en empêcher. Mais puisque tu es là, je me suis apparemment trompé.
— Tu n'as pas une idée ?
— Non... Je n'y comprends rien.
— Il faut bien qu'elle soit quelque part ! Nous devons la retrouver !
— J'ai fait tout ce que je pouvais. J'ai demandé aux hommes de mon équipe de la chercher. J'ai transmis sa description et celle de Seamie à tous les autres postes de police de la ville, mais ça n'a rien donné. Elle a disparu.
— Et un détective privé ?
— J'y ai pensé, mais je ne suis pas assez riche.

— Moi, si ! Indique-m'en un, je le contacterai dès ce soir. Elle ne peut qu'être à Londres. Elle n'a pas pu prendre le train, elle ne saurait pas : elle n'était même jamais montée dans un omnibus quand je l'ai emmenée à Covent Garden...

Roddy nota un nom et une adresse sur un morceau de papier qu'il donna à Joe en lui conseillant de se recommander de lui, et lui ordonna de l'avertir dès qu'il aurait des nouvelles. En le raccompagnant à la porte, il ne lui serra pas la main, mais lui souhaita bonne chance. L'espace d'un instant, Joe crut lire autre chose que de la colère dans les yeux de Roddy... une sorte de compassion : le policier le plaignait.

À dix heures du soir, un silence oppressant régnait autour des étals de Covent Garden. Les paniers en osier ronds dont se servaient les porteurs étaient empilés bien haut, quelques charrettes vides traînaient dans les rues. À terre gisaient des fleurs écrasées, des fruits avariés ; les rues empestaient le légume pourri. Joe s'étonnait toujours en rentrant de son bureau après un dîner d'affaires tardif, comme ce soir-là, que cet endroit si bruyant le matin puisse être aussi désert le soir. En passant sous une arcade qui donnait sur une placette pavée, il sentit l'odeur de cheval d'une écurie toute proche.

— Joe ! Joe Bristow ! appela soudain une voix dans la nuit.

Joe stoppa net. Il ne distinguait personne.

— Par ici...

Il se tourna, et remarqua un homme appuyé à une colonne de l'arcade. La silhouette se détacha de l'ombre. C'était Stan Christie, un gars de Whitechapel. Ils avaient été en classe ensemble, jusqu'au jour où l'instituteur avait voulu punir Stan à coups de canne. Celui-ci, âgé de douze ans, lui avait arraché la canne des mains et l'avait assommé avec.

— Alors, comment va ? lança Stan en le rejoignant.

— Très bien. Tu es un peu loin de tes bases, ce soir.

— Ouais, j'suis venu rien que pour toi.

— Merci, camarade, c'est bien gentil.

Stan avançait les mains derrière le dos, comme un professeur ou un curé. Il cachait quelque chose : un gourdin, un couteau. Avec lui, on ne savait jamais.

— Je mène ma p'tite enquête, pour le patron.

— Ah oui ? Quel patron ? Le prince de Galles ?

— Fais gaffe, mon coco : M. Sheehan aime pas les grandes gueules.

Sheehan, bon Dieu ! pensa Joe. Il ignorait que Stan travaillait pour ce dangereux personnage.

— Et qu'est-ce qu'il me veut, Sheehan ? demanda-t-il, tâchant de ne pas montrer sa frayeur.

— Il cherche la petite Finnegan. Tout le monde sait que tu lui faisais les yeux doux, avant de mettre un polichinelle dans le tiroir à la fille Peterson.

— Qu'est-ce qu'il veut à Fiona ? s'emporta Joe, oubliant son appréhension.

— C'est M. Sheehan qui pose les questions, pas toi.

— Ah oui ? Dans ce cas, voilà ma réponse : il peut toujours chier dans son chapeau melon. Ça te va ?

Stan lâcha un rire, puis en un éclair sortit sa matraque de derrière son dos et attaqua. Mais Joe, qui s'y attendait, esquiva le coup · au lieu de l'atteindre à la tête, la masse porta sur son épaule. Avec un juron de douleur, Joe donna un coup de tête à Stan en pleine figure, lui cassant le nez. L'homme de Sheehan poussa un grognement et porta les mains à son visage. Joe en profita pour lui envoyer un direct dans le ventre, et Stan laissa échapper la matraque. Joe s'en empara, se plaça derrière lui, la lui glissa sous la gorge et la ramena à deux mains, l'étranglant à demi.

— Qu'est-ce que Sheehan veut à Fiona ?

Comme Stan ne répondait pas, il appuya plus fort. Stan battit des mains et tomba à genoux. Pensant qu'il étouffait, Joe relâcha la pression, mais c'était une feinte. Stan attrapa les bras de Joe et le fit voler par-dessus sa tête. Il atterrit de tout son long sur le pavé, se cognant la tête, et vit trente-six chandelles. Il tenta de se relever, mais retomba. Stan était au-dessus de lui, brandissant un poing pour lui défoncer la tête s'il ne parlait pas. Joe, qui n'avait pas lâché la matraque, n'avait pas plus de deux secondes pour réagir. Avec un hurlement, il se redressa en frappant Stan dans les genoux de toutes ses forces. Celui-ci poussa un hurlement de douleur à glacer le sang. Il en avait pour son compte. Il s'enfuit en boitant, jurant à Joe de lui faire payer ça à la première occasion.

Joe voulut le poursuivre, mais ses jambes le portaient à peine et sa tête lui faisait un mal de tous les diables. Il toucha sa tempe avec une grimace, et y découvrit une bosse grosse comme un œuf. Il fallait qu'il raconte à Roddy ce qui venait d'arriver, car c'était très mauvais signe. Si Stan était prêt à de telles extrémités pour apprendre où était Fiona, que ferait-il le jour où il mettrait la main dessus ? Comment s'était-elle fait un ennemi de Sheehan ? Il ordonnerait à son détective privé, Henry Benjamin, d'accélérer les recherches. Il l'avait rencontré deux jours plus tôt, et Benjamin, comme lui d'avis que Fiona n'avait pas dû aller bien loin, avait juré de la retrouver en une ou deux semaines. Mais c'était trop long. Joe voulait savoir tout de suite où était Fiona. Elle était intelligente, elle était courageuse, mais elle ne faisait pas le poids face à Sheehan.

— Qu'est-ce que je vais devenir si je ne trouve pas de nourrice ? gémit Millie en posant sa broderie.

— Tu trouveras, tu as tout le temps. Et puis ta tante viendra t'aider. Ne te fais pas de souci, et termine la robe de baptême. On ne peut pas baptiser le bébé tout nu !

Joe essayait de la réconforter, ne connaissant que trop la vraie raison de son angoisse, et voulant l'empêcher d'y penser.

Quatre jours plus tôt, après avoir pris un vase très lourd sur une étagère haute, Millie avait eu des saignements. Le médecin était arrivé à sauver le bébé, mais la possibilité d'une fausse couche restait à craindre. Il lui avait ordonné de garder le lit, lui avait interdit tout effort physique et toute émotion violente. Mais dans la faible lumière de ce dimanche après-midi, elle avait vraiment mauvaise mine, les yeux trop cernés, et Joe se désolait de la voir souffrir.

Tandis que Millie se remettait à bavarder, parlant de la robe de baptême et des vêtements qu'elle confectionnait pour le bébé, il lui donna la réplique, mais distraitement. Il pensait à tout autre chose. La veille au soir, il avait revu Benjamin dans un pub.

— Vous connaissez ? avait demandé le détective en lâchant un petit objet sur la table.

C'était le morceau de verre roulé bleu qu'il avait donné à Fiona. Benjamin l'avait trouvé chez un prêteur sur gages, près de chez Roddy. L'homme avait reconnu la description de Fiona, et se souvenait qu'elle avait pris de l'argent et un sac de voyage. Elle était accompagnée d'un gamin, et avait aussi mis en gage une bague en or, ornée d'un minuscule saphir, qu'il avait déjà vendue. Benjamin avait dû payer cinq livres pour le talisman de Fiona, car le prêteur sur gages y avait reconnu un objet rare. Il s'agissait d'un scarabée ancien, probablement tombé de la bague d'un noble de l'armée romaine, du temps où la flotte de César avait remonté la Tamise.

Joe avait remboursé la somme et récupéré le scarabée, le serrant dans sa main pendant que le détective finissait son rapport. Il ne faisait plus aucun doute, à présent, que Fiona avait quitté Londres. Qui n'aurait pas fui le plus loin possible, avec Sheehan à ses trousses ?

Comment la trouver ? Fiona n'avait ni famille ni amis en dehors de Londres. Elle pouvait être allée n'importe où, songeait Joe, désespéré. Benjamin l'encouragea à ne pas perdre confiance : quelqu'un avait bien dû la voir quitter Whitechapel. Il allait questionner les cochers de fiacre qui travaillaient dans Commercial Road.

Mais si le détective faisait de son mieux, l'attente était insupportable pour Joe, incapable de dormir, sachant la personne qu'il aimait plus que tout au monde seule face à un immense danger.

Il leva les yeux vers Millie, appuyée à ses oreillers de dentelle. C'était par trop irréel. Comment se retrouvait-il là, dans cette maison, marié à cette femme ? Il aurait dû être à Whitechapel, marié à Fiona. Ils viendraient d'ouvrir leur première boutique, travailleraient d'arrache-pied pour réussir. Cela serait dur, mais correspondrait à ce dont il avait rêvé. Il n'imaginait pas plus grand bonheur que de s'asseoir à table avec Fiona le soir en discutant de la journée écoulée. Dormir dans le même lit qu'elle ; lui faire l'amour dans le noir, doucement, tendrement. Entendre les gens l'appeler Mme Bristow. Porter leur premier-né dans ses bras...

— Joe ? Tu m'écoutes ? Que préfères-tu : Annabelle ou Lucy ?

Sa rêverie fut brisée par la voix de Millie.

— Je te demande pardon ? Je pensais à mon travail.

— Je voulais savoir quel prénom tu préférais si c'était une fille. Pour un garçon, j'aimerais que ce soit Thomas, comme mon père. Thomas Bristow, je trouve cela joli. Je suis certaine que c'est un garçon...

Millie s'interrompit brusquement et appuya la main sur son ventre. Joe bondit de sa chaise, laissant tomber à terre le registre qu'il avait apporté pour travailler pendant qu'il lui tenait compagnie.

— Que se passe-t-il ? s'écria-t-il. Tu veux que je fasse venir le médecin ?

— Non... répondit-elle lentement avec un sourire émerveillé. Je vais bien. J'ai senti le bébé bouger, Joe !

Elle lui prit la main et la posa sur son ventre. Il ne remarqua rien. Millie le regardait, mais tout en demeurant concentrée sur ses propres sensations.

— Là ! murmura-t-elle, folle de joie. Tu le sens, là ?

Constatant que non, elle lui fit appuyer la main plus fort, et soudain, il perçut un mouvement léger, comme un frémissement. Le bébé... son enfant... devenait soudain si réel !

Des émotions d'une extrême puissance s'emparèrent de Joe. Sa future paternité le rendait violemment protecteur, mais aussi tellement triste... La certitude qu'il aimerait cet enfant lui nouait les entrailles, et pourtant il aurait tout donné pour ne l'avoir jamais engendré. Des larmes lui montèrent aux yeux. Des larmes d'amour et de pitié pour cet enfant qui était le sien mais pas celui de Fiona, des larmes de désespoir pour le néant que serait sa vie. Il essaya de les chasser, tandis que Millie s'asseyait pour se rapprocher de lui.

— Ne sois pas triste, murmura-t-elle en l'embrassant. Tout ira bien. Tu vas aimer notre enfant, Joe, je t'assure, et il t'aimera. Il t'aime déjà. Et peut-être, quand il naîtra, m'aimeras-tu aussi. Nous formerons une famille unie, et tout ira bien.

— Monsieur ?

La voix du médecin tira Joe de ses souvenirs. Il releva vivement la tête.

— Comment va-t-elle ?

— Cela a été dur, mais elle se remet.

Il éprouva un vif soulagement.

— Et l'enfant ?

— Je regrette : il est mort-né. Nous n'avons pas pu arrêter les contractions.

— C'était un garçon ?

— Oui, confirma le médecin en lui posant la main sur l'épaule. Il est né trop tôt pour survivre. Elle aura d'autres enfants, un jour.

— Puis-je la voir ? s'enquit Joe en amorçant un geste pour se lever de son siège.

Le Dr Lyons fit peser sa main pour l'obliger à rester assis.

— Non, n'y allez pas. M. Peterson va sortir de la chambre. Il vous dira quoi faire.

Sur ce conseil, le médecin partit prendre son petit déjeuner, en promettant de revenir voir Millie dans une heure.

Joe se tassa sur lui-même, trop accablé pour pleurer. Le bébé était mort, comme ses autres rêves. En sentant les petits coups dans le ventre de Millie, il avait cru qu'enfin un peu de bonheur naîtrait de toute cette souffrance. Mais cela aussi avait échoué, par sa faute.

Peterson apparut, et Joe se mit debout pour lui faire face.

— Elle demande à me voir ?

Poings serrés, Tommy le toisa froidement.

— Je te tuerais si je ne voulais pas épargner le scandale à Millie, finit-il par déclarer. Elle m'a tout raconté : l'état de vos relations ; l'existence de cette fille, Fiona. Je ne sais pas si elle aurait parlé autant, sans la douleur et les effets du chloroforme. Elle m'a avoué ce qui s'est passé la nuit du carnaval... et sa part de responsabilité. Ce n'était pas facile à entendre pour un père.

Il baissa les yeux, la mâchoire crispée, puis fixa de nouveau Joe.

— Je veux que tu partes, que tu quittes la maison, et disparaisses de notre vie. Prends tes affaires et va-t'en. Nous demanderons le divorce pour adultère, à tes torts. Si tu contestes, je...

— Je ne conteste pas.

Un divorce, songeait Joe, c'était la liberté. Mais pouvait-il s'en réjouir ? Non, cette idée le désolait, lui faisait honte. On ne divorçait pas : c'était une mesure honteuse, indigne, et le fait même que Tommy l'envisage donnait la mesure de son mépris. Lui, Tommy Peterson, l'homme dont l'estime avait tant compté pour lui ! Joe ramassa sa veste et jeta un regard vers la chambre.

— Je voudrais lui dire à quel point je m'en veux...

— Laisse-la.

Alors qu'il s'éloignait dans le couloir, Tommy lui cria :

— Pourquoi as-tu fait ça, bougre d'imbécile ? Pourquoi ? Tu avais tout ce que tu pouvais souhaiter au monde !

Joe se tourna vers lui avec un sourire triste.

— Tout... oui, sauf l'essentiel.

28

— Jeune homme, mettez-moi davantage de farine !

— Tout de suite, madame, dit Nick, échangeant un sourire harassé avec Fiona. Quel monde ! lui souffla-t-il. J'ai des coupons de tes prospectus plein la poche. Il va falloir monter encore une caisse de thé de la cave. Combien de réclames as-tu passées dans le journal ?

— Une seule, dans la petite gazette du quartier !

— Tout ce monde pour une seule réclame ? Nate avait raison : la publicité, ça marche !

Il tapa le prix sur la caisse, et Fiona le bénit pour son aide. Elle aurait été perdue sans lui. Il était charmant avec les clients ; les vieilles dames l'adoraient, et il avait l'air de s'amuser.

— Voulez-vous goûter nos biscuits au gingembre, madame Owen ? Ils sont frais de ce matin.

— Faits maison ? Ça se sent ! Donnez-m'en une demi-douzaine pour les enfants. Avec un quart de lait, et deux livres de farine. Et n'oubliez pas mon thé, Fiona ! Voilà mon coupon. J'espère que c'est du bon.

— C'est un thé de première qualité, nous ne prenons que ce qu'il y a de meilleur.

— Alors, j'en prends un quart de livre en plus. Dieu sait depuis combien de temps nous n'avons pas bu un thé correct... des années !

Fiona lui fit un sourire complice. Elle aussi ne détestait rien tant que le mauvais thé. Déçue par le fournisseur de son oncle, elle avait fermé leur compte et était allée jusqu'à South Street, chez Millard, la société d'import-export qui employait son ami Stuart, et lui avait demandé de lui fournir un mélange de thé indien. Elle avait choisi de l'Assam provenant de trois États différents. Le résultat concocté par Stuart était corsé et vivifiant, avec du caractère et une saveur maltée. Stuart avait été enchanté de sa commande, car il avait du mal à écouler son stock ; sa clientèle américaine ne voulait acquérir que ce qu'elle connaissait, c'est-à-dire du thé de Chine et ce, malgré la qualité supérieure de son thé indien. Fiona, elle, avait fait le pari que ses clients apprécieraient. Grâce à Mary, elle connaissait déjà beaucoup de dames du quartier, des ouvrières d'origine irlandaise, anglaise, des femmes de docker qui aimaient le bon thé. C'était le seul petit luxe qu'elles s'accorderaient volontiers.

Fiona pesa le thé de Mme Owen, et posa le sachet sur le comptoir à côté de ses autres achats.

— Ce sera tout ? s'enquit-elle, commençant à faire le total.

Sa cliente jetait des regards d'envie à la vitrine.

— Ces pommes de terre nouvelles ont l'air vraiment délicieuses... Mettez-m'en deux livres, et une botte d'asperges. Mon mari adore ça. Et ce sera tout : je suis déjà très chargée.

— Voulez-vous que je vous fasse livrer ?

— Vous livrez, maintenant ?

— Oui, madame. Toute la journée du samedi et en après-midi la semaine, quand les garçons rentrent de l'école.

— Combien cela coûte-t-il ?

— C'est gratuit pour vous, madame.

Le service était gratuit pour tous, mais à quoi bon le préciser ?

— Eh bien, d'accord, dit la cliente, flattée. Et dans ce cas, ajoutez un de ces jolis bouquets de jonquilles. Je peux en prendre, puisque j'aurai les mains libres.

Fiona finit de la servir et se tourna vers la cliente suivante. C'était fou ce que les gens achetaient ! Du lait, du pain, de la farine... des marchandises de base, donc, mais aussi des produits de luxe comme les fleurs, les biscuits de Mary, et les légumes frais exposés en vitrine.

Elle avait beaucoup hésité pour l'étalage, entendant la voix de Joe lui souffler à l'oreille : « Tout est là, Fi, c'est la présentation qui appâte le chaland. »

Sur une soudaine inspiration, elle était parvenue à créer une charmante image de printemps. Au centre, la tache jaune vif des jonquilles, dans un vase vert qu'elle avait posé sur une boîte à biscuits recouverte d'un drap blanc. Derrière, elle avait placé un panier d'osier contenant de longues miches de pain doré. À côté, sur un cageot, était perché un deuxième panier rempli de pommes de terre nouvelles, avec des bottes d'asperges présentées dans un saladier bleu et blanc. Devant, dans un nid de paille, elle avait disposé six magnifiques œufs de canard. Le résultat était campagnard et engageant, l'antithèse des vitrines habituelles où s'empilaient les boîtes de cirage, les paquets de savon jaunis et les sacs de bonbons fatigués. Sa vitrine à elle était pleine d'allant, et attirait les passants lassés des fruits et légumes d'hiver.

Comme le lui avaient appris Joe et sa fréquentation des marchés de Whitechapel, il suffisait de provoquer le désir pour faire acheter.

Une cliente qui s'était arrêtée devant la vitrine entra, suivie par Ian qui revenait essoufflé de sa dernière livraison. Fiona lui confia les courses de Mme Owen qu'il emballa et emporta. Robbie le croisa à la porte, et repartit avec le carton de la cliente suivante. Ah ! songea Fiona avec irritation, si seulement son oncle avait pu lui prêter main-forte, au lieu de se soûler chez *Whelan*. La veille, elle l'avait obligé à descendre voir le résultat de ses efforts, et était parvenue, en le soudoyant encore avec un dollar, à lui faire débloquer le tiroir-caisse et lui montrer comment dérouler l'auvent. Pendant sa brève apparition à la boutique, il ne lui avait pas épargné les critiques.

Certains fournisseurs, profitant de son inexpérience, lui avaient fait prendre le double de ce qu'il aurait commandé en une semaine. Il le lui avait répété jusqu'à l'écœurement. Après quoi il avait cassé un œuf dans une soucoupe, et appuyé sur un jaune plat et fatigué ; il avait plongé la main dans le baril de farine, et y avait débusqué des charançons. Avisant les trois caisses de thé de chez Millard, il s'était récrié, persuadé qu'elle n'en vendrait jamais une telle quantité ; puis il était passé au poisson, qui n'était pas frais. S'emportant, Fiona lui avait rétorqué que, s'il l'avait aidée, elle n'aurait pas commis toutes ces erreurs. Alors, sans cesser de bougonner, il avait rapproché du comptoir le thé, le café, les biscottes, les flocons d'avoine et autres produits très demandés, avait ensuite éloigné du soleil les bocaux de cacao, de noix de muscade et de bâtons de cannelle. Il lui avait aussi conseillé de ne pas poser sur la glacière les allumettes, car elles risquaient de s'humidifier.

Un court moment, il était redevenu le commerçant compétent qu'il avait été ; mais, ne supportant pas de rester dans la boutique, il s'était sauvé très vite, critiquant jusqu'au bout les jolies idées de Fiona : la bordure de dentelle devant le comptoir, les assiettes en verre pour présenter les pâtisseries de Mary, les jardinières, et le panneau OUVERT calligraphié par Maddie. La boutique se trouvait dans un quartier ouvrier, avait-il maugréé, les gens voulaient en avoir pour leur argent et ne s'intéressaient pas aux fanfreluches.

Sur ce point, son oncle se trompait, Fiona en était sûre : les ouvriers aimaient la beauté tout autant que les riches – peut-être même davantage, puisqu'ils en étaient tellement privés. Mais il l'avait peinée, et Nick, venu lui donner un coup de main, avait dû la rassurer. Ses erreurs, avait-il affirmé, n'étaient que de petites bêtises de débutante qu'elle avait le temps de rattraper. Ce qui comptait avant tout, c'étaient son talent et sa capacité de travail. Il l'avait aussi encouragée à aller jeter à la tête du poissonnier son cabillaud invendable. Elle avait suivi son conseil, et obtenu en échange un beau poisson bien frais. Ensuite, elle avait obligé le meunier à remplacer sa farine, et le volailler à lui donner des œufs coque.

En enveloppant ses derniers biscuits au gingembre pour une cliente – tout était parti, et il n'était que dix heures ! –, Fiona comprit qu'elle avait tenu son pari. Elle avait rouvert la boutique, et avait des dizaines de clients ! En fait, il y avait tant de monde qu'elle commençait à manquer de tout. Il fallait qu'elle se réapprovisionne, et vite. « On ne vend pas avec une charrette vide », avait toujours dit Joe. Elle était soulagée de son succès, mais surtout heureuse, et tellement fière ! Le thé, les pâtisseries, la jolie vitrine, toutes ces idées émanaient d'elle. Elle éprouvait pour la première fois l'euphorie de la réussite. Mais sa joie fut ternie quand elle se souvint de Joe tentant, sur les marches du Vieil Escalier de Wapping, de lui expliquer son bonheur de si bien réussir chez Peterson. Elle s'était sentie trop mise à l'écart pour se réjouir avec lui. Ah, si seulement elle l'avait compris ! Si elle avait essayé de l'encourager, au lieu de le blâmer. Si... Si...

En ouvrant la porte à une cliente chargée de paniers, Fiona vit une voiture s'arrêter devant la boutique. Le cocher vint à la porte, et, après lui avoir demandé son nom, lui tendit une boîte.

— Qu'est-ce que c'est ?

— Avec lui, on ne sait jamais, répliqua-t-il avant de remonter sur son siège et de faire claquer les rênes.

Fiona tourna dans ses mains la boîte, un coffret rectangulaire d'un beau bleu, pourvu d'un couvercle sur charnière tout incrusté de verreries iridescentes, au-dessous duquel était gravé le nom *Tiffany Studios*. Très intriguée, elle l'ouvrit et découvrit à l'intérieur un numéro du *New York World*, portant en première page l'inscription manuscrite « voir p. 5 ». Elle s'y reporta donc, et trouva en pleine page la publicité dessinée par Nate et Maddie, qu'elle avait fait paraître dans le *Chelsea Crier*. Comment était-ce possible ? Elle n'aurait jamais pu se permettre de tels frais : le *World* était un très grand journal, pas une gazette de quartier. Quoi qu'il en soit, cela expliquait sans doute pourquoi la boutique n'avait pas désempli.

Une carte de visite blanche glissa d'entre les feuilles. L'écriture en était large et masculine.

Très chère mademoiselle,

J'ose espérer que cette modeste initiative contribuera à votre réussite.

Sincères salutations,

William Robertson McClane

William McClane se demandait s'il avait perdu la raison. Il était en retard pour un dîner très important au *Delmonico*. Une réception privée, organisée par le maire et à laquelle devaient assister les plus grands financiers de la ville. Ce serait l'endroit idéal pour présenter son projet de métropolitain. L'adoption de son dossier pouvait en dépendre.

Mais, au lieu de s'y rendre, que faisait-il ? Il restait embusqué dans sa voiture dans un quartier perdu du West Side, face à une petite épicerie, espérant apercevoir une jeune femme dont il n'avait pu oublier le visage. Un visage tout de contradictions : à la fois inquiet et déterminé, ouvert et réservé, fort et d'une émouvante vulnérabilité. Un mélange bien séduisant.

Sur un coup de tête, alors qu'il remontait la Cinquième Avenue pour aller à sa soirée, il avait demandé à Martin, son cocher, de faire demi-tour. En entendant l'adresse, Martin avait secoué la tête, mais Will ne lui en tenait pas rigueur : lui aussi se surprenait. Il ignorait ce qui lui avait pris de risquer l'argent de sa banque pour une jeune fille inventive, mais sans expérience. Il avait aussi obligé Jane, sa secrétaire, à traverser la ville quatre jours d'affilée pour se procurer le numéro du *Chelsea Crier* où Fiona avait fait passer son annonce, et il l'avait placée dans le *World*.

Pourquoi pensait-il cent fois par jour à une jeune fille qu'il ne connaissait pas ? Pourquoi, lui qui menait une vie bien remplie, agréable, et qui était très entouré, éprouvait-il soudain une solitude intolérable ?

En quarante-cinq ans, William McClane avait eu le temps d'apprendre à se connaître. Il savait ce qu'il voulait et comprenait toujours ce qui le poussait à agir. C'était un homme rationnel et avisé qui, grâce à son intelligence et son brillant sens des affaires, avait su transformer un modeste capital familial en immense fortune. Il était extrêmement discipliné et se targuait de ne jamais se laisser emporter par ses émotions.

Mais alors, que faisait-il ici ?

En chemin, il avait tenté de se convaincre qu'il se contentait de remplir un devoir : il veillait aux intérêts de sa banque en s'assurant que Mlle Finnegan se débrouillait correctement. Après tout, une boutique, ce n'était pas si facile à diriger, pour une jeune fille. Mais les minutes passaient, dix-neuf heures approchaient, et elle n'avait toujours pas paru. La tristesse qui s'emparait de lui le forçait à admettre que cette visite n'était pas purement professionnelle. Quand elle était sortie du bureau d'Ellis, il avait vu tant de détresse dans son regard... Il avait admiré le courage avec lequel elle avait ravalé ses larmes en s'adressant à lui. Et ce soulagement qui l'avait transfigurée, quand il lui avait accordé le droit d'ouvrir...

Comment n'aurait-il pas voulu s'assurer que tout se passait bien ? Si elle rencontrait des difficultés, il serait là pour l'aider. Il s'inquiétait pour elle, certes, mais son envie de la protéger s'accompagnait d'autres émotions plus profondes qu'il ne parvenait pas à nommer.

Will ouvrit sa montre. Il était juste dix-neuf heures ; il devait vraiment s'en aller. Non seulement il était en retard, mais il se donnait en spectacle. Son coupé de fabrication anglaise devait bien valoir deux fois le prix d'un immeuble du quartier, et les gens s'arrêtaient avec étonnement devant la voiture et son passager en tenue de soirée.

Il allait taper pour demander à Martin de repartir quand la porte de la boutique s'ouvrit, et une jeune fille portant un long tablier blanc en sortit. Le cœur de Will fit un bond. C'était Fiona. Elle leva une perche munie d'un crochet et entreprit d'enrouler l'auvent. Alors, sans même savoir ce qu'il faisait, il sauta dans la rue. À cet instant, la porte de la boutique se rouvrit, et un jeune homme rejoignit Fiona sur le trottoir. Il termina de remonter l'auvent pour elle, puis il la souleva dans ses bras et la fit tournoyer en riant, avant de la reposer avec un baiser sur la joue.

Will s'arrêta net. Son mari, bien sûr. Dieu sait pourquoi, il ne l'avait pas vue mariée. Elle avait eu l'air si solitaire à la banque, comme si elle devait lutter seule dans la vie. Leur ravissement faisait plaisir à voir. Leur journée avait dû être une réussite. Dire qu'une poignée de dollars pouvait rendre aussi heureux ! Anna, sa défunte épouse, ne s'était jamais jetée ainsi dans ses bras, pas même quand il avait atteint son premier million. Il regretta d'être descendu de voiture : il se sentait étranger à leur bonheur, et la violence de sa déception le sidéra. Il s'apprêtait à regagner son siège quand Fiona l'aperçut. Son visage s'illumina encore davantage de plaisir.

— Monsieur McClane ! Regarde, Nick, c'est le monsieur dont je t'ai parlé ! Celui de la banque. Vous n'avez pas idée du succès de notre première journée ! Il y a eu foule !... Nous manquons de tout ! Il ne nous reste rien à vendre, et grâce à vous !

Elle franchit en courant les quelques pas qui les séparaient et se jeta à son cou, le serrant dans ses bras à l'étouffer. Il éprouva un tel choc, un tel ravissement, qu'il en perdit l'usage de la parole. Il posa les mains dans le dos de Fiona, sentant la chaleur de son corps à travers son chemisier. Ses cheveux lui chatouillaient le visage, et sa peau glissa sur sa joue comme du satin. Elle fleurait bon le beurre, le thé et les pommes.

Soudain, se rappelant la bienséance, elle s'arracha à lui et recula avec embarras. Will éprouva un sentiment de vide terrible.

— Vous avez tant fait pour nous ! D'abord en me permettant d'avoir la boutique, et puis en passant l'annonce ! Comment l'avez-vous trouvée pour la mettre dans le *World* ? J'avais peut-être laissé un exemplaire à M. Ellis ? (Elle continua sans reprendre son souffle, lui épargnant une explication.) Vous ne pouvez pas savoir ce que ça compte pour nous ! Nous ne serons pas obligés de partir, et moi de chercher du travail, et les Munro de déménager, et... Oh, mon Dieu ! Regardez ce que j'ai fait !

Il suivit son regard horrifié, et constata qu'elle avait couvert sa veste de farine.

— Je suis désolée ! Je vais chercher un torchon !

Elle courut dans la boutique, le laissant avec le jeune homme qui la suivit des yeux en riant.

— Elle ne tient pas en place ! Je me présente : Nicholas Soames... un ami de Fiona, ajouta-t-il en lui serrant la main. Enchanté de faire votre connaissance.

Un ami ? Will sentit son cœur s'alléger.

— Tout le plaisir est pour moi, monsieur.

Fiona ressortit, s'acharna sur la veste, et ne réussit qu'à aggraver son état. Willy lui assura que la farine partirait très bien en la secouant. Heureusement, Charlie Delmonico avait toujours quelques smokings de secours pour ses bons clients, en cas d'incident du même ordre. Fiona laissa donc son torchon ; Nick éteignit les lampes à gaz, verrouilla la porte et en tendit la clé à son amie.

— Je monte voir si Mary a besoin d'aide pour le souper, Fi. Que dois-je faire de ceci ?

Il montrait la boîte de chez Tiffany.

— Attends, regardons encore !

Nick l'ouvrit. Elle était remplie de billets et de pièces. Ils admirèrent ce trésor, puis échangèrent un regard et éclatèrent de rire comme deux enfants devant des friandises. Will ne se souvenait pas avoir jamais pris autant de plaisir à gagner de l'argent. Peut-être devrait-il abandonner ses affaires et le métropolitain pour devenir épicier.

— Tu n'as qu'à la cacher quelque part, Nick. Sous mon lit. Là-dedans, il y a le remboursement du crédit pour le mois prochain. Si Michael la trouve, il va tout boire. Mon oncle, ajouta-t-elle en se tournant vers Will, aime un peu trop le whisky. Je me doute que M. Ellis vous en a parlé.

Will hocha la tête, pris au dépourvu. On ne mentionnait jamais ce genre de sujet, dans son milieu. On buvait, on fréquentait les salles de jeu et pire encore, mais on s'arrangeait avec sa conscience en décrétant que ce dont on ne parlait pas n'existait pas.

— Au revoir, monsieur, déclara Nick en entrant dans l'immeuble.

— Au revoir, monsieur.

— Voulez-vous vous joindre à nous pour le souper ? proposa Fiona. Ou plutôt, je devrais dire le dîner, comme on nomme le repas du soir ici. Je m'embrouille encore... Nous en serions tous très heureux. Nous allons fêter ce triomphe ! J'étais si inquiète, ce matin : je pensais que personne ne viendrait. Acceptez, monsieur ! Nick a apporté du champagne !

— Faites-moi plaisir, appelez-moi Will. Cela me plairait beaucoup, mais je suis attendu en ville pour dîner.

Le sourire de Fiona s'effaça et elle baissa la tête.

— Je suis désolée... Je ne suis pas aussi bavarde d'habitude... C'est la joie. Jamais je ne vais pouvoir dormir.

Visiblement, elle croyait l'avoir choqué.

— Mais pas du tout, ne croyez pas... Bien au contraire, je suis enchanté que vous soyez contente. Je suis comme vous : je ne taris pas sur le métropolitain. Il me reste encore quelques minutes avant de me rendre à mon dîner. Voulez-vous faire quelques pas ? La marche est souveraine pour se détendre.

— Ah ! Merci ! Mary ne finira pas de préparer le dîner très vite, surtout si Nick s'en mêle. Mais je ne vous retarde pas, j'espère ?

— J'ai tout mon temps.

Il était diablement en retard, au contraire, mais il s'en moquait.

Retrouvant son sourire, un sourire généreux et désarmant de sincérité, la jeune fille ôta son tablier dont elle se débarrassa sur une marche dans l'entrée de l'immeuble.

— Voilà, je suis prête, allons-y !

— Attendez, lança-t-il en tirant son mouchoir.

Il lui essuya doucement la joue.

— De la cannelle, dirait-on. On vous croirait sur le sentier de la guerre !

Elle rit. Sa peau était veloutée comme un pétale de rose. Il arrêta son geste avant qu'elle ne s'aperçoive que c'était juste un prétexte pour la toucher.

Ils partirent donc, et elle déclara que si elle devait l'appeler Will, il fallait qu'il l'appelle Fiona. Il approuva, charmé. Des cheveux fous s'échappaient de son chignon, ses joues étaient roses d'animation, et ses magnifiques yeux cobalt étincelaient. Jamais il n'avait vu une telle beauté.

Tandis qu'ils se dirigeaient vers la Dix-Huitième Rue, il la fit parler de la boutique, de ce qu'avaient acheté les clients, et de ses nouvelles idées. Elle répondit bien, avec esprit, puis lui posa à son tour des questions. C'était un interrogatoire en règle : comment les New-Yorkais faisaient-ils fortune ? Que produisaient-ils ? Que vendaient-ils ?

— Carnagie a gagné son argent dans l'acier. Rockefeller, dans le pétrole. Morgan, le chemin de fer et la finance... Mais pourquoi cet intérêt ?

— Parce que je veux devenir riche. Je veux être millionnaire.

— Ah ! Vraiment ?

Il sourit, car elle venait de briser une nouvelle règle de la bonne société : les femmes ne devaient pas parler argent. Sans doute aurait-elle passé outre même si elle l'avait su.

— Et vous, comment avez-vous fait fortune ?

Une autre convention volait en éclats : on ne posait pas de questions aux gens sur leurs finances. Mais ces manières directes plaisaient à Will, et son envie de lui demander conseil le flattait.

— J'ai hérité d'une exploitation forestière dans le Colorado, et, là-bas, j'ai eu la chance d'acheter des mines où l'on a trouvé des filons d'argent.

— Moi, je n'ai rien de tout cela. Mais je pense que si la boutique marche bien, je pourrai demander un nouveau crédit et en ouvrir une seconde, puis d'autres.

— Vous n'avez travaillé qu'une journée. Tout s'est très bien passé, mais il vous reste à apprendre beaucoup avant d'en arriver là.

— Quoi, par exemple ?

— La nature de votre clientèle. Vous ne connaissez pas encore assez la ville pour investir dans un autre quartier. Commencez petit.

— Que feriez-vous, à ma place ?

Il se donna quelques secondes de réflexion.

— Vous avez réussi avec la pâtisserie, testez les plats salés : tourte au poulet, à la viande... Vous n'en vendrez peut-être pas, mais c'est un risque calculé. Il y a beaucoup de chance pour que cela marche. Essayez aussi les bonbons. Les gens vous achètent vos biscuits, sans doute prendraient-ils du chocolat. Et puis, voyons... Les asperges sont toutes parties... On m'a servi de jeunes laitues braisées chez *Rector,* l'autre soir. Proposez-en un peu. Devancez les besoins. Soyez la première à offrir à vos clients ce qu'ils ne trouvent pas ailleurs.

Une fenêtre s'ouvrit au-dessus d'eux.

— Sean ! Jimmy ! cria une matrone en se penchant dans la rue. Où vous traînez encore ? Les côtes de porc sont froides ! Rentrez, ou vous allez prendre une raclée !

— Des côtes de porc, remarqua Fiona avec un sourire en coin. Voilà ce que mes clients attendent. Je ne vais pas devenir riche avec ça !

— Pas tout de suite, admit Will en riant. Mais vous allez apprendre ce qui se vend et ce qui ne se vend pas. Vous développerez votre sens des affaires, et c'est le premier pas vers la réussite.

— Vraiment ?

— Oui. Je n'aurais jamais pensé à acheter mes mines d'argent si je n'avais pas dû m'occuper de mes arbres dans le Colorado, et je n'aurais pas proposé à la ville ma candidature pour la construction du métropolitain si je n'avais pas connu à fond les techniques de forage grâce à mes mines. Vous pouvez me croire : il faut toujours aller vers ce qu'on connaît pour progresser.

Ils continuèrent ainsi à se promener tout en bavardant, sans se rendre compte du temps qui passait, sans voir naître en eux un seul silence embarrassé. Will était enchanté par Fiona. Il n'avait jamais rencontré de femme aussi passionnée, directe, honnête et sans prétention. En apprenant ce qui était arrivé à sa famille, il s'arrêta net au milieu de la Dix-Huitième Rue, frappé par ce qu'elle avait enduré. Cela expliquait tout : sa présence à New York, sa détermination. Il admirait son courage, mais, surtout, elle l'émouvait. Il lui saisit les mains, et lui déclara que si elle avait besoin d'aide, de conseils, il fallait venir le voir. C'était une impulsion, un geste déplacé, mais elle le remercia tout simplement et assura qu'elle n'y manquerait pas.

En arrivant dans Union Square, Fiona s'étonna d'avoir tant marché et dit qu'elle devait rentrer, car le dîner était sûrement prêt. Mais avant qu'ils ne reviennent sur leurs pas, elle avisa une petite marchande de fleurs. C'était une enfant maigrelette de douze ans à peine qui vendait des roses. Fiona les admira, puis déclara soudain qu'elle allait en acheter malgré leur prix. Ce serait pour fêter cette journée d'ouverture, expliqua-t-elle. Will fit tout pour les lui offrir, mais elle ne voulut rien entendre, et il remarqua qu'elle donnait à la petite plus que ce que coûtaient ses fleurs. Fiona lui confia qu'elle adorait les roses rouges, tout en lui en tendant une pour sa boutonnière.

Quand ils arrivèrent en vue de la boutique, un petit rouquin – son frère, sans doute – guettait par la fenêtre. Il lui cria de se dépêcher, car ils mouraient tous de faim. Will lui prit la main, la retenant plus longtemps que ne l'exigeait la politesse, et la porta à ses lèvres en lui disant adieu. Quand sa voiture repartit, il se tourna, et aperçut sur le trottoir Fiona qui le suivait des yeux. Jamais de sa vie il n'avait été plus abattu par la perspective d'une bouteille de château-lafite et d'un repas somptueux.

29

Stan Christie et Reg Smith escortaient Roddy O'Meara. Il entendait leurs pas et le tapotement d'une matraque dans le creux d'une main.

— Eh bien, vas-y, Bowler, jeta Roddy en s'asseyant à la table de Sheehan. Dis à tes hommes de m'attaquer, mais attention : tu pourrais le regretter.

Sheehan se balança en arrière sur sa chaise, puis fit un petit signe de tête. Reg et Stan retournèrent à leur poste de surveillance au *Taj Mahal*. Sheehan poussa vers Roddy son assiette, contenant la moitié d'un steak saignant.

— Sers-toi, j'allais donner mes restes à Vicky, déclara-t-il en désignant un terrier très laid à l'air féroce.

— Je ne savais pas que tu étais marié, railla Roddy en jetant la viande à l'animal.

— Ta gueule ! grogna Sheehan. Qu'est-ce que tu veux ?

— Un de tes hommes a essayé d'amocher un gars qui s'appelle Joe Bristow, l'autre soir.

— Et alors ? Ne me dis pas que tu viens me voir pour une petite bousculade.

— Je viens te voir à cause d'une gamine, Fiona Finnegan. Bristow assure que tu la cherches, et moi, je veux savoir pourquoi.

— J'ignore de quoi tu parles, s'indigna Sheehan. Tu en as, du toupet, de déranger le dîner d'un brave homme en l'accusant de crimes dont il est innocent...

Roddy soupira, et il subit avec fatalisme la complainte hypocrite de Sheehan. Quand celui-ci arriva au bout de ses jérémiades, Roddy repartit à la charge.

— Si tu préfères le prendre comme ça, Bowler, libre à toi. Tu sais que je ne suis pas gars à me mêler de tout : si un malfaiteur comme toi veut empocher l'argent d'un bandit comme Denny Quinn, je m'en moque, du moment que tu ne déranges pas les honnêtes gens. Mais je ne te jure pas que ça va durer. Dis-moi ce que je veux savoir, ou tu ne seras plus tranquille une minute. Quand tu sortiras, je t'attendrai à la porte de chez toi. Que tu ailles au pub, au bordel, à un combat de chiens, de coqs ou de rats, je te collerai aux basques. Même si tu essaies de...

— D'accord ! D'accord ! coupa Sheehan. Quelle pitié que l'Éventreur ait pris sa retraite ! Tant qu'il vous faisait jouer à cache-cache, on ne vous avait pas sur le dos.

— Alors, pourquoi Fiona ?

— Elle a piqué cinq cents livres à un de mes associés qui cherche à les récupérer. Il ne veut pas d'embrouilles, juste la retrouver et reprendre le pèze.

— Et cet associé, c'est... ?

— Ça, motus. C'est une grosse légume qui exige la discrétion.

— Bien, répliqua Roddy en se levant. Tu l'auras voulu. Quand tu en auras assez de me mentir, tu me feras signe.

— Putain, je te dis la vérité, et tu ne me crois pas !

— Je connais la gamine depuis qu'elle est née. C'est autant le genre à faucher que toi à donner aux bonnes œuvres. À la revoyure !

Avant de partir, Roddy lança encore :

— J'ignore où elle est, Bowler, mais tu as intérêt à ce que rien ne lui arrive. Sinon, c'est toi qui paieras.

— Mais bon sang, je ne sais pas plus que toi où elle est ! C'est pas moi qui suis responsable de tout ce qui foire. Qu'est-ce que tu comptes me mettre sur le dos ? Les émeutes de Trafalgar ? La guerre de Cent Ans ?

Une fois sorti du *Taj Mahal*, Roddy ôta sa casquette pour se passer la main dans les cheveux. Il était très inquiet. Il n'avait pas appris où était Fiona, mais le salaud allait voir ce qu'il en coûtait de lui raconter des histoires : cette fois-ci, il lui avait rendu une visite privée ; mais la prochaine, il l'effectuerait en tant que membre des forces de l'ordre...

Roddy frissonna, glacé par le vent qui soufflait de la Tamise. Pourvu que Fiona soit bien au chaud. Et Seamie, dont les mitaines étaient tout usées. Le soir de leur départ, justement, il lui en rapportait une paire. Pourrait-il les lui donner un jour ? Remontant son col et plongeant les mains dans ses poches, le policier rentra chez lui.

30

Fiona sanglotait devant la porte du cimetière où sa mère, son père, son frère et sa sœur étaient enterrés. La lourde chaîne qui fermait la grille l'empêchait d'entrer.

Une voix irlandaise très douce l'appela :

— Fiona, ma fille...

Son père était de l'autre côté, casquette sur la tête, grappin à la main, comme s'il revenait des docks.

— Papa, tu me manques ! s'écria-t-elle, en larmes. Tu ne veux pas sortir de là ? Rentre à la maison avec maman, Charlie et le bébé...

— Je ne peux pas, mon chou. Mais prends ça. Sers-toi de ce que tu connais.

Il lui tendit à travers les barreaux une petite plante verte, haute de quatre pouces à peine. Elle était frêle, délicate, mais avait des feuilles très luisantes.

— Qu'est-ce que c'est ?

— Tu le sais...

— Moi ? Mais non, je n'en ai jamais vu...

Déjà, il s'éloignait.

— Attends, papa, reste encore !

— Soigne-la bien, ma fille, elle va croître et multiplier.

Il lui fit un signe d'adieu et partit, disparaissant dans l'ombre du cimetière.

— Non ! Reviens ! cria-t-elle en secouant la grille.

Au milieu de ses larmes, elle entendit le bruit d'un galop. Une voiture noire, élégante, vernissée approchait. Des flammes tressautaient dans les lanternes, des étincelles jaillissaient des sabots qui frappaient le pavé. On aurait cru un attelage infernal.

Et c'était bien l'œuvre du diable, car Frances Sawyer tenait les rênes. L'Éventreur l'avait défigurée, sa robe pendait sur son corps squelettique et lacéré. Elle tira brutalement sur les rênes pour s'arrêter.

— Le voilà, siffla-t-elle de son larynx tranché.

Plaquée à la grille, incapable de bouger ou de crier, Fiona s'arracha au spectacle horrible qu'offrait la femme pour regarder son passager. Elle aperçut une silhouette en haut-de-forme, les mains croisées sur le pommeau d'une canne. Jack l'Éventreur, l'homme en noir. Il accrocha les doigts à la fenêtre ouverte, et la porte s'ouvrit brutalement, laissant échapper des tombereaux de feuilles de thé qui se déversèrent dans la rue. Puis il descendit, avec un sourire qui découvrait des dents pointues et ensanglantées. Ce n'était pas Jack l'Éventreur, mais William Burton. Il brandissait un couteau.

Il se jeta sur Fiona, et la lame fit un bruit écœurant en plongeant dans sa poitrine. Elle hurla de douleur et se débattit de toutes ses forces.

— Arrête, Fiona ! cria-t-il en tentant de lui attraper les poignets. Bon Dieu !

— Je vais te tuer ! hurla-t-elle.

— Ouille ! Mais tu me fais mal ! Réveille-toi, petite bête ! C'est moi, Michael, pas le croque-mitaine !

Sursautant, Fiona ouvrit les yeux, et vit le visage gonflé de sommeil de son oncle. Elle regarda autour d'elle. Elle était assise dans le fauteuil de Michael, dans la salle à manger. Le livre de comptes de la boutique et un numéro du *London Times* étaient tombés à ses pieds. Elle se trouvait à New York, pas à Londres. Mais elle eut beau se dire qu'il s'agissait seulement d'un rêve, elle dut jeter un coup d'œil sur sa poitrine pour s'assurer qu'aucun couteau n'y était planté.

— Pardon, oncle Michael... Je dormais...

— Tu criais tellement fort que j'ai cru qu'on t'égorgeait !

— C'est ce que j'ai rêvé.

— Tu devrais être au lit.

— Je faisais les comptes...

Un tremblement la saisit. Ce que voyant, Michael partit en bougonnant vers la cuisine, et Fiona entendit couler de l'eau. Quel cauchemar ! Jack l'Éventreur et Burton s'étaient confondus dans son esprit, cumulant toutes ses craintes en un seul homme. Oui, elle s'était créé un croque-mitaine, le plus terrifiant de tous.

Elle se pencha pour ramasser ses papiers, bien décidée à chasser son mauvais rêve. En prenant le *Times*, elle aperçut le titre de l'article qu'elle avait lu auparavant : INTRODUCTION EN BOURSE DE LA COMPAGNIE BURTON, OPÉRATION COURONNÉE DE SUCCÈS.

Voilà l'explication se dit-elle. Elle avait acheté un journal anglais comme elle le faisait souvent, cherchant des nouvelles de la lutte syndicale des dockers, et était tombée sur cette information. Sans bien comprendre les mécanismes de la Bourse, elle se souvenait de ce qu'avait expliqué son père. Burton refusait d'augmenter ses ouvriers parce qu'il voulait faire entrer sa société en Bourse. Maintenant, son ambition s'était réalisée. L'article mentionnait d'ailleurs que le nombre d'acheteurs avait dépassé toutes ses espérances. Avec l'argent dégagé, Burton allait se moderniser et acquérir une plantation de thé aux Indes. « Dans les deux années à venir, avait-il déclaré, je compte réduire le prix de vente de mes produits tout en augmentant les dividendes de mes actionnaires. » Mais, comme le notait le journaliste, il n'aurait à rendre de comptes à personne, ayant gardé tout contrôle sur la compagnie en retenant cinquante et un pour cent des actions émises.

La nouvelle l'atteignait comme un coup de poignard. Il lui était particulièrement dur de voir ainsi William Burton prospérer alors que sa propre famille avait été décimée. Avant de lire l'article, Fiona avait étudié ses comptes, et eu l'heureuse surprise de constater que les gains étaient supérieurs à ce qu'elle avait escompté. Elle allait pouvoir commencer à se rembourser l'argent avancé pour couvrir les dettes de son oncle. Cette découverte l'avait beaucoup rassurée. Mais, à présent, les bénéfices de la boutique lui semblaient bien pitoyables, comparés à la richesse de Burton.

Quand le *Britannic* avait quitté les rives de l'Angleterre, Fiona avait fait le serment de se venger de lui. Mais le début du mois de mai était là ; elle vivait à New York depuis plus de un mois, et n'avait toujours pas trouvé de plan d'action. Il lui faudrait beaucoup d'argent pour atteindre cet homme, mais comment en gagner ? Will lui avait conseillé d'utiliser ce qu'elle connaissait ; seulement, les biscuits et les pommes n'étaient rien face aux mines et au pétrole.

Michael revint avec une tasse de thé.

— Tiens...

Cette gentille attention surprit Fiona, qui accepta avec reconnaissance. Il lui tint un peu compagnie, bâillant et se frottant le menton. L'air de famille la sidérait toujours. Une image brumeuse de son père, tel qu'il lui était apparu dans son rêve, lui revint. Il lui tendait un objet, voulait lui faire comprendre quelque chose, mais elle ne se rappelait pas quoi. Puis Michael annonça qu'il allait se coucher, et la vision fugitive lui échappa. Il espérait que le croque-mitaine la laisserait en paix, et lui conseilla d'essayer de dormir.

— Je ne pourrai pas, affirma-t-elle en se levant. Je descends à la boutique pour avancer le travail.

— Attends au moins le lever du jour. Ce n'est pas raisonnable de rester seule en bas.

Elle eut un sourire las. Seule ? Avec tous les fantômes et les souvenirs qui la hantaient ?

— Ne t'en fais pas, oncle Michael, le croque-mitaine me tiendra compagnie. Ainsi que ses amis.

Souvent, quand il ne parvenait pas à s'endormir, Nicholas Soames aimait se promener dans Manhattan. Les rues étaient calmes, sereines une fois la nuit venue, comme un grand monstre assoupi. Il lui semblait alors que la ville lui appartenait. Les trottoirs étaient déserts, les volets des boutiques fermés. Seuls les pubs et les restaurants demeuraient éclairés.

Ce soir-là, il avait beaucoup marché, allant de son hôtel situé au croisement de la Cinquième Avenue et de la Vingt-Troisième Rue jusqu'à Bleeker Street, en passant par Washington Square. Il était plus de minuit quand, enfin fatigué, il décida de regagner Broadway dans l'espoir d'y dénicher un cab.

Il s'apprêtait à traverser Bleeker Street quand il aperçut deux hommes. Ils marchaient côte à côte, sans se toucher, mais à la façon dont ils se penchaient l'un vers l'autre, à leurs rires intimes, Nick devina. C'était évident.

Il les vit pénétrer dans un bar. Il attendit, enraciné sur le trottoir. Un autre couple poussa la porte. Puis un homme seul, et ensuite un groupe de quatre. Quand il trouva le courage de traverser, il remarqua qu'une petite pancarte près de la porte annonçait le nom du café : *The Slide*.

Un jeune homme blond et bouclé passa devant lui et lui tint la porte.

— Vous venez ?

— Moi ? Non... Non, merci...

— Comme vous voudrez.

Le temps que la porte se referme, des rires et des odeurs de cigarettes et de vin lui parvinrent. Il mourait d'envie d'entrer. De se retrouver, rien qu'un soir, parmi ceux qui lui ressemblaient. Partager une bouteille. Jeter le masque. Rien qu'un soir.

Il avança la main vers la poignée, mais la laissa retomber. Non. Il n'était pas libre de ses mouvements. Ne l'avait-il pas appris à ses dépens ? N'avait-il pas assez souffert, causé assez de tort autour de lui ? Et pouvait-il oublier Henri ? Il recula dans l'ombre d'un orme imposant.

Sauve-toi, s'adjura-t-il, va-t'en. C'est trop dangereux. Si on te voyait ? Si on te reconnaissait ? Un homme approchait, grand, très beau, avec de longs cheveux noirs ondulés. De loin, il ressemblait à Henri. Il s'arrêta, l'ayant aperçu dans l'ombre, et se mit à rire avant de lui lancer :

— Tu ne vas pas rester caché là toute la nuit, petite poule mouillée !

Riant de nouveau, il disparut dans le bar.

Nick avait les yeux rivés sur la porte. Il avait tant besoin de ces rires, de cette chaleur, de cette compréhension. Son désir d'entrer redevenait irrésistible. Rien qu'un peu, se dit-il, rien qu'une heure. Je ne boirai qu'un verre ou deux, puis je partirai. Rien que pour cette fois.

31

— Tu veux en reprendre un peu, Seamie ? demanda Mary en se levant.

Seamie tendit son assiette avec avidité.

— Moi aussi, maman, déclara Ian.

— Moi aussi, renchérit Fiona.

Excellente cuisinière, Mary réussissait le bœuf en croûte à la perfection. Une pâte dorée et moelleuse enrobait des morceaux de viande bien tendres, liés par une sauce goûteuse et épaisse ; la purée était onctueuse, les petits pois cuits à la perfection.

Mary resservit généreusement la tablée, et Fiona en fut ravie car elle mourait de faim. Ce samedi, comme les précédents, avait été très chargé ; elle ne s'était pas assise de la journée. Ils dînaient chez Michael, à présent, et non plus chez Mary, car la cuisine et la table y étaient plus grandes. Fiona n'avait guère de talent ni d'intérêt pour la cuisine, mais elle voulait que Seamie soit bien nourri. Elle avait conclu un accord avec Mary : elle fournissait les ingrédients du repas du soir, et son amie cuisinait pour tout le monde. L'arrangement leur convenait à merveille à toutes les deux. Fiona adorait dîner avec les Munro. Ils remplaçaient un peu son oncle, qui passait encore le plus clair de son temps chez *Whelan*.

— Je vais te rafraîchir les jardinières pour mercredi, gamine, promit Alec.

— C'est très gentil.

— Les plantes sont prêtes, il ne reste plus qu'à enlever les anciennes et à rajouter du terreau. Ce sera bien beau.

Alec étonnait Fiona : il ne quittait pas son jardin, avait besoin de mettre les mains dans la terre et de cultiver des plantes autant que d'autres avaient besoin d'air. Seamie l'adorait, et il passait des heures avec lui à désherber, fumer les plates-bandes, soigner les rosiers et dorloter les pivoines.

Seamie énumérait les fleurs qu'il avait mises en godets avec Alec ce jour-là quand Fiona entendit la porte d'entrée, puis un pas lourd dans le couloir. Elle eut un mouvement de colère. Sans doute son oncle allait-il lui réclamer de l'argent ; autrement, il ne serait pas déjà de retour.

— Tu crois qu'il viendrait dîner avec nous ? murmura Mary en lui lançant un regard.

— Pas sans un whisky avec !

Elle avait abandonné tout espoir que son oncle cesse de boire.

— Propose-lui de s'asseoir à la table, insista Mary.

— Il ne m'écoutera pas. Essaie, toi, si tu veux.

— D'accord, mais continuez de parler normalement, ou il croira que nous complotons dans son dos.

— Il n'aurait pas tort, bougonna Alec.

Fiona se mit à bavarder d'un ton léger.

— Michael ? appela Mary. C'est toi ?

Après quelques secondes, un « oui » maussade se fit entendre.

— Tu n'as pas faim ? J'ai préparé du bœuf en croûte aux oignons.

Un nouveau silence.

— Bœuf et oignons ?

— Oui, viens en prendre une assiette.

Au grand étonnement de Fiona, son oncle apparut dans l'encadrement de la porte, casquette à la main. Elle s'efforça de refouler le chagrin et la colère qui la prenaient dès qu'elle le voyait. Il était maigre, ayant perdu au moins trente livres depuis que la photo envoyée par Molly avait été prise, et pourtant il avait le visage boursouflé. Ses cheveux lui pendaient dans le cou, il portait des vêtements sales, ne s'était pas rasé et empestait les relents de bar.

— Bonjour, Michael, dit Mary, je te donne une tasse de thé avec ton repas ?

— Oui, merci.

— Alors, installe-toi. Tiens, mets-toi entre Fiona et moi. Ian, pousse-toi un peu.

— Laissez, je vais aller manger dans l'autre pièce.

— Mais non, tu ne peux pas tenir ton assiette sur tes genoux en même temps que ta tasse de thé, voyons. Assieds-toi.

Michael obéit, tête basse. Mary posa une assiette pleine devant lui, des couverts et une serviette, et Fiona lui versa du thé. Il la remercia tout en portant la tasse à ses lèvres à deux mains tant il tremblait, et but une gorgée.

— C'est du bon...

— C'est celui que j'ai acheté chez Millard. Du thé indien.

Il leva les yeux et la regarda bien en face.

— Je ne bois pas de whisky quand je mange, contrairement à ce que certains ont l'air de croire.

Bigre, il a l'ouïe fine, pensa Fiona.

— Tant mieux, riposta-t-elle. Le whisky tue les goûts, et avec une cuisinière comme Mary ce serait dommage. Je n'ai jamais rien mangé de meilleur.

— Tu penses ! gloussa cette dernière.

— Mais si, maman, intervint Ian. Il reste des pommes de terre ?

Ils continuèrent de jouer le jeu, feignant la désinvolture, et incluant Michael comme si sa présence était toute naturelle. On ne lui ferait plus de critiques, plus de reproches. Mary et Fiona avaient essayé les unes et les autres, sans succès. Maintenant, il ne restait qu'à accepter Michael tel qu'il était, à partager un bon repas avec lui, à le faire participer à la conversation. Mal à l'aise, il semblait avoir l'impression de ne pas mériter ce bon accueil.

— Oncle Michael, je me suis dit que nous devrions mettre des barrières aux fenêtres des deux appartements. Tu saurais où en trouver ? demanda Fiona.

— Des barrières, pour quoi faire ?

— Pour Nell. Elle va bientôt commencer à marcher, et ce serait plus prudent.

Saisissant l'occasion fort à propos, Nell se mit à gazouiller dans son panier, placé sous la fenêtre de la cuisine. Michael posa brutalement sa fourchette.

Mon Dieu, il va se sauver, pensa Fiona. Elle s'empressa de se lever, avec l'espoir de faire diversion.

— Là ! Voilà ! chantonna-t-elle en serrant sa cousine dans ses bras. Elle vient de se réveiller. Je ne sais pas comment elle s'arrange pour dormir, avec tout le bruit que nous faisons.

Elle se rassit, le bébé sur les genoux.

— Je peux lui donner de la purée ? demanda-t-elle à Mary.

— Bien sûr. Avec un peu de pain et de sauce, si tu veux ; mais attention aux oignons, elle n'aime pas ça.

Alec voulut savoir si Mary pensait à garder ses épluchures pour le compost, Ian et Seamie entreprirent un concours de grimaces, tandis que Fiona enfournait de la purée dans la bouche de Nell. Michael restait figé sur place, les yeux rivés sur sa fille.

— Je peux la prendre dans les bras ? s'enquit-il soudain dans un souffle.

Fiona lui passa le bébé, voyant la souffrance sur son visage et devinant qu'il pensait à Molly. Ne te sauve pas, pria-t-elle en silence. Reste avec elle.

— Eleanore Grace, dit-il, la voix tremblante. Que tu es jolie...

Nell demeurait tranquille dans les bras décharnés de son père, levant vers lui des yeux aussi noirs que des myrtilles.

— Bah, bah, pah ! clama-t-elle soudain.

Michael les prit à témoin, émerveillé.

— Elle a dit « papa » ! Elle me reconnaît !

— Bien sûr, qu'elle te reconnaît !

Fiona se garda bien de révéler que Nell répétait « bah » et « pah » à tout bout de champ.

— Pah ! Pah ! cria le bébé en sautant sur les genoux de son père.

C'est bien, Nell, continue, songea Fiona. Elle jeta un coup d'œil à Mary, qui semblait aux anges. D'un doigt tremblant, Michael toucha la joue de sa fille. Elle s'accrocha à son pouce, et le porta à sa bouche pour se frotter les gencives dessus.

— Elle ressemble à sa mère, affirma-t-il. C'est le portrait de Molly.

Alors, il se couvrit le visage avec la main et se mit à pleurer. De grosses larmes roulaient sur ses joues et inondaient la robe de Nell. Elles tombaient dru comme une pluie d'été dans le désert. Des sanglots lui déchiraient la poitrine. Le flot de son immense chagrin brisait les digues pour emporter sa colère et son amertume.

— C'est bien, Michael, murmura Mary. Ne te retiens pas, il est grand temps. Il n'y a pas de honte à pleurer une femme comme Molly.

— Si elle pouvait être là, Mary, répondit-il entre deux hoquets. Je voudrais tellement qu'elle voie notre Nell !

— Mais elle est là, assura Mary en lui saisissant la main pour la serrer dans les siennes. Elle la voit...

32

— La porte de derrière est fermée ? demanda Ed Akers tandis que Joe fixait les volets à son stand.

— Oui.

— C'est bien, mon garçon, dit Ed en lui donnant une tape dans le dos. Tiens, voilà un petit extra pour toi.

Joe le remercia.

— Ce n'est rien. Depuis que tu as commencé, les ventes ont monté. Allez, j'y vais. J'ai évité la patronne et notre tripotée de démons toute la journée, mais faut bien rentrer un jour...

Ed avait la quarantaine et douze enfants dont il adorait se plaindre. Il leur trouvait tous les défauts, les accusant de faire du bruit, de dilapider son argent, mais il retournait chez lui les bras chargés de cerises, de fraises et de brisures de biscuits récupérées au stand du boulanger. Joe savait que ses lamentations étaient de pure forme, et il entrait volontiers dans le jeu.

— Quand faut y aller, faut y aller !

— Ah ! là ! là ! Tu l'as dit.

Joe attendait qu'il parte, mais son patron traînait, vérifiant le cadenas, regardant le ciel et prévoyant un beau dimanche pour ce dernier week-end de juin. Il finit par se décider à parler.

— Écoute, ça ne me regarde pas, mais tu devrais un peu dépenser tes sous au pub, va t'amuser. Tu restes trop seul pour un garçon de ton âge.

— Un autre soir, peut-être. Là, je suis vraiment crevé. Je vais nourrir Baxter, lui donner un bon coup de brosse et me coucher tôt.

— Comme tu voudras, soupira Ed.

— Bonne nuit, et à lundi.

— Bonne nuit, mon garçon.

À trois rues de là, il y avait une allée d'écuries où les marchands mettaient leurs chevaux et leurs carrioles. Ed autorisait Joe à dormir dans la sienne, dans le grenier à foin. Cela l'arrangeait d'avoir quelqu'un pour surveiller son cheval, et Joe était ravi d'éviter les garnis surpeuplés pleins de vermine.

Il était parti de chez Millie six semaines plus tôt. Au début, il avait vécu à la dure, sans presque aucune nourriture, faisant le manœuvre quand il parvenait à s'employer à Covent Garden. Un jour, affaibli, le ventre creux, il avait trébuché devant un pub et était tombé. Un passant l'avait aidé à se relever, et, à sa grande honte, Joe avait reconnu Matt Byrne, un ancien de Montague Street, qui travaillait maintenant aux halles. Matt avait tenu à l'inviter à manger un morceau au pub, et Joe lui avait raconté ses déboires et sa difficulté à trouver du travail à cause de l'interdiction lancée contre lui par Tommy Peterson. Indigné, Matt lui avait conseillé de s'adresser à Ed, un marchand indépendant sur lequel Peterson ne pouvait faire pression. Il en restait encore quelques-uns...

Son nouveau travail était loin de valoir celui qu'il avait quitté. Il se contentait de vendre et de livrer des produits aux marchands des quatre-saisons et aux petites épiceries, mais au moins il ne mourait plus de faim. Il s'était procuré deux couvertures d'occasion dans un stand, et arrangé un lit dans le foin. Il achetait ses repas au coin des rues et se rendait une fois par semaine aux bains publics. Cette vie, bien que pauvre, lui permettait du moins de satisfaire son grand besoin de solitude.

Ce soir-là, en effet, il avait menti à Ed : il n'était pas fatigué, mais il ne supportait plus la compagnie de ses semblables. Il souffrait de voir des couples heureux dans la rue, d'entendre le rire des ouvrières en promenade. Un jour, il avait été comme eux, joyeux, optimiste, plein de vie ; à présent, il faisait du mal à tous ceux qu'il approchait, ne pouvait toucher à rien sans tout gâcher.

Il entra dans une gargote et commanda un roulé à la saucisse. C'était un endroit minuscule et sordide ne contenant que deux tables ; la petite serveuse, une jolie brune avec un gentil sourire, lui proposa de s'asseoir, au lieu de se sauver comme d'habitude, mais il déclina l'invitation et retourna à l'écurie.

C'était une nuit sans lune, et il lui fallut un moment pour trouver le trou de la serrure. Une fois entré, il chercha la lanterne à tâtons et les allumettes.

— Bonjour, Baxter ! Bonjour, mon tout beau !

Le hongre alezan hennit dans son box. Joe accrocha la lanterne au crochet fixé dans un poteau et alla lui caresser la tête. Le cheval baissa le col pour essayer d'attraper sa poche avec ses grandes lèvres duveteuses. Joe en tira deux carottes qu'il lui offrit, ensuite il le fit sortir du box, le laissant libre de ses mouvements car Baxter était un cheval fort sage. Il l'étrilla à longs gestes réguliers, allant de l'encolure à la croupe. Baxter se serait tout aussi bien porté sans carottes ou sans brossage, mais Joe se disait que cela le rendait plus docile. En fait, c'était Joe lui-même qui avait besoin de cette routine quotidienne. Le contact avec l'animal et les soins qu'il lui prodiguait l'aidaient à combler son manque d'affection, et lui évitaient de penser à la peine qu'il avait causée.

Le brossage terminé, Joe nettoya le box, enlevant le foin souillé pour en étaler du frais, puis versa de l'avoine dans la mangeoire. Baxter, sentant son dîner, rentra tout seul dans son box. Joe lui souhaita une bonne nuit, reprit la lanterne et monta l'échelle de meunier.

Le grenier à foin n'était constitué que d'un plancher brut sous la soupente, mais il était fermé par des volets en façade qui l'abritaient du vent et de la pluie. Joe ôta sa veste et la plia proprement sur une botte de foin faisant office de table. Ensuite, il tira un flacon de sa poche arrière, dévissa le bouchon, et versa du lait crémeux dans un bol ébréché qui était posé en haut de l'escalier. Le vieux chat noir rentrait tard – Joe ne l'avait jamais vu revenir – mais il était toujours là le matin, blotti dans le creux de ses jambes. Une soucoupe de lait contre la chasse aux souris : le marché était équitable.

Après avoir mangé, Joe se déshabilla et se coucha dans la paille pour lire le journal. Quand il eut terminé, il moucha la lanterne et s'enfouit entre les couvertures, mais il savait qu'il aurait bien du mal à s'endormir.

Il se tourna sur le dos et croisa les mains derrière la tête, tandis que des rires et des bribes de chansons lui parvenaient du pub voisin. Par la lucarne, il apercevait le ciel étoilé. Il se souvint d'avoir regardé une étoile un soir, il y avait bien longtemps, et de lui avoir déclaré qu'il aimait Fiona, que bientôt ils seraient ensemble. Il se demanda où s'était sauvée son amie. Le détective privé ne l'avait pas retrouvée et, n'étant plus payé, avait arrêté ses recherches. Roddy non plus n'avait pas de piste, mais au moins, il avait réussi à intimider Sheehan, en lui conseillant de la laisser tranquille. Joe se demanda si Fiona pensait parfois à lui, s'il lui manquait. Il se trouva ridicule de nourrir de tels espoirs, après ce qu'il lui avait fait : elle le détestait sûrement, comme Millie, comme Tommy, comme lui-même se détestait. Dieu n'avait pas besoin de le punir ; il vivait déjà dans un enfer qu'il s'était créé, torturé par les remords.

Il ferma les yeux, en proie au plus profond désespoir, n'aspirant qu'à sombrer dans le gouffre noir de l'oubli. Après une heure, il finit par s'endormir d'un mauvais sommeil, léger, agité. Puis de petits pas se firent entendre dans l'escalier, suivis d'un lapement rapide. Le chat s'approcha du dormeur et s'installa dans le foin. Sa présence ne perturba pas Joe, au contraire : sa respiration devint plus régulière, plus profonde, et toute la nuit, l'animal le veilla, l'éclat de ses yeux jaunes perçant l'obscurité.

33

— Tu verrais cet espace, Fi ! C'est le rêve ! La vitrine fait toute la longueur de la devanture, et elle est baignée de lumière. C'est immense ! Je peux accrocher facilement trente toiles, et en poser dix sur des chevalets au milieu.

Nick allait et venait dans l'épicerie, trop surexcité pour se tenir tranquille. Il venait de louer à Gramercy Park une boutique qu'il allait transformer en galerie, avec un appartement au-dessus où il pourrait vivre. L'immeuble était un beau bâtiment de trois étages, occupé par un autre locataire au deuxième, ainsi que la propriétaire et son fils au dernier. Nick avait juste pris le temps de payer la caution et le premier mois de loyer avant de se précipiter pour annoncer la nouvelle à Fiona.

Elle frottait le comptoir quand il avait fait irruption, et elle avait été saisie par son teint pâle et sa maigreur. Mais il parlait sans interruption, ne lui laissant pas le temps de s'inquiéter de sa santé.

— ... et la hauteur sous plafond ! Cinq mètres ! Ce sera la plus belle galerie de New York. Tu vas venir la voir, Fi ?

— Mais bien sûr, dès que tu voudras. Est-ce que tu te sens...

— Ce soir ? coupa-t-il. Non, non, pas ce soir ! Il faut faire des travaux, et... (Une quinte de toux l'interrompit.)... l'accrochage, et...

Il toussa encore, sortit son mouchoir et se détourna. Quand il lui fit de nouveau face, les yeux larmoyants, Fiona avait perdu son sourire.

— Tu n'es pas allé chez le médecin, comme tu l'avais promis ?

— Si.

— Alors, qu'a-t-il dit ?

— Que... euh... que c'était un genre d'embarras de la poitrine.

— Ah oui ? Ça ne m'a pas l'air très médical comme avis, petit menteur !

— Mais j'y suis allé, je te jure. C'est le Dr Werner Eckhardt, dans Park Avenue. Il m'a donné un médicament grâce auquel je me sens beaucoup mieux, je t'assure.

— Bien... Mais tu n'as pas l'air en forme : tu as mauvaise mine, et maigri, et des cernes. Te nourris-tu correctement, Nick ? Ce n'est pas normal de tousser ainsi. Je m'inquiète pour toi. Promets-moi de manger autre chose que ces œufs de poisson répugnants que tu aimes tellement.

— Oui, oui, promis. Maintenant, parle-moi un peu de toi. Avec la galerie, je ne t'ai même pas demandé comment cela se passait ici !

Il n'y avait pas grand-chose à raconter. La semaine à la boutique avait été chargée. Michael n'était pas retourné chez *Whelan*, et Mary espérait qu'il était guéri pour de bon. Il reprenait peu à peu sa place dans la boutique et parlait de rénover la cuisine de Mary. Fiona avait acheté des vêtements à Seamie qui grandissait à vue d'œil, et Nell commençait à percer ses dents.

— Bien, bien... mais je suis sûr que ce n'est pas tout... lança Nick.

— Mais si...

— William McClane ne serait-il pas revenu te rendre visite ?

Le rouge monta aux joues de Fiona.

— Non, bien sûr que non.

— À peine débarquée à New York, tu séduis un millionnaire ! Tu n'es pas croyable.

— Tais-toi ! Nous n'avons fait qu'une petite promenade. Je suis sûre que je ne le reverrai pas.

— Il est riche comme Crésus, tu sais. J'ai entendu mon père parler de lui. Je crois qu'ils ont dîné ensemble une ou deux fois. J'ai bien vu comment il te regardait : tu lui plais.

— Tu rêves ! Je suis deux fois plus jeune que lui, et je n'appartiens pas à son milieu.

— Fiona, tu es belle, attirante. Il est évident que les hommes s'intéressent à toi. Avoue qu'il te plaît bien aussi... Tu peux me le dire, à moi.

Fiona lui jeta un regard en coin.

— Peut-être un tout petit peu. Il est très gentil, charmant et extrêmement intelligent. Il sait tout. Et c'est un vrai gentleman, mais...

— Mais quoi ?

Elle fronça les sourcils sans répondre, s'acharnant après une tache imaginaire sur le comptoir.

— Tu penses encore à ce garçon, à Londres, affirma Nick, Joe, c'est ça ?

— Oui... Je sais que c'est bête, mais je n'arrive pas à l'oublier. Un jour, j'ai entendu un docker qui avait perdu une main dire qu'il la sentait encore. C'est pareil pour Joe : j'ai l'impression qu'il est encore là. Je le vois, je l'entends, je lui parle. Quand cela va-t-il cesser, Nick ?

— Quand tu tomberas amoureuse de quelqu'un d'autre.

— Et si je n'y arrive pas ?

— Mais bien sûr que tu y arriveras. Tu as besoin d'un peu plus dc temps pour l'oublier, voilà tout. McClane est exactement l'homme qu'il te faut : un beau millionnaire new-yorkais. Vois-le plus souvent, cela te sortira de la tête ton marchand des quatre-saisons. De quoi avez-vous parlé pendant votre promenade ?

— Je lui ai dit que je voulais devenir millionnaire. Il m'a conseillé de me servir de ce que je connaissais pour m'agrandir.

— Et tu l'as écouté ? Tu as fait fortune ?

— Pas encore, mais nous progressons. Les plats salés de Mary se vendent très bien, et nous allons acheter une nouvelle glacière pour conserver les salades préparées. Malheureusement, nous sommes encore loin de la fortune.

— Ne t'en fais pas, répliqua Nick en lui tapotant la main. Je vais te dire comment devenir millionnaire, moi !

— Comment ?

— Épouses-en un !

Elle voulut le frapper avec son chiffon, mais il esquiva.

— Je ne veux pas me marier ! Les hommes sont trop difficiles.

— Tous, sauf moi.

— Si, toi, surtout !

La porte de la boutique s'ouvrit, et Michael entra, l'air soucieux, un papier dans les mains.

— Tu vois, chuchota Fiona, encore des ennuis.

— Fiona, je ne comprends rien à cette facture. Elle vient du grossiste de thé, Millard. À combien se montait la dernière note ?

— C'est la première.

— Il y a écrit ici que nous avons pris dix-neuf caisses depuis la réouverture.

— Cela me semble juste. Je peux vérifier les bons de livraison, si tu veux, mais Stuart n'est pas du genre à nous voler, je t'assure.

— Bon Dieu, moi qui n'en vendais qu'une caisse par mois !

Fiona prit la facture et suivit la colonne de chiffres avec le doigt. Millard avait vendu dix-neuf caisses à l'épicerie Finnegan au cours des deux mois écoulés, et il n'en restait que deux. Elle avait donc écoulé un peu plus de deux caisses par semaine.

Soudain, elle se figea

Au bas de la facture, le nom de la société Millard était imprimé en relief, orné de trois arbustes : un caféier, un cacaoyer... et un théier.

Elle avait les yeux rivés sur le frêle arbrisseau aux feuilles étroites. Elle avait déjà vu cette plante. Dans son cauchemar. C'était cela que son père lui avait donné.

La solution était sous son nez. Le thé ! Le thé ! Will lui avait conseillé de s'appuyer sur ce qu'elle connaissait, et si elle connaissait une chose, c'était bien le thé ! Elle distinguait un Sichuan d'un Dooars ou d'un Assam les yeux fermés. Elle avait remarqué que son thé indien se vendait bien, mais elle n'avait pas mesuré à quel point. Cette petite plante si délicate, c'était le filon qu'elle cherchait. Ce serait son pétrole, son bois, son acier à elle. Sa fortune !

— Fiona, fillette ? Tu m'écoutes ?

Non, elle n'écoutait plus personne. Sa tête bourdonnait, son cœur s'emballait, et son esprit s'embrasait devant la force de son idée et la multitude des possibilités... Une marque exclusive, des comptes en gros, des mélanges vendus au détail dans des magasins spécialisés, et peut-être même un salon de thé. Un endroit plein de charme comme celui où elle était allée chez Fortnum & Mason.

— Je disais qu'il fallait renvoyer une commande. Nos deux caisses ne nous dureront pas jusqu'à mercredi, à ce train-là. Il nous en faut au moins huit pour le mois.

— Non.

— Non ? Pourquoi ?

— Parce que nous allons en prendre beaucoup plus. Nous allons acheter tout le stock de thé indien de Millard et lui faire jurer le secret sur notre mélange ! Personne d'autre ne doit en avoir !

— Mais pourquoi, enfin ? demanda Michael en jetant un coup d'œil affolé à Nick qui se contenta de hausser les épaules. Tu es folle. Un épicier ne commande pas plus de marchandise qu'il ne peut en vendre !

— Nous ne sommes plus épiciers, coupa Fiona.

— Ah ? Nous sommes quoi, alors ?

— Négociants en thé !

— Comme d'habitude, monsieur McClane ?

— Oui, Henry. M. Carnegie et M. Frick ne sont pas déjà là ?

— Non, monsieur, je ne les ai pas vus.

Quand le barman l'eut servi, Will but une rasade de scotch, surveillant les entrées dans le bar de l'Union Club. Ses invités, Andrew Carnagie et Henry Frick, propriétaires associés du plus grand complexe sidérurgique du pays, venaient dîner avec lui pour discuter de son projet de métropolitain. Leur intérêt était de le fournir en acier, et celui de Will, de les convaincre d'investir des capitaux dans l'affaire. Leur soutien prenait une importance toute particulière depuis l'arrivée d'un concurrent sur le marché.

La porte du bar s'ouvrit, non sur les deux hommes, mais sur une fluette jeune femme brune vêtue d'une jupe et d'une veste en lainage écossais. Elle serrait un calepin et un stylo dans une main, son sac dans l'autre. Son regard vif rencontra celui de Will et elle fonça droit sur lui.

— Bonsoir, Will.

— Toujours ravi de vous voir, Nellic. Vous prendrez bien un verre ?

— Scotch, avec des glaçons. Mais vite, dit-elle au barman, je n'ai pas plus de dix minutes avant que la gargouille ne me chasse.

Le barman hésita, se tournant vers Will.

— Je ne peux pas, monsieur... Le règlement interdit...

— Peu importe. Je vous demande de donner à Mlle Bly un scotch avec des glaçons, ordonna Will d'un ton tranquille.

Il n'en fallait pas plus. Le barman obéit aussitôt.

Will tendit son verre à Nellie. Elle en avala la moitié d'un trait et passa au vif du sujet.

— Il paraît qu'August Belmont est monté sur le ring. Mon informateur à la mairie me dit qu'il a présenté un projet de métropolitain concurrençant le vôtre.

— Eh bien, pourquoi n'allez-vous pas lui poser vos questions directement ? Il est assis là-bas, en compagnie de John Rockefeller. Sans doute occupé à dénigrer mon plan.

— Parce qu'il est fermé comme une huître. Je ne tirerai rien de lui. Allez, Will, un beau geste, je dois rendre mon article avant vingt et une heures.

Will vida son verre et fit signe au barman de lui en donner un autre.

— On vous a bien informée. Belmont a engagé une équipe d'ingénieurs. Ils ont tracé un trajet très différent du mien et les plans sont sur le bureau du maire depuis deux jours. Ils prétendent que leur projet est plus économique.

— Et ce n'est pas vrai ? demanda Nellie en prenant des notes.

— Ça l'est en apparence seulement. En fait, ce projet coûterait beaucoup plus cher dans sa réalisation. Belmont passe par des zones marécageuses, argileuses. Par endroits, il rencontre même des cours d'eau souterrains. Sa ligne est plus directe que la mienne, mais les obstacles naturels vont générer des coûts, en temps de travail et en matériaux.

— Et comment comptez-vous contre-attaquer ?

— Je vais dire au maire de cesser de faire le pitre, et de me choisir.

— Vous savez très bien que je ne peux pas citer ce genre de propos, même si c'est bien dommage. Donnez-moi une phrase que je puisse faire publier.

Will réfléchit un peu.

— Alors, disons que j'ai l'intime conviction que M. le maire et ses honorables conseillers auront à cœur de considérer la topographie particulière de Manhattan, sa géologie, ainsi que les contraintes inhérentes au transport des voyageurs. Les erreurs grossières émaillant le plan de M. Belmont, les calculs erronés et les libertés prises avec la réalité du terrain ne manqueront pas d'attirer leur attention. Non seulement ce projet mettrait la Ville en faillite, mais il porterait tort à l'intégrité des artères et des bâtiments de notre cité, sans mentionner la sécurité de nos concitoyens... Cela vous convient-il ?

— Parfait, affirma Nellie tandis que sa main courait sur le papier. Merci, Will, vous êtes un ange.

Elle referma son calepin et termina son verre. Comme Will lui en commandait un autre, elle le fixa d'un regard inquisiteur.

— Vous vous portez bien ? Vous avez une petite mine.

— Mais pas du tout, je suis en parfaite santé.

Il aimait beaucoup Nellie, mais se méfiait de la presse en général. Autant on pouvait tirer profit de quelques indiscrétions professionnelles distillées à bon escient, autant il était dangereux de s'épancher sur le plan personnel.

— Une histoire de femme ? s'enquit-elle.

— Absolument pas. Si j'ai l'air préoccupé, c'est sans doute à cause du métropolitain !

Nellie n'eut pas l'air convaincu, mais abandonna le sujet. Soulagé, Will se reprocha de laisser ses émotions le trahir. Il pensait constamment à Fiona, et avait le plus grand mal à apprivoiser ses sentiments. Il avait essayé de s'en ouvrir à William Whitney, un de ses plus vieux amis, mais celui-ci avait réglé la question assez cavalièrement. « Offre-lui un joli petit bijou et mets-la dans ton lit », avait-il conseillé.

Sa sœur Lydia ne pouvait lui être d'aucun secours non plus, car elle lui destinait une veuve de Saragota. En revanche, Robert, son frère cadet, l'avait un peu aidé. Will l'avait invité à prendre un verre au club, juste avant son départ pour une expédition de prospection pétrolière en Alaska. Robert, âgé de trente-six ans, était célibataire.

Il avait perdu sa fiancée, Elizabeth, emportée par la tuberculose douze ans plus tôt. Leur amour avait été si profond qu'il ne s'était jamais remis de cette disparition.

— Voilà deux ans qu'Anna nous a quittés, avait-il remarqué. Ton deuil est terminé. Pourquoi ne songes-tu pas à te remarier ?

— Nous ne sommes pas... du même milieu...

— Ah ! fit Robert en avalant une gorgée de scotch.

— Elle est boutiquière, et je ne pense pas que mes fils l'accepteraient, ni Lydia d'ailleurs. La différence d'âge est très grande, également.

— Difficile, en effet... Mais tu l'aimes ?

— Je ne cesse de penser à elle. Je me sens si bien en sa compagnie...

— Will... Je te parle d'amour...

— Je ne sais pas, admit-il, déconcerté.

— Comment cela, tu ne sais pas ? Tu as bien été amoureux auparavant ? D'Anna, bien sûr, et de tes diverses... Will !

Will plongeait les yeux dans son verre.

— Eh bien, non, c'est la première fois ! Est-ce cela, l'amour, cette sensation de... de manque ? C'est horrible !

Robert éclata de rire.

— Mais oui, c'est cela, affirma-t-il en faisant signe au serveur. Je te commande un autre verre, et même toute une bouteille, tu as l'air d'en avoir besoin ! Tu ne t'es jamais demandé s'il te manquait quelque chose ?

— Non. Je n'y croyais pas. Je pensais que l'amour était une invention de romancière... Ne te méprends pas ! J'avais des sentiments pour Anna. C'était une mère admirable, une compagne très agréable, mais cela n'avait rien à voir avec ce que j'éprouve aujourd'hui...

— Allons, si elle est aussi charmante que tu sembles le penser, tu nous gagneras tous à ta cause. Moi, je suis de ton côté. Lydia entendra raison. Et tu n'auras qu'à déshériter tes enfants s'ils te mettent des bâtons dans les roues.

Une main passa devant les yeux de Will.

— Hé ! Vous m'écoutez ?

— Pardon, Nellie.

— Dites, vous m'avez l'air bel et bien mordu ! Comment s'appelle l'heureuse élue qui a volé votre cœur ?... Car vous avez bien un cœur, rassurez-moi...

Le rire de Will fut interrompu par l'approche de Cameron Eames, un jeune juge, ami de son fils aîné, Will Junior.

— Bonsoir, monsieur McClane.

— Bonsoir, Cameron

— Vous avez une invitée, je vois. Je ne savais pas que le club admettait les dames. Bonsoir, Nellie.

— Toujours aussi courtois, Eames. Vous n'avez pas mis de bébés en prison, aujourd'hui ?

Les sourires que cette pique tira à deux gentlemen accoudés au bar irritèrent Eames au plus haut point.

— Vous écrivez des articles scandaleux ! C'est bien d'une femme journaliste, cette hystérie. Sous prétexte de sentimentalisme, on perd de vue le bon sens !

— Un gosse de dix ans !

— C'était un voleur.

— Il avait faim.

Furibond, Eames s'adressa à Will :

— Si votre fils arrive, pourriez-vous lui dire que je suis dans la salle à manger, monsieur ?

— Mais certainement, Cameron.

— Je vous souhaite une bonne soirée, lança le juge en s'éloignant à grands pas.

— Nellie, vous n'auriez pas dû le provoquer : il va prévenir le maître d'hôtel, et on vous chassera.

— Sans aucun doute. Il prend ce club pour une annexe de son prétoire, dont il me renvoie sans scrupule, le méchant petit roquet.. Oh, pardon, j'oubliais que c'est un ami de Will Junior

— Qu'importe, vous avez raison.

Une main se posa sur l'épaule de Will.

— Bonsoir, papa. Bonsoir, Nellie.

Will se tourna pour accueillir son fils aîné, un robuste jeune homme de vingt-cinq ans, au teint clair et blond comme les blés. En le saluant, toujours heureux de voir un de ses enfants, il remarqua à quel point celui-ci ressemblait à sa défunte épouse et ses ancêtres hollandais.

— J'ai rendez-vous avec Cameron, vous ne l'avez pas vu ?

Cameron et Will Junior avaient grandi ensemble à Hyde Park ; ils avaient fréquenté l'université de Princeton, et adhéré aux mêmes clubs d'étudiants. À présent, ils étaient l'un et l'autre mariés, et possédaient chacun une maison dans l'Hudson Valley où ils laissaient femme et enfants pour s'installer pendant la semaine dans un appartement en ville.

— Il t'attend dans la salle à manger, répondit Will.

— Merci, papa. De la dynamite, votre article, ajouta son fils en se tournant vers Nellie.

— Pour moi, c'est un beau compliment.

— Vous pourriez ruiner des carrières, avec de telles accusations !
— Cameron n'a pas besoin de moi pour se couvrir de honte.
Depuis le mois de janvier et sa nomination au poste de premier juge des tribunaux de la ville, Cameron Eames avait entamé une campagne très énergique d'assainissement des rues new-yorkaises. Contrairement aux articles élogieux que lui consacrait l'ensemble de la presse, Nellie, pour son journal le *World*, avait réalisé un reportage sur un jeune Polonais que Cameron avait fait enfermer aux Tombs, la prison de la ville, parce qu'il avait volé un pain. Bien que ce chapardage eût été son premier délit, il avait été mis en cellule avec une bande de criminels confirmés. Le lendemain matin, les gardiens avaient retrouvé son corps sans vie sous un matelas. Il avait été violenté et étouffé. Will, qui avait été écœuré en lisant l'article, tenait lui aussi Cameron pour responsable de cette mort.
— C'était une question de moralité ! protesta Will Junior pour défendre son ami.
— Je vous en prie ! répliqua Nellie en s'esclaffant. Nous savons bien que plus il enferme de délinquants, plus il se fait de publicité. Ce n'est pas la moralité, mais son ambition qui lui importe.
— Et même s'il était ambitieux ? Vous l'êtes aussi, Nellie, et moi également. C'est naturel ! Entendu, il veut devenir le plus jeune juge de la Cour suprême de l'État de New York, et il y arrivera, malgré vos calomnies. Il a mis plus de criminels derrière les barreaux en un an que son prédécesseur en trois.
— Mais rien que de petits délinquants, intervint Will avec un regard sévère. Il ne s'attaque pas à la racine du mal. Qu'il pourchasse plutôt les propriétaires de salles de jeu, les proxénètes, les chefs de gang – sans oublier les policiers corrompus.
— Cameron est ambitieux, mais pas suicidaire ! Le principal, c'est qu'il débarrasse la ville de sa vermine et que les honnêtes gens puissent vivre en paix.
— Un juge doit faire la différence entre le vol par appât du gain et le vol par nécessité.
— Tu es trop sentimental, papa. Voler, c'est voler. New York est envahi par les émigrés. Il faut leur apprendre à respecter la loi.
— Facile à dire quand on n'a jamais souffert de la faim, intervint Nellie.
— Et le boulanger que le gamin a volé ? Il n'a pas une famille à nourrir ?
— Mais voyons, ce n'était qu'une boule de pain, pas le contenu de sa caisse !
Will les laissa poursuivre sans plus intervenir. Il aimait son fils, mais il le trouvait, ainsi que toute sa génération, trop peu embarrassé de principes, trop dur envers les classes laborieuses. Il lui avait

souvent répété que leur famille, de même que les ancêtres des autres notables de la ville, avait aussi émigré un jour. Mais ses leçons ne servaient à rien. Son fils pensait représenter les bons Américains, et considérait ceux qui débarquaient à Castle Garden comme des vauriens. Qu'ils soient italiens, irlandais, chinois, ou polonais lui importait peu : il les jugeait paresseux, bêtes et malpropres.

En regardant son fils se défendre avec de grands gestes, Will se demanda ce qu'il penserait de Fiona. La réponse n'était pas difficile à trouver : il serait horrifié de voir son père fréquenter une femme qui travaillait pour vivre, une de ces émigrées pour lesquelles il nourrissait tant de mépris.

— Bonjour, les trésors !

Will étouffa un soupir. Voilà qui allait encore envenimer la discussion. C'était Peter Hylton, auteur d'une chronique très appréciée dans le *World*. Il suivait la nouvelle mode journalistique des échos mondains, et son seul objet était de dépecer la vie privée des sommités new-yorkaises. Sa page était devenue la plus lue du journal, et avait fait monter en flèche un tirage déjà considérable. Personne n'avouait lire sa prose, mais quand il chantait les louanges d'une pièce de théâtre, on jouait à guichets fermés pendant des semaines ; et quand il critiquait un restaurant, celui-ci faisait faillite en quelques jours.

Will jugeait cette chronique honteuse, indigne de la mission que devait remplir la presse, et n'y voyait qu'un ramassis de racontars immondes. Hylton ne respectait aucune convention sociale. Il n'hésitait pas à rapporter qu'un certain magnat du charbon avait été aperçu à l'opéra en compagnie d'une femme qui n'était pas son épouse, ou que la vente d'un hôtel particulier de la Cinquième Avenue avait été causée par de lourdes pertes aux courses. Le journal ayant récemment inauguré l'emploi de la photographie, il envoyait ses photographes rôder aux portes des restaurants et des théâtres avec leurs appareils infernaux. Will avait été aveuglé plus d'une fois par les flashes. Mais si Will ne l'aimait pas, Will Junior l'avait en horreur. Trois ans plus tôt, alors que ce dernier se présentait au Congrès pour la première fois, Hylton avait révélé son goût pour les danseuses de music-hall et causé son échec : bien que célibataire à l'époque, il avait perdu beaucoup d'électeurs. Il avait voulu obtenir réparation en justice, mais comme Hylton avait pris la précaution de ne pas citer son nom, quoique l'ayant décrit de manière fort reconnaissable, il avait dû retirer sa plainte.

— Hylton ! Que fabriquez-vous ici ? siffla Will Junior.

— Je viens dîner, mon cher. Je suis membre, vous l'ignoriez ? On vient de m'admettre.

— Alors, je démissionne ! Je refuse d'appartenir à un club fréquenté par les fouille-merde ! Vous mettez votre nez partout, et vous faites vos choux gras de scandales que vous montez de toutes pièces !

Le petit homme replet et maniéré se récria :

— Juste ciel ! Espérons que la salle à manger sera plus calme !

Nellie le regarda disparaître dans la pièce voisine avec envie. Là se retrouvaient les hommes les plus riches, les plus influents du pays, du monde, même.

— Quelle injustice que Hylton puisse entrer et pas moi !

— Même si cela ne se voit pas, il vient d'une famille de la bonne société, remarqua Will, et puis, contrairement à vous, c'est un homme.

— Ça, grommela Will Junior, c'est à voir, avec ses vêtements tape-à-l'œil et ses bijoux en or !

— Il est marié et il a des enfants, indiqua Nellie. Ils vivent dans le New Jersey.

— Comme je les comprends ! persifla Will Junior. Veux-tu dîner avec nous, papa ?

— Merci, mais j'attends des invités. Carnegie et Frick.

— Tu me raconteras ! Je passerai à ton bureau tôt demain matin. Au revoir, papa. Adieu, mademoiselle Bly, ajouta-t-il sèchement.

Au moment où il s'éloignait, le maître d'hôtel surgit pour demander à la journaliste de quitter les lieux.

— Merci pour le verre, Will, déclara-t-elle en se levant, on me chasse de votre mausolée.

Il suivit sa retraite, s'amusant de la voir protester sans relâche jusqu'à la porte. Quand elle fut partie, il balaya des yeux le bar. Il n'y avait jamais songé, mais Nellie avait raison : ce club avait bien des airs de mausolée. Près de lui, deux vieux messieurs durs d'oreille, engoncés dans leur smoking, haussaient le ton pour s'entendre. Serai-je encore ici à soixante-dix ans, comme ces vieilles momies ? se demanda-t-il.

Les membres du club, tous amis ou collègues, passaient l'intégralité de leurs soirées ici. Qu'auraient-ils fait chez eux ? Ils ne s'étaient pas mariés par amour, ne trouvaient pas de passion, pas de chaleur dans leur lit. Lui non plus n'avait pas eu une vie de famille heureuse. Ces hommes consacraient leur cœur à leurs affaires et délaissaient leur femme ; voilà comment ils devenaient aussi riches !

Si tel était son objectif, rien de plus simple. Sa sœur et les amies de sa défunte épouse avaient entrepris de le remarier. En suivant leurs conseils, il vivrait comme par le passé avec une épouse d'un bon milieu, ayant une fortune personnelle et une excellente éducation, et il s'ennuierait tout autant. Elle endurerait ses attentions comme Anna avant elle, sans aucun plaisir. Pour ces femmes, l'amour était un acte vulgaire uniquement destiné à la procréation. S'il voulait du plaisir, c'était avec une maîtresse qu'il devrait en prendre ; il avait toujours procédé ainsi. Lui et sa femme feraient chambre à part... vie à part.

Mais bon sang, si Fiona devenait sa femme, il lui ferait l'amour tous les soirs et s'endormirait à son côté. Il la réveillerait par des baisers, regarderait ses beaux yeux s'ouvrir et son sourire éclore en le voyant. Quel bonheur éprouvait-on auprès d'une femme dont on était éperdument épris ? Il n'en avait aucune expérience. À quarante-cinq ans, il n'avait jamais été amoureux. Mais ce bonheur était à portée de main, car Fiona le touchait en plein cœur.

La porte s'ouvrit sur Carnegie et Frick, et leurs longs visages d'industriels austères. Soudain, Will n'eut plus du tout envie de parler du métropolitain.

— Robert, le referais-tu, si c'était à refaire ? avait-il lancé à son frère dans ce même club, la semaine précédente.

— C'est-à-dire ?

— Aurais-tu demandé à Elizabeth de t'épouser, sachant... sachant ce qui allait arriver ?...

— Si j'avais su qu'elle allait mourir ? Si j'avais su que mon amour pour elle m'interdirait tout intérêt pour une autre femme ? Oui, bien sûr, sans hésitation.

Robert s'était penché vers lui, et avait posé la main sur la sienne dans un rare geste d'intimité fraternelle.

— Tu n'as jamais obéi qu'à ton devoir, Will. Il est temps que tu suives un peu ton cœur. Tu le mérites, rien qu'une fois dans ta vie. C'est un droit que nous devrions tous avoir.

34

Mains sur les hanches, Fiona considéra le mur de caisses qui s'élevait sur le trottoir. Le livreur lui tendit un reçu qu'elle lut et signa, puis elle ferma les yeux et inspira profondément. L'odeur lui parvenait, faible mais perceptible, atténuée par le bois doublé de feuilles de plomb. Une senteur de thé, chaleureuse, généreuse, incomparable.

— T'as perdu la tête ! cria Michael en surgissant de derrière la voiture de livraison. Cinquante caisses ! Où veux-tu caser tout ça ?

— Tu le sais bien : à côté, au 166. Le local est propre et sec. Je t'ai dit que je m'étais arrangée avec M. Simmons et qu'il m'a accordé un rabais sur le loyer. Tu devrais aider les hommes à les rentrer, au lieu de crier... Descends de là, Seamie, si tu ne veux pas tomber ! ajouta-t-elle en voyant son petit frère escalader les caisses.

— Il y en a deux tonnes ! Cela représente une fortune !

— Seamie ! file te laver les mains pour le dîner !

Michael ne désarmait pas.

— J'aimerais bien savoir qui va payer !

— Nous. Millard nous a donné quatre-vingt-dix jours pour régler, au lieu de trente.

— Mais tu n'avais pas besoin de tout acheter !

— Si, je te l'ai expliqué. Personne d'autre ne doit en avoir.

— Dans trois mois, tout nous restera sur les bras, et nous devrons des centaines de dollars à Millard.

— Nous écoulerons. Entre la boutique, mon salon de thé et les comptes en gros...

— Tu n'as pas l'intention d'ouvrir un salon de thé, tout de même !

— Mais si. D'ailleurs, je cherche déjà un endroit à louer.

— Et les comptes ?

— *Macy's*, *Crawford*, les restaurants *Child*...

— Ils ont passé commande ?

— Pas encore... Mais j'ai des rendez-vous avec les chefs acheteurs la semaine prochaine. Dès qu'ils goûteront mon thé, ils en prendront. Il ne me reste plus qu'à imaginer un emballage avec Nate et Maddie. Occupe-toi des caisses pendant ce temps, je t'en prie.

— Tu te prends pour qui ? grommela Michael tout en tirant de sa poche une paire de gros gants de travail. C'est William McClane qui te fourre ces idées dans la tête ? Tu vas nous acheter une plantation, aussi ?

Fiona ne releva pas, mais elle aurait préféré qu'il ne mentionnât pas Will. Elle avait beaucoup apprécié sa compagnie, et s'attristait qu'il ne fût pas revenu la voir. Quelle présomption de penser qu'un homme aussi important pourrait s'intéresser à elle, alors qu'elle n'avait même pas su retenir un marchand des quatre-saisons de Whitechapel ! La perte de Joe lui avait fait perdre toute confiance en elle.

À court de critiques, Michael prit un chariot dans la voiture de livraison et le poussa jusqu'aux caisses, tandis que Fiona retournait dans la boutique où ses amis l'attendaient. Nate mâchonnait le bout de son crayon tout en étudiant le croquis que Maddie avait placé sur le comptoir.

— Maddie, c'est magnifique ! s'exclama Fiona en l'examinant aussi.

— Cela te plaît ?

— Beaucoup !

— Tant mieux. Je voudrais également l'avis de Nick, il a le coup d'œil ! Il vient dîner, n'est-ce pas ?

— Oui.

Fiona regarda l'horloge et fronça les sourcils en constatant qu'il était six heures et demie. Son ami aurait déjà dû être là. Elle était anxieuse car, malgré ses dénégations, elle lui trouvait l'air fatigué. Elle avait beau tâcher de ne pas jouer les mères poules, elle avait perdu trop de proches pour ne pas s'alarmer d'un rien.

— Les artisans l'ont peut-être retardé, raisonna Maddie. Il fait repeindre la galerie, cette semaine.

— Oui, sans doute, tu as raison.

Fiona reporta son attention sur l'illustration. Maddie avait représenté avec drôlerie une procession indienne. Des maharadjahs menaient le défilé, juchés sur des éléphants blancs et suivis par des femmes en sari portant des paniers de thé, tandis que de joyeux enfants fermaient la marche, entourés de perroquets et de singes. À l'avant flottait une bannière blanche.

— Cet emplacement, à quoi sert-il ? s'enquit Fiona.

— À inscrire le nom du thé, répondit Nate. Il faut trouver une appellation frappante qui permette aux clients d'identifier ton mélange et d'y associer une marque. Ils en réclameront dans les boutiques, de préférence aux produits en vrac que vendent les épiciers.

— Je ne sais pas trop comment y arriver...

— Nous allons réfléchir ensemble. Voilà un papier et un crayon. Tiens, Mad, voilà pour toi aussi. Commençons par écrire tous les mots qui caractérisent ce thé, pour chercher un slogan qui se retiendrait bien.

Ils se mirent à griffonner leurs diverses suggestions.

— Calmant... énergisant... dit Fiona.

— Cuivré... fort... puissant ! lâcha Maddie.

— Rafraîchissant... délassant, proposa Nate.

Ils continuèrent ainsi, formulant toutes les idées qui leur passaient par la tête, mais remplirent leur feuille sans rien trouver de très convaincant.

À court d'inspiration, Nate soupira et jeta un coup d'œil à la feuille de Maddie, cherchant des éléments qui auraient pu lui échapper ; puis il fit de même pour Fiona.

— Eh ! Qu'as-tu écrit, là, en bas ?

— Oh, rien, des bêtises.

— Mais c'est bien, très bien ! Regarde, Maddie...

Fiona avait joué avec le mot « thé », le substituant aux terminaisons qui s'y prêtaient : « quali-thé », transformé plus loin en « Kali-Thé », et encore « subtili-thé » et « san-thé ».

— Nous tenons l'idée ! s'enthousiasma-t-il. Que pensez-vous de : « KaliThé, l'honnête-thé et la maturi-thé... » ?

— Non... la « générosi-thé », c'est mieux ! interrompit Maddie.

— Oui, *cara* ! s'écria Nate en embrassant sa femme. Voyons... « KaliThé... la générosi-thé... »

— « KaliThé, la générosi-thé d'un vrai thé ! » lança Fiona.

— Oui ! Parfait ! Peux-tu faire entrer la phrase entière sur la bannière, Mad ?

— *Si*, *si*, il y a la place.

— Voilà, Fiona, ta réclame est prête ! Tu peux la publier dans le journal, la placarder sur les murs, les omnibus, et la mettre sur les emballages, bien sûr.

— Merci à tous les deux ! Comme je suis contente ! J'ai ma marque de thé à moi ! J'espère qu'il va se vendre ! J'en ai deux tonnes dehors sur le trottoir, et mon oncle est furieux.

— Bien sûr que ton thé va se vendre. Avec une agence de publicité comme Brandolini-Feldman, le succès est garanti. Et tu sais, Fiona, ajouta-t-il avec ferveur, ce nom de marque, ce n'est qu'un début. Je suppose qu'il existe beaucoup d'autres mélanges...

— Oui, tant qu'on voudra.

— Alors pense à tous ceux que tu vendras sous l'appellation « KaliThé ». Imagine que ton petit salon de thé deviendra un lieu à la mode ! Dis-toi que tu en ouvriras d'autres, partout dans New York, à Brooklyn, à Boston, à Philadelphie...

— ... sur toute la côte Est, dans tout le pays ! enchaîna Fiona.

— Tu vas remporter le marché des hôtels... continua Nate.

— ... et des grands magasins !

— ... et des chemins de fer, et des paquebots, ajouta Maddie.

— Et les campagnes publicitaires pour KaliThé nous occuperont à temps plein !

— C'est le début de la gloire pour nous tous ! conclut Maddie.

Riant, Fiona attrapa les mains de son amie et l'entraîna dans une valse endiablée à travers la boutique. Ils faisaient tant de vacarme qu'ils ne remarquèrent pas un garçon d'une dizaine d'années arrêté sur le seuil, casquette à la main. Il resta un moment à les observer avec inquiétude, puis se décida à venir tirer le bas de la veste de Nate.

— Pardon, m'sieur.

— Je ne t'avais pas vu ! Que veux-tu ?

— C'est ici qu'habite Fiona Finnegan ?

— Oui, c'est moi, dit-elle en s'appuyant au comptoir pour reprendre son souffle.

— Il faut venir avec moi, mademoiselle, vite ! dit-il en repartant vers la porte.

— Dis-moi qui tu es, au moins !

— Je m'appelle Stevie Mackie. C'est ma mère qui m'envoie. Elle dit que le locataire, M. Soames, est en train de mourir.

Fiona s'engouffra dans l'escalier du 24, Seizième Rue, ne songeant plus à son thé. Elle n'était habitée que par une seule pensée, une seule terreur, celle de perdre son ami le plus cher.

Dans le fiacre, Stevie lui avait appris que sa mère était allée frapper chez Nick dans l'après-midi pour lui réclamer le loyer impayé. N'obtenant pas de réponse, elle avait ouvert avec sa clé et l'avait découvert dans la chambre à coucher, gravement malade.

— Mais qu'a-t-il ? avait interrogé Fiona, l'angoisse au cœur.

— Je ne sais pas. Ma mère ne m'a pas laissé entrer. Elle a peur du choléra. Elle a trouvé un carnet sur la table avec votre adresse et celle de son docteur. Elle m'a envoyé vous avertir, et mon frère est allé chercher le docteur.

Je n'aurais jamais dû me laisser rassurer, songea Fiona en grimpant les dernières marches. Il n'allait pas bien, cela se voyait. Elle arriva à la porte, Stevie sur les talons, et tourna la poignée, mais la porte était verrouillée.

— Où est la clé, Stevie ? demanda-t-elle, la voix tremblante.

— M'man ! cria-t-il dans la cage d'escalier. Mlle Finnegan est là. Il lui faut la clé !

Fiona entendit des pas au-dessus d'elle, puis vit descendre une grande femme d'une quarantaine d'années, maigre et sèche, portant une robe de calicot passée.

— Vite, vous avez la clé ?

— Mademoiselle Finnegan ?

— Oui.

— Je me présente, madame Mackie...

— La clé, s'il vous plaît !

— Oui, voilà, voilà...

Elle plongea la main dans une poche, puis dans l'autre.

— Il répétait votre nom. Je ne sais pas depuis combien de temps il est dans cet état. Quand même, il y a des jours où on se dit...

— La clé !

— Tenez...

Fiona la lui arracha des mains et l'enfonça dans la serrure.

— Il est très malade, mademoiselle. Vous ne devriez peut-être pas entrer. C'est pas un spectacle pour une jeune dame, et Dieu sait ce qu'il a attrapé.

Sans l'écouter, Fiona ouvrit et courut à l'intérieur. Il faisait sombre, les rideaux étaient tirés, mais elle savait où se trouvait la chambre car elle était déjà venue.

— Nick ? appela-t-elle.

Elle passa l'entrée, longea le couloir dans lequel donnait la cuisine, entra dans un grand salon qu'il fallait traverser pour prendre un deuxième couloir. Après la porte de la salle de bains, il y avait celle de la chambre.

— Nick ?

Toujours pas de réponse. Mon Dieu, pria-t-elle, faites qu'il ne soit pas mort.

Une forte odeur de maladie l'assaillit quand elle entra. Une odeur sombre de désespoir qu'elle ne connaissait que trop bien.

— Nick ? murmura-t-elle en se précipitant à son chevet. C'est moi, Fiona.

Il était allongé dans son grand lit à baldaquin, un lit noir en ébène, ne portant qu'un pantalon mouillé d'urine. Il ne bougeait pas et était aussi blanc que les draps trempés sur lesquels il reposait. Où était le si beau jeune homme qu'elle avait rencontré à Southampton ? À présent, il était squelettique. Elle lui posa la main sur la joue. Bien que moite, la peau était tiède. Elle eut un sanglot de soulagement et se pencha pour lui embrasser le front.

— Nick, c'est moi, Fiona, tu m'entends ? Réponds-moi, Nick, je t'en prie.

Les paupières frémirent.

— Fi... dit-il avec la plus grande difficulté. Ne reste pas ici.

Il avait les lèvres sèches, craquelées. Elle courut à la salle de bains et rapporta un verre d'eau. Lui soulevant la tête, elle le lui plaça contre les lèvres. Il but avec avidité, puis toussa et vomit ce qu'il avait avalé. Elle essaya de nouveau de le faire boire, par petites gorgées, cette fois.

— Doucement, doucement... C'est bien...

Quand il eut terminé, elle lui reposa la tête sur l'oreiller.

— Va-t'en Fiona, souffla-t-il. Je ne veux pas que tu restes. Je me débrouillerai tout seul...

Il fut interrompu par une crise de tremblement, et chercha vainement la couverture. Elle la trouva au pied du lit et la remonta pour le couvrir.

— Tu n'as pas l'air de t'en sortir si bien que ça, remarqua-t-elle en le voyant claquer des dents.

Elle s'allongea près de lui et le prit dans ses bras pour le réchauffer.

— Nick, je te jure que dès que tu iras mieux, je t'étriperai pour m'avoir causé une telle frayeur !

— Je ne vais pas guérir...

— Mais si ! Sais-tu ce que tu as ?

Il secoua la tête, et ils entendirent à cet instant une grosse voix appeler du couloir.

— Bonjour ?

— Ici ! cria-t-elle.

Un homme chauve portant des lunettes et un bouc argenté entra.

— Dr Werner Eckhardt. Veuillez m'excuser, ajouta-t-il en faisant signe à Fiona de lui céder la place.

Elle l'observa avec anxiété tandis qu'il posait des questions à Nick, examinait ses yeux, lui tâtait le cou et posait son stéthoscope sur sa poitrine.

— Pourquoi lui faites-vous une piqûre ? demanda-t-elle, le voyant sortir une seringue.

— Pour régulariser son rythme cardiaque. Depuis combien de temps est-il dans cet état ?

— Je ne sais pas... Je l'ai vu dimanche dernier, et nous sommes samedi...

— Ah ! Je l'avais bien prévenu. Je lui avais pourtant recommandé de se reposer, de se nourrir correctement. (Il sortit une nouvelle seringue.) Et voilà pour soigner la déshydratation. J'aurais besoin d'une bassine d'eau chaude et de savon, de gants, de serviettes. Il doit avoir des escarres s'il est resté longtemps sur ces draps humides. Je vais le nettoyer pour éviter l'infection.

Fiona lui fournit ce dont il avait besoin et l'aida à déshabiller Nick, sourde aux protestations du malade. Ils le lavèrent et lui firent enfiler un pyjama propre. Elle ne contint son horreur qu'avec peine en voyant les plaies à vif sur ses cuisses et le bas de son dos ; les hanches saillantes et les côtes à fleur de peau lui donnèrent envie de pleurer. Elle avait remarqué qu'il perdait du poids, se souvenait de ses malaises dans le bateau. Pourquoi, pourquoi n'avait-elle pas insisté pour lui arracher la vérité ?

— Voilà. Nous allons laisser le patient se reposer, les médicaments vont faire de l'effet. Sortons.

Dès qu'ils furent hors de portée de voix, Fiona s'accrocha au bras du médecin.

— Il ne va pas mourir, au moins ?

— Vous êtes de la famille de M. Soames ?

— Oui... sa cousine, mentit-elle, des larmes plein la voix. Il est en train de mourir, c'est cela ?

— Non, mais il est très malade. Il va surmonter cette crise, seulement, s'il ne prend pas soin de lui, sa santé va se dégrader très vite. Comme je le lui ai expliqué, les spirochétoses sont des maladies opportunistes. Il faut absolument suivre un régime sain et se reposer beaucoup pour retarder l'évolution. Pour ce qui est des traitements...

— Je ne comprends pas, docteur... Qu'est-ce que c'est que cette maladie-là ?

Il lui lança un regard surpris par-dessus ses lunettes.

— Mais la syphilis, bien sûr, pardonnez-moi, je pensais que vous étiez au courant.

— J'exige qu'il débarrasse le plancher tout de suite ! hurla la propriétaire. C'est une honte ! Je ne veux pas de ça chez moi !

— Il n'est pas transportable, madame, répondit Fiona.

— Si vous ne l'emmenez pas, c'est moi qui le jetterai dehors, avec toutes ses affaires !

Que faire ? se demanda-t-elle, maudissant Mme Mackie d'avoir entendu sa conversation avec le Dr Eckhardt de la pièce voisine.

Elle la laissa s'égosiller, se contrôlant avec peine. Cette femme n'était entrée que pour récupérer son loyer, et ayant vu dans quel état Nick se trouvait, elle l'avait abandonné à son sort sans même lui donner un verre d'eau. Et maintenant, elle le mettait à la rue ! Fiona aurait bien voulu lui dire ce qu'elle pensait de sa cruauté, mais elle avait encore besoin de lui soutirer une concession.

— Écoutez, madame, je vais emmener M. Soames toute de suite, mais je vous supplie de bien vouloir garder ses affaires encore deux semaines. Nous vous réglerons un mois de loyer supplémentaire pour le dérangement.

Lèvres pincées, la propriétaire pesa le pour et le contre.

— C'est bon, si vous me laissez aussi la caution.

Fiona accepta avec soulagement. Les tableaux qui avaient été envoyés par erreur à Johannesburg avaient fini par arriver à destination et se trouvaient en bas, emballés dans de grandes caisses. On ne pouvait pas risquer de les endommager. Il faudrait trouver où les entreposer plus durablement, mais elle avait obtenu un petit délai. Pour l'instant, ce qui comptait, c'était la santé de Nick.

En retournant dans la chambre, elle le trouva les yeux clos, mais sa respiration semblait plus calme et un peu de couleur revenait sur ses joues. C'était un mieux, sans doute, mais il avait l'air encore si faible qu'elle se demanda comment elle allait l'habiller et le faire monter dans un fiacre.

— Il t'a dit... murmura-t-il.

— Oui.

— Tu ne vas plus vouloir me voir, alors... Je comprends, tu sais.

Cette fois, c'en était trop. Elle laissa éclater sa colère.

— Espèce de tête de pioche ! Tu m'en penses vraiment capable ? Tu imagines que je pourrais t'abandonner parce que tu es malade ? Moi qui ai même prié Dieu pour toi, alors que je n'y crois pas !

Il ne répondit rien.

— Nick ! Pourquoi m'as-tu caché que tu étais malade ?

— Il le fallait bien ! Je croyais que je te perdrais si tu savais... La syphilis, c'est ignoble...

— Je me fiche de tout cela ! Ne me mens plus jamais, tu m'entends ? Je t'ai demandé ce qui n'allait pas, et tu m'as dit que tu n'avais rien. Tu aurais pu mourir !

— Ne te fâche pas...

Elle s'en voulut de le malmener alors qu'il était si malade.

— Je ne suis pas fâchée... Mais facilite-moi un peu la tâche. Je t'emmène chez moi, et tu vas guérir.

— Non, je ne veux pas te déranger.

— Tu ne me déranges pas, protesta-t-elle en s'asseyant sur le lit. Tu prendras ma chambre, et Mary et moi, nous jouerons les gardes-malades à tour de rôle.

— Fiona... je ne t'ai pas tout dit. Tu ne sais pas le pire. Je n'ai pas attrapé cette maladie avec... avec une femme...

— Je le sais. J'ai vu la photographie que tu gardes dans ta montre. Il avait l'air tellement heureux, ce jeune homme. J'ai pensé que vous vous aimiez.

— Oui, nous nous aimions...

— Et maintenant ? Où est-il ?

Nick ferma les paupières quelques secondes. Quand il les rouvrit, ses yeux brillaient de larmes.

— À Paris, au cimetière du Père-Lachaise. Il est mort l'automne dernier.

— Nick, je suis désolée... Que s'est-il passé ?

Le récit, entrecoupé de nombreuses interruptions pour boire et se reposer, prit une heure. Nick lui raconta comment il avait rencontré Henri, et quel grand amour ils avaient vécu. Il lui expliqua sa décision de quitter sa famille pour vivre avec lui à Paris. Leur bonheur avait été tel qu'il ne l'avait pas regretté un instant, mais un jour de septembre, le rêve avait pris fin.

Ils se promenaient tous les deux au bord de la Seine ce matin-là, expliqua-t-il. Henri ne se sentant pas bien, il avait posé la main sur son front et l'avait enlacé. Ils évitaient ce genre de geste en public, sachant combien il était dangereux pour eux de s'exposer, mais il avait agi d'instinct, poussé par l'inquiétude. Des vauriens qui les suivaient s'étaient rués sur eux et les avaient jetés à l'eau. Henri avait coulé à pic, mais Nick était parvenu à le sortir du fleuve.

— Il respirait encore quand je l'ai tiré de là, mais à l'arrivée des secours, il avait perdu conscience.

Nick était meurtri, avait un œil au beurre noir, mais ses blessures étaient superficielles. Henri, lui, souffrait d'une fracture du crâne. Il n'avait pas repris connaissance et était mort deux jours plus tard.

— J'ai atteint le fond du désespoir. Je ne pouvais plus ni manger, ni dormir, ni aller travailler. Au bout d'un mois d'absence, j'ai été renvoyé.

L'hôpital avait averti les parents de Henri, un couple de bourgeois bien pensants qui n'avaient jamais accepté la volonté de leur fils de devenir peintre, ni ses fréquentations. Ils avaient interdit à ses amis d'assister à l'enterrement, et Nick avait cru mourir de chagrin.

Puis il avait reçu une lettre de sa mère, le suppliant de revenir sur sa décision et de rentrer à Londres. Dans son état de fragilité extrême, il avait ressenti le besoin d'un réconfort familial, tout en sachant que jamais il ne pourrait parler de Henri chez lui. Il avait donc pris le bateau pour l'Angleterre.

À son retour, sa mère et ses sœurs s'étaient montrées heureuses de le revoir, mais son père lui avait craché sa haine au visage, ne cessant de lui reprocher d'avoir déserté. Nick s'était alors employé à réparer. Il avait pris sa place dans la banque, avait travaillé dur. Il s'était usé les yeux sur des livres de comptes et des fiches de salaire, avait visité des usines, des docks, des mines et des laiteries, mais rien ne contentait son père. Par douleur, par amertume, il s'était laissé entraîner par un groupe de jeunes décadents de la haute société. Un soir de débauche, ils avaient tous fini dans une maison close pour hommes de Cleveland Street. Là, il s'était retrouvé dans une chambre avec un garçon. Il manquait tant de contacts humains qu'il avait cédé à la tentation. Malgré son dégoût, il avait recommencé à maintes reprises. Il buvait trop et, souvent, ne se rappelait même pas comment il rentrait chez lui.

Le voyant malade, sa mère l'avait envoyé chez le médecin de famille, le Dr Hadley, qui avait diagnostiqué la syphilis, et s'était empressé d'avertir son père. Ce dernier l'avait roué de coups, le traitant de dégénéré et reprochant à Dieu de lui avoir donné un tel fils. Il l'avait chassé, ne lui proposant qu'une alternative : aller mourir discrètement en Amérique avec une rente généreuse, ou rester à Londres en rejoignant le rang des indigents.

— J'étais à terre, assommé, quand mon père s'est arrêté avant de sortir. Il est revenu se pencher sur moi et m'a révélé qu'il savait tout. Il avait appris ce que je faisais à Paris et à Arles, et la place qu'occupait Henri dans ma vie. J'étais glacé de terreur. Il savait le nom de ma rue, des cafés que je fréquentais. « Alors, tu sais qu'il est mort ! » ai-je dit. Une rancœur terrible me prenait. Je le savais très dur, mais penser qu'il était au courant de mon deuil sans dire un mot de réconfort ! Quelle monstruosité ! Et alors, Fiona, il a souri. « Si je le sais ? Mais j'ai payé vos agresseurs, Nicholas ! »

Fiona était en larmes. Qu'un père puisse traiter son enfant ainsi, c'était inconcevable ! Faire assassiner la personne qu'aimait son fils ! Le jeter à la rue, comme un chien !

Nick s'essuya les yeux. Son peu de forces l'abandonnait. Elle comprit qu'il fallait se dépêcher avant qu'il ne puisse plus bouger.

Tandis qu'elle cherchait des vêtements pour couvrir son pyjama, elle l'entendit remarquer doucement :

— Au moins, maintenant, je vais bientôt rejoindre Henri...

— Je ne veux pas t'entendre dire cela ! Henri peut bien attendre. Tu vas te rétablir, c'est moi qui te le dis ! Je saurai t'y obliger !

35

— Ils sont de plus en plus nombreux, rapporta Davey O'Neill. Les hommes adhèrent par centaines. Ils n'ont plus peur et la colère monte, ils ne reculeront devant rien. Il y aura grève avant la fin de l'année. En automne au plus tard.

Une ombre passa sur le visage de William Burton, et sa main glissa dans sa poche comme s'il voulait y prendre une arme.

— Attention, patron, ironisa Bowler Sheehan. Faudrait pas couper l'autre, ou les murs n'auront plus d'oreilles.

Davey ne fit pas un geste. Il se souvenait du jour où Burton lui avait coupé l'oreille, ici même, sur les quais de l'entrepôt Oliver, mais ce n'était pas la douleur physique qu'il redoutait. Le pire, c'était la torture mentale : il avait envie de se trancher la gorge chaque fois qu'il devait participer à une réunion du syndicat pour y enregistrer les noms, les dates, les plans d'action. Il tremblait en entendant ses compagnons dockers s'étonner que les contremaîtres et les propriétaires devinent tous leurs projets. Il se serait supprimé, certainement, s'il n'y avait pas eu sa femme et ses enfants. Mais sans lui, ils mourraient de faim. L'argent de Burton leur procurait une aisance qu'ils n'avaient jamais connue. Davey pouvait payer le médecin pour Lizzie, ses remèdes ; sa seule joie était de voir revenir la couleur sur ses joues et son corps maigrelet s'arrondir un peu.

Sarah, sa femme, n'avait jamais posé de questions sur sa mutilation ni sur leur soudaine richesse. Elle prenait l'argent et achetait de la viande sans discuter. Toute la famille portait maintenant des sous-vêtements de laine bien chauds et les enfants avaient des bottines neuves. Mais quand Sarah avait voulu acquérir une veste et une jupe, il le lui avait interdit, tout comme il s'était opposé à leur emménagement dans un meilleur logement, à quelques rues de là.

Et quand elle avait tenté de protester, il lui avait ordonné de se taire, disant simplement qu'il avait ses raisons.

Un jour, lassée de son avarice, elle s'était offert un joli canotier orné de cerises rouges. Elle était rentrée toute fière du premier objet de luxe qu'elle eût jamais eu en sa possession. Mais il le lui avait arraché et l'avait jeté au feu, avant de lui envoyer une gifle retentissante. C'était la première fois qu'il la frappait. Elle avait pleuré ; et lui, bien qu'écœuré par ce qu'il était obligé de faire, l'avait avertie que, si elle s'avisait de recommencer, elle aurait droit à une correction encore plus dure.

Les dockers n'étaient pas bêtes : si la femme d'un des leurs sortait soudain avec un beau chapeau et que ses enfants portaient des vêtements neufs, ils le remarqueraient. Et même si Tillet et les autres leaders interdisaient la violence, Davey savait qu'on le mettrait en pièces le jour où son rôle d'espion serait découvert.

Sarah ne s'était jamais plus rien acheté. Elle ne souriait plus beaucoup non plus. Elle se détournait quand il s'allongeait près d'elle, et les rares fois où il rencontrait son regard, il y lisait une expression glacée. Il l'avait entendue confier à sa mère qu'elle le croyait voleur. Ah, Sarah ! Si seulement la source de ces gains avait pu être aussi noble !

Burton ôta la main de sa poche.

— Combien sont-ils ? À quel montant s'élève leur trésor de guerre ?

— Pas facile à savoir exactement...

— Un petit effort, monsieur O'Neill, ou mon ami ici présent ira chez vous tordre le cou de votre fillette.

Plus révolté que jamais par sa totale impuissance, Davey fut bien forcé de répondre.

— Huit cents membres pour le Syndicat des ouvriers du thé.

— Et combien d'argent ont-ils ?

— Quasiment rien.

Sheehan se mit à rire, et fit remarquer qu'il n'y avait pas là de quoi s'inquiéter ; mais Davey ajouta que le Syndicat général des dockers recensait presque cinq mille membres, qu'il avait trois mille livres dans ses caisses, et que les deux syndicats avaient signé des accords de solidarité. Si les débardeurs du thé cessaient le travail, tous les dockers les soutiendraient ainsi que les magasiniers et les autres ouvriers du port. Burton fronça les sourcils, mais Sheehan évacua d'un geste la mise en garde de Davey.

— Plus on est de fous, plus on rit. Ils mourront tous de faim : trois mille livres, ce n'est pas ça qui suffira pour les nourrir. S'ils font grève, ils viendront dans les deux ou trois jours supplier à genoux qu'on les reprenne... dès qu'ils n'auront plus de quoi se payer leur bière.

— Espérons, coupa Burton d'un ton qui effraya Davey. Je ne peux pas me permettre d'essuyer une grève pour l'instant. Mon capital est trop investi.

— Vous vous inquiétez pour rien, patron. C'est comme pour la petite Finnegan : je vous avais bien dit qu'elle ne montrerait plus le bout de son nez. Elle est sans doute morte.

Burton tira une enveloppe de sa poche intérieure, et la tendit à Davey en le fixant de ses yeux impassibles. À tout prendre, la colère aurait été préférable à ce regard terrifiant, aussi vide qu'un puits sans fond.

— Il y a des rats d'eau sous les planches, je les entends gratter, remarqua-t-il. Saviez-vous que les rats dévorent la chair humaine quand ils ont faim ? O'Neill, rentrez chez vous, et gardez-vous bien des rats.

Lui tournant le dos, il s'approcha du bord pour contempler l'eau. Davey glissa un regard apeuré vers Sheehan, qui se contenta de hausser les épaules. Il partit donc, retraversant l'entrepôt désert comme il le faisait chaque fois, lentement d'abord, puis à toutes jambes. Lorsqu'il atteignit la rue, il jeta un coup d'œil en arrière, s'attendant presque à trouver Burton sur ses talons, avec son horrible regard mort, son couteau à la main. Puis il descendit en courant la grand-rue de Wapping, plus terrorisé que le soir où Burton lui avait tranché l'oreille, plus paniqué qu'il ne l'avait été de toute sa vie.

36

— Attends, j'ai presque fini... Voilà ! dit Mary, achevant de faire enfiler à Nick une veste de pyjama propre. C'est très bien. La semaine dernière, tu n'arrivais pas à lever les bras tout seul.

— Je serai prêt à courir le cent mètres d'ici quelques jours.

— En tout cas, tu as meilleure mine et tu reprends des forces. Je vais te remplumer, moi ! Bien, le bas, maintenant.

Nick avait été très gêné la première fois qu'elle l'avait lavé, mais elle avait su le mettre à l'aise par des plaisanteries. Il tourna les yeux vers la table de nuit pendant qu'elle le passait à l'éponge. Il y avait là le bouquet de roses offert par Alec, le recueil de poèmes de Walt Whitman apporté par Nate et Maddie, et l'autoportrait dessiné par Seamie. Tous avaient été d'une gentillesse émouvante. Mary, en faisant la toilette de Nick, lui massait les mollets et les chevilles pour « activer les sangs », comme elle disait. Sa propre mère ne l'avait jamais touché ainsi.

Et Fiona... Il s'émut en songeant à elle. Elle l'avait sauvé. Il lui devait la vie. Elle le secouait, l'obligeait à lutter. Son dévouement était admirable. Elle lui avait abandonné son lit et dormait par terre, sur un matelas, près de lui. Les premières nuits, elle lui avait parlé dans le noir pour calmer ses peurs. Quand les souffrances étaient trop fortes, elle lui prenait la main. Quelle force, quel courage elle lui insufflait ainsi ! Comme si, par ce contact, elle lui communiquait sa formidable volonté.

Il n'était pas encore rétabli, mais, grâce à Fiona, à sa famille, aux Munro, il avait réalisé d'énormes progrès. Eckhardt devait passer dans l'après-midi pour sa visite, et lui dire quand il pourrait se lever.

Mary remonta les draps sur sa poitrine. Il voulut la remercier, mais elle le fit taire. En revenant de jeter l'eau de la bassine, elle lui apporta le bébé.

— Il faut que je commence mon dîner. Je peux te laisser Nell ? Tu n'es pas trop fatigué ?

Il la rassura, et elle lui mit le bébé dans les bras avec un biscuit pour l'occuper, puis repartit vaquer à ses occupations, une chanson aux lèvres. Pendant que Nell mâchonnait, Seamie fonça dans la chambre comme un bolide et sauta sur le lit en réclamant une histoire.

— Où t'es-tu fourré ? Tu es plus noir qu'un ramoneur !

— Dans le jardin, j'ai attrapé des limaces. Ça mange les fleurs.

— Ah, te voilà ! s'exclama Michael en entrant à son tour. Viens, que je te lave.

Seamie jeta un regard suppliant à Nick, qui répondit par un signe d'impuissance.

— Moi aussi, on vient de me débarbouiller, tu sais.

Seamie capitula et suivit son oncle la tête basse.

Nick essayait d'empêcher Nell de frotter son biscuit détrempé sur sa robe quand on frappa doucement à sa porte. Il fut enchanté de voir Maddie apparaître sur le seuil.

— *Ciao, mia bella !*

— *Ciao, bello.* Tu as un moment ? Je voudrais te montrer le dessin des boîtes en carton que j'ai conçues pour le thé de Fiona. J'ai presque terminé, mais il faut encore travailler l'endroit de la pliure.

— Montre voir... Prends une chaise.

Ils parlaient du travail de Maddie quand la porte d'entrée s'ouvrit puis se referma en claquant, et des pas décidés résonnèrent dans le couloir.

— Michael ! hurla Fiona, dépassant la chambre de Nick, une mesure à thé à la main.

Nick et Maddie se jetèrent un coup d'œil alarmé.

— Je suis occupé ! cria son oncle.

— C'est toi qui as oublié un sac de cannelle sur la caisse de thé dans la boutique ? L'odeur a imprégné les feuilles : cela fait cinquante livres de thé bonnes à mettre à la poubelle !

— N'entre pas ! hurla Seamie. Je suis tout nu !

— Est-ce toujours aussi bruyant, ici ? demanda Maddie en riant.

— Mais ce n'est rien, cela ! L'autre soir, Seamie a tellement sauté sur le divan qu'il est passé au travers. Tu aurais dû entendre les hurlements !

Mary apparut avec une tasse de bouillon de bœuf, et Maddie prit le bébé des bras de Nick pour lui permettre de boire en paix.

— Et qu'il n'en reste pas une goutte, avertit Mary. Je t'apporterai de la purée au jus tout à l'heure.

Quelques secondes après son départ, un Seamie nu comme un ver et trempé passa en courant devant la porte, Michael à ses trousses. Cinq minutes plus tard, Fiona arrivait, portant un plateau à thé.

— Bonjour, Maddie, la boîte ne te donne pas trop de fil à retordre ? Bonjour, Nick, comment te sens-tu ? Tenez, goûtez-moi ce thé, ajouta-t-elle sans leur laisser le temps de répondre. Dites-moi si vous l'aimez. Michael a posé un gros sac de bâtons de cannelle sur la caisse. Je pensais qu'il serait perdu, mais j'ai l'impression que nous avons découvert un nouveau produit : les thés parfumés ! Nous pourrions répéter l'expérience avec des gousses de vanille, des clous de girofle, ou encore de l'écorce d'orange séchée.

— Délicieux, jugea Nick.

— Excellent ! approuva Maddie en reprenant une gorgée.

Des coups retentirent à la porte d'entrée.

— Voilà ! cria Mary.

Fiona s'assit au bout du lit, enleva ses bottines et replia les jambes sous elle. Nate mit la tête dans l'entrebâillement de la porte.

— Alors, comment se porte le patient ?

— Très bien, répondit Nick.

— Je suis passé devant un kiosque en revenant de chez un client, et je me suis dit que cela te ferait plaisir d'avoir le journal. Bonjour, Fi, bonjour, Mad. (Il traversa la pièce pour embrasser sa femme.) Quelle délicieuse odeur...

Fiona s'empressa de lui expliquer ce qui les occupait, et Nate, aussitôt enthousiaste, entreprit de chercher des noms pour ce nouveau thé avec Maddie. Seamie, propre comme un sou neuf, les cheveux plaqués, surgit alors en courant avec un livre d'images et grimpa sur les genoux de sa sœur. On frappa de nouveau à la porte d'entrée, et Michael traversa le couloir pour aller ouvrir en bougonnant.

Le Dr Eckhardt apparut, son sac noir à la main, et considéra cette joyeuse compagnie.

— Je pensais avoir recommandé du repos et du calme...

Ils se jetèrent des regards coupables.

— Viens, Seamie, ordonna Fiona en faisant descendre son frère de ses genoux.

— Et mon histoire ?

— Plus tard. Le docteur doit voir Nick pour le guérir.

Ils sortirent tous et le médecin ferma la porte derrière eux. Il ausculta son patient, écoutant son cœur, tâtant son abdomen, examinant ses doigts et ses orteils. Quand il eut terminé, il félicita Nick, le trouvant en meilleur état qu'il ne l'aurait imaginé.

— Tant mieux ! C'est le remède qui produit son effet ?

— J'en doute... Les bons soins, l'ambiance et le confort y sont sans doute pour beaucoup. Mais il faut continuer à rester alité. Vous pouvez marcher un peu dans l'appartement plusieurs fois par jour. Je vous le recommande, même, mais n'en faites pas trop. Mangez ce qui vous fera envie. Pour le reste, ajouta le médecin en indiquant la porte avec la tête, cette équipe de spécialistes semble vous avoir bien pris en main. Votre famille, sans doute ?

— Non, mes...

Nick s'interrompit, pensant à son père dont l'attitude avait été si monstrueuse, à sa mère et ses sœurs qui ne lui avaient pas envoyé un mot depuis son arrivée. Puis il songea aux soins attentifs de Mary, à Seamie, Michael, Ian et Alec ; et surtout à la personne qu'il aimait plus que tout au monde : Fiona. Alors, son visage s'éclaira d'un grand sourire.

— Oui, docteur Eckhardt. C'est ma famille.

37

— Mary ! d'où viennent toutes ces roses ? s'étonna Fiona.

Elle en voyait partout : dans des vases, des bocaux, sur l'appui de la fenêtre, le manteau de la cheminée, le secrétaire, dans des seaux.

— Je ne sais pas ! On les a apportées voilà une heure. J'ai essayé de t'appeler, mais Michael et toi vous étiez trop occupés à la boutique, alors j'ai pris la livraison et je les ai mises dans l'eau. Il doit y en avoir au moins deux cents. Ah oui ! Il y avait une carte...

Fiona prit l'enveloppe et regarda à qui elle était adressée.

— C'est pour Michael !

— Des roses de serre, commenta Alec avec mépris.

Seamie en avait attrapé une qu'il tenait par la tige comme une baguette magique et faisait rire Nell en lui chatouillant le nez.

— Fiona ? appela Michael depuis la porte.

— Je suis là !

— Je ne trouve plus la clé de la... Doux Jésus ! Qu'est-ce que c'est que ça ?

— Tiens, répondit-elle en lui tendant l'enveloppe. C'est pour toi.

— Pour moi ?

Il l'ouvrit.

— Ah ! Évidemment, railla-t-il. C'est ce gros cousu d'or : il envoie des roses par centaines alors qu'un petit bouquet de tulipes aurait aussi bien fait l'affaire.

— Mais qui, oncle Michael ?

— William McClane... La carte est pour moi, en effet : il veut t'emmener souper samedi soir, et il dit...

— Donne ! s'exclama Fiona en lui arrachant la carte des mains.

— Lis-la tout haut ! s'écria Mary en lui attrapant le bras.

Fiona obtempéra.

Cher monsieur,

J'ai l'honneur de vous demander la permission d'inviter votre nièce à dîner au Delmonico *samedi soir. Si vous y consentez, je passerai la chercher à dix-neuf heures, les réservations étant prises pour vingt heures. Je la raccompagnerai avant minuit. Je vous prie de bien vouloir accepter pour votre nièce ces quelques roses en gage de mon estime. Dans l'attente de votre réponse,*

Respectueusement,

William Robertson McClane

Fiona serra la carte sur sa poitrine.

— Ce n'est pas croyable ! s'exclama Mary. William McClane, tu te rends compte ?

Il voulait la revoir, quel bonheur ! Dire qu'il avait pensé à elle et avait envoyé des roses parce qu'elle lui avait déclaré les aimer...

— Le *Delmonico* est un restaurant chic, non ? demanda-t-elle à Mary, le regard pétillant. Je n'ai rien à me mettre !

— Nous allons t'acheter une robe. Nous profiterons d'un après-midi où la boutique sera calme, et nous laisserons Nell à Alec pour filer dans la Sixième Avenue et te trouver une jolie toilette.

Michael était loin de montrer un tel enthousiasme.

— Il n'y a pas de quoi pavoiser ! grommela-t-il. Il n'a rien de si extraordinaire, cet homme. Il n'est pas catholique, vous savez... et il est républicain ! ajouta-t-il comme s'il s'agissait d'un péché capital. Je me demande si c'est bien convenable, tout ça.

— Ne t'avise pas de refuser, oncle Michael !

— Alors, je t'accompagne pour te surveiller.

— Je n'ai pas besoin de chaperon, j'ai dix-huit ans !

— Et lui, il en a plus de quarante, et il est beaucoup trop riche pour être honnête ! Pas question que ma nièce fasse la belle au bras d'un...

— Que se passe-t-il ? demanda Nick d'une voix ensommeillée en émergeant de sa chambre. Je dormais et j'ai entendu une dispute... Mon Dieu, toutes ces fleurs ! Qui enterre-t-on ? (Il porta une main à son cœur, l'air effrayé.) Juste ciel, j'espère que ce n'est pas moi !

38

— Suffit, Baxter, moins fort, grogna Joe en s'enfonçant dans le foin.

Le bruit continua, l'arrachant du sommeil. Il n'avait pas envie de se réveiller, car avec la conscience resurgissaient toutes ses idées noires. Soudain, il réalisa que le bruit ne ressemblait pas au raclement d'un sabot de cheval. On frappait de grands coups à la porte.

— Joe ! Joe, tu es là ? Ouvre !

Il connaissait cette voix. Il la connaissait même mieux que la sienne ! Il se leva, s'habilla à la hâte, dégringola les marches en finissant de boutonner sa chemise, et se dépêcha d'ouvrir.

— Bonjour, maman.

— Ah ! Tout de même ! Tu te souviens de moi ?

Rose Bristow avait l'air très fâchée. Elle avait les joues toutes rouges, après l'effort de tambouriner à la porte, et son chapeau de paille était de travers. De plus, le panier qu'elle portait semblait fort lourd.

— Comment m'as-tu trouvé ?

— Grâce à Matt, le fiancé de Meg Byrne. Il paraît qu'il t'a aidé à décrocher une place ! Que tu as quitté ta femme et qu'elle a perdu son enfant... Alors, tu divorces ? Tu aurais pu nous en avertir, au moins ! Je me suis dévorée d'angoisse pour toi, mon garçon ! J'en ai eu, de la honte, d'apprendre tout ça par Matt. Ne même pas savoir ce qui arrive à mon propre fils !

— Pardon, maman, je ne voulais pas t'inquiéter.

— Ah non ? Et pourtant, tu ne nous as donné aucune nouvelle, pas rendu une seule visite...

Joe baissa les yeux. Ainsi, il avait aussi peiné sa mère. La liste de ses crimes s'allongeait de jour en jour.

Rose continua ses récriminations, puis son expression s'adoucit.

— N'en parlons plus, dit-elle en le serrant sur son cœur. Le principal, c'est de t'avoir retrouvé. Et il était grand temps, à ce que je vois, reprit-elle en le relâchant. Tu ne me fais pas entrer ?

— Si, viens, mais ce n'est pas très confortable. Attends, je vais te chercher un siège.

Une fois à l'intérieur, Rose se débarrassa de son panier, puis s'assit sur le tabouret de ferme branlant qu'il lui avait déniché, tandis qu'il s'installait sur la troisième marche de l'échelle de meunier.

— Où dors-tu ?

— Dans le grenier à foin.

— Et comment te fais-tu à manger ? Tu es maigre comme un coucou.

— Je vais dans une gargote à côté.

— Mais ce n'est pas bon pour toi ! Pourquoi vis-tu ici ? Dis-moi ce qui est arrivé.

Joe lui raconta tout : la vérité sur son mariage, sa découverte de la tragédie de Fiona, et la fausse couche de Millie.

Rose soupira, accablée, mais également très mécontente.

— Quel gâchis tu as fait !

Il approuva tristement.

— Reviens à la maison. Tu as besoin de ta famille.

— Je ne peux pas, m'man. Après tout ça, je préfère rester seul. J'ai trop honte d'avoir gâché la vie de Fiona, la vie de Millie. J'ai tué mon propre enfant ! ajouta-t-il en plongeant le visage dans ses mains.

Rose lui caressa la tête.

— Écoute-moi, Joe, regarde-moi...

Il obéit. Son expression était si torturée que les yeux de sa mère se remplirent de larmes.

— Je me moque bien de ce qui est arrivé à Millie, déclara-t-elle. C'est une petite chipie. Je la connais. Elle t'a couru après, elle t'a mise dans son lit, et elle est arrivée à ses fins. Je ne dis pas que tu es innocent, loin de là, mais Millie se trouvera un autre mari, et elle aura des enfants. Elle se débrouillera très bien dans la vie, et elle aura peut-être appris à ne pas voler les hommes des autres. Pour le bébé, c'est sans doute mieux qu'il soit retourné auprès du Seigneur : il n'y a rien de pire pour un enfant que d'avoir des parents qui ne s'aiment pas. Le pauvre petit a senti où il allait mettre les pieds ; il a entendu les disputes et décidé de repartir pour attendre un meilleur moment.

Joe éclata en sanglots. Fiona le détestait. Millie le détestait. Tommy le détestait aussi, et il se détestait lui-même. Il avait cru que, comme les autres, sa mère lui en voudrait ; sa gentillesse et ses paroles de réconfort adoucissaient sa souffrance, mais il n'arrivait plus à contenir ses larmes.

Rose lui essuya les yeux, le berça comme un enfant.

— Tu paies pour tes bêtises, mon garçon, et ce n'est pas fini. Tu as perdu celle que tu aimais, et un bébé ; c'est cher, très cher payé, mais il faut que tu tiennes le coup. Ne te laisse pas aller. Tu es fort. Tu as fait des idioties comme tout le monde, et comme tout le monde tu en supportes les conséquences. Cependant, tu n'es pas pire qu'un autre.

Joe hocha la tête et s'essuya le visage.

— Tiens, regarde ce que je t'ai apporté, reprit-elle.

Se penchant sur le panier, elle en tira une tourte au bœuf et aux rognons, un bol de purée, un flacon de sauce, des assiettes et des couverts.

Cette vision arracha un sourire à Joe. Sa mère croyait que tous les malheurs de la vie se guérissaient avec un bon repas. Quel amour de femme...

— Va nous chercher à boire, mon garçon. Tu as bien dit qu'il y avait une gargote à côté ?

— Oui, j'y vais.

Il prit deux mugs ébréchés qu'il rangeait sur le bord de la fenêtre et partit chercher du thé chaud. Quand il revint, Rose lui avait rempli son assiette, et il se jeta sur la nourriture.

— Alors, ça fait du bien, hein ? remarqua Rose avec un sourire.

— Oui, beaucoup de bien...

39

Fiona descendit de la voiture de William McClane et, impressionnée, considéra la façade du restaurant *Delmonico*, au coin de la Vingt-Sixième Rue et de la Cinquième Avenue. Un couple passa devant eux, monta les marches, et franchit la porte qui donnait dans un hall lambrissé de bois sombre. L'homme, distingué, portait un smoking, et la femme, en robe de soie bordeaux, avait une aigrette noire dans les cheveux.

Elle pénétrait dans un monde inconnu, l'univers de Will, se dit-elle, un milieu de gens riches et bien éduqués qui savaient prononcer les noms de vins français et reconnaître la fourchette à poisson. Nick lui avait enseigné quelques règles de bienséance sur le bateau, mais elle s'était empressée de tout oublier. Sa confiance en elle s'effritait à chaque pas, et elle ne rêvait que de courir se réfugier dans la voiture.

— Vous êtes magnifiques, toutes les deux, affirma Will en prenant son bras et celui de Mary. Je vais être très jalousé, ce soir. Et vous pouvez me croire, ajouta-t-il dans un murmure, foi de gros cousu d'or...

Fiona et Mary rirent avec lui tandis qu'il les entraînait en haut des marches. Arrivée à la porte, Fiona en avait oublié son appréhension.

La visite de Will chez Fiona avait bien mal commencé. Il avait donné une poignée de main à un Michael plus renfrogné que jamais, puis salué Mary et Alec, comprenant à peine ce dernier à cause de son accent écossais. Ensuite, il avait découvert Nick, installé comme un pacha sur le divan, drapé dans un peignoir pourpre, une couverture jetée sur les jambes, et fait la connaissance de Ian. Mais quand il s'était penché sur Seamie, le petit garçon lui avait serré vigoureusement la main en claironnant : « C'est vous, le gros cousu d'or ? »

Et quand Michael, consterné, avait voulu l'obliger à s'excuser, l'enfant lui avait rappelé qu'il ne faisait que répéter ce que lui-même avait dit.

Espérant rattraper ce mauvais début, Mary avait alors demandé à Michael de servir à boire, et Ian, à qui l'on avait autorisé un verre de sherry, s'était débrouillé pour s'étrangler tandis qu'Alec, grisé un peu vite, racontait une histoire d'assez mauvais goût. Heureusement, Nick, toujours plein de tact, avait pensé à lancer la conversation sur le métropolitain, et tous s'étaient passionnés pour le sujet. Michael, qui avait été terrassier à son arrivée en Amérique, s'intéressait aux aspects techniques du forage, Mary voulait savoir s'il n'y aurait pas de danger, et Ian à quelle vitesse rouleraient les trains. Enfin, constatant qu'il était près de huit heures, Fiona avait rappelé qu'il fallait partir, soulagée d'être parvenue à convaincre son oncle de céder le rôle de chaperon à Mary...

À peine furent-ils dans le restaurant qu'une nuée de gens les entoura. Un valet prit la cape de Fiona, un autre le pardessus de Will et son chapeau. Les clients s'arrêtaient en passant pour échanger quelques mots avec lui ; il semblait connaître tout le monde. En quelques minutes, Fiona et Mary avaient rencontré le maire, la cantatrice Adelina Patti, Mark Twain, William Vanderbilt, l'architecte Stanford White, et Victoria Woodhull, scandaleuse championne de l'amour libre. Au *Delmonico*, l'origine sociale importait peu : qu'on soit nouveau riche, comédien ou danseuse de music-hall, qu'on fasse de la politique ou qu'on ait du sang bleu dans les veines, on était traité avec la même amabilité, du moment qu'on payait la note. Fiona songeait que tout New York s'était donné rendez-vous quand Will demanda :

— Savez-vous faire la révérence, mesdames ?

— Pourquoi ? La reine n'est pas ici, tout de même, plaisanta-t-elle.

— La reine, non ; mais son fils, si.

Quelques secondes plus tard, il s'inclinait en serrant chaleureusement la main d'un homme replet, presque chauve, aux yeux pâles et globuleux, et portant un petit bouc gris. Fiona réalisa qu'elle allait être présentée au prince de Galles, Albert Edward, héritier de la couronne d'Angleterre. Elle échangea un coup d'œil effaré avec Mary dont elle imita la révérence. Le prince ne sembla pas remarquer leur maladresse. Il lui fit un baisemain, et se déclara navré d'avoir déjà dîné et de ne pouvoir les inviter à sa table. Puis il se rapprocha de Fiona, reconnaissant son accent londonien, et lui demanda pourquoi une si belle rose d'Angleterre avait été transplantée si loin de chez elle. Fiona répondit qu'elle était venue à New York pour faire fortune et qu'elle montait un commerce de thé.

— Vraiment ? Comme c'est original ! Mais les femmes deviennent très actives, de nos jours. J'espère que vous montrerez aux Yankees ce que c'est que le vrai thé. Je suis épouvanté par ce qui est servi sous cette appellation dans ce pays.

— Goûtez le mien, monsieur, et vous verrez. Je vous en ferai parvenir demain, avec un panier de scones aux raisins, de la confiture de framboise maison ainsi qu'un pot de crème épaisse, et un cake de Mme Munro. Ainsi, vous pourrez prendre un thé anglais digne de ce nom.

Fiona ne se doutait pas qu'en faisant cette offre elle montrait beaucoup d'audace. La règle interdisait aux commerçants de proposer leurs produits à leur futur monarque, mais, ne connaissant rien à l'étiquette, elle n'avait pas la moindre conscience de briser un interdit. Elle n'agissait que par amabilité, et le prince, qui passait volontiers sur les convenances pour un joli visage, fut charmé.

— Mais quelle bonne idée, mademoiselle ! Je suis à l'hôtel de la Cinquième Avenue.

— Comptez sur moi.

Le prince prit congé en tapotant l'épaule de Will.

— Ne la laissez pas filer, celle-ci. Elle n'est pas sotte !

Une fois le prince parti, Will secoua la tête en riant.

— Vous êtes incroyable !

— Moi ? Et pourquoi donc ?

— Quel sens du commerce !

— Il n'y a pas plus culotté, renchérit Mary.

— Le prince se plaignait du thé, je ne pouvais pas faire moins !

— J'espère simplement que vous disposez d'une bonne réserve. Dès que le bruit va courir que le prince de Galles consomme votre KaliThé, vous allez crouler sous les commandes.

— Comment voulez-vous que cela se sache ? Il n'y avait que vous et Mary pour nous entendre.

— Ainsi qu'au moins deux journalistes de ma connaissance... L'un d'entre eux est Peter Hylton, le plus grand échotier de la ville. Alors, je vous conseille de vous tenir prête.

— Votre table vous attend, monsieur McClane, annonça le maître d'hôtel.

Will fit signe à Fiona et à Mary de le précéder. En pénétrant dans la salle de restaurant, la jeune fille fut subjuguée par le décor somptueux. Des lustres en cristal descendaient du plafond. Le papier mural, à fond grenat, était décoré à la main, et des tentures de soie encadraient les fenêtres. Les éclairages au gaz se reflétaient dans d'immenses miroirs dorés, sur l'argenterie, le cristal et les rivières de diamant qui paraient le cou des dames. La riche rumeur des rires et des conversations montait, ponctuée par le bruit des couverts sur la porcelaine et celui des verres qui s'entrechoquaient.

Sentant des regards peser sur elle, Fiona fut convaincue qu'elle était mal coiffée et que sa robe la rendait ridicule. Modeste de nature, n'ayant aucune conscience de sa beauté et de l'effet qu'elle produisait, elle ne trouvait que cette explication aux coups d'œil admirateurs des messieurs et inquisiteurs des dames. Devant cette assemblée élégante, elle se sentait inférieure, tout comme naguère à côté de Millie Peterson. Elle remarqua que les femmes étaient vêtues de satins de toutes les nuances, de taffetas, de tissus ruchés, plissés, emperlés, brodés, travaillés de volants, de fronces, de drapés ; que des joyaux gros comme des pièces de monnaie s'accrochaient aux oreilles délicates ; que des rangs de perles reposaient sur les poitrines modestement voilées de batiste et rehaussées par des corsets à baleines.

Suivant les conseils de Nick, elle avait au contraire choisi la simplicité. Elle portait une robe en crêpe de soie ivoire, à manches courtes, dont la poitrine était brodée de lilas violet et la taille ceinte par une large bande de soie couleur améthyste. Le tissu souple tombait près du corps, soulignant sa minceur et son naturel, alors que la mode apprêtée du jour donnait plutôt aux femmes l'air d'être rembourrées comme des fauteuils.

Elle n'avait pas mis de corset, n'y étant pas habituée. Mary lui en avait fait essayer un dans le rayon lingerie de Macy's, mais il l'avait tant oppressée qu'elle n'en avait voulu à aucun prix. Les sous-vêtements de coton lui avaient toujours fort bien convenu, et elle n'avait pas l'intention de changer ses habitudes. D'ailleurs, elle n'éprouvait aucune admiration pour les poitrines pigeonnantes.

Pour tout bijou, elle n'avait que des perles aux oreilles, trouvées dans le coffret de sa tante ; et, dans les cheveux, ni plumes ni aigrette de diamant, mais quelques boutons de roses parme cueillis pour elle dans le jardin par Alec. Tandis qu'elle traversait la salle de sa démarche libre et un peu gauche, son visage ouvert fit tourner toutes les têtes : elle avait la pureté sans défaut d'un diamant qu'une monture trop ouvragée aurait étouffée.

La curiosité de Fiona pour le décor et la clientèle fut vite remplacée par l'étonnement. Le maître d'hôtel leur avait fait traverser la salle sans sembler disposé à les placer.

— J'ai demandé un salon privé, expliqua Will en percevant sa surprise. Ici, c'est un bocal à poissons... J'espère que cela ne vous dérange pas.

On les fit monter à l'étage, puis on ouvrit devant eux une porte à double battant.

— Après vous, dit Will.

Fiona s'avança, et poussa un petit cri de surprise.

— Doux Jésus ! s'exclama Mary, trop médusée pour bouger du seuil.

Le salon privé avait été transformé en roseraie. Il y en avait partout, en guirlandes, dans des vases. Des pivoines et des hortensias masquaient la cheminée. Des fougères se dressaient dans les coins, et le plancher était couvert d'un gazon épais. La table, placée au centre de ce jardin, était nappée de blanc, et des roses, encore des roses, s'enroulaient aux branches d'un candélabre d'argent. Par les hautes fenêtres ouvertes sur le jardin pénétraient une douce brise estivale ainsi que la clarté de la lune. Fiona n'en croyait pas ses yeux, ne comprenant pas comment pareille féerie avait pu être réalisée. Là d'où elle venait, on travaillait de ses mains, on buvait de la bière et mangeait des saucisses ; Will lui ouvrait la porte d'un monde où, par fantaisie, on transformait une salle de restaurant en jardin, rien que pour un soir ! C'était un rêve, l'œuvre d'un enchanteur. Mais non... l'œuvre de Will.

Elle se pencha pour humer un bouquet, cherchant à cacher son émotion. Un jour, Joe lui avait offert une rose rouge sur le Vieil Escalier de Wapping. Une seule, alors qu'elle lui avait fait don de son cœur, de ses rêves, de sa vie... et il avait tout saccagé. À Will, elle n'avait donné qu'une heure d'agréable conversation et quelques rires... et il avait fait cela. Pour elle. Simplement parce qu'elle aimait les roses.

— Cela vous plaît, Fiona ? s'enquit-il doucement.

Elle se tourna vers lui, radieuse.

— C'est merveilleux ! Je ne sais pas quoi dire. Je n'ai jamais rien vu d'aussi beau.

— Excusez-moi une minute, déclara Mary avec tact, je m'absente un instant pour me rafraîchir.

— Mais bien sûr, répondit Will.

Il tendit une rose à Fiona puis, sans crier gare, la serra dans ses bras et l'embrassa. Quand elle sentit ses lèvres, douces mais insistantes, Joe s'effaça de son esprit ; toute sa tristesse, tous ses regrets s'envolèrent. Elle commençait à lui rendre son baiser, à trouver plaisir dans cette étreinte, quand une voix lança de la porte :

— Monsieur voudra du champagne avant le dîner ? Oh ! Je vous demande pardon...

Will relâcha Fiona. Embarrassée, elle s'éloigna de lui.

— Une bouteille de Heidseick, je vous prie, commanda-t-il.

— Très bien, monsieur.

Une fois le serveur parti, Will s'apprêtait à la reprendre dans ses bras quand retentit le pas de Mary.

— Bon sang, j'ai l'impression d'avoir seize ans ! ronchonna-t-il.

Le serveur revint avec le champagne et ils prirent place autour de la table. Fiona et Will retrouvèrent vite l'aisance de leur première promenade, et la conversation, à laquelle se mêla Mary avec sa drôlerie naturelle, ne languit pas une seconde, tandis qu'ils se régalaient de plats fins : des huîtres, de la soupe de tortue, des poussins à la sauce aux truffes, des pommes de terre duchesse et des haricots verts, de la langouste Newburg et, pour finir, de l'Alaska au four, le célèbre dessert du *Delmonico*.

Au cours de ce long dîner tranquille, Fiona éprouva une sensation toute nouvelle, celle d'être protégée du monde et de ses soucis. Elle étudia Will, tandis qu'il la conseillait sur son salon de thé, et le trouva très beau. C'était l'homme le plus charmant, le plus élégant qu'elle eût jamais rencontré. Il avait d'épais cheveux bruns, un sourire franc et agréable, un menton décidé. Il était élégant même dans sa façon de s'asseoir, très droit, très digne avec son col d'une blancheur de neige, sa cravate nouée à la perfection, son smoking impeccable. Elle pensa à son père et à sa vieille veste rapiécée ; à Charlie avec ses trous aux coudes ; et à Joe, qui portait des vestes de tweed dont les fils bleus rappelaient la couleur de ses yeux...

Mon Dieu, elle repensait à lui... Elle s'était juré de ne plus l'évoquer, et voilà qu'il revenait gâcher cette délicieuse soirée tel un fâcheux ! Il s'imposait, prenant une chaise et observant leur dîner d'un air goguenard. Elle l'entendait presque demander si Will embrassait aussi bien que lui.

— Il n'est pas à la hauteur, Fi...

— Bien sûr que si ! C'est même beaucoup mieux avec lui !

— Tu parles, c'est ça qui te plaît... (Joe désignait le décor fleuri, les plats sur la table...) pas son baiser. Personne ne t'embrassera jamais comme moi.

— Je trouve que ce salon de thé est une idée remarquable, disait Will. Avec la maîtrise du produit de base et le talent de pâtissière de Mary, vous ne pouvez que réussir. Avez-vous pensé à un quartier où l'implanter ?

— J'ai cherché un peu autour d'Union Square, mais les loyers y sont trop chers. Dans Madison Square aussi, mais...

Will hochait la tête en l'écoutant, la questionnait, l'encourageait. Elle remarqua la chaleur de son regard, les plis séduisants de son sourire. Les yeux bruns, décida-t-elle, étaient infiniment plus beaux que les yeux bleus. La bouche de Will n'était pas mal non plus. Par la faute du serveur qui les avait interrompus, elle avait à peine eu le temps d'apprécier le baiser, mais l'occasion se représenterait peut-être. La soirée ne faisait que commencer. Tu vas voir s'il n'est pas à la hauteur, Joe Bristow, songea-t-elle. Attends un peu !

— Le parc est très beau sous la lune. Je n'y suis jamais venue aussi tard, commenta Fiona.

— C'est vous qui êtes belle, répondit Will en lui pressant la main.

Le dîner était terminé à présent, et ils longeaient Bethesda Terrace en direction du lac. Mary avait préféré rester les attendre dans la voiture, se déclarant fatiguée.

— Merci pour tout, Will. Pour la roseraie, pour le dîner... pour avoir toléré les manières autoritaires de mon oncle. J'ai passé une soirée merveilleuse.

— J'en suis heureux, Fiona. Moi aussi. Et j'aimerais vous revoir. Très bientôt.

— Avec plaisir.

Will sortit sa montre en or et déchiffra l'heure dans la pénombre.

— Nous devrions rentrer, il est presque onze heures et demie.

— Attendons encore un peu...

Elle regarda alentour, vérifiant qu'il n'y avait pas de promeneurs à proximité, puis elle attira Will hors du chemin, sous un bouquet d'érables. Là, elle l'embrassa. Il eut un mouvement de surprise.

— Moi qui pensais avoir été trop entreprenant au restaurant... J'avais peur que vous ne vouliez pas...

— Si, embrassez-moi, Will, j'en ai très envie, murmura-t-elle.

Elle désirait sentir ses lèvres, ses mains sur elle. Elle avait besoin d'effacer les baisers, les caresses, les promesses qui n'avaient pas été tenues. Avec lui, elle se remplirait la mémoire pour en chasser Joe.

La serrant dans ses bras à l'étouffer, il l'embrassa à pleine bouche. Ce fut son tour d'être surprise : elle était avec un homme à l'étreinte puissante et à la large carrure, pas un adolescent. Il l'embrassa ensuite sur la joue, derrière l'oreille, sur la gorge, il posa les mains sur ses seins... C'était si bon qu'elle ferma les yeux avec un soupir. Je vais y arriver, pensa-t-elle, je vais parvenir à oublier Joe. J'en suis sûre. Mais soudain, Will déposa un baiser sur son front comme pour lui dire adieu. Elle rouvrit les yeux, étonnée, et le vit reculer.

— Ma chère, soit je vous ramène, soit je vous garde. Et si je vous garde, votre oncle va me pourchasser avec sa carabine.

Fiona rit un peu, rougissante, puis s'approcha de nouveau pour l'embrasser, étouffant ses objections. Si elle n'arrêtait pas, protesta-t-il, ils ne rentreraient pas avant l'aube. Elle était heureuse, pleine d'espoir : elle allait tomber amoureuse de Will, sûrement, même si elle ignorait quel effet cela faisait au juste, car ayant toujours aimé Joe, elle ne se rappelait pas être tombée amoureuse de lui.

Lorsqu'elle reprit le chemin de la voiture au bras de Will, Fiona se dit que, tout comme Rose le lui avait prédit, elle avait trouvé un autre homme. Un homme intelligent, drôle et séduisant. Un homme qui transformait les salons en jardins pour elle, même si elle n'était pas riche et que son père n'était pas influent. Un homme qui supplanterait Joe dans son esprit. Déjà, elle réussissait à tenir son souvenir à distance. Il rôdait bien encore aux abords de sa conscience, tel un fantôme dans l'ombre d'un sous-bois, mais il disparaîtrait de sa vie, de sa mémoire. Oui, elle s'en débarrasserait vraiment, pour toujours !

40

Fiona vérifia l'adresse qu'elle avait notée sur un papier, puis regarda le numéro de l'immeuble en brique qui se dressait devant elle. C'était bien là, le 21 Nassau Street. Hurst, Brady & Gifford, agents de change. Will tenait absolument à ce qu'elle aille prendre une leçon sur le marché boursier avec son conseiller.

— Connaissez-vous la différence entre les riches et les pauvres ? avait-il demandé.

— Oui, les riches ont de l'argent.

— Du tout, ma chère. Les riches savent faire travailler leur argent. Prélevez une partie de vos bénéfices, investissez-les intelligemment, et très vite vous aurez gagné de quoi ouvrir votre salon de thé.

Et ce jour-là, trois semaines après leur premier dîner, elle avait déjà quelques billets à investir, car la prédiction de Will s'était réalisée : les journaux s'étaient emparés de sa rencontre avec le prince de Galles. Peter Hylton avait écrit dans sa chronique que le futur roi d'Angleterre était invité pour le thé dans les plus grands salons de la ville, mais qu'il préférait les services d'une jolie petite commerçante de Chelsea. Goût qu'il partageait avec le distingué William McClane.

Will n'avait guère apprécié l'allusion équivoque ; quant à Fiona, elle n'avait pas eu le temps de s'en formaliser : elle avait aussitôt été submergée par la clientèle. Les beaux messieurs arrivaient en voiture, enchantés de venir s'encanailler dans le West Side ; les domestiques se pressaient devant le comptoir, envoyées par leur maîtresse. Les demandes des restaurants affluaient, ainsi que des hôtels, des grands magasins. Prise de court, Fiona avait dû filer chez l'imprimeur pour commander de nouvelles étiquettes, et chez Stuart pour lui dire d'importer davantage de thé. Elle avait dû engager deux vendeuses à plein temps et une jeune fille pour empaqueter. Elle aussi retroussait ses manches, se demandant pourquoi diable elle avait traversé l'Atlantique si c'était pour se retrouver à mettre du thé en boîte.

Will ne l'accompagnait pas, cet après-midi-là, car il avait été retenu par une réunion de dernière minute. Il lui avait envoyé sa voiture, et un mot pour s'excuser de sa défection tout en l'engageant à aller malgré tout au rendez-vous. S'il n'avait pas insisté, elle serait sans doute restée à la boutique ; mais il ne voulait plus la voir entasser son surplus de recettes dans un bocal...

Elle monta les marches et pénétra dans un enfer de clameurs. Un grand bureau en bois barrait la pièce. Derrière, un homme, de dos, debout sur sa chaise, lançait des ordres à tue-tête par-dessus la barrière en bois qui séparait la réception de l'espace ouvert des clercs. Là, des hommes en bras de chemise, le visage en sueur et les yeux protégés par des visières, étaient assis à des bureaux et grattaient fébrilement le papier, trempant à petits gestes rapides la plume dans l'encrier. Sur un fond de cliquetis de télégraphe, les agents de change couraient des uns aux autres en hurlant des instructions dans un langage ordurier.

Fiona s'approcha de la balustrade comme d'un enclos de taureaux furieux. Elle leva la tête vers l'homme perché sur sa chaise.

— Pardon, monsieur...

Il l'ignora. Il écoutait les explications haletantes d'un jeune garçon entouré d'un groupe d'employés.

— J'arrive de la Bourse ! C'est une vraie foire ! Il y a eu au moins trois bagarres...

— Et les frères Sullivan ?

— L'un a été emmené à l'hôpital. Crise cardiaque. L'autre s'est tiré une balle dans la tête.

Des cris d'indignation éclatèrent.

Fiona tenta de nouveau sa chance.

— Pardon, M. Hurst est-il disponible ?

Elle avait l'impression d'être invisible. Personne ne lui prêtait la moindre attention. Elle désespérait quand une main se posa sur son dos.

— Will ! s'exclama-t-elle. Je croyais que vous étiez pris !

— J'ai pu m'échapper, mais j'ai très peu de temps. (Il s'interrompit, choqué par les jurons qui fusaient.) Que se passe-t-il ? Où est Hurst ?

— Je ne sais pas. Je n'arrive pas à me faire entendre.

— Monsieur Martin ! cria Will à l'homme sur la chaise. Il y a une dame dans la maison ! ajouta-t-il quand celui-ci pivota vers lui. Veuillez vous conduire correctement.

— Oh, pardon, monsieur McClane. Mademoiselle... Je ne vous avais pas vue.

Revenant vers la salle, il plaça deux doigts dans sa bouche et émit un sifflement strident.

Il l'avait vue, bien sûr ; sans Will, on ne lui aurait jamais prêté attention.

— Une dame dans la maison ! hurla Martin.

Les clercs et les agents de change tournèrent la tête, aperçurent Fiona et Will, et baissèrent aussitôt le ton. Martin prit le téléphone, et informa M. Hurst que William McClane était là pour le rencontrer. Une demi-seconde plus tard, un bonhomme ventripotent descendait en courant de l'étage, main tendue. Il les salua, et ordonna à un garçon de bureau d'apporter des rafraîchissements pour M. McClane et son invitée.

Fiona commençait à s'habituer au traitement de faveur réservé à Will partout où ils se rendaient. Au cours de ces trois dernières semaines, ils étaient allés voir les falaises du New Jersey avec Seamie, dîner au *Rector*, et assister à un spectacle à l'opéra. Son oncle avait autorisé Fiona à pique-niquer sans chaperon, pensant sans doute que la présence de son frère suffirait ; mais, ayant entendu parler de conduites indécentes dans les loges, il avait insisté pour que Nick, qui avait repris des forces, les accompagnât à l'opéra. Il avait aussi envoyé Mary avec eux au *Rector,* car le restaurant, fameux pour ses langoustes, avait aussi mauvaise réputation. Partout où ils se présentaient, on déroulait le tapis rouge. Fiona devait se faire violence pour se laisser servir, pour ne pas tendre son assiette au serveur, ne pas enlever sa cape elle-même ni verser le vin. En voyant Peter Hurst lui faire des courbettes, elle eut une nouvelle preuve de l'immense puissance de Will.

— Peter, pourquoi cette agitation ?

— Une prise de contrôle. Un mauvais coup.

— Quelle société ?

— Une entreprise navale à Brooklyn. Les frères Sullivan. Trois des actionnaires principaux ont accumulé les actions. Ils se sont regroupés et viennent d'éjecter la famille fondatrice. Personne ne s'y attendait. Un drame terrible.

— C'est vraiment possible ? questionna Fiona en suivant les deux hommes dans le bureau de Hurst. On peut s'emparer d'une société comme cela ?

— Malheureusement, oui, répondit Hurst. Ce sont des actes parfaitement immoraux, mais légaux...

Il fut interrompu par le téléphone. Les priant de l'excuser, il répondit, puis tendit l'écouteur à Will.

— Pour vous.

— Que se passe-t-il, Jane ? demanda Will dans le microphone avec un soupir. D'accord, dites-lui que j'arrive. (Il rendit le téléphone.) Désolé, déclara-t-il à Fiona, il faut que je vous quitte. Le maire, pour le métropolitain. Le chassé-croisé habituel. Je prends un fiacre et je vous laisse la voiture.

— Nous serons aux petits soins pour mademoiselle, monsieur McClane.

— Merci. À demain soir, chérie, ajouta Will en se levant pour partir.

Fiona le raccompagna jusqu'au couloir.

— Vous avez l'air fatigué. Vous n'êtes pas souffrant ?

— Du tout. Mais il m'agace avec ses hésitations, ce bonhomme. J'ai hâte que l'affaire soit réglée – en ma faveur, s'entend.

— Vous décrocherez le contrat, j'en suis certaine.

Il l'embrassa sur la joue, avouant être moins confiant qu'elle, et partit.

Fiona retourna dans le bureau de Hurst, qui lui expliqua la mécanique des marchés financiers. Le principe n'était pas très compliqué, mais il s'exprimait avec lenteur, articulant comme s'il s'adressait à une simple d'esprit. Elle laissa ses pensées vagabonder pendant qu'il insistait sur la différence entre les actions, le marché à terme et les options. Son esprit revenait sans cesse sur la prise de contrôle de la société des frères Sullivan par un coup des actionnaires. Cette information la préoccupait. Elle décida d'en avoir le cœur net.

— Un instant, monsieur Hurst, l'interrompit-elle. Ces frères Sullivan dont vous parliez tout à l'heure, ils n'ont absolument rien vu venir ? Comment est-ce possible ?

— Vous savez, c'est très rare. Ils ne devaient pas se méfier.

— Mais si cela peut arriver...

Si les actions servaient à rapporter de l'argent, elles constituaient donc aussi une arme. En achetant en nombre suffisant de petites parts d'une société, on pouvait se l'approprier.

— Les propriétaires deviennent imprudents, expliqua M. Hurst. Ils ont trop confiance en eux, ils se croient invulnérables. Allons, ajouta-t-il avec un bon sourire, je vois que tout cela vous inquiète, mademoiselle. Quelle mauvaise entrée en matière ! Ne vous faites pas de souci : les transactions qui passent entre nos mains sont en général beaucoup moins aventureuses. Changeons de sujet, si vous le désirez.

Mais Fiona, loin de s'inquiéter, était au contraire en pleine ébullition. Un plan se formait dans son esprit.

Hurst continuait son cours laborieux, lui expliquant la façon dont fonctionnerait son compte, comment elle devrait acheter et vendre, et quels seraient les frais et les commissions. Il mentionna la récente introduction d'une moyenne des cotations industrielles, le Dow Jones, dans le *Wall Street Journal*. Pendant ce temps, Fiona tournait dans sa tête une multitude d'idées extraordinaires. Elle tenait enfin sa vengeance !

— Et voilà, conclut M. Hurst en achevant sa leçon. Maintenant, si je peux vous être utile en quoi que ce soit...

— Justement, lança-t-elle, j'aimerais acquérir des actions de la Compagnie Burton. Une société de thé anglaise.

— Êtes-vous bien sûre de ne pas aller trop vite en besogne, mademoiselle ? répliqua Hurst avec un froncement de sourcils. M. McClane m'a expliqué que vous n'aviez jamais joué le marché et...

— C'est vrai, mais grâce à votre excellente introduction je me sens prête. Pouvez-vous me faire avoir des actions Burton ?

— Un instant, je vérifie le cours.

Quand Hurst disparut dans le couloir, Fiona prit un titre sur le bureau. Il s'agissait d'une action de dix mille dollars pour la société Carnegie Steel. Ce n'était qu'un morceau de papier, mais il représentait bel et bien une parcelle de cet empire de l'acier. Bientôt, elle aurait entre les mains une partie de la Compagnie Burton. Une toute petite partie, mais elle l'accroîtrait peu à peu. Elle mettrait vingt ans s'il le fallait, mais elle ruinerait William Burton.

— C'est fait, déclara Hurst en revenant à son bureau. Vous avez trop chaud, peut-être ? Votre teint est un peu rouge. Voulez-vous que j'ouvre une autre fenêtre ?

Fiona lui ayant assuré que ce n'était pas nécessaire, il l'informa que l'action de la Compagnie Burton se vendait actuellement à vingt dollars l'une. Elle demanda dix actions. La somme, astronomique pour elle, n'était qu'une goutte d'eau dans la mer, mais c'était un début. Il lui tendit des papiers qu'elle remplit, les mains tremblantes. Elle sentait qu'il l'observait. Se doutait-il de son émotion ? Devinait-il la rage qui l'habitait ? Le chagrin ? Tous ces sentiments noirs et terribles que Burton avait mis dans son âme... Quand elle lui rendit les papiers, il croisa son regard mais s'empressa de détourner les yeux, comme effrayé par ce qu'il y lisait.

Elle le remercia et lui annonça qu'elle passerait le voir tous les vendredis pour acquérir des actions de cette même compagnie.

— Tous les vendredis ? Vous devez avoir une foi sans bornes dans cette société. En connaissez-vous le propriétaire ?

— Oh oui ! Je ne le connais que trop bien.

41

— Ce sera un garçon, j'en suis sûre, affirma Isabelle, la belle-fille de Will.

— Comment le sais-tu ? rétorqua Emily, la fille de Will, en relevant la tête de sa broderie.

— Il ne cesse de me donner des coups. Il ne tient pas en place.

— Comment vas-tu l'appeler ? demanda Edmund, le benjamin.

— William Robertson McClane, troisième du nom, répondit Will Junior, le mari d'Isabelle, se servant d'un vase retourné comme socle pour poser une balle de golf.

— Très original, ironisa Edmund.

Il était vautré dans un fauteuil à haut dossier, une jambe pendant par-dessus l'accoudoir. C'étaient les vacances d'été de Princeton, et il était revenu travailler avec Will Junior au projet de métropolitain.

— J'ai une meilleure idée, reprit-il. Appelons-le Izzie !

— Tu es fou !

— Edmund, voyons !

Son frère le visa avec la balle de golf, qui atterrit sur un guéridon.

— Les enfants ! intervint Will d'un ton distrait.

Tous se mirent à rire.

— Il nous parle comme si nous avions encore cinq ans, remarqua James, le fils cadet.

— Évidemment, si vous jouez au golf dans la maison ! répliqua Will en regardant par la porte-fenêtre.

Le grand salon ensoleillé dans lequel la famille était réunie donnait sur le domaine vallonné où paissaient leurs chevaux, avec l'Hudson au loin. S'il ne s'était pas senti aussi paresseux après leur énorme déjeuner du dimanche, Will serait allé se promener. Peut-être le ferait-il un peu plus tard, en compagnie d'un de ses fils, ou avec son gendre Richard. Les femmes ne les accompagneraient sûrement pas : Isabelle en était à ses dernières semaines de grossesse et, comme il convenait à une femme dans sa condition, elle ne se montrait plus en public.

Il considéra ses enfants avec une immense fierté. Emily lui avait écrit pour suggérer ce week-end familial à Hyde Park : cela faisait trop longtemps qu'ils ne s'étaient pas réunis. Sans doute était-ce parce qu'elle pensait que la compagnie de leur mère lui manquait. L'intention touchait Will, mais il aurait préféré rester avec Fiona. Il avait eu envie de l'emmener à Saragota ou à Newport, dans un endroit où ils auraient pu passer ce week-end de juillet au calme, même s'il avait fallu s'arranger de la compagnie de Mary ou de Nick. Cependant, lorsqu'il avait reçu la lettre d'Emily, Fiona l'avait encouragé à rejoindre sa famille. L'épicerie l'occupait tant qu'elle n'aurait jamais pu partir tout un week-end, avait-elle expliqué, et puis elle avait promis à Seamie de l'emmener à Coney Island le samedi. Tous devaient être de la partie : les Munro, Nick et même Michael. Si finalement il n'allait pas à Hyde Park, avait-elle ajouté, mais qu'il avait envie de faire des tours de manège et de regarder la femme à barbe en mangeant des hot-dogs, ils seraient ravis de sa compagnie.

Cette perspective avait donné un frisson d'horreur à Will. En de pareilles occasions, leur différence de classe devenait très apparente. Une différence qui l'embarrassait parfois quand il la rejoignait dans son milieu, alors qu'elle ne semblait jamais se troubler dans le cas inverse et enchantait tous ceux qui la rencontraient.

Il avait commencé à l'introduire dans la bonne société, et elle s'y conduisait avec une grâce exquise. Deux jours plus tôt, il l'avait emmenée avec Nick à une réception au *Metropolitan Museum of Art*, donnée en l'honneur du fameux paysagiste Albert Bierstadt. Il l'avait trouvée merveilleuse de beauté dans sa robe empire bleu de Prusse, les oreilles ornées de boucles en faux diamants empruntées à son amie Maddie. La robe était d'une ligne pure, évoquant une tunique grecque. Elle portait toujours les tenues les plus simples avec un charme de princesse.

En apprenant que Nick avait choisi cette robe avec elle, Will avait ressenti un pincement de jalousie, tout en sachant qu'il n'y avait pas lieu de s'inquiéter. Un jour, il avait demandé à Fiona si Nick la courtisait, et elle avait éclaté de rire en lui expliquant pourquoi il n'avait rien à redouter. Il avait été surpris : le garçon n'était pas efféminé, et son goût pour les costumes de lin blanc, les chemises à rayures bleues et les cravates jaunes pouvait être attribué à son pays d'origine, la nationalité anglaise justifiant bien des extravagances.

Fiona et lui étaient si proches, si tendres l'un envers l'autre, pensait Will, que lui-même n'aurait eu aucune chance de gagner le cœur de la jeune fille si Nick avait aimé les femmes. Pour plaire à Fiona, il avait pris son ami sous sa protection, et, lors de la réception pour Bierstadt, il lui avait fait faire la connaissance des collectionneurs William Whitney, Anthony Drexel et J. P. Morgan.

Il avait aussi présenté Fiona à Caroline Astor, l'impératrice de la bonne société new-yorkaise. La plupart des femmes en auraient tremblé de peur, mais pas elle, qui lui avait simplement serré la main avec enthousiasme. Tout en gardant ses distances, Caroline n'avait pu s'empêcher de lui demander d'où venait sa ravissante robe.

— Paris, Milan ?

— Non, Macy's ! avait répliqué Fiona.

Caroline avait eu l'air stupéfaite, puis avait ri avec sympathie. Le naturel de Fiona charmait tout le monde. Elle amadouait les froides dames du monde comme les hommes d'affaires empesés avec son irrévérence et sa gentillesse. Elle avait même subjugué Morgan, l'homme le plus riche du pays, en le saluant d'un grand sourire et d'une poignée de main énergique.

Will était fou amoureux d'elle, et n'attendait que le moment de se déclarer. Il avait déjà failli le faire une fois dans la voiture en revenant d'un dîner, mais avait senti chez Fiona une certaine réticence. Peut-être doutait-elle de sa constance : elle craignait sans doute, comme il l'avait lui-même redouté au début, que leur relation ne pût être durable, et d'en concevoir de la peine. Il devinait que cela lui était déjà arrivé. C'était une femme passionnée, il le sentait à sa façon de le toucher, de l'embrasser, mais elle restait sur ses gardes. Il la présenterait bientôt à sa famille, lui prouvant ainsi que ses intentions étaient honorables. Ce serait aussi préférable pour ses enfants, car il avait toujours peur de rencontrer Will Junior ou James dans un restaurant avec elle, ou que quelqu'un ne mentionne l'avoir vu en charmante compagnie. Heureusement, personne de sa famille ne lisait la chronique de Peter Hylton : le journaliste s'était entiché de Fiona et la mentionnait presque toutes les semaines. Il décrivait ses tenues, et notait qu'entre l'élégant Nick Soames et Will la compétition semblait rude. À l'évidence, les préférences sexuelles de Nick et son rôle de chaperon avaient échappé au chroniqueur.

— Papa ? lança Will Junior. Tu ne m'as pas entendu ? Je t'ai posé une question.

— Oh, pardon, je pensais à autre chose.

Il remarqua qu'Emily lui jetait un regard en coin, puis s'empressait de rebaisser le nez sur son point de croix.

— Je voulais savoir si les rapports des ingénieurs sur la ligne de Brooklyn étaient arrivés.

— Pas encore. Je les attends demain.

Le silence retomba. James prit le club de golf à son frère aîné, et Edmund lança une balle en l'air. Emily tirait l'aiguille. Les yeux de Will s'attardèrent sur les mains délicates et blanches de sa fille. Elles étaient bien différentes de celles de Fiona – ces mains de travailleuse qui lui faisaient fondre le cœur et qu'il trouvait incomparables de beauté.

James toussota. Will releva la tête, percevant une tension dans l'air. Il vit Will Junior faire un petit signe de tête à Emily, qui se dressa en proposant à Isabelle de l'accompagner pour une petite promenade. Isabelle se mit debout avec l'aide de son mari et la suivit. Il ne restait plus que ses trois fils et son gendre. Edmund avait trouvé deux autres balles et s'était mis à jongler, ne semblant pas percevoir le malaise. Richard marchait de long en large au fond de la pièce ; quant à Will Junior et James, ils s'appuyaient au manteau de la cheminée, ayant délaissé leur club de golf. Quelque chose se tramait. On l'avait fait venir à Hyde Park pour une raison précise, se dit Will, et il fixa ses deux aînés, les embarrassant beaucoup.

— Alors, que se passe-t-il, mes fils ?

— Pardon ? répliqua Edmund en rattrapant ses balles et en se tournant vers lui.

— Papa… commença Will Junior, nous voulions te parler.

— Pourquoi pas à New York ?

— C'est trop personnel, expliqua son fils avec gêne.

— Nous avons entendu certaines rumeurs, continua James. On t'a vu avec une jeune femme.

— Cela ne nous regarde pas, compléta Will Junior, mais les gens jasent beaucoup. Nous pensons que… que tu ne devrais pas te montrer aussi ouvertement avec ta maîtresse.

Le conventionnalisme hypocrite de son fils le fit sourire.

— Cette jeune femme n'est pas ma maîtresse. Elle s'appelle Fiona Finnegan, et j'ai l'intention de l'épouser. Je suis désolé, j'aurais dû vous en informer plus tôt.

— L'épouser ! s'exclama Will Junior, scandalisé. Mais quand ?

— C'est un peu tôt pour en discuter, rétorqua Will, irrité par cette réaction.

— Bravo, papa ! s'enthousiasma Edmund. Comment est-elle ? Jolie ?

— Oui, très, confirma Will avec un sourire. Je vous la présenterai.

Will Junior dévisageait son père, atterré.

— Mais enfin, papa, ce n'est pas... enfin, ce n'est pas possible, intervint James froidement.

— Il paraît qu'elle n'a pas vingt ans et que c'est une boutiquière ! s'indigna Will Junior. Tu es fou !

— Je te demande pardon ? explosa Will, choqué par le ton de son fils.

— On ne sait pas d'où elle sort, insista James, et la différence d'âge...

— J'ai quarante-cinq ans, pas quatre-vingt-cinq !

— Pense à l'effet que cela fera aux investisseurs du métropolitain ! lança Will Junior. Nous ne pouvons pas nous permettre ce genre de scandale maintenant. Avec Belmont qui nous concurrence, c'est impossible, les intérêts en jeu sont trop grands.

— Mais de quel scandale parles-tu ? répliqua Will comme si son fils avait perdu la tête.

— C'est évident, voyons !

— Je devine très bien tes vraies objections, coupa Will. Pourquoi ne le dis-tu pas carrément ? Elle est d'origine ouvrière et irlandaise, pas vrai ?

— Ce qui me révolte, c'est que cette... cette passade va ruiner tous nos espoirs !

— Laisse papa tranquille, intervint Edmund. Il sait ce qu'il fait. Il a bien le droit de voir une fille s'il en a envie.

— Ne dis pas de bêtises ! hurla Will Junior. Tu te crois à un bal de l'université ? Dans le monde des affaires, c'est la cour des grands ! Nous évoluons dans un milieu cruel, et nous ne pouvons nous permettre de laisser papa nous compromettre.

— Suffit ! s'exclama Will sèchement.

Il attendit quelques secondes que son fils se calmât, puis essaya de se montrer conciliant.

— Quand tu la rencontreras, tu verras qu'elle est charmante. Tu changeras vite d'avis.

— Je n'ai aucune intention de la rencontrer !

Il sortit de la pièce, furieux, entraînant James et Richard dans son sillage. Seul Edmund resta.

— Ne t'inquiète pas, papa, ils vont s'y faire.

Will poussa un profond soupir. Il s'était levé pendant la dispute, et se rassit.

— C'est peut-être trop tôt, après la mort de votre mère.

— Je t'en prie ! Maman est morte voilà deux ans. Non, c'est surtout sa candidature au Congrès qui préoccupe Will. Il a peur que ton aventure avec une femme plus jeune que toi n'effraie les plus conservateurs.

— Edmund, voyons, tu es un peu dur avec ton frère. Il est ambitieux, mais pas égoïste à ce point.

— C'est toi qui le dis !

— Peut-être s'inquiète-t-il vraiment pour le métropolitain. Il y a mis tout son cœur. Ah ! Si nous pouvions décrocher ce contrat ! Là, il n'aurait plus rien à dire.

— Mais quelle importance s'il n'est pas d'accord, papa ? De quoi as-tu peur ? Qu'il te coupe les vivres ?

Will sourit à son fils avec lassitude.

— Non, mais je redoute beaucoup ce genre de scène. Vous êtes tous très importants pour moi, et je souffre quand l'un d'entre vous m'en veut ou est malheureux. Je vais redoubler d'efforts pour le métropolitain. Il changera d'avis dès que nous aurons signé, j'en suis persuadé.

42

En s'arrêtant devant le 8 Montague Street, Joe eut l'impression qu'on lui enfonçait un poignard en plein cœur. Il aurait tout donné pour que Fiona ouvrît la porte, souriante, des étincelles dans ses yeux bleus, comme elle lui était apparue le matin de leur promenade dans le West End. Un an plus tôt, à cette même époque, il vivait ici, sortait avec ses camarades, rêvait de sa boutique et de vivre avec Fiona. Un an seulement... Cela semblait si loin.

Il se secoua, alla au numéro 4 et frappa. Son père lui ouvrit.

— Ah ! Le retour de l'enfant prodigue !

— Bonjour, papa...

— Personne savait où t'étais. Au marché, on affirmait que Peterson t'avait flanqué à la porte. J'en ai entendu, des choses...

— Bon, pardon ! Je m'excuse ! Ça te suffit pas ?

— Disons que si. Allez, entre, on va pas manger notre dîner du dimanche sur le pas de la porte.

Joe suivit son père, se félicitant de ne pas être revenu vivre chez ses parents. Il fut accueilli avec des cris de joie par son frère et ses sœurs. Jimmy avait maintenant seize ans, Ellen, qui en avait treize, avait grandi et embelli. Cathy, âgée de huit ans, portait toujours des nattes et un tablier. Joe embrassa sa mère qui sortait un gigot du four. Il faillit protester, connaissant le prix de l'agneau, mais la vit si fière de son achat qu'il se tut. Avisant le bouquet d'œillets qu'il apportait, elle eut une exclamation de plaisir, et demanda à Ellen de mettre les fleurs dans un vase. Joe posa le gigot sur la table, et ses sœurs s'occupèrent des pommes de terre et des choux de Bruxelles. Quand ils s'assirent tous, il y eut un silence embarrassé.

— Maman a dit que Millie avait perdu son bébé, Joe, lança Cathy. Elle l'a perdu où ? Vous ne l'avez pas encore retrouvé ?

— Tais-toi, Cathy ! s'écria Ellen.

— Le bébé n'est pas parti, ma chérie, répondit Joe tristement. Il est au ciel.

— Mais pourquoi ?

— Mange et mêle-toi de tes oignons, aboya leur père. Je ne veux plus entendre parler du bébé ni de Millie ni de toute cette histoire !

— Idiote ! souffla Ellen en donnant un coup de coude à sa petite sœur.

— Pas du tout, maugréa Cathy, j'ai juste demandé...

— Passe-moi le jus, Cathy, sois gentille, coupa Rose. Parle-nous de ton nouveau travail, Joe.

Joe s'exécuta, soulagé de ce changement de conversation. Quand il eut terminé, son père se récria.

— Tu aurais pu trouver mieux, avec ton expérience !

— J'ai essayé, mais Tommy a fait passer le mot de ne pas m'embaucher. Et puis ça ne durera pas, parce que je mets de l'argent de côté... (Il hésita.)... pour monter une affaire. J'ai une idée.

— Ah oui ? Quoi ? demanda Rose avec intérêt.

— Je vais m'acheter ma charrette, y mettre des fruits et des légumes bien frais, et faire du porte-à-porte dans les beaux quartiers. À Mayfair, peut-être. Si je gagne assez, j'achèterai une carriole et un cheval, et j'irai plus loin, à Knightsbridge par exemple, tout en embauchant un gars pour s'occuper de Mayfair. J'ajouterai des carrioles petit à petit pour couvrir tout le West End. (À mesure qu'il développait son idée, il retrouvait un peu de son ancienne animation.) Les cuisinières auront des beaux produits à leur porte tous les jours. Elles pourront choisir elles-mêmes sans perdre de temps ou sans avoir à se rabattre sur des petites épiceries de quartier. J'ai envie de prendre le nom de notre rue : « Montague, la qualité à votre porte ». Vous voyez ? Vous en dites quoi ?

— C'est une excellente idée, s'enthousiasma Rose.

— Je peux travailler pour toi, intervint Jimmy. Je t'aiderais le matin, et je rentrerais pour papa l'après-midi.

— Quelle idiotie ! s'exclama son père, irrité. Les cuisinières ont déjà leurs habitudes, elles ne se fourniront pas chez toi !

— Peter... intervint Rose.

Mais il n'écouta pas sa mise en garde.

— Et comment sauras-tu quoi prendre, et en quelle quantité ? Tu ferais mieux de demeurer là où tu es. Tu as déjà bien de la chance.

— Tu viens de dire que j'aurais pu trouver mieux !

— Tiens-toi tranquille, tu as déjà fait assez de bêtises comme ça.

Joe jeta sa serviette sur la table.

— Je n'aurais pas dû venir ! s'écria-t-il en se levant pour partir. Désolé, maman. Merci pour le dîner.

— Rassieds-toi ! Tu restes ! Tu vas terminer le repas que j'ai préparé pour toi !

Rose se tourna vers son mari, furieuse, et celui-ci rentra la tête dans les épaules.

— Et toi, tu devrais soutenir ton fils, pour une fois, au lieu de critiquer toutes ses idées. Si tu l'avais plus encouragé, il ne serait peut-être jamais allé travailler à Covent Garden, et il n'aurait pas fini chez cet imbécile de Tommy Peterson avec sa saleté de fille !

Un lourd silence tomba. Tous reprirent sagement leur fourchette. Ellen servit de la viande. Cathy avala les choux de Bruxelles qu'elle avait pourtant en horreur, Joe versa du jus sur ses pommes de terre. Peter s'attaqua à sa tranche de gigot, puis bougonna qu'il connaissait peut-être une charrette à vendre. Il pourrait donner l'acompte, et Joe réglerait le crédit sur son salaire chaque semaine. Satisfaite, Rose lui tapota la main tout en lançant un regard aimant à son fils.

Le repas s'acheva en paix, puis Peter s'installa devant la cheminée pour somnoler avec sa pipe derrière son journal. Jimmy sortit rejoindre ses amis, Ellen et Cathy l'imitèrent après avoir aidé leur mère à faire la vaisselle. Lorsque la cuisine fut propre, Rose proposa à Joe de faire une petite promenade en sa compagnie avant de rentrer à Covent Garden.

Comme ils descendaient Montague Street, le regard de Joe fut irrésistiblement attiré par l'ancienne maison de Fiona. Sa mère s'en aperçut.

— Deux familles vivent là, maintenant, une en haut et l'autre en bas... Ce qu'ils me manquent ! J'aimais Kate comme une sœur.

Il hocha la tête, souffrant le martyre, et se tourna vers sa mère.

— Tu crois qu'elle me pardonnera un jour ? Je sais qu'elle ne pourra plus m'aimer, c'est trop demander ; mais je voudrais qu'au moins elle me pardonne.

— Je l'ignore, mon chéri... Le cœur, c'est solide. On tient le coup même quand le chagrin est insupportable. Oui, sans doute que ça peut arriver. Moi, par exemple, j'ai bien pardonné à ton père.

— Pardonné quoi ? D'être un vieil imbécile ?

Rose secoua la tête, l'air triste et lointain.

— Quand tu n'avais que six ans, Jimmy trois et qu'Ellen venait de naître, ton père nous a quittés. Il s'est mis en ménage avec une veuve qui travaillait au marché de Spitalfields. Ce n'était pas une beauté, mais ses enfants étaient grands et elle avait une pièce pour elle toute seule.

— Quoi ? Papa a fait ça ? s'exclama Joe, sidéré.

— Oui. C'était trop pour lui : trois enfants, dont un bébé. Nous n'avions pas un sou. Nous vivions chez mes parents et il travaillait pour son père. Une période très difficile.

— Mais toi, tu tenais le coup.

— Il le fallait bien, mes enfants avaient besoin de moi.

Joe ouvrait toujours des yeux ronds, ce qui fit rire sa mère.

— Les hommes sont plus faibles que les femmes, reprit-elle. Oh, vous faites les importants, mais les femmes sont beaucoup plus fortes, là où ça compte. Ici, ajouta-t-elle en se posant la main sur le cœur, tandis que la douleur reparaissait sur son visage. Le bébé pleurait sans arrêt, refusait de se nourrir, nous empêchait de dormir. Nous avions à peine de quoi manger. Voilà mon mari qui me lâche. Et, par-dessus tout ça, mon père me demande ce que j'ai fait à mon homme pour qu'il ne veuille plus de moi ! Dieu merci, il y avait ma mère. Sans elle, je n'aurais pas tenu le coup.

— Et ensuite ? Il est revenu ? Tu as bien voulu de lui ?

— Oui, il est revenu avant la fin du mois, la queue entre les jambes.

— Pourquoi l'as-tu repris ?

— C'était mon mari. Vous aviez besoin de votre père. Et puis je l'aimais, le bougre d'homme. J'ai mis du temps à lui pardonner, mais j'y suis arrivée. Il s'en voulait tellement. Il a fait beaucoup d'efforts. Au fond, je le comprenais un peu : vous étiez tellement remuants, tellement pleurnicheurs, que bien souvent j'ai eu envie de me sauver, moi aussi !

— Bon sang, mon père a fait ça et j'en savais rien !

— Ça explique un peu son caractère, tu vois. Il est devenu trop prudent, comme s'il avait peur de faire un pas de travers et de tout flanquer par terre. C'est peut-être pour ça qu'il est en colère contre toi : tu as agi comme lui. (Joe hocha la tête.) Alors, je ne sais pas si Fiona te pardonnera, mais en tout cas, elle t'aimait de tout son cœur. Tu ne dois pas finir tes jours sans essayer de la revoir au moins une fois pour lui demander pardon.

— Je voudrais bien, maman, mais je ne sais pas où elle est.

— Fiona est une débrouillarde, elle s'en tire sûrement très bien. Elle devait avoir de bonnes raisons pour s'en aller sans rien dire, mais c'est quand même bizarre.

Joe confia alors ses inquiétudes à sa mère. Jusque-là, il ne lui avait pas raconté sa rencontre avec Stan Christie, de peur de l'affoler.

— Je n'aime pas ça du tout ! s'écria-t-elle. Qu'est-ce que Sheehan peut bien vouloir à Fiona ?

— D'après Roddy, Sheehan prétend qu'elle a volé de l'argent et qu'il veut le récupérer.

— Impossible ! Fiona est incapable de voler. Et ça ne lui ressemble pas de partir sans avertir Roddy : il est comme un père pour elle. Il compte bien plus à ses yeux que son oncle d'Amérique, qui n'a même pas répondu à Kate quand elle lui a écrit pour lui demander de l'argent, après l'accident de Paddy.

Joe s'arrêta net, et saisit sa mère par les épaules.

— Son oncle...

— Oui, tu sais bien, celui qui vit à New York, le boutiquier. Je me souviens, Kate me disait que Charlie voulait aller travailler pour lui.

— Mais c'est là qu'elle est, maman ! J'en suis sûr ! C'était la seule solution pour elle, surtout avec Seamie... Tu connais son nom, son adresse ?

— Non. Il s'appelle Finnegan, évidemment, mais j'ignore son prénom. Roddy te le dira. Il a peut-être aussi son adresse.

— J'y vais ! Dès que j'aurai assez d'argent, j'irai à New York. Je suis certain qu'elle est là-bas. Mais je vais avoir besoin d'une bonne somme pour la traversée, et puis pour payer une chambre pendant que je la cherche. Il faut que je démarre mon entreprise de vente ambulante tout de suite. En travaillant à mon compte, je gagnerai plus vite.

— Viens, rentrons. Nous allons reparler de la charrette à ton père. J'ai un peu d'argent de côté pour mettre dans l'acompte.

Joe l'embrassa.

— Merci, maman. Allons d'abord chez Roddy pour voir s'il a l'adresse. Dans ce cas, je pourrais lui écrire.

— D'accord, dit Rose en se tournant dans la mauvaise direction.

— Non, par là ! cria-t-il en la tirant par le bras. Vite, maman, dépêchons-nous !

43

Fiona feuilleta le volume relié de cuir qu'elle venait de prendre dans la bibliothèque.

— Vous avez trouvé un livre qui vous plaît ? demanda Will.

— Un recueil de poèmes de Tennyson.

Il y jeta un coup d'œil.

— Ah oui, une première édition. Très rare. Imprimée à Venise, ajouta-t-il tout en essuyant la poussière de la bouteille de vin qu'il s'apprêtait à ouvrir. Vous aimez Tennyson ?

— J'y prendrais sans doute plus de plaisir si l'on ne m'avait pas obligée à l'apprendre par cœur à l'école.

Elle ferma les yeux, serra le livre sur sa poitrine, et récita *Au-delà de la barre* sans une hésitation.

— Bravo ! applaudit Will en posant la bouteille.

Il portait une chemise blanche, fermée aux poignets par des boutons de manchettes en or portant un monogramme, une veste en soie et un pantalon de laine légère.

Fiona rangea fièrement le livre dans les rayonnages qui tapissaient les quatre murs sur une hauteur d'environ six mètres. Un rail à mi-hauteur permettait à une échelle de coulisser afin d'accéder à la partie supérieure. Cette pièce était à elle seule deux fois plus grande que l'appartement de Michael, dans une demeure qui occupait tout un pâté de maisons, au coin de la Cinquième Avenue et de la Soixante-Deuxième rue. Elle y venait pour la première fois, après un dîner au *Delmonico* chaperonné par Nick, qui les avait laissés pour rendre visite à un ami peintre. Ils devaient se rejoindre au *Delmonico* avant minuit puis rentrer ensemble afin que Michael ne se doute de rien. Deux fois déjà, Fiona était parvenue à se retrouver seule avec Will, la première dans le parc, et la deuxième dans la voiture. Là, ils avaient pu parler plus intimement et échanger quelques baisers.

À leur arrivée chez lui, Will avait fait visiter à Fiona l'opulente résidence new-yorkaise, ce qui leur avait demandé une heure entière étant donné son immensité. Il avait guidé la jeune fille à travers une salle de réception, deux grands salons et un petit, trois boudoirs, une salle à manger, des couloirs sans fin, une salle de jeu, plusieurs bureaux, une galerie, un jardin d'hiver, des cuisines et des dépendances gigantesques, une salle de bal pouvant recevoir trois cents personnes, et diverses pièces qui ne semblaient avoir aucune destination particulière. Ils avaient terminé par l'énorme bibliothèque de Will, en laissant de côté une multitude de chambres à coucher, de salles de bains et tout l'étage des domestiques. C'était un palais, avec ses marbres, ses dorures, ses panneaux décorés, ses tapisseries, ses rideaux de soie, ses lustres en cristal, ses tableaux et ses sculptures. Dans la bibliothèque, plus sobre, Fiona se sentait davantage à l'aise : la pièce ne renfermait que les rayonnages de livres, avec deux bergères et un divan de cuir regroupés devant la cheminée. La soirée étant fraîche pour une journée d'été, le majordome avait allumé un feu, et la lueur des flammes, ajoutée à la lumière de plusieurs chandeliers, donnait un brillant éclairage.

— Combien y a-t-il de livres ?

— Environ cent mille, je pense.

— Incroyable, murmura-t-elle.

Il y eut un bruit de bouchon.

— Voilà ! Vous aimez le château-margaux ? C'est un 1869. Un vin plus âgé que vous.

— Je n'en ai jamais goûté. Vous savez, je n'avais jamais bu de vin avant notre premier dîner chez *Delmonico*. Nick ne me fait boire que du champagne.

— Ah ? Mais... que buviez-vous, à Londres ?

— Du thé.

— Certes, mais pour le déjeuner, pour le dîner ?

— Eh bien, du thé. Le plus souvent un Assam ordinaire, mais parfois, quand une caisse s'ouvrait en tombant dans les docks, mon père arrivait à récupérer derrière le dos du contremaître de délicieux Darjeeling, par exemple.

— Vraiment ?

— Mais oui, confirma-t-elle avec un sourire. Que croyez-vous que l'on puisse acheter avec un salaire de docker ?

— Combien gagnait votre père ?

— Vingt shillings par semaine. C'est-à-dire environ cinq dollars.

— En effet, commenta Will avec une grimace. Vous n'auriez pas pu vous offrir beaucoup de vin. Mais maintenant, vous en avez devant vous.

Il s'était installé sur le divan, Fiona vint l'y rejoindre. Elle se plaisait vraiment dans cette bibliothèque, et, près de lui, elle se sentait bien. Will la rassurait, la gâtait. Ce n'était peut-être pas un sentiment aussi passionné, aussi exaltant, aussi déchirant que l'amour, mais il était bien agréable tout de même. Avec le temps, l'amour viendrait. Il était encore trop tôt, ils se connaissaient à peine. D'abord, il fallait tomber amoureuse, et c'était à quoi elle s'employait.

— Tenez, goûtez-moi cela.

Il lui tendit un verre en cristal épais, lourd comme une brique, et elle prit une gorgée de vin. C'était un vrai velours. Elle en prit une autre ; une douce chaleur se répandit dans son corps. Will était si près d'elle qu'elle voyait des paillettes cuivrées dans ses beaux yeux bruns. Il avait un grain de beauté en haut de la lèvre, quelques fils d'argent dans les cheveux. Il embaumait le linge frais, le cuir et le propre. Un parfum beaucoup plus agréable que celui du vin. Le sang au visage, Fiona rencontra son regard, et sut qu'il allait l'embrasser, le souhaitant elle-même, pleine de désir. Il se pencha sur elle.

— Votre bouche a très bon goût aussi..

Il lui enleva le verre des mains et le posa sur la table, puis l'embrassa dans le cou et derrière l'oreille, la faisant frissonner. Il lui caressa les seins à travers sa robe, lui tirant un soupir. Cette fois encore, elle eut conscience d'avoir affaire à un homme expérimenté, et comprit, en sentant qu'il défaisait les boutons de ses vêtements dans son dos, pourquoi il l'avait emmenée chez lui au lieu de se contenter du parc.

— Will, non...

Mais il n'arrêta pas. La lumière des bougies vacillait, jetant des lueurs chaudes sur les livres, le vin dans les verres, le divan de cuir, et les seins de Fiona que Will avait dénudés. Il lui reprit les lèvres, glissa ensuite la main sous sa jupe. Il était si expert qu'elle en trembla de plaisir. Elle ne souhaitait plus qu'il arrête. Elle désirait sentir la chaleur de sa peau sur la sienne, son corps sur le sien.

— Fi, j'ai envie de toi... de te faire l'amour... dit-il avant de l'embrasser à nouveau.

Mais, à ces mots, elle se figea. Une seconde auparavant, elle était en feu, et maintenant, une glace épaisse l'emprisonnait. Elle s'arracha à lui.

— Non ! Je ne veux pas... Je ne peux pas.

Will se laissa retomber contre le dossier.

— Que se passe-t-il ?

— J'ai peur de... de tomber enceinte.

— Il y a des moyens de se protéger.

— Non, non, je ne peux pas... Je ne suis pas...

— Ce n'est pas grave, Fiona, affirma-t-il en lui prenant la main. Vous n'êtes pas prête. Vous n'avez pas besoin de vous expliquer davantage. Je comprends. J'ai voulu aller trop vite.

— Ce n'est pas vous, c'est moi qui...

— Chut ! (Il l'embrassa, puis remonta sa camisole.) Cachez-vous, c'est trop de tentation !

Elle rajusta ses vêtements, le visage en feu. Elle se reprochait d'avoir menti. Ce n'était pas la crainte de la grossesse qui l'arrêtait. Quand il avait prononcé ces paroles – *« J'ai envie de toi, de te faire l'amour »* –, elle avait cru entendre Joe à Covent Garden, où ils avaient fait l'amour dans son lit étroit, quand il lui avait déclaré qu'il l'aimait et l'aimerait toujours. Joe avait été tout pour elle. Elle le revoyait lui donner sa petite bague de saphir, puis la prendre dans ses bras. Elle se souvenait de ses mains, de cet instant où ils n'avaient plus fait qu'un : un seul corps, un seul cœur, une seule âme.

Quelle torture ! Elle voulait ne plus penser qu'à Will, en être amoureuse. Elle voulait avancer, laisser Joe loin derrière. Mais elle avait beau essayer, il revenait sans cesse. Au moindre accent familier ou regard bleu, à la démarche crâne de n'importe quel jeune homme.

— Fiona, pourquoi ces larmes ?

Elle se passa vivement la main sur les joues, gênée, ne s'étant pas aperçue qu'elle pleurait.

Il tira son mouchoir et lui essuya les yeux.

— Je vous ai effrayée. Je suis désolé. Je n'aurais pas dû. Quel maladroit ! Ne pleurez pas, chérie, cela me brise le cœur. (Il la serra contre lui et continua dans un murmure.) Plutôt mourir que d'abuser de vous. Je me suis laissé emporter par mes sentiments. Je suis un balourd pour les affaires de cœur. Je voulais vous dire... reprit-il après une légère pause.

Les mains de Fiona se crispèrent. Non, Will, songea-t-elle. Pas maintenant, arrêtez, par pitié !

— ... je veux vous le dire depuis longtemps, mais j'avais... j'avais peur, sans doute. Peur que mon sentiment ne soit pas réciproque. Je... je vous aime, Fiona.

Pourquoi parlait-il maintenant ? Elle aurait souhaité entendre cette déclaration par une belle soirée, pendant une promenade d'après dîner, alors qu'ils riaient ensemble et que le souvenir de Joe était à des lieues d'elle. Elle avait connu de tels moments, et en avait conçu un grand espoir.

Will l'embrassa tendrement sur la bouche. Il la regarda dans les yeux, attendant sa réponse. Il fallait lui expliquer que ce n'était pas possible : elle aimait un autre homme, elle avait essayé de se l'arracher du cœur mais n'y était pas arrivée, car elle aimerait encore cet homme à l'heure de sa mort, même si elle ne se le pardonnait pas...

Au lieu de quoi, elle mentit.

— Oh, Will... Moi aussi... moi aussi, je vous aime.

44

— Je n'aurais pas dû te laisser venir, Nick. Tu te fatigues, à marcher autant, s'inquiéta Fiona.

— Mais je vais très bien ! Tout le monde me traite comme si j'étais en sucre, et pourtant je suis déjà sorti, à des réceptions, au restaurant. Je ne suis pas un invalide.

— En tout cas, tu n'es pas de très bonne humeur.

— Pardon. Je suis simplement découragé par toutes les horreurs qu'on nous fait visiter.

À quelques mètres devant eux, l'agent immobilier s'arrêta au coin de Irving Place et de la Dix-Huitième Rue.

— Tout va bien, monsieur ? La propriété que vous allez voir maintenant vous plaira beaucoup. Un vrai bijou.

Nick bougonna, désespérant de trouver le lieu idéal pour sa galerie. Deux mois s'étaient écoulés depuis qu'il avait été chassé par sa logeuse, et il avait hâte de se remettre au travail.

— Toute cette marche m'a donné soif. Il n'y a pas un endroit où s'asseoir dans ce quartier ? s'enquit-il en prenant le bras de Fiona. On devrait ouvrir un salon de thé par ici. Tu as pensé à chercher dans le coin ?

— Non, mais je devrais. Je ne trouve rien nulle part. Je ne vois pas pourquoi j'aurais plus de chance que toi, d'ailleurs. Tout est minuscule ou hors de prix.

— Je n'obtiendrai jamais l'équivalent de ce que j'avais. Will n'a entendu parler de rien ?

— Je lui ai posé la question, mais il ne voit pas.

— Comment se porte notre séduisant M. McClane ?

— Très bien. Je... je suis amoureuse de lui, Nick.

Il lui lança un regard surpris.

— Si vite ? Tu es certaine ?

— Absolument !

Cela sonnait faux.

— Tu m'avais bien dit que je tomberais de nouveau amoureuse et que j'oublierais Joe. Je ne te croyais pas, mais c'est arrivé, tu vois.

Il eut un sourire hésitant.

— Bravo... C'est un homme très...

— Il est merveilleux ! Il est intelligent, bon, gentil, et il m'aime. Il me l'a déclaré.

Qui essaies-tu de convaincre, ma chère, se demanda Nick, toi ou moi ? Elle ne le regardait pas en face, et elle avait l'air tendue.

— Tu as été présentée à la famille ?

— Pas encore. Ils... ne sont pas emballés, pour l'instant. Le fils aîné de Will n'approuve pas. Une question de classe sociale, sans doute.

— Ah, tiens ! Et pour qui se prend-il, ce petit roquet ? Il aurait bien de la chance, si tu entrais dans sa famille... Ces mufles d'Américains et leur prétention ridicule ! Enrichis depuis deux générations grâce à l'exploitation forestière, et ils se prennent pour des aristocrates !

Cette réaction passionnée fit retrouver le sourire à Fiona.

— Et toi, tu es aristocrate ? plaisanta-t-elle. Marquis, ça t'irait bien.

— Sûrement...

Cette conversation rappelait trop de souvenirs à Nick. Voilà bien longtemps qu'on ne lui avait donné son titre, et il doutait de le réentendre jamais prononcer. Mais c'était bien ce qu'il souhaitait, car ses origines ne lui avaient apporté que du tourment ; il s'était débarrassé de ces oripeaux en quittant l'Angleterre et ne voulait plus en entendre parler.

— Tu as vu cette maison ?

— Où ? demanda-t-il, heureux de changer de sujet.

— La vieille maison, là, sous ton nez. Voilà deux fois que nous passons devant. Comment peut-on laisser une si jolie propriété à l'abandon ?

Elle lui lâcha le bras pour s'en approcher, plissant les yeux face au soleil. Nick suivit son regard sans grand intérêt : la seule beauté de cette ruine résidait dans un rosier rouge qui grimpait au-dessus de la porte.

— M. Soames ? appela l'agent immobilier.

— Viens, Fi, on nous attend. Allons visiter le énième local lugubre de la journée.

L'agent immobilier leur montra quatre autres endroits, mais aucun ne correspondait à ce que Nick recherchait ; puis il les laissa au coin d'Irving Place et de la Dix-Huitième Rue, leur promettant de les avertir si d'autres affaires entraient dans son agence.

Nick se tourna vers Fi pour lui proposer d'aller prendre un thé, mais ne la trouva pas à son côté. Elle était à quelques mètres, admirant encore la maison abandonnée. Tenant la grille de la rue à deux mains, elle observait d'un air rêveur les hautes fenêtres condamnées par des planches.

— Elle t'intéresse vraiment ? s'enquit Nick en la rejoignant.

— Elle devait être splendide.

— Viens, elle pourrait bien s'effondrer sur nous.

— Quelqu'un a dû l'aimer un jour. Le rosier ne s'est pas planté là tout seul. Je me demande pourquoi on l'a laissée se dégrader de cette façon. C'est un vrai crime !

Nick poussa un soupir d'impatience. Il avait envie de partir. Il était fatigué, il avait soif, et se sentait mal à l'aise, car il avait l'impression qu'on les épiait. Il regarda autour de lui en se disant qu'il délirait, mais il ne se trompait pas : un homme balayait le trottoir à deux maisons de là, tout en leur jetant des regards méfiants.

— Eh ! Restez pas là comme ça ! cria le bonhomme.

— Nous admirons cette maison, expliqua Fiona en s'avançant vers lui. Savez-vous pourquoi elle est fermée ?

— Je pense bien. C'est moi le gardien !

Fiona le rejoignit et se présenta ; Nick n'eut d'autre choix que de la suivre. Le gardien s'appelait Fred Wilcox, et surveillait la demeure pour sa vieille propriétaire, Esperanza Nicholson.

— Pourquoi l'a-t-elle abandonnée ?

— Vous êtes curieuse, vous !

— C'est triste de voir cette belle maison tomber en ruine.

— Oui, c'est vrai... Il y a cinquante ans, le père de Mlle Nicholson la lui a offerte en cadeau de mariage. Elle devait s'y installer avec son mari au retour de la lune de miel. Elle avait tout bien aménagé, rien que du beau. Et puis, la veille du mariage, son fiancé l'a plaquée. Ça lui a fichu un coup. Elle est restée chez son père sans plus jamais mettre les pieds dehors. Le vieux est mort depuis des années, mais elle est toujours là-bas. Elle laisse la baraque s'écrouler, et refuse de louer ou de vendre.

— On dirait qu'elle tient la maison pour responsable de ce qui est arrivé, remarqua Fiona. Dites, y a-t-il moyen de visiter ?

— Non, je peux pas vous laisser entrer. C'est dangereux.

Nick désespéra de boire sa tasse de thé : Fiona était si entêtée qu'il ne servirait à rien d'essayer de la faire partir avant qu'elle n'ait eu gain de cause. Aussi tira-t-il un dollar de sa poche, et le tendit à Wilcox pour hâter le dénouement. L'effet fut immédiat.

— Bon, d'accord. Tenez, déclara le gardien en donnant à Fiona une grosse clé noircie par les ans. Mais si vous vous cassez le cou, ne venez pas pleurer. Attention, le plancher est pourri.

— Entendu, dit Nick.

Il dut courir pour rattraper Fiona qui passait déjà le portail. Ils se frayèrent un chemin jusqu'à la porte à travers les herbes folles et les fleurs sauvages.

— Si j'aperçois le bout de la queue d'une souris, je m'en vais, avertit-il.

— Aide-moi plutôt à tourner la clé. La serrure est complètement rouillée.

Nick y mit toute sa force.

— C'est coincé... Non, voilà !

Fiona était tellement pressée qu'elle écarta son ami pour ouvrir. Des particules de bois vermoulu et de métal rouillé lui tombèrent sur la tête quand elle poussa la porte. Nick l'épousseta en riant. La porte intérieure s'était effondrée au milieu de l'entrée. Prudemment, ils l'enjambèrent.

— Magnifique ! ironisa Nick.

Le plâtre du plafond était presque entièrement détaché, le papier mural pendait en lambeaux, le lustre s'était écrasé par terre. De la moisissure noircissait les draps qui recouvraient les meubles.

— Allez, viens, on s'en va.

Mais Fiona n'avait aucune intention de lui obéir Elle gagna la pièce suivante en traversant un étroit couloir, suivie par Nick qui ne comprenait rien à cet engouement. Il passa le pied à travers une latte de parquet et poussa un juron.

— Nick ! appela-t-elle. C'est incroyable, non ?

— Le paradis des termites !

Tandis qu'il s'époussetait, Fiona admirait les miroirs à colonnettes tachetés de noir. Il allait protester que la poussière le faisait éternuer quand il aperçut le reflet de la jeune fille dans une glace et, en découvrant son expression, comprit soudain : elle s'identifiait à cette maison pleine de toiles d'araignées, car, comme elle, elle avait été abandonnée.

Elle se pencha pour examiner la cheminée sculptée, et poussa un cri de frayeur en voyant filer des animaux sous son nez. C'étaient des chats, qui s'enfuirent vers l'arrière et se faufilèrent à travers une fenêtre aux vitres brisées. Elle rit, se pressant une main sur le cœur, puis se dirigea dans cette direction.

— Le jardin doit être par là. Allons-y.

La porte de derrière refusa de s'ouvrir. La clé tournait dans la serrure, mais les gonds étaient rouillés. Alliant leurs forces, ils réussirent à tirer le battant d'une quarantaine de centimètres. Fiona se faufila dehors la première et s'exclama :

— Nick ! Dépêche-toi de venir voir ça !

Il sortit à son tour, se demandant ce qui arrivait. Puis il s'arrêta net. Le jardin, très grand, foisonnait de roses. Des roses thé y poussaient par milliers. Elles grimpaient sur les murs, envahissaient les allées, cachaient un banc de fer rouillé, s'emmêlaient les unes aux autres, au soleil. Le père de Nick en faisait pousser dans son domaine de l'Oxfordshire. Des demoiselles très aristocratiques que ces roses thé. Nick se rappelait avoir entendu le jardinier parler de leur origine : elles avaient été importées clandestinement de Chine plusieurs siècles auparavant par des Anglais épris de leur beauté et de leur délicieux parfum. Réputées de culture difficile, elles étaient rarement remontantes, et voilà qu'elles s'épanouissaient dans ce jardin en plein juillet !

— Respire cette odeur, Nick, cela sent vraiment le thé ! Et cette couleur rose ! Et ce jaune pâle...

Fiona courait de rosier en rosier, plongeant le visage dans les grappes de fleurs, telle une abeille ivre.

Nick cueillit une rose, ferma les yeux et l'approcha de son nez. Il se retrouva dans le jardin d'Oxford, par un beau jour d'été. Quand il rouvrit les paupières, Fiona venait à lui en courant. Elle lui glissa une fleur à l'oreille, et lui jeta les bras autour du cou.

— Eh bien, ma vieille, je ne savais pas que les roses te faisaient un tel effet !

— Si, toujours ! répliqua-t-elle en lui prenant les mains. Surtout dans une aussi belle vieille maison à Gramercy Park ! Nous avons trouvé, Nick ! C'est ici que nous allons nous installer : toi avec ta galerie.. et moi avec mon salon de thé !

45

— Cinq minutes, je ne demande que cinq minutes ! supplia Fiona. Je ne la dérangerai pas longtemps, je vous le promets.

— Mlle Nicholson ne reçoit pas.

— C'est seulement au sujet de sa propriété, à Gramercy Park...

— Dans ce cas, contactez son notaire, M. Raymond Guilfoyle, 48 Lexington Avenue.

Comme le majordome de Mlle Nicholson s'apprêtait à refermer la porte, Fiona avança le pied pour la bloquer.

— J'y suis déjà allée ! Il m'a dit qu'elle ne désirait pas louer.

— Donc, vous savez à quoi vous en tenir.

— Mais...

— Je vous demande, s'il vous plaît, de retirer votre pied, mademoiselle. Bonne journée.

Juste avant que la porte ne claque, elle entendit une voix haut perchée s'enquérir d'un ton irrité :

— Que se passe-t-il, Harris ?

— Rien, madame, un importun.

Elle se retrouva sur le perron de Mlle Nicholson, horriblement déçue. Il n'y avait plus aucun espoir. Wilcox, puis Guilfoyle, l'avaient bien prévenue, mais elle avait espéré qu'en présentant sa requête en personne elle arriverait à faire changer la propriétaire d'avis.

Le vent faillit faire envoler son chapeau. Elle le plaqua sur sa tête et renfonça son épingle. Quelle malchance ! Pourtant, cette maison, elle la voulait. Il la lui fallait ! Depuis le jour où elle l'avait vue – plus d'une semaine auparavant – elle ne pensait à rien d'autre. L'intérieur était en très mauvais état, mais elle serait magnifique une fois rénovée. D'après Wilcox, la plomberie avait été refaite quand le père de Mlle Nicholson avait acheté, et il ouvrait régulièrement les robinets pour s'assurer que le circuit fonctionnait. Il fallait rejointoyer les briques et vérifier la toiture ; les murs, les planchers, toute la menuiserie étaient à refaire, ainsi que la cuisine, mais la structure semblait saine. Même si Mlle Nicholson se moquait de voir sa maison tomber en ruine, le gardien avait essayé de l'entretenir un peu au fil des ans.

Fiona avait tiré des plans sur la comète avec Nick. Elle prendrait le rez-de-chaussée et le premier pour le salon de thé, lui les deux étages supérieurs – le deuxième pour sa galerie et le troisième pour y vivre. Ils partageraient le loyer, et demanderaient un prêt à la First Merchant Bank pour les réparations. Ils auraient préféré ne pas emprunter, mais ils n'avaient pas le choix, souffrant tous deux momentanément d'une grave pénurie d'argent liquide. Fiona avait beaucoup dépensé pour KaliThé. Ce dernier mois, elle avait embauché deux nouvelles vendeuses, et acheté une voiture de livraison avec équipage et cocher. Elle avait également placé une petite fortune dans le développement de ses nouveaux thés parfumés et dans la campagne publicitaire qui devait accompagner leur lancement. Après avoir testé des mélanges pendant plusieurs semaines avec Stuart, elle était parvenue à un thé suffisamment fort pour ne pas être étouffé par les senteurs ajoutées, mais pas trop, afin de ne pas les couvrir.

Elle continuait aussi à acheter des actions Burton. Les dockers londoniens s'étaient enfin mis en grève, après des mois de lutte pour obtenir de meilleurs salaires et la journée de huit heures. C'était le refus d'une prime qui avait déclenché le mouvement d'action. Le trafic fluvial avait été bloqué. Toutes les entreprises des docks en ressentaient le contrecoup, et l'action Burton s'était effondrée : elle ne représentait plus que la moitié de sa valeur de départ. Fiona employait tous ses bénéfices au rachat de ces titres à bas prix. Enfin, elle avait câblé la somme de cinq cents dollars au Syndicat des dockers. Michael s'en était vivement indigné, mais c'était à son père, à sa mère, à Charlie et à Eileen qu'elle pensait et, si elle l'avait pu, elle aurait envoyé un million de dollars.

De son côté, Nick attendait le premier versement de sa rente trimestrielle, provenant du portefeuille d'actions constitué pour lui par son père, à Londres. Ce dernier devait retarder l'échéance le plus possible, espérant que sa mort lui éviterait la dépense, pensait Nick. En quittant Londres, il avait eu deux mille livres, mais tout avait filé, avec les droits de douane à l'arrivée des toiles impressionnistes, la rénovation de la galerie louée à Mme Mackie, et les dizaines d'œuvres déjà achetées aux jeunes peintres qu'il avait rencontrés à

New York : Childe Hassam, William Merrit Chase et Frank Benson parmi d'autres. Il n'avait plus que trois cents dollars en poche.

Nick, Fiona l'avait vite découvert, était incapable de gérer ses finances : ils étaient à New York depuis près de cinq mois, et il n'avait toujours pas ouvert de compte en banque. Quand elle l'avait emmené vivre chez son oncle, elle s'était aperçue qu'il gardait son argent dans une paire de chaussures à tige, les billets dans la droite et les pièces dans la gauche. Il avait les banques en horreur et refusait d'y mettre les pieds. Elle lui avait aussitôt ouvert un compte à la First Merchant Bank. Sinon, comment aurait-il fait après avoir vendu un tableau ? Aurait-il fourré l'ordre de virement du client dans sa chaussure dans l'attente qu'il se transforme en or ?

Comme un enfant, il semblait croire ses ressources infinies, et ne savait pas se restreindre. Une semaine après son arrivée chez Michael, il avait donné à Ian une liste de courses à effectuer. N'arrivant pas à déchiffrer son écriture, ce dernier était allé à la boutique se faire aider de Fiona, qui avait réagi aussitôt. Elle était montée en trombe trouver Nick dans sa chambre, et lui avait rappelé qu'il ne lui restait presque rien et devait donc se limiter en attendant l'arrivée de sa rente. Il avait répliqué, l'air boudeur, qu'il ne pouvait se passer de livres reliés en cuir, ni de pyjamas en soie, de parfum, de bon papier ou de stylographe de chez Tiffany. Était-ce vraiment trop demander ? Elle aurait dû le comprendre, fanatique de bon thé comme elle l'était !

Nick n'envisageait pas une journée sans caviar de bélouga ou champagne. Effrayé par sa maladie, il consentait maintenant à suivre les instructions du Dr Eckhardt, mais l'avait fait céder sur l'interdiction de boire du champagne. Il n'était pas un barbare, disait-il, et s'il ne pouvait pas vivre en homme de bon goût il préférait mourir.

En haut du perron, Fiona essayait de se résigner : ils visiteraient d'autres maisons, voilà tout. Mais elle se rappelait la beauté des balcons de fer forgé, les hautes fenêtres élégantes, les miroirs dorés, et les roses... Ah, ces roses ! Elle voyait le jardin peuplé de femmes en robe blanche et capeline en train de prendre le thé. Dans cet endroit, le succès serait immédiat.

Avec un soupir, elle se résolut à s'éloigner avant que le majordome n'appelle la police pour la chasser – il en tirerait certainement une vive satisfaction. Elle était presque en bas des marches quand la porte se rouvrit.

— Je m'en vais ! lança-t-elle.

— Mlle Nicholson va vous recevoir...

— Ah ? Mais pour quelle raison ?

— Je ne commente pas les ordres de ma maîtresse sur le pas de la porte, répliqua-t-il d'un ton glacé.

— Pardon, dit-elle en s'empressant de remonter.

Elle se retrouva dans une entrée sombre, tapissée d'un lugubre velours lie-de-vin.

— Suivez-moi, déclara le majordome après avoir refermé la porte.

Il la conduisit dans un long couloir où étaient accrochés des portraits d'ancêtres, puis lui fit passer une porte massive qui menait dans un salon tout aussi sinistre que l'entrée.

— Mlle Finnegan, madame, annonça-t-il avant de s'éclipser.

Les rideaux étaient tirés. Fiona, venant du brillant soleil de juillet, mit un instant à s'accoutumer à l'obscurité. Enfin, elle distingua son hôtesse, qui était assise sur un canapé à dossier droit, vêtue d'une robe de soie très apprêtée qu'ornait un jabot de dentelle blanche. D'une main veinée et chargée de bagues, elle tenait le pommeau d'une canne en ébène ; de l'autre, elle caressait un épagneul couché sur ses genoux. Fiona, qui s'était attendue à rencontrer une gentille vieille dame un peu gâteuse, se trouva soumise à l'examen d'un regard gris acéré. Le visage ridé que surmontait un petit chignon blanc traduisait un fort caractère.

— Bonjour, madame Nicholson, dit craintivement Fiona. Je m'appelle Fiona...

— Je sais. Donc, vous vous intéressez à ma propriété ? lança son hôtesse tout en brandissant sa canne en direction d'une chaise pour lui indiquer de s'asseoir.

— Oui, répondit Fiona avant d'obéir. Je voudrais vous louer la maison pour ouvrir un salon de thé – je suis négociante en thé – et, dans les étages, un ami installerait une galerie d'art.

Fiona continua, expliquant en détail leur projet.

La vieille dame fronça les sourcils.

— C'est une ruine. Vous ne pouvez pas trouver mieux ailleurs ?

— Je cherche depuis longtemps, et rien ne m'a plu autant que cette demeure. C'est tellement dommage de la laisser se dégrader ! Bien sûr, elle est endommagée, mais la structure tient. Et les roses... Vous devriez voir cette merveille ! Il y en a des centaines et des centaines. Des ivoire, des roses, des jaunes. Ce serait vraiment un atout extraordinaire ! Nulle part ailleurs dans New York, il n'existe de salon avec des roses thé dans le jardin. Je suis absolument certaine que les clients apprécieraient.

Le visage de Mlle Nicholson s'adoucit.

— J'ai fait venir ces roses d'Angleterre, il y a cinquante ans. Je les ai plantées moi-même. Le jardinier de mon père voulait s'en charger, mais je ne l'ai pas laissé y toucher.

Fiona, reprenant espoir, songeait qu'elle progressait quand la vieille dame prit un air méfiant.

— Comment avez-vous vu les roses ?

Fiona baissa la tête.

— Il y avait une petite ouverture, et...

— Wilcox ! Cette « petite ouverture » doit lui avoir rapporté une fortune. Il ne s'écoule pas une semaine sans qu'un imbécile ne vienne m'offrir de me débarrasser de ma maison. En général pour une bouchée de pain. Combien avez-vous d'argent, mademoiselle ?

— Pas beaucoup, malheureusement. Je ne possède qu'un millier de dollars. Je viens de réinvestir une fortune dans mon commerce. J'essaie de créer une nouvelle sorte de thé, un thé parfumé qui est très coûteux à mettre au point... Mais, ajouta-t-elle très vite, les résultats sont excellents, et les bénéfices sur le mélange de base en plein essor. Je peux gagner beaucoup d'argent avec ce salon de thé. Je connais une excellente pâtissière, et je n'aurai qu'à embaucher du personnel pour le service – après les rénovations, bien sûr. Je m'engage à les financer moi-même, mais j'espérais que le loyer pourrait tenir compte de l'état actuel du bâtiment, et...

Tout en continuant ses explications, Fiona remarqua que Mlle Nicholson l'écoutait avec une grande attention. Si elle ne m'a pas encore jetée dehors, raisonna-t-elle, c'est que je suis en train de la convaincre ; peut-être va-t-elle accepter de me donner ma chance. Mais Mlle Nicholson l'interrompit soudain brutalement, lui affirmant qu'elle n'avait aucune intention de louer sa maison, puis elle la congédia.

Quelle déception ! Fiona se sentit manipulée. Pourquoi ranimer ses espoirs si c'était pour les anéantir aussitôt ? Elle se leva à contrecœur, sortit de son sac une carte de visite, et la plaça sur un guéridon de marbre situé près du canapé.

— Au cas où vous changeriez d'avis, voici où me joindre, déclara-t-elle en se contraignant à sourire. Merci de m'avoir accordé un peu de votre temps.

La vieille dame ne semblait pas l'avoir entendue. Elle contemplait fixement un tableau accroché au-dessus de la cheminée.

Fiona repartit vers la porte, mais, à mi-chemin, Mlle Nicholson la rappela.

— Pourquoi vous donnez-vous tant de mal pour monter ce commerce ? Ne voulez-vous pas vous marier, avoir des enfants ? Une femme aussi belle que vous ne doit pas manquer d'admirateurs. Vous n'avez pas d'homme dans votre vie, pas d'amoureux ?

— Si.

— Alors, pourquoi ne l'épousez-vous pas ?

Elle dardait sur Fiona son étonnant regard gris.

— Je ne peux pas, il est marié à une autre, répondit-elle très vite, honteuse d'avouer sa tragédie à cette vieille femme si peu aimable qu'elle ne connaissait pas. Je suis désolée de vous avoir dérangée, madame, et vous souhaite une bonne journée.

— Bonne journée, répondit la vieille dame avec un air pensif.

Quel toupet ! songea Fiona en se retrouvant dans la rue. Se mêler ainsi de mes affaires, et me demander pourquoi je n'épouse pas Will. Cela ne la regarde pas !

Puis elle se figea, réalisant avec consternation que ce n'était pas à Will qu'elle avait pensé en répondant à Mlle Nicholson, mais à Joe.

46

L'unique fenêtre du bureau de Kevin Burdick était noire de suie. Les murs, blancs à l'origine, avaient viré depuis longtemps au jaune. Par cette lourde journée d'été, la pièce sentait le renfermé, le graillon et la transpiration.

— Offrez-lui de l'argent, monsieur Burdick, dit William McClane Junior. Cinq mille... dix mille... ce qu'il faudra, pour qu'elle quitte mon père.

Burdick, détective privé de son état, secoua la tête.

— Mauvaise tactique. Et si elle ne mord pas à l'hameçon ? Si elle prend la mouche et court raconter l'affaire à votre père ? Il ne lui faudra pas longtemps pour remonter jusqu'à vous.

— Vous avez une autre suggestion ?

— Certainement. Le mieux serait de découvrir une méchante histoire sur cette fille, Mlle... (Il consulta ses notes.) Mlle Finnegan. Une petite odeur de soufre. Là, c'est vous qui allez trouver votre père et lui livrer l'information, prétextant que vous vous inquiétez à son sujet. C'est lui qui la quitte, il vous est reconnaissant de l'avoir mis au courant, et passez muscade.

Will Junior sourit. Il avait raison. C'était beaucoup moins dangereux.

Burdick croisa les mains derrière sa tête, exposant des auréoles de transpiration grandes comme des soucoupes.

— Il va me falloir du temps, bien sûr, et la moitié du paiement comptant.

— Aucun problème.

En tirant son portefeuille de sa poche de veste, Will Junior vit une mouche se poser sur un morceau de sandwich qui traînait sur un coin de la table. Il eut un haut-le-cœur.

— Le projet de métropolitain avance bien ? demanda Burdick.

— Le maire ne s'est toujours pas décidé. Notre dossier est de loin le meilleur, mais les responsables font rarement des choix intelligents. Pour l'instant, le résultat demeure incertain.

Il poussa l'argent sur le bureau, et Burdick compta la somme avant d'enfouir les billets dans sa poche.

— Vous pensez réellement que la liaison de votre père avec cette femme risque de peser sur la décision ?

— Bien sûr que non ! Je ne prétends cela que pour lui faire peur.

— Dans ce cas, pourquoi l'empêcher de s'amuser un peu ? Il va bien s'en lasser un jour. D'après ce que vous m'avez dit, elle n'est pas de son milieu. Il n'y a aucun risque qu'il l'épouse.

— Justement si : ce n'est pas du tout exclu, il a perdu la tête.

— Ah ! je vois... Alors, vous ne voulez pas de demi-frères et de demi-sœurs.

— Tout juste. Elle est jeune. Elle aura des enfants, et même sûrement plusieurs : c'est une Irlandaise... Elle lui survivra, laissera tout l'argent à ses rejetons, et je n'en verrai pas la couleur. Je ne peux pas laisser faire ça. Les membres du Congrès gagnent beaucoup moins bien leur vie que les industriels.

Will Junior avait déjà un train de vie important, avec la maison de Hyde Park, son appartement en ville, tous ses domestiques, un enfant de plus, le goût de sa femme pour la toilette, et le sien pour les jolies actrices. Et il commençait à peine sa carrière.

— J'ai besoin de l'argent de mon père pour arriver à la Maison-Blanche... Je n'ai aucune intention de me croiser les bras en attendant que cette petite aventurière me vole tout, acheva-t-il en se relevant.

— Elle n'ira pas loin.

— Dieu vous entende.

Burdick lâcha un rot retentissant.

— Ne vous faites pas de bile.

Fiona était si heureuse qu'elle en dansait presque en marchant.

— Vite ! Dépêche-toi ! suppliait-elle son oncle en lui tirant le bras. Nick, Alec, poussez-le pendant que je le remorque.

— Arrête ! Je marche aussi vite que je peux, gronda-t-il en s'arrachant à sa nièce.

— Je vais l'appeler le *Salon Rose thé*, comme les roses du jardin. Attends de les voir ! Tu vas adorer, seulement n'oublie pas : il faut faire preuve d'un peu d'imagination...

— Bon sang ! Ça fait mille fois que tu me le répètes !

Mais elle était incapable de se calmer. Deux jours plus tôt, Raymond Guilfoyle, le notaire d'Esperanza Nicholson, était passé à la boutique et avait annoncé la grande nouvelle. Le cœur de Fiona s'était mis à battre à tout rompre quand elle l'avait vu entrer ; elle avait cru que Mlle Nicholson avait changé d'avis et acceptait de lui louer la maison. Mais non. Il venait l'informer que sa cliente désirait vendre le bâtiment pour deux mille dollars, une infime partie de sa valeur réelle.

— J'ai été aussi surpris que vous, mademoiselle, et je vous avoue que j'ai essayé de lui faire entendre raison. La maison vaut dix fois ce prix, même dans son état actuel ; mais Mlle Nicholson n'écoute jamais personne.

Il lui avait laissé une promesse de vente, en lui conseillant de la montrer à un avocat avant de la signer.

Fiona avait couru à la First Merchant Bank pour demander un prêt couvrant l'achat et la rénovation. Mais Franklin Ellis avait refusé net. « Il est hautement inhabituel de prêter de pareilles sommes à une jeune femme célibataire », avait-il déclaré, ajoutant toutefois que si son oncle acceptait de cautionner l'emprunt avec sa boutique il étudierait peut-être la question.

Fiona avait failli exploser. Elle avait déjà prouvé ce qu'elle valait : elle avait sauvé la boutique de son oncle, qui était plus prospère que jamais, et était à la tête d'un commerce de thé florissant. Pourquoi exigeait-il cette garantie ? Un instant, elle avait été tentée de contacter Will, mais il était parti en voyage d'affaires, et puis elle ne voulait pas faire ce plaisir au banquier. La première intervention de Will l'avait contrarié, et maintenant, il cherchait à l'humilier. Eh bien, elle lui montrerait qu'elle savait se battre seule ! Michael accepterait de donner sa garantie dès qu'il verrait la maison.

Ils arrivèrent enfin devant le 32 Irving Place.

— Nous y voilà ! annonça Nick. La grande maison, de l'autre côté de la rue.

Michael ouvrit de grands yeux.

— Mais je n'y crois pas ! C'est pas ça, quand même ?

Tout à sa joie, Fiona ne remarqua pas son effarement.

— N'est-ce pas qu'elle est belle ? Entrons. Attention de ne pas vous prendre les pieds dans les gravats.

— Quel chantier ! grommela Michael en franchissant la porte. Je pensais que tu faisais une affaire en achetant une maison à Gramercy Park pour deux mille dollars, mais maintenant, je n'en suis plus si sûr.

Il fit le tour, inspectant les pièces qu'il traversait d'un air grave, tandis qu'Alec, n'étant venu que pour les roses, se rendait au jardin. Nick avait filé dans les étages pour prendre des mesures.

— Et à qui veux-tu servir le thé ici, jeune fille ? Aux fantômes ? Seuls des revenants peuvent apprécier la décoration.

— Si les murs étaient peints en crème, qu'il y avait des chaises confortables, des tables, de la porcelaine et de l'argenterie...

Michael n'avait pas l'air convaincu.

— Viens, ajouta-t-elle en le prenant par la main pour le conduire au jardin. Voilà... Imagine que tu arrives ici en juin, avec toutes les roses en fleur, et des tables nappées de dentelle, de jolies théières, des petits gâteaux, et de belles dames portant des chapeaux d'été...

Michael regarda les roses. Il leva le nez vers les vieux murs de brique, le cadran solaire rouillé, considéra les mauvaises herbes.

— Qui va nettoyer tout ça ?

— Alec, avec deux ou trois aides.

— Et les rénovations ? Il te faudra un peu plus de main-d'œuvre que cela.

— Je le sais bien ! Je connais déjà un menuisier, un plâtrier et un peintre. Ils emmèneront leurs ouvriers.

— Et tu comptes venir ici tous les jours pour superviser les travaux ? Pourquoi pas enfiler une cotte et prendre un marteau, pendant que tu y es.

— Mais bien sûr que je vais venir ! Je ne me mettrai pas de cotte, ça ne me va pas ; mais Frank Pryor, le menuisier, ferait un bon chef de chantier.

Pourquoi son oncle était-il toujours aussi rabat-joie ? Pourquoi fallait-il toujours se battre autant pour le faire bouger ?

— Et l'argent ? Les quatre mille dollars que tu veux emprunter sont censés couvrir le prix de l'achat et des rénovations, c'est bien ça ? Mais le reste ? L'argenterie, comme tu dis, et la porcelaine ? Les nappes, les plateaux, le salaire des serveuses, et Dieu sait quoi encore ?

— J'utiliserai mon argent. Et souviens-toi qu'il y a la boutique, et KaliThé. Cela nous rapporte un joli revenu. Et Nick participera aussi.

— Avec quoi ? Sa bonne mine ? Il n'a pas un sou, tu me l'as dit.

— La banque de son père doit lui envoyer l'argent de sa rente. Il paraît que son portefeuille représente plus de cent mille livres et qu'il en tirera au moins deux mille tous les trimestres. Son argent arrivera d'ici à une ou deux semaines, pas davantage. Il va me payer un loyer pour les deux étages du haut, et participer aux frais de rénovation. Et puis, je peux acheter d'occasion. D'après Nick, il existe des ventes pour la porcelaine et l'argenterie, et des boutiques d'occasion très peu chères. Il va m'y emmener.

— Tu perds ton temps et ton argent ! Un des industriels les plus riches de New York te fait la cour, et toi tu ne penses qu'à vendre du thé. Tu as perdu la tête ? McClane va t'épouser, et tu auras travaillé pour rien. Tu devrais t'arranger pour qu'il te passe vite la bague au doigt, au lieu de traîner dans cette ruine !

Les yeux de Fiona lancèrent des éclairs.

— Il ne m'a pas demandé de l'épouser ! En attendant, il me faut penser à mon petit frère : je dois l'élever, et je n'ai que moi sur qui compter.

— Dans ce cas, rénove et loue des appartements. Tu récolteras un bon revenu sans te fatiguer à faire un salon de thé.

— Mais tu ne comprends rien ! Le salon de thé me permettra de développer mes ventes de thé. Je te l'ai déjà expliqué !

Le ton monta. Michael hurla qu'il n'avait aucune intention de risquer sa boutique pour une aventure aussi folle. Fiona, les larmes aux yeux, répliqua qu'il n'aurait plus de boutique depuis longtemps, sans elle. Hors de lui, il rentra dans la maison, déclarant qu'elle ne pouvait retenir cet épisode contre lui toute sa vie. Mais elle ne le lâcha pas, argumentant pied à pied. Elle voulait acheter cette maison, il la lui fallait, elle la tenait presque, et il n'avait pas le droit de la lui ôter... Alec, qui avait assisté à la scène, les suivit jusqu'à la porte du jardin en tirant sur sa pipe, puis fit signe à Michael de le rejoindre.

— Ce n'est pas le moment ! grogna ce dernier.

— Si, justement.

Michael se laissa donc entraîner entre les rosiers, tandis que Fiona restait aux aguets, attendant le moment de repartir à l'attaque.

— Alors, quoi ? aboya Michael.

Le vieux jardinier retira sa pipe d'entre ses dents et désigna les buissons.

— C'est des roses thé, ce qu'on a là.

— Oui, je sais bien, répliqua Michael en y jetant à peine un regard.

— Elles sont belles et vigoureuses comme une fille de mon pays. C'est rare pour une rose thé d'être aussi robuste, si loin au nord. Ces roses-là, ça préfère la chaleur. Mais ici, il en sort de partout, elles se foutent des mauvaises herbes et de la merde de chat. Elles poussent jusqu'au ciel, comme des petites canailles, pour faire quelque chose de leur vie.

Alec relâcha la tige qu'il avait prise pour illustrer son discours et regarda Michael droit dans les yeux.

— C'est pas commun, les roses. Les gens croient que c'est délicat, fragile, mais y en a qui sont de drôles de petites dures à cuire !

On peut tout leur faire : les planter dans un mauvais terrain, sans engrais ni rien, elles poussent quand même. Les pucerons, la rouille, la sécheresse, rien les arrête. On les taille, mais elles repoussent, deux fois plus fortes. Il y a des roses qui savent se battre. Moi, je te le dis : des roses comme ça, ça mérite un coup de pouce.

Ayant fini son petit discours, Alec s'en fut de son pas traînant, et Michael demeura seul devant les roses, irrité par le vieil Écossais, mais ému malgré lui. Au bout d'une ou deux minutes, il retourna vers la maison. Fiona attendait toujours sur le pas de la porte, au comble de l'anxiété. Il la considéra, puis secoua la tête avec exaspération.

— C'est bon, t'as gagné. Allez, viens, on va à la banque.

47

— Mes pêches, mes pêches, mes belles pêches du Dorset, c'est pas de la camelote française, madame !

La voix claire de Joe éclatait dans Bruton Street, une rue du quartier élégant de Mayfair. Il était près de midi, et la température avoisinait les trente degrés, chaleur caniculaire pour Londres. Sa chemise collait à sa peau, et le mouchoir bleu noué à son cou était trempé de sueur. Il avait chargé sa charrette à Covent Garden et la poussait depuis l'aube. Il se sentait fourbu, mais, malgré la fatigue, il était heureux.

Il avait sept livres en poche, dont deux de bénéfices, et deux autres cachées dans le box de Baxter. Ed lui permettait encore de dormir dans son grenier à foin, à condition qu'il continuât de nourrir et de soigner son cheval. Joe lui en était reconnaissant, car cela lui évitait de dilapider ses gains. Il se refusait à dépenser un penny de plus que nécessaire, et mettait tout son argent de côté pour financer son voyage à New York. D'après ses calculs, il aurait besoin d'environ six livres pour son billet aller et retour, de six autres pour vivre en Amérique pendant son séjour, puis encore de six pour acheter deux passages simples pour l'Angleterre.

Dix-huit livres, ce n'était pas rien, mais il devrait se nourrir et se loger pendant qu'il chercherait Fiona, et il n'avait pas idée du temps qu'il mettrait pour la trouver puis, s'il y parvenait, si par miracle son pauvre cœur malmené ressentait encore un peu d'amour pour lui et s'il la convainquait de rentrer, il voulait pouvoir payer sa traversée et celle de Seamie.

— Joe !

Tournant la tête, il vit Emma Hurley, du numéro 20, une fille de cuisine de quatorze ans, venue du Devon pour travailler dans la capitale. Elle attendait près de l'entrée des domestiques dans sa robe grise, avec son bonnet et son tablier blancs. Joe lui sourit en poussant sa charrette vers elle. Il l'aimait bien. Elle avait le teint vif et s'amusait de tout. En deux semaines, elle lui avait raconté sa vie : le maître sénile, la maîtresse exigeante, les disputes sans fin entre la cuisinière et le majordome, et le valet de chambre beau à se pâmer. Emma était bavarde comme une pie : elle avait parlé de Joe à toutes ses connaissances, les domestiques et les bonnes d'enfant des maisons voisines, qui avaient passé le mot aux cuisinières. Grâce à elle, il avait maintenant des dizaines de clientes dans Bruton Street.

— La nouvelle vient de faire cramer le gratin de chou-fleur ! rapporta-t-elle en riant. Ça a bardé ! Donne-m'en deux, s'il te plaît. Avec un bouquet de persil, et des pêches. Cinq livres. Madame nous a avertis qu'elle désirait servir du sorbet à la pêche ce soir. Bien aimable de nous mettre au courant ! Heureusement que tu es là. La cuisinière a failli étrangler la nouvelle, mais je lui ai dit que tu allais passer : t'as sauvé la vie d'une malheureuse !

Joe servit Emma et, en lui rendant la monnaie, lui donna un sachet de fraises en prime.

— Tiens, pour toi, et pas un mot à la cuisinière ! ajouta-t-il avec un clin d'œil. Tu n'auras qu'à les partager avec ton beau valet.

— Oh, lui, je n'y pense plus ! Je l'ai vu faire des cochonneries avec la femme de chambre.

— Emma ! Qu'est-ce que tu fabriques ? Dépêche-toi ! cria une voix à l'intérieur.

— Faut que j'me sauve. Tiens, Elsie du 22 te fait signe. À demain. Et merci pour les fraises !

Joe repartit et s'arrêta encore sept fois dans Bruton Street avant de tourner dans une rue qui menait à Berkeley Square. Dans sa charrette rouge portant les mots *MONTAGUE : LA QUALITÉ À VOTRE PORTE*, la pile de fruits et de légumes avait beaucoup diminué. Il risquait même de manquer de marchandise avant la fin de son circuit. Les affaires étaient bonnes, aujourd'hui.

Après des débuts difficiles, son commerce commençait à être rentable. Il avait fallu un peu de temps aux cuisinières et aux filles de cuisine pour comprendre qu'il n'était pas livreur, mais bien marchand ambulant. Maintenant, ses clientes l'attendaient avec impatience. Même si ses prix étaient un peu supérieurs à ceux des boutiques du quartier, personne ne rechignait tant on appréciait la fraîcheur de ses produits.

Arrivé à Berkeley Square, il s'arrêta pour s'essuyer le front. La charrette en bois était grande et massive, d'un peu moins de deux mètres de long sur la moitié de large, pourvue de deux roues au milieu, de deux pieds à l'arrière et de deux bras. On soulevait pour pousser, et quand on posait, les pieds prenaient le relais. Les manœuvres n'étaient pas du tout faciles, surtout quand on transportait de hautes pyramides de fruits et de légumes. L'acquisition d'une carriole à cheval lui permettrait d'emporter davantage de denrées et d'aller plus vite. En revenant d'Amérique, il en achèterait une, et embaucherait son frère Jimmy pour pousser la charrette sur un autre circuit. Il ajouterait des carrioles et des circuits à mesure que les bénéfices s'accumuleraient, et, un jour, il ouvrirait une boutique de primeurs. La boutique dont il avait toujours rêvé. S'il avait beaucoup de chance, il la partagerait peut-être même avec l'élue de son cœur.

Quand il reprit sa route, la charrette lui sembla bien lourde, mais peu importait. L'espoir lui donnait des forces. Il aurait fait le tour de Mayfair, le tour de Londres, aurait traversé le pays tout entier jusqu'en Écosse, même, si cela avait pu lui rendre Fiona.

— Mes fraises, mes fraises, bien rouges, bien sucrées !

Il avait quatre livres d'économies, et d'ici quelques semaines, si la chance continuait de lui sourire, il en aurait dix-huit, assez pour aller à New York. Il retrouverait Fiona. Il saurait se montrer convaincant, lui ferait comprendre à quel point il regrettait. Il lui dirait qu'il désirait passer le reste de ses jours auprès d'elle, si elle voulait bien de lui. Il devait y arriver, c'était ce qu'il souhaitait le plus au monde, la seule chose qui comptait pour lui. Il lui avait suffi de l'oublier un instant pour la perdre. Peut-être aurait-il l'immense chance de la reconquérir. Il ne le méritait pas, mais il ferait tout pour y parvenir.

48

— Martin ! cria Will à son cocher en dévalant les marches de l'Hôtel de ville. À mon bureau, vite ! Vous aurez dix dollars si nous y arrivons avant que sonne l'heure !

Il sauta dans sa voiture et ferma la portière. Martin fit claquer son fouet : il avait dix minutes pour aller à trente rues de là. La voiture s'ébranla, et Will donna un grand coup de poing dans la banquette en poussant un cri de triomphe. C'était gagné ! Il avait remporté le marché du métropolitain !

Après plusieurs années de préparation et des mois de discussions, il avait enfin convaincu le maire que son projet était meilleur que celui d'August Belmont. Il sortait de la réunion, et avait en poche le contrat signé et cacheté. Le premier coup de pioche pourrait être donné avant trente jours.

Il avait hâte d'annoncer à ses fils qu'ils avaient le feu vert. Ils seraient si heureux. Et tout de suite après, il irait voir Fiona. Cela faisait deux semaines qu'il ne l'avait pas rencontrée. Le métropolitain l'avait occupé vingt-quatre heures sur vingt-quatre, et elle aussi était très prise par sa nouvelle propriété. Mais ce soir, même si elle protestait, il l'emmènerait dîner pour fêter la nouvelle en tête à tête. Il faudrait se débarrasser de leur chaperon, mais ce ne serait pas trop difficile s'il s'agissait de Nick et non de Mary. Il mourait d'impatience de croiser son beau regard bleu, et, plus tard, de la prendre dans ses bras, même si elle refusait de partager son lit.

Fermant les yeux, il se remémora l'unique soirée qu'ils avaient passée chez lui. Il y songeait à chaque instant. Son désir s'éveillait au souvenir de ses lèvres si douces, de sa peau, de son corps magnifique. Il la revoyait à moitié nue, les cheveux défaits, et la désirait comme il n'avait jamais désiré aucune femme. Mais il l'avait effrayée.

Quelle idée de vouloir lui faire l'amour avant de lui avouer ses sentiments ! Il avait oublié qu'elle ne ressemblait pas aux maîtresses qu'il avait eues, des femmes expérimentées, rompues à l'art des liaisons amoureuses. Fiona n'était qu'une jeune fille de dix-huit ans, innocente et peu sûre d'elle. Elle ne devait pas lui faire très confiance.

Mais le plus grand supplice était de savoir qu'il avait éveillé son désir avant de tout gâcher.

Il souhaitait l'épouser, mais combien de temps cela prendrait-il ? Il devait d'abord la présenter à sa famille, attendre que Will Junior se résignât à son union avec une femme de condition modeste. Ce garçon était d'une circonspection excessive, trop soucieux des scandales, trop inquiet pour le projet du métropolitain.

Mais justement : le contrat, ils le tenaient !

Will se redressa sur la banquette. Sa relation avec Fiona ne leur avait pas porté tort. Quand son fils aurait le papier entre les mains, il serait bien obligé de l'admettre, et d'accepter de rencontrer Fiona. Il lui avait fallu attendre quarante-cinq ans avant de rencontrer une femme qu'il aimait, songea Will. Combien de temps lui restait-il à passer sur cette terre ? Il avait satisfait aux exigences de sa famille, décroché pour ses fils un contrat prestigieux et lucratif ; maintenant, il avait le droit de vivre un peu !

Il frappa à la vitre qui le séparait du cocher.

— Oui, monsieur ? demanda Martin en la faisant coulisser.

— Avant d'aller au bureau, nous passons par Union Square ! Ne vous inquiétez pas, vous aurez vos dix dollars

— Quelle adresse, monsieur ?

— Tiffany. Vite, Martin !

— Tu sais que Peter Hylton nous a pratiquement mariés ?

Nick bavardait avec Fiona du haut d'une échelle, tandis qu'il essayait des mélanges de peinture sur un mur du salon de thé.

— Il a annoncé dans sa chronique que nous montions le salon et la galerie, continua-t-il. D'après lui, cette association en cacherait une autre. J'espère que Will est jaloux : nous pourrions nous battre en duel pour toi ! Des pistolets, à l'aube, ce serait drôle, non ?

— Cesse de dire des âneries !

Couverte de poussière, elle sortait d'une caisse un seau à champagne en argent massif. Ses manches ainsi que ses jupes étaient remontées, et elle avait ôté ses bottines et ses bas depuis longtemps. Le récipient était lourd, orné de motifs représentant des fleurs et des animaux, avec deux poignées en forme de tête de Bacchus

— Je croyais que nous avions décidé de ne pas le prendre ! s'exclama-t-elle en le posant par terre.

— Si, au contraire.

— Mais cela ne servira à rien pour le salon de thé !

— Imagine-le sur la desserte dorée que nous avons dénichée, bien nettoyé et rempli de fraises en été, ou de fruits confits et de grenades à Noël. Ce sera très beau. Et puis, contrairement à ce que croyait l'antiquaire, ce n'est pas un seau à champagne américain des années 1850, mais un objet anglais du début du siècle. Nous l'avons eu pour rien.

Elle poussa un soupir, et continua de vider la caisse envoyée dans l'après-midi par une boutique d'antiquités de l'East Side. Elle tomba aussi sur l'argenterie que Nick lui avait conseillé de prendre. Elle avait remarqué les couverts en fouinant avec lui dans l'arrivage tout récent d'une succession de Madison Avenue. Pendant que Nick empilait la vaisselle et le linge de table, elle avait hésité devant trois services en argent massif incomplets et une ménagère complète en plaqué. Cette dernière n'était pas aussi jolie que le massif, mais rien n'y manquait. « Ne sois pas aussi conformiste ! avait protesté Nick. Les services complets, ça ne plaît qu'aux maîtres d'hôtel et aux nouveaux riches. Saute sur le massif ! »

Au cours des deux semaines précédentes, Fiona et Nick avaient hanté les magasins d'antiquités et les brocantes. Ils avaient acheté de magnifiques meubles pour la galerie : deux bureaux en ébène avec les chaises de même style, et des divans recouverts de tissu damassé destinés à la clientèle. Pour le salon, ils avaient trouvé une desserte dorée Louis XV, des chaises tapissées et rebrodées, des tables du début du XVIIIe, des meubles de jardin en fer forgé, de la porcelaine de Limoges, du linge de table ajouré, et quatre paires de rideaux pratiquement neufs en magnifique soie moirée vert clair, le tout pour un prix dérisoire.

Au 32 Irving Place, les travaux allaient bon train, malgré quelques mauvaises surprises, comme un tuyau d'évacuation percé, une fuite dans le toit ou des solives vermoulues. L'argent emprunté par Fiona fondait vite, et elle avait du mal à obtenir des ouvriers qu'ils se coordonnent, obéissent à ses directives et recommencent le travail bâclé. L'obligation de faire la navette entre la Huitième Avenue et Irving Place la fatiguait beaucoup, aussi ; mais rien de tout cela ne l'empêchait d'être follement heureuse. Elle dormait à merveille et se réveillait la joie au cœur en pensant à l'élégance du futur *Salon Rose thé*. En arrivant au chantier, elle effectuait son tour d'inspection avec fierté. Ce salon de thé, c'était son bébé, et, contrairement à l'épicerie, il serait à elle, rien qu'à elle.

— Ton avis sur les couleurs, Fi ? demanda Nick depuis son perchoir.

Elle étudia les essais et choisit le plus clair, un beige chaud rehaussé d'une touche de rose.

— Moi aussi, c'est celle que je préfère, approuva-t-il.

En remarquant ses yeux cernés, elle réalisa qu'il était près de vingt et une heures. Ils travaillaient depuis plus de douze heures.

— Descends de cette échelle tout de suite, et va te coucher !

— Mais je n'ai pas fini !

— Tu reprendras demain matin. Tu es fatigué. Ne te surmène pas, Nick, je t'en supplie ! Souviens-toi de ce qui est arrivé.

— Je me sens très bien...

— Tu ne pourras pas ouvrir ta galerie depuis ton cercueil !

La réflexion fit mouche. Il quitta l'échelle, boucha les pots de peinture, et plaça ses pinceaux dans un bocal rempli de térébenthine.

— Et toi ? Tu as besoin de te reposer aussi.

— Je n'en ai plus pour longtemps. Je finis de vider les caisses, et je rentre.

Nick l'embrassa pour lui souhaiter bonne nuit, lui étalant de la peinture sur la joue au passage, puis il monta à son appartement. Fiona s'étira, et un mouvement dans le jardin attira son regard ; c'étaient les roses, bercées par la brise nocturne. Incapable de résister, elle sortit pour les admirer. Un lien d'une force étrange l'unissait à ces fleurs. Elle avait l'impression qu'elles tournaient dans sa direction leurs épais bouquets pour l'accueillir.

Le ciel était constellé d'étoiles. La chaleur avait un peu diminué, et l'herbe semblait fraîche sous ses pieds nus. Elle plongea le visage dans un buisson jaune pâle, offrant sa joue à la caresse des pétales. Alors lui parvint un pas sur les graviers du chemin, mais elle ne se redressa pas, imaginant que Nick revenait.

— Je t'ai dit d'aller te coucher ! Que fais-tu encore en bas ?

— Un peu frais, comme accueil...

Elle se tourna avec une exclamation de joie.

— Will !

— Nick m'a ouvert. J'avais sonné chez lui par erreur. Quelle allure ! poursuivit-il en riant. Vous êtes dans un état ! Et moi qui comptais vous emmener dîner pour fêter la nouvelle. Mais on ne vous laissera jamais entrer au *Delmonico* dans cette tenue. On ne vous accepterait même pas dans un bar malfamé du quartier de Bowery. Que vous est-il arrivé ?

— J'ai travaillé ici toute la journée. Il y a beaucoup de poussière, et Nick vient de me couvrir de peinture. Quelle nouvelle vouliez-vous fêter ?

— Le métropolitain ! Nous avons le contrat !

Fiona poussa un nouveau cri de joie, consciente du travail fourni et de l'importance que revêtait ce succès.

— Félicitations ! Je suis tellement contente pour vous !

Malgré les avertissements de Fiona qui avait peur de le salir, Will la souleva dans ses bras et la fit tourner en l'air. Quand il l'eut reposée à terre, elle lui prit la main pour le conduire au banc de fer forgé nouvellement installé.

— Racontez-moi tout !

Il énuméra les démarches des deux dernières semaines, la succession des réunions, des discussions. Il avait déployé des trésors de persuasion. Il lui dit sa joie d'avoir le contrat en poche, et décrivit celle de ses fils quand il leur avait annoncé la nouvelle. Son aîné avait tenu à ce qu'ils aillent tous prendre un verre à l'Union Club, et ils avaient pas mal bu. Il était d'ailleurs encore un peu ivre. Will Junior lui avait demandé pardon pour ses réticences, proposant de lui-même de rencontrer Fiona, et suggérant à son père de l'inviter dans la maison familiale pour la leur présenter.

La jeune fille fut heureusement surprise par ce revirement : Will avait été fort peiné par l'attitude de son fils, qui n'avait rien d'agréable pour elle non plus.

— Venez ce week-end. Emmenez Nick, Mary et un escadron de policiers pour vous chaperonner, si cela peut rassurer votre oncle.

— Je voudrais bien, mais les peintres doivent commencer samedi. Le week-end suivant, peut-être ?

— Non, ce week-end, j'insiste. (Il lui prit la main et en essuya la peinture avec son mouchoir.) Vous travaillez trop dur, Fiona, beaucoup trop dur. Je ne veux plus que vous vous fatiguiez autant. C'est fini, tout cela. Vous ne serez plus jamais obligée de travailler. Je vais m'occuper de vous, vous gâter, vous ôter tous vos tracas.

Fiona le contempla avec surprise.

— Je ne comprends pas...

Mais, au lieu de répondre, il la serra dans ses bras et l'embrassa à lui faire perdre haleine.

— Vous m'avez tellement manqué ! C'est la dernière fois que nous sommes séparés aussi longtemps.

— Promis, dit-elle en lui caressant la joue, songeant que, en effet, il avait un peu trop bu. Maintenant que vous avez votre contrat et que mon salon de thé est presque terminé, ce sera plus facile. Dès qu'il sera ouvert, je serai beaucoup moins prise, surtout en soirée, et...

— Je veux plus que vos soirées, Fiona : je veux vous réveiller avec mes baisers le matin, prendre tous mes repas en face de vous,

vous retrouver le soir avec votre joli sourire, et voir nos enfants accourir pour m'accueillir.

Plongeant la main dans sa poche, il en tira un écrin carré. La nuit avait beau être chaude, Fiona sentit un grand froid l'envahir. Will ouvrit le couvercle, et sortit un solitaire magnifique qu'il lui glissa au doigt.

— Fiona, acceptez-vous de m'épouser ?

— Bon sang de bon soir, regarde-moi ça ! Il est gros comme un œuf ! s'exclama Michael.

— Tu exagères, protesta Fiona.

Il saisit dans l'écrin l'énorme diamant taillé en émeraude pour le montrer à Mary.

— Que c'est beau, Fiona ! lança-t-elle. Pourquoi ne portes-tu pas cette bague ?

— Elle me gêne.

— Pourquoi ? s'indigna Michael. Elle est à toi, non ?

— Pas vraiment. Pas encore, en tout cas. Je... je n'ai pas encore dit oui.

Michael eut l'air stupéfait.

— Tu as refusé de l'épouser ?

— Non... Je lui ai seulement dit que j'avais besoin de réfléchir.

— Mais réfléchir à quoi, bon Dieu !

— Il faut que je sache si je veux devenir Mme William McClane et le rester jusqu'à la fin de mes jours ! Choisir un mari, c'est plus difficile que d'acheter un manteau. C'est un engagement. Je dois être sûre de moi.

— Tu es bien difficile ! Qui comptes-tu trouver de mieux ? L'empereur de Chine ? Il te traitera comme une princesse. Fini le thé et les côtes de porc. Tu vas péter dans la soie.

— Michael ! protesta Mary. Fiona a raison de réfléchir avant de s'engager. C'est important.

— Mais il est très bien, cet homme : il est fou d'elle !

Fiona poussa un soupir, regrettant que Michael et Mary n'aient pas été couchés à son retour. Elle les avait trouvés dans la salle de séjour, occupés à boire du sherry. L'heure tardive et son air perturbé leur avaient fait comprendre qu'il se passait quelque chose, et elle n'avait pas pu se retirer dans sa chambre pour réfléchir en paix.

— Prends cette bague avant qu'il ne soit trop tard, conseilla Michael en la lui rendant. Dès qu'il comprendra quel sale caractère tu as, il va changer d'avis.

— Trop aimable.

— Je me sens responsable. Il faudra que je fasse mon rapport à ton père en arrivant au paradis.

— Au paradis ! Qui te dit qu'on t'y laissera entrer ?

Michael dédaigna la pique.

— Il me demandera pourquoi je t'ai laissé fiche ta vie en l'air pour une saleté de salon de thé.

— Mais je ne fiche rien en l'air ! J'adore le *Salon Rose thé*, et KaliThé, et l'épicerie.

— Mais voyons, ce n'est pas un travail pour une femme, ça ! Tu seras plus heureuse chez toi à faire des enfants. Ça t'adoucira le caractère ! Si tu laisses filer McClane, tu ne t'en dégoteras pas un autre de sitôt.

— Je vais me coucher ! jeta Fiona, très fâchée.

Mary la rattrapa dans le couloir.

— Ne fais pas attention à lui, conseilla-t-elle gentiment. Il souhaite te voir heureuse et bien mariée, c'est normal. Agis selon ton cœur, c'est le principal.

Elle lui donna un baiser maternel et lui dit d'essayer de dormir. Fiona eut soudain une terrible nostalgie de sa mère. Elle, elle aurait su la réconforter, l'aider à se décider. Comment s'y était-elle prise pour toujours savoir ce qu'il fallait faire ?

Mary était au bout du couloir quand Fiona la rappela.

— Mary, lorsque ton mari t'a demandée en mariage, tu as senti quoi ?

— Que le soleil se levait, que les oiseaux chantaient, et que je ne pourrais pas vivre un seul jour sans lui. Tu connais ça ?

— Oui... Oui...

Fiona posa l'écrin sur la table de sa chambre, alluma la lampe, tira les rideaux. Elle avait envie de se coucher et de dormir. Elle ôta son chemisier, sa jupe, se lava le visage et les bras à sa toilette, puis ses yeux se posèrent de nouveau sur l'écrin. Elle l'ouvrit et mit la bague. La pierre étincelait comme une étoile sertie par un magicien ; elle était magnifique, sans un défaut – une merveille bien incongrue sur cette main égratignée, aux doigts rouges et gonflés. Elle l'enleva, la replaça dans l'écrin, et la rangea dans le tiroir avec soin.

En allant prendre sa chemise de nuit, elle s'aperçut dans le miroir, en camisole et en jupon. Libérant ses longs cheveux, elle les laissa tomber sur ses épaules. Will lui répétait qu'elle était belle, mais était-ce bien vrai ?

Elle s'examina, se demandant ce qu'il lui trouvait pour avoir autant envie de l'embrasser, de lui faire l'amour. Elle encercla sa taille avec ses mains, souleva ses seins, puis acheva de se déshabiller pour s'observer timidement. Sa peau était lisse et souple, touchée par la grâce de la jeunesse. Elle avait les muscles fermes et fuselés. Elle passa la main sur son ventre plat, essayant de l'imaginer rond. Will avait dit vouloir des enfants d'elle, très vite. Elle aurait dix-neuf ans au printemps prochain. Beaucoup de femmes, à son âge, étaient déjà mariées et mères de famille. Si elle l'épousait, elle deviendrait comme elles. Ce serait agréable d'avoir un mari, un bébé à chérir.

Fermant les yeux, elle tenta de s'imaginer au lit avec Will, de se représenter son visage, ses mains, ses lèvres, ses caresses. Mais les yeux bruns qu'elle s'efforçait d'évoquer prenaient la couleur du ciel ; les cheveux bien coupés se transformaient en tignasse blonde. Les lèvres qui murmuraient son nom n'étaient pas celles de Will. « Je t'aime, chuchotaient-elles, je t'aimerai toujours, Fi. » C'était pour lui que le soleil se levait, que les oiseaux chantaient dans sa tête. Lui sans qui elle ne pouvait pas vivre.

— Non, murmura-t-elle, non, laisse-moi, je t'en prie !

Elle n'avait pas pensé à Joe depuis des semaines. Elle essaya de repousser son image, mais elle l'avait réprimée trop longtemps. Un million de petits détails surgissaient malgré elle. Joe devant la Tamise, ébloui par le soleil ; son rire ; son odeur après une journée au marché, ou le dimanche après son bain ; les battements de son cœur sous ses doigts. La force de ces souvenirs la sidéra. Il était là, elle aurait pu le toucher. Mais quand elle rouvrirait les yeux, elle serait seule dans la pièce. Des larmes s'échappèrent d'entre ses cils noirs, et elle pleura sans bruit, désespérée.

Il fallait plutôt penser à Will, à ses qualités merveilleuses, se convaincre qu'elle l'aimait, lui, maintenant, et non plus Joe. Mais son cœur ne voulait rien entendre. Il avait choisi son camp depuis longtemps et avait été cruellement déçu. Désormais, il était froid et dur comme une pierre.

Se regardant de nouveau dans la glace, elle vit un visage mouillé de larmes, marqué par le chagrin et la colère. Son corps était encore tendre, mais il se dessécherait. Un jour, elle verrait une vieille femme se refléter dans le miroir, frêle et esseulée. Si elle ne bannissait pas Joe de son cœur, si elle n'acceptait pas l'amour de Will, elle finirait comme Mlle Nicholson ; elle aurait gâché sa vie à regretter un rêve impossible.

Vite, elle se rhabilla, sortit l'écrin du tiroir, et glissa la bague à son doigt. Elle écouta un instant à la porte de sa chambre. Pas un bruit dans la maison. Mary était remontée, Michael était parti se coucher. Elle prit son sac, puis se dépêcha de gagner la rue, déterminée à enterrer le passé et à se tourner vers l'avenir.

— Mais non, nous ne pourrons pas creuser le tunnel là, Hugh, je vous l'ai déjà dit !

Dans le petit salon attenant à sa chambre, Will, debout devant le grand téléphone noir, serrait l'écouteur comme s'il voulait l'étrangler.

— Quoi ?... Je n'entends rien... Une seconde.

Il tapa le cornet sur le bureau, et lorsque la communication redevint audible, reprit sa conversation avec le maire. N'avait-il rien de mieux à faire un samedi à minuit ? Lui-même était déjà en peignoir, sur le point de se coucher, avec un verre de vin et un livre, quand le téléphone avait sonné.

Cette discussion sur les contraintes techniques du forage l'assommait, alors qu'il n'aspirait qu'à s'allonger pour tenter d'oublier la réaction de Fiona. Quand, un peu plus tôt dans la soirée, il lui avait demandé de l'épouser, il avait espéré qu'elle se jetterait à son cou. Au lieu de cela, elle avait demandé à réfléchir. Certes, elle l'avait embrassé, lui avait déclaré qu'elle était très flattée, qu'elle l'aimait, et il la croyait ; cependant, quand il l'avait prise dans ses bras, il avait senti cette raideur, cette réserve qui prévenait toute intimité réelle.

— Mais bien sûr, cela va bloquer certaines rues ! On ne construit pas un rail souterrain sous une ville sans entraîner quelques désagréments...

L'apparition du majordome à la porte du salon le surprit.

— Monsieur, une visite, chuchota celui-ci.

— Qui ? articula Will, étonné qu'on le dérangeât à cette heure.

— Mlle Finnegan, monsieur.

Will leva un doigt pour indiquer à son domestique d'attendre. Le service plus qu'imparfait de la compagnie des téléphones Bell avait parfois certains avantages.

— Hugh ? cria-t-il dans le téléphone. Je ne vous entends plus du tout... La ligne est de nouveau très faible... Je ne vous entends plus...

Sur quoi, il raccrocha brutalement l'écouteur sur son support.

— Si cela sonne, ne répondez pas, ordonna-t-il en s'élançant dans le couloir.

Il descendit en hâte. Fiona se tenait dans le hall d'entrée. Elle avait les cheveux dénoués, en désordre, les joues rouges.

— Que se passe-t-il ? Vous êtes hors d'haleine !

— J'ai couru tout le chemin...

— Mais couru d'où ?

— De chez moi.

— De la Huitième Avenue ? Fiona, vous êtes folle ! Les rues ne sont pas sûres à cette heure, il aurait pu vous arriver malheur !

— Ne me grondez pas. Je n'ai pas trouvé de fiacre, et il fallait absolument que je vienne... Je...

Elle était si essoufflée qu'elle ne parvint pas à terminer sa phrase.

— Will...

Lui glissant les doigts dans les cheveux, elle l'attira à elle et l'embrassa.

— Je suis venue vous dire oui ! Oui, j'accepte de vous épouser !

— Fiona... mais... je suis enchanté... Êtes-vous bien certaine ? Je pensais que vous souhaitiez réfléchir.

— J'ai réfléchi. Je veux devenir votre femme, si vous le désirez encore.

— Bien entendu, plus que tout au monde.

Il la serra contre lui, touché qu'elle ait couru pour lui donner sa réponse. Tout au fond, il avait craint qu'elle ne veuille simplement gagner du temps pour trouver une façon de le refuser avec tact. Et maintenant elle était là, dans ses bras ; son rêve le plus cher se réalisait.

— Vous êtes à bout de souffle ! Asseyez-vous donc, proposa-t-il, honteux d'entendre sa voix trembler. Je vous offre un verre de vin ? Je viens d'en ouvrir une bouteille. Je vais la chercher dans ma chambre. Attendez-moi dans le bureau.

Ignorant cette suggestion, elle le suivit à l'étage.

— Vous préférez peut-être une boisson fraîche ? ajouta-t-il tandis qu'il entrait dans la chambre.

— Non, je voudrais surtout prendre un bain...

— Un bain ! s'exclama-t-il en se tournant vers elle. Mais je pensais vous offrir à boire et vous ramener chez vous, il est très tard !

— Je ne veux pas rentrer... Je veux passer la nuit ici... avec vous.

Elle avança vers lui et l'embrassa, d'un long baiser plein de tendresse. Ensuite elle déboutonna son chemisier et l'ôta, ainsi que sa jupe et ses bottines, puis lui fit face, presque nue. Sa camisole, humide de sueur, lui collait à la peau, dévoilant la forme de ses seins, ainsi que le cercle sombre de leurs aréoles. Il aurait voulu la porter sur le lit pour lui faire l'amour tout de suite, sans attendre. Sans même enlever son peignoir. Mais il se contrôla. Il prendrait son temps. Il aurait la force de se maîtriser, de ne pas brusquer les événements.

— Will, il faut vraiment que je prenne un bain, je viens de courir pendant des kilomètres ! Y a-t-il des baignoires, dans votre palace, ou faut-il sortir un tub et faire chauffer son eau soi-même ?

— Non, bien sûr, répondit-il en riant. Venez.

Il lui fit traverser la chambre, une pièce très masculine, et l'introduisit dans une immense salle de bains carrelée de marbre de

Carrare, avec un tapis d'Orient, deux lavabos, d'immenses miroirs dans des cadres, et une grande baignoire placée au centre de la pièce.

Il ouvrit les robinets, chercha les sels de bain dans les placards. Ne trouvant que des essences de citron et de bois d'Inde, il se rabattit sur du santal, faute de parfum plus fleuri. Il s'assura que le liquide moussait bien dans l'eau, prépara des serviettes, puis laissa Fiona seule.

Au bout de quelques minutes, il frappa à la porte.

— Tout va bien ? Vous n'avez besoin de rien ?

— Si, de compagnie.

— Je promets de ne pas regarder.

— Vous ne verriez rien, répliqua Fiona avec un rire. Il y a tellement de mousse que j'ai l'impression d'être assise dans une meringue.

— Pardon, dit-il en entrant. J'en ai trop mis. C'est mon valet de chambre qui prépare mes bains. Un peu de vin ?

Il tira une chaise près de la baignoire, s'assit et lui tendit un verre. Elle but une gorgée.

— J'ai l'impression d'être dans un château. Je me sens comme une princesse, protégée de tout.

— Je vous protégerai toujours, Fiona. Je ne laisserai rien vous atteindre, jamais, je le jure.

Il se pencha et l'embrassa sur la bouche. Elle eut un frisson. L'eau refroidissait.

— Vous feriez mieux de sortir, je vais vous donner une serviette.

Fiona se leva, de dos, et il vit surgir de l'eau le corps gracieux, remarquant la courbe de la taille, l'arrondi de la chute de reins, la peau rosie par la chaleur du bain.

Il contourna la baignoire pour lui tendre la serviette. La jeune fille avait les bras croisés sur la poitrine, ses longs cheveux plaqués sur les épaules. Il admira son ventre plat, ses hanches charmantes et ses cuisses d'ivoire.

— Que vous êtes belle ! Vous êtes adorable...

— Vraiment ?

Elle avait demandé cela d'une voix si timide, si fragile qu'il en fut tout attendri. Il plongea les yeux dans le regard innocent, tremblant d'incertitude.

— Oui, vraiment. Si vous ne sortez pas maintenant, je vous rejoins dans l'eau !

Elle rit et descendit de la baignoire. Il l'enveloppa dans un grand drap de bain et lui mit une serviette sur les cheveux. Quand elle fut sèche, il lui tendit un peignoir, mais elle le refusa. Se débarrassant de ses serviettes, elle lui jeta un coup d'œil, audacieux, cette fois. Elle tendit la main, tira sur la ceinture du peignoir de Will pour l'ouvrir, et le lui fit tomber des épaules. Ensuite, elle se pressa contre lui, passa les doigts dans la toison brune de son torse et y posa les lèvres.

— J'ai envie de vous, Will, murmura-t-elle. Faites-moi l'amour.

Alors, il la conduisit au grand lit à baldaquin tendu d'une épaisse soie bleu nuit, où elle se donna à lui. Will eut la joie extrême d'avoir été le premier à lui enseigner le plaisir. Quel délice inégalable ! Il lui ferait l'amour encore et encore, pour la rendre vraiment sienne.

49

— Vous connaissez Joe Bristow ? demanda Roddy à un marchand des quatre-saisons qui chargeait des pommes dans sa charrette.

— Jamais entendu parler, répondit l'homme en jetant un regard torve à son uniforme.

Roddy aborda un autre travailleur des halles occupé à ajuster les œillères de son âne.

— Qui c'est qui le demande ? Il a des ennuis ?

— Non, je suis un ami. Il faut que je lui parle.

— Essayez chez Fynmore. Là-bas, vous voyez ? C'est là qu'y se fournit.

Roddy remercia et se dépêcha de repartir, espérant qu'il ne serait pas trop tard pour trouver Joe. Il n'était que quatre heures trente, les becs de gaz étaient encore allumés, et il s'en fallait d'une heure que le soleil ne se lève. Mais aux halles, on commençait tôt. Travaillant toujours de nuit, Roddy avait quitté un peu en avance le poste de police pour prendre un omnibus et arriver avant l'aube à Covent Garden. Depuis que Joe et sa mère étaient venus le voir, il tournait une idée dans sa tête. Mais, ayant besoin du consentement de Grace, il avait retardé le moment de se décider. Si sa femme était gentille, sa grandeur d'âme avait des limites. Et puis la veille, sans crier gare, elle lui avait proposé d'elle-même le sacrifice qu'il n'osait pas suggérer. Il l'avait embrassée, et mille fois remerciée.

Il était convaincu que Joe avait raison de croire Fiona à New York, et s'en voulait terriblement de n'y avoir pas pensé lui-même. Joe et Rose avaient été très déçus d'apprendre qu'il ne connaissait pas l'adresse de Michael ; mais Fiona était partie avec toutes les affaires familiales, y compris les lettres reçues de son oncle. Il ne savait qu'une chose : Michael vivait à New York, et y tenait un commerce. À présent, son sixième sens lui soufflait que Joe devait partir au plus vite la retrouver.

— Joe ! cria-t-il en l'apercevant.

Celui-ci s'éloignait avec sa charrette en compagnie d'un jeune garçon.

— Joe Bristow !

Joe fit halte, reposant son chargement.

— Tiens, Roddy ! On t'a muté à Covent Garden ?

— Non, je viens te voir.

— Il y a eu un accident ? demanda Joe en blêmissant. Ce n'est pas ma mère ?

— Non, tout va bien, ne t'en fais pas. Mais, l'autre jour, elle m'a dit que tu t'étais mis à ton compte et que tu économisais pour aller chercher Fiona.

— Ouais.

— Combien te faut-il ?

— Dix-huit livres, je crois. Il y a le bateau, le logement...

— Et tu as combien ?

— Seulement six livres.

— Alors, tiens, déclara Roddy en sortant de sa poche de pantalon un rouleau de billets. Voilà nos économies, à moi et à Grace. Il y a quinze livres.

Joe regarda tout cet argent avec effarement.

— Je ne peux pas te prendre ça !

— C'est autant l'idée de Grace que la mienne. Nous voulons que tu retrouves Fiona. Alors, mon garçon, prends, et file acheter ton passage.

Joe hocha la tête et empocha les billets.

— Merci, Roddy. Je te rendrai jusqu'au dernier penny, je te le jure !

— J'y compte bien !

Joe saisit son frère par les épaules.

— Jimmy, je pars quelques semaines, tu me remplaces. C'est toi le patron, maintenant.

— Bon sang, tu pars à l'instant même ? s'exclama Roddy.

— Oui, de ce pas !

— Quoi ? Et tu me laisses comme ça ? Mais c'est que mon deuxième jour ! protesta Jimmy.

— T'es un malin, tu te débrouilleras très bien. Suis le circuit que je t'ai montré hier, et dis à m'man que je suis allé chercher Fiona. Je lui écrirai dès que je serai arrivé. Mouille ta chemise, Jimmy, fais pas l'imbécile !

— Hé ! cria Jimmy en le voyant filer au pas de course. Reviens, tête de pioche ! (Il mit les mains en porte-voix.) Mais où tu cours comme ça, bon sang ?

— En Amérique ! cria Jimmy sans s'arrêter. À New York !

50

— Asseyez-vous, monsieur McClane, déclara Kevin Burdick d'un ton qui se voulait bonhomme, calmez-vous.

— Comment voulez-vous que je me calme, bon Dieu de bois ! hurla Will Junior en arpentant la petite pièce étouffante. Il va l'épouser dans un mois !

— Dans un mois ?

— Exactement ! Il l'a demandée en mariage, et elle se promène avec un diamant de la taille d'une balle de golf au doigt. Une sacrée fortune ! Avec mon argent ! J'espère pour vous que vous avez déterré un passé honteux pour la salir !

Burdick se racla la gorge.

— Non, je n'ai rien sur elle.

Will s'arrêta net.

— Je vous demande pardon ?

— C'est que... J'ai bien essayé, mais elle est pure comme l'agneau qui vient de naître. Je n'ai jamais vu ça. Pas d'amant caché, pas de visites à des fumeries d'opium, ou de ventes d'orphelins au marché noir. Son plus grand vice, c'est d'aller jouer aux anneaux à Coney Island. Elle ne fait que travailler, dormir, et voir votre père.

Will Junior blêmit de rage.

— Vous essayez de me dire quoi ? Que je ne peux pas empêcher le mariage ? C'est pour ça que je vous paie ?

— Laissez-moi terminer, monsieur. Je crois avoir une idée. Je n'ai rien trouvé sur Mlle Finnegan, toutefois j'ai quelque chose sur Nicholas Soames. C'est un habitué des bars homosexuels. Il fréquente un établissement nommé le *Slide* dans Bleecker Street.

— Et alors ? Ce n'est pas lui que mon père épouse !

— Je le sais bien. Mais je pense pouvoir déclencher un scandale autour des préférences sexuelles de M. Soames. La manœuvre n'est pas directe, mais elle est susceptible de marcher.

— Je me contrefiche de ce qui arrive à cet individu !

— Il va falloir vous dessaler un peu avant d'aller à Washington, ou vous vous ferez bouffer tout cru. Je vais organiser une descente de police, et nous demanderons de l'aide à votre ami le juge.

— Eames...

— Lui-même. Asseyez-vous donc, et écoutez-moi. Voici mon plan...

51

— Voilà, Brendan, on y est ! s'exclama Joe, aveuglé par le soleil matinal de New York. (Il posa son sac de voyage à ses pieds.) Je croyais que tu ne passerais jamais quand le docteur t'a regardé dans l'oreille ! J'avais peur qu'il voie la lumière au travers !

— Ha ha ha ! Tu m'fais rire, t'as pas eu aussi peur que moi quand je l'ai vu te baisser le froc ! Où sont Bertie et Fred ? J'espère qu'ils sont passés aussi !

Joe et Brendan jetèrent des regards inquiets autour d'eux pour essayer de repérer dans la cohue leurs compagnons de cabine, Umberto et Federico Ferrara, qui avaient voyagé avec eux en troisième classe de Southampton à New York. Joe repéra les deux gaillards. Ils venaient vers eux en jouant des coudes pour traverser la foule des passagers au débarquement.

— Ah, les voilà ! s'exclama-t-il, soulagé qu'ils aient franchi le service de l'émigration de Castle Garden. Mais regarde-moi ce monde ! Les fiacres sont complètement bloqués. On ferait mieux d'y aller à pinces. Tu sais vers où il faut se diriger ?

— Vers le nord, et après vers l'est, je crois, répondit Brendan. On n'a qu'à demander.

Joe et Brendan avaient décidé de partager une chambre. Brendan était un grand Irlandais roux et direct de vingt et un ans qui avait quitté la ferme familiale du Connemara pour chercher fortune en Amérique. Il comptait faire le manœuvre à New York le temps d'accumuler assez d'argent pour continuer vers l'Ouest et devenir chercheur d'or en Californie. Il avait entendu dire qu'à Bowery on trouvait des garnis à bon marché. Joe avait sympathisé avec lui pendant les deux semaines de traversée, lui avait parlé de Fiona et de ses espoirs.

Umberto et Federico, qui venaient d'un village très pauvre de Sicile, avaient transité par Londres, chez des cousins, travaillant pour réunir l'argent de la traversée. Ils devaient retrouver leurs parents et d'autres membres de leur famille qui vivaient dans Mulberry Street. Joe regretterait de les quitter, car ils s'étaient beaucoup amusés tous les quatre, à jouer aux cartes en buvant de la bière et en dansant lors des bals improvisés à bord.

Saluant les deux Siciliens, Brendan et Joe hissèrent leur sac sur l'épaule, puis s'en furent à la recherche d'une chambre. Joe n'en revenait pas : la taille de la ville, l'agitation, tout le surprenait. Il était tellement ébahi qu'il en oublia de regarder devant lui et se heurta à un homme-sandwich.

— Pardon, je ne t'avais pas vu, camarade, déclara-t-il.

Le jeune garçon lui sourit. Sur les panneaux publicitaires qu'il portait, on lisait : *KaliThé, la générosi-thé d'un vrai thé !*

— Y a pas de mal. Tiens, un échantillon gratuit, dit ce dernier en lui tendant une petite boîte de thé.

Joe le remercia et se tourna vers Brendan pour lui montrer son cadeau, mais son ami ne s'était pas arrêté, tout occupé à faire de l'œil à une jolie blonde qui attendait le tramway.

— Un peu de tenue, protesta Joe, ou on aura des ennuis avant d'avoir eu le temps de faire deux pas !

— C'est le paradis, ici, vise un peu cette fille ! T'as vu comme c'est beau ? Un grand ciel tout bleu sans nuages, et il fait chaud en plus ! Et pas un champ de patates en vue. Ça me plaît, je te jure qu'on peut faire fortune, ici.

— Regarde-moi ces maisons. Tout est énorme ! Ça doit être facile de se perdre ! ajouta Joe, soudain pris d'inquiétude en passant devant une rue pleine de monde.

— T'as peur de pas retrouver ta Fiona ?

— Un peu.

— T'inquiète pas, tu y arriveras, j'en suis sûr. D'après ce que tu m'as raconté, ça devrait pas être trop dur. T'as à t'inquiéter que d'une chose...

— Quoi ?

— Si elle est aussi jolie que tu le dis, que je la repère pas avant toi !

Joe se mit à rire. La bonne humeur de son compagnon était contagieuse. Brendan avait raison : Fiona n'était plus loin. Il était arrivé dans la même ville qu'elle, et il ne lui restait plus qu'à trouver son adresse.

Nick ouvrit de grands yeux, et regarda Fiona comme si elle était devenue folle. Il avait mal entendu... Il n'arrivait pas à y croire.

— Nick ? Que se passe-t-il ? Je pensais que tu serais content. Tu auras beaucoup plus de place et...

— Tu me demandes ce qui se passe ! Mais bon Dieu, comment veux-tu que je réagisse quand tu m'annonces que tu me donnes la maison, et que tu n'ouvres plus le salon de thé !

— Ne te mets pas en colère, je t'en prie.

— Tu adores cet endroit. Tu t'es battue comme une tigresse pour l'avoir, tu t'uses à la tâche depuis des semaines pour l'aménager. Et maintenant que tu touches au but, tu veux tout abandonner... Je n'y comprends rien !

Fiona, toute pâle dans son fauteuil pourpre à haut dossier, triturait nerveusement le fermoir de son sac à main.

— Je suis tellement prise par les préparatifs du mariage... et puis il y aura la lune de miel... Je vais partir deux longs mois et...

— Mais qu'est-ce qui va te prendre tant de temps ? L'essayage de ta robe ? Ce n'est rien ! Je te connais, tu es capable de jongler avec mille activités à la fois. Quant à la lune de miel... ce n'est pas très compliqué de retarder l'ouverture du salon jusqu'à ton retour.

— Non, c'est impossible. (Elle baissa les yeux sur son sac.) Will désire des enfants. Il est pressé. Il veut avoir le temps de les voir grandir.

— Eh bien, c'est naturel d'avoir des enfants quand on se marie. Mais où est l'obstacle ?

— Il souhaite les élever à la campagne, à Hyde Park. Il me demande d'aller vivre là-bas. Il ne veut plus que je travaille. Il dit que les femmes de mon... de mon futur milieu ne travaillent pas. Cela ne se fait pas, et cela nuirait à sa réputation.

Nick hocha la tête. Bien sûr... Tout ce qui avait séduit Will chez Fiona quand il la courtisait, son ambition, sa passion du travail, le charmait beaucoup moins maintenant qu'elle allait devenir son épouse. Sa femme devait lui être entièrement dévouée ; ne servir que lui ; ne vivre que pour son foyer et ses enfants.

— Je m'en doutais, maugréa-t-il. J'espérais me tromper, mais j'ai su que cela arriverait à la seconde où tu m'as dit que vous étiez fiancés.

— Mais ce n'est qu'un salon de thé, Nick... et une petite boutique dans Chelsea. À côté de l'empire de Will, qu'est-ce que ça représente ?

— Tu t'entends ? Tu n'en crois pas un mot, et tu le sais très bien. Le *Salon Rose thé*, KaliThé, ce n'est pas rien. C'est beaucoup, au contraire. C'est toi. Ton œuvre !

— Il ne me demande pas d'arrêter pour me faire du mal. Au contraire, il cherche à m'éviter de la fatigue. Et à s'occuper de moi, me protéger.

— Mais, Fiona, c'était ton rêve de monter un commerce ! Tu voulais apprendre le métier, te lancer. Tu t'en souviens ? Et de nos innombrables discussions sur le bateau ? Comment peux-tu renoncer à tout cela ?

— Tu n'aimes pas Will.

— Ce n'est pas vrai ! Je le trouve sympathique. Il est charmant, mais, comme beaucoup d'hommes, il ne s'emploie qu'à étouffer chez toi les qualités qui le fascinent : ton esprit d'entreprise, ta vivacité. Il y parviendra. D'ailleurs, il a déjà accompli des prodiges. Je ne te reconnais plus, tu n'es plus ma Fiona. Comment peux-tu renoncer au fruit de ton travail, à tout ce qui te passionne, simplement parce qu'il te le demande ?

— Tu n'es pas gentil !

— Et toi, tu te voiles la face. Quand j'étais malade, tu m'as fait promettre de ne plus jamais te mentir. Et maintenant, c'est toi qui te mens.

— Mais pas du tout !

— Si ! cria-t-il tellement fort qu'il lui fit peur. Tu refuses de voir la vérité !

Hors de lui, il se posta à la fenêtre et regarda la rue à ses pieds. Lui aussi avait déjà agi par devoir dans sa vie. Il se souvenait de Paris, de son émerveillement, à l'époque, quand il découvrait le travail d'un peintre inconnu, de sa passion, de sa joie de vivre. Et puis il y avait eu son retour à Londres, et l'acharnement avec lequel il avait essayé de s'intéresser à la première tâche que lui avait confiée son père : l'entrée en Bourse d'une grande société. Il avait passé des semaines dans les bureaux de Mincing Lane à étudier des piles de livres de comptes, à vérifier des colonnes de chiffres interminables, à évaluer l'actif, le passif, les bénéfices, avec l'impression de suffoquer.

Fiona pensait-elle vraiment que le mariage, une belle maison, la sécurité suffiraient à la rendre heureuse, et compenseraient ses ambitions perdues ? Si c'était le cas, elle se trompait. Certaines femmes s'en satisferaient peut-être, mais pas elle. Il la connaissait. Elle avait besoin d'être profondément amoureuse. Et elle ne l'était pas, quoi qu'elle prétende. Il attendit de se calmer, puis tira un pouf jusqu'au fauteuil de la jeune fille et s'assit à côté d'elle, ses genoux touchant les siens.

— Tu veux que je te dise ce que je pense ?

Elle le regarda avec lassitude.

— De toute façon, tu vas me le dire, que je le veuille ou non.

— Tu n'es pas vraiment amoureuse de Will. Tu tentes de t'en convaincre parce que tu meurs de peur de ne plus jamais aimer quelqu'un comme tu as aimé Joe. Alors, tu jettes ton dévolu sur le premier homme qui tombe amoureux de toi. D'accord, tu l'aimes sans doute beaucoup... tu es humaine. Il est beau, séduisant... mais tu n'es pas amoureuse.

— Tu n'as décidément rien compris ! Tu ne sais pas ce qu'il éprouve pour moi, ni moi pour lui. Tu ne te rends pas compte de sa gentillesse, tu n'entends pas toutes les discussions intéressantes que nous avons. Il me fait rire, aussi. Tu ne nous vois pas ensemble. Nous sommes si bien ! Il me rend réellement heureuse.

— Ne confonds pas amour physique et amour tout court !

Fiona baissa le nez, le visage en feu. Il se savait grossier et cruel, mais ne parvenait pas à se taire, blessant volontairement son amie pour l'obliger à l'écouter.

— Je ne te parlais pas de cela... dit-elle après un long silence. Pas du tout.

— Alors, quoi ? C'est pour sa fortune ? Si c'est son argent que tu veux, moi, je peux t'en donner. Mon chèque est arrivé. J'ai près de trois mille livres. Je te les donne. Ne l'épouse pas.

Fiona se figea, et Nick comprit qu'il était allé trop loin

— Je ne veux pas de l'argent de Will, répliqua-t-elle d'une voix étouffée. C'est Will que je veux. J'ai besoin d'un homme qui m'aime et ne me rendra pas malheureuse.

Nick eut un sourire ironique.

— Bien sûr qu'il ne te brisera pas le cœur, celui-là. Comment ferait-il ? Tu ne le lui as pas donné.

Il attendit une réponse qui ne vint pas. Fiona soutint son regard quelques secondes, puis, des larmes de colère débordant des yeux, elle se leva et sortit en claquant la porte.

52

Dans un restaurant miteux de Bowery, Joe, menton dans la main et coude sur la table, contemplait la serveuse qui leur apportait les plats du jour. Elle posa devant eux, d'un geste brusque, les côtes de porc garnies de pommes de terre vapeur et de haricots verts.

— Ça fera vingt-cinq cents pour chacun.

Joe et Brendan payèrent. Elle mit l'argent dans la poche de son tablier taché sans un merci, remplit leurs verres de mauvaise bière, et repartit vers les cuisines en hurlant ses commandes à un garçon harassé. Elle était à l'image du New York que Joe avait découvert au cours de sa première semaine dans les rues populaires du Lower East Side – un quartier dur, où les gens s'épuisaient à joindre les deux bouts.

Brendan attaqua sa côte de porc tandis que Joe prenait sa fourchette sans entrain.

— Ben quoi, tu ne manges pas ?

— J'ai pas très faim.

— Mais tu vas la retrouver ! On n'est pas là depuis longtemps.

— Une semaine, quand même ! Un flic m'a conseillé d'aller taper aux portes au sud de Walker Street parce que c'est bourré d'Irlandais par là-bas. J'ai fait tout le quartier, mais peau de balle. Des dizaines de Finnegan, deux Michael, même, mais pas le bon. Un autre flic m'a dit de voir dans le West Side, dans un coin qui s'appelle Chelsea. Mais il a ajouté que c'était dangereux, et conseillé de faire attention après la Trentième Rue. Je m'inquiète pour elle. J'y peux rien. Et si ça n'avait pas marché avec son oncle ? Si elle était toute seule ? Elle ne saurait pas se débrouiller. Elle est jamais sortie de Whitechapel. C'est qu'une gamine, et elle doit s'occuper d'un petit garçon. Elle ne s'en sortirait pas. Et si elle n'était même pas à New York ?

— Tu te fais de la bile pour rien. C'est sûr qu'elle est chez son oncle, comme un coq en pâte. D'après ce que tu m'as dit, elle n'avait aucun autre endroit où aller. Ne laisse pas tomber. Dès que t'auras trouvé l'oncle, tu auras ta Fiona. T'as pas regardé dans l'espèce de registre des adresses dont t'a parlé le porteur sur le bateau ?

— Si, mais c'est pour les gens comme les docteurs ou les avocats. J'ai relevé tous les Finnegan. Même si ce n'est pas Michael, ils le connaîtront peut-être.

— Et la mission irlandaise ? Et les œuvres de charité ? Ma mère m'a dit d'aller voir les Fils de saint Patrick, si j'avais des ennuis.

— Un gars là où on loge m'a parlé de la Société gaélique. Ils rassemblent les noms et les adresses des Irlandais de New York pour aider les émigrés à retrouver leur famille. J'irai cet après-midi après avoir vérifié quelques noms dans l'East Side, vers la Vingtième Rue. Je veux finir par ici avant d'aller dans le West Side... Et toi ? Ta matinée s'est bien passée ? T'as trouvé un emploi ?

— P't-être bien. J'ai rencontré un gars dans un bar qui assure qu'un grand industriel du nom de McClane va construire un métropolitain. Ils embauchent deux cents hommes pour commencer, et encore deux cents dans un mois. Ils cherchent des mineurs qui savent mettre de la dynamite, étayer les tunnels, enfin, qui s'y connaissent. Moi, j'ai jamais fait ça, mais je suis un as de la pioche et de la pelle.

— Tu as des chances d'être pris ?

— Je pense. Le contremaître m'a à la bonne. Il m'a dit de revenir demain matin. J'espère que ça va marcher. Dans tous les autres chantiers, on me rit au nez en disant que les Irlandais ont un poil dans la main.

— M'sieur, vous avez besoin d'une course ? Je peux vous chercher des cigarettes, vous cirer vos chaussures...

Un gamin d'une dizaine d'années, pieds nus, la chemise en lambeaux et la salopette rapiécée, s'était arrêté à leur table.

Joe fourra la main dans sa poche pour en tirer une pièce et la lui tendit, espérant s'en débarrasser. Mais le gamin lui jeta un regard furibond.

— J'suis pas un mendiant ! Vous avez rien à me faire faire ?

Joe se creusa la tête en vain, mais Brendan eut une idée.

— Tu devrais lui faire chercher Fiona !

— C'est qu'un gosse ! Qu'est-ce que tu veux qu'il fasse ?

— Si, je sais chercher les gens, m'sieur ! Mon vieux se fait la malle avec l'argent du loyer toutes les semaines, et moi, je le rattrape toujours. Je l'ai même pisté jusqu'à l'autre côté du fleuve, à Weehawken, une fois. Moi, je vous la retrouve !

Joe le considéra. Le gamin était d'une maigreur effrayante et avait sans doute le ventre vide. Il se revoyait à son âge, pressé de travailler, de prouver sa valeur.

— Bon, d'accord...

Il fut interrompu par les cris de la serveuse.

— Sale petit rat d'égout ! Je t'avais averti de ne plus remettre les pieds ici ! (Elle l'attrapa par l'oreille.) Je vais te lancer le cuistot aux fesses ! Y va te fiche une dérouillée que tu m'en diras des nouvelles !

— Attendez, protesta Joe en retenant le garçon par le bras. On cause affaires.

— On reste que si on mange !

— On lui paie le repas.

La serveuse eut l'air furieux, mais dut bien relâcher l'enfant qui s'assit prestement.

— Un plat du jour ? grommela-t-elle.

— Surtout pas, intervint Brendan. On veut lui filer du travail, pas l'empoisonner. Apportez-lui un sandwich. T'as envie de quoi, mon gars ?

— Deux Coney Island, avec de la moutarde, des oignons et du chou. Et des haricots blancs.

— Dis donc ! Je voudrais pas dormir à côté de toi, commenta Brendan, amusé.

— Et pour boire ? demanda la serveuse.

— Une Shaefer avec un bon faux col.

— Te fiche pas de moi, mon bonhomme.

— Bon, ben, un diabolo.

En attendant la commande, Joe et Brendan apprirent qu'il s'appelait Eddie, qu'il vivait dans une pièce à Delancey Street avec sa mère, son père chômeur et ses quatre frères et sœurs. Joe lui expliqua qu'il cherchait un boutiquier du nom de Michael Finnegan, et surtout sa nièce Fiona. Il lui donna une pièce, et le gamin jura de la trouver. Dès qu'il eut terminé ses sandwichs, il demanda à Joe où il logeait, puis il partit à toute allure.

— On ne sait jamais, commenta Brendan en le suivant des yeux.

— De toute façon, il ne peut pas faire pire que moi.

Brendan s'appuya à son dossier et s'essuya la bouche en rotant.

— Bon, je les mets aussi. Faut que je m'achète des godasses de travail.

— Allons-y.

Ils se quittèrent dans la rue, Brendan se dirigeant vers le centre-ville tandis que Joe montait vers le nord. Tout en marchant, ce dernier sentit revenir sa bonne humeur. À mesure que les garnis du

Lower East Side laissaient place aux maisons plus huppées de Gramercy Park, il retrouva même un brin d'optimisme. Certains quartiers étaient très jolis, et celui-ci lui plaisait. New York n'était pas une ville tendre, mais c'était un endroit vivant, plein de promesses pour des garçons comme Brendan, Umberto ou Federico. Ici, on pouvait repartir de zéro, se tailler une place. Peut-être y trouverait-il lui aussi une seconde chance.

Alors qu'il remontait Irving Place, une altercation entre des ouvriers du bâtiment et leur chef de chantier attira son attention.

— Je t'ai dit de mettre cette enseigne-là, celle de la galerie d'art, à la place de celle qu'on a fixée hier !

— Je croyais qu'on les mettait toutes les deux, l'une au-dessus de l'autre.

Joe leva la tête et aperçut un joli écriteau accroché à la façade d'une maison en brique : *Salon Rose thé*, lut-il.

— La cliente est là-haut, gronda le chef de chantier, et elle redescendra bientôt ! Elle m'a dit d'enlever son enseigne tout de suite. Si elle voit ça, elle va gueuler, tu la connais, et si je me fais attraper, c'est toi qui vas prendre, mon gars. Arrange-moi ça immédiatement.

Joe eut envie de rire. La propriétaire de la maison devait être une vraie harpie, pour inspirer une telle frayeur à ses ouvriers. Il continua sa route, et remonta jusqu'à la Vingt-Troisième Rue, où il comptait trouver un passementier appelé Finnegan dont il avait entendu parler par sa logeuse. Peut-être serait-ce enfin le bon.

53

Fiona s'étudiait avec mauvaise humeur dans la glace du somptueux salon d'essayage.

— Je déteste les corsets ! Je n'en mettrai pas. Cela serre trop.

Eugénie, la meilleure couturière de New York, ne se laissa pas impressionner.

— Votre confort passe après la beauté de la robe.

Lèvres pincées, elle tourna autour de Fiona, évaluant l'effet du corset qu'on venait de lui lacer.

— Non, ça ne va pas ! Simone !

L'essayeuse, coussinet à épingles passé au poignet, se précipita.

— Oui, mademoiselle ?

— Serrez davantage.

Fiona sentit les doigts agiles défaire le nœud, tirer sur les lacets, et un genou se poser au milieu de son dos pour appuyer.

— Eh ! C'est trop ! Je ne pourrai ni m'asseoir, ni manger... ni même penser !

— Le jour de son mariage, on ne s'assoit pas, ou la robe risque de se froisser. On ne mange pas non plus, de peur de se tacher. Et on ne pense surtout pas ! Vous ne voudriez pas rider votre joli visage ! Sois belle et tais-toi, c'est ce qu'on dit ! Encore un peu, Simone...

Simone tira de toutes ses forces, tandis que la couturière introduisait la main dans le décolleté pour faire pigeonner les seins.

— Attachez !

Simone s'exécuta, et Fiona se retrouva avec une poitrine énorme et ronde.

— Vous avez vu ça ? Ils ont doublé de volume ! remarqua-t-elle en se tournant vers Mary et Maddie, qui assistaient à l'essayage, assises sur des chauffeuses derrière elle.

— Tu es magnifique ! s'exclama Maddie. Je t'envie !

La couturière et son assistante sortirent de la pièce pour aller chercher la robe. Fiona pivota vers le miroir. Elle étouffait ! Prise de rage, elle parvint à défaire le nœud, arracha le corset, et le jeta par terre en retenant ses larmes avec peine.

Mary se précipita pour la consoler.

— Que se passe-t-il ?

— Rien...

— Dans ce cas, pourquoi pleures-tu ?

— Nick avait promis qu'il viendrait à l'essayage ! Il a même marqué la date sur son agenda. Sans lui, je ne sais pas si c'est bien.

— S'il a dit qu'il venait, il va arriver, assura Mary. Il est en retard, c'est tout.

— Non, je sais qu'il ne viendra pas ! Je ne l'ai pas revu depuis notre dispute, et cela fait une semaine ! Il ne viendra pas non plus à mon mariage, j'en suis sûre !

Mary et Maddie échangèrent un regard inquiet. Fiona leur avait tout raconté ; elles avaient pris son parti, jugeant que Nick avait eu tort, et Fiona était encore très en colère contre lui. On ne traitait pas les gens de cette manière, on ne les remettait pas autant en question ! Et le pire, c'était qu'il avait raison... même si elle avait un mal fou à l'admettre. Elle n'avait aucune envie d'abandonner le *Salon Rose thé*, mais elle n'avait pas le choix.

Après la dispute, elle était allée trouver Will pour protester contre la nécessité de rester à l'écart pendant ses grossesses et d'élever les enfants à la campagne. Elle préférait continuer ce qu'elle avait entrepris, même une fois qu'elle attendrait un bébé. Il avait refusé tout net, lui répétant que les femmes de la bonne société ne se montraient pas dans cet état. Et comment pourrait-elle s'occuper de ses enfants si elle dirigeait une entreprise ? Elle s'épuiserait, et la fatigue provoquait des fausses couches. Il comprenait sa passion pour le travail, mais, justement, ce travail n'était plus nécessaire : il était riche et avait plus que le nécessaire pour satisfaire ses besoins. Il s'était montré si catégorique qu'elle n'avait pas osé insister.

Dans son enfance, les femmes ne s'enfermaient pas pendant la grossesse. Les gros ventres ne choquaient pas ; on trouvait même cela très beau. Cette preuve d'amour ne dérangeait personne. Il y avait des enfants partout à Montague Street – des bébés au sein, dans les bras de leurs sœurs, sur les genoux de leur père. Ils faisaient partie de la vie, et les femmes de Whitechapel ne cessaient pas de travailler parce qu'elles étaient enceintes. Elles faisaient le ménage, la cuisine, vendaient leurs marchandises au marché, lavaient le sol dans les pubs jusqu'aux premières douleurs. Et après la naissance, elles reprenaient tranquillement le travail.

Soudain, dans ce beau salon d'essayage, Fiona éprouva une vive jalousie envers Nick, Nate et Maddie, qui, eux, pouvaient continuer à réaliser leur rêve et monter leur entreprise.

Eugénie avait apporté du thé, du café et des petits gâteaux. Mary versa une tasse de thé à Fiona, et la lui tendit. Elle la laissa en boire quelques gorgées, puis lui essuya les joues comme elle l'aurait fait pour Nell ou Seamie.

— Nick viendra au mariage, affirma-t-elle en lui prenant les mains. Laisse-lui le temps de se calmer.

— Il ne m'aime plus...

— Ne dis pas de bêtises ! Bien sûr qu'il t'aime. Il t'adore. Tu ne penses pas que c'est un peu difficile pour lui ? Il est peut-être jaloux... Tu n'as pas pensé à cela ?

— Mary ! Tu sais bien qu'il n'est pas amoureux de moi.

— Mais il a peur de te perdre. Tu es sa meilleure amie.

— Sa seule famille, renchérit Maddie.

— Et maintenant, tu te maries et tu le quittes pour commencer une nouvelle vie. Il doit avoir peur de ne plus te voir. Cela expliquerait sa mauvaise humeur.

— Tu crois ?...

— Oui. Sois patiente, laisse-le s'habituer.

La couturière revint avec un écrin, suivie de Simone qui portait la robe de mariée. Elle s'arrêta net en voyant le corset sur le sol, puis regarda Fiona et constata qu'elle avait pleuré.

— Un peu de trac, chuchota Mary.

La couturière prit un air entendu.

— Allons, ma chère petite, regardez ce que votre futur époux vous envoie.

Elle ouvrit l'écrin et en sortit un magnifique collier de perles, avec un médaillon en son centre. Fiona écarquilla les yeux, Mary et Maddie s'exclamèrent.

— Cela vient de Paris, de chez Cartier, expliqua la couturière. C'est ravissant, non ? Voulez-vous le passer avec la robe ?

Elle le mit au cou de Fiona et vissa le fermoir.

— Un homme qui vous fait un tel cadeau... eh bien... eh bien... il n'y a pas de quoi pleurer !

Fiona se contempla dans le miroir. Elle était touchée, heureuse. Elle n'avait jamais imaginé posséder un aussi beau bijou. Will était tellement généreux, bon, prévenant... Elle se souvenait d'avoir admiré le collier de perles d'Emily à Hyde Park, quelques semaines auparavant, le jour où elle avait été présentée à la famille. Il avait dû l'entendre... Il était si gentil, et Emily avait été charmante ainsi que toute la famille. Même Will Junior s'était donné du mal pour être aimable. Eugénie avait raison : quelle femme pleurerait à l'idée d'épouser Will ? Son amour comptait tellement plus qu'un petit salon de thé. Il m'aime, et moi aussi je l'aime, songea-t-elle. Bien sûr que je l'aime. Quoi qu'en pense Nick.

Elle se tourna vers la couturière qui lui présentait le redoutable corset et, redevenue obéissante, tendit les bras. Une fois qu'il fut resserré, Simone décrocha avec moult précautions la robe de son cintre et l'aida à la passer. C'était le dernier essayage, prévu pour les ultimes finitions. La couturière attacha la longue rangée de boutons dans le dos, tira sur le tissu ici et là, et recula avec un air satisfait.

— Parfait ! Plus la demoiselle est belle, plus la robe doit être simple ! Les chichis ne servent qu'à détourner l'attention des défauts.

Fiona s'admira. Depuis qu'elle avait rencontré Will, elle s'était acheté quelques jolies tenues ; mais à côté de celle-ci, ce n'étaient que des chiffons. Sa robe de mariée, d'un bel ivoire, était composée de dentelle belge cousue à points très fins sur un fourreau de soie, et rehaussée de perles minuscules. La couturière lui avait déconseillé les manches gigot, les cols montants, les froufrous à la mode, et lui avait fait adopter la ligne simple qui commençait à avoir du succès. La robe avait un décolleté carré qui mettait son cou gracieux en valeur, de simples manches trois quarts, une large ceinture de satin ivoire fermée par des roses en soie, et une traîne élégante qui tombait de la taille au plancher. Son voile de tulle descendrait jusqu'au bas de la robe. Avec cette toilette magnifique, son collier et ses cheveux relevés, elle ne se reconnaissait plus. Ce n'était plus une jeune fille qu'elle voyait dans la glace, mais une femme. Cette fois, elle quittait vraiment l'enfance.

— Eh bien, ma vieille, tu es magnifique. Un peu plus et je ne te reconnaissais pas !

Elle se tourna vers la porte.

— Nick ! s'écria-t-elle avec un grand sourire.

C'était son premier véritable élan de joie depuis une semaine. Il était appuyé à la porte, le chapeau dans les mains, l'air mélancolique. Elle souleva ses jupes et courut à lui.

— Je... j'avais peur que tu ne viennes pas.

— Ne sois pas bête ! Bien sûr que j'allais venir !

Ils restèrent ainsi quelques secondes. Fiona tournant sa bague nerveusement sur son doigt, Nick inspectant le bord de son chapeau.

— Je ne voulais pas... commença-t-il.

— Ce n'est pas grave ! coupa-t-elle.

Il la regarda droit dans les yeux.

— Tu me pardonnes ?

— Bien sûr ! s'écria-t-elle en se jetant à son cou.

Ils s'étreignirent un long moment avant de se résoudre à se lâcher.

La couturière fit les gros yeux à Mary et à Maddie.

— Si c'est le promis, il ne devrait pas voir la robe avant le mariage !

— Non, c'est un amoureux éconduit, lâcha Maddie.

— Je t'ai entendue, ce n'est pas drôle du tout ! protesta Nick.

— Quel dommage ! commenta Eugénie. Un si beau garçon... Les photos de mariage auraient été très réussies. Et les enfants aussi.

54

Réveillé en sursaut, Joe aperçut un visage criblé de taches de son au-dessus de lui.

— Je l'ai trouvée ! Je vous l'avais bien dit ! lui cria Eddie dans les oreilles.

— Étrangle-le ! gémit Brendan depuis son lit.

Il était six heures du soir et, épuisé d'avoir cassé des cailloux toute la journée, ce dernier s'était endormi comme une masse au retour. Joe n'était guère dans une forme plus reluisante, ayant parcouru des kilomètres depuis le matin. Il s'appuya sur un coude pour écouter ce qu'Eddie avait à raconter.

— Y a un Finnegan au 54 Duane Street. Y vend de la farine. J'ai demandé dans les docks, et c'est un débardeur qui m'a tuyauté. Un Irlandais qu'est venu d'Angleterre, comme vous avez dit. Il a une nièce, et y paraît que ça pourrait bien être Fiona qu'elle s'appelle.

Joe se redressa d'un bond.

— Redis-moi l'adresse !

— 54 Duane Street. Ça donne dans Broadway.

— Bien joué, le félicita Joe en attrapant ses chaussures sous le lit.

— Tu crois que c'est elle ? demanda Brendan.

— Sûrement !

— Tu y vas tout de suite ?

— Je te crois !

— Bonne chance, camarade.

— J'en ai un autre, déclara Eddie tandis que Joe attachait ses lacets. C'est à Chelsea. Là, c'est un Michael Finnegan qui appartient à l'Union émeraude. Il avait une épicerie, dans le temps, mais sa boutique a été saisie. Je pourrais aller y faire un tour, pour voir.

— Non, je parie que celui de Duane Street est le bon.

Mais, voyant la déception se peindre sur le visage d'Eddie, il lui lança une pièce et lui recommanda de finir son enquête. Le gamin partit en trombe en claquant la porte derrière lui, se faisant maudire par Brendan.

Joe le suivit de près, brûlant d'impatience, persuadé que ce Finnegan était l'homme qu'il cherchait. D'ici à une demi-heure, il reverrait sa Fiona.

Il tremblait en remontant Canal Street à contre-courant de la marée humaine des travailleurs qui rentraient chez eux. Il avait peur, très peur. Comment réagirait-elle à sa vue ? Elle serait surprise, oui, mais si elle le chassait ? Il lui avait fait beaucoup de mal. Méritait-il son pardon ? Ou même, seulement, qu'elle accepte de le recevoir ?...

S'il la trouvait, si elle lui permettait de s'expliquer, il arriverait à la convaincre. C'était sa dernière chance, il ne la laisserait pas filer. Il s'était assez battu pour gagner ce droit. Si elle refusait de le voir, il reviendrait. Si elle lui ordonnait de rentrer à Londres, il resterait. Il écrirait à Jimmy de reprendre la charrette à son compte, et lui, il trouverait un emploi. Il ne renoncerait pas tant qu'il ne l'aurait pas convaincue qu'il regrettait, qu'il l'aimait et qu'elle devait le reprendre.

Arrivé en haut de Duane Street, il s'arrêta, poings serrés, et chercha le numéro 54.

Fiona relut le gros titre du *London Times*, serra le journal contre son cœur, puis parcourut l'article une énième fois. LES DOCKERS REMPORTENT LA VICTOIRE. LES PATRONS CONTRAINTS DE CÉDER.

Des larmes de bonheur coulèrent sur ses joues et tombèrent sur la feuille sans qu'elle fît rien pour les arrêter. C'était le soir, tard, et il n'y avait personne pour la voir. Elle était seule dans la salle de séjour de son oncle, se réjouissant de l'incroyable nouvelle.

La grève des dockers avait bloqué l'arrivée du journal pendant des semaines ; elle n'avait donc pas pu se tenir au courant de l'évolution du mouvement social. Dans l'après-midi, elle avait demandé à Michael, qui allait à la banque, de voir s'il y avait un arrivage du *London Times* chez le marchand de journaux. Il en avait rapporté un exemplaire, mais, trop occupée à la boutique pour le lire, elle lui avait demandé de le lui monter. Elle n'avait pas eu le temps de l'ouvrir avant cet instant, et elle n'arrivait toujours pas à y croire. Pourtant, il y avait le détail des négociations, les déclarations des leaders, Ben Tillet et John Burns – dont la voiture avait été dételée et tirée à travers toute la ville par des grévistes en liesse –, la description de

Commercial Road envahie de femmes acclamant leur mari et leurs fils.

Les dockers avaient gagné !

L'impossible s'était réalisé : les ouvriers de la Tamise s'étaient unis, avaient tenu bon en dépit de la faim, et triomphé des exploiteurs. Malgré la pauvreté, l'analphabétisme, l'inexpérience politique, ils s'étaient rassemblés, et ils avaient remporté la victoire !

Le cœur de Fiona débordait d'amour pour son père. Il avait participé aux débuts du mouvement, et cette victoire était la sienne. Cela aurait tant compté pour lui !

— Ah ! murmura-t-elle, si tu avais pu être là, papa !

Elle s'essuya les yeux. C'étaient des larmes de joie, mais de peine aussi. Elle ressentait toujours une telle fureur en pensant à ce qui était arrivé à son père...

Mais maintenant, près de un an après sa mort, ses sentiments avaient en partie évolué. Elle était toujours aussi fière de lui, aussi peinée par sa disparition, et sa haine de William Burton demeurait totale ; mais la peur s'était atténuée, ainsi que son désespoir et le terrible sentiment d'impuissance qu'elle avait éprouvés en s'enfuyant.

Elle s'imagina Burton vaincu, assis à son bureau, silencieux, enrageant de sa défaite. Il n'était plus le personnage omnipotent d'autrefois. Il avait fait assassiner son père pour déjouer le syndicat, il avait détruit sa famille pour s'enrichir, mais il s'était heurté à la puissance des dockers. Le droit avait triomphé. Et, tout comme les syndicalistes, elle obtiendrait justice un jour.

Ce succès était un signe, un heureux présage. Sa vie avait complètement changé : elle n'était plus ni perdue ni apeurée, elle avait une famille, des amis. Dans une semaine, elle épousait Will, qui la sauverait à tout jamais des Burton et des Sheehan de ce monde.

Dire qu'il n'y avait plus que huit jours à attendre ! Même si la cérémonie devait être intime, il restait beaucoup à faire. Cette soirée de tranquillité serait sans doute la dernière. Il était rare que la maison fût si calme. Michael et Mary étaient sortis au spectacle. Alec, Ian et Nell passaient la nuit dans l'appartement du haut. Seamie dormait dans son lit. Will était parti à Pittsburgh pour un dernier voyage d'affaires avant le mariage. Posant le journal, elle alla à la cuisine pour mettre la bouilloire sur le feu, se coupa une tranche de gâteau au citron, spécialité de Mary, et retourna dans le séjour avec son assiette et du thé à la vanille. Pendant que celui-ci infusait, elle prit une feuille de papier pour dresser la liste des tâches encore à effectuer.

Une heure plus tard, elle avait terminé ; elle somnolait sur le canapé, quand elle sentit le vent de septembre qui entrait par la fenêtre, apportant une odeur de feuilles mortes et de fumée de charbon. Le temps fraîchissait. Tirant son châle sur ses épaules, elle se renfonça dans les coussins et s'assoupissait de nouveau lorsque des coups violents furent donnés à la porte du bas, accompagnés d'appels.

— Bonjour ! Je suis chez les Finnegan ? Il y a quelqu'un ?

On ne pouvait donc jamais être tranquille !

Elle alla à la fenêtre, passa la tête dehors, et vit un jeune garçon qui tambourinait à la porte.

— Oui ? cria-t-elle.

— C'est vous, Fiona Finnegan ?

— Oui. Que se passe-t-il ?

— Ah ! Je suis bien content de vous avoir trouvée ! Vite, descendez !

— Mais enfin, de quoi s'agit-il ?

— J'ai un message pour vous, très important. C'est un monsieur qui m'envoie !

55

À huit heures du matin, dans une salle de tribunal du bas de Manhattan, Fiona, épuisée, était assise sur un banc de bois. Elle avait le visage gonflé par les larmes, les vêtements froissés par sa nuit blanche à la prison des Tombs. À côté d'elle se trouvait son conseiller juridique, Teddy Sissons, qui l'avait assistée lors de l'achat de la propriété de Mlle Nicholson, ainsi que Stephen Ambrose, un pénaliste recommandé par Teddy. Quelques personnes attendaient déjà en silence l'arrivée du juge pour les affaires de la journée.

— Je n'arrive pas à y croire ! J'ai tout de suite eu peur pour lui quand ce gamin m'a annoncé qu'il me demandait, mais j'ai pensé qu'il s'agissait d'une rechute.

— Il s'est fourré dans un très sale pétrin, estima Teddy. Que fabriquait-il au *Slide ?* C'est un antre du vice bien connu ! Il aurait dû s'en tenir à des kilomètres !

— Eh bien, il y était, coupa sèchement Fiona. Il s'est fait embarquer, et maintenant il faut que vous le sortiez de là... (Un sanglot coupa sa phrase.) Teddy, faites quelque chose. Ils ne peuvent pas le garder en prison comme ça !

— C'est peu probable qu'on le garde, intervint Stephen Ambrose. Tant que le chef d'inculpation reste un simple délit, il n'aura sans doute qu'une amende.

— Mais sinon ?

— Sinon, dit Teddy, comme il est étranger, il se fera expulser.

Fiona se remit à pleurer. Teddy lui donna son mouchoir, et Ambrose, un homme à l'allure opulente portant un gros diamant à la main droite, continua son raisonnement.

— L'ennui, c'est que les gens interpellés hier comparaissent devant Cameron Eames. C'est un juge très dur qui a juré de faire baisser le taux de criminalité de New York. Il ferme les salles de jeu, les bordels, et les bars du genre du *Slide*. Un policier m'a confié qu'il a même fait pression sur le capitaine de police Malloy pour effectuer la descente de la nuit dernière. Il est très sévère. Et son refus de libérer sous caution les prévenus ne présage rien de bon.

Fiona ferma les yeux. Elle vivait un cauchemar depuis que le petit messager envoyé par Nick la veille au soir lui avait appris l'emprisonnement de ce dernier. Elle avait couru aux Tombs en espérant le libérer, ou au moins le voir, mais le sergent de garde lui avait déclaré que les prisonniers étaient au secret par ordre du capitaine.

Pourvu qu'il aille bien ! Pourvu qu'on lui ait donné à manger et à boire et qu'il ait eu un coin où dormir. La réflexion de Teddy l'obsédait : « Il est étranger, il se fera expulser. » Si l'on renvoyait Nick en Angleterre, tout serait fini pour lui. À Londres, il perdrait sa galerie, il retrouverait son père qui le haïssait, et l'avait menacé de lui couper les vivres s'il revenait. Il serait seul. Combien de temps survivrait-il dans de telles conditions ?

On lui posa la main sur l'épaule.

— Chère amie ! Mais que se passe-t-il ?

Elle eut un coup au cœur. C'était Peter Hylton.

— Pas un mot, souffla Teddy.

— J'ai appris que Nick avait été arrêté la nuit dernière. Au *Slide*, qui plus est ! Il aime s'encanailler ?

— Je... je ne sais pas, Peter... J'ignore ce qui est arrivé. C'est une erreur !

De nouveau submergée par le désespoir, elle sentit des larmes couler sur ses joues.

— Ah ! Ainsi, c'est lui ! C'est Nick l'élu de votre cœur. Regardez dans quel état cela vous met ! Non, une femme ne pleure ainsi que lorsqu'elle est amoureuse. Je savais bien que McClane n'avait pas l'ombre d'une chance.

— Peter... Je ne suis pas... Nick et moi nous...

Un coup de coude de Teddy la fit taire.

Peter n'avait pas eu vent de ses fiançailles avec Will. Seuls les membres du cercle familial, les avocats et Eugénie en étaient informés ; Will leur avait demandé la discrétion. Il savait que les bavardages iraient bon train après le mariage, mais il ne voulait pas de rumeurs lancées par Hylton ou l'un de ses confrères. Le chroniqueur ne leur épargnerait aucune indiscrétion. Il décrirait par avance la robe, le gâteau, le déshabillé que Fiona porterait lors de sa nuit de noces. Il livrerait les détails les plus intimes au Tout-New York mondain. Déjà, il ouvrait son calepin et griffonnait fébrilement.

La salle se remplissait, surtout de journalistes. Fiona reconnut Nellie Bly, une amie de Will. Elle la trouvait plutôt sympathique, mais en quelques lignes elle pouvait démolir la réputation de Nick. Même s'il n'était pas condamné, la presse le traînerait dans la boue. Il suffirait que les journalistes mentionnent quelle clientèle fréquentait le *Slide*, et c'en serait fait de lui. Il y aurait un terrible scandale. Les clients fuiraient la galerie. Ses affaires péricliteraient, et cela le tuerait aussi sûrement que l'emprisonnement ou l'expulsion.

Une peur oppressante l'empêchait de respirer. Elle murmura à Teddy qu'elle avait besoin de prendre l'air et qu'elle sortait quelques minutes. Un vent froid l'accueillit sur les marches du tribunal. Que faire ? Si seulement Will avait été là, il aurait pu la conseiller. Mais il était loin, à Pittsburgh, et ne devait pas revenir avant plusieurs jours. Serrant son châle sur ses épaules, se sentant très seule, elle regarda vaguement autour d'elle. De l'autre côté de la rue, il y avait des bureaux et par la fenêtre, elle vit une réceptionniste parler au téléphone. Il ne lui fallut qu'un instant pour traverser et entrer. Elle pourrait peut-être joindre Will à son hôtel. Il n'y était pas forcément, mais cela valait la peine d'essayer.

— Pardon, dit-elle à la réceptionniste. Je suis désolée, mais il faut absolument que je téléphone. Je vous paierai, bien sûr.

— Ah, non, c'est impossible.

— Je vous en prie, c'est une question de vie ou de mort !

L'employée hésita.

— Bien, finit-elle par dire. Vous avez le numéro ?

Fiona lui donna le nom de l'hôtel, et au bout d'une petite minute la jeune femme lui obtint la ligne. Elle tendit le téléphone à Fiona, qui demanda à parler à William McClane. À son grand soulagement, on le trouva dans la salle à manger, alors qu'il prenait son petit déjeuner. Elle faillit éclater en sanglots en l'entendant.

— Fiona, chérie, que se passe-t-il ? Tout va bien, j'espère ?

— Non, Will.

La voix tremblante, elle lui raconta ce qui était arrivé. La réaction fut immédiate et brutale.

— Fiona, écoutez, il faut que vous partiez tout de suite, aussi vite que possible !

— Mais c'est impossible ! Nick a besoin de moi !

— Je m'en fiche ! Vous n'avez rien à faire dans un tribunal, ni dans les couloirs d'une prison. Si la presse s'empare de cette histoire, ce sera une catastrophe, et pas seulement pour Nick. Allez à Hyde Park. Emmenez Seamie et Mary. Je vais téléphoner à Emily pour lui annoncer votre arrivée. Fiona ? Vous m'entendez ?

Il y eut un silence.

— Oui... Oui, je suis là.

— Je vais essayer d'abréger mon voyage. Si je le peux, je rentrerai demain soir. Ne faites aucune déclaration, ne parlez à personne. Compris ?

— Oui, très bien.

— Bon. Je vais raccrocher. Faites ce que je vous ai dit, et tout ira bien. Prenez soin de vous, chérie. Je vous aime.

— Moi aussi, répondit-elle lentement.

— Au revoir.

— Au revoir, Will.

La communication fut coupée. Elle resta l'écouteur à l'oreille quelques secondes, puis le reposa sur son support, et donna un billet de un dollar à la réceptionniste en la remerciant.

Elle ressortit, les membres gourds, glacée. Will venait de lui demander d'abandonner Nick. Son meilleur ami. L'homme qui l'avait sauvée ! Maintenant, c'était lui qui avait besoin d'elle ; elle n'était pas plus capable de partir que de s'arracher le cœur... Elle retourna prendre sa place à côté de Teddy, dans le prétoire dont les bancs s'étaient remplis. À cet instant, la porte qui menait au bureau du juge s'ouvrit, et un officier du tribunal apparut.

— Levez-vous ! ordonna-t-il.

La salle obéit, et Cameron Eames entra, vêtu de sa robe noire flottante de juge. Il parcourut du regard le public, puis s'assit pour lire la liste des affaires du jour : Fiona fut étonnée de lui trouver l'air si jeune. Et si dur. Il n'y avait aucune compassion sur ce visage de garçonnet blond. Aucune pitié. Quand il eut terminé, il demanda qu'on fît entrer les prisonniers. Une porte s'ouvrit à l'avant de la salle, et ils avancèrent en file indienne, menottés. Fiona tâcha d'apercevoir Nick. Quand elle le repéra enfin, elle eut un choc. Il avait un œil tuméfié, une coupure sur la joue, du sang séché sous le nez. Il boitait, aussi, et sa veste était déchirée.

— Nick ! s'écria-t-elle dans un sanglot en se redressant.

— Chut ! souffla Teddy en la faisant rasseoir.

Nick ne l'avait pas entendue, mais Eames lui jeta un coup d'œil irrité.

— L'audience de la cour de justice de la ville de New York est ouverte, proclama-t-il avant de s'adresser aux prévenus : Vous êtes accusés d'obstruction de la voie publique, outrage aux bonnes mœurs...

— De simples délits, murmura Ambrose avec soulagement.

— ... attentat à la pudeur, racolage... et sodomie.

— Il est fichu ! Le dernier chef d'inculpation est un crime. Il ne s'en tirera pas avec une amende. S'il ne plaide pas coupable, il sera remis en prison et il y aura un procès. Je ne sais pourquoi, Eames a l'air de tenir à faire un exemple.

— Mais, Stephen, nous ne pouvons rien faire ? demanda Fiona, blanche comme un linge.

— J'ai bien une idée, mais c'est un peu léger.

— Tentez ce que vous pourrez. Faites tout pour le tirer de là.

— Vous confirmez que Nick sort se promener dans la rue la nuit ?

— Oui, souvent.

— Pourquoi ?

— Pour se fatiguer, parce qu'il a du mal à dormir.

Ambrose hocha la tête.

Eames appela le premier prisonnier, un homme à l'air louche qui plaida coupable à tous les chefs d'inculpation. Deux messieurs respectables le suivirent. Le juge leur demanda s'ils avaient un avocat. Ils dirent que non et plaidèrent également coupable. Puis vint le tour de Nick. Quand le juge lui demanda s'il avait un avocat, Stephen Ambrose se leva et approcha. Nick, qui avait les yeux baissés, releva la tête avec surprise. Il regarda Ambrose, puis chercha dans la salle et aperçut Fiona. Elle lut dans ses yeux à quel point il avait peur. Il essaya bien de lui sourire, mais son visage se crispa de douleur. Elle lui lança un regard d'encouragement, ayant toutes les peines du monde à rester assise et à ne pas courir le prendre dans ses bras.

Eames demanda à Ambrose si son client plaidait coupable ou non coupable.

— Non coupable, Votre Honneur.

— Maître ! Je ne suis pas d'humeur à apprécier ce genre de facéties. M. Soames a été arrêté au *Slide*. Il y a des témoins, des rapports de police !

— Je ne conteste pas la présence de mon client au *Slide* ; cependant, j'affirme qu'il est innocent de tous les chefs d'inculpation. Il s'agit d'une tragique erreur, Votre Honneur.

— Bien entendu, comme toujours, répliqua Eames avec un soupir, déclenchant des ricanements dans l'assistance.

— Mon client, M. Soames, est entré dans ce bar sans savoir de quel genre d'établissement il s'agissait. Il cherchait simplement à boire un verre. Mon client souffre d'insomnie, et marche beaucoup la nuit pour se fatiguer avant de se coucher. Il est étranger, et ne connaît pas encore bien notre ville ni toutes ses turpitudes. Il n'avait pas la moindre conscience de pénétrer dans un lieu de mauvaise réputation.

Fiona retenait son souffle. Le plaidoyer de Stephen comportait des risques. Et si Nick était allé au *Slide* auparavant ? Un des autres prisonniers pouvait vendre la mèche. Elle les regarda. Plusieurs d'entre eux semblaient goguenards, mais ils n'ouvrirent pas la bouche.

— M. Soames est un citoyen respectable. L'accusation portée contre lui est fallacieuse. Comment peut-on jeter en prison un honnête homme...

— Merci, maître, je vous demande de...

— ... et le maltraiter de cette façon ? J'exige que ma protestation soit consignée dans le compte rendu d'audience.

— Maître, vous ne me convainquez pas du tout avec votre histoire à dormir debout. Les défenseurs sont prêts à tout pour disculper leurs clients, et l'histoire que vous nous servez est plus qu'éculée.

Fiona éclata en sanglots. Tout était perdu.

— Ne pleurez pas, ma chère ! Vous me fendez le cœur ! murmura une voix anxieuse derrière elle.

C'était Peter Hylton, qui se dressa en criant :

— Votre Honneur, Votre Honneur !

— Non, monsieur Hylton... dit Fiona, tentant de le faire taire.

Mais déjà il se glissait hors de la rangée. Eames frappa la table avec son marteau.

— Silence ! Ne m'interpellez pas ainsi, monsieur. Approchez de la cour si vous avez une déclaration à faire.

— Je vous demande pardon, Votre Honneur, dit Hylton en se dépêchant d'avancer vers lui.

— Votre nom ?

— Hylton. Peter Randall Hylton. J'écris une chronique dans le *World*, et...

— Continuez, monsieur Hylton.

— Me Ambrose vous dit la vérité ! Il s'agit d'une grave erreur judiciaire. Nick Soames n'est pas...

— N'est pas quoi, monsieur ?

— N'est pas une... une tante !

Des rires éclatèrent dans l'assistance. Eames abattit de nouveau son marteau.

— C'est un fait, insista Peter. Il y a une femme dans sa vie. Je ne peux pas citer de nom, ce serait indiscret, mais c'est vrai.

Fiona saisit sa chance. Elle se leva, et demanda la permission de s'adresser à la cour. Eames l'autorisa à venir lui parler ; elle approcha, les jambes flageolantes. Si Ambrose avait douté de sa tactique, cette tentative avait encore moins de chances d'aboutir ; de plus,

Will lui en voudrait beaucoup, mais elle n'avait pas le choix. C'était sa dernière chance... la dernière chance de Nick. Elle s'éclaircit la voix.

— Votre Honneur, ce que vient de dire M. Hylton est tout à fait vrai. M. Soames est mon fiancé. Depuis deux mois.

Cette déclaration causa un choc dans l'assistance, et un concert de chuchotements éclata dans la salle. Eames joua du marteau et menaça de faire évacuer.

— La déclaration de Me Ambrose est exacte, continua-t-elle. Nicholas ne dort pas très bien, et il se promène pour se fatiguer. Je suis certaine qu'il est entré dans ce bar par erreur, et je me doute qu'il regrette amèrement cette distraction.

Ambrose lui lança un regard de mise en garde.

— Votre Honneur... coupa-t-il.

Mais la fin de sa phrase fut couverte par la rumeur de plus en plus forte qui montait du public. Les reporters, sentant venir un bon sujet d'article, se bousculaient pour se faire répéter le nom de Fiona, demandaient l'orthographe de Soames, et l'adresse de la galerie.

Furieux, Eames assena un grand coup de marteau sur la table.

— Assis ! cria-t-il. Me Ambrose !

Son hurlement eut plus d'effet que son marteau. L'assistance se calma un peu, et il rassembla ses papiers puis se mit debout.

— Maître Ambrose, je suis plus que las de votre petit numéro. Je suspens l'audience un quart d'heure. À mon retour, je veux retrouver tout le monde assis à sa place et ne plus entendre une mouche voler. C'est compris ?

Personne n'osa répondre, mais il y eut des hochements de tête. Eames tourna les talons et quitta la salle d'audience pour regagner son bureau. Le bruit sourd de la porte qui se refermait derrière lui résonna dans le prétoire.

Fiona retourna à sa place et se rassit près de Teddy. Stephen se glissa près d'elle sur le banc.

— Bravo, vous avez du cran, commenta-t-il.

Elle secoua tristement la tête. Elle avait espéré sauver Nick, mais elle avait le sentiment d'avoir aggravé son cas.

— Allons, pas de défaitisme, déclara Ambrose. On ne sait jamais. Si Eames n'envoie pas Nick tout droit au bagne après cela, qui sait ? peut-être le libérera-t-il immédiatement.

Will Junior avala une rasade de whisky avec une grimace réjouie.

— Cameron, tu es un as !

Eames, assis les pieds posés sur son bureau, sourit à son ami.

— Oui, je crois que je ne me débrouille pas trop mal.

— Quand je pense qu'elle a passé la nuit aux Tombs, et qu'elle est là, dans un tribunal en compagnie d'invertis et de criminels ! Mon père va être fou de rage ! Donc Ambrose a pris sa défense, et ensuite ?

— Ensuite, Hylton s'en est mêlé. J'aurais voulu que tu voies ça !

Il relata l'intervention du chroniqueur, se gargarisant de ce coup de chance. Ils n'auraient jamais osé imaginer que leur stratagème marcherait aussi bien. La salle était remplie de journalistes et de photographes ! Le scandale serait énorme, et Fiona Finnegan n'avait plus aucun moyen d'y échapper. Le père de Will ne voudrait plus d'elle ; on pouvait à la rigueur épouser une femme d'une autre classe si elle était respectable, mais une femme qui s'associait à des pervers...

— Et attends, Will, tu n'en reviendras pas... Elle s'est levée, et elle a déclaré qu'elle était fiancée à Soames depuis deux mois !

— Pardon ?

— Elle a dit qu'elle était fiancée à Soames, tu as bien entendu. C'était une façon de démontrer qu'il était entré dans le bar par accident. Ils me prennent vraiment pour un imbécile !

C'est le plus beau jour de ma vie, songea Will Junior pendant que Cameron terminait son récit. Elle s'est jetée dans la gueule du loup...

— Cameron...

— Oui, répondit son ami en lui remplissant son verre.

— Et si je me trompais ? Si mon père lui pardonnait le scandale ?

— Alors, nous aurons demandé à Malloy cette descente de police pour rien. Mais comment veux-tu qu'il pardonne, si la presse s'en mêle ?

— Vu son déséquilibre actuel, tout est possible. (Will Junior vida son verre et posa sur son ami un regard songeur.) Je pense, mon cher, qu'on nous offre le moyen de nous débarrasser de Mlle Finnegan sur un plateau. Nous ne devons pas laisser passer cette chance.

Cameron hocha la tête. Ils se comprenaient à demi-mot. Leur complicité remontait à leur jeunesse, au temps où ils montaient des escapades, ou se couvraient l'un l'autre après avoir triché en classe. Ils avaient parcouru beaucoup de chemin depuis cette époque, songea Will, et ils iraient encore plus loin.

— Si ton père apprend le rôle que j'ai joué dans cette affaire, il va me tuer.

— Mais c'est impossible. Qui lui en parlerait ? Pas moi !

— Il s'étonnera, en découvrant que c'était moi le juge.

— Que veux-tu qu'il dise ? C'est ton jour de service. En fait, tu n'es même pas censé savoir qui elle est. Les as-tu rencontrés ensemble ?

— Non.
— Vous a-t-il présentés ?
— Non.
— T'a-t-il confié qu'ils étaient fiancés ?
— Bien sûr que non.
— Dans ce cas, comment peut-il t'en tenir rigueur ? Tu diras que tu n'étais pas au courant. Tu as fait ton travail. Et si un jour le sujet est abordé, ce qui n'est pas sûr, tu jureras que si tu avais su, tu n'aurais jamais posé cette condition.
— D'accord. Tu ferais mieux de partir, maintenant. Par la petite porte, comme tu es entré. Il ne faut surtout pas qu'on te voie.
— Ne t'en fais pas. Et tiens bon jusqu'au bout, tu y arriveras. Je te revaudrai ça !

Cameron se leva et remit sa robe. Ils se donnèrent rendez-vous à l'Union Club pour le dîner, et Will s'esquiva, extrêmement soulagé. Bientôt, tout serait terminé, et sans le moindre accroc. Son père ne suspecterait jamais que Cameron avait suivi un plan prémédité, et encore moins que son fils avait tout manigancé. Il avait trop bien joué le rôle du bon garçon repentant ; il avait présenté ses excuses, et avait chaleureusement accueilli la fiancée dans la famille. Son père avait tout gobé. En longeant le couloir sombre par lequel les gardes faisaient sortir les condamnés du bâtiment, Will Junior songea qu'il devait une fière chandelle à Cameron. Il saurait le remercier. Dès qu'il aurait son siège au Congrès, il jouerait de son influence pour lui faire donner la place qu'il convoitait tant à la Cour suprême de l'État de New York. Et le jour où il arriverait à la Maison-Blanche, sa première décision serait de nommer Cameron à la Cour suprême fédérale. Les présidents avaient tous besoin d'avoir un juge dans leur poche.

Fiona regardait autour d'elle, impressionnée par les murs blancs et austères de la salle d'audience, avec leurs portraits de grands hommes au visage sévère. Elle s'arrêta sur le drapeau américain exposé dans un coin, portant le sceau doré de la ville de New York. Elle chercha partout, espérant découvrir un signe de mansuétude, d'indulgence pour les faiblesses humaines. Elle aurait aimé croire que ceux qui détenaient un tel pouvoir sur la vie de leurs concitoyens tempéraient leur puissance par la sagesse et la tolérance. Mais non. Elle ne voyait autour d'elle que des officiers de justice durs et impassibles, et le vide imposant du fauteuil du juge. Eames n'accepterait jamais de les entendre. Stephen l'avait mis en colère, Hylton n'avait fait qu'aggraver la situation, et elle avait porté le coup fatal.

Il continuerait les poursuites, enverrait Nick moisir en prison en attendant le procès, jusqu'à l'expulsion.

La porte du juge s'ouvrit, Eames regagna sa place. Fiona entendit craquer les bancs tandis que le public et les reporters se tournaient face à la cour, impatients de connaître l'issue de l'audience. Eames ne les fit pas attendre. Dès qu'il fut assis, il rappela Stephen Ambrose et Fiona.

Quand ils furent devant lui, il toussota en balayant du regard la salle.

— Contrairement à ce que l'on dit sur moi dans certaines petites gazettes de notre ville, annonça-t-il en posant des yeux méprisants sur Nellie Bly, je sais ce qu'est la compassion.

Fiona eut un sursaut d'espoir.

— Je suis tout à fait prêt à reconnaître qu'une erreur a pu être commise dans le cas de M. Soames, continua-t-il.

Nous sommes sauvés, songea-t-elle en tremblant de soulagement. Il va libérer Nick !

— Mademoiselle Finnegan, vous prétendez que M. Soames est votre fiancé, et vous nous assurez que sa présence au *Slide* était fortuite... Le confirmez-vous ?

— Oui, Votre Honneur.

Eames se tourna vers le banc des prévenus.

— Est-ce la vérité, monsieur Soames ?

Nick jeta un regard affolé à Fiona. Elle hocha la tête pour lui indiquer la réponse, essayant de lui communiquer toute sa force à travers ce contact visuel. Il ne fallait surtout pas qu'il gâchât leur seule chance de le sortir de prison.

— Oui, Votre Honneur, dit-il à voix basse.

— Très bien. Je suis prêt à relâcher M. Soames et à vous le rendre, mademoiselle Finnegan, mais à une condition...

— Oui, Votre Honneur, tout ce que vous voudrez, répondit-elle, rayonnante.

Elle avait sauvé Nick ! Cet horrible cauchemar prenait fin !

— J'exige que vous épousiez M. Soames aujourd'hui même, dans cette cour, pour m'apporter un gage de votre sincérité.

Il y eut un silence de mort dans le prétoire, puis ce fut une vraie cacophonie. Stephen, que Teddy rejoignit en toute hâte, se mit à haranguer le juge, affirmant que cette mesure était illégale et aberrante. Eames cria en retour que cela sentait l'escroquerie, et qu'il refusait de se laisser tourner en ridicule dans son tribunal. Les reporters lançaient des questions à Fiona, à Nick et au juge. Le public s'exclamait, se divertissant comme à la comédie. Et Fiona, silencieuse, restait isolée dans tout ce vacarme, assommée par la terrible alternative que lui présentait Eames.

Un mouvement attira son attention. C'était Nick qui lui faisait signe de ses mains menottées. Elle s'approcha de lui sans que personne ne songe à l'en empêcher : Eames était pris dans la controverse, deux des officiers de police contenaient un prisonnier très agité qui s'était levé et se débattait, et les deux autres essayaient de faire taire le public.

— Arrêtons tout, lui déclara Nick. Je ne te demanderai jamais cela.

— Pas question de renoncer.

— Tu es folle ? Tu ne peux pas gâcher ta vie à cause de moi ! Et sans raison. Je ne risque pas la pendaison, tout de même ! On me condamnera, on me fera payer une amende, et on me relâchera.

— Non, tu te trompes. Teddy affirme que le juge peut te garder en prison pendant des semaines en attendant le procès. Et ensuite, tu seras expulsé. Rends-toi compte ! Il te faudra retourner en Angleterre !

— Mais tu ne pourras pas épouser Will si nous sommes mariés !

— Je ne veux pas de Will.

— Fiona, je t'en prie, j'ai vécu assez de choses aberrantes au cours de ces dernières heures. N'en rajoute pas !

— Nicholas... tu m'as sauvée un jour en m'épousant. À présent, c'est mon tour.

— Mais il s'agissait d'un faux mariage, tu le sais bien. Cette fois, c'est différent.

— Tu m'as sauvé la vie.

— Tu exagères.

— Si je te le dis, tu dois me croire. Tu nous as sauvés, Seamie et moi, et maintenant, c'est moi qui te sauve.

— Rien ne t'y oblige.

— Si, parce que je t'aime.

Un garde s'interposa brusquement.

— Pardon, mademoiselle, mais vous n'avez pas le droit de parler aux prisonniers.

Il la reconduisit devant le juge.

Eames martelait la table au milieu du vacarme.

— Silence, silence ! C'est mon dernier avertissement. Ensuite, je fais évacuer la salle !

Quand le silence revint, il poursuivit :

— Donc, j'accepte de croire Mlle Finnegan en ne lui demandant qu'un simple gage de sa bonne foi, maître Ambrose. Si M. Soames est vraiment innocent, je suis prêt à le relâcher, mais je ne veux pas courir le risque que le mariage n'ait pas lieu et que l'autorité de cette cour soit bafouée.

— Votre Honneur... commença Fiona.

Mais elle dut se taire, interrompue par une envolée véhémente de Stephen Ambrose. Cette condition, argumenta-t-il, portait un préjudice à ses clients en les empêchant d'organiser un mariage digne de ce nom.

— Un mariage civil n'exclut en aucun cas une cérémonie religieuse, rétorqua Eames. Ils organiseront un mariage à l'église plus tard. Je n'ai aucune intention de les en priver.

— Votre Honneur ! répéta Fiona aussi fort qu'elle le put.

— Oui, mademoiselle Finnegan ?

— J'accepte votre condition. Nous acceptons tous les deux.

— Parfait. Je vous donne deux heures pour m'apporter les papiers nécessaires, le temps pour moi de terminer cette audience. Amenez le prisonnier suivant... Plaidez-vous coupable ou non coupable ?

Fiona se laissa tomber sur un banc, vidée. Trois journalistes se précipitèrent vers elle, mais Teddy et Stephen parvinrent à leur faire barrage. Seule Nellie Bly ne se laissa pas décourager, et Fiona l'entendit murmurer à l'avocat :

— Il faut que je lui parle, Teddy. Pas en tant que reporter, mais en tant qu'amie.

— Laissez-la passer, Teddy, intervint-elle.

Nellie s'assit au côté de Fiona, et se pencha vers elle pour lui glisser :

— Fiona, vous ne pouvez pas faire ça. Will vous aime. Je le sais. Je l'ai même deviné avant lui. Je l'ai rencontré un soir à l'Union Club, et il ne pensait qu'à vous. Je vous ai vus ensemble, j'ai observé la façon dont il vous regarde. Réalisez-vous la douleur que vous allez lui causer ?

— Je ne peux pas faire autrement. Sinon ils vont tuer Nick.

— Fiona, nous sommes en Amérique : on ne va pas le tuer ! Il fera un peu de prison, au pire il sera expulsé...

Fiona l'interrompit avec colère.

— Un peu de prison ? Vous voulez qu'il casse des cailloux alors qu'il est incapable de soulever une pioche ? Qu'il marche les pieds entravés jusqu'à ce qu'il s'effondre ? Il a le cœur fragile, Nellie, ajouta-t-elle en réprimant un sanglot. Il peut à peine porter un tableau... alors, les travaux forcés... Il ne survivrait pas une semaine...

Sa voix se brisa, et un torrent de larmes roula sur ses joues. C'en était trop. Elle avait failli perdre Nick, et à présent c'était Will qu'elle perdait sans espoir de retour.

— Je suis navrée, Fiona, j'ignorais son état. Quel horrible dilemme ! Ne pleurez pas... Je suis désolée...

Nellie essaya de la réconforter ; puis, quand Fiona se fut un peu reprise, elle se leva et invectiva le juge en le fusillant du regard.

— Eames, vous êtes une ordure !

Eames, qui s'adressait à un prévenu, s'interrompit en devenant blême.

— Pardon ?

— Vous m'avez parfaitement entendue ! Ce n'est plus la justice qui s'exerce, c'est l'Inquisition !

— Comment osez-vous ?...

— Je vais vous dire ce qui se passe, moi ! C'est un coup monté. On n'oblige pas les gens à se marier comme ça. Personne n'est dupe, vous savez !

— Suffit ! tonna Eames en jaillissant hors de son fauteuil. Je vous somme de vous adresser à moi avec le respect dû à ma fonction ! Huissier ! Faites sortir Mlle Bly et toute la presse de cette salle à l'instant !

La salle fut évacuée, et, une fois l'ordre rétabli, Eames put terminer le tri des prisonniers. Avec l'aide de Teddy, Fiona parvint à éviter les reporters en quittant le tribunal par une porte dérobée. En chemin, son avocat s'acharna à la dissuader d'accepter la condition posée par Eames : elle était illégale, un juge n'avait aucun droit d'imposer un mariage. Il s'engageait à s'occuper de l'affaire avec Stephen Ambrose. Tout s'arrangerait dans quelques jours. Une semaine au plus.

Fiona, qui levait le bras pour tenter d'arrêter un fiacre à son passage, se tourna vers lui.

— Une semaine ? Vous voulez que Nick reste prisonnier aux Tombs une semaine ? Vous avez vu son visage ? Dieu sait ce qu'on lui a fait subir ! (Un fiacre ralentissant, elle courut pour y monter.) Je serai de retour dans deux heures avec les papiers ! cria-t-elle. Restez avec lui. Empêchez-le de faire des bêtises !

— C'est un peu tard pour lui, répliqua Teddy avec un soupir, tandis que le fiacre repartait. C'était à vous que je pensais.

— Elgin ? Je croyais que votre nom de famille était Soames, remarqua Cameron Eames en examinant le certificat de naissance de Nick.

— C'est bien Elgin, mais j'utilise le nom de ma mère.

Fiona lui jeta un regard surpris. Nick ne lui en avait jamais parlé. Bientôt, elle aussi se nommerait Elgin, dans ce cas, à moins qu'ils n'adoptent plutôt le nom de Soames ? Un étourdissement la prit, et elle craignit de s'évanouir. Cela n'avait rien de surprenant : elle n'avait pas dormi de la nuit, n'avait rien mangé depuis des heures, et puis, bien sûr, il y avait ce mariage...

— Et les lettres, là, que signifient-elles ? demanda Eames en désignant une abréviation devant le nom de Nick.

— C'est... Cela veut dire marquis.

Ce genre de plaisanterie n'a aucun sens, songea Fiona avec lassitude. Croit-il impressionner le juge en prétendant être noble ?

— Et un marquis, qu'est-ce exactement ? s'enquit Eames.

— Le fils aîné d'un duc.

— Votre père est duc ?

— Oui, le sixième duc de Winchester.

Fiona lui jeta un regard furieux pour le faire taire. Le fils du duc de Winchester ! Et puis quoi encore ? Pourquoi pas celui de la princesse royale ?

Nick lui adressa un petit sourire contrit. Il avait encore le visage meurtri, mais le juge l'avait autorisé à se laver. Ses cheveux étaient bien peignés, et il avait passé les vêtements propres qu'elle lui avait apportés. Au moins, il n'avait plus l'air d'un criminel.

Elle aussi avait trouvé le temps de se changer. Elle était arrivée à se glisser dans l'appartement de Michael sans se faire voir. Heureusement, Mary était sortie avec les enfants. Dans sa chambre, elle avait enfilé un chemisier blanc garni de dentelles, un ensemble de satin turquoise, puis elle s'était coiffée à la hâte et avait pris un chapeau dans le placard. En fouillant dans le tiroir pour trouver son certificat de naissance, elle était tombée sur les alliances de ses parents et les avait fourrées dans sa poche. Au moment de repartir, elle avait eu une grande frayeur : elle s'apprêtait à traverser la salle de séjour quand la porte de l'appartement s'était ouverte et Michael était entré. Vite, elle avait fait demi-tour pour se cacher dans sa chambre, alors qu'il passait dans le couloir pour aller aux toilettes. Il ne fallait surtout pas qu'il apprenne ce qu'elle s'apprêtait à faire, il essaierait de l'en empêcher ! Avant qu'il ne réapparaisse, elle avait ensuite quitté sans bruit l'appartement, couru dans la rue et repris un fiacre jusqu'à Gramercy Park. Là, il lui avait fallu un moment pour trouver le porte-documents dans lequel Nick rangeait ses papiers, mais elle avait fini par le dénicher sous le lit. Elle avait attrapé une chemise propre et une veste, et s'était dépêchée de retourner au tribunal. Si Peter Hylton et ses acolytes voulaient des photographies, elle n'y voyait pas d'inconvénient, mais elle refusait de se montrer à son désavantage. Puisque Nick et elle devaient se marier, au moins, ce serait dans une tenue décente.

Ils se mariaient...

À cette pensée, elle chancela. Elle épousait Nick. Ils allaient prononcer un serment qui les engageait l'un envers l'autre à jamais. Son étourdissement s'intensifia. Elle ferma les yeux et s'enfonça les ongles dans les paumes pour se concentrer sur la douleur. Non, pensa-t-elle, non, n'y pense pas. Ne pense à rien. Tiens bon jusqu'à ce que ce soit fini !

Quand Eames en eut terminé avec le bulletin de naissance de Nick, il vérifia celui de Fiona, puis leur fit remplir un certificat de mariage. Fiona confia à Teddy les alliances de ses parents. La salle du tribunal était vide, à l'exception de cinq personnes : Nick, Teddy, Stephen, Eames et elle. Après la cacophonie de la matinée, cet instant constituait une sorte de répit, avant d'avoir à affronter la horde des journalistes qui les attendait dehors. Au moins, ainsi, ils n'auraient pas à dire « oui » en public.

Sans autre préambule, Eames commença. Il n'y eut pas de discours, pas de sentimentalisme. Ce fut une simple formalité, avec un bref échange de serments et d'alliances. Ils se retrouvèrent face à face, chacun avec son mince anneau au doigt. Nicholas et Fiona Soames... ou peut-être Elgin... Mari et femme, jusqu'à ce que la mort les sépare.

Eames leur fit signer leur certificat de mariage, le donna ensuite à contresigner à Teddy et Stephen. Après quoi, il leur souhaita une bonne journée, annonçant à Nick qu'il était libre, et lui conseillant avec un petit sourire pincé, avant de se retirer, de se tenir à l'écart du *Slide* et des établissements du même acabit lors de ses futures pérégrinations nocturnes.

Ils étaient plantés là tous les quatre, embarrassés, ne sachant que faire. Stephen rompit le silence en applaudissant, et en rappelant à Fiona et Nick qu'il leur restait à traverser le barrage de journalistes avant d'être vraiment tirés d'affaire. S'ils voulaient éviter le scandale, il leur fallait jouer jusqu'au bout aux jeunes mariés.

Sur les marches du tribunal, Stephen Ambrose fit une déclaration. Cameron Eames avait outrepassé ses fonctions et devait des excuses à ses clients. L'arrestation de M. Soames était une erreur scandaleuse ; il avait été brutalisé par la police et malmené par le système judiciaire, et pour finir on l'avait obligé à épouser sa fiancée, Mlle Fiona Finnegan, bien plus tôt que l'un et l'autre ne l'avaient prévu.

— Nous sommes en 1889, non plus au Moyen Âge, clama Stephen en frappant du poing dans sa paume. Il ne devrait plus être imaginable, pour défendre son honneur, de devoir se marier dans un tribunal parmi les criminels !

Il ajouta que les accusations pesant contre son client avaient toutes été retirées, et que M. Soames envisageait de poursuivre la Ville pour emprisonnement abusif et violation de ses droits civils.

Des photos furent prises, dont une de Nick embrassant sa nouvelle épouse sur la joue, et une autre de Fiona tenant un bouquet de roses acheté par un reporter à une fleuriste. Ils répondirent aux questions, on leur souhaita bonne chance et on les félicita, puis, enfin, la foule se dispersa. Teddy et Stephen leur firent leurs adieux, remarquant qu'ils venaient de vivre de loin la journée la plus intéressante de leur carrière. Fiona et Nick se retrouvèrent seuls.

Fiona fut la première à prendre la parole.

— Nick... Je... je vais m'évanouir.

— Non ! Attends ! Il y a un banc, là-bas, sous l'arbre. Viens...

Lui prenant le bras, il l'y conduisit pour la faire asseoir. Elle avait les mains moites et la nausée, son cœur battait à tout rompre.

— Qu'avons-nous fait ? gémit-elle. Que vais-je dire à Will ?

Nick lui frotta le dos.

— Je suis désolé, Fiona, vraiment désolé... (Il fondit en larmes, pleurant si fort qu'elle comprenait à peine ce qu'il disait.)... fichu ta vie en l'air... Will... tu l'aimais tellement...

Fiona l'écouta, pensive, regardant les bâtiments autour d'eux, les arbres, le ciel éclairé par le soleil de midi. Enfin, elle se tourna vers lui.

— Non, en fait non, pas vraiment, déclara-t-elle avec un calme étrange.

— Pardon ? demanda-t-il entre ses larmes.

— Tu avais raison. Tu te souviens, le jour de notre dispute, chez toi ? Tu as dit que je n'étais pas amoureuse de Will. Pas comme je l'avais été de Joe. C'est vrai. J'aimais beaucoup de choses en lui : son grand cœur, son intelligence, sa vie luxueuse ; j'avais envie de me faire aimer, que quelqu'un me prenne dans ses bras et s'occupe de moi. Je ne l'aimais pas vraiment, lui. Je suis triste, très triste de lui faire de la peine. Mais mon véritable amour, c'était Joe. Comme Henri l'était pour toi. On ne connaît cela qu'une seule fois dans sa vie. C'est difficile à admettre, mais il est temps que je l'accepte.

— Et moi, tu m'aimes ?

Elle lui sourit.

— Tu sais bien que oui.

— Moi aussi, je t'aime. Je prendrai soin de toi, Fi. Et de Seamie aussi. Je te le promets. Je serai le meilleur mari du monde. Je sais que ce ne sera pas un mariage conventionnel... Je... je ne pourrai pas te donner d'enfants... mais tu auras tout le reste. Une maison, des vêtements, des dîners en ville. Tout ce que tu voudras. Je n'ai pas autant d'argent que Will, mais je ne suis pas pauvre : j'ai environ dix mille livres par an. Et la galerie est presque ouverte. En fait, je suis un très bon parti, tu sais !

Fiona lui coula un regard amusé.

— Nicholas Soames... est-ce une demande en mariage ?

— Oui, on dirait bien. Un peu tardive, je l'admets.

— J'accepte.

— Vraiment ?

— Sans hésiter. (Elle s'appuya à son épaule.) Je t'épouserais de nouveau demain s'il le fallait, Nick. J'aurais fait n'importe quoi pour qu'on ne t'expulse pas. Tu es la personne la plus importante au monde, pour moi. Avec Seamie.

— Tu es sûre de bien vouloir rester ma femme ? insista-t-il en ravalant ses larmes. Je veux dire... enfin... si tu voulais, nous pourrions sans doute divorcer.

— Non, ce serait impossible. Un divorce causerait un aussi grand scandale que celui que nous venons d'éviter, et j'en ai un peu assez de toute cette agitation.

— Et ta belle robe de mariée ? Et les bijoux que Will t'a offerts ?

— La robe ira à quelqu'un d'autre. Quant à la bague... (Elle retira son gros diamant et le rangea dans son sac.)... elle ne m'allait pas.

— Et ton voyage de noces ? Tu te réjouissais tant de prendre le bateau pour la France la semaine prochaine !

— Peu importe, affirma-t-elle, soudain pleine de joie en songeant à ce qui l'attendait à la place. Je ne pars pas, mais je vais aller dans mon beau salon de thé, Nick ! Je vais mettre mon tablier et m'atteler à la tâche. (Elle rit.) Je ne suis plus obligée d'abandonner mes projets ! Comment ai-je même pu l'envisager ? J'ai hâte d'y être ! J'ai envie de revoir mes roses, d'ouvrir le salon et de vendre du thé et des gâteaux !

— Moi, je t'emmènerai en lune de miel, Fi.

— Oui ? Où ça ?

— À Coney Island.

— Avec Seamie, et Michael, et les Munro à la traîne ? répliqua-t-elle en riant. Ce sera très romantique !

Fiona et Nick restèrent assis sur leur banc en se tenant la main et en bavardant jusqu'à ce que les cloches sonnent une heure. Fiona réalisa alors qu'on devait s'inquiéter, chez elle : elle en était partie en courant, la veille au soir, sans même prendre le temps d'avertir Alec.

— Il vaudrait mieux rentrer, tu ne crois pas ? dit-elle. Ils se font sûrement du souci. Et puis, il faut annoncer la nouvelle à Michael...

— Finalement, je crois que je préfère encore être expulsé !

Ils se levèrent, et, remarquant que la joue de Nick s'était remise à saigner, Fiona tamponna la coupure avec le mouchoir que lui avait laissé Teddy.

— À propos, quelle drôle d'idée d'essayer de faire croire au juge que tu étais marquis ! Ce n'était pas le moment de plaisanter.

— Mais, ce n'était pas une plaisanterie, rétorqua-t-il en lui prenant la main.

Elle le dévisagea.

— Tu es sérieux ?

Il hocha la tête, puis porta la main de Fiona à ses lèvres pour y poser un baiser avec un sourire gêné.

— Je vous présente mes respects, madame la marquise.

56

Joe, qui sortait de son bain, le bain hebdomadaire autorisé par la logeuse, enfila une chemise propre et la rentra dans son pantalon. Il se regarda dans le petit miroir carré accroché au-dessus de l'unique table de la chambre, puis se donna un coup de peigne. Aujourd'hui, il tournait ses recherches vers Chelsea. Après trois semaines infructueuses, son optimisme devenait de plus en plus fragile.

Le Finnegan de Duane Street avait une nièce, mais qui s'appelait Frances et avait dix ans. Eddie n'avait pas eu plus de chance. Il avait trouvé la boutique de la Huitième Avenue, une épicerie, mais s'y était cassé le nez. Un vieil homme lui avait ouvert, pour annoncer que Michael Finnegan vivait bien là, mais qu'il était absent. Il avait conseillé à Eddie de revenir le lendemain. Quand Eddie avait demandé si Michael avait une nièce, le vieil homme lui avait claqué la porte au nez en disant qu'il en avait assez de se faire déranger par des gamins.

Cette visite avait eu lieu l'avant-veille. La veille, Eddie avait décroché un travail, et distribué des prospectus toute la journée, ce qui l'avait empêché de retourner à la Huitième Avenue ; mais il avait donné l'adresse à Joe, qui avait décidé de s'y rendre ce matin-là. Il lui fallait trouver Fiona très vite : il s'efforçait d'être économe, mais ses réserves diminuaient. Pris de désespoir, il se laissa tomber sur le lit, coudes sur les genoux, prostré. Jamais il ne la reverrait ! Tous ses espoirs s'effondraient, ses efforts ne mèneraient à rien...

Cet instant de faiblesse ne dura pas. Il se secoua. Pas question d'abandonner maintenant : Fiona n'était pas loin, il le sentait, le savait. Il fallait simplement dénicher le bon Finnegan. Alors qu'il mettait ses chaussures, des coups violents à la porte le firent sursauter.

— M'sieur ! cria une petite voix. Ouvrez ! Ça y est, cette fois, c'est vraiment la bonne !

Joe se précipita. Il tira si fort sur la porte en ouvrant qu'il faillit l'arracher de ses gonds. Eddie était sur le seuil, un journal à la main.

— Regardez ! C'est elle ? Elle s'appelle Fiona Finnegan ! C'est bien elle, non ?

Il lui arracha le journal des mains. Il y avait bien une photographie de Fiona à la deuxième page, mais ce n'était plus la Fiona qu'il connaissait. Souriante, elle portait une belle robe et un joli chapeau. Elle était resplendissante. Un homme l'embrassait sur la joue. Le gros titre disait : LE COUPLE NEW-YORKAIS LE PLUS EN VUE MARIÉ DEVANT LE JUGE, et l'article signé par un certain Peter Hylton commençait ainsi :

Aujourd'hui, chers lecteurs, cette chronique portera sur un seul événement, qui éclipse tous les autres : le spectaculaire mariage du beau négociant en art Nicholas Soames, avec Fiona Finnegan, la charmante propriétaire de la compagnie KaliThé et du Salon Rose thé *qui doit prochainement ouvrir ses portes. Que de cœurs brisés ce matin dans notre belle cité à l'annonce de la nouvelle ! Un millionnaire bien connu, le rival de M. Soames, s'est retiré, l'oreille basse, à la campagne. En amour, tous les coups sont permis, mes enfants, mais je m'égare ! Revenons à mardi soir, et à l'arrestation odieuse qui a conduit à ce mariage expéditif...*

L'article relatait avec force détails l'interpellation de Nicholas Soames, l'intervention de son avocat, le témoignage héroïque de M. Hylton en personne, et l'émouvante supplique de Mlle Finnegan. Se greffaient à ce compte rendu des digressions sur la galerie de Nicholas Soames et le commerce de thé florissant de Fiona.

Joe n'en revenait pas. Ce n'était pas possible ! Non, il n'y croyait pas ! Continuant sa lecture, il apprit que Fiona vivait à Chelsea, au-dessus de l'épicerie de son oncle, Michael Finnegan. L'endroit où Eddie était allé deux jours auparavant... Si seulement il avait choisi de s'y rendre lui-même, au lieu de se fourvoyer dans Duane Street ! Si seulement... Ah ! si seulement !

— M'sieur ? Vous n'avez pas l'air bien. Vous voulez du café ? Du whisky ?

— Non, merci, répondit Joe d'une voix accablée.

Il mit la main dans sa poche, en sortit la première pièce qu'il trouva, et la donna au gamin.

— Un dollar ! Merci, m'sieur !

Joe le reconduisit à la porte, puis reprit le journal pour regarder la photographie, espérant s'être trompé. Mais non : c'était son visage, son sourire, sans l'ombre d'un doute... Et lui-même n'était plus qu'une carcasse vide dont on avait tout arraché : le cœur, les entrailles, la vie. Il avait tout perdu en un instant.

Il se traita d'imbécile. Dire qu'il s'était imaginé Fiona désespérée ! Elle se portait fort bien, au contraire, n'était ni perdue ni terrorisée par l'existence. Quelle vanité d'imaginer que, sans lui, elle errait forcément comme une âme en peine ! Cette belle femme prospère ne ressemblait en rien à la jeune fille dont il avait brisé le cœur. Fiona s'était bâti une nouvelle vie, une bonne vie. Elle semblait heureuse, avec son jeune et beau mari. Un homme qui valait un peu mieux qu'un marchand des quatre-saisons de Whitechapel !

Joe examina son rival, séduisant malgré sa nuit en prison, et fut pris d'une horrible jalousie en imaginant Fiona dans ses bras. À quoi t'attendais-tu ? se demanda-t-il avec colère. Tu l'as quittée, et elle a continué de vivre sans toi, c'est naturel.

Un instant, il envisagea d'aller la voir une dernière fois. Mais ce serait égoïste : ce n'était pas sa faute à elle. Au fond, ce n'était même que justice. Il était bien puni.

Non, il n'irait pas la voir. Il devait la laisser en paix. Lui aussi devait apprendre à vivre sans elle. Elle ne lui reviendrait plus. Elle ne rentrerait pas à Londres. Une douleur immense monta en lui, un regret suffocant qui le terrorisa. Il ne devait pas se laisser rattraper, submerger et déchiqueter par ce raz de marée.

Il tira de sous son lit son sac de voyage. Il s'en irait aujourd'hui même. Il avait son billet de retour. Il passerait dire au revoir à Brendan sur son chantier, puis irait au port pour voir si un bateau de la White Star ne partait pas ce soir et s'il restait de la place à bord. Il ouvrit le tiroir de la table et en vida le contenu dans son sac. Il y avait là sa carte de New York, pliée sur le quartier de Chelsea... Le quartier où elle vivait, et où il s'apprêtait à aller. Il l'avait manquée à un jour près !

De nouveau, la douleur le terrassa. Son désespoir l'étouffait, le rendait fou. Voilà, se dit-il, ce qu'il souffrirait jusqu'à la fin de ses jours.

TROISIÈME PARTIE

57

Londres, janvier 1898

— Vas-y, Stan, rajoute du pétrole, ordonna Bowler Sheehan. Faut qu'ça crame bien.

— J'en mets, j'en mets, bougonna Stan Christie. Y a pas l'feu !

Sheehan lui aurait volontiers donné une correction pour lui apprendre à faire le malin, mais on n'y voyait goutte dans l'ancienne usine de thé Burton désaffectée. Si un pâle croissant de lune jetait quelques lueurs par les hautes fenêtres, il n'éclairait que des caisses de thé pourrissantes et les tuyaux de gaz qui serpentaient aux murs ; lampes à gaz et appliques avaient disparu depuis longtemps, emportées par les pilleurs avec les poignées de portes et les charnières.

Il y eut un bruit sourd.

— Ouille ! J'me suis cogné ! Bon Dieu de merde ! cria Reg Smith.

— Ta gueule ! Tu veux qu'on nous entende ?

— J'aime pas ça, patron. Je me suis mis du pétrole partout sur les godasses. Ça va puer. Pourquoi qu'on fait ce sale boulot, d'abord ?

— Burton veut toucher le fric de l'assurance. Il y a des années qu'il cherche à vendre cette usine, et il ne trouve pas preneur. Si on fait croire à un incendie accidentel, il aura de l'argent.

— Pourquoi il a besoin de ça ? Il est riche comme Crésus, grogna Stan.

— C'est fini, ça. Il s'est cassé les dents sur le marché américain, il y a quelques années. Et sa plantation de thé aux Indes a eu des ennuis l'an dernier. Son gérant s'est barré avec le pognon. Il a des dettes jusque-là.

Pendant que ses hommes terminaient, Sheehan s'assit sur une caisse, déprimé. Dire qu'il en était arrivé là ! Un homme de son envergure, aller flanquer le feu avec ces deux énergumènes... Et pour un dingue comme Burton, qui devenait de plus en plus violent, au point certains jours de s'en prendre physiquement à son contremaître. Autrefois, il n'aurait jamais accepté ce travail de malfrat à la petite semaine, mais les temps étaient durs.

Avant 1888, avant Jack l'Éventreur plus exactement, il s'en mettait plein les poches. Mais ce salaud leur avait pourri le travail : à la suite des assassinats, les institutions judiciaires et morales de Londres s'étaient penchées sur l'East End pour en faire une priorité. Les rues s'étaient remplies de policiers et pullulaient de prêtres, de missions, de mêle-tout. Et ce salaud de Roddy O'Meara avait tenu promesse, lui filant le train sans répit. Il lui avait parlé en public, le faisant passer pour un indicateur, avait organisé des descentes dans les salles de jeu et les maisons closes qu'il contrôlait. Après sa promotion de sergent, trois ans plus tôt, O'Meara s'était un peu calmé car il devait rester le plus clair de son temps derrière un bureau, mais il avait ordonné à ses hommes de continuer à sa place.

Rien n'était plus comme avant. Certains ne le payaient même plus, comme Denny Quinn du *Taj Mahal*. Quinn prétendait qu'il n'avait pas de quoi alors qu'il était plein aux as. Mais Bowler connaissait le responsable de la situation : c'était ce cloporte de Sid Malone.

Malone voulait lui prendre sa place. Autrefois, il n'était qu'un petit voyou comme il en existait des centaines, volant juste pour se payer un repas et un lit dans un galetas. Mais Malone avait de l'ambition et ce qu'il fallait dans le ventre ; aussi, depuis, il s'était taillé sa place sans états d'âme.

À l'instar de Sheehan, Sid Malone protégeait à présent des dizaines d'établissements illégaux et récoltait ses dividendes. Son fief se situait de l'autre côté de la Tamise, à Lambeth, Southwark, Berdmondsey et Rotherhithe. Tant qu'il n'avait pas touché à son territoire, Bowler ne s'était pas inquiété. Seulement, depuis quelques mois, Malone utilisait ses contacts chez les propriétaires des quais et les armateurs pour se lancer dans des activités très lucratives et un peu trop audacieuses : transports d'armes vers Dublin, d'opium vers New York, d'objets de luxe volés vers Paris. La réussite lui montait à la tête. La rumeur disait qu'il briguait la rive nord du fleuve. La veille, Malone avait été vu au *Taj* par Reg et Stan. Il avait dîné, parié sur un combat, et couché avec une fille de Quinn.

Quel culot ! Quel foutu culot ! pensa Sheehan avec colère. Cela lui donnait des envies de meurtre. Il voulait la peau de Malone, parce qu'il venait sur son territoire, et celle de Quinn, parce qu'il le laissait faire. Mais Malone, protégé par ses gardes du corps, était intouchable. Tant pis, ce serait Quinn qui trinquerait : il allait lui envoyer un avertissement. Dommage, il aimait bien le patron du *Taj*, mais s'il laissait faire, ce serait l'anarchie ! Et ce serait lui qui se retrouverait ventre en l'air dans la Tamise...

Les vapeurs de pétrole devenaient suffocantes.

— Bon, vous avez fini ?

— Oui, ça y est, patron, annonça Stan.

— Comment va notre bonne vieille cloche ?

— Il a un peu froid, le coco, mais il se réchauffera vite.

Les yeux de Sheehan s'étaient habitués à l'obscurité, et maintenant il distinguait le corps couché par terre, avec la tabatière qui dépassait de la poche. Ils l'avaient trouvé endormi dans une allée. Il s'était bien défendu, le bougre, mais ils l'avaient eu. Maintenant, il allait partir en fumée, et on croirait que c'était lui, en fumant sa pipe, qui avait mis le feu à la baraque.

— Vous avez la bouteille ?

— Oui, dit Reg en levant une bouteille de gin vide.

— Les allumettes ?

— Aussi.

Ils quittèrent discrètement l'usine par une porte de côté, et la refermèrent avec la clé que leur avait donnée Burton. Dehors, Reg versa du pétrole dans la bouteille, puis imbiba un morceau de toile à sac, la tordit pour en faire une mèche et l'enfonça dans le goulot. Frottant une allumette, il l'approcha de la mèche qui s'enflamma d'un coup.

— Vas-y, mon gars, siffla Sheehan.

Reg envoya la bouteille en l'air, à travers une fenêtre. Sheehan partit en courant, jetant un coup d'œil derrière lui pour voir si ses hommes suivaient. Stan lui collait aux talons, mais Reg n'avait pas bougé, attendant sans doute de voir si le feu prenait. Il y eut un bruit d'embrasement énorme, suivi par une explosion monumentale. Le gaz n'était pas coupé ! eut le temps de penser Sheehan avant d'être plaqué à terre par le souffle. Les vitres des usines et des maisons avoisinantes se brisèrent, des morceaux de verre tombèrent en pluie sur eux. Il se releva en titubant et devina la présence de Stan à son côté.

— Barrons-nous ! cria-t-il.

— Et Reggie ?

— Laisse, il est cuit !

En quelques secondes, les flammes montèrent dans le bâtiment. La rue se remplit de fumée. À cet instant, Reg surgit des épais nuages noirs qui s'échappaient de l'usine. Il avait le visage lacéré et couvert de suie.

— C'est pas une façon de gagner sa vie, maugréa-t-il. Patron, l'extorsion de fric, c'est quand même autre chose.

58

— Pose cette bouteille, Lizzie ! ordonna Roddy O'Meara. Si tu la marques, tu passes trois mois au trou ! Tu m'entends ?

— Cette vipère m'a piqué mon client ! Je vais lui arranger la tronche, moi ! Ça fait une semaine que je dors dans la rue.

Lizzie Lydon, prostituée de son état, avait envoyé par terre à coups de poing une concurrente du nom de Maggie Riggs, devant le *Bells*, le pub où elles racolaient. Elle s'était assise à cheval sur Maggie pour l'immobiliser, et voulait lui labourer le visage avec une bouteille cassée. Maggie se défendait tant bien que mal en lui retenant les poignets, mais sans Roddy elle risquait fort d'être défigurée. Il n'était plus qu'à quelques pas.

— Laisse-la ! Tu veux pas aller en prison, quand même ?

— En taule, au moins, on a du gruau à se mettre dans le ventre.

Roddy s'accroupit près des deux femmes et tendit la main.

— Allez, donne.

Lizzie finit par lui abandonner la bouteille, et il les fit relever toutes les deux. Elles étaient en loques et n'avaient que la peau sur les os. Il aurait dû les arrêter pour ivresse et tapage sur la voie publique, mais il les laisserait partir. Ce n'étaient pas des criminelles, mais de pauvres femmes à bout de ressources. Elles n'en pouvaient plus d'épuisement et de misère. Il leur indiqua un asile de nuit où trouver un bol de soupe chaude sans trop se faire assommer de prières, les avertissant qu'elles ne s'en tireraient pas à si bon compte une prochaine fois. Ensuite, il fit circuler les badauds, et repartit vers Christ Church.

Maintenant qu'il était sergent, le service de Roddy ne comportait plus de ronde, mais il avait pris l'habitude de marcher au moins une heure avant de rentrer dans sa jolie maison du quartier tranquille de Bow. Ainsi, il gardait le contact avec la population qu'il était chargé de protéger, et montrait aux délinquants qu'il connaissait le terrain et les avait à l'œil.

— Bonne nuit, sergent, dit une voix dans l'obscurité.

Un homme massif sortit du brouillard, portant un casque et une veste bleue fermée par une rangée de boutons de cuivre. Roddy eut un sourire. C'était McPherson. Vingt-cinq ans de service, et il faisait toujours sa ronde. On lui avait souvent offert des promotions, car c'était un homme intelligent, courageux, mais il refusait les responsabilités et les tourments des gradés.

— Pas de soucis ? demanda Roddy.

— Pas trop. Et vous ?

— Je viens d'arrêter une bagarre.

— Vous êtes un drôle de bonhomme ! Les autres détestent le service de nuit, et vous, on ne peut pas vous en arracher. Vous rentrez chez vous ?

— Oui, mais je me balade un peu avant, pour flairer l'atmosphère.

— Je viens de remarquer quelque chose d'intéressant.

— Ah oui ?

— Sid Malone et Denny Quinn, qui sortaient ensemble du *Taj Mahal*.

— Malone ? répéta Roddy en fronçant les sourcils. Le gars de Lambeth ? Whitechapel, c'est un peu loin de chez lui... Je me demande pourquoi il vient fouiner chez nous.

— Un mauvais coup, pour sûr.

— À quoi ressemble-t-il, ce gaillard ?

— Oh, à tous les malfrats de Londres : un costaud avec une tête de brigand. Vous ne l'avez jamais vu ?

— Je crois que si, mais il y a très longtemps.

Il se souvenait que Charlie Finnegan avait travaillé à la brasserie avec un garçon nommé Sid Malone, qui s'était mal conduit avec Fiona. Il était allé lui rendre une petite visite pour lui conseiller de la laisser tranquille. Le garçon était bagarreur mais plutôt pleutre, et s'attaquait de préférence à plus faible que lui. Or, en se montrant au *Taj Mahal*, Sid Malone cherchait querelle à très forte partie.

— Il paraît qu'il tient toute la rive sud sous sa coupe, continua McPherson. Peut-être qu'il veut ouvrir boutique chez nous.

— Possible. Prévenez-moi s'il y a du nouveau.

— Entendu. Vous montez vers le nord, sergent ? Allez jeter un coup d'œil à l'ancienne usine de thé. L'incendie a failli faire cramer le quartier. Quarante familles sont à la rue. C'est un clochard qui aurait fichu le feu en fumant.

Roddy cracha par terre pour chasser un mauvais goût qui lui montait à la bouche.

— C'est la version officielle, répliqua-t-il, mais ça ressemble plutôt à du Bowler Sheehan. Mais nous n'arriverons pas à le coincer, comme d'habitude.

— Bowler joue les incendiaires, maintenant ?

— Il fait les sales besognes du propriétaire, William Burton. Un agent immobilier m'a appris que l'usine était en vente depuis des lustres. Je parie que c'est pour l'assurance.

— Eh bien, il a eu raison de s'y mettre hier. Ce soir, ça n'aurait pas aussi bien pris : le brouillard est digne de Jack l'Éventreur.

— Pour sûr... Voilà un nom qu'on n'entend plus trop ces temps-ci. En tout cas, pas chez moi, ma femme me l'interdit.

— La mienne aussi.

Chez tous les policiers qui avaient travaillé sur l'affaire, c'était la même histoire : les épouses ne supportaient plus de voir leur mari poursuivi par les mêmes hantises.

« C'est fini, Roddy, on a trouvé le coupable ! avait crié Grace peu de temps après leur mariage, alors qu'il émergeait d'un horrible cauchemar. Le corps a été repêché dans la Tamise, tout le monde dit que c'est lui. Mais on ne fera pas revenir les victimes, pas plus Kate Finnegan que les autres. Alors, n'y pense plus ! »

Roddy aurait bien aimé y parvenir. Il n'en pouvait plus d'être poursuivi dans ses rêves par le regard mort d'Annie Chapman, de se réveiller avec l'odeur du sang dans les narines. Il ne voulait plus entendre les sanglots de Fiona, le jour où l'on avait mis sa pauvre mère en terre. Il aurait tant préféré croire, comme on le lui demandait, que Montague Druitt, le jeune avocat dont la police avait retrouvé le corps dans le fleuve en 1888, était l'assassin !

— Tu parles, Scotland Yard a beau dire que Druitt était l'Éventreur, j'en crois pas un mot, remarqua McPherson qui avait suivi le cours de ses pensées.

— Moi non plus. Il était très dérangé, mais pas violent. Et il n'était jamais allé à Whitechapel.

— Alors que l'Éventreur connaissait le quartier comme sa poche.

— Si on peut vraiment parler de lui au passé...

Les deux hommes osaient rarement avouer leur crainte secrète : et si Jack l'Éventreur était toujours vivant ? Il était peut-être tapi dans l'ombre, attendant son heure. Chaque fois qu'on découvrait un corps de prostituée poignardée, ils se demandaient si ce n'était pas son œuvre. Avait-il appris à se maîtriser ? À refréner ses instincts ? Variait-il ses méthodes ? En haut lieu, on faisait silence sur ces morts. L'affaire était close, assurait-on, Jack l'Éventreur s'était suicidé.

— On ne saura sans doute jamais, commenta McPherson.

Roddy hocha la tête. C'était le plus dur du métier. On pouvait apprendre bien des choses : comment arrêter un homme, comment se défendre contre plusieurs attaquants, mais cela, non. On ne s'accoutumait pas aux affaires non résolues. Aux impasses. À l'échec. Dans sa jeunesse, Roddy avait refusé d'admettre son impuissance, persuadé qu'on réussissait toujours, à condition de se donner du mal. Le jour venait où l'on prenait le voleur, le violeur d'enfant, l'assassin. Mais l'expérience lui avait montré une tout autre réalité. On ne pouvait rien quand il n'y avait pas de preuves. Parfois, les criminels étaient intelligents, ou bien ils avaient de la chance. Il avait dû apprendre à rentrer chez lui, à embrasser sa femme, à faire sauter ses enfants sur ses genoux tout en sachant que des voleurs et des assassins sévissaient dans la plus parfaite impunité.

— Allez, je continue ma tournée, déclara McPherson. Une petite balade dans Brick Lane. Bonne nuit, sergent, rentrez bien.

— Bonsoir, McPherson.

Roddy reprit sa route sans cesser de penser à l'année 1888. Par les nuits de brouillard, le passé revenait, aussi réel que les pavés sous ses pieds ou que l'air âcre et épais dans ses poumons. Pour se réconforter, il songeait que, au moins, Fiona et Seamie avaient pu échapper à tout ce malheur et se construire une nouvelle vie en Amérique.

Il venait de recevoir une carte de Noël de Fiona, avec une photographie d'elle, en compagnie de son mari Nicholas et de Seamie. Elle était devenue magnifique, mais il fallait reconnaître que, jeune fille, elle était déjà très jolie ; quant à Seamie, il était à présent un grand et beau jeune homme. Roddy était toujours si heureux de recevoir les lettres de Fiona. Il était très fier d'elle : elle possédait la plus grande compagnie de thé d'Amérique, rien de moins !

Son mari était un homme de la haute, cela se voyait sur les photographies, et très gentil, affirmait-elle ; ils s'aimaient beaucoup. Elle avait décroché un bien meilleur parti que Joe Bristow. Roddy éprouvait parfois encore de la rancœur à son égard, en pensant à la façon dont ce garçon avait traité Fiona ; mais il le plaignait, surtout.

Il se souvenait de lui à son retour de New York : c'était un homme anéanti. Joe lui avait donné ses quatre dernières livres en promettant de lui rembourser le reste de sa dette, ainsi qu'un journal qui racontait le mariage de Fiona et publiait sa photographie en compagnie de son époux. Roddy lui avait offert un whisky, mais n'avait pas eu le courage de lui apprendre qu'il avait reçu une lettre de Fiona seulement deux jours après son départ. Il l'avait à peine revu depuis, deux ou trois fois pour le règlement de sa dette, mais c'était tout.

Dans aucune de ses lettres, Fiona ne demandait de nouvelles de Joe, et Roddy ne le mentionnait pas davantage dans ses réponses. Pourquoi réveiller le passé ? Il ne parlait pas non plus de Sheehan, ni de ses accusations concernant Fiona. Cette histoire de vol le laissait toujours perplexe, mais depuis qu'il la savait en Amérique, au moins, il ne craignait plus les représailles à son encontre. Malgré son honnêteté irréprochable, savait-on ce qui avait pu passer par la tête de Fiona ? Elle avait été si malheureuse et avait tant voulu partir... Mais quand bien même elle aurait soulagé Burton de quelques livres pour aller à New York, il n'en était pas à un billet près.

Fiona, qui ne pouvait pas venir à Londres à cause de la santé de Nicholas, avait très souvent invité Roddy à lui rendre visite à New York avec sa femme et ses enfants. Cela lui aurait fait plaisir, mais il gardait un souvenir trop cuisant de son seul voyage en bateau pour s'y risquer. La traversée de Dublin à Liverpool avec Michael et Paddy l'avait rendu si malade qu'il était sûr de ne pouvoir endurer deux longues semaines en mer.

Paddy... comme il lui manquait ! Si seulement il n'avait pas remplacé le gardien de nuit, ce soir-là... Ils seraient tous encore en vie, Paddy, Kate, les enfants. Paddy n'avait eu qu'une ambition : toucher un salaire décent pour faire vivre sa famille. Ce n'était pas trop demander, quand même.

Les souvenirs de Roddy furent interrompus par une passante qui avançait d'un pas chancelant, les yeux rivés au sol, et faillit le bousculer.

— Pardon, je vous avais pas vu avec ce brouillard, dit-elle sans relever la tête.

Une mèche de cheveux roux dépassait de sous le châle.

— Alice, c'est vous ?

— Oui, c'est moi. Ah, sergent ! Je n'y vois pas clair, ce soir.

Roddy eut un coup au cœur en découvrant son visage.

— Mais qui vous a fait ça ?

— Un client.

— Ce soir ?

— Non, hier.

Il la fit approcher d'un bec de gaz et inspecta son visage affreusement contusionné.

— Mais, bon Dieu ! Vous le connaissez ?

— Je l'avais jamais vu. Y m'a donné un shilling. Un monsieur très bien. Quand on est arrivés à ma piaule, il est devenu comme fou. Il arrêtait pas de répéter : « Je t'ai retrouvée, je t'ai retrouvée. » Il m'a tapé dessus à me tuer, en arrêtant pas de parler de rats, et puis il a tiré son couteau. J'ai cru que j'étais cuite, mais j'ai réussi à le calmer en lui montrant qu'y avait pas d'rats. Ça fait un mal de chien. J'ai pas un rond, sinon j'irais me payer un verre pour oublier la douleur.

Roddy sortit une pièce de sa poche.

— Tenez, mais prenez plutôt un bol de soupe.

— D'accord, sergent, et merci bien !

Roddy la regarda partir sans se faire d'illusions. Elle allait tout boire au *Bells.* Le brouillard se referma sur elle, et il songea que, même si Jack l'Éventreur était mort, son esprit lui survivait dans ces ruelles sordides. Il se perpétuait dans l'agresseur d'Alice ; dans le barman filou qui, profitant de ses yeux au beurre noir, la volerait en lui rendant la monnaie ; dans les bandits qui lui déroberaient ses dernières pièces quand elle rentrerait chez elle en titubant. L'âme de l'assassin se nourrissait de la faim et de la misère des Alice, des Lizzie, des Maggie qui grelottaient au coin des rues pour vendre leur corps à quatre pence ; elle transparaissait dans la brutalité d'un Bowler Sheehan, capable de brûler une rue entière et d'ôter leur toit à quarante familles pour gagner quelques livres ; ou encore dans la froide ambition d'un Sid Malone...

Roddy frissonna. Pensant à la chaleur de son foyer, à Grace qui l'accueillerait avec un bon souper sorti du four, il tourna vers le nord pour rentrer chez lui. L'espace d'une courte nuit, il chasserait de son esprit les crimes impunis.

59

Nicholas Soames, le marchand d'art le plus connu de New York, chouchou de la bonne société, s'appuya à sa canne à pommeau d'argent et contempla Fiona, son épouse depuis dix ans, avec un sourire indulgent. Elle lui avait demandé de la rejoindre à l'énorme entrepôt de brique de KaliThé dans les docks de New York, mais elle était tellement absorbée par son travail qu'elle ne l'avait pas vu arriver.

« La nouvelle machine est magnifique, Nick, avait-elle annoncé pendant le petit déjeuner. Il faut que tu voies ça ! Viens à l'usine après le déjeuner... Dis oui, je t'en prie ! »

Il répondait donc à son invitation, même si ce n'était pas très prudent. À présent, le moindre effort déclenchait en lui des douleurs ; il les sentait déjà, ces fines aiguilles de verre qui se fichaient dans son cœur. Mais, malgré l'évolution alarmante de sa maladie depuis deux ans, il parvenait à cacher la gravité de son état à Fiona. Elle en aurait éprouvé trop de peine, et il souhaitait la ménager, car elle avait déjà eu plus que sa part de malheurs.

Elle était à une vingtaine de mètres de lui, ne se préoccupant que d'une énorme et bruyante machine récemment livrée de Pittsburgh et qui avait coûté la bagatelle de cinquante mille dollars. D'après elle, ce monstre allait révolutionner l'industrie du thé. Nick continua de l'observer avec amour, constatant, non sans amusement, que l'élégante jeune femme qui l'avait quitté le matin même s'était transformée en épouvantail à moineaux.

Elle s'était débarrassée de sa veste en la jetant sur un tabouret comme un vulgaire chiffon, avait remonté les manches de son chemisier blanc, non sans y laisser une traînée de graisse noire, et des mèches folles s'échappaient de son chignon. Sans se soucier de son aspect, elle discutait avec une personne cachée par la machine.

Cette dernière se mit en marche avec un vrombissement qui le fit sursauter. Des boîtes à thé rouges en émergèrent les unes après les autres, entraînées par un tapis roulant. Fiona se saisit de l'une d'entre elles, fit sauter le couvercle, et en tira un petit sachet blanc qu'elle examina.

— Bon Dieu ! hurla-t-elle de son accent très américanisé.

Elle passa en revue d'autres sachets, puis plaça deux doigts dans sa bouche et émit un sifflement strident. Il y eut un grincement de métal, et la machine s'arrêta.

— Stuart ! Ils se déchirent encore !

Une tête surgit de l'assemblage barbare de leviers, de tables de fontes et de rails. C'était Stuart Bryce, l'assistant de Fiona, qu'elle avait volé à Millard huit ans auparavant.

— Encore un problème de tension des courroies, affirma-t-elle en lui tendant un sachet.

Une voix monta de sous la machine, provenant, autant que Nick pût en juger, du propriétaire des deux pieds qui dépassaient.

— C'est pas possible, on les a réglées trois fois !

— Eh bien, on les réglera une fois de plus, Dunne ! Faites votre boulot.

— C'est pas les roulements, madame, c'est l'agrafage. Les mors déchirent la mousseline au passage.

— Non, si c'était cela, la coupure serait nette. C'est la tension. Recommencez le réglage.

— Je voudrais vous y voir, moi !

Ça, mon cher, songea Nick, tu risques de le regretter. Il prit la veste de Fiona, la plia, et s'assit pour assister à l'explosion.

Fiona resta figée quelques secondes, jetant un regard assassin aux pieds de Dunne, puis elle attrapa une clé, se glissa sous le tapis roulant et rampa jusque sous la machine. Sa jupe s'accrocha, mais la jeune femme tira dessus, et le tissu céda. Nick poussa un soupir. Une soie vénitienne tissée main, et coupée à Paris par Worth...

Après quelques minutes de travail acharné, entrecoupé de grognements et de jurons, ainsi que d'un grand « Aïe ! », un ordre fusa :

— Démarrez !

L'animal métallique se remit en marche. Fiona reparut. Nick constata qu'elle avait à présent de la graisse sur la joue et du sang sur les mains. Les boîtes de thé recommencèrent à sortir. Fiona jeta sa clé et courut prendre la première pour en inspecter le contenu.

— Ça y est ! s'exclama-t-elle en éclatant de rire. Nous y sommes ! Ça marche !

Elle lança le contenu de la boîte en l'air, et, sous la pluie de sachets blancs qui retombait, aperçut soudain Nick. Avec un cri de joie, elle ramassa un des sachets et le lui apporta. La petite poche de mousseline était remplie de thé. Une agrafe minuscule la fermait tout en retenant un fil terminé par un carré de papier rouge sur lequel était imprimé le mot *KaliThé.*

— Épatant, ma chérie, qu'est-ce que c'est ?

Il sortit son mouchoir afin d'enlever le sang qui avait coulé sur l'alliance en brillants de Fiona et sur l'énorme diamant de dix carats taillé en émeraude qu'il lui avait offert pour leur premier anniversaire de mariage. Elle avait des mains de travailleuse, calleuses, égratignées, surprenantes chez la femme la plus riche de New York, la propriétaire du commerce de thé le plus lucratif du pays, ainsi que de trente-cinq *Salon Rose thé* et plus de cent épiceries de luxe.

— Qu'est-ce que c'est ? Mais un sachet de thé, Nick ! s'écria-t-elle en lui retirant sa main, car elle trouvait ses soins inutiles. On le jette dans une tasse avec de l'eau bouillante, et c'est prêt. Un système simple, rapide et propre. Pas de théière à laver, pas de gâchis.

— Hautement efficace... très américain.

— Exactement ! « Un nouveau thé pour le nouveau siècle », c'est Nate qui a trouvé le slogan. Et tu verrais les dessins de Maddie ! L'un montre une actrice dans sa loge, un autre une dactylo, un autre un célibataire en train de se raser, tous avec un sachet de thé dans une tasse à côté d'eux. Et Nate a commandé une chanson à Scott Joplin ! D'ici à un mois, tout le monde la fredonnera et la dansera.

Les incomparables yeux bleus de Fiona étincelaient, et ses joues rosissaient d'enthousiasme. Nick se fit la réflexion, comme cela lui arrivait souvent, qu'il avait épousé la femme la plus belle du monde. C'était son caractère passionné qui la rendait aussi exceptionnelle. Il se sentait gagné par sa force de persuasion, qui lui permettait d'emporter l'adhésion de tous ses partenaires. Sa réussite s'expliquait en partie ainsi.

Nick se rappelait avec quel brio, quelques années plus tôt, elle avait conquis le marché du thé dans le sud du pays, région pourtant réputée réfractaire à cette boisson : on n'y jurait que par la limonade, les punchs et les juleps à la menthe, car il faisait beaucoup trop chaud pour le thé. Fiona avait décidé de prouver que ses concurrents avaient tort de baisser les bras, et trouvé l'idée du thé glacé. Après une campagne de trois mois dans le Sud, elle avait remporté une victoire éclatante. Nick ne doutait pas qu'elle réussirait aussi bien avec ses sachets.

Elle se mit à chantonner le ragtime composé pour KaliThé, et attrapa les mains de Nick en riant pour l'entraîner dans une danse endiablée. Il suivit avec souplesse, puis s'arrêta pour la faire virevolter. À cet instant, une douleur fulgurante le saisit au cœur, lui arrachant un cri. Il lui fallut faire un énorme effort pour ne pas porter la main à sa poitrine.

Fiona s'arrêta net.

— Que se passe-t-il ? Nick, tu ne te sens pas bien ? C'est ton cœur ?

— Non, pas du tout, chérie. Juste une douleur dans le dos. Des bobos dus à mon grand âge. Que veux-tu, je me fais vieux !

Mais elle ne le crut pas. Elle le fit asseoir et multiplia les questions, très inquiète, tandis qu'il s'efforçait de la rassurer. Il fit semblant de se masser les reins, espérant que la douleur dans sa poitrine disparaîtrait en quelques minutes. Fiona suggérait de prévenir le Dr Eckhardt quand Stuart approcha pour saluer Nick en compagnie du mécanicien de Pittsburgh, un homme grisonnant et revêche.

La conversation s'orienta sur la nouvelle chaîne de production ; Nick profita de la diversion pour tenter de régulariser sa respiration et son rythme cardiaque, mais sans succès. Il devait rentrer, et vite.

Un soudain grincement rappela Stuart et Dunne auprès de la machine. Ayant l'impression qu'un main géante lui broyait le cœur, Nick se leva pour annoncer d'un ton léger qu'il s'en allait. Il prétendit avoir rendez-vous avec Hermione, la gérante de la galerie, pour son rapport hebdomadaire. Hermione Melton était une jeune Anglaise qu'il avait découverte au *Metropolitan Museum of Art,* et embauchée quand Eckhardt lui avait interdit de continuer à travailler. Il constata avec soulagement que sa petite comédie avait réussi à tromper Fiona, car elle semblait plus sereine. Il lui demanda si elle dînerait chez eux, et elle répondit par l'affirmative, puis il l'embrassa et la renvoya au travail.

La douleur ne se calmait pas ; au contraire, elle le paralysait presque. Il regagna lentement sa voiture, y monta, et s'affala sur le siège, yeux clos. Dès qu'il se sentirait capable de lever un peu le bras, il prendrait son petit flacon de pilules blanches dans sa poche intérieure et en avalerait une.

Après un trajet qui lui sembla interminable, la voiture s'arrêta devant la somptueuse demeure de la Cinquième Avenue où il vivait avec Fiona. Il mit pied à terre et, haletant, prit appui sur la balustrade du perron. Sa main tremblante paraissait bleue, comparée au marbre blanc. La porte s'ouvrit sur Foster, son majordome, qui s'alarma aussitôt.

— Mon Dieu, monsieur ! Attendez, je vais vous aider...

Nick sentit ses jambes céder et la douleur exploser dans sa poitrine.

— Foster, appelez Eckhardt... arriva-t-il à murmurer juste avant de s'effondrer.

Fiona Finnegan Soames, relevant ses jupes, franchit prudemment l'entrelacs de rails qui courait entre l'usine et la chaussée de West Street. Elle laissa passer les voitures, le tramway et quelques rares automobiles, puis traversa d'un pas vif avec l'assurance qui la caractérisait. Sa confiance en elle transparaissait aussi bien dans sa démarche que sur son visage ou dans sa façon directe de s'exprimer. Elle était connue pour son sang-froid face aux banquiers et aux hommes d'affaires trop condescendants, pour sa sagacité quand il s'agissait de déjouer les indélicatesses des fournisseurs et des distributeurs. Sa gaucherie d'adolescente avait cédé le pas à une force inébranlable.

En atteignant l'autre côté de la rue, elle se tourna pour jeter un coup d'œil à son usine, fière du résultat de dix années de travail. Les énormes wagons de transport rouges, chacun marqué du logo blanc de KaliThé, étaient garés devant l'immense bâtiment. Derrière l'usine, il y avait ses docks, des jetées le long desquelles s'alignait une flottille de péniches prêtes à appareiller à la prochaine marée. Certaines traversaient le fleuve pour aller dans le New Jersey, d'autres voguaient vers le nord et les villes animées de l'Hudson : Rhinebeck, Albany et Saragota. D'autres encore poursuivaient leur voyage plus loin, vers le canal Érié, jusqu'au lac Ontario. Là, l'acheminement se terminait à bord des grands vapeurs qui desservaient les villes des Grands Lacs, ports des jeunes États du Nord-Ouest.

Peu de femmes auraient trouvé de la beauté à une usine, mais pour Fiona c'était une vision incomparable. Cependant, elle s'inquiétait un peu en pensant à ce nouveau projet. Elle avait dépensé une fortune pour mettre au point sa machine d'ensachage, et les frais ne s'arrêtaient pas là. Restaient encore les campagnes publicitaires, le conditionnement, la distribution. Elle n'hésiterait pas à financer toutes les bonnes idées qui naîtraient de la collaboration entre Stuart, Nate et elle, mais il faudrait que cela marche !

Elle avait connu cette même appréhension en introduisant la clé dans la serrure de l'épicerie abandonnée de son oncle, et en commandant ses cinquante premières caisses de thé chez Millard. Une tension identique l'avait habitée quand Mlle Nicholson, disparue à présent, lui avait vendu sa maison pour en faire le *Salon Rose thé*. L'angoisse l'avait reprise quand Michael et elle avaient ouvert la deuxième épicerie Finnegan, au coin de la Septième Avenue et de la Quatorzième Rue ; et elle revenait à chaque ouverture d'un nouveau salon de thé, que ce soit à Brooklyn Heights, à Baltimore, ou à Boston.

Devinant toujours son anxiété, Nick lui préparait un bon thé, bien fort, comme elle l'aimait.

Cette appréhension était toujours aussi désagréable, même si elle la considérait à présent comme un mal nécessaire qui l'obligeait à revoir ses estimations au plus juste, à préciser ses objectifs, à épurer ses projets, et, ce faisant, à limiter la marge d'erreur. Au fond, c'était bon signe.

Si les sachets se vendaient bien aux États-Unis, elle les lancerait au Canada, puis, un jour, en Angleterre et en France, des marchés prometteurs, et elle triplerait, ou même quadruplerait ses ventes.

Elle poursuivit sa route vers le nord, dépassant Jane Street, plongée dans ses pensées, marchant à grands pas afin de calmer sa fièvre. Sans doute aurait-elle dû prendre un fiacre pour ne pas faire attendre Nick, mais elle continua à pied, trop survoltée pour s'enfermer dans une voiture, trop angoissée, derrière cette effervescence, par ses craintes concernant la santé de Nick.

Cette douleur, à l'usine... venait-elle de son dos, ainsi qu'il le prétendait, ou de son cœur ? Il n'avait pas porté la main à sa poitrine comme il le faisait en général... et il n'avait pas pris son médicament. Eckhardt lui avait ordonné de l'avaler aux premiers signes de crise, et Nick obéissait scrupuleusement. Ces détails la rassuraient un peu. Elle l'avait trouvé pâle ; il avait les traits tirés, certes, mais après tout il souffrait d'une maladie grave...

— Non, il va bien, se dit-elle à voix haute. Il va bien !

Au cours des dix dernières années, elle avait pris toutes les précautions possibles pour préserver la santé de Nick. Elle surveillait son régime alimentaire, l'obligeait à se reposer et à faire de l'exercice. À une époque, convaincue qu'il devait exister de meilleurs traitements, elle avait renvoyé Eckhardt, et appelé au côté de Nick une ribambelle de médecins américains et européens.

Nick s'était laissé faire avec bienveillance. On lui avait posé des cataplasmes nauséabonds, donné à avaler des potions infectes. Il avait accepté les bains de siège, les bains de vapeur et les bains d'air. On l'avait massé, demandé de se raser la tête ; on lui avait défendu de fermer les fenêtres en décembre et fait porter des caleçons de laine en juillet. Mais quand le septième médecin l'avait mis au chou-fleur bouilli et au jus de céleri en lui interdisant d'écouter son gramophone neuf, jugé trop fatigant pour les nerfs, il avait perdu patience. Il avait assuré à Fiona que ces charlatans finiraient par avoir sa peau, et exigé le retour d'Eckhardt.

Pleine de remords, Fiona était allée présenter ses excuses au médecin allemand et l'avait prié de revenir, ce qu'il avait fait de bonne grâce. Il n'avait pas voulu de ses remerciements ; expert dans le fonctionnement du corps et du muscle cardiaque, Werner Eckhardt connaissait aussi intimement l'âme humaine. « N'espérez pas trop, n'est-ce pas ? l'avait-il avertie. C'est l'espoir qui nous affaiblit. »

Eckhardt pouvait penser ce qu'il voulait, elle ne perdrait jamais espoir, du moment qu'il soignait son cher Nicholas. Si le bon docteur ne pouvait le guérir de sa maladie, du moins en ralentissait-il les effets. Le système nerveux et le cerveau de Nick n'avaient pas été atteints comme on aurait pu le redouter. Les dommages s'étaient arrêtés au cœur, et, d'après ce qu'elle en voyait, n'avaient pas tellement progressé depuis qu'elle l'avait trouvé si malade chez Mme Mackie. Elle voulait se convaincre qu'il continuerait à se porter ainsi : à peu près bien. Il le fallait, car elle ne supporterait pas de perdre son meilleur ami, son mari.

Elle sourit en pensant aux folles années qui avaient suivi leur mariage. Ils avaient vécu dans l'appartement de Nick, au-dessus de la galerie et du *Salon Rose thé*. Elle avait consacré tout son temps à ouvrir de nouveaux salons de thé, de nouvelles épiceries – à bâtir son empire KaliThé. Nick, lui, s'était imposé à New York comme le plus grand marchand de tableaux impressionnistes de la ville. Dans la journée, ils couraient à leurs affaires. Le soir, ils rentraient fatigués, ouvraient une bouteille de vin, et mangeaient ce qu'ils arrivaient à grappiller dans la cuisine du salon de thé. Ensuite, ils avaient pris Seamie chez eux, après l'avoir laissé quelque temps à Mary ; ils lui faisaient réciter ses leçons, puis se racontaient leur journée, se prodiguant conseils et encouragements.

Ni lui ni elle ne s'intéressaient aux tâches domestiques, et ils en plaisantaient souvent. La tenue de la maison reposait à présent entièrement sur les épaules du pauvre Foster, qui devait décider des menus, des fleurs qui décoreraient la salle à manger, et juger des compétences de la blanchisseuse.

— Voiture, m'dame ? cria un cocher de fiacre, arrachant Fiona à ses pensées.

Elle allait accepter quand elle constata qu'elle était arrivée à Gansevoort Street, avec son marché du vendredi soir. Les flammes orangées des braseros éclairaient les clients venus acheter des cornets de marrons, des pommes de terre à la braise, de la soupe chaude. Non loin d'elle, deux femmes portant des mitaines bavardaient tout en se réchauffant les doigts sur de grosses tasses de grès. Dans l'air de la nuit montait la buée blanche de leur souffle se mêlant à la vapeur du potage. Plus loin, un boucher brandissait un chapelet de saucisses, et une bonne odeur de beignets flottait dans l'air.

— Finalement non, merci, dit-elle au cocher en lui faisant signe de repartir.

Quelques secondes plus tard, elle pénétrait dans Gansevoort Street, heureuse comme elle l'était toujours dans les marchés.

Elle se laissa porter par la foule, savourant le spectacle. À New York aussi, il y avait des charrettes, où s'empilait de tout : des fruits et des légumes, des fripes, des casseroles, des bonbons, des produits ménagers, des remèdes. Les marchands ambulants vantaient avec emphase leurs produits, lançant la mélopée si familière, si envoûtante.

Un rien intéressait son esprit curieux de commerçante. Fiona avançait ainsi, heureuse, quand elle remarqua un jeune homme grand et blond qui se tenait de trois quarts. Beau garçon, espiègle, il portait une veste très usée, une casquette sombre, et avait un mouchoir rouge noué autour du cou. Le bout de ses doigts sortait de ses gants troués, et elle en eut de la peine, car elle les devinait bleus de froid. Elle ne parvenait pas à détacher ses yeux de lui. Il fit un clin d'œil à un client, tendit à une dame un cornet de marrons chauds avec un geste comique.

Quand il se tourna vers elle, elle remarqua aussitôt qu'il n'y avait pas de réelle ressemblance. Le sourire était différent, la forme du visage et du nez aussi. Il avait les yeux bruns et non pas bleus. Ce n'était qu'un gamin de seize-dix-sept ans. Celui qu'elle voulait voir en lui aurait presque trente ans aujourd'hui. Joe devait maintenant diriger l'établissement Peterson à Covent Garden, et ne songeait pas à vendre des marrons. Elle voulut rire de son moment d'égarement, mais n'y parvint pas.

Le jour où elle avait épousé Nick, elle avait compris avec une lucidité effrayante qu'elle ne cesserait jamais d'aimer Joe. En essayant de se persuader du contraire, elle avait failli contracter un mariage désastreux. Ce n'était pas facile à admettre, mais elle avait fait de son mieux pour ne pas se laisser démoraliser. Elle s'efforçait de ne pas penser à lui, et, lorsqu'elle n'y parvenait pas, elle se disait qu'elle ne lui en voulait pas. Avec le temps, avec la transformation radicale de sa propre existence, elle comprenait un peu ce qui était arrivé à Joe, et sa colère se dissipait, son chagrin s'atténuait.

À l'époque, il était très jeune, et avait commis une erreur qui avait fait du mal autant à lui qu'à elle. Elle se l'imaginait heureux, à présent ; mais ce soir-là, sur les marches du Vieil Escalier de Wapping, quand il lui avait tout avoué, son désespoir avait été réel. Pour un garçon vif et intelligent comme lui, les limites posées par son père et son milieu avaient dû être très pénibles. Ses premiers succès lui étaient montés à la tête. Elle se rendait compte à présent que ce n'était pas tant Millie qui l'avait séduit que le pouvoir et l'argent de Tommy Peterson, et son ambition.

Une vie facile, l'argent, la réussite, comment aurait-il pu résister ? Fiona savait d'expérience combien il était facile de se laisser prendre à ce jeu. N'avait-elle pas été séduite par William McClane et la vie de privilèges qu'il lui offrait ? Dans les premiers mois de son mariage avec Nick, elle avait trouvé d'autant plus de force pour pardonner à Joe qu'elle avait appris ce qu'il en coûtait de blesser quelqu'un, de s'en repentir sincèrement, et de ne pas obtenir son pardon. Car Will ne lui avait pas pardonné.

Le souvenir de leur dernière entrevue la peinait toujours. Elle avait eu lieu chez Will, à New York, le lendemain du mariage. Il était rentré en hâte de son voyage d'affaires pour s'apercevoir que la femme qu'il aimait, celle qui lui avait promis sa main, venait d'en épouser un autre. Cette trahison lui avait causé un chagrin effroyable et il lui avait crié avec rage qu'elle avait gâché leur existence à tous les deux. Puis il s'était effondré dans un fauteuil, la tête entre les mains. Le visage baigné de larmes de remords, Fiona s'était agenouillée près de lui, avait voulu lui expliquer son dilemme : Nick avait encouru la prison et l'expulsion, et n'y aurait jamais survécu. Mais Will avait relevé la tête et lancé :

— Il semble que Nicholas Soames a beaucoup plus d'importance à vos yeux que moi.

Fiona avait soutenu son regard.

— Oui, c'est vrai, avait-elle admis posément.

Elle s'était relevée, car il n'y avait rien à ajouter, et elle était partie. C'était la dernière fois qu'elle l'avait vu en tête à tête. Ils s'étaient croisés au théâtre, au restaurant, se contentant d'échanger de brefs signes de tête et des bonjours polis. Cinq ans plus tard, Will s'était remarié à une femme de son milieu, une veuve plus proche de lui en âge. D'après ce que Fiona avait entendu dire, il passait le plus clair de son temps à la campagne et avait laissé ses affaires à ses fils, James et Edmund. Les chroniqueurs mondains rapportaient qu'il allait souvent à Washington en compagnie de sa femme pour rendre visite à son fils aîné, Will Junior, devenu d'abord membre du Congrès, puis sénateur, et dont on affirmait qu'un jour il briguerait la présidence.

Fiona avait souffert de causer tant de peine à Will, mais elle ne regrettait pas sa décision. Elle n'aurait pas supporté de perdre Nick. Et même si leur union était peu conventionnelle, elle n'aurait pu rêver époux plus attentionné. Il lui donnait tout ce dont elle pouvait rêver : la bonté, l'humour, l'intelligence, le respect, la sagesse de ses conseils. Oui, il lui donnait tout... ou presque, songea-t-elle avec une ombre de tristesse.

Certaines nuits, inquiète, elle ne trouvait pas le sommeil dans son grand lit vide, songeant à ses affaires, aux mauvaises notes de Seamie en latin, à la santé de Nick, et elle aurait eu besoin des bras d'un homme. De plus, avec le temps, un autre besoin était né, qui la prenait dès qu'elle apercevait un bébé. Deux semaines plus tôt, justement, elle avait éprouvé ce pincement au cœur devant l'adorable Clara, le nouveau-né de Maddie, le quatrième enfant qu'elle venait d'avoir avec Nate. Fiona désirait un enfant. Elle en avait parlé à Nick, qui avait avoué en avoir autant envie qu'elle. Il aurait d'ailleurs tout fait pour lui en donner un s'il n'avait redouté de lui transmettre sa maladie.

Au début de leur mariage, comprenant qu'il manquait à Fiona le contact physique qu'il ne pouvait lui offrir, il l'avait encouragée à prendre un amant. « Trouve-toi quelqu'un, Fi, avait-il conseillé, tu as besoin d'un homme avec qui partager un dîner aux chandelles, une bouteille de vin et ton lit. Tu es trop jeune pour te retirer au couvent. »

Et quand, plusieurs mois plus tard, n'ayant toujours pas pris d'amant, elle avait refusé d'aborder de nouveau le sujet, il l'avait traitée de prude. Elle l'avait fait taire en lui envoyant un coussin à la tête, mais, malgré ce qu'il pensait, sa retenue ne traduisait pas la pudibonderie. Elle ne voulait pas de passade, elle avait envie d'être amoureuse. Will avait été un bon amant ; cependant, même s'il lui avait donné du plaisir, il avait laissé son cœur indifférent. Après leur première fois, elle se souvenait d'être restée éveillée à côté de lui, l'écoutant dormir, se sentant très seule. Elle aurait aimé retrouver le bien-être qu'elle avait ressenti avec Joe. Des hommes, elle en avait rencontré des quantités au cours des dix dernières années, intelligents et beaux, et beaucoup d'entre eux étaient tombés amoureux d'elle. Chez certains, elle aurait souhaité retrouver un peu de ce qui lui avait plu chez Joe, mais c'était peine perdue.

Se rendant compte qu'il était sept heures et qu'elle risquait de faire attendre Nick, elle voulut repartir vers West Street ; toutefois ses yeux cherchèrent encore le vendeur de marrons. Il essayait de convaincre un groupe de dockers de lui acheter un cornet, mais ceux-ci rentraient chez eux pour dîner et ne s'arrêtèrent pas. Il tenta ensuite sa chance avec deux ouvrières, puis un prêtre, sans succès. Une bande d'enfants en guenilles s'était attroupée autour de lui, lui quémandant des marrons chauds. Fiona vit qu'il en glissait un à chacun, et s'émut en observant une petite fille qui tenait le sien longtemps dans ses mains nues pour profiter de la chaleur avant de le manger. Se tournant pour repérer des clients, il remarqua Fiona. Aussitôt, il entama son numéro de charme.

— Allez, mam'selle, goûtez-moi ça, dit-il en lui lançant un marron puis un autre, qu'elle dut bien rattraper. Je savais qu'ils vous plairaient, mes beaux marrons !

Les gamins se mirent à rire. Une vieille passante, panier au bras, lui fit un clin d'œil. Rougissante, Fiona fouilla dans sa serviette, se reprochant d'être si sensible au charme d'un jeune homme, simplement parce qu'il était blond et marchand ambulant.

— Un cornet, mam'selle, ou deux ?

— Donnez-moi tout, répondit-elle en sortant un billet.

Il en resta bouche bée.

— Quoi ? Tout ce que j'ai de marrons ?

— Oui.

Il avait grand besoin d'une paire de gants neufs, songea-t-elle.

— C'est comme si c'était fait ! s'exclama-t-il en saisissant sa mesure.

Il enfourna les marrons dans des cornets, en remplissant une bonne dizaine. Fiona lui donna le billet, et distribua les cornets aux gamins qui avaient assisté à la transaction avec envie.

— Merci, mam'selle, merci ! s'écrièrent-ils, n'en revenant pas d'une telle générosité.

Elle sourit tandis qu'ils s'éparpillaient avec leur butin.

Quand le vendeur releva la tête de sa caisse – une vieille boîte à cigares – pour lui rendre la monnaie sur ses cinq dollars, elle avait disparu. Il fouilla la foule des yeux et l'aperçut qui s'éloignait du côté de West Street. Il cria pour la rappeler, mais elle ne l'entendit pas. Il demanda alors à un voisin de surveiller son stand, courut pour la rattraper et lui rendre près de quatre dollars. Il atteignit le trottoir juste au moment où le fiacre qu'elle venait d'arrêter repartait. Il cria de nouveau : elle tourna le visage vers lui, le regardant par la vitre arrière de la voiture. Mais quand il agita les billets, elle détourna la tête, et le fiacre s'éloigna, prenant de la vitesse. Le jeune vendeur de marrons la suivit des yeux, se demandant pourquoi une femme aussi belle et bien vêtue, qui avait autant d'argent à jeter par les fenêtres, avait les yeux d'une telle tristesse.

60

Joe Bristow, depuis le balcon d'une demeure de Belgravia, à Londres, regardait une étoile. Devant lui s'étendait un immense jardin clos dont les arbres et la pelouse étaient saupoudrés de neige. Il n'y avait pas de lune, ce soir-là, mais le ciel était dégagé. Pieds nus, uniquement vêtu d'un mince peignoir de soie, Joe fixait si intensément son étoile qu'il ne sentait pas l'air glacé de ce mois de janvier. Il pensait à Fiona.

Des images d'elle, assise sur le pas de sa porte à Montague Street, l'assaillaient... D'autres encore, devant la Tamise, faisant le vœu de devenir quelqu'un, un jour... et dans son lit, à Covent Garden, après leur après-midi d'amour. Comme elle était belle ! Elle avait l'air si heureuse. Son regard était si plein d'amour. Pour lui... pour lui...

Voilà dix ans qu'il l'avait perdue, mais ses souvenirs d'elle scintillaient aussi brillamment que cette étoile dans le ciel noir hivernal. Il les évoquait sans cesse, tentant de repousser la réalité, d'empêcher la tristesse de l'écraser.

— Chéri ? Que fais-tu dehors ?

La voix langoureuse qui venait de l'intérieur le tira de sa rêverie. Ses souvenirs se dissipèrent comme une brume sur un lac.

Il se tourna vers la chambre. À l'autre bout de la pièce, une femme brune l'observait, appuyée sur un coude, depuis son lit d'ébène sculpté.

— Je rêvassais.

— Quel original ! Rentre, tu veux ? Je meurs de froid.

Elle alluma une cigarette et inspira profondément la fumée, l'observant de ses yeux verts de chat gourmand. Elle était nue, ne portant qu'une paire de boucles d'oreilles indiennes incrustées de pierreries. Sa peau parfaite, toujours très pâle, semblait encore plus blanche sur les broderies rouge et rose qui tendaient le lit. Elle avait le corps fin et tonique, avec de petits seins et des hanches étroites. Ses cheveux, noirs et lisses, lui arrivaient au menton ; elle se les était fait couper, ce qui, même pour elle, était un geste audacieux.

— Reviens au lit, dit-elle d'une voix suave en soufflant lentement la fumée.

— Je ne peux pas, répondit Joe en refermant la porte-fenêtre derrière lui. Je dois me lever tôt demain. Je vais à Camden Town pour évaluer le marché, et voir si je peux y implanter un magasin Montague.

Il traversa la pièce, ramassant ses vêtements à mesure qu'il les trouvait par terre. Il se justifiait trop, et son excuse sonnait faux, mais il n'avait pas envie de rester. Il voulait fuir avant qu'elle ne remarquât la terrible nostalgie qui l'envahissait quand il couchait avec les femmes qu'il n'aimait pas.

— Mais Camden Town, c'est beaucoup plus près d'ici que de chez toi. Tu vas passer des heures à rentrer à Greenwich ce soir pour revenir demain matin. (Elle se redressa dans le lit.) Quelle idée, aussi, de vivre à Greenwich !

— J'aime ma maison, répliqua-t-il en ôtant le peignoir emprunté. J'aime mes vergers, et cela me plaît de vivre au bord du fleuve.

— Avoue que ce n'est pas la seule raison...

Elle le dévorait des yeux, admirant les longues jambes musclées couvertes de duvet blond, les fesses parfaites, la gracieuse courbe de son dos.

— C'est-à-dire ?

— Tu vis là-bas pour tenir à distance le monde... et tes maîtresses.

Joe voulut protester, mais elle écarta ses justifications d'un geste. Il eut soudain peur que la discussion ne s'envenimât.

Maud Selwyn Jones l'avait invité chez elle à souper sous le prétexte de parler affaires. C'était la meilleure décoratrice de Londres, et il l'avait embauchée pour trouver un style à ses quarante-cinq boutiques de primeurs Montague, et concevoir entièrement l'intérieur de son nouveau magasin de Knightsbridge. Elle n'avait pas besoin de travailler pour vivre, ayant une immense fortune personnelle ; cependant, elle appréciait cette distraction qui, de surcroît, avait l'avantage d'irriter son père. Elle était connue pour ses talents de créatrice, mais plus encore pour ses exploits d'aventurière qui faisaient scandale. Elle partait explorer le Népal, traversait le Maroc à dos de chameau, campait avec les bédouins en Arabie. Son ancien mari, un ivrogne notoire, avait été tué lors d'un voyage au Caire. Il avait, disait-on, critiqué le repas dans un restaurant, et été découvert poignardé dans une ruelle deux jours plus tard. L'œuvre de voleurs, affirmait la police, mais personne n'était dupe. Maud, déjà riche par son père – propriétaire de mines de charbon au pays de Galles –, avait hérité des millions de son époux. Son âme vagabonde la faisait se sentir partout chez elle, pourvu que ce ne soit pas en Angleterre. L'Orient lui plaisait en particulier, et les mauvaises langues affirmaient que, lorsqu'elle ne s'y trouvait pas, elle hantait l'Est londonien et les passages sombres de Limehouse, avec leurs fumeries d'opium.

Ils avaient bu beaucoup de vin pendant le dîner, et avaient continué au brandy dans son boudoir. Une fois la bouteille vide, elle s'était approchée du fauteuil de Joe, s'était penchée sur lui, et l'avait embrassé sur la bouche. Le baiser lui avait plu, mais il l'avait aussitôt avertie qu'il n'était pas un grand romantique, qu'il n'était pas...

— Quoi ? avait-elle coupé d'un ton moqueur. Tu n'es pas du genre à te marier ? Ne t'en fais pas, mon cher, ce n'est pas ton cœur qui m'intéresse.

Ah ! se laisser aller juste un peu, avait songé Joe. Chasser la douleur incessante que lui causait l'absence de Fiona... Il avait suivi Maud dans la chambre, et avait cherché à se perdre dans cette étreinte charmante et passionnée. Il y était parvenu... un moment. Car la douleur était reparue, deux fois plus forte, comme chaque fois. Dès que son corps était rassasié, son cœur se sentait floué, à jamais insatisfait.

— Es-tu sûr de ne pas vouloir rester ? Tu peux dormir dans une des chambres d'ami, si tu ne désires pas partager mon lit cette nuit.

Il déclina son offre.

— Je n'ai jamais rencontré d'homme aussi solitaire que toi, Joe. Tu es aussi méfiant qu'un tigre blessé.

Il ne commenta pas. S'étant rhabillé, il s'approcha du lit pour lui poser un baiser sur le front, puis tira les couvertures sur elle et lui conseilla de dormir.

— Je ne dors jamais, chéri, riposta-t-elle en se penchant sur la table de nuit pour allumer sa lampe et le narguilé.

Les domestiques de Maud étaient tous allés se coucher lorsque Joe sortit de la maison. Comme il se dirigeait vers Grosvenor Place pour trouver un fiacre, le chagrin s'abattit sur lui telle une grande chauve-souris noire, l'enveloppant de ses ailes froides. Il avait eu tort. Ce n'était pas la première fois, et sans doute pas la dernière. Il avait rencontré quelques femmes comme Maud, déjà. Des femmes qui ne lui demandaient que ce qu'il pouvait donner, son corps, un peu de temps, mais jamais son cœur. Des femmes, qui, de même que lui, se protégeaient. Des femmes meurtries.

Il eut un sourire amer. Maud l'avait jugé méfiant, mais elle était loin du compte : il était brisé, pulvérisé. Privé de son unique moitié, il serait toujours seul au monde.

61

— Comment, rien ? Comment est-ce possible, Peter ? s'étonna Fiona en dévisageant son agent de change.

— Ce n'est pas courant, mais cela arrive, se justifia Peter Hurst. Les actions sont difficiles à trouver depuis quelque temps. Je ne vous en ai eu que deux mille la semaine dernière, et cinq cents il y a quinze jours. Cette semaine, le marché est mort.

— Pourquoi ?

— Parce que la valeur de l'action est descendue en flèche, après les problèmes rencontrés par la compagnie aux Indes et en Amérique. Le cours est tombé à cinq dollars le titre, un prix nettement inférieur à celui de l'introduction sur le marché. Les actionnaires ne veulent plus vendre à perte. La valeur n'a jamais été très performante, mais elle avait la réputation d'être fiable. Une action prisée par les pasteurs et les vieilles dames. Maintenant, les actionnaires préfèrent attendre que le cours remonte.

Fiona, qui s'était mise à marcher de long en large, s'immobilisa devant les fenêtres qui donnaient sur l'eau. Le ciel gris, détrempé par la pluie printanière, l'attristait. Ses yeux se posèrent sur le large fleuve ; pourtant, ce n'était pas l'Hudson qu'elle voyait, mais un autre cours d'eau, et d'autres docks. Un épais brouillard rampait le long des quais et une forme sombre se dissimulait dans ses âcres vapeurs. Il l'attendait. Elle ferma les yeux, luttant contre cette illusion, contre la rage douloureuse qui la prenait quand la peur de l'homme en noir revenait. Encore, après tout ce temps !

Depuis dix ans, une fois par semaine, elle allait voir Peter pour acheter des actions de la Compagnie Burton. Au départ, elle avait dû faire des sacrifices pour parvenir à en acquérir de toutes petites quantités : dix une semaine, vingt la suivante. À mesure que ses moyens augmentaient, elle avait continué, s'emparant de tout ce qu'elle pouvait, utilisant les bénéfices de ses trois entreprises pour financer cet unique investissement. Aujourd'hui, elle avait accumulé vingt-deux pour cent des actions de la Compagnie Burton, sous différents noms de société qui, grâce à l'astuce de son conseiller, Teddy Sissons, ne permettaient pas de remonter jusqu'à elle.

Vingt-deux pour cent, c'était beaucoup, mais pas suffisant. Elle ne cesserait pas avant d'avoir le contrôle de la compagnie. Sa haine pour William Burton n'avait en rien diminué avec le temps, et elle était déterminée, quel qu'en fût le prix, à le ruiner. Elle n'obtiendrait jamais justice, mais elle pouvait se venger. La seule faille dans son plan était que seul Burton paierait pour ses crimes : Bowler Sheehan en sortirait indemne. Elle avait passé des nuits entières à chercher un moyen de l'atteindre aussi, mais en vain. Il aurait fallu que Burton l'accusât du meurtre, mais pour ce faire il devrait admettre l'avoir commandité, ce qu'il ne ferait jamais. Elle avait beau envisager le problème sous tous ses angles, elle ne trouvait aucune solution. Dix ans s'étaient écoulés depuis l'assassinat de son père... de sa famille entière, et elle attendait encore l'heure de la revanche. Elle avait les mains liées par l'incapacité de son agent de change à lui procurer des actions Burton, et ne savait toujours pas comment s'attaquer à Sheehan. Combien de temps lui faudrait-il encore ?

Hurst rassembla ses papiers.

— Je ferai de mon mieux, Fiona, mais je doute de vous trouver d'autres actions avant la fin du mois.

— Peter ! Il me les faut maintenant ! Je ne peux plus attendre ! Envoyez quelqu'un à Londres, allez voir les pasteurs et les vieilles dames, et arrachez-leur leurs titres !

— C'est difficile, dit-il, étonné par son impatience. Comprenez bien que vous détenez déjà vingt-deux pour cent des actions de la compagnie, et que le propriétaire en conserve cinquante et un pour cent. Il ne reste guère de titres en circulation.

— Je n'arrive pas à croire qu'il détient encore tout cela. Il faudra bien qu'il en vende.

— S'il les a gardées jusqu'à présent, Fiona, il ne vendra pas maintenant.

— Mais il est endetté jusqu'au cou ! Il a emprunté près de trois cent mille livres à la banque Albion, et comme vous me l'avez dit vous-même, sa plantation aux Indes lui a causé de graves pertes – sans parler de son lamentable échec, quand il a voulu pénétrer le marché américain.

Une belle et dure bataille, songea-t-elle, qu'elle avait menée seule contre lui. Grâce à sa détermination, elle avait conduit Burton au désastre en cassant les prix, quitte à vendre à perte. Les représentants de Burton avaient ouvert un bureau dans Water Street en juin 1894, et mis la clé sous la porte en janvier de l'année suivante.

— Il lui faut des liquidités, Peter. Il va vendre ses actions, il ne peut pas faire autrement.

Hurst secoua la tête, l'air triste.

— Fiona, vous vous livrez à un jeu dangereux. Je dois vous en avertir, non seulement en tant qu'agent de change, mais aussi en tant qu'ami. Je n'ai jamais compris votre obsession pour ces actions. Comme vous venez de le souligner, la compagnie traverse une mauvaise passe. Oui, Burton a des dettes, de très grosses dettes, et à la moindre secousse il se verra dans l'incapacité de rembourser ses emprunts. Vous avez investi une somme astronomique dans cette société, et une bonne part de vos actions ont été acquises quand le prix se situait entre quinze et vingt dollars. Vous avez déjà perdu une fortune. Ces actions vous ruinent. N'en achetez surtout plus. Ce qu'il faut, c'est...

— Peter ! Ne me dites pas ce que je dois faire ! Je veux des actions Burton !

Il pâlit. Elle ne lui avait jamais parlé aussi sèchement. Il se leva, rangea ses papiers dans sa serviette, et dit qu'il essaierait de lui en apporter la semaine suivante.

Honteuse, Fiona lui posa la main sur le bras.

— Je suis désolée, je ne voulais pas hausser le ton. C'est que... je ne me sens pas bien, aujourd'hui...

Il releva les yeux, soudain inquiet.

— Je m'en doutais ! Je m'en suis aperçu à la minute où je suis entré. Vous avez très mauvaise mine.

Elle avait en effet les joues creuses, et une pâleur que soulignaient les couleurs sombres de ses vêtements : veste anthracite avec des fermetures en passementerie noire, chemisier blanc mais foulard gris et noir rentré dans le col, jupe droite noire. Elle avait perdu du poids, de la vitalité. Elle semblait petite, à présent, fragile.

— C'est Nick, n'est-ce pas ?

— Oui...

Elle regrettait d'avoir montré sa faiblesse, de s'être laissé dominer par ses émotions, ses peurs. Elle n'avait pas envie de parler de la maladie de Nick, cela la rendait trop réelle.

— Sa santé se détériore ?

Elle hocha la tête et s'effondra. Se couvrant les yeux avec la main, elle tâcha de retenir ses larmes.

— Fiona, que se passe-t-il ?

Comme elle était incapable de répondre, Peter posa un bras sur ses épaules et lui murmura des paroles de réconfort. Puis il tira un mouchoir de sa poche et le lui tendit.

— Il a eu une alerte ?

— Je m'inquiète sans doute trop. Il est très fatigué, il a peu d'appétit, et il reste au lit presque toute la journée... Mais, hier, il a fait le tour du jardin, il me l'a dit lorsque je suis rentrée.

— Depuis quand est-il dans cet état ?

— Février.

Peter eut un air soucieux qui bouleversa Fiona. Elle aurait aimé qu'il s'en aille. Elle ne voulait pas de sa frayeur, ni avoir à le rassurer. Elle avait bien assez de peine à tenir bon sans cela.

Deux mois plus tôt, le jour où la machine était arrivée à l'usine, Foster lui avait appris à son retour que Nick avait eu une « crise », comme il disait. Elle avait couru à l'étage et l'avait trouvé au lit, livide, défait, respirant avec difficulté. Prise de panique, elle l'avait embrassé, puis Eckhardt, qui était à son chevet, l'avait entraînée hors de la chambre pour lui parler. Nick s'était surmené, expliqua-t-il, et devait se reposer.

— Mais il va se remettre, docteur ? demanda-t-elle en tremblant.

— Il a passé le pire. Il est un peu faible, sa respiration est laborieuse, mais cela s'arrangera.

Fiona s'était laissé apaiser par la voix calme du médecin. Elle s'était demandé un instant s'il ne lui cachait pas la vérité, mais avait refusé d'y penser davantage. Réaliste à l'extrême dans tous les autres domaines, elle s'aveuglait dès qu'il s'agissait de Nick. Elle le guérirait ! Tous les signes du contraire l'angoissaient. Elle se refusait à voir que sa santé se dégradait, s'obstinant à analyser les reculs comme de simples contretemps sur la voie du rétablissement.

— Que dit le Dr Eckhardt ?

— Il pense que cela va passer.

Elle ne voulait surtout pas songer qu'Eckhardt avait affirmé la même chose deux mois auparavant, et que, depuis, la santé de Nick n'avait guère connu d'amélioration.

— Ce n'est que temporaire, alors.

— Oui. Il sera très vite sur pied.

— J'en suis très heureux.

Fiona lui rendit son sourire, s'étant rassurée en même temps que lui. Il l'embrassa, et lui recommanda de l'appeler si elle avait besoin de quoi que ce fût. Après son départ, elle regarda la pendule. Il était six heures. Elle eut envie de ranger ses affaires et de rentrer tôt. Elle pourrait terminer son travail chez elle après dîner.

Elle avait toujours adoré, en arrivant le soir, voir la lumière aux fenêtres, sachant que Nick l'attendait au salon. Pourtant, depuis quelque temps, elle sentait l'angoisse monter avec la venue de la nuit. Il n'y avait plus que Foster pour l'accueillir : Nick restait en haut, dans son lit, souvent déjà endormi. Alors, elle stationnait à la porte de sa chambre, regrettant de ne pouvoir entrer et s'asseoir sur son lit pour parler avec lui. Elle avait besoin de le voir, au moins pour s'assurer de ses yeux que son état n'avait pas empiré pendant la journée. Mais peut-être, ce soir, aurait-il envie de descendre au salon ? Ils boiraient du vin en bavardant au coin du feu, comme ils en avaient l'habitude.

La maison qu'ils avaient fait bâtir dans la Cinquième Avenue était grande, imposante de l'extérieur, mais très accueillante à l'intérieur. Ils avaient entrepris sa construction dans ce quartier en pensant à la santé de Nick – afin qu'il puisse facilement aller au parc et au *Metropolitan Museum of Art*. C'était lui qui s'était chargé de la décoration. Les quatre étages étaient entièrement son œuvre, avec l'entrée monumentale, l'immense salle à manger, la bibliothèque, le bureau, le double salon, le jardin d'hiver, une très vaste cuisine et d'innombrables chambres à coucher. Ils avaient écarté les antiquités, qu'ils jugeaient trop guindées, préférant s'entourer d'objets modernes commandés à des créateurs d'avant-garde. Les fenêtres, les miroirs, les lampes venaient de Louis Comfort Tiffany ; l'argenterie, d'Archibald Knox ; les meubles et les lustres, d'Émile Galle. Aux murs étaient exposés les impressionnistes français si chers au cœur de Nick, ainsi que les œuvres de nouveaux peintres américains qu'il défendait.

Fiona eut un sourire, songeant aux moments merveilleux qu'ils avaient passés dans cette maison. Tant de fêtes, de bals... Elle était rarement chez eux pendant la journée, mais, le soir, il lui était souvent arrivé de rentrer au milieu d'un dîner impromptu entre amis. Ils fêtaient les anniversaires : ceux du mariage de Michael et Mary, qui s'étaient unis en 1891, et ceux de leurs enfants. L'été, ils organisaient des pique-niques dans le jardin, avec des lanternes dans les arbres, de la musique, où était convié leur entourage d'artistes sans le sou : peintres, sculpteurs, poètes, acteurs, chanteurs. Seamie, de retour de pension pour les vacances, finissait les verres de champagne et dansait avec de jolies étudiantes en art. Nick adorait recevoir, réunir ses amis autour de bons repas bien arrosés, pour discuter, s'amuser.

Le sourire de Fiona s'effaça. La maison était silencieuse depuis des semaines. Certes, leurs amis venaient voir Nick, mais Eckhardt ne permettait ni les visites trop longues ni le bruit, qui auraient pu fatiguer son patient. Elle se reprit à douter, et une tristesse épaisse, étouffante, lui monta à la gorge. Des larmes débordèrent, qu'elle essuya avec fureur. Veux-tu arrêter ! s'enjoignit-elle.

Elle rassembla ses papiers, les enfourna dans sa serviette, puis attrapa son manteau et se dépêcha de sortir, ne s'arrêtant même pas pour souhaiter une bonne soirée à sa secrétaire. Elle avait hâte d'être chez elle, dans sa forteresse aux murs de marbre, à la grille de fer forgé. Nick, Seamie et elle y avaient vécu en paix. Ils y avaient été si bien, n'avaient eu peur de rien... jusqu'au jour où l'ombre noire était revenue les guetter, attendant son heure. Fiona connaissait cette effrayante créature ; elle avait déjà reçu sa visite. Mais elle avait appris la vigilance. Elle fermerait les portes à double tour, elle monterait la garde, et, cette fois, elle l'empêcherait d'entrer.

62

— Nick, tu grelottes, remarqua Teddy Sissons. Je vais remettre une bûche dans le feu.

— Merci, Teddy, répondit Nick en serrant un grand carré de cachemire sur ses épaules.

Depuis sa dernière alerte, il avait sans cesse froid. Il se pencha pour verser du thé dans la tasse de Teddy et dans la sienne, puis retomba dans son fauteuil, épuisé même par ce léger effort. Son état était critique. Eckhardt lui avait révélé qu'il n'en avait plus pour longtemps, et il voulait à tout prix laisser ses affaires en ordre. Il aurait dû être au lit, et non dans le petit salon, mais l'accumulation des médicaments sur sa table de nuit le déprimait.

De toutes les pièces de la maison, celle-ci était sa préférée. Ce n'était pas la plus belle, mais la plus confortable, avec ses gros divans moelleux, ses fauteuils aux coussins soyeux et ses ottomanes. La cheminée était grande et diffusait une délicieuse chaleur. Mais ce que Nick y aimait avant tout, c'était le souvenir des moments heureux qu'il y avait vécus avec Fiona. Ils avaient passé là d'innombrables soirées et dimanches après-midi paresseux, pieds nus, confortablement installés sur le divan, Seamie entre eux, à échafauder des projets et à rêver.

— Voilà, déclara Teddy en tapant des mains pour en chasser la cendre. Regarde comme ça brûle bien ! Tu vas te réchauffer, tu es bleu de froid.

Satisfait, il se rassit, remonta ses lunettes, et reporta son attention sur l'épais document qui se trouvait devant lui sur la table. C'était le testament de Nick.

— Comme je te le disais, je pense que tu te fais du souci pour rien. Même sans testament, la législation de l'État de New York stipule que toutes les possessions du défunt, capital, valeurs mobilières et immobilières, vont directement à son épouse. Personne ne pourra le contester.

— Tu ne connais pas mon père. Dès l'instant où j'aurai quitté ce bas monde, je sais pertinemment que cet odieux personnage va, à tout le moins, vouloir empêcher ma rente de passer à Fiona. Or le portefeuille d'actions qu'il a placé à mon nom a beaucoup de valeur : plus de un million de livres, selon les derniers rapports.

— Un million de livres ! Il s'agit bien de ton portefeuille à la banque Albion ? demanda Teddy en prenant des notes.

— C'est cela.

— Quand vous vous êtes mariés, Fiona et toi, ce portefeuille ne représentait que cent mille dollars. Il devait être bien placé, dis-moi ! Dans quoi est-il investi ?

— Pas la moindre idée !

— Tu ne t'occupes pas de tes placements ?

— Non, pas vraiment. Je sais que les actions achetées pour moi par mon père ont pris de la valeur au cours des dix dernières années. Je sais aussi qu'il a acquis une grosse part d'une société il y a trois ou quatre ans, et placé les actions sur mon compte. J'ignore pourquoi, d'ailleurs, car elles ne produisent aucun revenu – elles ont même perdu une bonne partie de leur valeur.

— Ton estimation de un million de livres prend-elle en compte ces pertes ?

— Je n'en sais fichtre rien, Teddy. Demande à Hermione, c'est elle qui s'occupe de mes relevés de banque et de mes chèques. Je n'ai pas touché à un sou de l'argent de mon père depuis des années. Maintenant que la galerie dégage des bénéfices, je fais don de tous les revenus provenant de ce portefeuille.

— À des œuvres ?

— En fait, mon père soutient les artistes new-yorkais depuis des années. Il a aussi participé à l'extension du *Metropolitan Museum of Art* auquel il a donné une collection complète d'œuvres de peintres américains... Louable générosité, n'est-ce pas ? poursuivit Nick avec un sourire malicieux. Quand je ne serai plus là, je veux que Fiona hérite de ce portefeuille. Elle fera bon usage de l'argent.

— Lui en as-tu parlé ?

— J'ai essayé, mais elle se refuse à aborder le sujet.

— Est-elle dans les parages ? Nous devrions lui faire part de tes souhaits et de la probable contestation de ton père.

— Non, elle n'est pas là, répondit Nick avec un rire. Elle n'a pas quitté la maison depuis des jours, elle met un point d'honneur à m'apporter elle-même la moindre tasse de thé ; mais, à la seconde où elle a appris que tu venais, elle a trouvé un prétexte pour sortir.

Cela lui fait peur. J'ai tenté de la protéger, et je suis arrivé à lui cacher la vérité pendant un temps... mais maintenant, à quoi cela servirait-il de mentir ? Regarde-moi, j'ai l'air d'un fantôme.

— Non, pas encore, et ne t'amuse pas à me faire un mauvais coup pendant que je suis là !

— Tu n'as pas de vocation de croque-mort ?

— Certainement pas ! Bon, ajouta Teddy en reprenant sa plume, quels sont tes autres biens, ce portefeuille mis à part ? Ne va pas trop vite. Procède par ordre. Nous devons entrer dans les détails.

Nick énuméra donc tous ses biens, en spécifiant à qui il les destinait. Sa moitié de la maison allait à Fiona, ainsi que tous les meubles, sa galerie d'art, ses tableaux et ses possessions personnelles En outre, il léguait une somme généreuse à Seamie qu'il considérait comme son fils, et qui, d'ailleurs, l'appelait encore souvent « papa Nick ». Il prit également des dispositions pour léguer de l'argent à Ian Munro, ainsi qu'à Nell Finnegan, à Sean, Pat et Jenny Finnegan, les enfants de Michael et de Mary, et à Stephen Foster, son majordome.

— Sois très précis, Teddy, recommanda Nick. Je veux que ce testament soit inattaquable. Je connais mon père : il s'efforcera de tout prendre à Fiona, de la maison à mes derniers boutons de manchettes.

— Tranquillise-toi.

— Tranquille, je vais l'être, et pour un moment !

Il ne pouvait se permettre ce genre de plaisanterie devant Fiona, elle en aurait eu trop de peine ; mais, avec Teddy, cela lui faisait du bien de se laisser aller. Teddy était si paisible, si équilibré, si capable. Il les avait sauvés du scandale le jour de son arrestation, et c'était lui qui les avait guidés à travers le dédale administratif du monde des affaires. On n'aurait pu trouver conseiller plus fiable Jamais il ne se laissait dominer par ses émotions, et Nick trouvait cette qualité fort reposante, surtout ces derniers temps. Il avait besoin d'un ami solide avec lequel plaisanter, car il voulait faire face à la mort comme il avait vécu : avec une saine dose d'insolence.

— Oui, mais en attendant, je t'assure que tant que ton mariage est légal – ce qui ne fait aucun doute dans ton cas – ton père ne peut pas contester ton testament. Tu t'es marié dans un tribunal, et de nouveau à l'église, à Trinity Church...

Nick opina du chef. Quelques mois après leur mariage au tribunal, une fois établi que Fiona ne désirait pas divorcer, Nick avait tenu à l'épouser selon le rite de l'Église anglicane, à laquelle appartenait sa famille, pour s'assurer que son père ne pourrait pas contester la légitimité de leur union.

— Les documents des deux cérémonies ont été enregistrés et archivés. Tout va bien. Es-tu vraiment certain que ton père ignore ton mariage ?

— Je ne vois pas comment il l'aurait appris. D'ailleurs, il aurait déjà essayé de me causer des ennuis, s'il était au courant.

— Vous ne communiquez plus du tout ?

— Non.

— Mais il doit bien se soucier de ta santé. Peut-être par des connaissances communes...

— Mon père m'a pris en horreur, Teddy.

— Je suis navré. Je ne savais pas que la situation était si grave.

— On ne choisit pas sa famille, malheureusement, mais on a les amis que l'on mérite.

Nick se laissa aller contre les coussins, fatigué par cette longue conversation, et ferma les yeux quelques secondes pendant que Teddy classait ses notes. En les rouvrant, il regarda le portrait de Fiona.

— J'aimerais te demander un dernier service, Teddy. En tant qu'ami, cette fois.

Teddy lui jeta un coup d'œil par-dessus ses lunettes.

— Tout ce que tu voudras, tu le sais bien.

— Prends soin de Fiona pour moi.

Cette fois, il avait abandonné son ton facétieux, et des larmes brillaient dans ses yeux.

— Elle a besoin qu'on s'occupe d'elle, tu sais, même si ça ne se voit pas. Elle court à droite et à gauche, et elle oublie de manger, elle travaille trop dur et...

Sa voix se brisa et il ne put achever. Il jura entre ses dents, refusant de larmoyer devant cet ami si réservé.

Teddy lui donna une minute pour se remettre, puis il le rassura.

— Ne t'en fais pas, je m'occuperai d'elle, je te le jure. Et puis il y a Seamie, Michael et Mary, Alec, Maddie, Nate et Peter, et tous les autres gens qui l'aiment.

— Je voudrais qu'elle se remarie. Elle est encore jeune. Elle pourrait avoir des enfants, fonder une vraie famille. C'est ce que je souhaite plus que tout au monde pour elle, mais cela ne s'écrit pas dans un testament. Je voudrais que tu lui trouves quelqu'un de bien.

— Les rencontres amoureuses ne sont pas vraiment une spécialité de mon cabinet, mais je ferai de mon mieux. Tu as une idée sur la question ?

— Non, et c'est bien là le problème. Elle est plus riche que la plupart des gens, et plus maligne que tous les New-Yorkais réunis.

Teddy se mit à rire ; Nick se joignit à lui, mais c'était un amusement forcé. Il était épuisé. Teddy se leva pour prendre congé, et Nick sonna Foster pour lui demander de l'aider à regagner son lit. Quand ils entendirent les pas du majordome dans le couloir, il se tourna une dernière fois vers son ami et conseiller.

— Promets-moi de veiller sur elle.

— Je te le promets, dit Teddy, s'essuyant maladroitement les yeux sur sa manche.

63

Joe prit une poignée de petits pois fraîchement écossés et les inspecta. Ils étaient parfaits, lisses et verts comme des pierres précieuses. Il huma leur bonne odeur de printemps, puis en croqua quelques-uns.

La maison Bristow de Covent Garden importait les plus beaux fruits et légumes du monde entier pour servir une clientèle riche et difficile à satisfaire. Joe n'avait qu'à envoyer un de ses employés dans l'entrepôt pour se faire remonter une pêche mûre en plein hiver ; mais ce luxe ne lui plaisait jamais autant que les légumes de la campagne anglaise qui fleuraient bon le terroir.

— Comment voulez-vous faire des bénéfices, si vous mangez votre fonds ? lança une voix près de lui.

Joe se mit à rire, et accueillit Olivier Reynaud, chef cuisinier au restaurant *Connaught*, fidèle client et ami de longue date. Il serra la main épaisse aux doigts rouges, puis versa quelques petits pois dans sa paume, lui vantant leur fraîcheur. C'étaient les premiers de l'année, et ils garniraient à merveille un pavé de saumon, ou entreraient dans la composition d'un potage à la menthe et à la crème.

Olivier en goûta un, approuva, et en commanda six mesures, ainsi que cinquante kilos de pommes de terre nouvelles, deux cagettes d'asperges, trois d'épinards, deux douzaines de gousses de vanille, quatre cageots d'oranges et trois de mangues, trois d'ananas et trois de bananes.

— On vous a chassé de votre bureau ? s'enquit-il en remarquant les manches roulées jusqu'au coude de Joe et sa veste maculée de terre.

— Je mets un peu la main à la pâte... Notre chef vendeur est venu me voir à cinq heures pour m'apprendre que deux de nos employés étaient malades et qu'il avait besoin de renfort. Il n'y avait qu'un garçon de bureau, occupé à faire des commandes, alors je suis descendu...

— ... ravi de l'occasion, j'imagine.

— C'est vrai, admit Joe. Tenez, regardez-moi ça.

Il souleva une toile à sac qui recouvrait un petit panier d'osier, et le visage d'Olivier s'illumina. À l'intérieur, protégées dans un nid de riz blanc, se nichaient des truffes fraîches, bien noires.

— Déterrées dans le Périgord il y a deux jours, rapporta Joe fièrement. Tâtez-moi ça, ajouta-t-il en tendant au cuisinier la plus grosse. Fermes, rondes, sans taches. Je vous en mets deux douzaines ?

— La moitié ! Mon budget n'est pas illimité.

Olivier porta la truffe à ses narines, puis l'inspecta avec une expression rêveuse.

— Ah, ce parfum... Venez dans ma cuisine ce soir, et je vous montrerai ce que c'est que la vraie cuisine, moi ! Et amenez une invitée, que diable ! Vous êtes sage comme un curé. Allez, donnez-moi ça !

— Une douzaine, alors ?

— Non, toutes ! Vous voudriez que je laisse ce trésor à des béotiens d'Anglais ?

— Je vous fais livrer ?

— Oui, tout sauf les truffes. Je les prends maintenant. Et à ce soir, n'est-ce pas ? Neuf heures tapantes !

Joe avait le sourire aux lèvres en le regardant s'éloigner. Aucun de ses jeunes vendeurs n'aurait été capable de vendre un plein tombereau de marchandise ainsi qu'un panier de truffes hors de prix, et de se faire inviter à dîner par le plus grand cuisinier de Londres pardessus le marché. Mais à qui pouvait-il demander de l'accompagner ? Jimmy était trop pris par ses préparatifs de mariage. Cathy, peut-être.

Il prit un pamplemousse et en respira l'arôme. Pour lui, c'était une senteur plus délicieuse que celle du plus coûteux parfum français. Il se tourna pour inspecter son immense entrepôt, grouillant de manutentionnaires, de vendeurs, et de chefs cuisiniers venus des meilleurs restaurants, hôtels et clubs de Londres pour choisir ses produits. Il y avait de quoi être fier... Puis il regarda sa montre et, constatant qu'il était sept heures, il eut un peu honte. Il n'aurait pas dû descendre à l'entrepôt : une montagne de paperasserie l'attendait en haut. Mais le plaisir de la vente lui manquait trop.

— Ah ! Le voilà !

Pris sur le fait, il se tourna, pamplemousse toujours en main, et accueillit avec un sourire son frère Jimmy, devenu son bras droit, et Cathy, sa jolie sœur blonde. Cette dernière travaillait pour l'instant à sa boutique de Chelsea, la plus grande de la chaîne de magasins de primeurs Montague.

— Tu paies des employés pour faire ce boulot, tu sais, remarqua Jimmy.

— C'est pour ne pas perdre la main.

— On devrait lui acheter une charrette, plaisanta Cathy. On le remettrait dans la rue à fourguer des oranges et des pommes aux passants, puisque c'est ce qu'il préfère. Si tu veux bien poser ce pamplemousse, tu te souviendras peut-être que tu dois me faire visiter le chantier du nouveau magasin. On devait s'y retrouver il y a une demi-heure.

— Flûte ! J'avais complètement oublié. Pardon, chérie. Je file prendre mon manteau et j'arrive.

Joe alla remettre le pamplemousse dans le cageot, tandis que Jimmy et Cathy le précédaient dans l'escalier. Il courut pour les rattraper, et les entendit discuter avec enthousiasme du nouveau magasin de Knightsbridge que Cathy devait diriger. Ils fondaient tous trois de grands espoirs dans ce qui serait le phare de la chaîne Montague. Cathy prendrait une grande responsabilité ; elle n'avait que dix-huit ans, mais était vive, énergique, quoiqu'un peu effrontée. Elle donnait du fil à retordre à Joe, mais il lui accordait toute sa confiance. Jimmy, lui, avait vingt-six ans et les primeurs dans le sang. Il ambitionnait de faire du magasin de Knightsbridge le premier de Londres pour les fruits et légumes exotiques. On y trouverait les produits habituels, bien sûr, mais beaucoup d'autres dont les Londoniens n'avaient pas l'habitude : les myrtilles, les gombos, les citrouilles d'Amérique ; les groseilles à maquereau géantes, les lychees, les kumquats de Chine ; les goyaves, les papayes et les caramboles des Tropiques ; les piments rouges et les pastèques du Mexique ; le tamarin et les noix de coco des Indes. Quant à Joe, il visait simplement l'excellence, rêvant de devenir le meilleur dans son domaine, le marchand de primeurs le plus moderne et le plus complet du monde.

— ... mais les laitues, la chicorée et les épinards, c'est très fragile, s'inquiétait Cathy. S'il fait trop chaud, les feuilles se fripent ; et s'il fait trop froid, elles noircissent. Comment allons-nous les conserver ? Il paraît qu'il n'y a pas assez de place pour...

— Tu n'écoutes pas ce qu'on te dit, ma parole ! rétorquait Jimmy. Joe a inventé un système de vaporisation. Tous les légumes délicats resteront frais comme si on venait de les cueillir !

— Vraiment ? s'exclama-t-elle avec enthousiasme. Ils sont au courant, chez Harrods ?

— Les concurrents vont avoir l'air de vieux ânes ! lança Joe en leur pinçant à chacun une oreille et en leur faisant traverser le palier à toute allure. Venez voir les plans !

Dans le bureau, sur une énorme table de chêne, étaient étalés les plans du magasin de Knightsbridge. Joe et Jimmy en firent admirer tous les détails à leur sœur. Le rez-de-chaussée était un hall ouvert, au plafond retenu par de grosses colonnes, et qui serait réservé aux primeurs. À l'arrière, un large escalier de marbre menait au premier étage où se trouveraient les fleurs, la chocolaterie et les bonbons, le café, le thé, le tabac et un rayon de bons vins. Au second étage, était prévu un restaurant où les acheteurs pourraient prendre une collation ou un thé avec des gâteaux.

— C'est magnifique ! dit Cathy. Et la décoration ?

— Spectaculaire. Du jamais vu à Londres.

— Maud a dû faire des merveilles.

— Tout n'est pas de son cru... J'ai commandé des fresques des quatre saisons pour les murs du rez-de-chaussée. Des peintures immenses ! Maud a donné son accord. Elle les trouve magnifiques. Cela donne un style très particulier au magasin, très luxueux. Ce sera unique.

— Mais quand même, Joe, ce n'est pas un musée !

— Je sais, mais attends de les voir. Cela nous démarquera vraiment de la concurrence.

— Je ne vois pas ce qu'il y a de gênant à mettre des carreaux blancs aux murs, comme partout.

— On dirait trop un abattoir. Des carreaux, il y en aura par terre, mais pas des blancs. Ils seront bleu et vert, avec des écoulements cachés qui permettront à tes filles de nettoyer à grande eau.

Cathy eut l'air soulagé. Elle était très à cheval sur la propreté et avait déjà renvoyé du personnel peu consciencieux.

— Et au premier ? Et dans le restaurant ?

— Des motifs en forme de paon, expliqua Jimmy.

— Ce doit être... surprenant.

— C'est presque terminé, précisa Joe. Maud travaille vingt-quatre heures sur vingt-quatre pour que tout soit achevé avant son voyage. Elle part pour la Chine le mois prochain.

— Elle m'en a parlé. Elle est venue à la boutique de Chelsea la semaine dernière, et elle a passé un savon aux peintres. Ils s'étaient trompé de couleur pour le pourtour des fenêtres. « Je demande de l'aubergine, et ils me mettent du violet, les imbéciles ! » imita Cathy d'une voix de tragédienne.

— Voyons, Cathy ! Maud ne parle pas de cette façon !

— Si. Et je la trouve affreuse depuis qu'elle s'est fait couper les cheveux.

— Ça suffit ! Vous êtes prêts ?

— C'est un peu louche, remarqua Cathy avec un sourire en coin. Elle dit qu'elle a hâte de partir pour la Chine afin d'oublier un bel indifférent... Je me demande qui cela peut bien être...

En lançant cette dernière phrase, elle fixa Joe droit dans les yeux.

— Aucun intérêt, gronda-t-il en attrapant sa veste. Allons-y.

— Tant mieux si ça n'est qu'une impression, parce que j'ai quelqu'un d'autre en vue pour toi. Elle sera au mariage de Jimmy. Une fille de Stepney, très bien...

— Cathy, je ne cherche pas à me marier. Mon travail me prend tout mon temps, et je suis heureux comme ça.

— Parfait, je me tais !

— Si tu en es capable, marmonna Jimmy.

— Tant que j'en aurai envie, certainement. Allez, le temps, c'est de l'argent. Dépêchez-vous, j'ai hâte de voir mon nouveau magasin !

Cathy sortit de la pièce d'un pas décidé en entonnant une petite chanson. Joe et Jimmy échangèrent un coup d'œil.

— C'est toi qui as eu l'idée de lui donner le nouveau magasin à diriger, remarqua Jimmy en haussant les épaules. Ne t'en prends qu'à toi-même !

64

Depuis son lit, Nick regardait la fenêtre éclairée par la lune. Incapable de dormir, il avait l'impression qu'un poids énorme lui écrasait le thorax. Sa difficulté à respirer l'épuisait.

Il se redressa sur les oreillers, tâchant de soulager la pression qui paralysait ses poumons. L'effort eut le résultat inverse : un spasme traversa sa poitrine jusque dans le bras gauche, qui s'engourdit.

Il était en train de mourir, il le savait, et il avait peur.

Il allait quitter tout ce qu'il aimait : Fiona et sa famille, leurs amis. La peinture, la musique. Le champagne, les roses blanches. S'il y avait un autre monde, qu'y trouverait-il ? Un Dieu sévère qui le verrait certainement d'un très mauvais œil, des anges mièvres à la Giotto, des saints trop pieux. Une bande de culs bénis posés sur des nuages. Il n'avait aucune envie d'aller là-haut.

La douleur le reprit et il poussa un faible gémissement. La maladie était devenue insupportable, mais, s'il souhaitait l'apaisement, il redoutait encore davantage de quitter la vie. Chaque respiration le mettait au supplice ; pourtant il endurait cette souffrance, trop soucieux d'entretenir les fragiles tisons de son existence.

Enfin, la pression se relâcha et une image réconfortante lui vint. Il vit le visage d'Henri, son ancien amour. Peut-être serait-il là pour l'accueillir. Peut-être se retrouveraient-ils dans un endroit merveilleux, comme une villa italienne au soleil, avec Léonard de Vinci et Michel-Ange, ou dans un café parisien au bord de la Seine en compagnie d'un Van Gogh éclatant de santé. Un pays au mois de juin éternel, où les roses seraient toujours en fleur et où il vivrait heureux avec Henri.

Enfoncé dans les oreillers, il s'apaisa, sentant la peur s'éloigner. Mais une nouvelle pensée fit resurgir son inquiétude. Qu'adviendrait-il de Fiona ?

Il tourna la tête vers elle. Elle dormait dans le grand fauteuil qu'elle avait demandé à Foster d'approcher du lit, un livre ouvert sur les genoux. Les nuits précédentes, il était parvenu à lui faire regagner sa chambre vers minuit, mais ce soir-là, elle avait refusé de le quitter. Elle l'avait veillé, luttant contre le sommeil, jusqu'à ce que la fatigue la terrasse.

Il aimait tant ce visage décidé, avec ses lèvres pleines et son regard bleu si direct ! Elle se montrait parfois très dure en affaires, mais, avec ceux qu'elle aimait, c'était la générosité même. Il sourit, songeant aux facéties du destin. Quand il avait quitté Londres, banni par son père, il s'était retrouvé seul au monde. Et puis il l'avait rencontrée. Il se souvenait d'elle sur le quai de la gare de Southampton quand elle avait ramassé ses affaires, avec son air inquiet, ses vêtements pauvres et son accent cockney. Jamais il n'aurait imaginé qu'il l'épouserait, et serait heureux avec elle dans une grande maison new-yorkaise !

Il lui souhaitait tant de bonheur... La réussite, la sécurité financière, mais, surtout, l'amour. Il fallait qu'elle rencontre un homme auquel elle pourrait donner son cœur. Quelqu'un qui la comprendrait et n'essaierait pas de la changer, qui ressemblerait à ce garçon qu'elle avait aimé à Londres. Ce jeune imbécile qui avait laissé filer un trésor.

Mais y parviendrait-elle ?

L'image d'Henri reparut. Il s'éloignait, se dirigeant vers une belle maison de pierre au milieu d'un champ de lavande, portant sa blouse bleue de peintre. Il se tourna, l'appelant d'un geste ; Nick reçut la douce caresse du soleil d'été sur son visage. C'était Arles, bien sûr ! Henri n'avait-il pas rêvé qu'ils y vivraient ensemble ?

— Je ne peux pas, gémit-il, je ne peux pas la laisser seule.

Dans la chambre baignée de lueurs lunaires, il tendit l'oreille, comme pour écouter une voix lointaine. Puis il hocha la tête et se tourna vers Fiona endormie.

— Tout ira bien, Fi, je te le promets, murmura-t-il.

Elle se réveilla en sursaut.

— Que se passe-t-il, Nick ? Tu te sens mal ? Veux-tu que je fasse venir le Dr Eckhardt ?

— Non... Je voulais juste te dire que je t'aimais.

Elle sourit, soulagée.

— Moi aussi, je t'aime, Nicholas, répondit-elle en lui caressant la joue. Allez, rendors-toi, tu as besoin de te reposer.

— D'accord, dit-il en fermant les yeux pour lui faire plaisir.

Fiona se renfonça dans son fauteuil et reprit son livre. Quelques minutes plus tard, elle avait de nouveau sombré dans le sommeil.

Nick se sentait maintenant aussi léger et vaporeux que l'air de la nuit. Il eut l'illusion étrange qu'il était le vent, le feuillage derrière la vitre. Une dernière, brève et violente douleur le saisit alors que la fragile artère qui partait de son cœur se déchirait, remplissant de sang sa poitrine. Il prit plusieurs inspirations rapides et, soudain, il n'eut plus mal. Un sourire fugitif passa sur ses lèvres.

Quelques secondes s'écoulèrent, puis Nicholas Soames poussa son dernier soupir.

65

Dans le tranquille et verdoyant cimetière de Trinity Church, entre Broadway et la Cent-Cinquante-Cinquième Rue, le révérend Walter Robbins confia le corps de Nick à la terre et son âme à Dieu.

Fiona se tenait devant la tombe comme elle s'était tenue dans l'église, tête droite, regard vide, indifférente aux prières. Les paroles du pasteur lui paraissaient un bavardage creux ; son livre de prières et sa croix, de vulgaires accessoires vides de sens. Nick était mort, et rien ne pouvait lui apporter de réconfort.

Elle aurait voulu éviter la comédie de ce cérémonial. Les gens autour d'elle étaient en grand deuil. Tout était noir : robes, costumes, gants de chevreau, même les épingles et les broches. Quelques reniflements, un mouchoir élégant passé sur un œil humide. Pas de cris, d'attitude déplacée.

Mais elle, elle aurait aimé hurler, justement, arracher le couvercle du cercueil, en tirer Nick, lui faire voir le ciel, les nuages et l'herbe verte une dernière fois avant que le fossoyeur ne l'enfonçât dans la glaise. Elle aurait voulu lui dire combien il l'avait rendue heureuse, et combien elle l'aimait. Gémir comme un animal.

Mais on n'était pas à une veillée funèbre de Whitechapel. Toute la bonne société new-yorkaise était présente, les gens du musée, les artistes que représentait Nick, des connaissances professionnelles à elle, des clients, beaucoup d'employés. Il y avait son oncle Michael ; sa tante Mary ; Ian, maintenant banquier ; Nell âgée de dix ans ; Sean et Pat, les jumeaux de six ans ; la petite dernière, Jenny, dans les bras de Mary. Et puis Alec, encore vert pour ses soixante-quinze ans. Devant eux, Fiona devait se contenir, enfermer sa peine et sa colère. Elle serrait les poings, souhaitant que le pasteur se taise, qu'il cesse ses discours oiseux, ferme son livre de prières, et admette publiquement qu'il ignorait ce qu'il allait advenir de Nick. Et qu'il reconnaisse, dans la lancée, que lui aussi trouvait Dieu d'une incompétence intolérable.

Rien, depuis qu'elle avait perdu sa famille et presque la vie, n'avait fait changer d'avis Fiona : Dieu n'était jamais là quand on avait besoin de lui. Comment croire en un être suprême qui avait laissé mourir si cruellement sa mère et son père, qui consentait au meurtre ? À ces questions, on répondait : « Les voies du Seigneur sont impénétrables », mais cela n'expliquait rien du tout !

Comment ce prêtre blond et bien nourri, à peine sorti de l'adolescence, osait-il lui donner des leçons sur le chagrin ? Elle qui connaissait bien la souffrance savait qu'on ne pouvait supporter l'insupportable. Au mieux, on pouvait espérer y survivre.

Le cercueil de Nick fut descendu dans la fosse. Le prêtre jeta de la terre dans le trou, rappelant que la poussière retournait à la poussière. La cérémonie s'acheva. Les participants commencèrent à se disperser, mais Fiona ne bougea pas. Il devait y avoir un repas chez Michael, à présent. Comment allait-elle trouver la force d'endurer cette épreuve ? Un bras réconfortant lui entoura les épaules. C'était Seamie. À moins de quinze ans, il avait déjà cinq centimètres de plus qu'elle, et était le portrait de leur frère Charlie. Son éducation avait fait de lui un jeune Américain, non un petit dur londonien : mais ses yeux verts malicieux, sa bonne humeur, sa générosité et son courage rappelaient beaucoup son aîné.

Charlie aurait eu vingt-six ans, songea-t-elle. Il serait adulte. Elle se demanda ce qu'il serait devenu, s'il avait vécu. Qu'aurait-il fait de sa vie dans les rues miséreuses de Londres ? Et comment évoluerait Seamie, avec sa bonne éducation, ses randonnées d'été, ses vacances au ski, tous ses privilèges ?

À un moment, elle avait espéré qu'une fois ses diplômes passés il vivrait avec elle et deviendrait son bras droit. Mais elle avait fini par comprendre qu'il aimait trop le voyage et l'étude de la nature pour rester à ses côtés. Ses succès scolaires reflétaient sa passion. Il était premier en sciences naturelles, mathématiques, histoire et géographie, mais s'intéressait peu à la littérature, au latin et au français.

— C'est un vrai vagabond, disait souvent Michael, comme ton père avant qu'il ne rencontre ta mère. Tu ne lui feras jamais vendre de thé. Il va vouloir rouler sa bosse.

Il avait raison : Seamie voudrait courir le monde ; rien ne l'en empêcherait, avec l'héritage de Nick, et le portefeuille d'actions qu'elle avait ouvert en son nom pour lui faire une rente. Il lui écrirait du Caire, de Calcutta, de Katmandou, et passerait parfois la voir entre deux aventures ; mais elle vieillirait seule dans sa somptueuse maison.

— Allez, viens, Fi, murmura Seamie en resserrant son étreinte.

Elle appuya la tête contre l'épaule de son frère, se laissant entraîner. Il était rentré de Groton, sa pension, deux jours plus tôt, et sa présence la réconfortait. Ils avaient traversé tant d'épreuves ensemble, franchi un océan, recommencé une nouvelle vie... Le lien qui les unissait était très fort. Elle aurait un grand besoin de lui pendant quelques jours, car le plus dur restait à venir. Après l'agitation des funérailles, c'était quand on se retrouvait seul avec son chagrin qu'on souffrait le plus.

Teddy Sissons et sa femme approchèrent pour recommander à Fiona de les appeler dès qu'elle en aurait envie. Une foule d'amis les suivirent, qui répétèrent à peu près les mêmes phrases. Des gens charmants, mais dont la vue lui était odieuse, aujourd'hui. Elle cacha ses sentiments, remercia, tâcha de sourire, et fut très soulagée quand ils finirent par s'éloigner vers les voitures.

— Vous dormez chez nous, ce soir, toi et Seamie, décréta Michael.

Fiona se tourna vers lui. Sa famille s'était rassemblée, prête au départ.

— Non, je ne peux pas, oncle Michael, je...

— Pas de discussion, intervint Mary. Cette fois, ce n'est pas toi qui décides. Nous avons la place, et nous ne vous laisserons pas seuls dans cette grande maison.

— Merci, dit-elle en forçant un sourire et en embrassant sa tante.

— Je planterai un rosier grimpant blanc sur sa tombe, ça lui fera plaisir, déclara Alec avec émotion. (Il se détourna pour s'essuyer les yeux.) Je vais demander qu'on tasse pas trop la terre près de la pierre tombale, ajouta-t-il en s'éloignant.

— Seamie, Ian, accompagnez-le, commanda Mary. Avec sa mauvaise vue, je ne voudrais pas qu'il tombe dans la fosse.

Ils obéirent, et Michael laissa Mary emmener les enfants vers la voiture familiale en disant qu'il la rejoignait.

— Tu tiens le coup, fillette ? demanda-t-il à Fiona quand ils furent seuls.

— Oui, très bien.

Elle vit qu'il ne la croyait pas.

— Il me manque, oncle Michael. Il me manque terriblement.

— Oui, je sais. Il nous manque à tous. (Il lui prit la main, maladroit dans son émotion.) Ça ira, tu verras. Ce n'est que le corps qu'on met en terre. Les gens qu'on aime survivent en nous pour toujours.

Fiona l'embrassa, appréciant sa gentillesse mais regrettant de ne pouvoir le croire. Elle ne sentait en elle qu'un grand vide désespérant.

— Il est temps de partir, ajouta Michael. Tu veux faire le trajet avec nous ?

— Non, merci, j'ai besoin de rester seule un petit moment. Tu veux bien emmener Seamie ?

Michael dit qu'il se chargeait de lui, et Fiona marcha jusqu'à sa voiture. Mais, à proximité, elle aperçut un homme, de dos, grand, élégamment vêtu, qui semblait attendre. En l'entendant approcher, il lui fit face et ôta son chapeau. Il avait les cheveux argentés à présent, mais était toujours aussi bel homme et distingué.

— Will...

Elle ne lui tendit pas la main, de peur qu'il ne refuse de la lui serrer, et, prise de court, ne sut qu'ajouter.

— Bonjour, Fiona, déclara Will McClane. Je suis désolé... Je voulais vous... Comment allez-vous ?

— Pas très bien, admit-elle en baissant les yeux.

— Non, évidemment, quelle question ! (Il se tut un instant.) J'ai appris que Nicholas était... parti. J'aurais voulu assister à la cérémonie, mais je ne savais pas si ma présence vous dérangerait. Alors je suis venu ici pour vous présenter mes condoléances.

Fiona releva les yeux.

— Pourquoi vous donner ce mal ?

— Parce que, dit-il avec un sourire triste, je suis bien placé pour savoir à quel point il comptait pour vous.

Fiona baissa de nouveau les yeux, et un sanglot la secoua. Les paroles de Will, ce pardon implicite, la touchaient profondément. Le nœud qui serrait sa poitrine se défit, le chagrin qu'elle retenait si fort se libéra. Elle se mit à pleurer. Will la prit dans ses bras et la serra sur son cœur.

66

Assise à son bureau, Fiona se massait les tempes, tâchant de dissiper un violent mal de tête. Elle essayait de lire un rapport de Stuart sur les ventes du nouveau thé en sachet, mais n'arrivait pas à dépasser la troisième ligne. Une pile de lettres et de factures réclamaient aussi son attention. Sa secrétaire en avait besoin. Si elle ne se concentrait pas, elle n'en finirait jamais.

Une douce brise de mai soufflait par la fenêtre, soulevant les papiers et lui caressant le visage. Elle frissonna. Le printemps la narguait : dehors, les tulipes, les freesias et les jonquilles ouvraient leurs pétales au soleil ; les enfants couraient avec des cris de joie dans le parc, saluant, bras ouverts, le renouveau de la nature.

Toute cette beauté ne soulageait pas sa peine, bien au contraire. Les rayons du soleil qui tombaient sur ses épaules la dérangeaient, le chant des oiseaux l'irritait. Alors que le printemps et ses promesses apportaient le bonheur à tous, elle avait l'impression d'être morte. Plus rien ne lui donnait de joie, ni l'ouverture d'un nouveau salon de thé ni une campagne publicitaire réussie. Même ses chères roses ne la tiraient pas de son indifférence. À peine arrivait-elle à se traîner au travail le matin.

L'horloge sonna. Il était quatorze heures. Teddy Sissons allait arriver pour lui faire lire le testament de Nick, et cette visite la contrariait. Elle n'avait envie de voir personne, parler la fatiguait. Avec un soupir, elle reprit le rapport de Stuart, et était parvenue à la moitié de la première page quand on frappa à la porte.

— Fiona ?

— Entre, Teddy. Veux-tu que je te fasse apporter une tasse de thé ?

— Non, merci, dit-il en posant son porte-documents sur le bureau. Je préfère que nous nous y mettions vite, je dois être au palais de justice à quatre heures.

Il sortit ses papiers et s'assit.

— Comment te sens-tu ?

— Beaucoup mieux.

— Tu mens très mal.

— Alors, répliqua-t-elle avec un rire las, disons que je suis au plus bas. Ça te va ?

— Au moins, je te crois... Bien, voilà un exemplaire pour toi, ajouta-t-il en lui tendant un double du testament. C'est surtout un assemblage de termes juridiques, mais je vais avoir besoin de tes instructions sur un ou deux points.

Il passa tous les paragraphes en revue, expliquant que Nick avait veillé à ce que le document fût inattaquable. Fiona l'écouta de son mieux, malgré sa migraine qui devenait insupportable. Au moment où elle pensait ne plus pouvoir tenir une minute de plus, il tourna la dernière page.

— Voilà, c'est tout, mis à part une dernière question.

— Quoi ? demanda-t-elle en fermant les yeux de douleur.

— Tu sais sans doute que Nick avait un portefeuille d'actions à la banque Albion, en Angleterre. Son père y avait placé pour lui une grosse somme d'argent, lors de son départ d'Angleterre, afin de lui faire une rente.

Elle hocha la tête.

— Nick t'a légué ce portefeuille avec le reste. Sa valeur en est actuellement de près de six cent cinquante mille livres.

— Teddy, ce n'est pas possible, cela fait plus de trois millions de dollars !

— Justement. Et encore, il a perdu de sa valeur.

— Mais il n'y avait que cent mille dollars, à notre mariage !

— Il a fructifié, et un achat d'actions supplémentaires a été effectué.

— Par qui ? Pas par Nick, en tout cas : il n'est jamais allé voir un agent de change de sa vie. Il ne se rendait même pas à la banque.

— Non, pas par Nick, mais par lord Elgin, son père. Peu de temps avant sa mort, Nick m'a confié que son père avait ajouté ces actions sur son compte, et que, fort probablement, il ne les laisserait pas lui filer sous le nez sans protester. Le portefeuille t'appartient sans contestation possible, mais Randolph Elgin peut tenter de bloquer le transfert, ce qu'il fera très certainement. On ne lâche pas trois millions de dollars sans se battre.

— Ne le laisse pas faire ! Je suis prête à payer ce qu'il faudra. Le père de Nick est un monstre. Je serai ravie de lui prendre son argent. Je le consacrerai à des projets qui auraient plu à Nick. Par exemple, des bourses d'étude pour les étudiants aux beaux-arts, ou une donation au *Metropolitan Museum of Art*.

— Bien, dit Teddy en cherchant dans ses papiers. Il faut que je sache si tu préfères récupérer le portefeuille dans son état actuel, ou si tu veux que les actions soient vendues et l'argent viré à ta banque.

— Je vends tout, décida Fiona, fatiguée, et impatiente d'en avoir terminé.

— En es-tu certaine ? Peut-être sera-t-il plus facile d'obliger Elgin à lâcher des titres plutôt qu'une énorme somme d'argent. Si ma mémoire est bonne, il y a quelques valeurs sûres dans ce portefeuille, et un seul investissement vraiment très mauvais. Voyons... de l'acier, c'est très bon, Brighton Mills... Ah, voilà la mauvaise compagnie : c'est du thé. La Compagnie Burton. Je me demande bien pourquoi Elgin en a acheté une telle quantité ! Les actions ont perdu les deux tiers de leur valeur par rapport au prix d'achat.

— Pardon ? Tu peux répéter le nom ? murmura Fiona qui s'était figée.

— La Compagnie... Burton.

— Combien y a-t-il d'actions, au juste ? s'écria-t-elle en se dépêchant de prendre un papier et un crayon.

— Beaucoup, répondit-il en faisant courir le doigt le long d'une colonne.

— Teddy, je te demande le chiffre exact !

— Quatre cent cinquante mille.

Elle en eut le souffle coupé.

— Alors, c'est cela, murmura-t-elle. Je ne comprenais pas comment il avait pu conserver cinquante et un pour cent alors qu'il avait tant de dettes.

— Qui cela ?

Au lieu de répondre, Fiona ouvrit un tiroir d'un geste brusque et en tira un dossier. Le feuilletant, elle se mit à noter des chiffres.

— Cinquante-deux pour cent ! annonça-t-elle d'une voix tremblante. Je détiens cinquante-deux pour cent !

— Mais de quoi ?

— De la Compagnie Burton ! Montre-moi ça, Teddy, poursuivit-elle en lui prenant des mains les relevés.

Les actions Burton avaient été ajoutées au portefeuille de Nick en mars 1894, et Elgin les avait acquises près de trois livres l'une, c'est-à-dire quinze dollars. Grâce à cet achat, la valeur du portefeuille s'élevait alors à presque un demi-million de livres, une somme faramineuse... Fiona chercha rapidement dans ses propres relevés le prix des actions achetées par elle à la même époque, et constata qu'elle les avait payées entre dix-huit et vingt et un dollars. Celles de Nick avaient donc été obtenues à un prix réduit.

Ensuite, elle compara les relevés de Nick de mars 1894 avec les plus récents, de mars 1898. Teddy avait raison : tout avait pris de la valeur, sauf la Compagnie Burton qui avait accusé une baisse considérable. Le portefeuille avait perdu plus de la moitié de sa valeur. Les actions Burton de Nick ne valaient plus que cinq cent mille livres à peine.

Tout commençait à devenir clair...

— Teddy, je veux absolument récupérer ce portefeuille tel qu'il est. Je ferai tout pour l'avoir ! Il me faut ces actions ! Envoie un télégramme dès aujourd'hui à la banque Albion... Elgin ne peut pas les vendre, n'est-ce pas ? s'enquit-elle, prise d'une soudaine frayeur.

— Bien sûr que non. Les biens de Nick ont été gelés tant que le testament n'était pas authentifié à New York. Maintenant, sa fortune appartient légalement à sa légataire universelle, c'est-à-dire toi.

— Parfait ! Alors, informe tout de suite Elgin de mes souhaits. Quelqu'un à ton cabinet peut-il s'en charger ? Je veux qu'il soit averti dès demain matin. Vas-y, Teddy, dépêche-toi ! Mon cocher te conduira. Tu as encore le temps de passer par ton bureau avant d'aller au palais de justice.

N'y comprenant rien, Teddy se trouva entraîné au pas de course jusqu'à la voiture de Fiona, et dut jurer d'envoyer le télégramme sur l'heure.

De retour dans son bureau, la jeune femme se laissa tomber sur sa chaise, encore abasourdie. C'était insensé ! Les actions de la Compagnie Burton qu'elle avait tant voulu acquérir étaient cachées dans le portefeuille de son propre mari depuis quatre ans ! Trente pour cent du million d'actions introduites sur le marché. Et c'était Nick qui les détenait.

Il y avait une logique dans toute cette affaire. En 1894, Burton avait eu besoin de fonds pour financer son entrée sur le marché américain. Il avait déjà emprunté trois cent mille livres à Albion. Les actionnaires l'avaient appris, et, d'après les journaux, s'en étaient émus. Alors, pour dégager de l'argent sans créer de panique boursière, Burton avait proposé à Elgin de lui vendre – à lui personnellement, non à sa banque – une grande partie des actions qu'il gardait en réserve. Il les avait cédées à un prix très inférieur au cours de l'époque. Elgin devait les conserver jusqu'à ce que les gains rapportés par le marché américain fassent remonter le cours. Burton aurait ensuite utilisé ses bénéfices pour racheter ses actions au prix fort, permettant à Elgin de réaliser de substantiels profits.

Comme l'opération devait rester secrète, Elgin n'avait pas pu utiliser les fonds de sa banque ; Albion étant devenue une banque publique, ses comptes étaient accessibles aux actionnaires, ainsi que les opérations financières de son directeur. Elgin s'était donc servi de son argent personnel, et avait déposé les actions sur un compte discret, celui de Nick – seul son secrétaire étant sans doute au courant de l'opération. Il avait de toute évidence imaginé que les actions y seraient en sécurité. Il savait que Nick ne voulait rien avoir à faire avec la banque Albion, et ne s'intéressait pas à son portefeuille. D'ailleurs, il était gravement malade, et s'il mourait – célibataire, bien entendu, et sans enfants – le portefeuille reviendrait tout naturellement à sa famille.

Burton et Elgin avaient dû être tous deux enchantés de cet arrangement. Burton parce qu'il obtenait les fonds dont il avait besoin, et Elgin parce qu'il espérait en tirer de gros bénéfices.

Mais Elgin n'avait pas compté avec deux circonstances imprévues : la conquête du marché américain avait été un échec, et ce désastre financier avait mis Burton dans l'incapacité de racheter ses actions ; Nick s'était marié, et avait laissé en mourant tous ses biens à sa femme.

Fiona se leva, survoltée, tournant dans sa tête l'incroyable nouvelle. Son regard tomba sur la photographie de Nick posée sur le guéridon. Si seulement elle s'en était doutée ! Mais comment aurait-elle pu deviner ? Il ne lui parlait jamais de ce portefeuille et ignorait ce qu'il contenait. Il ne comptait même pas ce qu'il avait dans ses propres poches !

Elle prit la photographie. Pour la première fois depuis la mort de Nick, elle sentit sa présence. Il la protégeait encore, veillait sur elle, ferait partie d'elle à jamais, comme Michael l'avait affirmé.

Un souffle de vent entra dans la pièce, mais, cette fois, elle ne frissonna pas. Elle sourit, imaginant que la douce caresse était celle de la main de Nick sur sa joue. Elle serra la photo sur son cœur et ferma les yeux, lui murmurant un grand merci pour ce dernier cadeau.

67

— Mes plus sincères félicitations à mon frère James, dit Joe en levant son verre. Et à ma belle-sœur Margaret... (Il marqua une pause, prenant un air de commisération.) ... mes plus sincères condoléances.

Ce toast déclencha les cris et les sifflets de la noce, et fit rire la mariée et ses sœurs.

— Très drôle, Joe ! cria Jimmy, essayant de couvrir le brouhaha. Espérons que tes fruits sont plus frais que tes blagues ! On peut manger, maintenant ?

— À Jimmy et à Meg ! acheva Joe. Je vous souhaite une longue vie, la santé, la fortune et le bonheur !

— À Jimmy et à Meg ! reprit l'assemblée en chœur.

Tout le monde trinqua, on exigea que le marié embrasse la mariée, et, quand il s'exécuta, de nouveaux sifflets fusèrent.

Joe recevait les invités de son frère dans sa maison de Greenwich pour le repas de noce. C'était son cadeau de mariage au jeune couple. Il adorait sa nouvelle belle-sœur, fille de modestes marchands des quatre-saisons de Whitechapel, et voulait la gâter. Le traiteur et le fleuriste étaient arrivés à l'aube pour décorer la salle de bal de la grande demeure, mais, comme la journée s'annonçait belle, Joe avait tout fait porter dans le parc.

Il vivait dans un vieux manoir au milieu d'un domaine vallonné dont les vergers descendaient jusqu'aux rives de la Tamise. Sur ses terres poussaient de grands chênes, ainsi que des cerisiers, des cornouillers et des rosiers grimpants. Joe avait fait dresser les tables à l'arrière de la maison, au-delà des parterres bien ordonnés qui la bordaient. De là où ils étaient assis, les invités voyaient les pommiers en fleur, les poiriers et les cognassiers, avec le fleuve à l'arrière.

En observant la tablée, Joe ne put s'empêcher de sourire. Sa famille, ainsi que leurs amis, tous bons cockneys, étaient plus connaisseurs, plus difficiles à satisfaire en matière de gastronomie que des comtes ou des ducs. Les marchands des quatre-saisons avaient des idées très arrêtées sur la qualité des produits, et n'hésitaient pas à défendre leur opinion.

— Oncle Joe ! Oncle Joe !

Joe se tourna et vit les enfants de sa sœur Ellen, trois mignons rouquins, débouler vers lui.

— Des vrais petits brigands, commenta son grand-père. Tu ne manges pas ?

— Si, mais j'ai à faire avant. Un instant, je reviens.

Joe se leva pour aller trouver Jimmy et Meg.

— Vous êtes contents ? demanda-t-il.

— C'est magnifique, Joe chéri, déclara Meg en lui prenant la main. Merci !

La jeune femme, une rousse avec de jolies taches de rousseur, avait choisi une robe en organdi d'une chaude couleur blanc cassé à col montant. Jimmy lui avait offert en cadeau de mariage des pendants d'oreilles en perle, et sa mère avait piqué des roses blanches dans la tresse qui s'enroulait à sa nuque. Joe l'avait toujours trouvée charmante, mais aujourd'hui ses joues roses et les regards heureux qu'elle lançait à son mari en faisaient une vraie beauté.

— Je suis content que cela te plaise. Je peux te voler ton mari cinq minutes ?

Meg accepta, et Jimmy suivit Joe dans la maison.

— Que se passe-t-il ?

— J'ai un cadeau de mariage pour toi.

— Encore ? Joe, c'est trop...

— Mais non, mais non. Viens.

Il entraîna son frère dans son bureau, referma la porte, et lui indiqua une grande boîte plate posée sur le bureau.

— Ouvre.

Jimmy souleva le couvercle, ôta un morceau de flanelle verte, et découvrit une magnifique plaque de cuivre rectangulaire portant l'inscription *Bristow de Covent Garden, fruits et légumes en gros. Joseph et James Bristow, propriétaires*. Il regarda son frère, éberlué.

— Mais enfin, Joe...

Joe lui serra la main.

— Je salue mon associé.

— Je ne m'attendais pas du tout à ça ! Pourquoi ? C'est ta société, c'est toi qui l'as fondée, et...

— Et je n'aurais jamais si bien réussi sans toi. Cette entreprise est autant la tienne que la mienne. J'officialise, voilà tout. Les avocats s'occupent des papiers, et devraient avoir fini la semaine prochaine. Entre ton nouveau salaire et la moitié des bénéfices du plus gros négoce de fruits et légumes de Londres, tu devrais pouvoir offrir à Meg la maison qu'elle convoite à Islington.

— Je... je ne sais pas quoi dire... Merci.

Très ému, Jimmy tapa dans le dos de son frère, puis il prit la plaque, et partit en courant annoncer la bonne nouvelle à son épouse.

De loin, Joe contempla le couple avec mélancolie. Jimmy réussissait bien sa vie. Il avait épousé une femme merveilleuse, qu'il aimait vraiment. Ils ne tarderaient pas à avoir des enfants. Et maintenant qu'il était son associé, il aurait les moyens de faire vivre confortablement sa petite famille.

Joe, quant à lui, était multimillionnaire. Ce qu'il venait de faire n'y changeait pas grand-chose. Il était aussi propriétaire de toutes les boutiques Montague, ainsi que du lucratif service de livraison à domicile qu'elles offraient. Et pourtant, comparé à son frère, il avait l'impression de ne rien avoir : c'était Jimmy qui possédait la vraie richesse.

Un bras se glissa sous le sien.

— Bravo, mon garçon, c'est très généreux, dit sa mère.

— Il le mérite. J'aurais dû le faire depuis longtemps.

Rose portait la robe de soie rouille qu'il lui avait offerte et un châle à motifs cachemire. En dépit de son âge et de ses cheveux gris, il la trouvait encore très belle. Quelques années plus tôt, Joe avait insisté pour que ses parents quittent leur logement humide de Montague Street et emménagent dans une jolie maison neuve de Finsbury. Ils y étaient restés une semaine. S'ennuyant à mourir de Whitechapel et de leurs amis, ils avaient tenu à retourner vivre à leur ancien domicile. Joe avait dû s'avouer vaincu, et se contenter de racheter pour eux la maison de Montague Street et de la rénover. Bien qu'il leur eût fait une belle rente, ses parents allaient toujours vendre leurs légumes au marché, tous les jours sauf le lundi. Leur plus grosse dépense avait été l'achat d'une charrette neuve, et leurs seules folies étaient des sorties plus fréquentes au music-hall.

Rose nota la tristesse de son fils.

— Tu penses à elle, hein ?

— À qui ?

— Ça fait dix ans, mon grand...

— Je sais bien, maman, alors tais-toi. Je ne pensais à personne.

— Très bien, je ne dis plus rien. Je me fais du mouron, c'est tout. Tu vas bientôt avoir trente ans. Tu devrais te marier, avoir des enfants. Un bel homme, qui réussit si bien... Je connais au moins dix filles qui donneraient cher pour décrocher un gars comme toi. Je voudrais tellement que tu sois heureux !

— Mais je suis heureux, maman, très heureux. J'aime mon travail.

— Peuh ! Tu travailles pour t'abrutir, oui.

— Maman, je crois que grand-père a besoin qu'on l'aide à couper son hareng, tu ne veux pas que nous... ?

— Ah, te voilà ! s'exclama une joyeuse voix féminine.

C'était Cathy.

— Je t'y prends, à ruminer dans ton coin, Joe ! Viens tenir compagnie à tes invités. Sally est là. Elle te trouve très séduisant, tu sais.

Joe se mit à rire.

— Sally Gordon, ta petite camarade de classe ? Elle a dix ans, non ? Et des nattes ?

— Si tu la regardais un peu, tu verrais comme elle est devenue jolie, et tu cesserais de pleurnicher après un fantôme.

Blessé, Joe détourna la tête. Le tact n'était pas le fort de Cathy.

— Ça suffit, ma fille ! avertit Rose.

— Il faut bien que quelqu'un lui dise qu'il gâche sa vie, maman ! (Elle redressa la tête avec insolence.) Autant que ce soit moi ! Fiona Finnegan est à des milliers de kilomètres, elle est mariée à un gars de la haute, et elle ne reviendra pas. Sally Gordon est là, elle, et elle est amoureuse de toi. Elle n'a que l'embarras du choix, je t'assure, mais seulement ton nom à la bouche, Dieu sait pourquoi. Elle changerait vite d'avis, si je lui disais quel vieux rabat-joie tu es !

— Tais-toi ! gronda Rose.

Cathy repartit, vexée.

— Un vieux rabat-joie ? répéta Joe en riant malgré lui.

— Ah, cette petite, elle ne fait jamais attention aux autres ! J'espère qu'elle sera à la hauteur, dans le nouveau magasin.

— J'ai confiance en elle.

— Elle est fine, c'est sûr, et elle a bon cœur, d'une certaine façon. Elle t'adore, en tout cas, Joe, et ne veut que ton bonheur. (Rose pressa le bras de son fils.) Tu sais, elle a raison, tu devrais aller retrouver les invités. Et ça ne te ferait pas de mal non plus de saluer Sally, par politesse.

Joe couvrit la main de sa mère.

— Allons la voir, alors. Mais n'essaie pas de nous marier, maman. Je n'ai aucun besoin d'une femme. Toi et Cathy, vous me faites assez tourner en bourrique à vous deux.

68

— Il attaque le testament, Fiona, annonça Teddy en jetant une liasse de documents sur le bureau. Les papiers sont arrivés ce matin. Il a de bons avocats. Ils cherchent à nous faire obstacle par tous les moyens – ceux que j'imaginais, et quelques autres en prime.

Pendant que Fiona lisait, Teddy s'assit, prit son mouchoir, ôta ses lunettes et se tamponna le front. La chaleur était exceptionnelle pour juin.

— Il se moque de moi ! Il me propose un tiers de la valeur des actions en espèces si je renonce à l'héritage ! Un tiers ! Et la proposition n'est valable que soixante jours ; après quoi, il menace de ne rien me donner du tout ! C'est parfaitement illégal. Quel culot, tu te rends compte ?

— Eh oui, commenta Teddy en rempochant son mouchoir. Mais je suis ton conseiller juridique, et, à ce titre, je te recommande d'accepter.

— Mais, Teddy, je t'ai dit que je tenais à récupérer ces actions !

— Laisse-moi terminer. Il faut que tu comprennes la situation. Ils vont te porter des coups bas. Tu es très riche, tu n'as pas besoin de ce portefeuille. Le jeu n'en vaut pas la chandelle. Abandonne.

— Je n'ai pas peur de me battre !

— Le procès va coûter une fortune.

— Peu importe.

— Cela monopolisera aussi tout ton temps ! Avant que l'affaire n'arrive devant le juge, tu auras perdu un ou deux ans, et des milliers de dollars uniquement pour faire parvenir à la partie adverse les documents originaux : ton certificat de naissance, ton contrat de mariage, le testament de Nick, son certificat de décès. Tu n'as pas idée du temps que cela peut prendre.

— Et si tu envoyais quelqu'un de ton cabinet avec les documents à Londres ? Sur place, il pourrait activer la procédure.

— Personne n'est habilité à exercer en Angleterre.

— Mais tu as bien des correspondants, là-bas ? Comment t'y prends-tu quand un client américain meurt et qu'il a des intérêts en Angleterre ?

Fiona avait l'impression de pointer des évidences, et se demandait pourquoi Teddy, habituellement si opiniâtre, n'y songeait pas.

— Oui, bien sûr... Nous travaillons avec un groupe d'avocats londoniens...

— Alors, prends rendez-vous pour moi. J'irai à Londres en personne la semaine prochaine s'il le faut.

— Tu ne peux pas laisser tes sociétés sans direction.

— Stuart Bryce est plus que capable de diriger KaliThé en mon absence, et Michael s'occupera des salons de thé et des épiceries.

Teddy hésita, puis se lança.

— Quand tu auras le temps d'étudier les papiers plus en détail, tu verras que les avocats d'Elgin ont mis la main sur le dossier médical de Nick. Pas celui d'Eckhardt, qui ne l'aurait jamais donné, mais celui d'un certain Dr Hadley. Si j'ai bien compris, c'est lui qui a porté le premier le diagnostic de la syphilis.

— Oui, il est le médecin de famille de Nick.

— Hadley a noté que Nick avait attrapé sa maladie d'un homme.

— Mais comment les avocats ont-ils obtenu ces détails ? Il s'agit d'informations confidentielles !

— Si Hadley est un ami d'Elgin...

— Mais pourquoi en parler ? Quel rapport avec l'héritage ?

— C'est leur meilleur atout. Les avocats d'Elgin vont invoquer contre toi la syphilis de Nick et son... euh... ses préférences sexuelles. Ils vont déclarer que Nick était psychiquement irresponsable à cause de la maladie quand le mariage a été contracté, que l'union n'a jamais été consommée, et donc que tu n'as aucun droit à hériter de ses biens.

— Ils n'oseraient pas faire ça !

— Avec une pareille fortune en jeu, certainement que si.

— Cela ne change rien ! J'ai bien l'intention de me battre.

Teddy se tut. Après quelques secondes, il se racla la gorge.

— Fiona, il est très difficile d'apporter la preuve qu'un mariage a été, ou n'a pas été consommé, mais cela n'arrête pas les avocats. Tu vois où je veux en venir ?

— Pas du tout. Cesse de prendre tant de gants ! Il n'y a pas à être gêné. Ils vont demander si Nick et moi nous faisions l'amour ? Je dirai que oui, et voilà tout.

— Tu sais que j'ai toujours admiré ta volonté de fer, répliqua Teddy en la contemplant d'un air grave, mais la vraie force n'est pas toujours dans la persévérance. Parfois, il faut savoir renoncer.

— Teddy, je veux absolument...

— Non, écoute-moi un peu ! Tu n'as pas idée de quoi les avocats sont capables dans ce genre d'affaires, surtout avec trois millions de dollars en jeu. Ils enverront des hommes en Amérique pour interroger ta femme de chambre, savoir si tu dormais dans le même lit que Nick et s'il y avait des taches sur les draps, Fiona ! Ils feront témoigner ton médecin et lui demanderont si tu as été enceinte, si tu as eu des fausses couches, s'il y a la moindre raison physiologique pour qu'en dix ans tu n'aies pas conçu d'enfant.

Fiona marqua un temps d'arrêt, révoltée par cette perspective.

— Ça te suffit ? reprit Teddy. Et, s'il le faut, ils paieront un jeune prostitué syphilitique pour témoigner. Ils lui feront dire qu'il a couché avec Nick ; il donnera la date, l'heure, le lieu. Il saura si Nick avait une marque au bas du dos ou une cicatrice à la cuisse. Ils trouveront un ancien condisciple, qui aurait de grosses dettes de jeu par exemple, et lui feront jurer que Nick était incapable d'avoir des relations sexuelles avec une femme.

— Ils n'ont pas le droit ! hurla Fiona en tapant sur la table.

— Tu es bien naïve ! Randolph Elgin n'est pas un enfant de chœur. Il ne s'arrêtera devant rien !

Gêné de s'être emporté, Teddy se tut.

Dans le silence qui suivit, Fiona alla prendre la théière sur le guéridon et versa deux tasses de thé. Elle en tendit une à Teddy, puis emporta la sienne près de la fenêtre pour la boire à petites gorgées tout en regardant les eaux grises de l'Hudson. Elle s'était attendue à une résistance, mais pas à une telle horreur. Salir ainsi un fils disparu devant un tribunal ! Randolph Elgin était, semblait-il, aussi peu scrupuleux que William Burton.

Teddy voulait la protéger, elle lui en était reconnaissante, mais il ne lisait pas entre les lignes comme elle. Elgin avait peur. Il devait même avoir très peur, pour s'abaisser à de telles extrémités. Ses avocats avaient dû lui dire que l'héritage était légitime et qu'il risquait de perdre, alors il tentait cette intimidation, épouvanté par la perspective d'annoncer à Burton que ses actions lui avaient échappé.

Cette intuition lui redonna courage. Elle ne renoncerait pas.

— Teddy, déclara-t-elle en s'asseyant près de lui, voilà ce que nous allons faire. Réponds aux avocats d'Elgin qu'ils se moquent de nous et que...

— Fiona, accepte, je t'en conjure ! Si tu persistes, je ne pourrai plus te représenter. J'ai donné ma parole à Nick de veiller sur toi. Je briserais ma promesse si je ne t'arrêtais pas.

— Je vais à Londres.

Teddy poussa un profond soupir, comprenant qu'il était battu.

— Quand ?

— Cette semaine.

— Je t'en supplie, ne fais pas ça ! Ils te réduiront en miettes. Ils diffuseront leurs accusations dans la presse new-yorkaise. Il y aura un scandale, et, cette fois, personne ne pourra l'arrêter. Cette affaire va te ruiner. Tu peux tout de suite fermer les portes de KaliThé. Nous connaissions Nick, c'était notre ami, et rien de tout cela n'avait d'importance pour nous ; seulement, beaucoup de gens ne sont pas aussi tolérants. Ils jugeront sa conduite immorale, et, comme tu en étais complice, ils ne t'achèteront plus de thé.

— Teddy, dit Fiona en lui prenant la main, ne m'abandonne pas. J'ai besoin de toi. Tu m'as toujours soutenue, reste à mes côtés.

Teddy la dévisagea, essayant en vain de comprendre.

— C'est de la folie, Fiona ! Tu vas détruire tout ce que tu as construit.

— Non, Teddy, tu te trompes. Au contraire, je n'ai construit tout cela que pour en arriver là.

69

— Eh bien, ça fait longtemps que je n'ai pas mis les pieds dans ce bouge, remarqua Roddy en levant la tête vers l'enseigne criarde du *Taj Mahal*.

Il balaya des yeux la façade du grand bâtiment de brique, et aperçut la rangée de vitres brisées dans les étages.

— C'est ça, le vandalisme dont vous me parliez ?

L'agent McPherson opina du bonnet.

— Oui, les fenêtres ont été cassées, comme vous voyez ; on a enfoncé la porte et volé la caisse.

— La nuit dernière ? Et c'est Quinn qui a signalé ça ?

— Non, un voisin s'est mis à crier en entendant les bruits de verre, et je suis arrivé dare-dare. J'ai dit à Quinn qu'on allait enquêter, mais il a refusé qu'on intervienne en déclarant qu'il réglerait l'affaire tout seul. D'après lui, c'est des gamins du quartier.

— Mais bien entendu... Des galopins qui s'appellent Bowler Sheehan ou Sid Malone !

— Oui, mais lequel des deux ?

— Je voudrais bien le savoir. On voit un peu beaucoup Malone par ici, et, maintenant, on s'attaque à Quinn... Une guerre se prépare pour la domination de l'Est londonien, moi je vous le dis. La rive sud contre la rive nord.

— Vous croyez que Denny va cracher le morceau ?

— Il faudra bien qu'il parle, s'il ne veut pas qu'on lui ferme son établissement. Allons-y.

Roddy ouvrit la porte du *Taj* et entra, suivi par McPherson. Il s'attendait à essuyer les quolibets habituels, les regards agressifs, les insultes ; on lui renverserait de la bière sur sa veste, il se ferait accrocher par une fille, ou par Denny qui chercherait à l'acheter avec du whisky et du steak. Mais il eut une grosse surprise.

La salle était déserte, un vendredi soir ! Pas de lumière, pas un client au bar, pas de barman, de filles. Personne aux billards, aux tables, ou dans l'escalier qui menait aux chambres... Il pivota sur lui-même, surpris par le silence.

— Quinn ? appela-t-il d'une voix hésitante. Denny ?

Aucune réponse.

Il jeta un regard interrogateur à McPherson, mais celui-ci était aussi ébahi que lui. Main sur la matraque, les deux hommes passèrent derrière le bar et franchirent la porte qui menait aux cuisines. Personne là non plus. L'évier était plein d'épluchures de pommes de terre ; un chapelet de saucisses était placé sur une planchette, prêt à être coupé.

Roddy en eut la chair de poule. Ce n'était pas du tout normal. Il ressortit de la cuisine avec son acolyte, traversa la salle et monta le grand escalier. Le bureau de Quinn donnait sur le palier. Quinn devait s'y trouver ; ou Janey Simms, la mère maquerelle, sa maîtresse. Ils lui expliqueraient ce qui se passait.

— Quinn ! appela-t-il en s'arrêtant devant la porte.

N'obtenant pas de réponse, il tourna la poignée, mais la porte était fermée à clé.

— Den ? Tu es là ? cria-t-il en cognant sur le battant.

Toujours pas de réponse. Il allait se remettre à frapper quand il perçut un faible gémissement. Se reculant, il se jeta contre la porte pour la défoncer. Elle fut ébranlée, mais ne céda pas. Il donna de nouveau de l'épaule contre le bois, et cette fois la serrure vola en éclats.

Dennis Quinn gisait à terre, son regard vide tourné vers le plafond, baignant dans une mare de sang.

— Bon Dieu ! s'exclama McPherson.

Roddy s'agenouilla près de lui, et posa les doigts sur son cou pour lui tâter le pouls ; du sang suinta de l'entaille qu'il avait en travers de la gorge. Sa chemise dégoulinait de sang. En se relevant, Roddy entendit de nouveau un gémissement. Il lui fallut une seconde pour réaliser que le bruit ne provenait pas du mort mais de derrière le bureau, à l'autre bout de la pièce. Avant même de le contourner, il se douta de ce qu'il allait y découvrir.

Janey Simms était tombée sur le côté. Elle haletait, la peau moite, une main tendue devant elle, l'autre plaquée sur la blessure qui trouait sa poitrine. Elle posa sur Roddy un regard vitreux.

— Janey, qui a fait ça ?

Elle essaya de parler, en vain.

— Tiens bon, ma belle, je vais t'emmener à l'hôpital.

Il enleva sa veste pour la couvrir et tenta de la soulever. Elle poussa un tel hurlement de douleur qu'il dut la reposer.

— Je sais, Janey, tu as mal, mais courage, tu te remettras...

Janey fit non de la tête et avança la main vers lui. S'accroupissant, Roddy la prit entre les siennes.

— Encore un effort, Janey, je vais te porter.

Elle ferma les yeux, puis, rassemblant ses dernières forces, elle tira la main de Roddy et l'abattit sur le sol. Il regarda par terre, sans comprendre pourquoi Janey retenait sa main sur le plancher ; enfin, il remarqua le doigt couvert de sang, et distingua la trace qu'elle voulait lui montrer. Elle avait écrit la lettre *S* avec son sang.

— Sheehan, dit-il.

— Ou Sid, intervint McPherson.

— Lequel des deux, Janey ? Sheehan ou Sid Malone ? demanda Roddy d'une voix pressante.

Elle n'en avait plus pour longtemps, c'était visible. Elle ouvrit la bouche. Sa poitrine se soulevait et s'abaissait à petits coups rapides.

— Tiens bon ! l'encouragea-t-il en lui serrant la main, on te sortira de là.

Mais, au moment même où il prononçait ces mots, il sentit que la vie la quittait. Elle était morte. Il libéra sa main, fou de colère. Déjà, la mare de sang gagnait sur le plancher, effaçant le *S* qu'elle avait tracé.

— Alors, qui est le coupable ? lança-t-il à McPherson.

— Sheehan, si Quinn l'a lâché. Malone, si c'est le contraire.

— Ça ne nous avance pas beaucoup. Nous n'avons rien : un témoin mort, un indice qui vient de s'effacer, et une cinquantaine de personnes sans doute présentes en bas quand les meurtriers sont montés mais qui refuseront de parler. Un double meurtre, et pas l'ombre d'une preuve. Rien de rien !

— Là, sergent, vous avez raison. Mais, contrairement à ce que vous disiez tout à l'heure, la guerre pour la domination de l'Est londonien n'est plus en train de se préparer... elle a déjà commencé.

70

Neville Pearson, homme replet et affable d'une soixantaine d'années, fit le tour d'une échelle, enjamba un pot de peinture, et salua Fiona.

— Très heureux de faire votre connaissance, madame, déclara-t-il en lui serrant vigoureusement la main. Teddy m'a averti de votre visite. Je sais tout de vous !

Il portait un costume marron passé de mode depuis vingt ans, ainsi qu'un gilet jaune couvert de miettes. Il était chauve, mis à part deux touffes de cheveux blancs sur les côtés, et avait le teint rubicond d'un homme porté sur les plaisirs de la table. Il était aussi différent qu'on pouvait l'être de Teddy, avocat new-yorkais jusqu'au bout des ongles avec ses costumes chics, ses coupes de cheveux soignées, ses mains manucurées et ses chaussures de luxe. Avec sa serviette de cuir usée sous le bras et les bésicles perchées au bout de son nez, Pearson correspondait davantage à l'image d'un professeur distrait qu'à celle du membre le plus estimé du barreau de Londres, avocat de la Couronne.

— Tout le plaisir est pour moi, maître Pearson.

— Voyons... dit-il en regardant autour de lui, essayons de trouver un coin tranquille, voulez-vous ? Mon bureau est occupé par les ouvriers. Je suis désolé, mais nous rénovons. C'est l'idée d'un de nos jeunes associés qui donne dans le moderne. Une perte de temps et d'argent s'il en est. Edwards !

— Oui, monsieur ? répondit le jeune homme à la réception.

— J'ai besoin d'un bureau.

— Je crois que celui de Me Lazenby est libre.

— Bien, suivez-moi, madame, et attention à vos jupes.

Il la conduisit dans un long couloir, lui indiquant que le bâtiment de Gray's Inn datait du XIVe siècle, avait été agrandi sous les Tudors, et n'avait aucun besoin des rénovateurs, mille fois merci. Fiona le suivait, écoutant avec délice la mélodie de ce timbre anglais dont elle était privée depuis si longtemps. À l'inverse des New-Yorkais qui parlaient vite, comme ils vivaient, on sentait vraiment que les Londoniens, quels que soient leur origine sociale et leur accent, adoraient leur langue.

Cette visite au cabinet de Pearson était la première sortie de Fiona depuis son arrivée, la veille, à l'hôtel *Savoy.* Le Londres qu'elle voyait était une ville de richesses et de raffinement qu'elle n'avait jamais connue. Sa suite était somptueuse, le service impeccable. Les rues qu'avait empruntées sa voiture pour aller à Gray's Inn étaient larges et belles, les maisons et les magasins qui les bordaient élégants.

Mais elle savait fort bien que tout Londres ne répondait pas à cette image. À l'est se trouvait une autre ville, une ville de misère où il fallait lutter pour survivre, où l'on avait faim. C'était l'envers du décor, la face cachée et sombre qui l'attendait. Ce soir-là, elle devait s'y rendre. Sans aller jusqu'à Whitechapel où elle ne se sentait pas encore le courage de retourner, elle rencontrerait Roddy à Bow. Tout en se réjouissant de ces retrouvailles, elle les redoutait, car il lui faudrait apprendre à Roddy ce qui était arrivé à son père, et elle avait peur de lui faire beaucoup de peine.

— Nous y voici ! annonça Pearson.

Il ouvrit une porte, mais recula aussitôt en s'exclamant :

— Oh ! Pardon, navré, Lazenby ! Bonne journée, et toutes mes excuses, monsieur.

Fiona ne distingua pas l'intérieur de la pièce ; mais, au moment où la porte se refermait, lui parvinrent deux voix. L'une, qui devait être celle de Lazenby, indiquait que le bureau de Phillips était sans doute vide, alors que l'autre, probablement celle de son client, assurait à Pearson qu'il n'y avait pas de mal.

Fiona eut un choc en entendant ces derniers mots, prononcés d'un ton chaleureux, vif et plein d'esprit, avec un accent de l'Est londonien marqué... Incapable d'y résister, sans même savoir ce qu'elle faisait, elle avança et posa la main sur la poignée.

— Par ici, madame Soames, suivez-moi, dit alors Pearson.

Fiona retira vivement sa main, se demandant ce qui lui prenait.

— Venez, continua-t-il en la guidant vers l'escalier, il y a sans doute un bureau libre à l'étage. J'ai interrompu un rendez-vous avec un client très important. Il vient souvent, mais son nom m'échappe ; je n'ai aucune mémoire des noms... Barton ? Bartson ? Propriétaire d'une très grande chaîne d'épiceries de luxe. Montague, je crois. (Il se tourna vers elle au milieu des marches avec un bon sourire.) Ah ! Les vieux rouages tournent encore un peu !

Fiona s'étonna, et non pour la première fois, que Teddy lui ait recommandé un tel homme.

— Quelqu'un d'intéressant, ce Barton. Il est parti de rien. Vous êtes d'ailleurs un peu dans la même branche. En plus de votre négoce de thé, je me rappelle que Teddy a mentionné une chaîne d'épiceries. Vous devriez visiter les magasins Montague, ils sont de tout premier ordre. D'ailleurs, reprit-il en s'arrêtant sur le palier, cela me donne une idée. Ce monsieur ouvre un nouveau magasin à Knightsbridge la semaine prochaine. Il y a une grande réception, et tout le cabinet est invité. Pourquoi ne vous joindriez-vous pas à ma femme et à moi ? Nous pourrions souper d'abord.

Elle déclina poliment l'invitation : elle avait trop de soucis pour se rendre à des réceptions. Mais Pearson insista si bien qu'elle finit par accepter. Satisfait, il la fit entrer dans le bureau vide, ordonna à un clerc qui passait de leur apporter du thé, et se mit au travail.

Il relut les papiers envoyés par Teddy, puis lui posa une quantité de questions. Il n'y avait plus trace de distraction dans son attitude. Fiona s'aperçut que Teddy l'avait envoyée à un juriste très expérimenté et fort astucieux.

— Votre droit à cet héritage est incontestable, madame, déclara-t-il enfin en continuant de parcourir les documents. Nous parviendrons certainement à gagner le procès.

— Vous me rassurez.

— Cependant, comme Teddy vous l'a indiqué, la procédure sera longue et coûteuse.

— N'y a-t-il pas moyen d'accélérer le processus ?

— La justice ne se presse jamais, répliqua-t-il en la regardant par-dessus ses lunettes.

— Et quel délai pensez-vous réaliste ?

— Il me faudra quelques jours pour étudier les documents en détail et je vous donnerai une estimation, mais ne soyez pas trop optimiste. Je connais les avocats d'Elgin. Nous gagnerons, j'en ai la conviction, mais ils ne nous rendront pas la tâche facile. Ce ne sera pas plaisant, si vous me suivez...

— Parfaitement, et je suis prête à tout supporter.

Pearson la scruta, comme pour juger de sa sincérité.

— Très bien, finit-il par dire.

Il conclut en ajoutant qu'il la recontacterait la semaine suivante, puis il la raccompagna. En repassant devant le bureau de Lazenby, elle entendit de nouveau, malgré l'épaisseur de la porte, la voix qui l'avait tant captivée. Ses intonations lui étaient totalement étrangères, comme l'était ce débit assuré et mesuré... et pourtant, elle se sentait irrésistiblement attirée. Une fois de plus, sa main avança malgré elle vers la poignée.

— Non, par ici, madame, appela Pearson.

Pour la seconde fois de la journée, Fiona se demanda ce qui lui arrivait. Elle suivit Pearson jusqu'au hall d'entrée, et prit congé.

71

Roddy O'Meara glissa un regard à l'élégante femme qui avançait à son bras. Elle était si distinguée, avait une telle prestance qu'il avait du mal à reconnaître en elle la petite fille en robe rapiécée et en tablier à laquelle il avait raconté des contes de fées au coin du feu.

Mais quand elle tournait vers lui ses incroyables yeux bleus, il n'avait plus aucun doute. Fiona avait mûri, avait été marquée par la vie, mais son regard restait aussi vif, aussi passionné que lorsqu'elle était enfant. C'était un regard chaleureux et fort, de révoltée.

Les yeux de son père, songea Roddy. L'insoumission venait de lui. C'était cet esprit rebelle qui avait poussé Paddy à se joindre au syndicat, et sa fille à fuir Whitechapel et à réussir cette fulgurante ascension sociale.

Elle était venue souper chez eux. Grace avait préparé un vrai repas anglais, avec du rosbif et du Yorkshire pudding. Quand il lui avait ouvert la porte, Fiona s'était jetée dans leurs bras, et tous trois avaient versé des larmes, poussé des exclamations de joie. Ni lui ni Grace n'en avaient cru leurs yeux tant elle avait changé ; mais Fiona les avait serrés sur son cœur encore et encore, refusant de leur laisser prendre son chapeau et de se faire servir du thé par Grace avant de les avoir embrassés tout son soûl. Son cocher la suivait, portant des monceaux de cadeaux provenant des boutiques les plus luxueuses de New York. Il y avait un beau chapeau pour Grace ainsi qu'une paire de boucles d'oreilles en rubis ; et, pour lui, une veste en cachemire et une paire de boutons de manchettes en or. Les enfants – Patrick, l'aîné, âgé de neuf ans ; Emily, sept ans ; Roddy Junior, quatre ans ; et Stephen, qui venait d'avoir un an – avaient été couverts de jouets et de bonbons.

Ils avaient pris le thé au salon, puis soupé à la salle à manger, se racontant tout ce qui était arrivé pendant ces dix années de séparation. Quand ils eurent épuisé les nouvelles, Fiona hésita, mais elle devait poursuivre.

— Il me reste une chose à vous expliquer, c'est la raison de mon départ précipité. Je ne m'en excuserai jamais assez... (Roddy, remarquant son trouble, voulut la faire taire.) Non, oncle Roddy, il faut que ce soit dit. Il y avait une raison à mes actes, et, maintenant, je peux tout vous révéler. Il le faut, même. Mais, ajouta-t-elle en jetant un coup d'œil aux enfants, ce n'est peut-être pas le bon moment.

— Tu devrais aller faire un petit tour avec Roddy, suggéra Grace. Cela me laissera le temps de débarrasser, et vous pourrez discuter un peu. Nous prendrons le dessert à votre retour.

Ils se promenaient donc dans le parc voisin. C'était une belle soirée de juin, avec un soleil encore chaud dans un ciel sans nuages. Roddy l'écoutait discourir sur le beau temps, les fleurs et Londres, se demandant pourquoi elle n'abordait pas le sujet qui avait l'air de lui tenir tant à cœur. L'avait-elle pris à part pour lui demander des nouvelles de Joe ? Il avait évité de le mentionner, attendant qu'elle le fasse elle-même si elle le souhaitait. Ou peut-être désirait-elle se défendre des accusations de vol que Sheehan avait portées contre elle ? Ses hésitations prouvaient à quel point c'était douloureux. Il décida de l'aider un peu.

— Alors, petite, de quoi voulais-tu me parler ?

Fiona regarda droit devant elle, le visage crispé, puis se tourna vers lui. Il fut surpris par son expression, un étrange mélange de tristesse et de colère... Non, pas de colère, bien plus : de fureur.

— Je ne sais trop par où commencer, oncle Roddy...

— Fiona, ce n'est peut-être pas utile de remuer le passé.

— Je ne peux pas faire autrement... Viens, ajouta-t-elle en montrant un banc. Asseyons-nous.

Puis elle lui raconta tout. C'était la première fois qu'elle révélait ce secret enfoui en elle depuis si longtemps, et elle ne laissa aucun détail dans l'ombre. Quand elle eut terminé, Roddy s'était tassé sur lui-même, profondément choqué.

— Je suis désolée d'avoir à t'apprendre ça, conclut-elle en lui prenant la main.

Il mit un moment à recouvrer l'usage de la parole.

— Mais pourquoi ne m'as-tu rien dit ? Nous aurions pu les arrêter. Il ne fallait pas t'enfuir.

— J'étais le seul témoin. C'était ma parole contre celle de Burton. On ne m'aurait pas crue, et j'étais en danger.

— Je t'aurais protégée.

— Comment ? Sheehan serait parvenu à me tuer. Et je ne voulais pas vous mettre en danger, Grace et toi. Je n'ai pas vu d'autre solution que de m'enfuir.

Roddy hocha la tête, imaginant sa peur, son horreur. Paddy... assassiné... Le chagrin le terrassa. Il baissa la tête et pleura. Il avait assez souffert d'avoir perdu Paddy, mais apprendre qu'il avait été tué ! Perdre son meilleur ami à cause de la rapacité d'un autre homme... c'était insupportable. Quand il n'eut plus de larmes, il resta prostré si longtemps que Fiona lui demanda à quoi il pensait.

— À tout cela... À l'injustice de ce qui est arrivé ! C'était il y a dix ans et, comme tu le dis, tu es le seul témoin, mais tout de même... Il doit bien y avoir un moyen de faire payer leur crime à Burton et Sheehan ! Mais, j'ai beau me creuser le ciboulot, je suis à court d'idée.

— Moi, je crois avoir trouvé le moyen d'en faire payer au moins un.

— Comment ?

Elle lui expliqua son projet de prise de contrôle de la Compagnie Burton, et parla du procès qui allait l'opposer à Elgin. Roddy ne connaissait pas le marché boursier, mais il comprit très vite que, lorsqu'on possédait cinquante-deux pour cent des actions d'une société, on en devenait propriétaire.

— L'ennui, c'est que ce sera très long. Mon avocat pense que le procès peut prendre des années.

— Sacré nom !

— Et c'est très risqué pour moi.

Elle lui parla alors de Nick, de son mariage, et des risques d'un scandale qui pourrait faire couler ses entreprises.

— La presse new-yorkaise est avide de ce genre d'histoires. Je me suis mariée pour éviter le scandale... mais cette fois, oncle Roddy, je m'en moque. Je suis prête à perdre mes sociétés pour obtenir les actions Burton. Seulement, même si je ruine Burton, comment faire pour que Sheehan paie aussi ?

Roddy triturait une brindille, réfléchissant dur.

— Il faut les monter l'un contre l'autre, mais je ne vois pas encore comment. On devrait pouvoir se débrouiller sans la justice pour atteindre Sheehan. Il faut que j'y réfléchisse...

— Moi, je n'ai pas d'idée, avoua Fiona en soupirant.

Ils se turent un moment dans la nuit qui tombait. Puis le carillon d'une église rappela à Roddy qu'il était temps de rentrer. Quand ils se relevèrent, il remarqua soudain à quel point Fiona était pâle et épuisée. Ce secret avait dû être bien lourd à porter seule. Il ressentit une immense compassion pour elle. Mais elle avait tenu bon. Malgré la tristesse de son regard, il voyait une lumière en elle. Elle avait gardé la force et la belle énergie d'autrefois.

Sans un mot, il la serra dans ses bras. Elle n'avait pas de père, pas de mère ; son mari, qu'elle avait tant aimé, était mort aussi. Lui, cependant, était là. Il l'aimait comme sa fille et ferait tout pour l'aider. Le passé ne s'effaçait pas, mais peut-être arriveraient-ils à influencer l'avenir.

— Tu n'es plus seule, petite, murmura-t-il avec conviction. Je suis avec toi, et, à nous deux, on les aura !

72

Fiona remontait le Strand à pas vifs, se dirigeant vers Tavistock Street. Une semaine s'était écoulée depuis son rendez-vous avec Neville Pearson, et celui-ci ne l'avait toujours pas recontactée. C'était mauvais signe. La situation devait être pire qu'il ne l'avait supposé. Les avocats d'Elgin avaient-ils mis au point une nouvelle tactique ? Qu'allait-il advenir des titres qu'elle convoitait ? Et quand serait-elle fixée ?

Elle attendait aussi des nouvelles de Roddy qui, depuis leurs retrouvailles, deux jours plus tôt, ne l'avait pas contactée.

Ah ! Si elle pouvait récupérer ces actions, si Roddy pouvait imaginer un moyen de piéger Sheehan...

Elle tourna dans Southampton Street, vers Covent Garden, et regarda sa montre. Il était près de quatre heures. Elle hâta le pas. Sur la recommandation de Nate Feldman, elle avait pris rendez-vous avec Anthony Berkins, directeur d'une agence de publicité, afin de parler du lancement de son thé en sachets en Angleterre et du coût des campagnes. Si elle parvenait à se concentrer sur ce sujet, elle oublierait peut-être un peu le reste.

Au coin de Tavistock Street, plongée dans ses pensées, elle ne vit qu'au dernier moment un livreur des halles qui poussait un chargement de cageots de laitues. En sautant sur le côté pour l'éviter, elle trébucha et heurta le mur d'un bâtiment de brique.

— Chaud devant ! cria-t-il en la manquant de justesse.

Elle se redressa en se massant l'épaule, et s'aperçut qu'elle s'était cognée à une plaque de cuivre. Une plaque bien astiquée où était gravée l'inscription *Bristow de Covent Garden, fruits et légumes en gros. Joseph et James Bristow, propriétaires.* Elle fixa ces mots une longue minute, les relisant sans fin. Ce n'est pas possible ! songea-t-elle. Ça ne peut pas être lui. Il travaille pour Peterson. Mais pourtant... Son frère s'appelait bien Jimmy, le diminutif de James ; il avait deux sœurs aussi, mais elle ne se souvenait pas bien d'elles...

Des travailleurs des halles la dépassaient, certains lui jetant des regards curieux. La porte était peinte d'un vert profond, semblable à la devanture de ses épiceries de New York. C'était la couleur qu'ils avaient remarquée, le jour de leur thé chez Fortnum & Mason, décrétant que c'était la plus belle teinte pour une porte de boutique.

Elle eut envie de lui rendre visite, mais eut peur. Elle fit un pas en avant, s'arrêta. N'y va pas, se dit-elle, cela ne sert à rien. Tu vas te faire du mal. Allez, demi-tour. Il ne faut pas que tu le voies avec son alliance, heureux en ménage...

Elle finit par reprendre sa route, lentement d'abord, puis d'un pas plus résolu. Mais, arrivée au 32 Tavistock Street, elle fit soudain demi-tour, et retourna sur ses pas en courant. Elle n'avait pas l'habitude de la lâcheté. Elle serait assez forte pour lui faire face. Sa colère, son chagrin, tout cela c'était du passé. Elle voulait simplement le saluer, en vieille amie. Menteuse, se dit-elle. Elle désirait surtout revoir ses yeux bleus rieurs.

Elle s'arrêta, oppressée, et inspecta le bâtiment. Un énorme portail entrebâillé révélait un entrepôt. Ce n'était sans doute pas là qu'il se trouvait. La porte verte devait mener aux bureaux. Rassemblant son courage, elle l'ouvrit et monta à l'étage. Elle arriva dans un hall de réception illuminé par une rangée de hautes fenêtres. Derrière un long comptoir en bois, deux jeunes femmes assises à des bureaux tapaient à la machine à toute allure. À un troisième bureau, un jeune homme, l'œil collé à l'horloge murale, répondait à deux téléphones qui sonnaient sans discontinuer.

Sur ces entrefaites, un garçon de cuisine en tablier blanc arriva, une enveloppe à la main.

— C'est le menu de l'inauguration, annonça-t-il à la réceptionniste. Le chef Reynaud veut que je le donne en mains propres au patron !

La réceptionniste se mit en colère, mais ni le téléphoniste ni les dactylographes ne levèrent le nez. Fiona désespérait d'attirer l'attention quand elle aperçut une jolie jeune femme blonde en conversation avec deux manutentionnaires, près de l'escalier du fond qui devait descendre directement à l'entrepôt. La jeune femme leur tendit une longue liste de commande, puis se tourna vers Fiona, qu'elle dévisagea quelques secondes sans rien dire, avec une expression étrange, presque alarmée.

— Que puis-je faire pour vous ? s'enquit-elle enfin.

— Je... je voudrais voir Joseph Bristow, répondit Fiona.

Son interlocutrice hésita.

— Je suis désolée, mais il n'est pas là, pour l'instant.

— Dites-moi, il s'agit bien du Joseph Bristow de Montague Street ? À Whitechapel ?

— Tout à fait.

Le cœur de Fiona battait à se rompre. Elle ouvrit sa pochette et en sortit une carte de visite.

— Puis-je lui laisser ma carte ?

— Bien entendu.

Elle sentit le regard de la jeune femme peser sur elle tandis qu'elle traçait rapidement quelques mots au dos.

— Voilà, dit-elle en la lui tendant. Merci.

— Je vous en prie. Au revoir.

— Oui, au revoir...

Gênée et déçue, Fiona reprit l'escalier pour se rendre à son rendez-vous chez Berkins & Brown.

Cathy Bristow attendit, pour jeter un œil sur la carte de visite, que disparaisse dans l'escalier la belle femme aux cheveux noirs. *Madame Nicholas Soames.*

C'est elle. C'est Fiona, j'en suis sûre. Un visage comme le sien ne s'oublie pas. Moi, bien sûr, je devais avoir... huit ans quand nous nous sommes vues pour la dernière fois.

— Cathy ! cria une voix au fond du couloir.

— Oui, Joe ?

— J'ai besoin de la liste des invités pour samedi. Tu peux me l'amener, mon petit chou ?

— J'arrive !

Cathy regarda de nouveau la carte. Tout en se reprochant son indiscrétion, elle la retourna et lut le message.

Cher Joe,

Je suis de passage à Londres pour quelques semaines. Je suis descendue au Savoy. J'aimerais te revoir.

Cordialement,

Fiona Finnegan Soames

Cathy avait mauvaise conscience. Tu aurais dû la faire attendre, songea-t-elle. Tu aurais dû aller chercher Joe. Il sera furieux s'il apprend ce que tu as fait. Rattrape-la ! Tu en as encore le temps.

Elle fit un pas vers l'escalier, mais s'arrêta. À quoi bon rouvrir de vieilles blessures ? Fiona était mariée. La carte annonçait bien

« Madame Nicholas Soames ». Cela n'aurait aucun sens. Pourquoi Fiona voulait-elle le revoir ? Peut-être était-elle encore en colère contre lui, peut-être désirait-elle se venger, lui montrer qu'elle était heureuse en ménage et qu'il ne pouvait plus l'avoir.

Cathy n'imaginait que trop bien la réaction de son frère si elle lui apportait la carte. Cet âne ne ferait qu'un bond et galoperait jusqu'au *Savoy*. Et quand il l'aurait vue, quand elle lui aurait conté en long et en large sa vie à New York avec son mari, il serait désespéré. Cathy aimait beaucoup son frère, et elle souffrait de sa tristesse permanente. Cela ne cesserait que le jour où il tomberait de nouveau amoureux, et il n'y parviendrait jamais s'il revoyait Fiona.

Elle avait promis à Sally Gordon de l'aider à passer la corde au cou de Joe, et était résolue à tenir parole. Ils étaient faits l'un pour l'autre. Si Fiona réapparaissait, tout irait de travers.

— Cathy ! lança de nouveau Joe. Alors ? Cette liste ?

Sans plus réfléchir, elle déchira la carte.

— J'arrive ! cria-t-elle en jetant les morceaux dans la corbeille à papier. Me voilà !

73

— C'est lui, sergent, annonça McPherson en agitant des documents en l'air.

Roddy quitta des yeux le petit miroir rectangulaire qui pendait à sa porte de placard.

— Sûrement pas, puisqu'il est mort.

— Si vous le dites... Mais le rapport du coroner est formel... Ce démon est en pleine forme, et il remet ça.

— Bon Dieu de bois, lâcha Roddy avec un soupir.

Il se tourna de nouveau vers le miroir, se battant avec l'insigne pour l'épingler droit sur son col. Il avait été convoqué chez le *superintendent*, comme il s'y attendait, et n'en menait pas large.

Deux jours plus tôt, on avait découvert un corps en décomposition, enfermé dans les toilettes extérieures d'une maison abandonnée de Thrawl Street. McPherson avait identifié la malheureuse, une prostituée nommée Maggie Riggs. Elle avait la gorge tranchée, le visage lacéré. Comme sa poche était déchirée et qu'elle n'avait pas d'argent sur elle, Roddy avait pu déclarer à la presse qu'elle avait été victime d'un vol qui avait mal tourné, se gardant bien de décrire ses blessures. Mais le *superintendent* avait eu vent de l'histoire, et il allait devoir lui présenter le rapport du coroner. Il faudrait le convaincre que ses hommes patrouillaient dans les rues de jour comme de nuit, et qu'il n'avait pas failli à sa tâche.

— Et sur le meurtre de Quinn, rien de nouveau ?

— Que dalle, répondit McPherson. Personne a rien vu, personne a rien entendu.

— Continuez les recherches. Nous avons peut-être tort de soupçonner Sheehan et Malone. Qui d'autre pouvait lui en vouloir ? Avait-il des dettes ? Qui lui devait de l'argent ? Mettez la pression sur le barman. Il s'appelle Potter, et il se fait de bons à-côtés avec un trafic d'opium. Utilisez ça contre lui.

— Vous savez où il habite ?

— Dean Street.

— Merci, patron. Je laisse le rapport de Thrawl Street sur votre bureau.

McPherson partit et Roddy se jeta un dernier coup d'œil dans la glace, satisfait de s'être fait couper les cheveux et tailler la moustache la veille, mais déplorant sa mauvaise mine. Il dormait mal depuis que Fiona lui avait appris ce qui était arrivé à Paddy. Il avait beau faire, il n'arrivait pas à trouver comment pincer Sheehan. Quatre jours avaient passé... Il y réfléchirait ce soir, chez lui. À présent, il devait rencontrer son supérieur. Mais, au moment où il quittait son bureau, une voix hurla à la porte du poste de police :

— Allez, entrez, espèces de fumiers !

— Hé là ! Une minute ! lança la voix du policier en faction.

Il y eut un bruit de lutte, puis un choc et un cri de douleur.

— Si t'essaies encore de te sauver, j'te casse la jambe !

— Ripton ! appela Roddy en se précipitant vers l'accueil, que se passe-t-il ?

— Je n'y comprends rien, patron.

Deux hommes titubaient à l'entrée, le visage en sang, les vêtements déchirés. En s'approchant, Roddy les reconnut. C'était Reg Smith et Stan Christie, les hommes de main de Bowler Sheehan.

— Bonjour, sergent O'Meara, dit une voix derrière eux.

Un jeune homme à la musculature impressionnante s'avança dans le poste de police ; il portait un pantalon étroit et avait un mouchoir rouge noué autour du cou. Un autre gaillard le suivit, vêtu de la même manière.

Des mauvais garçons, pensa Roddy. Ils ne peuvent pas s'empêcher de tous s'habiller pareil. C'est comme s'ils portaient une pancarte autour du cou.

— On se connaît ? demanda-t-il, remarquant la cicatrice sur le menton de l'un et le nez écrasé de boxeur de l'autre.

— Tom Smith, annonça le premier.

— Dick Jones, déclara le second.

— C'est ça, je vous crois, rétorqua Roddy. Faites pas les malins ! Qu'est-ce que vous venez fabriquer ici ?

— Ils ont quelque chose à vous dire, affirma Tom en donnant des bourrades à leurs prisonniers pour les faire avancer. Allez-y, causez, fumiers, bien fort, que tout le monde vous entende.

Reg et Stan restèrent muets. Tom, avec un regard menaçant, fit craquer ses phalanges. Reg rentra la tête dans les épaules, mais Stan, bien qu'ayant du mal à bouger ses lèvres éclatées, se mit à parler :

— C'est nous qu'avons dessoudé Den Quinn et sa pute.
— Et qui d'autre était avec vous ? aboya Tom.
— Bowler Sheehan.
Sidéré, Roddy réagit aussitôt.
— Vous êtes prêts à répéter ça et à signer la déclaration ?
Ils hochèrent la tête, terrorisés, et Roddy les fit emmener. Tom et Dick voulurent sortir.
— Une seconde ! Ne bougez pas, ordonna Roddy. Qui les a mis dans cet état ?
— On sait pas. On les a trouvés comme ça, devant un pub.
— Quel pub ?
— Celui que vous voudrez.
— Pour qui travaillez-vous ?
— Quoi ? répliqua Tom avec un sourire. Je comprends pas, sergent.
— Ah, tu ne comprends pas ! Eh bien, on va voir ça !
Roddy courut à la porte, la claqua et la verrouilla.
— Quelques jours au trou vous rendront peut-être la mémoire.
— Vous avez pas le droit.
— Je vais me gêner !
Tom jeta un coup d'œil à Dick, qui hocha la tête en signe d'approbation.
— On donne un coup de main à un ami de Denny Quinn, qui trouve que c'est pas correct de laisser Bowler Sheehan tuer tout le monde sans se faire punir.
Roddy les dévisagea d'un air dur.
— Un ami, mon œil ! Vous travaillez pour Malone, et il veut se débarrasser de Sheehan. Il me donne Reg et Stan pour que je fasse le sale boulot à sa place, pas vrai ?
Les garçons gardèrent le silence, contemplant Roddy avec une condescendance des plus irritantes.
— Ce que je ne comprends, pas, continua Roddy, c'est pourquoi Malone ne s'est pas contenté de tuer Reg et Stan, et Sheehan avec... À moins que Sheehan ne se soit planqué, et que Malone se serve des deux lascars pour le faire sortir de son trou. Il sait que Sheehan voudra les tirer de taule pour les empêcher de cracher le morceau. Quand il s'amènera, Malone en profitera pour lui régler son compte. C'est pas ça, les gars ?
Tom et Dick, qui n'avaient plus l'air aussi fiers, gardèrent un silence obstiné.
Roddy rouvrit la porte. Il avait compris.
— Soyez sages, les petits, et dites à M. Malone de rester de son côté du fleuve. S'il vient chez nous, il le regrettera.

Tom s'arrêta sur le seuil.

— Vous allez les inculper, sergent ?

— S'ils signent des aveux, oui.

— Et Sheehan aussi, pour le meurtre de Quinn ?

— Si on arrive à avoir des preuves, ou des aveux, oui, aussi.

— Tant mieux. Denny Quinn était un type bien. Il ne méritait pas de mourir comme ça. Bowler Sheehan va le payer !

— Laisse-nous le soin de nous occuper de lui, lui conseilla Roddy. Si on découvre Sheehan mort, c'est vous que je viendrai coffrer en premier.

Mais Tom et Dick étaient déjà dans la rue. Roddy mit un pied dehors pour les regarder partir. Il n'en revenait pas de l'incroyable cadeau qu'ils venaient, sans le vouloir, de lui faire. Il en oublia le rapport sur la prostituée assassinée et son rendez-vous chez le *superintendent*.

Tom avait raison : Bowler allait payer. Mais pas seulement pour Den et Janey ; pour Paddy Finnegan aussi.

Il tenait enfin son plan. C'était un peu risqué, certes, mais cela valait la peine d'être tenté. Seulement, il fallait agir vite – avant que la nouvelle de l'arrestation de Stan et Reg ne se répande, et que Sheehan ne devienne trop méfiant.

— Ripton !

— Oui, sergent ?

— Trouvez-moi une demi-douzaine d'hommes, et arrêtez Bowler Sheehan. Fouillez tout Whitechapel s'il le faut, mais je le veux.

— Bien, sergent.

— Ah, Ripton...

— Oui, sergent ?

— Et dépêchez-vous, avant que ces deux gaillards ne lui mettent la main dessus, ajouta-t-il en désignant la rue avec le pouce. Il me le faut vivant.

74

— Magnifique, commenta Neville. Très impressionnant.

— Des jeunes femmes figurant le printemps, l'été, l'automne et l'hiver ! s'exclama son épouse Charlotte. Chacune présentant les produits de la saison. C'est très bien fait !

— Ces peintures sont gigantesques, elles couvrent au moins six mètres sur neuf...

Fiona ne disait rien. Elle tournait lentement sur elle-même, émerveillée par la beauté des fresques qui ornaient les quatre murs du grand hall des primeurs, dans le nouveau magasin Montague. Elle connaissait le nom de l'artiste, John William Waterhouse, préraphaélite anglais dont Nick avait acheté deux toiles.

Qui avait eu l'idée extraordinaire de mettre des œuvres d'art dans un magasin d'alimentation ? Et ce n'était pas tout : le sol était carrelé de bleu et de vert, et non des traditionnels carreaux blancs. Les lustres et les appliques représentaient des lys, des miroirs à l'arrière des présentoirs donnaient une impression d'abondance. C'était l'œuvre d'un concepteur de génie, songea-t-elle, qui avait réussi, par ses fresques, ses magnifiques arrangements floraux, ses étalages raffinés de fruits exotiques et de légumes, à faire entrer le monde bruyant des halles dans l'univers du luxe. Neville lui avait promis de la présenter au propriétaire dès qu'ils l'apercevraient... le fameux M. Barston ou Barton dont il ne se souvenait toujours pas bien du nom.

— Elle vous ressemble, Fiona, jugea Neville en désignant la fresque du printemps.

— Elle est plus jeune, répondit-elle avec un sourire. Et plus jolie.

— Pas du tout, protesta Charlotte Pearson, on dirait votre jumelle.

Fiona chassa ce compliment d'un geste, affirmant qu'ils se faisaient des idées. Un serviteur passait avec un plateau de coupes de champagne. Neville en attrapa une ; Fiona l'imita, par politesse, tout en refusant d'appétissants canapés, car elle était trop préoccupée pour y goûter.

Avant la réception, pendant le dîner au *Savoy* avec les Pearson, Neville lui avait annoncé qu'il lui faudrait environ six mois pour récupérer les actions Burton. Il lui avait aussi proposé un rendez-vous à son bureau, le mardi après-midi suivant, afin de revoir la situation en détail. Six mois, c'était une éternité. Elle avait besoin de ces actions tout de suite. Comment pouvait-elle diriger ses entreprises depuis Londres ? Elle allait devoir faire constamment l'aller et retour, ce qui n'avait rien de plaisant.

Et puis elle avait reçu la veille un mot de Roddy qui l'inquiétait passablement :

Je le tiens. Donne-moi deux jours.

Comment avait-il pris Sheehan ? Et pourquoi ce délai ? L'attente était insoutenable.

Elle pensait aussi beaucoup à Joe. Pas de nouvelles de lui, alors qu'elle avait laissé sa carte à son bureau depuis déjà trois jours. Elle se le reprochait, maintenant. De toute évidence, il ne voulait plus la voir. Pourquoi s'en étonner ? N'avait-il pas été assez clair, dix ans plus tôt ? Elle brûlait d'humiliation à la pensée qu'il avait dû jeter sa carte sitôt que la jeune femme la lui avait donnée. Elle avait beau se raisonner, se dire que cela n'avait pas d'importance, elle souffrait malgré tout. Même après tant de temps.

Quel que fût son domaine de préoccupation, elle était donc contrainte à attendre, et l'inaction la rendait folle.

Elle suivit les Pearson pour inspecter un dispositif d'humidification que Neville avait repéré. Tout au long des présentoirs, un tuyau perforé de trous minuscules vaporisait un air chargé d'humidité sur les fruits et les légumes, permettant de conserver leur fraîcheur.

— Vous avez raison, s'exclama-t-elle, c'est très ingénieux ! Il faut absolument que M. Barton m'explique son système.

— Je ne sais pas où il se cache, je ne le vois nulle part. Venez, ajouta Neville en présentant un bras à sa femme et l'autre à Fiona, continuons notre visite, nous tomberons bien sur lui.

Fiona s'intéressa tant à ce qu'elle découvrait qu'elle en oublia presque les actions Burton, le rejet de Joe, Roddy et Bowler Sheehan. Son inquiétude se dissipait en goûtant une lamelle de délicieux parmesan, ou en questionnant un vendeur sur un café qu'elle ne connaissait pas. Le propriétaire de ce magasin la surprenait, et elle avait hâte de le rencontrer.

Charlotte, apercevant une amie, s'éloigna pour la saluer.

— Montons, proposa Neville, je veux faire un tour au comptoir du tabac. Mais pas un mot à Charlotte, elle n'aime pas que je fume.

Cet aveu fit rire Fiona. Elle se sentait de meilleure humeur. Les têtes se tournèrent vers eux tandis qu'ils gravissaient le large escalier de marbre. Les gens s'étonnaient, ne reconnaissant pas la charmante et souriante femme qui accompagnait Pearson. Elle portait une robe légère de mousseline de soie crème, ornée de dentelle Chantilly et serrée à la taille par une étroite bande de satin. Le décolleté laissait paraître un cou long et gracieux dont la délicatesse était accentuée par ses boucles d'oreilles et son collier de perles, d'opales et d'améthystes. Les regards la suivaient, attirés par sa beauté, enchantés par la vivacité et l'élégance de ses mouvements.

Au premier étage, le palier formait des avancées, sortes de balconnets où les visiteurs pouvaient se tenir et regarder en bas. Fiona accompagna Neville au comptoir du tabac, et attendit tandis qu'il passait les cigares sous son nez en les pressant entre ses doigts pour en tester la fraîcheur. Il les paya, puis les enfouit vite dans sa poche intérieure.

Quand ils ressortirent, ils se postèrent sur l'un des balcons pour essayer de repérer Charlotte. Un plateau passa, et Fiona prit une coupe, ayant laissé en bas la première encore pleine. Se sentant mieux, elle but un peu. Un beau serveur lui tendit une rose écarlate.

— Un cadeau de notre fleuriste, expliqua-t-il

— Eh bien, quel luxe ! commenta Neville.

— Ce magasin est exceptionnel, approuva Fiona en humant sa rose.

Neville s'appuya à la balustrade.

— Regardez ce monde ! Le propriétaire va se ruiner en champagne.

— Il regagnera tout au centuple en récoltant une belle clientèle.

En bas, déambulait une foule richement parée. Les invités étaient à l'évidence des gens aisés, appartenant à la haute société. En rentrant de la réception, ils recommanderaient à leur gouvernante de se fournir chez Montague.

— Voulez-vous visiter le restaurant ? proposa Neville. Il est au deuxième étage, et il paraît qu'il vaut le coup d'œil.

— Volontiers. Je termine ma coupe et...

Fiona laissa sa phrase en suspens, les yeux rivés sur le visage d'un homme qui venait de lui apparaître dans la foule.

Il n'avait plus de queue de cheval. À présent, ses cheveux blonds étaient coupés court, mais encore épais et bouclés. La chemise usée, la casquette et le mouchoir rouge étaient remplacés par une redingote grise et un pantalon d'excellente coupe. Mais le sourire généreux n'avait pas changé, ni les yeux, bleus et clairs comme un ciel d'été. Le garçon était devenu un homme, le plus beau qu'elle eût jamais vu.

Soudain, le souvenir d'une voix lui revint. Quand Neville s'était trompé de bureau, elle avait été attirée inexplicablement... Bien sûr, puisque c'était sa voix ! La voix non pas de « Barton », comme avait dit Neville, mais de Joe Bristow. Son Joe !

Fascinée, elle ne bougeait plus. Il discutait avec un couple, souriant, une main posée sur l'épaule de l'homme. Elle avait le cœur si plein d'émotion que des larmes lui montèrent aux yeux. L'autre jour, dans les bureaux de Covent Garden, elle s'était crue capable de le revoir. Quelle erreur ! Elle avait du mal à tenir sur ses jambes, assaillie par l'amour et les regrets. Elle qui avait cru être guérie de lui depuis longtemps... Elle aurait voulu courir se serrer contre lui, sentir ses bras se refermer autour d'elle, et prétendre, rien qu'une seconde, qu'ils n'avaient jamais été séparés.

Pendant qu'elle l'observait, se repaissant du moindre détail – sa façon de se tenir, de mettre les mains dans ses poches en parlant, de pencher la tête en écoutant – il fut soudain entouré par trois enfants blonds surexcités. Il prit la plus jeune dans ses bras, l'embrassa, et attrapa un bonbon sur un plateau pour le lui donner. Ce devait être ses enfants... Les enfants qu'il avait eus avec Millie. Il était marié à Millie depuis dix ans et n'avait que faire d'elle !

Prise d'un malaise, Fiona s'éloigna de la balustrade. Il fallait partir, tout de suite, avant qu'il ne l'aperçût, ou elle se ridiculiserait. Elle aurait l'air d'une femme pitoyable, incapable de se détacher de celui qui la rejetait.

— Fiona, que se passe-t-il ? demanda Neville. Vous ne vous sentez pas bien ?

— Ce n'est rien, un petit vertige, répondit-elle avec un sourire forcé.

Elle le remercia pour l'excellente soirée, se prétendit fatiguée et dit qu'elle préférait rentrer à son hôtel en prévision d'une journée très chargée le lendemain. Elle le pria de saluer Charlotte de sa part, et ajouta qu'elle viendrait à leur rendez-vous du mardi.

Enfin libre, elle se dépêcha de descendre le grand escalier. Elle avait repéré une porte de côté qui lui permettrait de s'en aller discrètement. S'interdisant de courir, elle garda un pas mesuré. Une fois au rez-de-chaussée, elle traversa la foule, atteignit la porte, et sortit dans la ruelle qui longeait le bâtiment. Là, elle fila jusqu'à la rue, et trouva aussitôt un fiacre dans lequel elle se réfugia en sanglotant.

C'était elle, se dit Joe, au bord du trottoir, cherchant désespérément une femme en robe claire. C'étaient ses yeux, son visage... C'était Fiona. Elle était là !

Il l'avait aperçue dans l'escalier, et avait éprouvé un tel choc qu'il avait laissé échapper sa coupe de champagne, et qu'elle s'était fracassée à ses pieds. Avant qu'il n'ait eu le temps de l'appeler, elle était arrivée en bas des marches et s'était enfoncée dans la foule. Il avait couru pour la rattraper, mais la presse l'avait ralenti, et quand il était arrivé dans la rue, elle avait disparu.

Fiona... Elle était à Londres. Elle était venue dans son magasin. Il l'avait vue ! Pourtant, elle vivait à New York avec son mari...

— Joe !

C'était Cathy qui le rejoignait en lui faisant signe.

— Où étais-tu passé ? Je t'ai vu sortir en courant. Il est arrivé quelque chose ?

— Non, rien. J'avais cru...

— Lady Churchill est arrivée, elle veut que tu lui fasses une visite guidée. (Elle le dévisagea.) Joe, ça ne va pas ? Tu as l'air bizarre.

— Tu ne vas pas me croire, mais je jurerais que je viens de voir Fiona Finnegan.

Cathy jeta un regard anxieux autour d'elle.

— Tu me crois fou ? ajouta-t-il.

— Bien sûr que non. Tu es surmené, c'est tout. Nous travaillons dix-huit heures par jour, sept jours sur sept depuis plus de un mois... Mais ce qui compte, c'est que le magasin soit ouvert, et que, d'après l'affluence, ce soit un triomphe. Dès que le rythme se sera calmé, tu devrais prendre quelques jours de vacances. Reste à Greenwich pour te reposer.

— Oui, tu as raison.

— Allons, viens, lança-t-elle d'un ton joyeux. On ne fait pas attendre le gratin.

Cathy retourna vers le magasin, et Joe la suivit. Mais, au moment d'en franchir le seuil, il aperçut une rose rouge sur les pavés, à ses pieds.

Il la ramassa. Fiona adorait les roses rouges, autrefois. Il lui en avait offert dès qu'il l'avait pu...

— Alors, Joe, tu viens ?

— J'arrive.

Il ramassa la fleur et la mit dans sa poche, se disant qu'il devenait vraiment fou. Cathy avait raison : quelques jours de repos lui feraient le plus grand bien.

75

— Pourriture ! Tu n'as pas le droit de m'enfermer ! Je veux un avocat ! J'ai des droits ! Quand je sortirai, O'Meara, tu vas voir ce que tu vas voir ! Irlandais de mes deux ! Je vous ferai fiche dehors de la police, toi et les connards qui m'ont alpagué !

Roddy, bras croisés, contemplait avec un sourire satisfait l'homme dans sa cage. La bordée d'injures n'allait pas durer. Deux jours sans nourriture et sans eau, cela vous affaiblissait un homme. Et Bowler Sheehan avait beau faire du foin, ce n'était pas un vrai dur. Il était loin d'être aussi baraqué que Reg et Stan, et avait peu de graisse pour amortir les coups. Il devait saigner comme un cochon.

Tirant sa matraque de sa ceinture, Roddy fit quelques moulinets dans le vide, comme pour s'entraîner. Bowler, le voyant faire, déversa un torrent d'invectives, mais avec moins de vigueur. Il se fatiguait.

Roddy n'avait pas mené d'interrogatoire de cette nature depuis bien longtemps. McPherson avait proposé de lui prêter main-forte, mais il avait décliné son offre. Il voulait s'occuper de Bowler tout seul.

Il attendit encore un peu, le temps que celui-ci, épuisé, retombe sur le banc de la cellule. Il décrocha alors de sa ceinture son trousseau de clés, déverrouilla, entra et referma. Comme il s'y était attendu, Bowler se jeta sur lui. Roddy était prêt. Il détourna le coup avec sa matraque, prit le bras de Bowler, lui imprima une torsion, et l'envoya voler contre les barreaux. Bowler se lança de nouveau à la charge, mais cette fois Roddy lui donna un coup sur la tête qui lui entailla l'arcade sourcilière.

Le malfrat poussa un hurlement. L'attrapant par la chemise, Roddy le fit rasseoir sur le banc.

— Paddy Finnegan, c'était comme mon frère !

— Et alors ? Je vois pas en quoi ça me concerne, cria Bowler en essuyant le sang qui coulait de sa blessure.

— Tu l'as assassiné, sur ordre de William Burton.

— De quoi tu causes ?

— Tu as aussi tué Denny Quinn et Janey Simms.

— T'as pas le bon bonhomme : c'est Sid Malone qu'a fait le coup. Y veut travailler dans l'East End, alors il a fait le fier-à-bras avec Quinn, et Quinn s'est pas laissé faire. C'est pour ça que Malone l'a descendu.

Roddy tira de sa poche deux papiers, les déplia et les lui fourra devant les yeux.

— Tu sais lire ?

— Va te faire foutre.

— Mettons que c'est oui, alors lis ça. Les aveux signés de Reg Smith et de Stan Christie, certifiés par deux de mes agents. Ils disent que tu as poignardé Quinn, et que Reg et Stan se sont chargés de Janey Simms.

Roddy observa Bowler pendant qu'il lisait, et fut heureux de constater qu'il commençait à avoir peur.

— Et alors ? demanda Bowler quand il eut terminé. Ils disent ce qu'ils veulent. Moi, je dis que c'est pas vrai. J'étais pas au *Taj* quand Den s'est fait tuer.

— Écoute-moi, Bowler, je te propose un marché. On sait très bien tous les deux que c'est toi qui as fait le coup, et j'ai les aveux de Stan et de Reg. Je peux trouver d'autres témoins : il y a le barman, Potter, et les filles qui bossaient pour Den.

— Ils n'oseront pas.

— Pas s'ils pensent que tu vas ressortir, mais, si je leur promets que tu resteras dedans, t'es fichu. Et ils ne sont pas les seuls à vouloir se débarrasser de toi.

— Qu'est-ce que tu veux ?

— La vérité. Pour Quinn et pour Paddy Finnegan. Je veux que tu me dises comment s'est passé le meurtre de Finnegan. Comment William Burton t'a demandé d'agir.

— Ben, c'est pas compliqué : y m'a dit de le faire !

— J'en étais sûr. Mais c'est Burton qui m'intéresse, pas toi.

— Et si je crache le morceau, questionna Bowler, soudain intéressé, qu'est-ce que j'en retire ?

Une place dans le carnet de bal du bourreau, pensa Roddy.

— Je m'occuperai de toi. Je ne suis pas ingrat. Je dirai au juge que tu m'as aidé, et je ferai tout pour qu'on ne te charge pas trop. Tu échapperas au bagne, et tu bénéficieras de remises de peine pour bonne conduite. Tu feras dix ans, quinze ans, et tu seras libre...

Mais, ajouta-t-il après une pause, si tu te tais, je ferai jouer toutes mes relations pour te faire pendre pour le meurtre de Quinn.

Bowler hésita.

— Bon, d'accord, déclara-t-il enfin. Je vois bien que c'est fichu pour moi. Et si je tombe, je veux que Burton tombe avec moi. T'as du papier, dans ce trou ? Un crayon ? Qu'on en finisse...

76

Fiona, vêtue d'un ensemble gris foncé, avançait d'un pas vif dans Commercial Street. Elle dépassa Christ Church, et entra dans un pub pouilleux, le *Bells*. La matinée était couverte, et il n'était pas encore six heures du matin. Quelques travailleurs se tenaient au bar, de rudes gaillards qui faisaient descendre leur pâté en croûte et leurs œufs à la saucisse avec de grandes lampées de thé.

— Fiona, Je suis là !

C'était Roddy qui l'appelait depuis la petite salle du fond. Il lui avait envoyé un mot la veille au soir, lui fixant rendez-vous. Il avait, disait-il, récolté des informations concernant la mort de son père... et leur plan avançait. Il était attablé devant les restes d'un copieux petit déjeuner. Elle remarqua qu'il n'était pas rasé et avait les yeux battus.

— Tu as l'air de ne pas avoir dormi de la nuit, remarqua-t-elle en s'asseyant. Que se passe-t-il ?

— Un appel à deux heures du matin, expliqua-t-il avec lassitude sur le ton de la confidence. Le corps d'une prostituée a été découvert dans une ruelle qui donne dans Fournier Street. Égorgée. On l'a entendue crier, mais elle était morte quand on l'a trouvée.

— Comme du temps de Jack l'Éventreur ?

— Oui, approuva Roddy en se frottant le visage. Exactement. Et les journaux vont s'en donner à cœur joie. Les reporters se bousculaient sur les lieux. Nous avons ordre de ne rien dire, et eux, quand ils n'ont rien, ils inventent. Ce maudit Bob Devlin, le rédacteur en chef du *Clarion*, va déclencher une panique dans l'East End. Nous avons demandé des renforts à Limehouse, Wapping et Bow, au cas où il y aurait des émeutes. Mais ne t'en fais pas pour ça, petite.

Il s'interrompit, car la serveuse apportait du thé et demandait à Fiona ce qu'elle prenait.

— Rien, merci.
— À cette heure, on ne sert le thé qu'avec les petits déjeuners.
— Bon. Alors, un petit déjeuner.
— Avec des frites ou des tomates ?...
— Tout, apportez-moi tout, lui lança Fiona pour se débarrasser d'elle.
Elle se versa du thé avec du lait tandis que Roddy continuait :
— Je t'ai demandé de venir ici parce que j'avais peur de ne pas pouvoir te joindre ensuite et que j'ai des choses à t'apprendre. Il y a quelques jours, un homme du nom de Denny Quinn a été assassiné. C'était Bowler Sheehan le coupable. Un malfrat, Sid Malone, me l'a donné, à sa façon.
— Malone ? Celui qui a voulu me violer ?
— Je pense que c'est le même, mais je ne peux pas te l'assurer. Je ne l'ai jamais vu.
Roddy lui raconta comment les hommes de main de Malone s'étaient présentés au poste, poussant Reg et Stan devant eux, et comment ses policiers avaient découvert ensuite Sheehan caché chez sa sœur à Stepney.
— Je lui ai dit que je le tenais, pour le meurtre de Quinn, mais que sa peine serait plus légère s'il avouait le meurtre de ton père... et s'il nous donnait William Burton.
Fiona reposa brutalement sa tasse dans sa soucoupe.
— Et il a parlé ?
— Oui.
Quel coup de théâtre ! Cela changeait tout. Elle n'avait plus à attendre six mois pour obtenir les actions de Nick. Ces aveux suffiraient à condamner Bowler Sheehan et William Burton.
— Alors, tu peux arrêter Burton ? Le mettre en prison, le faire juger et pendre ?
— J'espère, petite... Mais je ne te garantis rien.
— Mais pourquoi ? Les aveux de Sheehan ne suffisent pas ?
— Tu sais, la parole d'un criminel contre celle d'un honnête négociant, ça ne pèse pas lourd. Il n'y a pas eu de témoin direct au meurtre de ton père, et je n'ai aucun moyen de prouver que Sheehan dit la vérité. J'ai fait de mon mieux. J'ai envoyé deux de mes hommes voir Burton pour lui faire part de la déposition de Sheehan et le soumettre à un interrogatoire. Il passera peut-être aux aveux. Ça s'est déjà vu. On ne peut pas garder un meurtre sur la conscience très longtemps. Un jour ou l'autre, la culpabilité vous perd. (Il posa la main sur celle de Fiona.) Garde espoir, il y aura peut-être un miracle.

Fiona secoua la tête. William Burton n'était pas homme à se laisser torturer par sa conscience, et elle ne croyait guère aux miracles. La réussite était tellement proche... Roddy avait réuni presque toutes les conditions pour que justice soit faite. Il fallait simplement trouver un moyen de piéger Burton pour l'obliger à avouer son crime. Mais ce n'était pas si simple...

On lui apporta son assiette, et elle picora sans faim. Quoi qu'il arrive, Roddy tenait Sheehan, et on le pendrait. Mais si Burton n'avouait pas, elle n'aurait plus qu'à reprendre sa première idée, et récupérer les actions avec l'aide de Neville. La mort dans l'âme, elle but une gorgée de thé, tandis que ses yeux tombaient sur le *Clarion*, que Rodddy avait posé sur la table. MEURTRE À WHITECHAPEL, clamait un gros titre. Puis, plus bas SCANDALE AU PRESBYTÈRE : LE PASTEUR ET LA PUTAIN. Avec de tels titres, le *Clarion* faisait la pige aux journaux new-yorkais.

Un mot la frappa surtout : *scandale*. Sa vie tournait autour de cette menace. Pour en éviter un, elle avait épousé Nick ; et si son beau-père mettait à exécution ses menaces d'en déclencher un second, elle risquait de faire faillite.

Scandale... ce mot était inquiétant, terrifiant même. On brisait des vies à coups de scandales. Les gens étaient prêts à tout pour éviter de se faire traîner dans la boue. C'était une arme redoutable.

Elle repoussa son assiette.

— Ce qu'il nous faut, oncle Roddy, ce n'est pas un miracle...

— Quoi, alors ?

— Il nous faut un contact dans un journal, n'importe lequel. Ce rédacteur en chef dont tu me parlais, ce Devlin, tu le connais bien ?

— Oui, très. Nous avons échangé de nombreux services.

Elle posa des pièces sur la table et se leva.

— Allons le trouver. Je veux lui demander de nous aider à monter un scandale. Si nous ne parvenons pas à trouver des preuves contre Burton, nous pouvons au moins le dénoncer publiquement et faire croire aux gens qu'il va être arrêté.

— Je ne vois pas à quoi cela nous avancerait.

— Cela changerait tout. Allez, viens, je t'expliquerai en chemin.

Roddy s'arrêta, la main sur la poignée de la porte du *Clarion*.

— Tu sais, petite, ton idée pourrait bien marcher. Tu es prête ?

— Oui. Allons-y.

Ils entrèrent dans une longue pièce bruyante qui abritait les rotatives et sentait fort la graisse de machine et l'encre.

— Les bureaux de la rédaction sont en haut, expliqua Roddy en guidant Fiona vers un escalier.

Le *Clarion* n'avait pas la renommée du *Times*, mais c'était un quotidien populaire au tirage très important. Dans ses pages, on découvrait tous les faits divers locaux, bien souvent repris par la presse nationale. C'était donc précisément le journal qu'il leur fallait.

L'idée que lui avait exposée Fiona était excellente. Cependant, sa mise en œuvre dépendait uniquement de la bonne volonté de Devlin, un homme fiable mais de caractère difficile. Au cas où il se buterait, Roddy s'était arrêté au poste de police, en chemin, afin de récupérer un petit quelque chose. Un gage de reconnaissance. De quoi huiler les rouages de la machine.

La fumée de cigarette flottait telle une épaisse nappe dans la salle de rédaction, se mêlant à l'odeur de petits déjeuners oubliés sur les coins de bureau. Une dizaine de journalistes se courbaient sur leur machine à écrire, tandis qu'au milieu de la pièce un homme de petite taille, dressé comme un coq, invectivait l'un d'entre eux.

— Tu appelles ça un reportage, Lewis ? Où sont les détails ? Les éléments de l'enquête ? La gorge a été tranchée, d'accord, mais comment ? C'est ça que veulent savoir nos lecteurs !

— Mais la police ne nous donne aucune information ! On ne peut même plus approcher de la ruelle !

— Trouve un informateur, bon sang ! Un voisin, un assistant du médecin légiste, un balayeur à la morgue ! Ne reste pas à dormir sur ton cul !

Le reporter, un gamin de dix-huit ans tout au plus, partit la tête basse et le rouge aux joues sous le regard réprobateur de Devlin. Puis ce dernier aperçut Roddy.

— Sergent ! Que me vaut l'honneur ?

— J'ai un petit mot à vous dire, Bobby, en privé.

Devlin les introduisit dans son bureau, et Roddy lui présenta Fiona.

— J'ai une information pour vous, annonça-t-il, mais il faut qu'elle paraisse à la une dans le journal de ce soir.

— Tiens, ça nous change. D'habitude, les informations, vous essayez de nous empêcher de les publier. De quoi s'agit-il ?

Roddy lui expliqua qu'un leader syndical, du nom de Patrick Finnegan, avait été assassiné juste avant la grande grève des dockers. Bowler Sheehan venait d'avouer le meurtre, et on suspectait William Burton, le négociant de thé, de l'avoir commandité.

Devlin fronça les sourcils.

— Intéressant, en effet, mais les faits ne sont pas prouvés. Je peux sortir l'information si ça vous rend service, mais pas en première page. Page quatre, peut-être. C'est la prostituée assassinée qui fait la une. J'espérais que vous veniez pour ça.

Roddy ne fut pas surpris par cette réaction.

— Allons, Bobby, je vous ai rendu service je ne sais combien de fois. J'ai même lancé votre carrière en vous donnant les meurtres de Turner Street en 96. Et le gang du mendiant aveugle... C'est mon petit tuyau qui vous a permis de passer rédacteur en chef.

— Pourquoi tenez-vous tant à publier ça ? demanda Devlin avec irritation.

— Je ne peux pas vous le dire, pas tout de suite ; mais faites ça pour moi, Bobby, vous me le devez bien.

— Mais c'est arrivé il y a dix ans ! Les gens veulent du sang frais, comme la prostituée qui vient de se faire trouer la peau. Ça, c'est du beau meurtre !

Roddy joua son va-tout.

— D'autant qu'il y en a eu deux coup sur coup.

— Deux ? répéta Devlin en se figeant.

— Oui, deux prostituées tuées en quinze jours, toutes les deux la gorge tranchée.

— Nom d'un petit bonhomme !

— Nous étouffons les affaires pour éviter la panique. Si vous n'êtes pas au courant, c'est que nous avons été efficaces.

— Mais comment ?...

— Nous avons menti sur la profession de la première victime. Elle se faisait passer pour une cousette, nous en avons profité. Et on a prétendu que c'était une attaque pour vol qui avait mal tourné.

— Ça ressemble à Jack l'Éventreur... Ça recommence ! Où a été trouvée la première femme ? Même zone ? Quel âge avait-elle ? Même couteau pour les deux ? Et le type de blessure ?

Pour toute réponse, Roddy déboutonna sa veste et en tira une liasse de papiers.

— Les rapports du légiste concernant les deux meurtres.

Devlin tendit la main, mais Roddy tint les document hors de portée.

— Ils sont à vous... à condition que vous mettiez l'affaire Sheehan et Burton à la une de l'édition de ce soir.

Devlin hésita, mais sa curiosité prit le dessus, comme Roddy l'avait espéré.

— Bon, d'accord.

— Et il faudra donner à ma collègue, Mme Soames, cent numéros d'avance.

— C'est tout ? Pas de photographie de vos enfants en page deux, pendant qu'on y est ?

— Marché conclu ?

— Oui ! Donnez-moi ces rapports !

— Je veux les récupérer dans une heure, précisa Roddy en les lui tendant. Envoyez-moi un gamin au poste avec un sandwich, comme s'il apportait mon déjeuner. Que ce soit discret. Je prends un gros risque.

Devlin approuva du chef, déjà plongé dans sa lecture.

— Ça alors... Gorge tranchée de gauche à droite... mutilations faciales... tentative probable d'éviscération... C'est lui !

Roddy se leva, imité par Fiona. Il remarqua qu'elle avait pâli. Il fallait la faire sortir au plus vite. Après ce qui était arrivé à sa mère, elle ne devait guère partager l'intérêt de Devlin pour les détails sanglants.

— J'espère que vous n'allez pas accuser Jack l'Éventreur, Devlin, ce serait irresponsable. Nous savons très bien qu'il est mort.

— Mais non... marmonna Devlin, lisant toujours.

— Tant mieux.

Devlin redressa la tête avec un air malin.

— ... nous dirons que c'est son fantôme !

— Ce n'est pas possible, Roddy, murmura Joe. Paddy Finnegan a été assassiné ?

— Oui, mon gars. Pour casser le Syndicat des dockers.

Joe resta abattu quelques secondes.

— Elle avait besoin de moi... Elle avait tellement besoin de moi... et je l'ai abandonnée. Je suis parti. Je ne l'ai pas aidée !

— Eh bien, maintenant, tu peux faire quelque chose pour elle. Si tu l'as vraiment aimée, fais ce que je te demande.

— Bien sûr. Et je m'arrangerai pour que Harrods, Sainsbury's et une dizaine d'autres suivent le mouvement. Il ne s'en tirera pas comme ça. Ah, ça non !

— Merci, je savais que je pouvais compter sur toi. C'est un filet de sécurité. Je préfère que toi, tes amis commerçants et les gars du syndicat soient derrière elle.

Il se tenait debout, n'ayant pas de temps à perdre. Le bureau de Joe à Covent Garden était assez loin de sa destination suivante.

— Je dois encore aller trouver Pete Miller, le secrétaire de la section de Wapping.

— Roddy, attends... Où est-elle ?

— Je ne peux pas te le dire.

— Je t'en prie !

— Je ne crois pas qu'elle veuille te voir, mon gars.

— Qu'elle me le dise elle-même, et je ne la dérangerai plus jamais.

— Tu n'iras pas la trouver comme ça, Joe, bon Dieu ! Elle a assez de soucis ce soir sans te voir débarquer à sa porte !

— Je n'irai pas ce soir. J'irai demain, quand tout sera fini. Je crève d'y courir tout de suite, mais je me retiendrai, je t'en donne ma parole.

Roddy le scruta longuement.

— Elle est au *Savoy*, finit-il par révéler.

Il allait rappeler à Joe ce qu'il avait à faire quand celui-ci le devança.

— Trudy ! hurla-t-il en courant dans le bureau de sa secrétaire. Demandez-moi le numéro de Harrods tout de suite !

Des nuages bas, noirs et menaçants avançaient sur Londres. Un vent coupant les chassait sur la Tamise, les poussant au-dessus des taudis du quartier des docks, puis plus loin sur les établissements financiers de la Cité, enfin sur Westminster et St. James, ces enclaves du pouvoir et de la richesse.

Il va pleuvoir, pensa Fiona. Elle sentait l'odeur du fleuve dans l'air, les saumâtres effluves de la pauvreté. Deux bons bourgeois la dépassèrent, et poussèrent la porte du club privé dans lequel elle s'apprêtait à entrer. Son beau-père, lord Elgin, duc de Winchester, devait s'y trouver. Il dînait là chaque soir, d'après ce que lui avait raconté Nick.

Si tout se passait bien, d'ici quelques minutes, elle serait face à lui. Là, tout dépendrait d'elle. Il lui faudrait jouer un rôle, prétendre qu'elle était rompue au monde des affaires, connaissait tout de la Bourse et des habitudes des investisseurs anglais. Elle allait essayer de damer le pion au directeur d'une des banques les plus puissantes d'Angleterre, un financier qu'elle ne pourrait jamais égaler. L'enjeu était énorme ; elle avait une peur terrible d'échouer.

Elle rabattit sa jupe que le vent soulevait. Le diamant de Nick brillait à son doigt. Nick... Elle aurait tellement voulu qu'il soit là ! Elle avait tant besoin de lui... Une bourrasque plus puissante la poussa dans le dos, telle une main l'incitant à avancer. On aurait dit qu'il était là, comme le jour où Teddy lui avait lu son testament. « Vas-y, ma vieille, l'entendit-elle souffler, Du nerf ! Tu vas lui faire voir de quel bois tu te chauffes ! » Cette illusion lui donna le courage de monter les marches et d'entrer.

Un garçon l'arrêta dans le hall.

— Désolé, madame, déclara-t-il sèchement. Le club est réservé aux messieurs.

Fiona le toisa avec dédain.

— Je suis la marquise Elgin, annonça-t-elle comme si elle usait de son titre quotidiennement. Le duc de Winchester est mon beau-père. Je dois le voir de toute urgence pour une affaire de famille.

Le garçon changea aussitôt de ton.

— Un moment, madame, je vous prie.

Il monta un escalier couvert d'un tapis. Sur les lambris étaient accrochés des paysages de la campagne anglaise.

Pour l'instant, songea Fiona, tout se passait comme prévu. C'était la première fois qu'elle se mettait dans la peau de ce personnage, et elle s'en était bien tirée. Mais la suite serait beaucoup plus ardue. La dernière mise en garde de Roddy lui revint : « Attention, petite ; j'ai vu des gens se faire assassiner pour une livre, alors, avec cinq cent mille livres en jeu... »

Le garçon reparut.

— Le duc accepte de vous recevoir. Voulez-vous me suivre, s'il vous plaît ?

Il l'accompagna à l'étage, lui fit longer un couloir qui menait à un salon privé. La porte se referma derrière elle, et elle se retrouva seule. Du moins le crut-elle, jusqu'à ce qu'une voix coupante se fît entendre :

— Vous avez un sacré toupet, mademoiselle Finnegan !

Fiona se tourna et le vit derrière le bureau, à l'autre bout de la pièce. C'était un homme replet, de taille moyenne, vêtu d'un smoking noir. Il avait un physique extrêmement ingrat, mis à part ses yeux qui étaient d'une couleur turquoise frappante. Les yeux de Nick.

— Je m'appelle Mme Nicholas Elgin, c'est ce que dit mon certificat de mariage. Mais je me fais appeler Soames, car mon défunt mari préférait ce nom.

— Puis-je savoir pourquoi vous avez interrompu un excellent souper ?

Fiona sortit de sa serviette un numéro du *Clarion* et le jeta sur le bureau.

— Je ne lis pas ce torchon, commenta le duc avec dédain.

— Possible, mais les rédacteurs en chef de tous les grands journaux de Londres le lisent, eux. Je pense que vous avez tout intérêt à prendre connaissance de l'article de première page.

Il se pencha sur le bureau, et parcourut le gros titre : NÉGOCIANT ACCUSÉ DU MEURTRE D'UN SYNDICALISTE, avec au-dessous : WILLIAM BURTON INTERROGÉ PAR LA POLICE, puis il lut le début de l'article et tourna la page pour le finir. Une fraction de seconde, Fiona vit une lueur d'inquiétude passer dans son regard, puis son visage reprit son calme étudié. Ce défaut dans la cuirasse lui redonna un peu confiance.

— Je ne vois pas en quoi cela me concerne, affirma-t-il.

— Nicholas vous jugeait très durement, mais il vous disait intelligent. Vous savez comme moi que les assassins sont livrés à la justice. William Burton va être arrêté, il sera jugé et pendu. Il sera ruiné. J'ai fait porter des numéros du *Clarion* à tous les journaux de la ville, grands et petits. Cette information aura fait le tour de Londres dès demain. Des numéros ont également été envoyés aux actionnaires principaux de Burton. J'imagine qu'ils seront très choqués à l'idée que leur argent est investi dans la société d'un assassin. Demain matin, ce sera à qui se débarrassera de ses actions le plus vite.

— Peut-être. Et alors ?

— Je veux les titres Burton de Nick.

— Et si je refuse ?

— Je ferai tout pour ruiner la Compagnie Burton. Je détiens vingt-deux pour cent de la société, sans compter les actions de Nick. Je les déverserai sur le marché en bloc. Dès midi, il y aura un tel afflux d'actions que le titre ne vaudra plus rien. La banque Albion perdra les trois cent mille livres qu'elle a prêtées à Burton.

Le duc sortit une cigarette d'un porte-cigarettes en argent, la tapota et l'alluma. Il prit une longue bouffée, puis exhala la fumée.

— Je ne pense pas que cela se passera ainsi. La police va interroger William, qui, bien entendu, niera toute implication dans ce meurtre. D'ici quelques jours, on n'entendra plus parler de l'affaire. Les investisseurs garderont leur calme, et personne ne vendra ses actions.

— Je déclencherai moi-même la panique à l'ouverture du marché.

— À quelles fins ? Puisque vous détenez vingt-deux pour cent de la société et que vous vous battez comme une chiffonnière pour accaparer les titres de feu mon fils, j'en déduis que vous voulez prendre le contrôle de la Compagnie Burton. Vous œuvreriez donc contre vous-même en faisant chuter le cours.

— Je perdrai mon argent, mais je mettrai la compagnie en faillite ; ce sera déjà une énorme satisfaction.

Elgin médita cette réponse.

— Il n'y a pas de garantie que vous arriviez à vos fins. Quelqu'un pourrait racheter une grande partie de vos actions pour stabiliser le cours et sauver la compagnie. Cela arrive, vous savez.

Fiona fut ébranlée. Elle perdait du terrain. Il ne lui restait plus qu'une carte maîtresse. Elle tira de sa serviette un document et le plaça sur le bureau.

— Voici un billet à ordre de trois cent mille livres. C'est le total des prêts de la banque Albion à la Compagnie Burton. Si vous me donnez les actions de Nick, l'argent est à vous.

Elgin eut l'air surpris.

— Vous êtes prête à rembourser l'intégralité du prêt ?

— Exactement. Je serai à la banque Albion à huit heures demain matin et nous procéderons à l'échange : les actions contre l'argent. Nick avait d'autres actions dans le portefeuille, d'une valeur d'environ cent soixante mille livres. Vous les garderez. Je ne m'intéresse qu'aux actions Burton. (Elle fit une pause pour le laisser assimiler ce qu'elle venait de proposer.) Vous pouvez vous tromper : que se passera-t-il si le cours chute ? Vous savez, il y a des gens honnêtes qui placent la morale au-dessus de l'argent.

— Vous croyez cela ? Personnellement, je n'en connais pas... Vous venez de me servir un beau discours, ma chère, mais croyez-moi, les investisseurs se soucient davantage de leur porte-monnaie que d'un docker mort depuis belle lurette. (Il écrasa sa cigarette.) J'ai beaucoup apprécié notre petite discussion, mais je dois retrouver mes compagnons de table.

Fiona eut soudain l'impression de suffoquer.

Le duc approcha, s'arrêtant si près d'elle qu'elle sentit le vin et l'agneau de son souper. Il la dévisagea.

— Dites-moi, mademoiselle Finnegan, êtes-vous vierge ?

Il fallut quelques instants à Fiona pour que son esprit outragé comprenne la question.

— Comment osez-vous ?...

— Mon fils n'a pas dû beaucoup vous honorer, coupa-t-il. Dites donc la vérité et finissons-en avec cette absurdité. Ne vous a-t-il pas prise par-derrière, en bon sodomite qu'il était, comme le rapportera son ancien camarade d'Eton, qui vient de parler à mon avocat juste hier ? (La voyant pâlir, il sourit.) Vous avez perdu votre langue ? Vous préférez peut-être le témoignage de Margaret Gallager, la lingère que vous avez renvoyée il y a trois ans ? Une bavarde... Et puis, on pourra recourir à un expert médical indépendant, qui sera trop content d'écarter vos jolies petites jambes pour nous dire dans quel état vous vous trouvez.

— Ordure ! cria-t-elle en levant la main pour le gifler.

Mais, pour un homme de sa corpulence, Elgin était très agile. Il lui bloqua le poignet et l'attira violemment contre lui, malgré sa résistance.

— Espèce de petite oie, si vous voulez avoir le dessus dans une affaire de cette sorte, vous devez faire peur à votre adversaire. Lui montrer qu'il a quelque chose à perdre. Moi, je ne risque rien.

Demain, il y aura un petit pétard mouillé dans les journaux. La Compagnie Burton s'en remettra, William continuera de rembourser son emprunt. Je conserverai la somme que j'ai dépensée pour ses actions... et vous, mademoiselle Finnegan, conclut-il en lui broyant le poignet, vous renoncerez à votre procès imbécile.

Il la relâcha et sortit de la pièce d'un pas décidé. Fiona sentit ses jambes se dérober sous elle. Elle s'effondra contre le bureau. Tout était perdu. Elle avait échoué, sans espoir de retour.

77

Endormie dans le fauteuil de sa chambre du *Savoy*, devant un feu mort depuis longtemps, Fiona se débattait en gémissant dans son sommeil.

L'homme en noir était de nouveau là, mais cette fois il l'avait rattrapée. Il l'avait poursuivie le long de ruelles sinueuses, à travers des bâtiments abandonnés, jusqu'à un entrepôt dont elle avait cherché en vain la sortie. Il la clouait maintenant contre un mur, et personne ne la secourait, malgré ses cris. Elle vit l'éclat du couteau qu'il levait. Juste avant qu'il ne l'abatte sur elle, des coups retentirent contre la porte. Quelqu'un venait la sauver.

— Madame Soames ? Êtes-vous là ?

... mais il était trop tard. Elle sentit une douleur fulgurante à la gorge. C'était atroce, elle ne pouvait plus respirer, le sang se déversait sur sa poitrine. . Dehors, les coups redoublaient. Enfin, elle se réveilla, suffoquant de terreur. Elle inspecta la pièce qu'éclairait chichement la lumière grise d'une matinée pluvieuse, s'assurant qu'elle était seule, et toujours en vie. Sur le guéridon, il y avait une bouteille de vin à moitié vide, un mouchoir roulé en boule. Elle était encore habillée... Elle se souvint de s'être laissée tomber dans le fauteuil en revenant du club, brisée, anéantie. Elle avait tant pleuré qu'elle avait dû s'endormir... Son cauchemar la laissait pantelante. Elle eut un coup au cœur en entendant de nouveau tambouriner à la porte.

— Madame Soames ? Fiona ? Êtes-vous là ? C'est moi, Neville Pearson ! Ouvrez, s'il vous plaît !

Neville ? Que venait-il faire chez elle ? Elle jeta un coup d'œil à sa montre. Il n'était pas encore sept heures.

— J'arrive ! cria-t-elle en glissant dans son chignon des mèches qui s'en étaient échappées. Une seconde !

Elle passa dans le salon et alla ouvrir la porte. Trois personnes se tenaient sur le seuil : son conseiller juridique, accompagné d'un homme fluet et anxieux d'une cinquantaine d'années, ainsi que d'un individu à l'air un peu brutal, beaucoup plus jeune, aux cheveux noirs et épais.

— Ah, vous êtes là ! Quel soulagement ! s'exclama Neville.

— Que se passe-t-il ?

— Nous permettez-vous d'entrer ?

— Mais bien sûr, je vous prie de m'excuser.

Elle les introduisit dans sa suite.

Neville la considéra.

— Vous ne vous êtes pas couchée ?

— Non, pas vraiment, je...

— C'est compréhensible. Après ce qui est arrivé hier soir... Quelle inconscience, de vous jeter ainsi dans la gueule du loup ! En tout cas, vous n'avez pas froid aux yeux.

— Comment savez-vous...

Neville ne la laissa pas achever.

— J'ai pris la liberté de commander un petit déjeuner, annonça-t-il. On va nous le monter dans un instant. En attendant, je vous présente M. Giles Bellamy, le président de la banque Albion...

Fiona eut un mouvement de recul, et le salua d'un signe de tête. Cela n'augure rien de bon, songea-t-elle.

— ... et David Lawton, continua Neville. Le conseiller juridique de lord Elgin. Ces messieurs m'ont mis au courant de votre discussion avec le duc, hier soir. Ils m'accompagnent pour opérer le transfert des actions de feu votre époux.

— Compte tenu de la condition que nous avons évoquée, Neville, s'empressa de préciser David Lawton. Mme Soames doit accepter d'honorer la proposition qu'elle a faite à Randolph Elgin : les actions seront échangées contre un billet à ordre de trois cent mille livres. Ce sont les exigences du duc.

— Peut-être, mais la situation a singulièrement évolué depuis hier au soir, David ! s'exclama Neville avec indignation. Les actions ne doivent plus valoir un clou, à l'heure actuelle.

Fiona, très lasse, n'y comprenait rien.

— Une minute, je vous prie... Je ne vous suis pas bien. J'ai rencontré Elgin hier soir, comme vous semblez le savoir, mais il a très fermement refusé de me donner les actions de Nick.

Neville la regarda avec surprise.

— Vous n'avez pas lu les journaux ce matin ?

— Non. Je suis restée éveillée jusque très tard, et je me suis brièvement assoupie, mais...

— Tenez. (Il ouvrit sa serviette, et en sortit une demi-douzaine de journaux qu'il lança sur la table.) Lisez cela, ma chère... Ah ! Ce doit être notre petit déjeuner, ajouta-t-il comme on frappait un coup discret à la porte. Je m'en occupe. Asseyez-vous, Giles ; vous aussi, David.

Fiona prit le *Times*. Elle ignorait ce qu'elle devait y chercher. Neville voulait-il lui faire lire l'article alarmiste sur l'état de l'économie britannique ? Ou le rapport sur les émeutes aux Indes ?

— En bas à droite, indiqua David Lawton d'un ton brusque en prenant un fauteuil.

Elle parcourut la page, et lut enfin : LA COMPAGNIE BURTON AU BORD DE LA FAILLITE. Elle se laissa tomber sur un siège et dévora l'article. Pendant ce temps, Neville fit entrer deux garçons d'étage qui poussaient une desserte. Ils versèrent le thé et servirent le petit déjeuner en respectant le cérémonial, mais Fiona ne les voyait même pas.

Les observateurs, expliquait-on dans le chapeau, prédisaient que la Compagnie Burton allait déclarer faillite avant la fin de la journée. Les plus gros clients de la compagnie avaient annulé toutes leurs commandes. De plus, le stock avait été détruit par des inconnus qui s'étaient introduits dans les entrepôts au cours de la nuit. On attendait un mouvement de panique des actionnaires, qui déverseraient certainement leurs actions en masse sur le marché dès l'ouverture et feraient s'effondrer le cours.

Interrogé sur le retrait de sa clientèle à la Compagnie Burton, le président de Montague, Joe Bristow, un des plus gros clients du négociant de thé, a déclaré : « Je me suis entretenu avec les forces de l'ordre, et je suis convaincu de la culpabilité de William Burton. Je tiens à affirmer avec force que Montague ne peut plus, en aucun cas, faire affaire avec la Compagnie Burton. Nous sommes une entreprise honnête, attachée aux valeurs morales, et nous refusons de nous associer à un fournisseur dont le nom est ainsi entaché. Notre clientèle n'en attend pas moins de nous. Je ne m'exprime pas ici seulement en mon nom, mais au nom de tout le personnel de Montague. Je réaffirme notre indignation et notre honte à la nouvelle qu'un membre de notre classe marchande ait pu employer des moyens aussi infâmes pour mettre à mal la juste cause des travailleurs.

Comment Joe avait-il su ? se demanda Fiona, ébahie. Aucun journal autre que le *Clarion* n'avait eu le temps de sortir l'information la veille, et il ne le lisait certainement pas. Elle poursuivit sa lecture avec avidité.

De nombreux détaillants réputés de Londres ainsi que des hôtels et des restaurants de prestige, suivant l'exemple de Montague et soucieux de donner une image d'intégrité, ont également retiré leur clientèle.

Fiona lut à haute voix les noms indiqués : Harrods, Sainsbury's, Home & Colonial Stores, Simpson's-in-the-Strand, le *Savoy*, le *Claridge*, le *Connaught*. Même les compagnies maritimes Cunard et White Star.

— Continuez, recommanda Lawton. Les syndicats s'en mêlent aussi. Je vous tire mon chapeau, madame Soames.

— Des vandales, grommela M. Bellamy, des agitateurs.

Fiona tourna la page et apprit que, pendant la nuit, des dizaines de personnes inconnues, le visage caché par des foulards ou de la toile à sac, avaient pénétré dans les entrepôts et jeté toutes les caisses de thé dans la Tamise. Elles avaient aussi détruit les machines à empaqueter. Des bandes avaient également fait irruption dans toutes les boutiques des quartiers de l'est et du sud de Londres, et envoyé dans la rue les boîtes de thé Burton qui leur tombaient sous la main. On avait averti les épiciers de ne plus en vendre, et les clients de ne plus en acheter. Ouvriers et dockers juraient qu'ils ne toucheraient plus à un gramme de ce thé souillé du sang d'un des leurs.

Sans pouvoir prouver qui étaient ces hommes masqués, on suspectait la section du Syndicat des dockers de Wapping. Peter Miller, le leader, avait fait une réponse enflammée à ces accusations, affirmant que le syndicat condamnait les débordements, et qu'on ferait bien mieux de dénoncer le vrai criminel, William Burton, au lieu de diffamer ses hommes. L'article concluait que cette unanimité dans les réactions laissait augurer aux experts une chute de l'action Burton.

Le regard de Fiona passa de Neville à Bellamy, puis à Lawton. Maintenant, elle comprenait leur présence. La veille au soir, convaincue de son échec, elle avait touché le fond du gouffre. Mais, à présent, elle constatait qu'elle avait gagné. Les actions étaient à elle, grâce à trois personnes : Joe Bristow, Peter Miller et Roddy O'Meara. C'était Roddy qui avait tout manigancé, elle en était sûre. Ni Joe ni Peter Miller ne se doutaient de l'impact qu'avait eu leur solidarité, mais elle le leur apprendrait, et les remercierait. Elle irait voir Peter Miller en personne dès que tout serait terminé. Il pouvait multiplier les démentis dans le *Times*, c'étaient, bien sûr, ses hommes qui avaient jeté le thé Burton à l'eau, et lui qui en avait donné l'ordre. Dès qu'elle rentrerait à New York, elle écrirait à Joe.

Il ne voulait pas la rencontrer, et elle ne se risquerait pas à un nouveau rejet en allant le trouver ; mais son aide avait été capitale, et il avait toute sa gratitude.

— Si nous commencions ? suggéra Bellamy en brisant le silence.

— Certainement, répondit Neville. Comme je vous l'ai dit, Fiona, lord Elgin, tôt ce matin, a autorisé M. Lawton à opérer un échange que, d'après lui, vous avez demandé : le transfert à votre nom des titres Burton ayant appartenu à Nicholas Elgin, contre un billet à ordre pour la somme de trois cent mille livres. M. Lawton est aussitôt venu me chercher, en compagnie de M. Bellamy, mais j'ai informé ces messieurs que je n'avais jamais entendu parler de l'offre en question et, même si vous l'avez faite, je vous déconseille de la réitérer. Ces actions n'ont désormais pratiquement plus aucune valeur.

— Opérez le transfert, Neville, répliqua-t-elle.

— Pardon ? Mais pourquoi ? Elles ne valent plus rien !

David Lawton intervint.

— Pas pour Mme Soames, Neville. Ignorez-vous que votre cliente détient déjà vingt-deux pour cent de la Compagnie Burton ? Les actions du jeune Elgin lui donneront une majorité de cinquante-deux pour cent. Vous avez en face de vous la nouvelle propriétaire de la Compagnie Burton. En fait, en nous donnant ce billet à ordre, elle réglera les dettes d'une compagnie dont elle est propriétaire.

— Est-ce vrai ? demanda Neville.

— Oui, c'est exact, répondit Fiona.

— À cause de votre père ?

— Oui.

Il branla du chef, sidéré.

— Eh bien, dans ce cas, messieurs... Commençons, voulez-vous ? David, vous avez les titres ?

— Certainement.

David ouvrit son porte-documents et en tira une épaisse pile de papiers. Il les tendit à Neville qui les examina.

— Le duc a perdu une fortune, observa-t-il.

— C'est un réaliste, répliqua David. Il sait que son argent est parti en fumée, et il ne veut pas aggraver cette erreur en faisant perdre de l'argent à la banque dans la foulée.

— Où est le billet à ordre, Fiona ? Dans le coffre-fort de l'hôtel ? s'enquit Neville.

Fiona secoua la tête et, cherchant dans sa poche de jupe, en tira un papier froissé.

— Ici.

— Dans votre poche ! Vous vous seriez fait égorger pour moins ! Avez-vous perdu la tête ?

— Après ces dernières vingt-quatre heures, c'est bien possible. Mais, avant de vous le donner, j'ai une dernière requête à formuler, monsieur Lawton.

— Je vous écoute, répondit ce dernier.

— J'aimerais que vous et M. Bellamy veniez avec M. Pearson et moi-même au siège de la Compagnie Burton dès que je me serai changée. Je désire parler à M. Burton ce matin. Votre présence donnera du crédit à ma revendication : Burton et son conseil d'administration risquent de ne pas vouloir nous croire, mais ils s'inclineront devant l'avocat de M. Elgin et le président de la banque Albion.

— Il n'en est pas question ! s'indigna Giles Bellamy. La banque Albion ne souhaite en aucun cas être associée à une affaire aussi scandaleuse. Il est parfaitement honteux de voler son entreprise à un homme.

— Pas autant que de lui prendre la vie, riposta Fiona.

David Lawton la considéra longuement. Son expression s'adoucit, laissant place, l'espace d'une seconde, à de l'admiration.

— Terminez votre petit déjeuner, Giles, déclara-t-il. Nous y allons.

— Que se passe-t-il ? Pourquoi n'avançons-nous pas ? cria Neville Pearson au cocher, sortant la tête de la voiture, mais battant aussitôt en retraite pour échapper à l'averse.

— Pardon, monsieur, mais la rue est bloquée ! hurla le cocher, presque inaudible pour les occupants du véhicule tant la pluie tombait fort. Ça ne bouge plus. Vous feriez mieux de terminer à pied !

On trouva les parapluies, on rassembla les porte-documents. Une fois dans la rue, Fiona prit la mesure de l'énorme embarras qui les arrêtait. Il y avait des fiacres et des voitures partout, et une foule se pressait devant le bâtiment de la Compagnie Burton.

— Que font tous ces gens ici ? s'étonna-t-elle.

— Ce sont des actionnaires en colère, j'imagine, répondit David.

— Et nous allons encore aggraver la situation, remarqua Neville d'un air sombre. Venez. Allons ôter sa compagnie à William Burton. (Il se tourna vers David et Giles.) Souvenez-vous... Mme Soames prendra la parole. Nous ne sommes là que pour confirmer ses dires.

Les deux hommes approuvèrent avec gravité. Fiona, de son côté, cachait son inquiétude sous une voilette noire attachée au bord de son chapeau. Elle avait choisi de porter un ensemble de soie noir également, en signe de deuil.

En remontant la rue, elle fut ralentie par la cohue. La pluie tombait à torrents, et elle avait grand-peine à ne pas perdre Neville de vue.

— Madame Soames ? Où êtes-vous ? s'exclama-t-il en se tournant pour la chercher des yeux.

— Ici !

Il était déjà au bas des marches. Elle se dépêcha, se glissant dans le flot des actionnaires qui criaient leur colère, exigeant du portier qu'il réponde à leurs questions. Elle éprouva soudain une profonde peine pour tous ces gens. Ils risquaient de perdre beaucoup d'argent, certains même la totalité de leurs économies. Par sa faute à elle. Elle se jura d'y remédier en redressant la situation financière de la Compagnie Burton et en faisant remonter son cours. Ils récupéreraient leur mise, et toucheraient même des bénéfices.

Au milieu des actionnaires se trouvaient des journalistes, qui cherchaient à savoir ce qu'on pensait, autour d'eux, de la culpabilité de William Burton. Neville, arrivé en haut des marches, s'adressait au portier avec de grands gestes. Bellamy le rejoignit. Ils devaient dire que Giles avait besoin de parler à Burton, qui était sans doute enfermé dans ses bureaux. Burton n'oserait certainement pas refuser de recevoir le président de la banque Albion. Cependant, juste au moment où Fiona rejoignait les deux hommes, un événement imprévu bouleversa leur plan.

Un secrétaire tremblant sortit du bâtiment, se racla la gorge nerveusement puis, criant pour se faire entendre, annonça que M. Burton allait fournir toutes les informations nécessaires et rassurer ses actionnaires d'ici à une demi-heure, lors d'une assemblée générale extraordinaire. La salle du conseil étant très grande, indiqua-t-il, elle contiendrait tous ceux qui voudraient participer, pourvu qu'ils acceptent d'y entrer avec calme. Les journalistes, ajouta-t-il enfin, n'étaient pas invités : seuls les actionnaires auraient accès à la salle. À cette déclaration, les calepins furent discrètement enfouis au fond des poches.

— Souhaitez-vous toujours rencontrer Burton en tête à tête ? demanda Neville à Fiona.

— Non. Allons à l'assemblée générale.

Elle éprouvait un immense soulagement de ne plus être obligée de faire face à Burton dans son bureau, sans doute cette même pièce où elle l'avait entendu rire en évoquant la mort de son père. Il y aurait beaucoup de monde dans la salle du conseil, et le nombre des témoins la conforterait.

Lentement, la foule entra. C'était une salle très grande et haute de plafond. Tout au bout se trouvait une estrade avec un pupitre, surmontée d'un dais ; vingt grandes tables rectangulaires étaient disposées par rangées de quatre ; de nombreuses chaises les entouraient ou s'alignaient le long des murs. Fiona et ses compagnons prirent place à l'arrière. Il y avait tant de monde que beaucoup durent rester debout. Les rumeurs les plus fantaisistes couraient d'un bout à l'autre de la salle, et les voix s'échauffaient. Dix minutes s'écoulèrent, puis vingt.

Fiona pressentit l'arrivée de William Burton avant même de le voir. Elle réagissait comme une gazelle au trou d'eau, qui devine la présence du tigre. Il était entré par une petite porte que dissimulait la tenture du dais, et se tenait dans l'ombre, mains derrière le dos, observant la foule. Fiona eut un mouvement de recul quand elle l'aperçut enfin. Une terreur aveugle s'empara d'elle. À leur dernière rencontre, elle avait failli perdre la vie... Il lui fallut rassembler tout son courage pour se dominer. La situation n'était plus la même, se rappela-t-elle. Elle n'était plus l'adolescente poursuivie par deux assassins. Maintenant, elle avait la situation bien en main.

Burton n'avait pas beaucoup changé. Vêtu avec élégance, et sûr de lui. Si son visage avait quelque peu vieilli, il restait dénué d'expression ; et ses yeux, même de loin, conservaient cette froideur opaque qui évoquait le regard d'un reptile.

— Bonjour à tous, lança-t-il d'une voix sèche.

Le silence se fit, et les têtes se tournèrent vers lui. Il commença son discours, s'exprimant avec calme, d'un ton assuré. Fiona s'étonna de si bien se rappeler sa voix, mais ne l'entendait-elle pas depuis dix ans dans tous ses cauchemars ?

— Comme vous le savez, j'ai été accusé de complicité dans le meurtre d'un ancien employé de la compagnie, un meneur syndical nommé Patrick Finnegan. Je vous affirme que les accusations portées contre moi par un certain Thomas Sheehan, de Limehouse, un malfaiteur bien connu de la police, sont entièrement dépourvues de fondement. Je n'ai jamais fait le moindre tort à mes ouvriers ; au contraire, j'ai toujours cherché à améliorer leur vie en leur donnant des salaires équitables et de bonnes conditions de travail.

À ces paroles, les derniers vestiges de peur quittèrent Fiona, et la fureur qui couvait en elle depuis de si longues années la submergea.

— Pour mon plus grand malheur, continua Burton, j'ai fait la connaissance de M. Sheehan il y a deux ans, lorsqu'il a informé mon contremaître qu'il réduirait en cendres l'entrepôt Oliver si je ne lui versais pas cent livres par mois. Je suis allé trouver cet homme et lui ai bien fait comprendre que je ne céderais pas au chantage. Il m'a menacé de s'attaquer à moi et à mes biens. J'ai renforcé la surveillance de l'entrepôt Oliver, mais n'ai malheureusement pas songé à faire de même pour mon ancienne usine. M. Sheehan y a mis le feu et a revendiqué le crime. Et maintenant qu'il est entre les mains de la police, il continue de s'attaquer à moi en proférant des accusations absurdes. Sans doute cherche-t-il à s'attirer la complaisance de la cour pour l'affaire d'un autre meurtre, celui de M. Quinn.

Sur le point d'exploser, Fiona, assise très droit, yeux clos, mains crispées sur la table, s'obligeait à garder encore le silence et à ne pas perdre son sang-froid.

Burton continua, reconnaissant que le cours de l'action avait baissé à l'ouverture, mais assurant ses actionnaires qu'il s'emploierait à regagner la confiance de ses clients dès qu'il serait innocenté. Il leur demanda de rester confiants, et de conserver leurs actions pour montrer leur foi en la compagnie. Il redresserait l'entreprise après cette secousse, vulgaire tempête dans un verre d'eau.

Regardant autour d'elle, Fiona constata combien les gens étaient pressés de croire à ses explications et à ses promesses. Ils avaient besoin d'être rassurés et de s'entendre dire que leur argent n'était pas perdu. Du moment que leur investissement était sauvé, ils étaient disposés à accepter toutes les dénégations et à balayer leurs soupçons. Mais elle ne les laisserait pas se bercer d'illusions ; il fallait qu'ils sachent la vérité.

Burton déclara alors qu'il acceptait de répondre aux questions des actionnaires, et celles-ci fusèrent de toutes parts. Il s'en sortit habilement, donnant de brèves explications parsemées de plaisanteries qui firent naître des sourires. Après avoir répondu à une vingtaine de personnes, il annonça qu'il accepterait une dernière question avant de lever la séance.

— On entend beaucoup une rumeur selon laquelle la banque Albion réclamerait le remboursement immédiat de vos emprunts, monsieur Burton, est-ce exact ?

Burton se mit à rire.

— D'où tirez-vous cette information, monsieur ? De journaux sérieux ou de torchons à sensation ? La banque Albion n'a jamais formulé une telle demande. Je discutais encore avec ces messieurs de la banque tôt ce matin, qui m'ont assuré de leur soutien inconditionnel... Et maintenant, s'il n'y a plus d'autre point à soulever, je vais vous prier de m'excuser, car je dois aller m'occuper de l'avenir de l'entreprise et tâcher de redonner à vos actions la valeur qu'elles méritent.

Dans la mauvaise lumière des appliques à gaz, Fiona se leva alors. Un journaliste devait écrire plus tard dans le *Times* qu'elle s'était dressée telle une furie de la mythologie, brandissant le fouet du châtiment divin.

— Si, monsieur, il reste un dernier point à soulever, déclara-t-elle.

Tous les yeux se portèrent sur elle.

— Êtes-vous actionnaire, madame ? s'enquit Burton d'un ton dédaigneux, s'arrêtant à côté du pupitre. Cette assemblée est réservée aux actionnaires.

— Oui, je suis actionnaire. Je suis même l'actionnaire majoritaire de la compagnie.

— Tiens donc, je pensais que c'était moi, ironisa Burton, déclenchant des rires. Je ne crois pas vous connaître. Quel est votre nom ?

— Mme Nicholas Soames. J'estime que les personnes ici présentes doivent être informées qu'à compter de ce matin je possède cinquante-deux pour cent de la Compagnie Burton. Je suis donc la nouvelle propriétaire, et j'exige votre départ immédiat.

Burton la considéra avec mépris.

— Cette femme n'a pas toute sa tête.

— Je suis parfaitement saine d'esprit, monsieur, et je vous demande de renoncer à vos fonctions.

— C'est une mauvaise plaisanterie, qu'on la fasse sortir ! aboya-t-il en faisant signe à deux de ses clercs.

Mais Neville Pearson se dressa, toussotant pour s'éclaircir la voix, et son nom passa de bouche en bouche dans un murmure. C'était un personnage éminent que beaucoup de gens reconnaissaient.

— Monsieur Burton, il ne s'agit pas d'une plaisanterie, affirma-t-il d'une voix haute et claire. Ma cliente, Mme Soames, a effectivement pris le contrôle de la Compagnie Burton. Elle détient cinquante-deux pour cent des actions, comme elle vient de le signaler. (Il appuya les mains sur deux épais dossiers en cuir qu'il avait posés sur la table, devant lui.) Tous les documents sont ici.

Cette fois, Burton perdit de son assurance.

— Ce n'est pas possible ! hurla-t-il. Je surveille de très près la répartition de mes actions, monsieur Pearson. J'ai vérifié moi-même que pas un seul actionnaire ne détenait plus de cinq pour cent.

— Munro Entreprises... vingt-cinq mille titres. Chelsea Holdings Incorporated... quinze mille titres, récita Fiona. Seamus Consolidated... quarante mille titres. Le groupe Thames... dix mille titres.

Burton la fixait sans comprendre.

— Ce sont les filiales d'une société appelée KaliThé Incorporated. Et je ne vous cite que quelques noms. Il s'agit de ma société, monsieur Burton.

— C'est bien possible, madame, mais je garde la majorité de ma compagnie, bon Dieu !

David Lawton se dressa à son tour, et cette fois Burton parut vraiment inquiet.

— Non, William, vous n'avez plus la majorité. Vous la déteniez en effet, avant de vendre quatre cent cinquante mille titres à mon client, Randolph Elgin, il y a plusieurs années. Mais les actions ont été placées dans le portefeuille du fils d'Elgin, qui est décédé ce printemps. Nicholas Elgin, qui utilisait le nom de Soames, s'était marié sans en informer sa famille et il a légué tous ses biens, y compris son portefeuille d'actions, à sa femme. Les titres ont été transférés à madame ce matin.

— Il faut les croire, William, intervint Giles Bellamy en se mettant lui aussi debout. Mme Soames est maintenant propriétaire de la Compagnie Burton.

Un vacarme infernal éclata. Les gens se levaient en gesticulant, bombardant de questions Fiona, Bellamy et les deux avocats. Burton sauta de l'estrade et traversa la foule, poussant brutalement ceux qu'il cherchait à rassurer quelques minutes plus tôt.

— Giles, j'exige une explication !

— Les papiers sont tous là, William. Lisez-les.

Giles Bellamy ouvrit un dossier et en tira des titres. C'étaient ceux que Fiona avaient apportés de New York. Puis il ouvrit le second dossier. Celui-ci contenait les titres de Nick, ceux dont elle était devenue propriétaire.

Burton les prit un à un. Quand il eut examiné l'ensemble, il recula de quelques pas et pressa les mains sur ses tempes.

— Ce n'est pas possible ! Je ne peux pas y croire !

Il ferma les yeux, ignorant le tumulte autour de lui. Quand il les rouvrit, il fixa Fiona et hurla :

— Qui êtes-vous ?

L'assistance se tut. Fiona leva sa voilette, et rencontra son regard noir et haineux. Tout d'abord, il ne la reconnut pas, mais soudain la lumière se fit.

— Vous ! siffla-t-il.

Un silence de mort s'était abattu sur la salle du conseil.

— Vous vous souvenez de moi, monsieur Burton ? Je suis flattée. Moi aussi, je me souviens de vous – et aussi, très très bien, de la conversation que j'ai surprise dans votre bureau entre vous et M. Sheehan, un soir où vous parliez du meurtre de mon père ! J'étais venue vous supplier de me donner un peu d'argent, une indemnité pour le prétendu accident où il avait trouvé la mort. J'en avais besoin pour donner à manger à mon petit frère, pour louer une chambre où nous pourrions vivre tous les deux. Je ne m'attendais pas à ma récompense. Vous rappelez-vous ce soir-là ? Mon père était secrétaire du syndicat. Il désirait obtenir pour les dockers un penny de plus à l'heure, afin qu'ils puissent nourrir un peu mieux leurs enfants, acheter une veste plus chaude à porter au travail. Un penny ! Mais vous... (Elle dut s'interrompre, étouffant de colère. La fureur emplissait ses yeux de larmes brûlantes.)... vous ne vouliez à aucun prix le leur donner ! J'ai entendu M. Sheehan vous répéter comment il avait suivi vos instructions en assassinant mon père, et vous avez ri. Je l'entends encore dans mon sommeil, ce rire ! J'ai essayé de sortir sans me faire repérer, mais M. Sheehan et vous m'avez surprise et poursuivie. M. Sheehan avait l'intention de me tuer, mais j'ai eu plus de chance que mon père : j'ai réussi à m'enfuir. Seulement, on n'échappe pas à ses souvenirs. Je me suis juré de vous faire payer vos crimes, et j'y suis parvenue. Aujourd'hui, la compagnie Burton m'appartient.

Ce fut de nouveau la confusion. Les gens s'interpellaient, criaient. On essuyait des fronts moites, on se poussait pour voir les titres. Les journalistes essayaient d'attirer l'attention de Fiona, mais, occupée à soutenir le regard de Burton, elle ne les entendait pas. Entre eux se formait un courant de haine absolue, presque tangible.

— Petite saleté ! Ah, si j'avais pu te tuer ce jour-là ! Tu serais six pieds sous terre comme ton ordure de père !

— William... Au nom du ciel ! jeta Giles Bellamy, blême, en reculant d'un pas.

— Madame Soames ! Madame Soames, par ici ! cria quelqu'un.

Il y eut l'éclair blanc d'un flash, une odeur de fumée. Un journaliste était parvenu à introduire un appareil photographique. Fiona cligna les yeux, éblouie par la lueur du magnésium. Burton se saisit de l'occasion. Sortant prestement un couteau de sa poche, il se jeta sur elle.

Mais David Lawton devança son geste : attrapant Fiona par la veste, il la tira en arrière. La lame manqua sa gorge d'un millimètre. Toutefois, elle fendit ses vêtements, effleura la clavicule et s'enfonça dans la chair de sa poitrine.

— Arrêtez-le ! s'exclama Neville.

Brandissant son couteau, Burton courut vers l'estrade et disparut derrière la tenture, par la porte qu'il avait prise pour entrer. Quelques actionnaires voulurent le poursuivre, mais constatèrent qu'il avait fermé à double tour derrière lui. On cria qu'il fallait passer par les bureaux. Certains partirent donc à sa recherche, tandis que d'autres s'agglutinaient autour de Fiona.

David avait fait asseoir la jeune femme. Il pressait son mouchoir et celui de Giles sur sa blessure, mais le tissu blanc était déjà imbibé de sang.

— Il me faut d'autres mouchoirs... une chemise... n'importe quoi ! lança-t-il.

On lui passa des dizaines de mouchoirs. Il en fit une compresse qu'il appuya contre l'entaille. Fiona poussa un cri de douleur.

— Conduisons-la tout de suite à l'hôpital ! décida Neville. Giles, faites venir la voiture à la porte...

— La rue est bloquée, le cocher aurait trop de mal à approcher. Portons-la plutôt, nous irons plus vite.

David la souleva, et Neville leur fraya un chemin dans la foule, repoussant les curieux avec sa canne. Giles récupéra les titres, éclaboussés de sang, et ferma la marche. Arrivé au trottoir, il les dépassa, courant vers la voiture pour héler le cocher. Celui-ci, à sa vue, fit tourner les chevaux vers le haut de Mincing Lane.

— Vite, à l'hôpital ! ordonna Giles.

Il monta, suivi par Neville. Ensemble, ils prirent Fiona des bras de David, et la hissèrent sur la banquette. Neville la garda contre lui pour la soutenir. Elle ferma les yeux, luttant contre un étourdissement qui portait au cœur. Sa poitrine était en feu, et son sang, chaud et épais, imprégnait ses vêtements. David les rejoignit, la voiture partit et prit de la vitesse.

— Plus vite, cocher, plus vite ! cria Giles par la fenêtre.

— Madame Soames... Fiona... vous m'entendez ? demanda David en lui tapotant la joue.

— Je... vous... entends... murmura-t-elle malgré la brume qui envahissait son esprit.

— Tenez bon, je vous en prie, nous y sommes presque !

— Elle s'est évanouie ! lança Giles. Mon Dieu, Neville, elle est blanche comme un linge !

— Fiona ! insista Neville. Fiona, vous m'entendez ? Dites quelque chose !

— A-t-elle de la famille à Londres ? s'enquit David. Qui faut-il prévenir ?

— Trouvez mon père, David... répondit Fiona dans un filet de voix. Dites-lui que nous avons gagné...

78

— Mais dans quel état tu es !

Roddy était à la porte de la chambre d'hôpital, casque à la main, bouleversé par le visage défait de la blessée.

Fiona ouvrit les yeux et lui sourit faiblement.

— Je vais bien, oncle Roddy.

— Je suis venu dès que j'ai appris. Un de mes hommes a couru m'avertir. Quelle peur tu m'as faite ! Je te croyais morte. Je n'aurais jamais dû te laisser seule.

— Je n'étais pas seule, il y avait...

— J'aurais dû t'accompagner. Tu veux quelque chose ? De l'eau ? Tu as soif ?

— Oui, très.

Il traversa la pièce, et prit la cruche sur la table de nuit pour lui verser un verre d'eau.

— Voilà. Que disent les médecins ?

— J'ai perdu un peu de sang, mais je vais me remettre, déclara-t-elle en saisissant le verre qu'il lui tendait.

— Combien de temps te garde-t-on ?

— Je reste en observation un ou deux jours, pour reprendre des forces.

Il appuya le dos de sa main sur la joue crayeuse. Elle avait de grands cernes, et du sang perçait sur son pansement.

— Burton n'arrivera pas entier à la potence, je le jure ! Dès qu'on le prend, je le mets en pièces de mes propres mains.

— Il est toujours en fuite ?

— Malheureusement. Je suis allé voir les collègues à Mincing Lane avant de venir. Le bâtiment de la compagnie a été fouillé de fond en comble. Il n'est pas non plus chez lui. On pense qu'il va essayer de passer en France, si ce n'est déjà fait. Toutes les compagnies maritimes sont averties, et on a promis une récompense.

Roddy aurait voulu s'occuper de l'affaire lui-même ; mais, faisant partie de la Cité de Londres, Mincing Lane dépendait d'un autre service.

— Tu as mal ? demanda-t-il, voyant Fiona serrer les lèvres tandis qu'elle reposait son verre sur la table de nuit.

— Un peu. Il paraît que la plaie fait vingt centimètres. Fini les décolletés plongeants !

— Tu n'as pas l'air de réaliser ta chance ! Si tu avais été plus proche de lui, si on ne t'avait pas tirée en arrière à temps, si la lame avait été un peu plus longue... tu serais chez le médecin légiste, pas à l'hôpital.

— Mais ce n'est pas le cas, remarqua-t-elle avec un sourire. Nous avons réussi, oncle Roddy !

— Grâce à toi, petite, je ne sais pas comment tu t'y es prise.

— Non, c'est toi qui as emporté la partie. Tu as été voir deux ou trois autres personnes hier, je crois...

— Possible, admit-il en haussant les épaules.

— Peter Miller, pour commencer... et Joe Bristow.

— C'est vrai.

Roddy nota l'expression de douleur qui passait dans son regard, et n'avait rien à voir avec sa récente blessure. Après tant d'années, Fiona souffrait encore quand on parlait de Joe. Il regretta d'avoir révélé à celui-ci qu'elle vivait au *Savoy*. Pourvu qu'il la laisse tranquille...

— Je devrais aller le remercier, dit-elle au bout d'un long moment, il a beaucoup fait pour moi, mais je ne peux pas. Je lui écrirai quand je serai rentrée à New York. Je lui dois au moins cela.

Roddy hocha la tête. Il s'apprêtait à lui demander des détails sur la confrontation avec Burton quand on frappa à la porte. Une infirmière coiffée de sa toque blanche passa la tête dans la pièce.

— Comment allez-vous ?

— Beaucoup mieux, merci.

— Les livreurs vous ont trouvée ?

— Quels livreurs ? intervint Roddy d'un ton brusque.

— Les deux garçons fleuristes. Ils erraient dans le couloir il y a une minute en cherchant la chambre de Mme Soames. Je leur ai donné le numéro.

— J'avais pourtant interdit les visites !

Roddy avait donné l'ordre de ne laisser accéder à la chambre que les officiers de police. En prenant cette initiative, il marchait un peu sur les plates-bandes de la police de la Cité, mais il s'en moquait.

— Ne me grondez pas ! Ils étaient très charmants, polis comme tout. Ils livraient un bouquet de roses tellement énorme qu'il fallait le porter à deux. Que vouliez-vous que je fasse ?

Roddy se tenait déjà sur le pas de la porte.

— De quoi avaient-ils l'air ?

— Je... je ne sais pas, bégaya l'infirmière. Bruns... Une vingtaine d'années, peut-être. Costauds, en tout cas.

Comme n'importe quel mauvais garçon de Whitechapel, songea Roddy.

— Vous avez la clé de cette porte ? s'enquit-il.

— Oui, répondit l'infirmière en fouillant dans sa poche. La voilà.

— Restez ici avec Mme Soames et fermez derrière moi. Mon matricule est zéro quatre cent vingt-trois. Demandez-le-moi avant de rouvrir.

— De quoi as-tu peur, oncle Roddy ?

— J'espère que ce n'est rien, mais n'oubliez pas de fermer.

Roddy, sentant planer un grand danger, prit le couloir au pas de course jusqu'à l'escalier du fond. Il poussa la porte et regarda dans la cage en colimaçon. Il ne vit rien, mais entendit un bruit de fuite puis une porte claquer en bas. Dévalant les marches, il aboutit dans un passage crasseux où s'entassaient les poubelles de l'hôpital. Essoufflé, il courut jusqu'à la rue et fouilla Whitechapel Road de son regard exercé, cherchant parmi les passants deux gaillards correspondant à la description de l'infirmière. Personne ne retint son attention. Les gens déambulaient et riaient entre eux.

Peut-être s'agissait-il vraiment de livreurs, pensa-t-il, trouvant pour finir ses soupçons ridicules. Il rebroussa chemin, persuadé que son intuition l'avait trompé. Sans doute se tenait-il trop sur ses gardes, depuis les événements dramatiques de la matinée. Il s'en voulait d'avoir rabroué l'infirmière et alarmé Fiona pour rien.

Mais, alors qu'il passait devant une grande poubelle métallique, une couleur rouge attira son attention. Il approcha, craignant de découvrir des draps ou des pansements souillés de sang. Mais non. Il s'agissait de roses, au moins deux douzaines non pas un vieux bouquet fané, mais une énorme composition florale toute fraîche. Il chercha une carte, un papier portant ne fût-ce que le nom du fleuriste. Rien.

Peu importait. Il n'avait pas besoin d'adresse pour savoir qui les avait envoyées... Ses collègues de la Cité se trompaient : William Burton n'avait pas quitté Londres, il était resté pour parachever son œuvre.

79

— Faut-il indiquer une adresse au cocher, sergent O'Meara ? demanda le garçon d'étage.

— Non, je la lui donnerai dans un moment, quand je descendrai avec Mme Soames.

— Bien, monsieur. Je prends le plus léger, et je remonterai tout à l'heure chercher les malles.

Il se coinça un carton à chapeau sous le bras et souleva deux valises. Roddy lui tint la porte, puis la referma à clé derrière lui. Ensuite, il contourna le reste des bagages, et alla dans le salon en jetant au passage un coup d'œil à la porte close de la chambre de Fiona. Elle ne semblait pas s'être encore réveillée de sa sieste. Il la laisserait se reposer jusqu'à ce que les malles soient descendues. Les préparatifs du départ l'avaient fatiguée, et elle demeurait fragile, n'étant sortie de l'hôpital que le matin même.

Roddy craignait que ce déménagement l'épuisât, mais il le lui imposait par mesure de sécurité. Deux jours s'étaient écoulés depuis la tentative de meurtre, et William Burton était toujours en fuite. La police passait la ville au peigne fin. Des agents montaient la garde à l'hôtel ; il y en avait également à Mincing Lane et à la banque Albion. La photographie de Burton avait été publiée dans plusieurs journaux et des appels à la vigilance lancés au public, mais jusque-là sans résultat.

Cependant, si personne ne savait où il était, lui pouvait se procurer l'adresse de Fiona sans aucune difficulté. Les journaux avaient dressé maints portraits de la jeune et courageuse veuve qui avait vengé la mort de son père. On lisait partout qu'elle vivait au *Savoy*. Rien n'était donc plus facile que d'entrer dans le hall, ouvert au public, et de glisser la pièce à une femme de chambre ou à un garçon d'étage peu scrupuleux pour accéder à sa chambre.

Par l'intermédiaire d'une agence de Knightsbridge, Roddy avait trouvé pour elle, dans Mayfair, une magnifique maison meublée appartenant à un diplomate en poste en Espagne. Il avait aussi usé de son influence auprès d'Alvin Donaldson, l'inspecteur qui menait l'enquête, pour que deux agents soient placés en faction devant la porte.

Fiona, elle, était d'avis que Burton avait quitté la ville. Londres était un endroit bien trop dangereux pour lui. Elle avait reproché à Roddy son excès de prudence, mais il avait tenu bon. Burton avait tué son père simplement parce qu'il mettait en danger l'équilibre financier de sa compagnie. Que ferait-il à la personne qui la lui avait prise ? Tandis qu'il faisait le tour du salon pour vérifier que rien n'avait été oublié, Roddy entendit frapper à la porte. Aussitôt, il posa la main sur sa matraque. C'était sans doute le garçon d'étage, revenu prendre les malles, mais il ne voulait courir aucun risque.

— Qui est là ? s'enquit-il.

Il y eut un silence.

— Joe Bristow.

Bon sang, songea Roddy en ouvrant.

— Bonjour, Roddy... Elle est là ?

— Non, elle est partie, mentit-il en désignant les bagages. Elle est retournée en Amérique ce matin.

Il ne voulait à aucun prix laisser Joe perturber Fiona, alors qu'elle avait déclaré ne pas souhaiter le voir.

Joe eut l'air très dépité.

— Non ! Je l'ai manquée ! Je lui ai rendu visite à l'hôpital, après avoir lu dans les journaux ce qui était arrivé, mais on ne m'a pas laissé entrer. On a même refusé de l'avertir que j'étais là.

— Oui, j'avais donné des ordres. J'avais peur que Burton ou un de ses hommes n'essaie de l'assassiner. Je lui ferai savoir que tu es passé, Joe. Que veux-tu que je lui dise d'autre ?

— Je préfère lui donner mon message moi-même. Quelle est son adresse à New York ?

Roddy hésita, se demandant comment adoucir le choc, puis opta pour la franchise.

— Joe, elle sait que je t'ai vu, et tout ce que tu as fait pour elle... Elle t'est très reconnaissante, mais elle préfère ne pas être en contact avec toi. Elle me l'a avoué. Je suis désolé, mon gars.

Joe baissa les yeux, puis les releva.

— Tu lui diras que je suis venu, au moins ?

— Promis.

— Et pourrais-tu lui donner ceci ? insista Joe en lui tendant sa carte.

— Je la lui enverrai.
— Merci. Au revoir, Roddy.
— Au revoir, Joe.
Roddy referma, puis fourra la carte dans sa poche.
À cet instant, la porte de la chambre s'ouvrit. Fiona apparut, les yeux lourds de sommeil.
— J'ai cru entendre des voix... Quelqu'un est venu ?
— Non, non, personne... Juste un marchand ambulant.
— Ici ? Au *Savoy* ?
— Quand je te disais que tu n'étais pas en sécurité, ici ! On entre comme dans un moulin !

80

Fiona contempla les tristes croix de bois entourées d'herbes folles et de chiendent. Deux d'entre elles penchaient, prêtes à tomber ; la troisième était cassée, et de la rouille suintait des clous sur la quatrième. On y distinguait à peine le nom, presque effacé par le temps : *Patrick Finnegan.*

Elle se tourna vers son cocher et garde du corps, engagé par Roddy pour veiller sur elle. Il portait un râteau, une bêche et une binette, des cisailles, un arrosoir et un sac de fumier.

— Vous pouvez poser ça là, Andrew.

— Je vais chercher le panier et le reste des fleurs, madame ?

— Oui, je vous remercie.

Elle déposa ses sacs et les déballa. Ils contenaient des pieds de rosier. Elle avait passé tout l'après-midi à aller de pépiniériste en pépiniériste, afin de trouver les variétés de roses thé qu'elle voulait. Le cimetière était petit, et la voiture d'Andrew était arrêtée juste devant la grille. Il ne mit qu'une minute pour revenir avec un plateau de primevères et un panier d'osier.

— J'aimerais rester seule un moment, Andrew. Pouvez-vous m'attendre à la voiture ?

— Le sergent a dit de ne pas vous quitter d'un pouce.

— Même si William Burton est encore à Londres, ce dont je doute fort, il ne risque pas de se cacher dans ce cimetière.

— Bon, d'accord. Appelez-moi si vous avez besoin de quelque chose.

— Merci.

Elle prit le râteau et se mit à l'ouvrage. C'était une belle journée d'août, sans un nuage, et le soleil lui chauffait le dos. Quel plaisir de se mouvoir de nouveau librement ! On lui avait retiré ses points de suture la veille. Depuis que Burton l'avait blessée, trois semaines s'étaient écoulées, et elle n'avait encore pris que très peu d'exercice. Roddy l'avait tenue cloîtrée ; elle était donc assoiffée de plein air et de liberté.

Roddy s'était beaucoup fait tirer l'oreille pour la laisser aller au cimetière. Il était persuadé que Burton continuait d'être à Londres. Mais où aurait-il pu se terrer ? Alvin Donaldson avait rendu visite au policier le matin même pour lui communiquer l'état des recherches : la maison de Burton, son bureau, sa banque étaient sous surveillance constante. Sans doute avait-il eu une somme d'argent liquide dissimulée quelque part, qui lui avait permis d'affréter une embarcation privée pour traverser la Manche. Les Français le recherchaient. On le prendrait, ce n'était qu'une question de temps.

Mais ces informations n'avaient pas convaincu Roddy, qui avait demandé à Fiona d'attendre qu'il pût l'accompagner pour sortir. Elle avait refusé ; William Burton lui empoisonnait l'existence depuis trop longtemps, et elle se refusait à gâcher ne fût-ce qu'un jour de plus à cause de lui.

Au bout d'une heure, les mauvaises herbes étaient arrachées, le gazon coupé. Elle planta les rosiers puis les primevères, et alla remplir son arrosoir au robinet. Elle s'était sali les mains et la jupe, mais peu importait ; si elle était décidée à confier l'entretien de ses plantations à un jardinier, elle avait tenu à faire elle-même la remise en état des lieux. Elle n'était pas venue là depuis trop longtemps.

Le cimetière était presque désert. Deux vieilles dames passèrent avec des fleurs, murmurant un bonjour discret. Une jeune mère vêtue de noir la croisa avec un fils en bas âge. Un peu plus loin, deux jeunes gaillards avançaient entre les tombes, les mains dans les poches, s'arrêtant pour lire les inscriptions. Elle baissa la tête pour arroser, et quand elle la releva ils s'étaient approchés.

— C'est joli, ces roses, dit l'un d'entre eux.

— Je vous remercie.

Ils étaient jeunes, bien bâtis, identiquement vêtus d'un pantalon étroit, d'une chemise sans col et d'une veste, et avaient un mouchoir rouge noué autour du cou. Leur visage portait les marques d'un caractère batailleur. L'un avait une balafre, l'autre le nez cassé.

— On cherche not' pépé, mais on l'trouve pas.

— Comment s'appelait-il ?

— Smith. Tom Smith, comme moi, déclara le second gaillard.

Fiona regarda autour d'elle.

— Je ne crois pas avoir vu ce nom.

— Et là ? demanda Tom Smith en désignant la croix de son père. Qu'est-ce qu'il y a d'écrit ?

— Patrick Finnegan. C'est mon père.

— Ah ! fit Tom en se penchant pour mieux regarder l'inscription.

Il était si proche que Fiona perçut l'odeur de fumée et de bière qui émanait de lui. Un instant, elle fut effrayée. Deux hommes étaient venus à l'hôpital... et si c'était eux ? Puis elle aperçut Andrew, à cinq ou six mètres, qui surveillait tous leurs mouvements. Le remarquant aussi, Tom Smith toucha la visière de sa casquette. Andrew fit un signe de tête, sans un sourire, et croisa les bras sur sa poitrine.

— Bon, ben, on n'a plus qu'à continuer à chercher, lança Tom Y doit bien être quelque part, y s'est pas sauvé. Au revoir, mademoiselle.

— Au revoir.

Elle se sentait toute bête d'avoir eu peur de ces deux garçons. Les avertissements de Roddy entretenaient ses craintes. Elle se remit au travail, et Andrew retourna à la voiture.

Quand elle eut terminé, elle étala une nappe par terre, sortit du panier en osier une flasque de thé et des sandwichs, et s'assit pour rester un peu en compagnie de sa famille. Tout en se restaurant, elle leur raconta ce qui était arrivé, sa visite au bureau de William Burton bien des années auparavant, et sa fuite. Elle leur parla de sa vie à New York, de Michael, de Mary et de la grande famille qu'elle s'était recréée, de son commerce de thé, de Will et de Nick. Elle leur décrivit Seamie, qu'ils ne reconnaîtraient sûrement pas. Il était devenu un vrai petit Américain qui, un jour, ferait de grandes découvertes : un remède pour guérir une maladie, un animal préhistorique, ou même un nouveau pays ! Il était beau, beau comme Charlie à son âge, et ils pouvaient être fiers de lui.

Puis elle leur expliqua comment elle avait pris sa compagnie à William Burton, et l'avait ruiné. Si on le rattrapait, il serait pendu.

— Ce n'est pas assez, papa, ajouta-t-elle en posant la main sur la tombe de son père, mais c'est déjà quelque chose. J'espère qu'ainsi tu reposeras un peu plus paisiblement. (Des larmes lui piquèrent les yeux tandis qu'elle continuait.) Tu me manques, papa. Je pense à toi tous les jours. Je t'aime. Embrasse maman, et Charlie, et le bébé pour moi. Dis-leur que je les aime aussi.

Elle se recueillit encore quelques minutes, regardant le soleil baisser à travers les arbres. Puis, après avoir promis de ne plus laisser autant de temps s'écouler avant sa prochaine visite, elle se releva.

Andrew l'aida à ranger son matériel dans la voiture, et ils repartirent à travers les rues étroites de Whitechapel pour retourner à Mayfair. Par la fenêtre, Fiona regardait défiler les rues de son enfance, écoutant les voix des ouvriers qui rentraient chez eux. Soudain, elle reconnut la brasserie où Charlie avait travaillé, et réalisa qu'elle était tout à côté de Montague Street. Prise d'une violente nostalgie, elle frappa à la vitre qui la séparait du cocher.

— Andrew ! Arrêtez !

— Que se passe-t-il, madame ? demanda-t-il en tirant sur les rênes.

— J'ai besoin de prendre l'air, de marcher un peu. Je reviendrai en fiacre.

— Ce n'est pas possible, madame. Le sergent m'a interdit de vous perdre de vue.

Fiona l'écoutait à peine. Elle ne résistait pas à l'appel de Whitechapel, à ses rues, ses sons, ses odeurs.

— Nous ne le lui dirons pas, et il n'en saura rien. Ne vous inquiétez pas pour moi. Je serai là avant la nuit.

Puis, sans tenir compte de ses protestations, elle descendit de la voiture, sa pochette à la main.

En s'enfonçant dans Brick Lane, elle se félicita d'avoir mis une vieille jupe et un chemisier ordinaire pour aller au cimetière. Les traces de terre, ses cheveux défaits remontés à la va-vite lui permettaient de se fondre dans le décor. Personne ne la remarquait. Elle marchait vite, entraînée par la foule des travailleurs.

Enfin, elle atteignit Montague Street, et sa gorge se serra. Sa maison n'avait pas changé. Des briques noircies par la suie, des volets noirs, des marches d'une propreté impeccable. Et, à deux pas, il y avait la maison de Joe. Elle se retrouva à dix-sept ans, de retour chez elle après une journée de travail à la fabrique de thé. Les mères appelaient leurs enfants. Il y avait des fillettes avec des nattes, des gamins qui tapaient dans leur ballon, des grandes filles portant leur petit frère ou petite sœur sur la hanche...

Son cœur se réchauffa devant tout ce mouvement. Quelle animation ! Personne ne criait dans la Cinquième Avenue. Du moins pas dans la partie élégante où elle vivait. Il n'y avait pas d'enfants dans les rues, pas de rires, pas de femmes en train de bavarder... Avait-elle assez apprécié cette chaleur humaine ? Jeune fille, elle avait rêvé de fuir ce quartier. Pourquoi ? Elle n'avait jamais été aussi heureuse que dans la vieille maison de quatre pièces, où elle n'avait pas de chambre à elle et où les toilettes étaient dans la cour. Même sans un sou en poche, elle avait été riche.

Elle marcha jusqu'au bout de la rue puis jeta un coup d'œil en arrière. Elle voyait presque son père rentrer des docks en chantant ; sa mère, mains sur les hanches, appeler Charlie ; un grand jeune homme blond, très beau, avancer vers elle les mains dans les poches, le regard plein de promesses.

Ensuite, elle emprunta Commercial Road. Elle aurait dû arrêter un fiacre pour regagner Mayfair. La nuit tombait, les étoiles commençaient à paraître. Pourtant, elle continuait, allant malgré elle vers le sud, vers Wapping et la Tamise. Elle connaissait le chemin par cœur, et même si un ou deux pubs avaient changé de nom, une boutique de couleur, tout lui restait très familier.

La grand-rue de Wapping était presque déserte quand elle la traversa. L'entrepôt Oliver était toujours là. Quelle sensation bizarre que de s'en savoir propriétaire... À gauche, exactement tel qu'elle s'en souvenait, se trouvait l'étroit passage qui menait au Vieil Escalier. Elle s'arrêta en haut des marches, et admira, très émue, le spectacle de ce fleuve qu'elle aimait tant, calme et noir dans la pénombre. La Tamise était plus belle que jamais.

Elle descendit et s'assit en bas des marches, menton sur les genoux, comme elle le faisait dans sa jeunesse. Les bateaux oscillaient sur l'eau de la marée descendante, les flèches noires des grues se détachaient sur un ciel bleu nuit. Des milliers d'images affluaient. Elle se souvenait de ses promenades avec son père : tout enfant déjà, elle se blottissait contre lui sur ces mêmes marches, partageant un cornet de frites tandis qu'il lui désignait les beaux navires à voiles en lui expliquant d'où ils venaient et ce qu'ils transportaient. Plus tard, c'était avec Joe qu'elle s'était rendue là, et le plus vif de ses souvenirs concernait leur dernière rencontre en ces lieux, le soir où il l'avait quittée.

Elle tenta de songer à des temps meilleurs, aux après-midi où ils avaient parlé de leur projet de boutique, au jour où il l'avait embrassée pour la première fois, lui avait dit qu'il l'aimait. Tous ces événements avaient eu lieu ici, au bord du fleuve. Elle ferma les yeux, savourant la caresse de la chaude brise estivale et le doux clapotis de l'eau. Le fleuve l'avait toujours réconfortée ; aujourd'hui encore, il l'apaisait, l'inspirait.

Mais inutile de se complaire dans le passé : elle avait une nouvelle compagnie à diriger, de nouveaux marchés à conquérir. Le lendemain de sa sortie de l'hôpital, elle avait organisé une grande réunion d'information pour ses nouveaux employés. Elle leur avait parlé de KaliThé, et leur avait assuré qu'elle avait l'envergure et le pouvoir financier nécessaires pour relancer la Compagnie Burton – qui prendrait dorénavant le nom de KaliThé-Londres – et la rendre plus rentable que jamais. Ceux qui souhaitaient rester garderaient leur place, et ceux qui voulaient partir par fidélité à William Burton étaient libres de le faire. Personne n'avait bougé.

Il avait également fallu avertir Stuart Bryce. Elle lui avait téléphoné dès qu'elle l'avait pu, après avoir pris possession de la compagnie ; elle l'entendait encore : « Pardon ? Vous dites ? Vous avez acheté quoi ? » Il avait été plus qu'enthousiaste en apprenant qu'ils avaient une nouvelle entreprise à exploiter, avec des bureaux, des entrepôts, des quais de chargement et une plantation aux Indes. Cette acquisition ferait de KaliThé la plus grande compagnie de thé non seulement d'Amérique, mais aussi du monde entier.

Exaltée par cette perspective, elle ôta ses bottines, ses bas, et sauta sur la vase caillouteuse de la grève. Elle marcha un peu, puis se baissa pour ramasser des petites pierres qu'elle lança sur l'eau les unes après les autres de toutes ses forces, aussi vite que possible.

— Votre avis, Alf ? demanda Joe en levant une poignée de grains de café vert pour les faire sentir à son contremaître.

Alf Stevens inspira lentement.

— Bien meilleur que le dernier arrivage ! Pas d'odeur de moisi, couleur saine, grains très lisses. La plantation d'Oscar Sanchez, je dirais, au nord de Bogota.

— Bravo ! s'exclama Joe en tapant dans le dos du vieil homme.

Alf travaillait à l'entrepôt Orient sur les quais de Wapping depuis trente ans, et reconnaissait un café en un clin d'œil.

— Nous avons laissé tomber Marquez, expliqua Joe. Sa dernière cargaison était de trop mauvaise qualité. Les gars de la brûlerie viennent prendre livraison lundi matin.

— Je les attends de pied ferme.

— C'est bien. Rien de nouveau à signaler depuis les événements de l'entrepôt Oliver ?

Il faisait allusion au vandalisme perpétré le jour où William Burton avait été accusé du meurtre de Paddy Finnegan.

— Non... rien de particulier...

— Quoi ? insista Joe en percevant une hésitation.

— Oh, j'ai eu la berlue, sans doute... Mais vous savez, les gars qui se sont occupés de l'entrepôt ont arraché les volets des baies, par endroits, et en rentrant chez moi y a quelques jours, tard le soir, j'ai levé le nez et... Vous allez me prendre pour un vieux fou, mais j'ai vu quelqu'un dans une ouverture. On aurait dit un fantôme. J'ai eu tellement peur que j'ai failli me prendre une gamelle. Quand je me suis rattrapé, il n'y avait plus personne. Si j'y croyais, je dirais que c'était le revenant de Finnegan.

— Ce devait être le veilleur de nuit.

— Sauf qu'il n'y en a plus, depuis les petits dégâts... Je sais ce que vous pensez, mais j'avais pas bu une goutte !

— Je jetterai un coup d'œil tout à l'heure. Je lui donnerai le bonjour de votre part, si je l'aperçois !

Ils finirent de vérifier l'arrivage de café, puis Joe partit, redisant à Alf que le torréfacteur allait envoyer ses hommes le lundi matin. Ce rappel ne plut guère au vieux contremaître ; il grommela que ce n'était pas parce qu'il voyait des apparitions qu'il était devenu gâteux.

En reprenant la grand-rue, Joe leva la tête vers l'entrepôt Oliver. Il ne remarqua rien : les baies ouvertes étaient vides. Des fantômes, maintenant ! Alf abusait un peu du whisky... Tout en inspectant la façade, Joe se demanda pourquoi William Burton n'avait pas fait réparer les volets, et se rappela qu'il n'en avait pas eu le temps avant de se faire déposséder de son entreprise. La propriétaire s'appelait maintenant Fiona Finnegan Soames.

Il essaya de la chasser de son esprit. Cela faisait trop mal de savoir qu'elle était venue à Londres, et que même après dix ans, même veuve, elle ne voulait toujours pas le rencontrer. Il avait appris beaucoup de détails sur elle par les journaux. Il était allé à son hôtel plein d'espoir, car, depuis le soir où Roddy était venu lui demander son aide, il imaginait une réconciliation possible. Si seulement ils avaient l'occasion de s'expliquer ! Si elle acceptait de le laisser parler, d'écouter ses excuses... S'il pouvait lui dire qu'il n'avait jamais cessé de l'aimer... Il aurait tout donné pour qu'elle lui accordât une seconde chance, pour mériter son pardon !

Mais c'était impossible. Il l'avait quittée au pire moment, laissée seule dans les bas-fonds de Whitechapel, abandonnée à l'infâme William Burton et à Bowler Sheehan. Elle avait le cœur noble, mais qui aurait été assez magnanime pour pardonner cela ? Non, c'était trop demander.

Il était encore devant l'entrepôt quand la porte du *Town of Ramsgate* s'ouvrit. Un homme sortit, toucha sa casquette et s'éloigna. Des effluves de pub flottèrent jusqu'à Joe : fumée, bière, nourriture. Il se rendit compte qu'il avait faim. Pourquoi ne pas manger là ? Cela lui changerait les idées.

Il commanda du cabillaud et des frites, et une pinte de bière brune à boire en attendant. La cohue était telle au bar qu'il ne put y rester avec son verre. Pas une table n'était libre. On était vendredi, le soir des ouvriers et des marins. Il demanda à la serveuse s'il y avait des tables à l'étage, mais, dit-elle, c'était encore pire en haut. Elle lui conseilla d'emporter son dîner pour le manger dehors, sur les marches du Vieil Escalier.

Le Vieil Escalier ! Lui qui voulait cesser de penser à Fiona... Il vida son verre et ressortit avec son repas enveloppé dans du papier graisseux. En s'asseyant au milieu des marches, il fut assailli par les souvenirs. Le regard bleu de Fiona, s'éclairant de bonheur lorsqu'il apparaissait. Cette délicieuse odeur de thé qui l'accompagnait quand, après une journée de travail, elle glissait la main dans la sienne... Une immense nostalgie, trop familière, s'empara de lui.

Oublie-la, Joe, disaient-ils tous. Sa mère, Cathy, Jimmy aussi. C'est du passé, repars de zéro.

Mais comment faire ? Il avait connu le plus rare des bonheurs : l'amour, le vrai. Il l'avait tenu, et laissé filer. Que lui restait-il ? Une existence remplie de figurantes, de rêves éteints, de souvenirs malheureux. Il repensa à son entrée chez Peterson, la griserie de l'argent, sa soif de considération. Maintenant, rien de ce qu'il réussissait n'avait de saveur – ni sa notoriété ni sa fortune – comparé au délice perdu de s'asseoir sur ces marches avec la fille qu'il aimait. Ils avaient été heureux, forts de leurs quelques livres gardées dans une boîte de cacao et de leurs rêves.

Il regarda les bateaux se balancer doucement sur leur ancre. La nuit était tombée et la lune jetait des rayons argentés sur l'eau. Le ciel était constellé d'étoiles. Sa préférée, la plus lumineuse, scintillait comme si elle était magique. Il ne l'avait jamais vue aussi brillante. Il baissa les yeux vers le bas des marches. Combien de fois était-il venu là, la trouvant perdue dans ses pensées !

Alf a raison, se dit-il en déballant son dîner, un fantôme hante bien ces lieux. Un esprit solitaire et brisé. Le spectre des vies manquées.

En regardant encore la dernière marche, il remarqua que quelque chose y était posé. Il se pencha pour mieux voir. On aurait dit des bottines noires, avec, à côté, ce qui ressemblait à une paire de bas roulés.

Mon Dieu, songea-t-il, j'espère que ce n'est pas une pauvre fille qui s'est jetée à l'eau. Souvent, les suicidées laissaient leurs chaussures sur le rivage en espérant qu'une nécessiteuse les trouverait et en profiterait. Un bien triste héritage. Il balaya des yeux les berges et, à une vingtaine de mètres sur sa gauche, aperçut dans la lueur de la lune une mince jeune femme aux cheveux noirs, de dos, pieds nus près des piliers du quai. Elle faisait des ricochets, envoyant ses pierres de toutes ses forces sur l'eau. Il fut soulagé.

Tout de même. Il se demanda ce qu'elle faisait ici à cette heure. Ce n'était pas un endroit très sûr pour une femme seule. Il la contempla, fasciné par ses gestes gracieux et puissants. Ses cheveux se détachaient de son chignon, ses jupes traînaient dans la vase. Un oiseau poussa un cri, et elle releva la tête, surprise.

Il bondit, laissant tomber son repas de ses genoux.

— Ce n'est pas possible, murmura-t-il.

Il se faisait des idées. L'illusion venait de ces lieux trop pleins de souvenirs. Son désir et l'obscurité le trompaient. Pourtant, il dut se rendre à l'évidence... Sautant au bas des marches, il avança vers elle, plein d'espoir, le ventre noué. C'était loin d'être la première fois que cela lui arrivait. Trop souvent, il avait arrêté de sveltes inconnues aux cheveux noirs, pour ne rencontrer qu'un regard froid et interrogateur, un regard qui n'était pas, n'était jamais le sien.

Il s'approcha lentement, par peur de l'effrayer, tout en se remémorant la jeune fille qu'il avait vue un jour ainsi, pieds dans la vase, jurer au fleuve qu'elle allait conquérir le monde.

Entendant ses pas sur le gravier, elle se tourna brusquement et se figea, interdite. Alors il entendit ce qu'il rêvait d'entendre depuis dix ans : la voix de Fiona prononçant son nom.

— Joe ? Mon Dieu !... C'est toi ?

Fiona, elle, n'entendait plus rien – ni le rire d'un ivrogne sortant du *Town of Ramsgate* ni la plongée régulière des rames d'une barque dans la Tamise. Elle ne sentait plus rien non plus – ni les vaguelettes sur ses pieds ni le vent léger dans ses jupes. Et elle ne voyait rien, rien – sauf Joe.

— Je ne rêve pas ? demanda-t-elle en lui touchant la joue de ses doigts couverts de vase.

Ce visage, qu'elle connaissait si bien, était semblable et différent à la fois. Quelques rides le marquaient, et la forme en était mieux définie. Ses yeux n'avaient guère changé : ils étaient toujours aussi bleus et aussi beaux, mais tristes à présent. Beaucoup plus tristes.

Il prit son visage entre ses mains, et leur chaleur lui indiqua qu'il était bien réel. Il l'attira à lui et l'embrassa. Alors, il n'y eut plus que l'odeur de la peau de Joe, le goût de sa bouche, son corps qui se pressait contre elle. Il lui sembla que ces dix interminables années de regrets, ces dix années de solitude, de deuil du cœur et du corps s'envolaient en quelques secondes.

Rompant ses digues, un raz-de-marée d'émotions la submergea, la noyant, la broyant dans sa fureur. Elle essaya de s'arracher à Joe mais il la retint par les poignets.

— Non ! Je ne te laisserai plus partir. Plus jamais, tu m'entends ? Tu m'entends !

Il hurlait, et elle se débattait, dans sa rage de ne pouvoir lui échapper. Puis elle s'accrocha à lui, attrapant à pleines mains sa veste, sa chemise, sa peau, sans se soucier de lui faire mal. Elle enfouit son visage contre lui et sanglota, répétant son nom sans fin.

— Ne pars pas, Fiona. Je t'en prie, ne pars pas, murmura-t-il tandis qu'il la serrait dans ses bras comme un fou.

Elle chercha ses lèvres, avide, sachant qu'elle se conduisait mal. C'était de la démence, une faute terrible... Il appartenait à une autre ! Mais elle ne pouvait plus résister. Elle voulait le sentir contre elle, en elle. Elle voulait retrouver cette fusion des âmes qu'ils avaient connue dans le lit étroit de Covent Garden. Et il désirait la même chose, elle le lisait dans ses yeux.

Sans un mot, il la souleva, et la porta entre les piliers de bois qui soutenaient le quai. Quand ils furent assez enfoncés sous les pilotis pour ne plus être visibles, il la coucha sur une vieille bâche. Il s'allongea sur le côté, son corps s'imbriquant au sien, y reprenant sa place de toujours. De nouveau, elle percevait l'odeur de la vase découverte par le reflux, le doux bruit de l'eau, tandis que Joe ouvrait son chemisier, détachait sa camisole. Il effleura sa cicatrice du bout des doigts avec une tristesse mêlée d'indignation. Elle tenta de ramener ses vêtements contre son corps pour le cacher, mais il repoussa sa main, et posa les lèvres sur la trace laissée par le couteau.

Elle lui fit lever le visage, accrocha les bras autour de son cou, et l'embrassa avec sauvagerie, comme pour le dévorer.

— Je t'aime, Fiona. Bon Dieu, je t'aime tant !

Non, elle refusait d'entendre ces mots. Il l'aimait, elle l'aimait, mais il n'y avait toujours aucun espoir pour eux.

— Ne dis rien. Fais-moi l'amour, Joe, je t'en prie, chuchota-t-elle.

Pourtant, il cessa de bouger, se contentant de la manger des yeux. Malgré l'obscurité, sa passion brûlait, violente, terrifiante.

— Dis-moi que tu m'aimes, ordonna-t-il.

— Ne me demande pas cela, c'est injuste.

— Dis-le ! Dis-le !

Elle ferma les yeux.

— Je t'aime, murmura-t-elle d'une voix tremblante. Je n'ai jamais cessé de t'aimer...

Alors, il se déchaîna, jurant inlassablement de son amour tandis qu'elle ne cessait de crier son nom. Mais, quand ils s'immobilisèrent, elle se mit à pleurer. De grands et profonds sanglots la secouèrent tout entière.

— Chut, murmura-t-il. Tout va bien, mon amour, tout va bien, ne pleure pas...

Il roula sur le côté, s'appuya sur un coude et l'attira à lui.

Mais non, rien n'allait ! Elle ne supportait pas l'idée qu'il se lèverait bientôt pour la quitter de nouveau. Elle désirait rester ainsi, dans ses bras. Le vent la fit frissonner, et il la serra plus fort.

— Rentre avec moi ce soir, Fiona.
— Comment veux-tu... ?
— Mais tout simplement, répondit-il en lui embrassant le front.
— Tu es fou !
— Mais pourquoi ?
— Et Millie ? Tu oublies ta femme !
D'abord, il ne comprit pas, puis la lumière se fit.
— Comment, tu ne sais pas ? Tu ne sais pas !
Ce fut au tour de Fiona de s'étonner. Joe se redressa.
— Fiona, Millie et moi, nous avons divorcé il y a dix ans.
— Pardon ?
— Nous nous sommes séparés avant notre premier anniversaire de mariage. Et puis, j'ai essayé de te retrouver. Je suis allé à New York, je t'ai cherchée partout.
— Mais quand ?
— En 89, juste avant ton mariage.
Soudain, la tête lui tournait.
— Mais alors...
Il ramena les côtés de son chemisier sur elle pour lui couvrir la poitrine.
— Nous sommes peut-être allés un peu vite... constata-t-il à mi-voix.

Joe s'adossa au mur de brique de l'entrepôt Oliver qui bordait le Vieil Escalier. Il secoua la tête en riant.
— Pourquoi ris-tu ? demanda Fiona en mangeant une frite salée et vinaigrée.
Elle était assise sur la même marche que lui, et dînait de la nouvelle commande qu'il venait d'aller chercher au pub.
— C'est toi, c'est nous. C'est incroyable !
— Un rêve...
— Un rêve dont on voudrait ne jamais se réveiller.
— C'est vrai.
Il détourna les yeux, gratta une brique qui s'effritait, puis attira soudain Fiona dans ses bras pour l'embrasser. Elle rit, avalant vite sa bouchée, et il la relâcha en riant aussi. Ils se sentaient intimidés ; ils se saisissaient la main, ne pouvaient s'empêcher de se dévisager, mais se relâchaient, rougissants, embarrassés. Si proches, et pourtant si étrangers l'un à l'autre.
Ils se parlaient sur cette marche depuis près d'une heure, depuis qu'il lui avait appris son divorce. Dire qu'il était allé à New York, qu'ils auraient pu se retrouver depuis des années ! En apprenant ce rendez-vous manqué, elle avait éprouvé une grande peine, mais tout

cela s'effaçait, emporté comme des feuilles sur l'eau. Le temps perdu ne reviendrait jamais, mais maintenant ils étaient ensemble, assis l'un près de l'autre au bord de leur fleuve.

Elle lui avait relaté ce qui lui était arrivé, depuis le jour où il l'avait quittée jusqu'à sa visite au cimetière et sa promenade sur les berges, cet après-midi même. Lui aussi avait raconté : le divorce, l'écurie à Covent Garden, la façon dont il avait compris où elle était allée, les débuts de son entreprise, son voyage à New York, les années mortes et solitaires qui avaient suivi. Il n'avait jamais cessé de penser à elle, de l'aimer, avait-il dit, et elle de même. Il y avait eu des larmes, également, des silences contraints. Il n'était pas facile d'aborder certains sujets, d'effacer toute la tristesse, toute la colère.

Et puis, elle avait encore du mal à croire que c'était bien Joe qui se trouvait là, près d'elle – l'homme qu'elle aimait, l'homme qu'elle désirait, son plus vieil ami. Celui qui la connaissait mieux que personne au monde.

Elle le regarda ; il contemplait gravement le fleuve. Depuis quelques secondes, il s'était assombri.

— Que se passe-t-il ? demanda-t-elle, ayant soudain peur qu'il regrettât ; que, finalement, il ne voulût pas d'elle.

— Ce n'est rien, répondit-il en lui saisissant la main. Ou plutôt si...

— Tu regrettes ce qui vient de se passer ?

— Bien sûr que non ! Comment veux-tu que je regrette cela ? Non, j'ai peur que tu ne veuilles pas de moi. Peur que tu partes, que nous ne nous revoyions jamais. Ce que je regrette, c'est ce que j'ai fait il y a dix ans, ici même...

— Joe, n'en parlons plus...

— Si ! C'est très important. Je me le reproche tant, tout le chagrin que je t'ai causé !

— N'y pense plus...

— Il le faut, au contraire. J'ai vécu l'enfer depuis le jour où j'ai remonté ces marches, où je t'ai laissée. Je sais que je t'ai fait du mal, mais toi, tu ne perdais que moi. Moi, j'ai souffert mille fois plus, parce que c'était de toi que je me privais. Depuis ce jour, pas un instant ne s'est écoulé sans que je souhaite être près de toi, sans que tu me manques. Tu ne peux pas imaginer ce que j'ai enduré... (Ses yeux brillaient de larmes.) J'étais enfermé dans un donjon sans chaleur, sans lumière, sans espoir. Je donnerais n'importe quoi pour revenir en arrière, ajouta-t-il en lui reprenant la main. Je t'aime, Fi, de tout mon cœur. Penses-tu que nous pourrions tout recommencer ? Trouverais-tu la force de me pardonner ?

Fiona le regarda dans les yeux, ces yeux qu'elle connaissait si bien, qu'elle aimait tant. Ils étaient pleins d'un immense chagrin. Elle aurait tout fait pour l'apaiser.

— Je t'ai déjà pardonné.

Il la serra dans ses bras un long moment, puis lui redemanda si elle voulait rentrer avec lui. Elle allait accepter, quand des pieds apparurent en haut de l'escalier. Une voix gronda :

— Ah, te voilà ! Petite inconsciente !

C'était Roddy, et il était hors de lui.

— Tu te fiches de moi ? Il est près de dix heures ! Andrew est venu m'avertir au poste que tu étais partie toute seule. Je t'ai attendue à Mayfair pendant des heures. Tu cherches à me faire mourir d'inquiétude ? J'ai cru que Burton t'avait tuée !

— Je me suis simplement promenée le long de l'eau...

— ... et tu es tombée sur un obsédé sexuel, marmonna Joe.

Fiona s'étrangla de rire. Elle avait oublié cet humour à l'emporte-pièce qui le rendait si séduisant.

— Ce n'est pas drôle ! hurla Roddy. Je t'ai répété cent fois que c'était trop dangereux pour toi de sortir seule.

— Tu as raison, ce n'est pas drôle du tout, répondit Fiona en comprimant les lèvres pour se contenir. Je suis désolée, oncle Roddy. Je ne voulais pas te faire peur. Tout va bien, comme tu vois. J'ai fait un tour dans Whitechapel, j'ai marché jusqu'ici, et puis j'ai rencontré Joe et nous avons oublié l'heure.

— C'est bien ce que j'ai vu !

— Viens t'asseoir près de nous. Avec Joe, j'étais en sécurité.

— Évidemment, si tu lui fais confiance... grommela-t-il en jetant un regard courroucé au jeune homme.

Toujours fâché, Roddy descendit les marches et s'assit près d'eux. Fiona lui proposa les restes de son repas. Il mangea une frite, puis une autre, et termina le poisson.

— Je meurs de faim ! Je n'ai pas dîné. J'étais sur le point de mobiliser toutes les brigades de la ville !

— Je vais te chercher à dîner, je reviens !

Fiona se leva et grimpa les marches pour aller au pub, saisissant ce prétexte pour échapper à d'autres reproches.

Dès qu'elle eut disparu, Joe et Roddy se regardèrent, puis détournèrent les yeux pour les fixer sur les eaux noires.

— Alors, comme ça, elle est repartie à New York... commenta Joe.

— Je te jure que si je la vois verser une seule larme à cause de toi, une seule !...

— Cela n'arrivera pas.

Il y eut une minute de silence.

— Elle est folle. Et toi aussi. Ne serait-ce que parce que avec tout votre fric, vous mangez des frites au bord de ce fleuve pourri, alors que vous pourriez vous payer un gueuleton dans un bon restaurant.

81

Roddy poussa du pied le cadavre ensanglanté de Bowler Sheehan, qui gisait dans la cour de promenade de la prison de Newgate. Un rasoir de barbier ouvert était tombé à côté de lui.

— Personne n'a avoué, j'imagine ? demanda-t-il au gardien.

— Non. Ils disent qu'il s'est fait ça tout seul, sergent, répliqua l'homme.

— Bien entendu. Et les autres gardiens ?

— Personne n'a rien vu.

Bravo ! songea Roddy. Comme si je n'avais pas déjà assez de soucis ! Il s'agenouilla et examina rapidement l'entaille à la gorge de Sheehan. Pourquoi le tuer ? Les bagarres entre détenus étaient fréquentes, mais allaient rarement aussi loin. On ne prenait pas ce genre de risques sans être grassement payé. Quelqu'un avait donné de l'argent à un prisonnier ou à un gardien pour lui faire la peau.

Il gagna le bureau du gardien-chef pour le remercier de l'avoir averti du décès. Il y rencontra Alvin Donaldson, l'inspecteur de la Cité chargé de l'affaire Burton.

— Vous pensez, j'en suis sûr, que Burton est derrière ce meurtre, lança Donaldson en le raccompagnant.

— Ça m'avait traversé l'esprit.

— Vous êtes bien têtu, O'Meara. Il a pris la fuite, nous en sommes sûrs. Nous travaillons en étroite collaboration avec les Français, et nous leur avons envoyé des photographies. On va finir par le prendre, ce n'est qu'une question de temps.

— Ce n'est pas parce qu'il n'est ni chez lui ni à Mincing Lane qu'il a filé sur le continent.

Roddy n'aimait pas la suffisance de Donaldson, et il le trouvait trop sûr de lui.

— Où serait-il allé ? riposta l'inspecteur. Il y a une récompense pour sa capture. Votre Mme Soames l'a même fait monter à mille livres. Imaginons qu'il soit terré en Angleterre... N'importe qui le livrerait sans hésitation, pour une somme pareille ! (Roddy ne répondit pas.) Vous savez très bien que j'ai raison. Vous perdez votre temps. Si vous voulez mon avis, c'est Sid Malone qui a tué Sheehan. Il paraît qu'il voulait lui faire payer le meurtre de Quinn.

— Je l'avais aussi entendu dire.

— Ah, je dois vous avertir que je vais enlever la garde devant chez Mme Soames.

— Mais pourquoi ? s'indigna Roddy.

— La hiérarchie est sûre que Burton est parti, et s'il est parti, on ne va pas gaspiller du personnel à protéger Mme Soames pour rien.

— Et si vous vous trompez ?

Davidson eut un sourire.

— Nous ne nous trompons pas, répliqua-t-il avant de quitter le hall de la prison, y laissant son interlocuteur furieux.

Roddy prit le temps de parcourir le registre des visites, espérant qu'un nom attirerait son attention. Mais il ne fallait pas trop y compter. Quand on était assez malin pour réussir à faire liquider un homme en prison, on pensait à signer le registre d'un faux nom.

Sur le chemin du retour, il réfléchit à sa conversation avec Donaldson. Son intuition lui soufflait que Burton était bien responsable du meurtre, mais s'il se trompait vraiment ? Peut-être refusait-il d'admettre que Burton était passé sur le continent parce que, dans ce cas, il n'y aurait plus beaucoup de chance de l'arrêter ? Peut-être était-il temps de s'en faire une raison, pourtant ?

Il apprendrait la nouvelle à Fiona plus tard. Elle voudrait savoir qui avait fait le coup. Il lui dirait que c'était sans doute Sid Malone.

82

Joe but une gorgée de vin en admirant la femme nue qui sommeillait près de lui. Elle dormait sur le côté, ses cheveux noirs étalés sur l'oreiller blanc. Un drap la couvrait presque entièrement, ne laissant paraître qu'un bras charmant et une jambe longue et sublime. Il n'avait jamais vu pareille beauté.

Il venait de lui faire l'amour, chez lui, dans son lit, devant une flambée qui jetait des lueurs ambrées sur sa peau. Après, elle n'avait pas pleuré, comme elle l'avait fait près du fleuve, et tant mieux. Il ne voulait plus jamais voir ses larmes. Elle s'était lovée dans les draps, rose et souriante, avait poussé un adorable soupir et fermé les yeux.

Une semaine s'était écoulée depuis le samedi de leurs retrouvailles au bord de la Tamise. Une semaine de bonheur. Il n'y croyait toujours pas. Tous les matins au réveil, une peur panique le prenait d'avoir rêvé cette première soirée et la merveilleuse journée qui l'avait suivie. Mais il se tournait dans le lit, et la trouvait près de lui. Il la prenait alors dans ses bras pour se rassurer, étouffant par des baisers ses protestations endormies.

Il l'embrassa dans le cou. Elle avait encore les cheveux humides. Un peu plus tôt, ils avaient été surpris par une averse tandis qu'ils se promenaient dans ses vergers, au bord du fleuve. Ils avaient couru pour rentrer, poussant des cris, éclatant de rire, et étaient arrivés trempés.

Il était vite allé chercher une bonne bouteille de bordeaux à la cave, puis ils étaient montés dans la chambre. Là, il avait allumé le feu, et lui avait versé un verre pour l'aider à se réchauffer. Ils avaient commencé à se sécher devant la cheminée, mais il n'avait pas tenu plus d'une minute avant de la déshabiller et de la faire allonger sur le lit. Il ne se lassait pas d'elle, ne se rassasiait pas de son corps magnifique, prenant son temps, à présent. Dans ses bras, les yeux dans les siens, il avait l'impression de ne l'avoir jamais quittée. Maintenant qu'elle lui pardonnait, qu'elle l'aimait et disait vouloir vivre avec lui, sa tristesse, cette compagne trop fidèle, l'avait enfin quitté, laissant place à une joie extraordinaire.

La pluie frappait contre les carreaux. Dehors, les branches battaient dans la tourmente. Le vent pouvait bien souffler, ils étaient tous deux au chaud dans la chambre. Il remonta le drap sur les épaules de Fiona, se leva et enfila son peignoir.

— Reviens, murmura-t-elle.

— Je vais juste remettre une bûche.

Il en mit deux, attisa le feu, remplit leurs verres puis alla fouiller dans la commode. Il avait un cadeau pour elle, qu'il était très impatient de lui donner. C'était sans doute trop tôt, mais comment attendre quand on est amoureux ?

Il retourna se coucher, posant l'objet sur la table de nuit.

— Qu'est-ce que c'est ?

— Regarde.

Elle s'assit, s'enveloppant dans le drap, et ouvrit le petit écrin de cuir rouge portant sur le couvercle les mots *Lalique, Paris.*

— Mon morceau de verre bleu ! s'écria-t-elle.

Quel changement, depuis le jour où Joe l'avait tiré de la vase ! Il l'avait envoyé à Paris pour le faire monter en bague par le célèbre bijoutier René Lalique, qui avait conçu une monture de roseaux entrelacés de nénuphars.

— Mais comment... ?

Il lui parla du détective privé qu'il avait engagé pour la retrouver et de leur transaction avec le prêteur sur gages.

— Qu'elle est belle ! Regarde comme le verre reflète la lumière...

— C'est que ce n'est pas du verre, Fi. C'est un scarabée ancien, taillé dans un saphir.

— Tu plaisantes, souffla-t-elle.

— Pas du tout. (Il lui prit la bague des mains.) Je l'ai fait monter dès que j'ai pu me le permettre, et je l'ai mise de côté, espérant que je pourrais te la donner moi-même. Une semaine après avoir reçu ton morceau de verre, le bijoutier m'a téléphoné pour m'apprendre qu'il s'agissait d'un saphir. Il a une immense valeur. Tu l'as vendu beaucoup trop bon marché ! C'est drôle... Parfois, on détient un bijou magnifique et on le laisse échapper, par ignorance.

Fiona l'embrassa.

— N'y pense plus. Ne pensons qu'aux nouveaux souvenirs que nous allons nous forger.

Il lui glissa la bague sur le doigt.

— Eh bien, voici le premier d'entre eux.

— Dis-moi, Joe... lança-t-elle avec un sourire espiègle, est-ce une bague de fiançailles ?

— Cela dépendra de toi ! Ferais-tu une bonne épouse ? Sais-tu cuisiner ?

— Non.

— Repasser ?

— Non plus.

— Alors, quoi ?

— Viens, je vais te montrer...

— Encore ? Tu es insatiable ! J'avais bien entendu dire que les femmes d'âge mûr étaient très portées sur la chose...

— Les femmes d'âge mûr ! Répète si tu l'oses !

Elle l'attira à elle et lui fit l'amour. Puis, tandis que le feu s'éteignait et qu'ils s'endormaient dans les bras l'un de l'autre, Joe sourit, espérant qu'elle disait vrai, qu'ils oublieraient leurs mauvais souvenirs et s'en fabriqueraient d'autres. Rien ne devait plus les séparer. Leur terrible passé devait cesser de les hanter. Seul l'avenir comptait, à présent. Un avenir qu'ils construiraient, enfin, ensemble.

83

— Bobby Devlin, dit Roddy en levant le nez de ses papiers pour accueillir le visiteur qui se présentait à la porte de son bureau. Que me vaut le plaisir ?

— Épargnez-vous le blabla, répliqua Devlin en jetant un numéro du *Clarion* sur la table. Voici l'édition de demain.

Roddy s'étira et regarda sa montre. Quinze heures. Déjà si tard ? Il travaillait depuis neuf heures, profitant du samedi pour rattraper les dossiers en retard.

— Alors ! s'exclama-t-il en faisant signe à Devlin de s'asseoir. Vous jouez les livreurs, maintenant ?

— J'ai pensé que ça vous intéresserait. Cela concerne votre homme, Burton. Je crois que vous n'allez pas le revoir de sitôt.

Roddy se jeta sur la première page. WILLIAM BURTON EN FUITE À L'ÉTRANGER. Et ensuite : UNE PROCHE PARENTE FAIT DES RÉVÉLATIONS. L'article était de Devlin lui-même. Il avait déniché une vieille tante célibataire de quatre-vingts ans du nom de Sarah Burtt. Elle vivait dans un confortable appartement de Kensington et avait accepté de parler au rédacteur en chef du *Clarion*, car, selon l'article, elle voulait défendre l'honneur de son neveu.

Dans son interview, elle donnait une nouvelle version du passé de Burton. Elle l'avait élevé, en effet, mais pas parce que sa mère était morte. William et son frère Frederick, âgés respectivement de cinq et trois ans, avaient été abandonnés. Leur mère les avait laissés dans une chambre de garni, sans rien à manger et sans argent, les menaçant de les battre s'ils faisaient du bruit. C'était donc en silence qu'ils avaient attendu son retour, sept longues journées, avant que l'odeur n'alertât les voisins, trop tard pour Frederick. On avait enfoncé la porte et trouvé William près du corps en décomposition de son petit frère, délirant et mourant de faim, répétant qu'il avait peur des rats. On avait alors remarqué que le pied droit de Frederick avait été dévoré.

Devlin avait voulu savoir pourquoi la mère avait abandonné ses fils, et si son salaire de couturière ne lui suffisait pas ; Sarah Burtt avait répondu que sa sœur Allison n'était pas restée couturière longtemps avant de tomber dans la prostitution. Elle était violente, buvait et battait ses enfants. Leur famille l'avait chassée avant la naissance des garçons.

Devlin avait alors questionné la vieille demoiselle sur le père de Burton. Avait-il réellement été capitaine au long cours, perdu en mer ? « Pourquoi pas... mais boucher, ou boulanger, tout aussi bien. » Personne ne savait en fait qui était le père, sans doute même pas la mère. Mais, avait-elle ajouté, rien de tout cela n'avait d'importance, car William avait toujours été charmant. Il avait été premier en classe, avait travaillé dur très jeune dans une épicerie de Camden Town, le quartier où ils vivaient. Il avait quitté l'école à quatorze ans, et, à dix-sept, avait racheté avec ses économies l'épicerie au propriétaire qui prenait sa retraite. Cette boutique était à l'origine de l'empire Burton.

Devlin avait poursuivi en demandant si la mère de Burton avait été recherchée, et suggéré qu'elle vivait peut-être encore à Camden Town. Non, avait répondu Sarah Burtt, les événements s'étaient produits à Whitechapel, dans une impasse nommée Adams Court, donnant dans Varden Street. « Vous reconnaîtrez peut-être le nom, avait-elle ajouté. C'est là que les derniers meurtres de Jack l'Éventreur ont eu lieu. Un endroit sordide. »

— Ce n'est pas possible ! s'exclama Roddy. Burton a vécu à Adams Court !

— Il a beaucoup menti sur son enfance.

Roddy reprit sa lecture, passant rapidement sur le changement de nom de Burtt en Burton, pour faire plus respectable, et parvint à la conclusion. Devlin avait prié la vieille dame de lui dire en toute franchise si elle avait revu son neveu au cours du dernier mois.

Non, avait-elle affirmé, mais elle avait reçu une lettre de lui deux semaines plus tôt, lui annonçant qu'il partait à l'étranger, sans préciser le pays. Elle s'inquiétait pour lui. C'était un bon garçon, et elle se refusait à croire qu'il avait donné un coup de couteau à Mme Soames et fait assassiner un docker. L'interview se terminait par un appel de la tante à son neveu, le suppliant de rentrer à Londres pour se défendre et lever les soupçons qui pesaient sur lui.

— Il fait l'objet de la plus grande chasse à l'homme de toute l'histoire de Londres, et il glisse entre les mailles du filet, commenta

Devlin. Il pourrait être n'importe où. Il doit s'être déguisé, avoir changé de nom. C'est un homme très intelligent.

— Oui, intelligent, mais il n'est pas à l'étranger, riposta Roddy.

Des picotements lui couraient dans la nuque, le long des bras, jusqu'à la moelle des os. Son sixième sens, qu'il étouffait depuis sa conversation avec Donaldson, se réveillait en fanfare.

— Où voulez-vous en venir ? interrogea Devlin.

— C'est un peu trop facile : la vieille tante gâteuse, la lettre. Je n'y crois pas.

— Burton aurait combiné tout cela pour nous tromper ?

— Fort probable. Il devait savoir qu'un jour ou l'autre la police ou la presse découvriraient l'existence de Sarah Burtt. Il lui a envoyé cette lettre pour nous tromper. Et s'il tient tant à nous faire croire qu'il est à l'étranger, c'est qu'il est ici. Il se planque et attend son heure. Ce prétentieux de Donaldson fait fausse route, j'en étais sûr !

Roddy se leva et enfila sa veste. Ce n'était plus une intuition, mais une certitude. Il fallait vite avertir Fiona, qui sortait beaucoup depuis que sa blessure était guérie et qu'elle avait retrouvé Joe. Il l'exhorterait de nouveau à la prudence, lui ordonnerait de ne pas congédier Andrew, comme elle en avait l'intention. Ce serait de la folie.

— Où courez-vous comme ça ?

— Chez Fiona. Je vais lui montrer votre article. Elle aussi est persuadée que Burton n'est plus à Londres. D'après elle, ce serait trop dangereux pour lui, et il n'aurait plus rien à faire ici maintenant qu'il ne peut plus aller chez lui et qu'il a perdu son entreprise. Mais elle se trompe. Il a une excellente raison de rester : elle.

Dans le pub où il noyait sa mauvaise conscience depuis dix ans, Davey O'Neill attendait au bar d'être servi. La main dans sa poche, il sentait sous ses doigts un billet de cinquante livres tout neuf. Une somme qui suffirait à envoyer sa fille, à présent âgée de onze ans et toujours de santé fragile, dans un sanatorium à Bath pendant une année entière. En échange, on lui avait confié une nouvelle tâche qui lui répugnait autant que les précédentes. S'il avait pu ne jamais avoir eu affaire à ce monstre !

Davey laissa le billet dans sa poche, commanda une pinte et la but d'une traite. Tant pis, après tout, il avait simplement dû rédiger un message et le porter. Cela ne le concernait pas. Et puis, ce serait la dernière fois. Burton allait partir. Il en avait fini avec lui. Il était libre.

Libre ? se moqua la voix intérieure qui le tourmentait. Tu ne seras jamais libre. Tu as vendu ton âme au diable. Et tu l'as vendue, elle, pour un peu d'argent, comme Judas. Mais Judas, lui, a eu la bonne idée de se pendre.

Il s'aperçut dans le miroir derrière le bar. Il avait les joues creuses, la peau ridée, les cheveux gris à trente-quatre ans.

Il se frotta les yeux, n'en pouvant plus. Il lui avait fallu plusieurs jours pour trouver l'adresse de Fiona Finnegan. Il l'avait filée, deux fois depuis l'entrepôt Oliver et deux fois depuis Mincing Lane, mais avait perdu sa trace dans la circulation avant qu'elle n'arrivât à destination. La cinquième fois avait été la bonne. Le cocher de son fiacre avait réussi à suivre la voiture jusqu'à Mayfair. Il l'avait vue entrer dans Grosvenor Square, au numéro 16. Ensuite, il ne lui était plus resté qu'à chercher l'adresse de Joseph Bristow à Covent Garden, et à découvrir le nom de l'entrepôt où il recevait ses marchandises.

C'est pour la tuer, tu le sais...

Mais ce n'est qu'une lettre. Ça ne tue pas, une lettre !

Si, c'était son arrêt de mort. Tu auras son sang sur les mains.

Je l'ai fait pour Lizzie. Tout ce que j'ai fait, c'était pour Lizzie.

Tu irais jusqu'à tuer pour elle ?

— Je n'ai tué personne ! s'exclama-t-il à voix haute.

Tu n'as rien fait pour les empêcher de tuer son père, et tu recommences avec elle.

— Non ! cria-t-il en abattant le poing sur le bar.

— Davey, mon gars, intervint le patron. Ça ne va pas ?

— Si... Merci, Pete. Voilà pour la bière, ajouta-t-il en jetant une pièce sur le zinc, je suis pressé.

Dès qu'il fut sorti du pub, il se mit à courir, dévoré de culpabilité. Il ne pouvait pas finir ses jours à regretter cette nouvelle infamie. Une chance de stopper la machination de Burton subsistait, même si elle était très faible, et il était maintenant résolu à la saisir.

Le fiacre ralentit au coin de Southampton Street et de Tavistock Street. Davey jeta de l'argent au cocher et sauta avant l'arrêt complet. On lui avait ordonné d'indiquer, sur la lettre qu'il avait envoyée à Mme Soames, le nom de Joseph Bristow comme expéditeur : *J. Bristow, 4 Tavistock Street, Covent Garden*. Il avait donc décidé d'aller trouver Bristow, de lui avouer qu'il avait usurpé son nom, et de lui révéler qui l'avait payé pour le faire. Peut-être saurait-il comment sauver Fiona.

Il courut les quelques mètres qui le séparaient du numéro 4, lut sur la plaque : *Bristow de Covent Garden, fruits et légumes en gros.*

Joseph et James Bristow, propriétaires. Il essaya d'ouvrir, mais la porte était close.

— Monsieur Bristow ! appela-t-il. Ouvrez !

Pas de réponse. On était samedi, tard dans l'après-midi, et beaucoup d'entreprises étaient fermées. N'empêche, il y avait peut-être du monde à l'intérieur, un gardien, un commis, quelqu'un pour lui indiquer où joindre Joseph Bristow.

— Monsieur O'Neill, dit quelqu'un à voix basse dans son dos.

Davey fit volte-face, s'attendant à trouver William Burton, son horrible regard noir fixé sur lui. Ce n'était pas Burton, mais un jeune gaillard avec une cicatrice au menton, portant une casquette et un mouchoir rouge autour du cou. Un autre garçon à l'air louche se tenait à côté de lui.

— Toi, tu viens avec nous.

— Vous me voulez quoi ?

— Allez, grouille, ordonna le second gars.

— Laissez-moi, il faut que je parle à M. Bristow, bégaya Davey.

Il tenta de s'enfuir, mais le garçon à la cicatrice le plaqua contre le mur.

— Attention, recommence pas, ou tu le regretteras !

— Lâchez-moi ! hurla Davey en se débattant.

— D'abord, on a quelques questions à te poser.

Ils le traînèrent vers une voiture qui attendait.

— Non ! Je ne veux plus voir Burton ! Il a promis que c'était fini ! On a conclu un marché !

Un des malfrats lui tordit le bras dans le dos et le poussa dans la voiture

— On travaille pas pour William Burton, pauv' couillon. Mais quand on aura fini, tu regretteras que ça soit pas lui, j'te l'dis.

— Aïe ! Mon bras ! Mais pourquoi ? Qui vous envoie ?

— L'patron. Sid Malone.

Joe monta les marches du 16 Grovesnor Square, un bouquet de roses rouges à la main. Il sonna, s'attendant à voir Mme Merton, la gouvernante. À la place, ce fut un grand moustachu qui lui ouvrit.

— Joe ? Mais qu'est-ce que tu fiches ici ? s'étonna Roddy.

— Merci pour l'accueil ! Je viens chercher Fiona.

— Mais elle est allée te rejoindre à l'entrepôt Oliver !

Joe posa ses fleurs sur la table de l'entrée.

— Je ne comprends pas... Nous n'avions pas rendez-vous. J'ai terminé mon travail plus tôt que prévu, et je suis passé à tout hasard pour voir si elle n'aurait pas envie de souper, puis de rester à Greenwich avec moi.

— Attends... Je viens d'arriver, et Mme Merton m'a assuré que Fiona était partie te retrouver. Tu lui as envoyé un mot pour lui parler d'une cargaison de thé, je crois.

— Je ne lui ai rien envoyé du tout ! affirma Joe avec une légère inquiétude.

— Je n'ai peut-être pas bien compris... Madame Merton ! Pouvez-vous venir une seconde ?

On entendit claquer le pas de la gouvernante.

— Oui, que se passe-t-il ? demanda-t-elle en arrivant.

— Mme Soames est bien allée à l'entrepôt Oliver après avoir reçu un mot de M. Bristow ?

— C'est cela. Elle a dit qu'elle ne s'absentait pas longtemps et qu'elle reviendrait sans doute avec monsieur.

— Mais je ne lui ai pas envoyé de mot ! insista Joe, sentant monter l'angoisse.

— Je sais quand même ce que m'a dit madame, protesta la gouvernante.

— Et ce mot, l'a-t-elle emporté ou est-il encore ici ?

— Je ne sais pas, maugréa Mme Merton en regardant le courrier empilé sur le guéridon.

Comme la lettre n'y était pas, elle tira la corbeille à papier laquée de sous la table et la renversa par terre.

— Ah, voilà, déclara-t-elle en récupérant une enveloppe froissée.

Joe en sortit la lettre et la lissa. Au dos de l'enveloppe, il y avait l'adresse de son bureau. Le tout était dactylographié. L'auteur de la missive annonçait l'arrivée d'une grosse cargaison de thé à l'entrepôt Orient, où Joe déchargeait habituellement... Prétextant le manque de place, il demandait à Fiona d'en accueillir une partie à l'entrepôt Oliver, et de l'y retrouver à dix-huit heures. Il s'excusait d'avoir dicté le mot à sa secrétaire, mais il n'avait pas le temps d'écrire lui-même. Voyant son propre nom en signature, également dactylographié, Joe se mit à trembler.

— Bon Dieu, Roddy... c'est Burton ! Il l'a attirée à l'entrepôt Oliver ! Elle est tombée dans un piège !

Ils se précipitèrent dans la rue, appelant à grands cris le cocher de Joe.

Andrew Taylor poussa un soupir de découragement.

— Le sergent m'a ordonné de ne pas vous quitter !

— Andrew, je ne fais qu'entrer dans l'entrepôt une minute avant vous, répliqua Fiona. M. Bristow m'attend, et le contremaître doit être là.

— Attendez que j'attache les chevaux, madame, je n'en ai pas pour longtemps.

— Mais enfin, c'est trop bête ! La porte est à trois mètres ! Regardez, elle est grande ouverte ! Finissez et rejoignez-moi.

Elle en avait assez d'être couvée, c'était excessif ! Burton était en fuite, Sheehan mort. Donaldson avait même retiré la surveillance devant chez elle. Mais, à cause de Roddy, partout où elle allait, Andrew la suivait, que ce fût pour prendre le thé chez Fortnum & Mason ou pour acheter une robe et de jolis dessous chez Harrods. Comme si Burton allait surgir de derrière une pile de lingerie !

Triturant son magnifique scarabée avec irritation, elle partit vers l'entrepôt. Mais son courroux ne dura pas. Elle était trop heureuse pour rester de mauvaise humeur. Ce qui s'était passé au cours des dernières semaines lui semblait parfois si incroyable qu'elle tâchait de ne pas trop se poser de questions. Elle préférait profiter simplement de l'amour de Joe et savourer son bonheur retrouvé.

Elle regarda sa bague. Elle avait taquiné Joe le jour où il la lui avait donnée, mais la plaisanterie était devenue réalité : ils allaient se marier dans quinze jours. Et elle riait encore en songeant aux circonstances de leurs fiançailles.

Une semaine plus tôt, ils avaient rendu visite aux parents de Joe. Fiona avait tellement hâte de les revoir qu'elle avait eu le plus grand mal à patienter pendant le trajet. Au 4 Montague Street, Rose avait couru à la porte pour les accueillir. Les deux femmes s'étaient jetées dans les bras l'une de l'autre en pleurant. La délicieuse odeur de Rose – mélange de savon à la lavande, de pommes de terre au four, de compote de pommes à la cannelle et de thé noir – avait rappelé à Fiona son enfance. Dans ses bras, doux et forts, elle avait retrouvé un peu sa mère. Puis Rose l'avait emmenée saluer Peter et le reste de la famille. Elle avait revu le grand-père de Joe et fait la connaissance de la femme de Jimmy, Meg, qui attendait leur premier enfant, ainsi que de Tom, le mari d'Ellen, et de leurs trois enfants. Enfin, elle avait retrouvé Cathy qui baissait le nez.

— Je te demande pardon de ne pas lui avoir donné la carte, avait dit cette dernière avec gêne. Tu ne m'en veux pas trop ?

— Non, sans rancune, avait répondu Fiona en lui prenant la main.

— Quelle jolie bague ! s'était exclamée Cathy en admirant le scarabée.

— C'est Joe qui me l'a donnée, avait expliqué Fiona sans réfléchir.

— Vous ètes fiancés, alors ?

Fiona n'avait su que répondre. Ils n'avaient fait que plaisanter, le soir où il la lui avait offerte.

— On ne pose pas ce genre de questions, Cathy, voyons ! avait protesté Ellen.

— Pourquoi ? Il lui a donné une bague, et il se meurt d'amour pour elle depuis des lustres. C'est évident qu'il veut l'épouser.

Peter avait soupiré en levant les yeux au ciel.

— Cathy ! s'était indigné sa mère. Quelle petite mêle-tout ! J'ai honte de toi...

— Tu vas lui dire oui ? s'était-elle ensuite enquise gentiment en se tournant vers Fiona.

— Mais... avait bégayé Fiona. Il ne me l'a pas demandé...

— Bien sûr qu'il veut t'épouser. Tu vas accepter, j'espère, ma chérie, avait insisté Rose avec anxiété.

Fiona était devenue écarlate, puis avait souri.

— Si cela te fait plaisir, Rose, bien sûr.

Poussant un cri de joie, Rose l'avait serrée sur son cœur.

— Tu as entendu, Joe ? Elle a dit oui !

— Euh... Oui, maman, j'ai entendu. Merci, maman. Je n'avais pas du tout envie de le lui demander moi-même, bien sûr !

Le temps de passer à table, et tout était déjà réglé : ils attendraient trois semaines pour se marier, afin de laisser à Rose le temps d'inviter la famille et les amis, et d'organiser un beau repas de mariage. Fiona, pendant tout ce temps, avait lancé des regards éperdus à Joe pour le supplier de changer de sujet, mais il avait répondu par des sourires impuissants, incapable de résister à sa mère et à ses sœurs.

À ce souvenir, elle souriait encore en entrant dans l'entrepôt. Elle passa devant l'escalier qui menait aux étages supérieurs, et avança dans le grand espace du rez-de-chaussée. Il faisait beaucoup plus sombre à l'intérieur que dehors, et des caisses de thé en provenance de la plantation indienne s'empilaient partout. Elle nota aussi que les volets arrachés par les hommes de Peter Miller avaient été remplacés.

— Joe ? Monsieur Curran ?

Pas de réponse. L'entrepôt était très silencieux, tout comme la rue, déserte en cet après-midi de congé pour les dockers.

— Il n'y a personne ?

Ils étaient peut-être en haut. Elle allait se diriger vers l'escalier quand elle remarqua une lumière dans le bureau du contremaître, tout au bout, sur le côté de l'entrepôt qui longeait le fleuve. Ils devaient être là-bas et ne l'avaient pas entendue.

Elle se faufila entre les caisses et arriva à la porte qui était entrouverte.

— Monsieur Curran ? Vous êtes là ?

Elle le vit sur sa chaise, dos tourné.

— Ah, vous voilà ! M. Bristow est-il arrivé ?

Mais Curran ne lui répondit pas. Il avait la tête inclinée, comme s'il dormait.

— Monsieur Curran ?

Elle lui posa la main sur l'épaule et le secoua doucement.

Sa tête roula sur le côté, puis en arrière. Trop en arrière. Il y avait du sang sur sa chemise, du sang sur son sous-main, sur sa machine à écrire. On lui avait tranché la gorge.

— Mon Dieu... non... non... gémit-elle en reculant.

Elle se cogna à la porte, incapable de détacher les yeux de cette terrible vision. Puis elle pivota sur ses talons et s'enfuit en courant.

— Joe ! hurla-t-elle avec terreur.

Soudain retombée dans l'obscurité, elle ne voyait plus rien. Elle se cogna dans une caisse et poussa un cri de douleur.

— Joe ! hurla-t-elle de nouveau, en pleine panique. Joe ! À l'aide !

Toujours aucune réponse.

Elle avança vers la porte de la rue aussi vite que sa jambe meurtrie le lui permettait.

— Joe ! Andrew ! Il n'y a personne ?

À dix mètres de la porte, elle entendit des pas. Lents, mesurés.

— Mon Dieu, merci, sanglota-t-elle. Joe, M. Curran est mort !

Mais la silhouette qui avançait vers elle dans la pénombre n'était pas celle de Joe.

Fiona ferma les paupières. Non, ce n'est pas possible, pensa-t-elle. Ce n'est pas possible. C'est un cauchemar !

Malade de peur, elle rouvrit les yeux, et se trouva face au regard haineux et dément de l'homme en noir.

— Joe ! Au secours !

— Il n'est pas là, répliqua William Burton en s'approchant encore, les bras le long du corps. C'est moi qui vous ai envoyé la lettre. Il n'y a personne d'autre.

Elle essaya de comprendre : Joe n'était pas là, elle était seule... Mais non, il se trompait.

— Andrew ! appela-t-elle. Au secours, vite !

— Il ne vous entend pas.

Il tendit la main droite vers elle, et elle aperçut son couteau, avec la lame couverte de sang.

— Non ! Andrew !

Il était mort. Pour avoir voulu la protéger.

— Monstre ! cria-t-elle, prise de fureur. Espèce d'ordure, assassin !

Il se contenta de sourire, sans cesser d'approcher pendant qu'elle l'invectivait.

Sauve-toi ! pensa-t-elle. Elle contourna une caisse de thé, tentant d'évaluer la distance qui la séparait de la porte. Si elle parvenait à sortir et à gagner le *Town of Ramsgate* qui était tout proche, elle serait sauvée.

Suivant la direction de son regard, Burton fit un pas de côté pour mieux lui permettre de voir.

— J'ai fermé à clé. Vous pouvez toujours essayer de monter, si vous pensez réussir à atteindre l'escalier avant que je ne vous attrape. Mais à quoi bon ? Cela ne vous aiderait pas à sortir et ne ferait que prolonger l'attente.

Elle jeta un coup d'œil affolé autour d'elle. Des murs de brique l'entouraient de toutes parts. Mais au fond, à gauche, il y avait le bureau de Curran. L'espoir la reprit. Elle allait s'y réfugier et s'enfermer à l'intérieur. Burton ne parviendrait pas à enfoncer la lourde porte de chêne. Malheureusement, devinant son idée, il se plaça de façon à lui bloquer le chemin.

Le mur de la rivière était percé par les baies de chargement ; mais les volets étaient fermés et cadenassés. Le mur de droite, quant à lui, était aveugle : on n'y remarquait ni baies ni fenêtres, rien qu'un grappin de docker accroché à un piton et quelques râteaux à thé appuyés à la brique. Burton avançait toujours, obligeant Fiona à reculer dans cette direction, plus loin, toujours plus loin. Soudain, son talon cogna la surface dure de la paroi et elle sentit un choc à l'épaule. Elle était acculée tel un animal traqué, et un objet pointu lui rentrait dans le dos...

Le grappin !

Elle se garda bien de changer d'expression. Ne montrant rien de ses intentions, elle glissa le bras derrière elle et entreprit d'y chercher l'instrument.

Burton n'était plus qu'à dix mètres.

— Je vais vous trancher la gorge et vous regarder mourir, madame Soames. Ensuite, je mettrai le feu, et vous partirez en fumée.

— Vous ne vous en tirerez pas comme ça. On vous retrouvera, répliqua-t-elle, tâchant de ne pas laisser percer ses efforts dans sa voix.

Ses muscles étaient tendus à l'extrême, et lui faisaient un mal insupportable. Où donc était ce grappin ? Elle crut que son bras allait se démettre, puis, enfin, le métal fut sous ses doigts. Doucement, doucement... ne le laisse pas tomber... Si tu lâches, tu es perdue.

— On ne me retrouvera pas. J'aurai pris un bateau pour Calais dans une heure.

Neuf mètres, huit.

— Vous a-t-on dit que, lorsqu'il est tombé, votre père est resté une heure les jambes brisées, tout ensanglanté, avant qu'on entende ses cris ?

Un instant, Fiona perdit courage et faillit s'effondrer. Ne l'écoute pas, se dit-elle, ne l'écoute pas ! Elle réussit à soulever le grappin pour le descendre du piton, puis le fit tourner et attrapa le manche en bois, le métal dépassant juste entre ses doigts.

Sept mètres, six, cinq.

— Cela prend moins longtemps de mourir égorgé que de mourir d'une chute, mais ce n'est pas instantané, comme on l'imagine parfois.

Le poing de Fiona se serra sur le manche, mais elle était terrorisée. Quatre mètres, trois mètres, deux... Elle savait ce qui venait ensuite : elle en avait suffisamment rêvé, nuit après nuit, pendant dix longues années.

Mais, cette fois, elle ne dormait pas.

Avec un hurlement, elle attaqua, grappin en avant. Le crochet entra dans la joue de Burton, lui lacérant le visage. Il beugla de douleur, et son couteau tomba par terre avec un bruit métallique.

Elle en profita pour s'échapper en courant, zigzaguant entre les caisses, et monta à toutes jambes au premier, puis au deuxième, où étaient entreposées d'énormes piles de caisses de thé. Il s'élança à sa suite dans l'escalier, et gronda en atteignant le palier du premier. À cet étage, les caisses n'étaient pas empilées, mais ouvertes pour inspection. Burton verrait vite qu'elle ne se cachait pas là et continuerait de monter. Elle courut vers le centre de la pièce et s'accroupit derrière une haute pile.

Il arriva une seconde plus tard.

— Sortez ! Si vous sortez maintenant, je vous tuerai vite ; mais sinon, je vous arracherai d'abord le cœur, voleuse !

Fiona se boucha les oreilles, recroquevillée. Il n'y avait aucune fuite possible. Les baies étaient fermées ; mais, même si elles ne l'avaient pas été, elle n'aurait pas pu sauter dehors sans s'écraser sur le quai. En montant, elle n'avait fait que gagner un court répit. D'ici une ou deux minutes, il la repérerait, et tout serait fini. Des larmes silencieuses coulèrent sur ses joues.

Il y eut un bruit assourdissant. Burton faisait tomber les caisses.

— Sale petite garce !

Il en poussa d'autres, plus près cette fois. Beaucoup plus près.

— C'est mon entrepôt, mon thé ! hurla-t-il.

Il s'était arrêté de l'autre côté de la pile qui l'abritait. Encore deux pas, et il la verrait.

Soudain, il se figea. Un bruit montait du rez-de-chaussée. On frappait de grands coups sur du bois. Cela venait du côté de la rue. On tapait contre la porte. Le bruit s'amplifiait... On s'attaquait au battant à la hache.

Elle entendit un cri de rage, les caisses à côté d'elle oscillèrent, puis se renversèrent. Deux d'entre elles s'écrasèrent à un pas, une troisième lui cogna l'épaule, et tomba à ses pieds en s'ouvrant dans sa chute. Un coin lui avait déchiré la veste et labouré la peau. Elle serra les dents pour retenir un gémissement de douleur. Un nuage de poussière de thé s'élevait autour d'elle.

Les coups de hache cessèrent.

— William Burton ! rugit une voix depuis la rue. C'est le sergent Rodney O'Meara qui vous parle ! Ouvrez la porte et rendez-vous !

Vite, oncle Roddy, vite ! pria Fiona en silence.

Burton courut aux fenêtres côté rue, puis se précipita dans l'escalier. Après quelques secondes, Fiona se risqua à jeter un coup d'œil hors de sa cachette. Il avait disparu. Elle rêvait de se dégager de l'amas de caisses fracassées et de courir en bas, mais elle se l'interdit. S'il était embusqué dans l'escalier pour la piéger ? Ce serait beaucoup moins dangereux d'attendre que Roddy enfonçât la porte et que la police vînt la sauver. Le martèlement de la hache reprit.

Des gouttes de sueur coulaient sur son front. L'attente était interminable. Elle avait chaud, avait du mal à respirer. La poussière de thé collait à sa peau, lui entrait dans les yeux. Les coups de hache redoublèrent. La porte était énorme, massive, faite pour résister aux voleurs.

Dépêchez-vous, dépêchez-vous...

Ses yeux commençaient à pleurer, sa gorge brûlait. Pourquoi est-ce si long ? se demanda-t-elle. En s'efforçant de respirer mieux, elle comprit soudain que ce n'était pas la poussière de thé qui la faisait suffoquer. Elle rampa de derrière les caisses, et regarda vers l'escalier. Une épaisse fumée montait : Burton avait mis le feu au rez-de-chaussée.

Il fallait descendre à tout prix. L'entrepôt flamberait comme de la paille, avec ses caisses de bois remplies de thé bien sec. Si la cage d'escalier s'embrasait, elle resterait coincée. Rassemblant son courage, elle jaillit de sa cachette et traversa la pièce en courant. La fumée envahissait tout. Elle ôta sa veste pour s'en couvrir le nez.

Elle descendit, terrifiée, s'attendant à chaque marche à voir Burton se ruer sur elle avec son couteau. Mais elle arriva au premier saine et sauve. Au centre du plancher, il avait rassemblé des caisses et les avait enflammées. Le feu s'élevait vers le plafond de planches. Alors qu'elle mettait le pied sur la dernière volée de marches, quelqu'un au-dehors cria :

— Nous y sommes presque !

Quel soulagement ! Il ne lui restait plus qu'à atteindre la porte. Encore quelques marches, et elle serait sauvée. Il était temps, car la fumée épaisse et noire envahissait tout, ses yeux larmoyaient, et elle pouvait à peine respirer.

— Oncle Roddy ! Je suis là !

Elle courut vers la porte, bras tendus. Mais, juste au moment où la serrure cédait sous la hache, un visage surgit à travers la fumée – un masque diabolique, déformé par la haine, noirci par la suie et le sang. Ses yeux lançaient des éclairs, et sa joue arrachée laissait voir ses dents.

Ce personnage terrifiant la saisit par les cheveux et la tira derrière lui, hurlante, dans l'escalier.

— Lâchez-la ! tonna une voix.

C'était Joe, qui pénétrait dans l'entrepôt à travers la fumée.

— Joe ! Au secours !

Elle se débattit, donnant des coups de pied, de main, tâchant de ralentir Burton, de l'arrêter. Mais il était d'une force titanesque, et il la traîna jusqu'au troisième, un étage vide où les travaux n'étaient pas commencés. Des débris de caisses pillées jonchaient encore le sol, beaucoup de baies étaient béantes. Il la força à avancer jusqu'à la dernière et se posta dans l'ouverture, la main gauche appuyée à l'encadrement de brique pour se retenir, le bras droit autour du cou de sa prisonnière, dans une prise d'étranglement.

— N'approchez pas ! Un pas de plus, et je saute avec elle !

Fiona pouvait à peine bouger, mais elle parvint à tourner les yeux suffisamment pour apercevoir le fleuve tout en bas. Ils étaient au bout du bâtiment. Le quai s'arrêtait juste en dessous. Si elle tombait, sa seule chance de s'en sortir serait d'éviter le bord du quai et de toucher l'eau.

— Tu n'auras pas le temps de sauter, Burton, je te tuerai d'abord.

C'était Roddy. Il tenait Burton en joue avec un pistolet.

— Lâchez-la, c'est terminé, dit Joe en marchant sur eux.

Fiona sentit la prise autour de son cou se resserrer. Elle regarda Joe, et ses yeux se remplirent de larmes. Burton n'avait qu'à faire un pas en arrière, et elle ne reverrait plus jamais l'amour de sa vie.

Joe continuait à parler tout en avançant. Mais, soudain, Fiona se rendit compte que, s'il s'adressait à Burton, c'était elle qu'il regardait. Il essayait de lui communiquer sa force, lui commandait de garder son sang-froid. Elle fit un infime signe de tête pour lui montrer qu'elle avait compris, puis constata que son regard partait vers la droite, vers le bord de la baie. Une fois. Deux fois. En cherchant, elle aperçut, scellé dans la brique, un gros anneau qui servait à attacher les cordes.

Joe approcha encore d'un pas.

— Tu ne sauteras pas, fils de pute ! s'exclama Roddy. Tu n'hésites pas à massacrer les autres, mais toi, tu ne te tueras pas, je le sais !

— Arrêtez ! lança Burton, son regard passant de Roddy à Joe. Plus un pas !

— Vas-y, Fi ! cria Joe.

De toutes ses forces, Fiona se jeta en avant et attrapa l'anneau. Au même instant, Joe se rua sur Burton et l'obligea à lâcher prise. Ils se battirent, et pendant la lutte Burton recula. Son pied ne rencontrant que le vide, il perdit l'équilibre... et se raccrocha à Joe.

— Noooon ! hurla Fiona lorsque les deux hommes tombèrent de la baie.

Elle voulut se précipiter, mais des bras puissants la retinrent.

— Non ! Fiona, non ! lui commanda Roddy en l'obligeant à reculer.

Prise de folie, elle vociféra, le frappant à coups de poing pour se libérer.

— Viens ! supplia-t-il. Il faut descendre tout de suite, ou ce sera trop tard !

Il la tira jusqu'à l'escalier. Des colonnes de fumée montaient entre les lattes du plancher. Le deuxième étage s'était embrasé. Des langues orange léchaient la cage d'escalier. Ils parvinrent à l'emprunter, mais, quand ils atteignirent le premier, ils constatèrent que les marches menant au rez-de-chaussée étaient déjà la proie des flammes.

— Passe au travers ! ordonna Roddy. Cours ! Il n'y a pas le choix !

Se couvrant la tête avec les mains, elle se rua dans les flammes, suivie par Roddy. Elle entendit un grondement énorme, sentit une chaleur infernale et une douleur atroce à la jambe ; puis ils se retrouvèrent dehors, entourés par une dizaine de personnes qui tapaient sur leurs vêtements pour éteindre les flammes.

Écartant les policiers et les badauds, Fiona se précipita vers le Vieil Escalier du quai. Elle dévala les marches de pierre, et venait d'atteindre la berge quand une explosion assourdissante de fin du monde la projeta comme une poupée de chiffon dans l'eau et la vase. Un instant, elle resta sourde, aveugle, paralysée. Puis, lentement, ses sens lui revinrent. Elle se redressa sur les genoux et regarda derrière elle. Le Vieil Escalier avait disparu, pulvérisé. À la place, il n'y avait plus qu'un amoncellement de briques et de poutres enflammées. Un trou d'au moins deux étages s'était ouvert dans le mur de l'entrepôt Oliver, laissant échapper des volutes de fumée et des flammes. On ne voyait plus le passage qui menait de la rue à l'escalier. Où était Roddy ? Était-il resté avec ses hommes ou l'avait-il suivie ?

— Roddy ! appela-t-elle à pleins poumons en retournant vers l'éboulis. Oncle Roddy !

— Fiona ! Tu n'as rien ?

La voix était forte, mais distante. Il se tenait de l'autre côté.

— C'est le gaz ! expliqua-t-il. Sors de là avant que tout le bâtiment ne s'effondre !

— Je ne peux pas ! Il faut que je trouve Joe !

La marée montait. Fiona courut jusqu'aux piliers du quai et entra dans l'eau trouble. Appelant Joe, elle avança, de l'eau aux mollets, attirée par le courant contre les pieux de bois. Elle devait aller au bout, jusqu'à l'endroit où Joe était tombé. S'il n'avait pas cogné le bord et avait plongé dans l'eau, il était peut-être encore vivant. Quand elle dépassa la forêt de piliers, le fleuve avait pris de la force, tourbillonnant autour de ses genoux, l'aspirant. Alors, elle remarqua un corps sur la berge, à moitié dans l'eau, une jambe de toute évidence cassée.

— Joe ! hurla-t-elle. Non ! Par pitié !

Il poussa un gémissement et essaya de se redresser, mais sans y parvenir. Fiona courut à lui. Elle lui couvrit le visage de baisers en sanglotant

— Tu n'es pas blessé ? Dis-moi que tu n'as rien !

— Ça va... Sauf ma jambe : je l'ai cognée contre le quai en tombant, juste sous le genou. Je ne peux plus la bouger.

— Et Burton ? demanda-t-elle en cherchant autour d'elle avec angoisse.

— Je ne sais pas. Je ne l'ai pas vu, en rampant hors de l'eau. Je crois qu'il a heurté le quai.

Joe essaya de nouveau de se lever, mais retomba dans la vase, terrassé par la douleur. Elle se rendit compte que, malgré ses frissons, il était couvert de sueur.

— Ne bouge pas, recommanda-t-elle. Je vais te tirer de là.

Mais comment ? se demanda-t-elle fébrilement. La marée montait vite. Dans cinq, peut-être dix minutes, le reste de la berge serait entièrement submergé. Elle ne pouvait pas repartir vers le Vieil Escalier détruit pour chercher du secours, car le rivage s'arrêtait là, fermé par les parois de la dangereuse entrée de Wapping qui menait aux docks de Londres. Sur l'eau, il y avait des péniches, mais elles étaient amarrées au milieu du fleuve, hors d'atteinte. Quant au Nouvel Escalier de Wapping, il était à plusieurs centaines de mètres vers la gauche, séparé de l'entrepôt Oliver par une rangée de hauts bâtiments collés les uns aux autres. Elle n'avait pas le temps d'aller jusque-là pour chercher de l'aide : à son retour, la marée aurait recouvert Joe. Enfin, l'entrepôt Oliver représentait un autre danger une nouvelle explosion pouvait le faire écrouler sur lui. La seule solution consistait à faire flotter Joe et à le pousser sur l'eau vers le Nouvel Escalier.

Elle lui expliqua son plan.

— Tu peux ramasser des planches, ou des bâtons ? lui demanda-il. Pour me faire une attelle...

Courant vers l'entrepôt Orient, Fiona y trouva une caisse de thé disloquée et un morceau de bois flotté. Cela devrait faire l'affaire. Elle revint vers Joe en toute hâte et s'agenouilla près de lui. Alors qu'elle déchirait un morceau de jupe pour fixer l'attelle, Joe leva brusquement la tête.

— Attention ! cria-t-il avant de la pousser soudain.

En tombant, elle entendit un sifflement près de sa joue.

— Sauve-toi, Fiona ! Sauve-toi !

Elle se releva en titubant tandis qu'une vive douleur lui déchirait l'épaule. Elle pivota et découvrit William Burton qui, ensanglanté et le couteau à la main, l'attaquait. Elle poussa un hurlement et recula. Il l'avait blessée : son dos saignait.

— Laisse-la, Burton ! cria Joe en s'efforçant de ramper vers eux.

Burton brandissait son couteau et portait des coups dans le vide avec un horrible sourire, rabattant Fiona vers l'amas de gravats du Vieil Escalier et l'incendie, vers l'étroite bande de vase qui subsistait encore de l'autre côté des piliers.

— À l'aide ! hurla-t-elle.

— Je t'ai cherchée partout, dans les rues, les passages, dans les maisons, les taudis. Mais elles sont toutes comme toi, toutes des putains !

Reculant encore, elle se cogna au mur de l'entrée de Wapping. Elle était perdue. Il allait la tuer. Elle se tourna face à la paroi, et tenta de se hisser en s'agrippant avec les mains. Comme elle n'y parvenait pas, elle se baissa, attrapa une poignée de cailloux et de vase qu'elle lui jeta au visage.

— Assassin ! sanglota-t-elle.

Burton, à quelques mètres seulement, débitait toujours son étrange litanie.

— Polly, Annie, Liz, Frances. Catherine avec sa petite fleur rouge. Marie qui m'a chanté une chanson avant que je ne l'égorge. Et puis, celle qui s'est mêlée de ce qui ne la regardait pas, la petite rousse...

Fiona reconnut ces prénoms, qui appartenaient tous à des prostituées – seule la « petite rousse » n'en était pas une : elle, elle était seulement arrivée au mauvais moment... Fiona tomba à genoux dans la vase, ne ressentant plus rien, ayant dépassé le seuil du tolérable. Une certitude atroce s'était emparée d'elle.

— Vous êtes Jack l'Éventreur...

Burton n'était plus qu'à deux pas. Elle rencontra son regard, plus sombre que du sang figé. Un regard de dément.

— Tu es partie, mais je t'ai retrouvée. Ma lame est bien aiguisée, toujours prête à frapper. Tu ne m'échapperas pas. Je vais t'arracher le cœur...

— Répondez !

Il leva son couteau.

— Êtes-vous Jack l'Éventreur ? Répondez !

Il y eut un claquement sec : une détonation, puis une autre, et encore une autre. Six en tout. Le corps de Burton tressauta à chaque impact. Puis il resta immobile un instant, avant de s'effondrer. Derrière lui se tenait un homme armé d'un pistolet. Le regard de Fiona passa de la gueule de l'arme à Burton. Du sang coulait de sa bouche, s'échappait des trous faits par les balles. Criant sans pouvoir s'arrêter, elle s'affaissa contre le mur, se tassa sur elle-même, ferma les yeux. On la prit sous les bras pour la relever.

— Venez, madame, faut qu'on parte, dit l'homme.

L'entrepôt était devenu un gigantesque brasier.

— Non ! protesta-t-elle en s'arrachant à lui, folle de frayeur.

Il y eut un terrible gémissement métallique. Un treuil se détacha du mur et vint s'abattre sur le quai, envoyant voler des débris de bois jusqu'à eux. L'homme poussa Fiona vers l'eau et le bateau qui attendait.

— Joe ! hurla-t-elle en résistant pour retourner aux piliers. Lâchez-moi, lâchez-moi !

L'homme tint bon.

— Il va bien, on l'a récupéré. Il est dans la barque. Allez, venez.

Brisée par le choc, Fiona le dévisagea. Il était jeune, costaud, et avait une cicatrice au menton.

— Je vous ai déjà vu... Vous vous appelez Tom, Tom Smith. Vous étiez au cimetière.

Il sourit.

— Comment avez-vous su où me trouver ? C'est Roddy qui vous envoie ? Mon oncle Roddy ?

— Pas du tout, répondit-il avec un rire. C'est Sid Malone. Il vous fait suivre depuis un moment. Encore heureux qu'il ait l'œil sur vous.

Sid Malone, l'homme qui avait tenté de la violenter, et qui avait fait tuer Bowler Sheehan. Que lui voulait-il ? Pourquoi la protégeait-il ? Elle n'avait aucune envie de se retrouver dans un bateau avec quelqu'un comme lui, mais elle n'avait pas le choix.

Tom la conduisit jusqu'à la chaloupe. Ils durent entrer dans l'eau jusqu'à la taille pour l'atteindre, et on les tira à bord. Quand ils furent assis, les rames plongèrent et ils s'éloignèrent de la berge. Il y avait deux hommes près d'elle, deux autres aux rames, et un dernier à la proue, qui lui tournait le dos.

— Où est Joe ? s'alarma-t-elle.

On lui indiqua l'arrière, et elle l'aperçut allongé au fond, sous une couverture. Il avait les yeux clos et souffrait visiblement beaucoup. Elle lui prit la main, effrayée par sa pâleur, puis se tourna vers Tom.

— Merci, déclara-t-elle. Je ne sais toujours pas comment vous nous avez trouvés ni pourquoi vous nous secourez, mais je vous remercie.

— C'est pas à moi qu'il faut dire ça, dit Tom en désignant du menton l'homme assis à l'avant.

Il aida Fiona à s'approcher de lui.

— Monsieur Malone ? lança-t-elle, tâchant de ne pas montrer sa peur.

Pas de réponse.

— Où nous emmenez-vous ? Mon ami est gravement blessé. Il doit voir un médecin.

— On va s'occuper de lui, répondit l'homme.

Il parlait avec un fort accent cockney, et sa voix lui était très familière.

— Je veux dire qu'il faut l'emmener à l'hôpital... Monsieur Malone ? insista-t-elle en lui touchant le bras.

Il ôta sa casquette et lui fit face.

Elle étouffa un cri, ses jambes se dérobèrent sous elle. Si Tom n'avait pas été là pour la rattraper, elle serait tombée.

— Ce n'est pas possible, murmura-t-elle. Mon Dieu, ce n'est pas possible...

— Salut, Fi, lança cette voix qu'elle connaissait si bien.

C'était la voix d'un mort.

La voix d'un fantôme.

La voix de son frère, Charlie.

84

— Les bénéfices sur les sachets sont phénoménaux ! Nous enfournons dix tonnes de thé dans la machine par semaine... par semaine, vous vous rendez compte ! Et nous n'arrivons toujours pas à satisfaire la demande. La nouvelle machine est commandée, et Dunne a promis de la livrer à New York en novembre. À temps pour les fêtes. Maddie a conçu une boîte magnifique pour Noël. Je vais vous montrer les croquis, j'ai tout apporté.

— Nous verrons cela plus tard, Stuart, l'interrompit Fiona. D'abord, je veux avoir des nouvelles de tout le monde. Comment allez-vous, et Michael, Mary, Nate et Maddie ? Et Teddy ? Et Peter ?

— Je vais très bien, et eux aussi. Tout le monde va très bien. Ce qu'ils veulent, surtout, c'est savoir ce qui vous arrive. Personne ne croit Michael. Franchement ! Une nouvelle compagnie, et puis un mari... Ils pensent que vous êtes devenue folle !

Fiona se mit à rire. Elle était ravie que Stuart soit venu la rejoindre à Londres. Il était arrivé de New York le matin même ; elle l'avait fait chercher à la gare et conduire au *Savoy* avec ses malles. Elle l'avait rejoint à l'hôtel une demi-heure plus tôt pour l'inviter à déjeuner ; mais, lassé de la position assise, et passionné par son métier, il avait préféré aller directement visiter l'entrepôt Oliver et les bureaux de Mincing Lane.

À présent, ils descendaient la grand-rue de Wapping bras dessus, bras dessous.

— Mais, sans plaisanter, ajouta-t-il, si j'ai bien compris, vous avez manqué perdre la vie. Dire que j'ai failli travailler pour William Burton dans ma jeunesse ! C'est inimaginable... Et donc, on n'a pas retrouvé le corps ?

— Non, le feu n'a pas été maîtrisé avant la marée haute, et en se retirant les eaux l'ont emporté.

— Et l'homme qui l'a tué ?

— La police ne l'a pas retrouvé non plus, dit-elle en évitant son regard.

— Il s'est contenté de tirer sur Burton et de vous sauver, puis il a continué son chemin ?

— C'était un passeur. Il venait de faire traverser le fleuve à des passagers. Il a vu le feu, entendu des appels à l'aide, et s'est arrêté.

— Je ne savais pas que les bateliers étaient armés.

— Il s'était déjà fait attaquer plusieurs fois par des voleurs.

— Il ne vous a même pas donné son nom ?

— Non, et je suis sûre que c'était intentionnel. Il avait tué un homme. C'était pour nous sauver la vie, à Joe et à moi, mais il n'avait aucune envie d'attirer la curiosité de la police.

— Admettons. Vous êtes restés longtemps à l'hôpital ?

— Une journée, c'est tout. Joe s'est fait plâtrer la jambe. Il avait aussi deux côtes cassées. Moi, j'ai eu des points de suture dans le dos. Burton m'a fait une belle estafilade. Elle correspond à celle que j'ai sur la poitrine.

— Quelle aventure incroyable ! Et il y a un dénouement heureux, d'après ce que j'ai compris : vous vous êtes mariés très vite, ensuite.

— Oui, admit-elle avec un sourire. Chez Joe, à Greenwich. Vous y êtes d'ailleurs invité ce soir.

— Et c'est un garçon que vous connaissiez quand vous étiez jeune fille ?

— Exactement.

— Un garçon bien ?

— Oui, très bien.

— Ça m'en a tout l'air : vous êtes rayonnante. Je ne vous ai jamais vue aussi heureuse.

— Merci, Stuart, j'ai hâte de vous le faire rencontrer.

Il lui tapota affectueusement la main.

— Nick serait très heureux pour vous. J'espère que vous en êtes convaincue.

Elle fit oui de la tête, et regarda sa main, passée au bras de Stuart. Elle avait rangé l'alliance de Nick dans son coffret à bijoux, sachant qu'elle pourrait la regarder parfois pour y lire les initiales gravées à l'intérieur et se souvenir de son premier mari, son ami le plus cher. À présent, c'était l'alliance de Joe qu'elle portait, ainsi que le magnifique scarabée bleu. Elle gardait aussi le diamant de Nick à la main droite. Joe n'y voyait aucun inconvénient. Il disait souvent être reconnaissant à Nick Soames d'avoir si bien pris soin d'elle.

— Quand pensez-vous rentrer à New York ? reprit Stuart.

— Dans un mois. Maintenant que vous êtes ici, nous allons pouvoir remettre la compagnie londonienne sur pied. Ces derniers mois, je me suis contentée de la faire survivre, mais je rêve de lui rendre sa puissance. Nous avons fort à faire, Stuart, mais les ressources sont là. Nous avons même une plantation ! Je me demandais... Cela vous ennuierait-il de rester à Londres un certain temps ? Peut-être même longtemps ? Bien entendu, vous recevriez une large compensation, un nouveau titre. Président de KaliThé-Londres, et un salaire en conséquence.

— Mais au contraire, Fiona, je serais enchanté. J'espérais bien que vous me feriez cette proposition. Londres me manque terriblement. Je dois vieillir ! J'ai presque pleuré en descendant du train. Rester dans mon pays serait pour moi un grand bonheur.

— Quelle bonne nouvelle ! Cela n'aurait pas pu mieux se trouver.

— Et vous ?

— New York me manque, et Seamie, Mary, les enfants, tous mes amis. Même Michael, ajouta-t-elle avec un sourire. Joe et moi, nous allons partager notre temps entre New York et Londres, trois mois dans un pays, trois mois dans l'autre. Nous verrons si cela se passe bien.

Elle s'arrêta, et lui montra le grand bâtiment de brique qui s'élevait devant eux.

— Nous sommes arrivés. Voici l'entrepôt Oliver.

— Il est énorme !

Fiona leva la tête comme lui, ravie de constater que les travaux avançaient. L'entrepôt avait retrouvé presque toute sa superbe : la façade avait été nettoyée pour faire disparaître les traces de suie, le mur était reconstruit, les fenêtres et les volets des baies étaient remplacés. À l'intérieur, toute la charpente était refaite, et les menuisiers achevaient de poser les planchers. Une cargaison de thé était arrivée la veille. De l'Assam, pour le nouveau mélange qui ferait l'image de KaliThé-Londres. Les caisses étaient empilées au premier étage. Regardant les ouvriers monter des planches à l'aide du treuil jusqu'au troisième, Fiona sentit une douce brise souffler du fleuve.

— Nous entrons ? suggéra Stuart.

— Allez-y, faites le tour. Je vous rejoins dans un instant.

Il entra donc, et elle se dirigea vers le Vieil Escalier, maintenant reconstruit, pour s'asseoir un peu au bord de l'eau. Elle avait besoin de se recueillir près de son fleuve bien-aimé.

Installée au milieu des marches, elle contempla un moment les mouettes, puis eut le courage de regarder de l'autre côté du fleuve l'entrepôt Cole, un hangar à grains sur la rive sud de la Tamise, le dernier endroit où elle avait vu son frère.

Des larmes lui montèrent aux yeux comme chaque fois qu'elle se remémorait le moment où elle avait entendu sa voix, aperçu son visage, et senti ses bras puissants autour d'elle. Elle avait pleuré à chaudes larmes, terrassée par l'émotion, l'épuisement et la joie.

Pendant le trajet en bateau, Charlie lui avait donné quelques explications. Il avait suivi dans les journaux sa prise de contrôle de la Compagnie Burton. Il avait éprouvé un choc terrible en découvrant que Burton avait fait assassiner leur père, et avait été très heureux d'apprendre que sa sœur avait si bien réussi dans la vie. Il avait ordonné à deux de ses hommes de veiller sur elle et de chercher Burton. Mais l'assassin s'était trop bien dissimulé. Ce n'avait été qu'en interrogeant O'Neill, après l'avoir vu suivre Fiona, que Tom et Dick avaient connu la cachette de Burton : une pièce tout en haut de l'entrepôt Oliver. Mais ils avaient compris le danger presque trop tard. Ils avaient cependant eu la présence d'esprit de téléphoner à Charlie, qui avait sauté dans une chaloupe avec quelques hommes. Quand Tom et Dick étaient arrivés à l'entrepôt Oliver, le bâtiment était déjà en feu. Ils avaient couru au Nouvel Escalier de Wapping, longé le bas des entrepôts dans la vase pour parvenir jusqu'à elle, et ne l'avaient sauvée qu'in extremis.

Tandis que Charlie parlait, ses hommes leur firent traverser le fleuve à la rame. Ils débarquèrent à l'entrepôt Cole, où ils entrèrent par une porte discrète. Fiona fut surprise de trouver un espace confortable, bien éclairé, avec des tables, des sièges, de la nourriture et du vin. Ils allongèrent Joe sur un canapé, et lui donnèrent du laudanum contre la douleur. Un médecin fut conduit là pour lui donner les premiers soins, nettoyer la plaie de Fiona et lui faire des points de suture. Le coup dans le dos avait été moins puissant que celui à la poitrine, et elle avait perdu beaucoup moins de sang que lors de sa première agression.

Puis, pendant que Joe se reposait, et que Tom Smith et ses comparses se restauraient, Charlie emmena Fiona dans une petite pièce privée pour lui parler. Ils se serrèrent de nouveau dans les bras l'un de l'autre ; elle pleura encore, s'accrochant à lui tandis qu'il lui caressait les cheveux et essayait de la calmer. Après quoi, il la fit asseoir et lui versa un verre de porto.

— Fi, ne pleure plus, je t'en prie, tout va bien, maintenant.

Elle hocha la tête, mais sans pouvoir s'arrêter de sangloter, le pressant de questions.

— Où étais-tu ? Nous te pensions mort ! Où es-tu allé ? On a repêché dans la rivière un corps qui avait la montre de papa dans la poche. Pourquoi n'as-tu pas essayé de nous retrouver plus tôt ?

Il vida son verre et, avec une évidente difficulté, lui conta ce qui lui était arrivé pendant ces dix ans, en commençant par la mort de leur mère.

Il rentrait du *Taj*, où il avait célébré une victoire. Il était tard, il faisait noir, et il avait eu la surprise de voir une foule massée dans Varden Street, à l'entrée d'Adams Court. Il avait joué des coudes pour avancer, et avait découvert sa mère sans vie sur les pavés, baignant dans son sang. Il avait entendu les cris de Fiona, les hurlements du bébé. Il se souvenait d'avoir pris sa mère dans ses bras, d'avoir essayé d'empêcher qu'on l'emmène. Puis il était parti en courant, si vite qu'il avait les poumons en feu, le cœur prêt à exploser. Il s'était enfoncé dans l'Est londonien, jusqu'à l'île des Chiens. Là, il avait rampé sous une barrière, et s'était retrouvé dans un chantier naval où un vieux chalutier lui avait servi de refuge. Il ignorait combien de temps il était resté là. Des heures, des jours peut-être. Mourant de froid et de faim, il avait fini par ressortir de la coque, ne sachant plus où il était, ni comment il s'appelait. Sa mémoire s'était effacée. Denny Quinn lui avait expliqué que cela s'appelait l'amnésie.

Charlie avait erré dans les chantiers navals, dans les docks, dormant à la dure, mangeant ce qu'il ramassait dans les poubelles. Puis il était retourné vers l'ouest, longeant toujours le fleuve. Peu à peu, la mémoire lui était revenue. Des images de son ancienne rue, de sa famille, de ses amis reparaissaient, mais, sitôt après, s'évanouissaient. Un jour cependant, il s'était souvenu de tout, de son frère, de ses deux sœurs, et du meurtre de leur mère. Son chagrin avait été terrible.

Une nuit, il était retourné à Adams Court pour les chercher, mais tout le monde avait disparu. Il avait alors compris qu'il était seul, et n'avait nulle part où aller ; il avait donc continué de vivre dans la rue.

— Roddy t'aurait aidé, lui.

— Il n'était plus à son ancien appartement, répondit Charlie d'un ton évasif.

— Mais le corps du noyé avait les cheveux roux, et la montre de papa dans la poche... Qui était-ce ? Tu le sais ?

Il détourna la tête.

— Charlie, réponds.

— C'était Sid Malone.

La surprise fut totale pour Fiona.

Charlie lui raconta tout très vite. Après avoir recouvré la mémoire, un soir, il était allé dans la grand-rue de Wapping. Il fouillait dans une poubelle quand on l'avait saisi au cou. C'était son ennemi, Sid Malone.

— Alors, y paraît que tu t'es sauvé ! J'savais bien que t'étais qu'un grand lâche !

Sid lui avait donné un coup de poing dans le nez, et, profitant de son avantage, l'avait immobilisé pour lui vider les poches. Il n'avait pas trouvé d'argent, mais avait pris la montre, fait pleuvoir les coups, promettant à Charlie de le tuer et de le jeter à l'eau. Il tapait fort, l'écrasait au sol, et Charlie n'avait pas douté qu'il allait mettre sa menace à exécution. S'appuyant aux pavés pour tâcher de se redresser, il en avait senti un bouger sous ses doigts. Il était parvenu à le déloger et à le prendre pour se défendre. Il avait lancé un coup violent, et entendu un bruit d'os broyés.

La tête de Sid était enfoncée, et les efforts de Charlie pour le ranimer avaient été vains. Il avait craint qu'on ne crût pas qu'il avait frappé pour se défendre. Il s'était vu pendu. Pris de panique, il avait fait ce que Sid lui avait soufflé : il avait traîné le corps jusqu'au fleuve, et l'avait jeté du bord du quai, oubliant, dans l'affolement, de reprendre sa montre.

— C'est pour cette raison que je ne suis pas allé voir Roddy, avoua-t-il. J'avais peur qu'on m'ait vu me battre avec Sid. Je ne voulais pas que Roddy ait d'ennuis par ma faute.

— Il t'aurait cru, Charlie, protesta Fiona en éclatant de nouveau en sanglots. Il t'aurait aidé !

— Eh bien, je suis allé voir Denny à la place. C'est lui qui a eu l'idée de me faire prendre l'identité de Sid, puisqu'il n'avait pas de famille. Den m'a conseillé d'aller sur la rive sud, où on ne me connaissait pas. Il a été très bien, il ne m'a jamais laissé tomber. Quand il s'est fait tuer, on avait décidé de travailler ensemble. On allait prendre tout l'est de Londres à nous deux, les deux côtés du fleuve. Il m'a aidé à m'en tirer, et m'a traité comme son fils.

— Il a fait de toi un criminel, lâcha Fiona dans un souffle.

Charlie se détourna, puis fit volte-face, l'accusant du doigt.

— Je n'avais rien ! J'étais seul au monde ! Il fallait bien que je m'en tire ! Je m'en suis sorti, peut-être pas comme toi, mais comme on fait chez nous, dans l'East End.

— En volant ? En tuant ? En faisant comme Bowler Sheehan, l'homme qui a tué ton père ?

— Je crois, répliqua Charlie, le visage dur, qu'il est temps que je te fasse raccompagner. Tommy, Dick ! aboya-t-il.

Elle était allée trop loin.

— Non, Charlie, attends. Parle-moi encore, je t'en prie !

— Il n'y a plus de Charlie. Je m'appelle Sid. Sid Malone.

Il l'avait embrassée, et lui avait dit de ne jamais le rechercher. Puis ses acolytes l'avaient fait sortir malgré ses suppliques.

Les jours suivants furent très difficiles. Dès que les hommes de Charlie les eurent ramenés à Greenwich, Fiona téléphona au poste de police pour faire prévenir Roddy. Il arriva chez Joe avant l'aube, bouleversé de les revoir en vie. En apprenant qui était Sid Malone, il pleura comme un enfant. Un soir, Joe, Roddy et elle retournèrent à l'entrepôt Cole pour essayer de le trouver. En voyant l'insigne de Roddy, le veilleur de nuit les laissa entrer, mais il n'y avait plus personne. Le bâtiment était vide, à part les cargaisons de grains.

Pendant l'enquête, Fiona avait éludé les questions, affirmant qu'elle ne pouvait pas identifier ses sauveteurs ; Joe avait suivi son exemple. Il faisait noir, avaient-ils expliqué, et ils avaient tous les deux été dans un état de choc terrible...

Maintenant, elle parvenait à regarder la vérité en face. Son frère bien-aimé était un criminel. Un voleur, un contrebandier, un malfrat qui mettait la pègre sous coupe réglée. Un beau et dangereux bandit aux yeux verts.

Et pourtant, il leur avait sauvé la vie, à Joe et à elle. Elle savait sans l'ombre d'un doute que, s'il n'était pas intervenu, ils seraient morts tous les deux. Et il avait atteint l'objectif qu'elle poursuivait depuis dix ans sans succès : il avait vaincu William Burton.

Elle frissonnait encore en songeant aux derniers instants de Burton. Il s'en était fallu de très peu qu'il ne la tue. Et puis, elle repensait aux phrases terribles qu'il avait prononcées avant les coups de feu. Elle les avait rapportées à Joe et à Roddy. Roddy avait fait perquisitionner chez Burton, mais ses hommes étaient revenus bredouilles. Le couteau dont il l'avait menacée ne pouvait pas les aider non plus, car il avait disparu avec le corps. En se faisant décrire l'arme, cependant, Roddy avait constaté que, par son type et sa longueur, la lame correspondait à celle qui avait tué les deux prostituées récemment découvertes.

— Cela pourrait très bien être lui, avait-il conclu. Sachant ce dont il est capable, cela ne m'étonnerait pas. Mais, puisqu'il n'est plus là pour avouer, nous n'aurons jamais de certitude.

Non, oncle Roddy, songea-t-elle en regardant l'eau, non, nous ne saurons jamais vraiment.

Parfois, elle croyait le voir, Burton... l'Éventreur... l'homme en noir. Il marchait sur la rive, en redingote et en haut-de-forme, les mains derrière le dos Comme s'il sentait son regard sur lui, il se tournait vers elle, soulevait son chapeau pour la saluer, et disparaissait dans les eaux noires de l'entrée de Wapping ou dans l'ombre de l'entrepôt Orient. Roddy affirmait qu'il était mort ; on ne survivait pas à six coups de pistolet tirés de si près. Elle non plus ne doutait pas de sa mort, et pourtant il survivait en elle, dans les cicatrices qu'il avait laissées sur sa peau, dans son cœur.

Au cours des semaines qui avaient suivi l'enquête, Roddy avait demandé sa mutation. Il avait expliqué à ses supérieurs qu'il souhaitait partir de l'East End pour emmener sa famille à la campagne. Il espérait être transféré dans l'Oxfordshire ou le Kent. Mais il avait confié à Fiona que, s'il restait, il croiserait fatalement la route de Charlie, et qu'il ne supporterait pas de devoir arrêter le fils de Paddy. Charlie Finnegan, avait-il affirmé, était mort en 88.

— Comme nous tous, avait-elle répondu avec un sourire triste.

Car n'avaient-ils pas tous disparu ? Aucun d'entre eux, ni elle, ni Roddy, ni Joe, ni Charlie, n'était resté le même.

Les larmes lui montèrent aux yeux. Que dirait-elle à Michael ? Et à Seamie, qui avait tant aimé son grand frère ? « Ne leur dis rien, avait conseillé Joe. Laisse à Seamie ses beaux souvenirs, il ne lui reste que cela. » Elle avait écouté ses conseils, tout en se gardant la possibilité de changer d'avis... Mais elle cherchait encore Charlie malgré ses ordres et malgré ce qu'il avait pu faire. Elle l'aimait. Un jour, elle le retrouverait. Elle refusait d'abandonner l'espoir. Jamais elle ne renoncerait.

Le vent séchait ses larmes quand elle entendit des pas sur les marches derrière elle. Elle se tourna, croyant voir Stuart, mais aperçut une petite fille rousse, de neuf ou dix ans, qui lui sourit timidement.

— Je viens souvent ici pour regarder les bateaux, expliqua l'enfant. Ça sent bon, aujourd'hui. Ça sent le thé.

Fiona lui rendit son sourire.

— Oui, c'est vrai. C'est normal, on a livré cent tonnes du meilleur Assam à l'entrepôt Oliver hier.

— J'aime beaucoup le thé ! déclara la fillette en s'enhardissant. Le thé, ça vient d'Orient. Des Indes, de Chine, de Ceylan. Je sais où c'est, sur la carte.

— C'est bien !

— Oui, et quand je serai grande j'irai aux Indes ! Dans un grand bateau ! Et j'aurai une plantation à moi toute seule, et je serai une grande dame – comme la dame dans les journaux, Mme Soames.

— Je crois que, maintenant, elle s'appelle Mme Bristow, corrigea Fiona, les yeux brillants de plaisir.

L'enthousiasme de la petite la touchait, ainsi que sa vieille robe de coton et sa veste usée.

— Tu vas vraiment aller aux Indes ?

— Je voudrais bien, mais... (Un doute passa dans les grands yeux noisette.) Je ne sais pas... La maîtresse dit que c'est des bêtises, que je me fais des idées et que je suis trop rêveuse.

— Eh bien, elle se trompe. Ce ne sont pas des bêtises au contraire... plus on rêve, plus on est intelligent.

— C'est vrai ?

— Oui. Garde tes rêves. Le jour où tu ne rêveras plus, tu pourras aller tout droit chez le croque-mort. Il n'y a que les morts qui ne rêvent pas.

— C'est vrai ? répéta l'enfant, les yeux écarquillés.

— Absolument. C'est un grand sage qui me l'a dit un jour. Un monsieur très gentil, avec qui je venais regarder les bateaux. Comme toi. Comment t'appelles-tu, ma chérie ?

— Daisy.

— Eh bien, Daisy, si tu veux diriger une plantation, il va falloir que tu apprennes à connaître parfaitement le thé.

— Vous connaissez le thé, vous ?

— Un peu, oui.

— Vous voulez bien m'aider ?

— La première chose à apprendre, c'est à juger de la qualité d'un thé. Il y a plusieurs façons de s'y prendre... Viens, je vais te montrer.

Fiona se leva et lui prit la main. Ensemble, elles gravirent le Vieil Escalier, et entrèrent dans l'entrepôt Oliver tandis qu'un chant de marin flottait dans la brise, et que, sous le doux soleil d'automne, les péniches chargées de thé remontaient les eaux scintillantes de la Tamise.

Remerciements

Je dois une grande reconnaissance à Martin Fido, auteur de *The Crimes, Detection and Death of Jack the Ripper* et *Murder Guide to London*, pour m'avoir guidée une nuit à travers les ruelles que fréquentait Jack l'Éventreur, et pour m'avoir fait profiter de sa connaissance encyclopédique de l'est londonien des années 1880. Samuel H. G. Twining, LVO, OBE, directeur de Twinings Tea, et Syd Mumford, ancien acheteur chef et mélangeur de la société, m'ont aimablement expliqué les arcanes de l'industrie du thé et donné une leçon de dégustation. Merci également au personnel du Musée de Londres pour m'avoir donné accès à la bibliothèque et aux collections du musée du projet des Docks. Les Londoniens Fred Sage, ancien docker de la Tamise, et Con McCarthy, contrôleur de fret dans la marine marchande, se sont longuement promenés avec moi dans les rues des quartiers des docks, en évoquant leurs souvenirs professionnels : ils m'ont aussi fait l'honneur et le plaisir de boire un demi avec moi au *Town of Ramsgate*.

À Sally Kim, éditrice idéale, à la fois mentor, soutien et complice, ma gratitude éternelle. Merci aussi à Kathryn Parise, Erika Schmid, Thomas Dunne, Sally Richardson, et toute l'équipe de St. Martin's Press et de Thomas Dunne Books.

Sans Simon Lipskar, agent littéraire à l'indomptable courage, ce livre n'aurait jamais vu le jour. Il a pris le risque de me faire confiance, à moi et à mon énorme manuscrit. Il y a apporté de multiples améliorations et l'a fait connaître, et je lui suis reconnaissante de ses efforts au-delà de toute expression.

Une pensée pleine d'amour à Wilfriede, Matt, Megan et Mary Donnelly, ma merveilleuse famille, pour avoir cru en moi et pour m'avoir toujours encouragée.

Et enfin à Douglas Dundas, pour m'avoir appris l'espoir et la confiance, du fond du cœur, le plus grand des mercis.